KB156146

유성기 시대, 변사의 화예(話藝)

인문언어학과 복합지식 총서 8

유성기 시대, 변사의 화예(話藝)

배연형 · 구인모 지음

한국문화사

배연형 전 동국대학교 문화학술원 교수. 한국음반아카이브연구소장. 문화재청 문화재 전문위원. 한국고전문학, 음반문화사 전공. 『판소리 소리책 연구』(2008), 『춘향가 심청가 소리책』(2008), 『장월중선류 가야금병창』(2016) 등 다수의 저역서와 논문, ≪김여란의 춘향가≫(2016) 등 다수의 음반을 발표.

구인모 연세대학교 언어정보연구원 인문한국사업단 부교수. 한국근대문학, 비교문학・비교문화 전공. 『한국근대시의 이상과 허상』(2008), 『유성기의 시대, 유성시인의 탄생』(2013) 등 다수의 저역서와 논문을 발표.

인문언어학과 복합지식 총서 8

유성기 시대, 변사의 화예(話藝)

1판1쇄 발행 2018년 3월 30일

편 저 배연형・구인모
꾸민이 홍윤환
펴낸이 김진수
펴낸곳 **한국문화사**
등 록 1991년 11월 9일 제2-1276호
주 소 서울특별시 성동구 광나루로 130 서울숲IT캐슬 1310호
전 화 02-464-7708
팩 스 02-499-0846
이메일 hkm7708@hanmail.net
홈페이지 www.hankookmunhwasa.co.kr

책값은 뒤표지에 있습니다.

잘못된 책은 구매처에서 바꾸어 드립니다.
이 책의 내용은 저작권법에 따라 보호받고 있습니다.

ISBN 978-89-6817-613-5 93810

이 도서의 국립중앙도서관 출판예정도서목록(CIP)은 서지정보유통지원시스템
홈페이지(http://seoji.nl.go.kr)와 국가자료공동목록시스템(http://www.nl.go.kr/kolisnet)에서
이용하실 수 있습니다.(CIP제어번호: CIP2018009021)

이 총서는 2009년 정부(교육부)의 재원으로 한국연구재단의 지원을 받아 수행된
연구성과임(NRF-2009-361-A00027).

　흔히 근대기라고 일컫는 지난 세기 초의 한국인의 일상은 회화, 사진, 영화 등의 시각 매체를 통해 단편적으로나마 엿볼 수 있다. 그리고 그 일상의 한국어는 주로 신문, 잡지, 도서 등 인쇄출판매체의 글말을 통해서, 또한 유성기음반과 같은 음향매체의 입말을 통해서 오늘날까지 전한다. 이 가운데 압도적인 우위를 차지하는 것은 두말할 나위도 없이 인쇄출판매체의 글말이며, 그에 비해 살아 있는 삶의 현장의 입말을 담은 유성기음반은 약 6천여 매 정도로 상대적으로 적다. 감히 말하건대 근대기 한국인의 입말을 직접 "들을 수 있는" 자료란 유성기음반이 유일하다고 하겠다. 물론 한국의 발성 영화도 없는 것은 아니나, 유성기음반에 비하면 그 수효는 지극히 적기 때문이다.

　사실 이 유성기음반의 음원은 일부 복각된 음반(주로 콤팩트디스크) 이외 오늘날 한국인이 친근하게 들을 수 있는 기회란 지극히 제한적이다. 다행히 한국음반아카이브연구소에서 구축한 디지털 아카이브 <한국유성기음반> 사이트(http://www.sparchive.co.kr)와 전체 자료 목록집인 『한국 유성기음반(전 5권)』(2011)을 통해서 일차적인 자료(음원·음반 레이블 이미지·가사지·음반회사 홍보잡지 등 관련 문헌) 정리는 마친 형편이다. 그럼에도 이 유성기음반에 수록된 음원이 그야말로 "살아 있는 삶의 현장"의 한국어를 오롯이 담고 있다고 보기는 어렵다. 그도 그럴 것이 유성기음반에 수록된 내용이란 주로 판소리나 잡가 등 전래 음악, 유행가와 신민요 등 근대 가요 등이기 때문이다. 그 가운데 비교적 살아 있는 삶의 현장의 입말에 가까운 내용을 담고 있는 것 가운데 하나가 바로 이 책에서 소개하는 영화설명·영화극을 비롯한 극 장르의 음반이다.

우리가 이 극 장르의 음반 가운데에서도 특히 영화설명·영화극 음반과 수록된 음원에 주목했던 이유는 대체로 다음과 같다. 우선 이 음반들이 변사의 육성과 이야기를 담고 있기 때문이다. 짧게는 6분 정도에서 길게는 12분 정도의 분량으로 취입된 영화설명 음반에서 변사의 육성은 비록 성인 남성 담화임에도 남녀노소 다양한 발화 주체의 담화 양상을 다채롭게 드러낸다. 그리고 변사의 구연과 함께 등장하는 남녀 배우의 대화로 이루어진 영화극의 경우 그 다채로움을 더한다. 다음으로는 비록 전래의 내러티브 장르는 아닐 지라도 영화가 당시 대표적인 대중예술 장르인 만큼 문식력의 유무를 불문하고 청중들이 대체로 큰 어려움 없이 이해할 수 있는 일상적인 어휘와 표현으로 이루어져있을 것으로 판단했기 때문이다. 설사 오늘날에는 사뭇 낯설 수도 있겠지만 이제는 인멸된 어휘와 표현을 통해 역사학자 데이비드 로웬덜(David Lowenthal)의 책 이름(The Past is a Foreign Country)처럼 이미 낯선 나라와 같은 근대기의 한국어일지라도, 그런 한국어 입말을 통해서 근대기와 한국어의 실상에 가깝게 다가갈 수도 있을 터이다.

이를 위해서 우리는 한국음반아카이브연구소가 소장한 영화설명·영화극 음반 중 우선 변사 구연의 실상을 알 수 있는 음반과 가사지를 분류·정리했다. 그리고 음반과 가사지가 모두 현존하는 작품의 경우 음원을 채록하는 한편으로 가사지의 원문과 현대어 표기문을 제시했다. 또한 가사지만 현존하는 경우 원문과 더불어 현대어 표기문만 제시했다. 특히 채록의 경우 설령 오늘날 정서법에 맞지 않더라도 가급적이면 음원의 소리에 가깝도록 전사하고자 했다. 물론 입말의 어조, 빠르기 등 글로는 도저히 옮길 수 없으므로, 이 정도로 과연 당시 변사와 배우들의 구연의 임장감이 전해질 리는 만무하다. 그럼에도 우리가 이러한 채록 방식을 선택한 것은 일단 앞서 거론한 바와 같이 기록된 변사와 배우들의 입말을 통해

보다 살아 있는 근대기 한국어의 실상에 가깝게 다가가기 위해서, 그리하여 근대기 한국어를 이해하는 새로운 지평을 열어젖히기 위해서이다.

변사는 근대기 영화 상영관의 중요한 요소로서, 또한 그의 화예는 구술문화를 배경으로 내러티브를 향유한 역사와 관습의 차원에서, 영화연구와 문학연구의 비상한 관심의 대상이었음은 알려진 바와 같다. 그러한 배경에서 일찍이 일부 영화설명·영화극 음반은 다른 극 장르 음반들과 더불어 콤팩트디스크로 복각된 바도 있고 채록도 시도된 바 있다. 그러나 그 작품의 규모는 일부 제한된 작품에 국한되었거니와, 채록 또한 당시 변사와 배우들의 살아 있는 입말의 실상을 여실히 전하지 못했다. 하다못해 원작을 유추할 수 없는 작품들은 여전히 익명의 작품으로 남고 말았다. 그런가 하면 이미 역사 속에서 사라진 변사의 화예는 오해와 와전으로 인해, 관련 연구는 좀처럼 진전되지 못했다. 더구나 그나마 복원된 변사와 화예의 기록들 또한 오늘날 좀처럼 독자의 손길에 닿지 않는 지경이다.

우리 두 저자는 일찍이 한국음반아카이브연구소의 디지털 아카이브를 구축하고 전체 자료 목록집을 간행할 무렵부터 근대기의 독특한 음성 기록인 영화설명·영화극 음반의 정리와 복원을 통해 변사의 화예를 살아 있는 과거로 현전하는 데에 깊은 관심을 기울여 왔다. 이 책에 수록된 40편의 영화설명 음반, 12편의 영화극 음반의 기록은 바로 그 성과이다. 그리고 연세대학교 언어정보연구원 인문한국사업단의 아젠다 연구활동과 제휴하는 가운데, 이 근대기 음성 텍스트의 다면성을 적절하게 조망할 방법론 모색에도 노력을 기울여 왔다. 이 책의 말미에 수록한 두 편의 해제 논문, 그리고 이미 언어정보연구원 인문한국사업단의 몇몇 총서에도 수록된 바 있는 관련 논문들은 바로 그 협동연구의 성과들이다.

그리하여 변사의 화예를 중심으로 근대기 살아 있는 언어 현장의 다면성을 언어학·영화연구·문학연구·문화연구 등 관련 학문분야들이 서

로 대화하고 얽히는 가운데 생성되는 복합지식의 모델로서 제시하고자
했다. 이를 위해 우리 두 저자는 앞선 일련의 연구성과들에 더하여 무엇
보다도 연구의 원천이 되는 근대기 변사의 화예와 그 다면적인 텍스트를
가능한 온전하고 정확하게, 또한 생생하게 연구 공동체는 물론 오늘날의
독자들에게도 제공하는 일이 긴요하다고 판단했다.

이 책을 통해서 근대기 변사의 화예가 글말 중심의 근대기 한국어연구
는 물론 주제·담론·제도사 중심의 영화연구, 문자텍스트를 중심으로
한 문학연구, 풍속사 중심의 문화연구가 서로 다차원적으로 제휴하는 가
운데, 복합지식의 한 모델로서 빛을 발할 수 있기를 바라마지 않는다. 더
불어 이 책을 계기로 근대기 변사의 화예를 둘러싼 보다 활발한 학문적
소통이 이루어지기를 빌어 본다.

저자 일동 삼가 씀

1. 이 책에서 소개한 영화설명, 영화극 작품의 음원·가사지는 한국음반아카이브연구소(http://sparchive.co.kr)가 소장한 것이다.

2. 영화설명, 영화극 작품들 중 음원과 가사지가 모두 현존하는 경우, 가사지의 원문—현대어역—채록의 순서로 수록했다.

3. 그리고 음원만 현존하는 경우 채록만을 수록했으며, 가사지만 현존하는 경우 원문—현대어역의 순서로 수록했다.

4. 채록은 가급적이면 변사 구연의 실제 발음에 가깝게 옮겨 적었으며, 오늘날 한국어 발음과 다른 낱말, 독자가 이해하기 어려운 낱말은 각종 한국어사전에 근간하여 주석을 달아 두었다. 주석은 다음 한국어사전들을 바탕으로 작성했는데, 우선순위에 따라 소개하면 다음과 같다.

   가. 연세대학교 언어정보개발연구원, 『연세한국어사전』, 동아출판, 1998/2008

   나. 연세대학교 언어정보연구원, 『연세 현대 한국어사전』 DB
   (https://ilis.yonsei.ac.kr/dic/)

   다. 국립국어원, 『표준국어대사전』 DB(http://stdweb2.korean.go.kr).

5. 소리가 분명치 않아서 채록할 수 없는 낱말은 '□'로 표시했으며, 채록한 글과 변사의 구연 발음의 차이가 나는 경우에는 각주에 따로 발음을 표시해 두었다.

제1부 영화설명

I. 외국영화

II. 조선영화

III. 회고와 공연

제2부 영화극

I. 외국영화

II. 조선영화

III. 번안영화

제3부 해제

근대기 한국의 변사(辯士)와 유성기음반

유성기음반 소재 영화극에 대하여

제1부

영화설명

I. 외국영화

1. 곡예단(曲藝團)

원작영화: <Variete>(독일 UFA, 무성영화, 1925)

감독: Ewald Andre Dupont

주연: Emil Jannings · Lya de Putti

상영정보: • 영화소개(『동아일보』1927. 9. 4.)

　　　　　 • 1927. 9. 10. 단성사 개봉(『조선일보』1927. 9. 10.)

음반번호: VictorKJ1097

설명: 김영환

발매일자: 1937. 6.

채록

VictorKJ1097 A면

　전옥: 제28호의 죄수를 불러라.

　설명: 전옥은 이와 같이 명령하였다. 쇠사슬에 얽히여 하룻날의 고역

을 치르고 감방으로 돌아가는 죄수들 중에 28호의 죄수. 간수 한 사람을 따라 무거운 걸음으로 침울한 낭하를[2] 거쳐 전옥의 방으로 들어왔다.

28호(보스): 저를 부르셨습니까?

전옥: 오냐, 28호. 네 아내가 너를 위해 사면원서를 사법 관청에 제출했으므로 너를 불렀다. 너는 일찍이 취조를 받든 그때나, 오는 형무 생활 십년에 이르도록 한 번도 사건의 진상을 말해 본 적이 없었다. 그러나 십년 후의 오늘이니까 인제는[3] 네 양심의 무거운 짐도 풀리어졌을 터이니, 자, 아내로부터 온 편지나 보고 인제는 이야기를 좀 해라.

설명: 십년 동안이나 말 한 마디 없이 침묵을 지키여 오든 28호의 죄수는, 아내로부터 온 편지를 손에 들고 뜨거운 눈물이 비 오듯이 쏟아진다.

28호(보스): 전옥, 십년 동안이나 지키여 오든 침묵이었습니다마는, 인제는 말씀을 여쭐 터이니 들어 보십시오

설명: 오락의 중심지는 독일의 함부르크. 찬연하게 번쩍이는 전기의 광채 속에 눈물의 이야기의 실마리는 풀리어진다. 보스라고[4] 하는 사나이는 유명한 곡예사로 곡예단을 경영하며, 그 아내와 어린 자식을 데리고 그날그날을 살아가던 터이었다. 어느날[5] 밤, 화물선 벨

---

1 전옥(典獄). 교도소의 우두머리.
2 낭하(廊下). 복도.
3 이제는.
4 보스 훌러(Boss Huller).

다마리아호는 함부르크 부두에 정박이 되어, 한 사람의 수부가[6] 부모도 없는 어여쁜 처녀를 하나를 구해가지고 보스를 찾아 왔다.

수부: 이 여자는 곱기도 하려니와 춤도 잘 추고 무엇이든지 재주가 있습니다.

보스: 음, 그럼 날더러 맡으란 말이요?

수부: 그렇습니다.

설명: 홀로 기뻐하지 않는 사람은 보스의 아내이었다. 베르다의[7] 출현은 보스의 생애 중에 큰 변동을 일으키고야 말았다. 놀라운 교수와 맹렬한 연습이 지난 뒤에 어여쁜 베르다는, 보스의 무대를 차지하야 관객의 총애를 일신에[8] 모았다. 요염한 베르다를 조석으로[9] 대하는 보스의 가슴에는, 인간의 힘으로는 막아 낼 수가 없는 애욕의 불길이 맹렬히 타오른다.

보스: 그렇지만 나는 베르다를 사랑할 수가 읎다[10]. 내게는 아내와 자식이 있으니까.

베르타: 보스, 무얼 그렇게 생각하세요? 이 베르다 마리는 당신이 아니면 못 살아요.

보스: 오, 베르다야. 나를 놓아라. 섬섬한[11] 그 손으로 내 심장을 붙들지 말아라. 네 얼굴이 무에 이다지도 어여쁘냐, 응?

---

5 어느 날.
6 수부(水夫). 배에서 허드렛일을 맡아 하는 하급 선원. 뱃사람.
7 베르타 마리에(Bertha-Marie).
8 일신(一身). 자기의 한 몸.
9 조석(朝夕). 아침과 저녁.
10 없다.
11 섬섬(纖纖)하다. 가냘프고 여리다.

설명: 베르다의 얼굴을 아니 보려고 눈을 가리고도 마음의 눈은 여전히
　　　그를 보며, 연연한12 음성을 아니 듣고저 귀를 막아도 마음의 귀는
　　　여전히 듣고 있다.

VictorKJ1097 B면

설명: 보스는 드디어 아내와 자식을 버리고 베르다 마리와 한가지13 다
　　　른 곳으로 도망을 하고 말았다. 그 다음 달의 초순. 백림의14 빈다
　　　칼덴에서 보스는 베르다를 데리고 공중곡예사 알테네리와15 함께
　　　삼인 합동으로 흥행을 개시한다. 엘테네리의 출현은 또한 보스와
　　　베르다의 사이에 커다란 변동을 주고야 마는 것이었다.16 시계는
　　　밤 세17 시가 지났다. 잠을 깬 보스는 베르다의 침대가 비여 있는
　　　거기에 놀래지 않을 수가 읎었든 것이었다.18 이윽고 돌아오는 베
　　　르다 마리. 바라보는 보스는 불과 같은 감정에 사로잡히였다.

보스: 베르다, 밤늦도록 어데를 돌아다녔으며, 엘테네리와 무슨 일을
　　　했느냐?
베르다: 아이구, 망측해라. 아이, 여보, 그게 무슨 소리요? 내가 단스
　　　를19 좋아하는 줄은 당신도 번연히20 알지 않소?

---

12 연연(娟娟)하다. 아름답고 어여쁘다.
13 한가지. 형태, 성질, 동작 따위가 서로 같은 것.
14 백림(伯林). '베를린'의 음역어.
15 아르티넬리(Artinelli).
16 음반에서는 [거디였다]로 발음.
17 음반에서는 [셰]로 발음.
18 음반에서는 [거디였다]로 발음.
19 단스(Dance).
20 번연하다. 어떤 일의 결과나 상태 따위가 훤하게 들여다보이듯이 분명하다.

설명: 원망인 듯, 하소인 듯, 아양 실은 눈웃음에 간드러진 그 목소리.
과연 철석간장이[21] 아니어늘[22] 어찌 녹지 않을 수가 있겠습니까?
그러나 계집을 호리는[23] 거기에 교활한 수단을 가진 엘티네리는,
얼마 후에 보스로부터 완전히 베르다를 뺏아 버리고야 말았다. 분
노에[24] 사로잡힌 보스는 엘티네리의 방에 숨어 들어갔다.

보스: 엘티네리야. 이 두 자루의 단도 중에서 하나를 골라 가지고 네
몸을 보호해라.

엘티네리야: 음? 여, 여보게, 보스.

보스: 음? 비겁한 놈아. 잔소리 말고 칼을 들어라. 엘티네리야, 이것이
복수이다.

설명: 질투와 분노에 격하여 보스는 엘티네리를 죽이었다. 이윽고 침실
로 돌아가니, 심산유곡의 귀신의 불과 같이, 요염한 베르다의 동자
가[25] 침대에서 반짝어린다. 손에 묻은 피가 대야 물에 풀어지니,

베르다: 오, 보스, 당신은 사람을 죽이었지요?

보스: 그렇다. 네 정부 엘티네리를 죽이었다. 요 악한 이 년아. 네 년에
게 미쳐가지고, 나는 불쌍한 나의 아내와 어린 자식을 버리고 왔구
나. 과연 나는 눈 뜬 장님이었었다.

설명: 후회의 눈물을 흘리며 베르다는 사죄를 하였으나 때는 이미 늦어

---

21 철석간장(鐵石肝腸). 굳센 의지나 지조가 있는 마음.
22 아니거늘.
23 호리다. 매력으로 남을 유혹하여 정신을 흐리게 하다.
24 음반에서는 [불로에]로 발음
25 동자(瞳子). 눈동자.

버리고 말았다. 보스는 듣지도 아니하고 그대로 걸음을 옮기여 경찰서로 가서 살인죄를 자수하였던 것이었다.

28호(보스): 저의 십년 동안의 침묵에 쌓이어 있든 이야기는 바로 이것이었습니다.

설명: 전옥의 눈에는 자비와 동정의 빛이[26] 가득하며 보스의 앞으로 가까이 온다.

전옥: 네 양심의 무거운 짐은 이제야 풀어졌으니 세상에[27] 다시 나가, 아내와 자식을 다시 불쌍히 여기어라.
28호(보스): 예? 저를 내 보내 주십니까? 고맙습니다.

설명: 옥문은 열리어졌다. 십년 만에 다시 보는 새로운 천지. 아내와 자식은 얼마나 기뻐할까? 하염없이 넘치는 두 줄기 눈물. 재생을 맞이하는 기쁨의 눈물이였다.

---

26 음반에서는 [비시]로 발음.
27 음반에서는 [세상에]로 발음.

2. 네 아들(사형제)

원작영화: <Four Sons>(미국 Fox, 무성영화, 1928)

감독: John Ford

주연: Margaret Mann · James Hall · Charles Morton · Ralph Bushman · George Meeker

상영정보: • 1928. 12. 22. 조선극장 상영(『조선일보』 1928. 12. 18.)

　　　　　• 영화소개(『조선일보』 1928. 12. 20.)

　　　　　• 시사평(『동아일보』 1928. 12. 21)

음반번호: RegalC160

설명: 서상필

발매일자: 1934. 7.

참조: <네 아들>(Columbia40182, 1931. 5.)

가사지

RegalC160 A면

악마惡魔의저주咀呪소래갓흔대포大砲소래는텬지天地를진동震動하고　참담慘憺한전운戰雲은넓으나넓은구라파歐羅巴를휘덥허전쟁戰爭은여전如前히게속繼續된다　전도前途가양々洋々한유위有爲의청년靑年들은 정情든고국故國뒤로하고부모형뎨父母兄弟를써나나와 멀-니고향故鄕의푸른하날을 그들은얼마나그리윗스랴 독일獨逸의엇더한촌村에 네아들을거나리고 백만장자百萬長者부립지안케사라가는 반루부인婦人이잇섯다　그러나한아들은아메리카로써나가고　두아들은전장戰場으로 지금은 안도류스라는적은아들만이남어잇섯다 소중이도사랑하는

내아들을사지死地에다보내놋코오날이나소식消息이올가 래일來日이나
소식消息이올가 한량限量업시도기다리는중中에 언으듯생일날이도라
왓다

洞『탄생일誕生日을축하祝賀합니다 반루부인婦人!』

반『네-대단히고맙습니다 이러케차저와주시니』

洞『아이참무엇이라고말삼하기어려운가엽슨일임니다 전쟁전생일戰爭
前生日과는몹시도들넘니다그려 그째는아드님이사형뎨四兄弟식이나들
너안고 쏘맛난음식飮食도만코 동리洞里사람들도만이차저오더니 아이
참가엽서라』

죽그릇을손에들고시름업시기러오든어머니는 이소래를들을적에 자식을그
리우는그가삼엔눈물이맷치엿다 새벽부터밤늦도록 이제나소식이올가 저제
나소식消息이올가 한량限量업시기다리는가련可憐한어머니의가삼 한번
표연飄然히써나간그들은소식消息조차끈어젓다 싸늘하게식어진죽한그릇
이나마자식子息들을거나리고 이날을마젓다면 그얼마나즐거웟스랴 여름
이도라와도 겨울이돌아와도 행여나추울서라 더울서라 애지중지愛之重之
사랑하든내자식子息들아 이어미를버려두고 너히들은 왜갓느냐!

지난해 이날에차자왓든아해들은 아해의이날에도 쏘다시차저왓다

어『저-반루할머니-우리들은반루할머니탄생일誕生日을축복祝福합니다』

어『할머니!저 그런데 왜이번에는맛난과자菓子가업서요』

반『오냐이번에는업다 요다음에올째는만히만들어주마』

긔막히는이소래에 반루부인婦人은테불에쓰러저서한량업시늣겨울엇다

반『오!후란스야!요셉아!요한아!너이들은어데가고 이어미롤차저올줄몰
으느냐』

엽헤잇던 안도류스도짜라울엇다

안『어머니! 형兄님들을대신하야내가잇지안슴닛가 얼마잇지안으면전

쟁戰爭이긋이나고 후란스형님과 요한은개선가凱旋歌를놉히부르며그
리운어머니의품안으로도라올것입니다』

반『오!신령神靈님이시여!우리는당신의은혜恩惠를긋짜지감사感謝합니다

RegalC160 B면

그리운아들들을기다리는가운데서 눈물속에잠기엿든하로밤도속절업시
밝어낫고 가련可憐한반루부인婦人을위로慰勞하려고동리洞里의부인
婦人들이차저왓다

洞『아니무엇을그럿케도 소중이정성을들여싸심닛가?』

반『네-로서이露西亞에가잇는 두아들에게보내일 크리스마스의선물임
니다』

배달부로인配達夫老人은 안도류스의집으로편지를전傳해주려고차저왓
다 먹줄친편지를손에다 들고

配『아-늙은놈의팔자도참아이것을엇더케전傳해주나』

반『영감님! 그편지는아마 아메리카에가잇는나의요셉에게서온편지지요』

配『아니올시다 황제폐하皇帝陛下로붓터서내리신것입니다』

반『이애 안도류스야 어서와서이편지便紙를좀읽어다우』

안『어머니! 놀내시지마십시요 후란스형님과 요한은두번다시도라올수
업게되엿습니다』

포인탄우砲煉彈雨와시산혈해屍山血海의가운데서도 조국祖國을위爲
하야싸우든두아들 오늘이나래일來日이나 일각천추一刻千秋의가슴을
태워가며기다리든어머니 사랑하는내자식子息의사보死報를밧어들고그
는한限업는절망絶望과탄식歎息에늣겨운다 잇째마참문門을열고들어오
는지휘관指揮官 반루부인婦人의압흐로닥아스며

指『너의아들하나는 아메리카에가잇지 그에게서온편지를내여노아라』

반『네-두어달동안 전쟁戰爭이시작始作된이후以後로는자식子息에게서 아모소식消息도업습니다』

指『웅…아모소식消息도업는것이오히려행복幸福일것이다 그러나조국祖國에화살을보내는 이계집은분명分明코매국노賣國奴이다』

사랑하는두아들을전쟁戰爭에죽이고도말못하는그의가삼 설상雪上에가상加霜으로매국노賣國奴란말은 너모도억울抑鬱하엿다 인제는하나밧게아니남은 안도류스까지전쟁戰爭에쌔앗기고 희망希望조차끈어진 외롭고도늙은신셰身歲가 누구를바라고사라갈가 죽엄의마당으로쩌나가는 안도류스의얼골을마지막만나보려고 반루부인婦人은정거장停車場에까지차저나왓다

반『오!안도류스야!머나먼길에오즉이나쇠장하겟느냐 쇠장할쌔마다 이어미를보는듯이 이음식飮食을먹어라 그리고손을이리다우 마지막손이라도더한번만저보자 오-안도류스야잘가거라 이어미하나를버려두고 너마저가는구나』

반『오!안도류스야!바람부는봄날이나 비나리는가을이나 적막寂寞한고향故鄉에는이늙은어미가 아참이나 져녁이나머리에다손을일노 너올째만기다리며 쓸々이도사라가는줄이나아러다우 오!안도류스야그러면잘가거라』

가련可憐한두모자母子의 애긋는리별도모른다하는듯이 긔차汽車는무정無情한긔적汽笛소래를남겨놋코 안도류스를시러가지고 어두운밤빗을혜처내며 산山구비를휘도라 그그림자는 적연寂然이스러져간다

채록

RegalC160 A면

설명: 악마의 저주 소래같은 대포 소래는 천지를 진동하고, 참담한 전운

은[1] 넓으나 넓은 구라파를 휘덮어 전쟁은 여전히 계속된다. 전도가 양양한 유위의[3] 청년들은, 정든 고국 뒤로 하고 부모형제를 떠나 나와, 멀리 고향의 푸른 하날을[4] 그들은 얼마나 그리웠으랴. 독일의 어떠한 한 촌에 네 아들을 거나리고 백만장자 부럽지 않게 살아가는 반루[5] 부인이 있었다. 그러나 한 아들은 아메리카로 떠나가고 두 아들은 전장으로, 지금은 안도류스라는[6] 적은 아들만이 남아 있었다. 소중이도 사랑하는 내 아들을 사지에다 보내 놓고, 오날이나[7] 소식이 올까 내일이나 소식이 올까 한량없이도 기다리는 중에 어내덧[8] 생일날이 돌아왔다.

동리 사람: 탄생일을 축하합니다. 반루 부인.

베른레: 네, 대단히 고맙습니다. 이렇게 찾어와 주시니.

동리 사람: 아이 참, 무엇이라고 말씀하기[9] 어려운 가엾은 일입니다. 전쟁 전 생일과는 몹시도 틀립니다그려. 그때는 아드님이 사형제씩이나 들러 앉고 또 맛난 음식도 많고 동리 사람들도 많이 찾아오더니 아이 참 가엾어라.

설명: 죽 그릇을 손에 들고 시름없이 길러 오든 어머니는 이 소래를 들을 적에, 자식을 그리우는 그 가삼엔[10] 눈물이 맺히였다. 새벽부터

---

1 '소리'의 방언(강원, 경기).
2 전운(戰雲). 전쟁이나 전투가 벌어지려는 살기를 띤 형세.
3 유위(有爲). 능력이 있어 쓸모가 있음.
4 하늘을. '하늘'의 방언(강원, 경기, 전라, 충청).
5 베른레(Bernle).
6 안드레아스(Andreas).
7 오늘이나.
8 어느덧.
9 말씀하기.
10 가슴에는.

밤늦도록 이제나 소식이 올까 저제나 소식이 올까, 한량없이 기다리는 가련한 어머니의 가슴. 한 번 표연히[11] 떠나간 그들은 소식조차 끊어졌다. 싸늘하게 식어진 죽 한 그릇이나마 자식들을 거나리고 이 날을 맞었다면, 그 얼마나 즐거웠으랴. 여름이 돌아와도, 겨울이 돌아와도 행여나 추울세라 더울세라, 애지중지 사랑하든 내 자식들아. 이 어미를 버려두고 너희들은 왜 갔느냐. 지난해 이 날에 찾아 왔든 아해들은[12] 이 해 이 날에도 또 다시 찾아왔다.

아이: 저, 반루 할머니. 우리들은 반루 할머니 탄생일을 축복합니다.
아이: 할머니, 저, 그런데 왜 이번에는 맛난 과자가 없어요?
베른레: 오냐, 이번에는 없다. 요 다음에 올 때는 많이 만들어 주마.

설명: 기 막히는 이 소래에 반루 부인은 테불에[13] 쓰러져서 한량없이 느껴[14] 울었다.
베른레: 오, 후란스야[15], 요셉아[16], 요한아[17], 너희들은 어데 가고 이 어미를 찾어 올 줄 모르느냐.

설명: 옆에 있던 안도류스도 따라 울었다.

안드레아스: 어머니, 형님들을 대신하야 내가 있지 않습니까? 얼마 있

---

11 표현하다(飄然). 바람에 나부끼는 모양이 가볍다. 홀쩍 나타나거나 떠나는 모양이 거침없다.
12 아이들은.
13 테이블(table).
14 느끼다. (터져 나오는 울음소리를 막느라고) 숨을 가쁘게 몰아서 쉬다.
15 프란츠(Franz).
16 요셉(Joseph).
17 요한(Johann).

지 않으면은 전쟁이 끝이 나고, 후란스 형님과 요한은 개선가를 높이 부르며 그리운 어머니의 품안으로 돌아올 것입니다.

베른레: 오, 신령님이시여! 우리는 당신의 은혜를 끝까지 감사합니다.

RegalC160 B면

설명: 그리운 아들들을 기다리는 가운데에서, 눈물 속에 잠기었든 하룻밤도 속절없이 밝아 나고, 가련한 반루 부인을 위로하려고 동리의 부인들이 찾아 왔다.

동리 부인: 아니, 무엇을 그렇게도 소중히 정성을 들여 싸십니까?

베른레: 네, 로서아에[18] 가 있는 두 아들에게 보내일 크리스마스의 선물입니다.

설명: 배달부 노인은 안도류스의 집으로 편지를 전해 주려고 찾아 왔다. 먹줄 친 편지를 손에다 들고….

배달부 노인: 아, 늙은 놈의 팔자도 차마 이것을 어떻게 전해 주나.

베른레: 영감님, 그 편지는 아마 아메리카에 가 있는 나의 요셉에게서 온 편지지요?

배달부 노인: 아니올시다. 황제 폐하로부터서 내리신 것입니다.

베른레: 애, 안도류스야, 어서 와서 이 편지를 좀 읽어다우.

안드레아스: 어머니! 놀래지 마십시요. 후란스 형님과 요한은 두 번 다시 돌아올 수 없게 되었습니다.

---

18 로서아(露西亞). 러시아.

설명: 포연[19] 탄우와[20] 시산혈해의[21] 가운데서도, 조국을 위하야 싸우든 두 아들. 오늘이나 내일이나 일각천추의[22] 가슴을 태워가며 기다리든 어머니. 사랑하는 내 자식의 사보를[23] 받어 들고, 그는 한없는 절망과 탄식에 느껴[24] 운다. 이때 맞침[25] 문을 열고 들어오는 지휘관. 반루 부인의 앞으로 다가서며,

지휘관: 너의 아들 하나는 아메리카에 가 있지? 그에게서 온 편지를 내어 놓아라.

베른레: 네, 두어 달 동안 전쟁이 시작된 이후로는 자식에게서 아모[26] 소식도 없습니다.

지휘관: 응…. 아모 소식도 없는 것이 오히려 행복일 것이다. 그러나 조국에 화살을 보내는 이 계집은 분명코 매국노이다.

설명: 사랑하는 두 아들을 전쟁에 죽이고도 말 못하는 그의 가슴[27]. 설상에 가상으로[28] 매국노란 말은 너모도[29] 억울하였다. 인제는 하나밖에 아니 남은 안도류스까지 전쟁에 빼앗기고, 희망조차 끊어진 외롭고도 늙은 신세가 누구를 바라고 살아갈까. 죽음의 마당으로 떠나가는 안도류스의 얼골을[30] 마지막 만나 보려고, 반루 부인은 정거장에까지 찾아 나왔다.

---

19 포연(砲煙). 총이나 포를 쏠 때에 나는 연기.
20 탄우(彈雨). 빗발같이 쏟아지는 탄알.
21 시산혈해(屍山血海). 사람의 시체가 산같이 쌓이고 피가 바다같이 흐름을 이르는 말.
22 일각천추(一刻千秋). 아주 짧은 시간이 오래고 긴 세월 같음.
23 사보(死報). 사망통보.
24 느끼다. (터져 나오는 울음소리를 막느라고) 숨을 가쁘게 몰아서 쉬다.
25 마침.
26 아무.
27 가슴.
28 설상가상(雪上加霜). 어려운 일이 계속 잇달아 일어나는 것.
29 너무도.
30 얼굴을.

베른레: 오, 안도류스야. 머나먼 길에 오죽이나 시장하겠느냐? 시장할 때마다 이 어미를 보는 듯이 이 음식을 먹어라. 그리고 손을 이리 다우. 마지막 손이라도 더 한 번 만져보자. 오, 안도류스야. 잘 가거라. 이 어미 하나를 버려두고 너마저 가는 구나. 오, 안도류스야. 바람 부는 봄날이나 비 나리는 가을이나 적막한 고향에는, 이 늙은 어미가 아침이나[31] 저녁이나 머리에다 손을 얹고 너 올 때만 기다리며 쓸쓸이도 살아가는 줄이나 알어다우. 오, 안도류스야. 그러면 잘 가거라.

설명: 가련한 두 모자의 애끊는 이별도 모른다 하는 듯이, 기차는 무정한 기적 소래를 남겨 놓고, 안도류스를 실어 가지고, 어두운 밤 빛을 헤쳐 내며, 산 구비를 휘돌아 그 그림자는 적연히[32] 스러져 간다.

---

31 아침.
32 적연(寂然)하다. 조용하고 고요하다. 매우 감감하다.

3. 동도(東道)

원작영화: <Way Down East>(미국 United Artists, 무성영화, 1920)

감독: D. W. Griffith

주연: Lillian Gish · Richard Barthelmess

상영정보: 1923. 3. 10. 단성사 개봉(『매일신보』, 1923. 3. 12.)

음반번호: Columbia40204

설명: 김영환

반주: 관현악

발매일자: 1931. 6.

참조: <동도>(일축죠선소리반K621, 1927. 2.)

채록

Columbia40204 A면

설명: 백설은1 분분하고2 바람 찬 이날 밤에 가련한 안나는3 자기의 비
밀이 탄로가 되었다.

바틀렛: 처녀의 몸으로 사나이를 가까이 하야 자식까지 낳았던 너와 같
은 계집은, 우리 집에 둘 수 없으니 나가거라!

설명: 주인 바드레트로부터4 이와 같은 선고를 받은 안나 보다도, 안나
를 사랑하고 있든 주인의 아들 다비드는5,

---

1 백설(白雪). 흰 눈.
2 분분(紛紛)하다. (흩날리는 모양이) 뒤섞여 어수선하다.
3 안나 무어(Anna Moore).
4 대지주 바틀렛(Squire Bartlett).

데이비드: 아버지, 그것은 모두다 거짓말이올시다. 안나와 같이 얌전한 여자가 어디에 또 있겠습니까? 저는 안나를 사랑합니다. 아버지께서는 종교의 신자가 아니십니까? 이와 같이 눈 오는 밤에 사람을 내여 쫓으라는, 그런 참혹한 교훈이 어디 성서에 있습니까? 오, 안나, 그것은 모두가 애매한6 말이지요? 네? 그렇지요, 안나?

안나: 그것은 모두가 정말입니다.

데이비드: 예? 정말이라니요?

설명: 외투를 떼여 입고 문 앞으로 걸어오던 안나는, 눈물이 비 오듯 하며 주인의 얼굴을 바라본다.

안나: 영감마님, 당신의 조사하신 거기에 틀림은 없습니다. 그렇지만 당신의 정의라든가 모다7 그것은 오즉8 다른 사람의 죄만 처드러내였을 뿐입니다. 왜 한 걸음 더 들어가서 세상에도 무서운 악마 같은 놈이 철없는 계집애를 유인해가지고, 거짓 결혼이라는 참혹한 참으로 생명과 같은 그 정조를 유린시킨 뒤에, 말경에는9 이렇게 남의 집 하녀까지 되게 하였다는 그것은 왜 조사를 못 했습니까? 보세요! 지금 당신네들이 세상에도 없는 귀빈과 같이 가장 정중하게 대접하고 있는 이 댁 만찬의 주빈인 저 산타손입니다10.

설명: 타오르는 비분에 사로잡힌 안나는 이 말을 마친 뒤에 문 밖으로 뛰여나갔다.

---

5 데이비드 바틀렛(David Bartlett).
6 애매하다. 아무 잘못 없이 꾸중을 듣거나 벌을 받아 억울하다.
7 모두.
8 오직.
9 말경(末境). 일정한 시기의 끝 무렵.
10 레녹스 샌더슨(Lennox Sanderson).

데이비드: 이 악마 같은 놈아! 니가 안나의 생애를 파괴시킨 놈이로구나!

설명: 비호같이 댐버드는 다비드의 주먹에 산타손은 방바닥에 떨어졌다. 이 소문을 퍼트린 말썽꾼인 마샤는[11], 다비드의 힘센 주먹에 얻어맞을까 겁이 났던지 한편 구석에 가 웅크리고 숨어 있었다.

데이비드: 그러나 지금은 이와 같이 하고 있을 때가 아니다. 안나를 찾아야 한다.

설명: 다비는 2층에 있는 안나의 방으로 올라가 보았으나 그는 발써[12] 어데로 갔는지 없어졌다.

데이비드: 오, 안나가 가버렸구나.

설명: 다비드는 안나의 뒤를 쫓아 나갔으나 휘몰아다 붙이는 눈보라는 안나의 발자최를 묻어버리고, 들고 나왔든 등불조차 꺼져 버리매, 사방은 캄캄하야 지척도 모르겠고, 안나를 부르는 다비드의 목소래도, 광풍에 싸이여 어렴풋이 사라져 간다.

Columbia40204 B면

설명: 다비드가 안나를 찾아 나간 뒤에 밤은 어언간[13] 깊어졌으나 그는 돌아오지 않았다. 고집 세인 바드레트도 내 아들을 위하는 그 마음에서 만사를 후회하고 다비드와 안나를 찾으러, 식구들은 모

---

11 마사 퍼킨스(Martha Perkins).
12 벌써.
13 어언간(於焉間). 어느덧. 어느 사이.

두 다 벌판으로 나갔다. 바드레트의 집을 떠나온 안나는, 실신이 된 사람같이 정강도[14] 걷고, 높은 언덕 낮은 골쩍들을[15] 밟으며 어데든지 끝없이 걸어갈 때, 그것은 잔인한 이 세상 같사와 이기여 나가는 거와 같이도 그에게는 한없이 유쾌하였든 것이다. 근처의 송림에서 몰려오는 광풍은, 뭇사람이 부르짖는 소래와[16] 같이 안나의 귀밑으로 들어와시, "산타손, 산타손"하며 악마구리[17] 떼와 같이 부르짖고 있다. 오, 이 소리가 듣기 싫어 안나는 귀를 막았으나, 그 무서운 소리는 여전히 들려온다. 안나는 강물 가에 이르렀다. 반 마일 가량이나 내려가서는, 괴연한[18] 큰 소래로 대지를 흔들며 백 척 담에 떨어지는 폭포로 흘러가는 강물의 상류였다. 안나는 불의 중 얼음에 쓰러지니, 깨어진 얼음장은 폭랑의[19] 세를 얻어 분마같이[20] 흘러가는 저 강물 가운데로…. 밤이 밝아 다비트가 안나를 발견했을 때, 안나는 방금 폭포에 떨어지게 된 순간이였었다.

데이비드: 오, 안나가 죽게 되었구나!

설명: 안나를 위해서는 목숨까지 바칠 듯이 다비트는 날쌔이게 얼음으로 쫓아간다. 다비드의 천신만고는 안나를 구하였고, 후회하는 바드레트는 안나에게 사과하였다.

---

14 정강이.
15 골짜기.
16 소리.
17 악머구리. 잘 우는 개구리라는 뜻으로, '참개구리'를 이르는 말.
18 괴연(塊然). 홀로 있는 모양.
19 폭랑(暴浪). 사나운 물결.
20 분마(奔馬). 빨리 달리는 말. 세찬 형세를 비유적으로 이르는 말.

데이비드: 안나, 인제는 내 아내가 되여 주시지요?

설명: 다비드의 품에 안긴 안나의 얼굴에는 행복의 미소가 은근이 덮여
　　　진다. 바드레트의 조카딸 케드를[21] 사랑하든 곤충학 박사와, 말썽
　　　꾼이 늙은 처녀 마샤의 꽁무니에 20년 동안이나 목을 매고 쫓아다
　　　니든 홀컴도[22], 바드레트의 집 경사가 기회로 되여 모두 다 원만하
　　　게 소망들을 이루었다. 한 남자에게는 오즉[23] 한 여자이니, 이 약속
　　　을 지키고 어기는 거기에 인간 세상에는[24] 불행과 행복이 나누이게
　　　될 것이다. 운명에 시들든 한 떨기의 어린의 꽃 이듬해 봄바람에
　　　고은 빛이[25] 살아나니, 사파의[26] 바람에 쫓겨 가든 안나는 비로소,
　　　영광 있는 결혼식에 소생이[27] 되였습니다.

---

21 케이트 브루스터(Kate Brewster).
22 세스 홀컴(Seth Holcomb).
23 오직.
24 음반에서는 [세상]으로 발음.
25 음반에서는 [비시]로 발음.
26 사바(娑婆). (불교에서) 중생이 갖가지 고통을 참고 견뎌야 하는 이 세상.
27 소생(蘇生). (죽어 가던 것이) 다시 살아나는 것.

4. 로미오와 줄리엣

원작영화: <Romeo and Juliet>(미국 MGM, 발성영화, 1935)

감독: Irving G. Thalberg

주연: Norma Shearer · Leslie Howard

상영정보: 영화소개(『매일신보』 1936. 6. 16.)

음반번호: Polydor19337

설명: 박창원

발매일자: 1936. 9.

가사지

Polydor19337 A면

…音樂…伊太利배로나市에 몬타큐와 캐플넷의 二名族이 잇스니 代々
로나려오며 이두집은원수의척이되어 양가의가족들은 물논이요

…▲… 그집에 출입하는 문인들짜지라도 路上에서 맛나기만하면 칼
을쌔여닷투며 피를홀니는참극이 종々이러나는터이엇섯다 몬타큐의집
에는 로미오라는 미목이슈려한아들이 잇섯고 캐플넷집에는 쭐늬엣이라
고 부르는 아릿다운 處女가잇섯습니다。

로미오는 로살닌 이라는 女子를 사랑하엿스나 실망을하고 그로인하야
번민의날을 보내고 잇든중 친구텀볼리오를짜라 원수의집인 캐플넷 로
공의집 무도회에 巡禮者의복색으로가장하고 참석하엿습니다

…音樂… 불빗찰란한 가운데 로미오는 수만흔女子들의 무도하는 양만
바라보고 구경하고 잇슬째 로미오의눈에 세상에도 처음보는 한미인이
나위젓하게 낫타낫스니 그處女가 원수의집인 캐플넷 로공의짤 쭐늬엣

이엿습니다 아릿다운그모양은 그윽한산곡사히에 연々히피여잇는 百合
花갓고 夜光에빗초이는 그女子의얼골은 黑人의귀고리에 반짝이는 금
강석갓터응당女子에 석겨잇는 그의고흔 태도야말노마치 흰비닭이 한
마리가 뭇가마귀 쎄중에석겨잇는거와 갓타섯다 …▲…무도는곳이낫다
로미오는 가면쓴것을 기회삼어 쭐늬엣이서잇는 정원으로나아갓다 …音
樂… 로미오는 서슴치아니하고 쭐늬엣의 분결갓튼손을잡으며
로미오 「아-崇古합신 女神이어 이가엽쓴몸이 당신의 玉手에다 입맛추
는것을 허락하여 주십시요 만일에 이갓튼천한몸이 당신의 손만짐이 정
결치못하다시오면 당신의손을 神靈님의 제단이라고 부르겟습니다
그리하야저는쌔끗치못한죄를 거룩한제단에서킷쓰함으로 속죄하려하옵
나이다
쭐늬엣은만면의미소를 씌우며 온유한목소래로
「렴체업는 巡禮者여 당신의 정성은 너무나 禮儀에지나칩니다 속죄를
밧는聖徒들은巡禮者가만질만한손은잇서도 그손에 킷쓰하는것까지는
허하지안턴데요」
「오-그러하오면 그聖徒와巡禮者는킷쓰를할만한 입설이 업섯뜬가요?」
「그들도입설은 잇섯지만 그것은기도할째쓰이는것이요 킷쓰할째 쓰는것
은 안이예요」
「아-그러면 나의사랑하는聖徒시어 소생의간절한기도를 드르시고 저의
소원을 푸러주옵소서」
皎々한月光은 연々히 두사람을多情히도빗처주는데 로미오 는쭐늬엣
의 분결갓튼손에 두번이나 짜뜻한 킷쓰를하엿스며 그들은 몽롱한 사랑
의 세계에서단꿈을쑤게되엇다

Polydor19337 B면

그이튼날 그들은 로래쓰僧正압흐로나가 結婚式을맛치엿다 일로써 원수의 사히엿쓴캐플넷집과 몬타큐집사히를 갓갑게함으로서 타협의 동기가될가하는 僧正 매우깁버하여 그들의結婚을 비밀히 거행하여주엇다 쑬늬엣과 작별하고 도라오는 로미오는 路上에서 … 쑬늬엣의옵바와 로미오의 친구 머커슈와의 싸홈하는것을 발견하고 말니어다 <소실> 타이벨트는 듯지안코 그대로 머커슈를 죽이엇바리엇다 분을참지(못하고 로) <소실> 미오가 칼을쌔여스니 그만타이벡트도 쓰러지고 마럿다 그로인하 <소실> 살인죄로 만추아로 귀형을 가게되엿습니다 로미오가 만추아로 간뒤- 슯음과 초조한날을 보내고 잇든 쑬늬엣에게 패리쓰백작이 결혼을청하여 날짜까지 정하여바리엿슴으로 쑬늬엣은 승정을 차저가 탄원한결과 먹은지 四十二時間만에 다시사러나는 藥한병을 내여주니 집으로와서 그대로 마시어바리엇다 로미오는 만추아서사랑하는 안해쑬늬엣이 죽엇다는 비보를듯고 毒藥한병을사가지고 쑬늬엣의 무덤안으로 드러오니 …▲… 오래동안음홀한 무덤속에 누어잇는 쑬늬엣은 조금도 그자태가 변하지를아니햇다 완연히 잠든사람갓타섯스나 전신에맥박이 끈치엿고 숨소래가새여나지 안는것만이유한이엇다

오쑬늬엣 나의사랑하는 쑬늬엣 그대는죽엇슬지라도 영원한 나의안해이다 그대가 업서진곳에 내 무엇을意味할것이랴 나도 그대의 뒤를 짜러가리

四十二時間만에다시사는藥을먹은줄을 모르는 로미오는 가져온 毒藥을 …<소실>… 엇다 정히 그째말로 마흔두시간이 되엇다 눈을쓴 쑬늬엣 毒藥의 기 …<소실>… 로미오는 쓰러진다

「엣- 로미오씨 당신은 이毒藥을먹엇습니까? 내가정말죽은줄로알고 당

신은나를위하야 귀중한 목숨을 끈으섯습니까?로미오나도 가지요 우리
집과 당신집은 원수의사힐망정 당신과 나사히는 무슨원 될만한일이잇
습니까 원수는 先親의것이요 오늘날의 사랑은 우리들의것입니다 그러
나 운명은 웨?이다지도참혹할까요 그러나 죽엄보다 더한것이라도 우리
의 사랑만은 쌔트리지 못할것입니다 자-당신의안해 쭐늬엣은 당신의 뒤
를짜러갑니다 오-로미오

말을마치고 쭐늬엣은 로미오의칼을쌔여 自己가슴을찔너바리엇다 붉은
피가 가슴에서 소사나자 쭐늬엣은 로미오 시체우에업드러저 애인이요
남편인 그의뒤를 짜러간다

악연과 宿怨에 억매여 苦悶하든 로미오와 쭐늬엣 두 靑春은 명예와 怨
恨과 증오와 싸홈가운대서 시작하여 사랑과 悲嘆과 죽엄에씃나고말엇다

현대표기

Polydor19337 A면

설명: 이태리 배로나1 시에 몬타큐와2 캐플넷의3 이명족4이 있으니, 대
대로 내려오며 이 두 집은 원수의 척이 되어 양가의 가족들은 물론
이요, 그 집에 출입하는 문인들까지라도 노상(路上)에서 만나기만
하면 칼을 빼어 다투며 피를 흘리는 참극이 종종 일어나는 터이었
다. 몬타큐의 집에는 로미오라는 미목이5 수려한6 아들이 있었고,

---

1 베로나(Verona). 이탈리아 베네토주(州)에 있는 도시.
2 몬테규(Montague).
3 캐풀렛(Capulet).
4 이명족(二名族). 두 이름난 가족
5 미목(眉目). 얼굴 모습을 이르는 말. 눈썹과 눈이 얼굴 모습을 좌우한다고 하여 이르
는 말.

캐플넷 집에는 쭐늬엣이라고7 부르는 아리따운 처녀가 있었습니다. 로미오는 로살넌이라는8 여자를 사랑하였으나 실망을 하고 그로 인하여 번민의 날을 보내고 있던 중, 친구 텀볼리오를9 따라 원수의 집인 캐플넷 노공의10 집 무도회에 순례자의 복색으로 가장하고 참석하였습니다.

불빛 찬란한 가운데 로미오는 수많은 여자들의 무도하는 양만 바라보고 구경하고 있을 때, 로미오의 눈에 세상에도 처음 보는 한 미인이 나 위젓하게11 나타났으니, 그 처녀가 원수의 집인 캐플넷 노공의 딸 쭐늬엣이었습니다. 아리따운 그 모양은 그윽한 산곡12 사이에 연연히13 피어 있는 백합화 같고, 야광에 비추이는 그 여자의 얼굴은 흑인의 귀고리에 반짝이는 금강석같이 응당 여자에 섞여 있는 그의 고은 태도야말로 마치 흰 비둘기 한 마리가 뭇 까마귀 떼 중에 섞여 있는 것과 같았었다.

무도는 끝이 났다. 로미오는 가면 쓴 것을 기회 삼아 쭐늬엣이 서 있는 정원으로 나아갔다.

로미오는 서슴지 아니하고 쭐늬엣의 분결같은14 손을 잡으며,

로미오: 아, 숭고하옵신 여신이여, 이 가엾은 몸이 당신의 옥수에다15 입 맞추는 것을 허락하여 주십시오. 만일에 이 같은 천한 몸이 당

---

6 수려(秀麗)한. (경치, 용모, 차림새 등이) 뛰어나게 아름답다.
7 줄리엣(Juliet).
8 로잘린(Rosaline).
9 벤볼리오(Benvolio).
10 노공(老公). 나이가 지긋한 귀인(貴人)이나 노인.
11 의젓하게.
12 산곡(山谷). 산과 산 사이의 깊숙이 들어간 곳.
13 연연(娟娟)하다. 아름답고 어여쁘다.
14 분(粉)결. 분의 곱고 부드러운 결늑분길.
15 옥수(玉手). 여성의 아름답고 고운 손.

신의 손 만짐이 정결치 못하다 하시오면, 당신의 손을 신령님의 제
단이라고 부르겠습니다. 그리하여 저는 깨끗지 못한 죄를 거룩한
제단에서 키스함으로 속죄하려 하옵나이다.

설명: 쭐늬엣은 만면의16 미소를 띠우며 온유한 목소리로

줄리엣: 염치없는 순례자여 당신의 정성은 너무나 예의에 지나칩니다.
    속죄를 받는 성도들은 순례자가 만질 만 한 손은 있어도 그 손에
    키스하는 것까지는 허하지 않던데요.
로미오: 오, 그러하오면 그 성도와17 순례자는 키스를 할 만한 입술이
    없었든가요?
줄리엣: 그들도 입술은 있었지만 그것은 기도할 때 쓰이는 것이요, 키
    스할 때 쓰는 것은 아니에요.
로미오: 아, 그러면 나의 사랑하는 성도시여 소생의 간절한 기도를 들
    으시고 저의 소원을 풀어주옵소서.

설명: 교교한18 월광은19 연연히 두 사람을 다정히도 비춰주는데 로미
    오는 쭐늬엣의 분결같은 손에 두 번이나 따뜻한 키스를 하였으며
    그들은 몽롱한 사랑의 세계에서 단꿈을 꾸게 되었다.

---

16 만면(滿面). 얼굴 전체.
17 (기독교에서 교인을 높여 부르는 말로) 신도 (천주교 신자 중) 성자의 지위를 가진
  사람들.
18 교교(皎皎)하다. (달빛이) 맑고 밝다.
19 월광(月光). 달빛.

Polydor19337 B면

설명: 그 이튿날 그들은 로래쓰[20] 승정[21] 앞으로 나가 결혼식을 마치었다. 일로써[22] 원수의 사이였던 캐플넷집과 몬타큐집 사이를 가깝게 함으로써 타협의 동기가 될까 하는 승정. 매우 기뻐하며 그들의 결혼을 비밀히 거행하여 주었다. 쭐늬엣과 작별하고 돌아오는 로미오는 노상에서 쭐늬엣의 오빠와 로미오의 친구 머커슈와의[23] 싸움하는 것을 발견하고 말렸다. ⋯<소실>⋯ 타이벨트는[24] 듣지 않고 그대로 머커슈를 죽여 버렸다. 분을 참지 못하고 로미오가 칼을 빼었으니 그만 타이벡트도[25] 쓰러지고 말았다. 그로인하 ⋯<소실>⋯ 살인죄로 만추아로[26] 귀형을[27] 가게 되었습니다. 로미오가 만추아로 간 뒤, 슬픔과 초조한 날을 보내고 있던 쭐늬엣에게 패리쓰[28] 백작이 결혼을 청하여 날짜까지 정하여 버렸으므로 쭐늬엣은 승정을 찾아가 탄원한 결과 먹은 지 마흔 두 시간 만에 다시 살아나는 약한 병을 내어 주니 집으로 와서 그대로 마셔 버렸다. 로미오는 만추아서 사랑하는 아내 쭐늬엣이 죽었다는 비보를 듣고 독약 한 병을 사가지고 쭐늬엣의 무덤 안으로 들어오니 오랫동안 음울한 무덤 속에 누워 있는 쭐늬엣은 조금도 그 자태가 변하지를 아니했다.

---

20 로렌스(Laurence).
21 승정(僧正). 불교에서 승단을 이끌어 가면서 승려의 행동을 바로잡는 승직을 가리키나, 원작에서 로렌스는 프란치스코 수도회의 수사(修士, friar)이다. 한편 승정은 근대기 일본에서 로마 가톨릭 교회의 신부 혹은 주교(主敎, bishop)의 번역어이기도 했다.
22 이로써.
23 머큐시오(Mercutio).
24 티벌트(Tybalt).
25 티벌트(Tybalt).
26 만토바(Mantova). 이탈리아 북서부에 있는 롬바르디아주(州)에 있는 도시.
27 '귀양'으로 추정. 원작에서 로미오는 도주를 한다.
28 패리스(Paris).

완연히 잠든 사람 같았었으나 전신에 맥박이 끊어졌고 숨소리가 새어나지 않는 것만이 유한[29]이었다.

로미오: 오, 쭐늬엣. 나의 사랑하는 쭐늬엣. 그대는 죽었을지라도 영원한 나의 아내이다. 그대가 없어진 곳에 내 무엇을 의미할 것이랴. 나도 그대의 뒤를 따라가리.

설명: 마흔 두 시간 만에 다시 사는 약을 먹은 줄을 모르는 로미오는 가져온 독약을 …<소실>… 었다. 정히[30] 그때야 말로 마흔 두 시간이 되었다. 눈을 뜬 쭐늬엣 독약의 기 …<소실>… 로미오는 쓰러진다.

줄리엣: 엣, 로미오 씨 당신은 이 독약을 먹었습니까? 내가 정말 죽은 줄로 알고 당신은 나를 위하여 귀중한 목숨을 끊으셨습니까? 로미오, 나도 가지요. 우리 집과 당신 집은 원수의 사이일망정 당신과 나 사이는 무슨 원(怨) 될 만 한 일이 있습니까? 원수는 선친의 것이요, 오늘날의 사랑은 우리들의 것입니다. 그러나 운명은 왜 이다지도 참혹할까요? 그러나 죽음보다 더한 것이라도 우리의 사랑만은 깨뜨리지 못 할 것입니다. 자, 당신의 아내 쭐늬엣은 당신의 뒤를 따라갑니다. 오, 로미오

설명: 말을 마치고 쭐늬엣은 로미오의 칼을 빼어 자기 가슴을 찔러버리었다. 붉은 피가 가슴에서 솟아나자 쭐늬엣은 로미오 시체 위에 엎드러져서 애인이요, 남편인 그의 뒤를 따라간다. 악연과 숙원[31]에 얽매여 고민하던 로미오와 쭐늬엣 두 청춘은 명예와 원한과 증오와 싸움 가운데에서 시작하여 사랑과 비탄과 죽음에 끝나고 말았다.

---

29 '유한(有恨)'으로 추정. 한이 되는 느낌이 있다.
30 정히. 정말로. 진정으로 꼭.
31 숙원(宿怨). 오래 묵은 원한.

5. 명금(名金)

원작영화: <The Broken Coin>(미국, 무성영화, 1915)

감독: Francis Ford

주연: Grace Cunard · Francis Ford

상영정보: 1916. 6. 23. 우미관 상영(『매일신보』 1916. 6. 24.), 1920. 9. 8. 단성사
상영(『매일신보』 1920. 9. 9.), 1921. 2. 8. 단성사 순업부 전주좌 상영
(『매일신보』 1921. 2. 14), 1923. 2. 11. 낭화관(浪花館) 상영(『매일신보』
1923. 2. 3.), 1924. 12. 5. 천도교기념관상영(『동아일보』 1924. 12. 6.)

음반번호: 일축조선소리판K859 · RegalC109

설명: 서상호

발매일자: 1932. 2. · 1934. 7.

참조: <설명레뷰->(RegalC159, 1934. 7.)

가사지

RegalC109 A면

「뉴욕」에서 유명有名한 여류소설가女流小說家 「기틔구레-」는 자동차
自動車를 모라 「가젯도」 신문사新聞社를 방문訪問하엿더니 사장社長
은「기틔구레-」에게「가젯도」백만애독자百萬愛讀者백만에게 열광덕환
영熱狂的歡迎을밧을만한탐뎡소설探偵小說을신문지상新聞紙上에련재
連載하여달나청구請求한다 이청구請求를밧은「기틔-」는일주일一週日에
루에留豫를어더 그날붓터사면팔방四面八方으로탐뎡소설探偵小說에
힌트를모집募集하려단넛다 북北쪽구라파歐羅巴에 「그랏도호-헨」이라

하는조고마한왕국王國이잇서 그나라에는가장야심가野心家오 가장모
험가冒險家인「후례데릿구」백작伯爵이잇다「후례데릿구」백작伯爵은그
나라엇더한곳에막대莫大한보물寶物이매물埋物이되여잇서 그-장소場所
를알고자할것갓흐면 명금名金두쪼각을엇伯爵한데합合하여보면안다하
는기록記錄을보고 친親히명금名金두쪼각을엇으려고무한無限히노력努
力을하엿스나수포水泡에도라가고말엇다 자긔自己의부하部下「로로」로하
여금세계각국各國世界에보내여서그것을찾게하엿다

「기틔」는엇더한고물상점古物商店압흐로지내가다가호기심好奇心으
로진렬장陳列藏안을드려다보니「라텐」말이기입記入이되여잇는명금반
편金名金半片이잇다 이것을본「기틔」에머리속에는번개와갓치 엇더한이
식意識을환기喚起하엿다「기틔」는그명금반편名金半片을사가지고자긔
自己의집에도라와 명금반편名金半片에기입記入이되여잇는「라텐」말을
번역을하니「구랏도호-헨」궁성宮城안이라하는말이다 오-올타 막대莫大
한보물寶物은「구랏도호-헨」궁성宮城안에잇구나- 그러나그장소場所와
방행方向을알고자할것갓흐면명금반名金半쪼각을쪼엇어야만한다 그-명
금반名金半쪼각을엇고자할것갓흐면「구랏도호-헨」이라하는나라에가야
만하겟다 그나라가서명금반편名金半片을엇을동안에는가장자미 滋味잇
는 탐명소설探偵小說의재료材料를엇을는지도알수업다고생각生覺한「기
틔」는신문사사장新聞社々長과이론議論한결과結果에「구랏도호-헨」이
라하는나라에가난배를기달렷더니오날쩌나난배가잇다「기틔」는여러동
인同人과작별作別한뒤에배에다가몸을실엇더니 배는긔력일성汽籍一聲
에기름과갓흔물결을헤치고서西쪽으로진행進行해간다

란간欄干에이지依支하야원근遠近의경치景致를구경求景하고잇던「기
틔」가뒤를도라다보니수상한사나히가자긔自己의일거일동一擧一動을
삷히고잇다 저자者가무슨까닥에나의일거일동一擧一動을삷히고잇나 오

- 내가가지고잇는명금반편名金半片에야심野心이잇는모양이다 저자者
의뒤를짜라가면진정眞正한명금반편名金半片이어데잇는줄알겟구나생
각生覺한「기틔」는자긔自己의집을떠나올째 거즛명금반편名金半片을
맨드러가지고온것이잇다

그것은선실경대船室鏡臺압헤다가놋코한구석에숨어서근경近景을삷히
니「로로」는「기틔」에게속는줄은모르고 그것이진정眞正한명금반편名金
半片인줄알고가만히드러와 슬금어니훔처가지고나간다 이것을본「기틔」는
오냐 내가상상想像한바와다름이업다 저자者에뒤를짜라갈것갓흐면 진
정眞正한명금반편名金半片이어데잇는줄을알겟구나생각生覺한「기
틔」는「로로」의뒤를미행尾行하게되엿다

RegalC109 B면

「후레데릿구」백작伯爵은「로로」에게서소식消息오기를기대리고잇섯더
니 「로로」는거즛명금名金인줄을알지못하고 그것이진정眞正한명금반편
名金半片인줄알고 이긔양々意氣揚々하게가지고드러와 각하閣下!깃버
하십시오「로로」가삼개년三個年동안천신만고千辛萬苦한결과結果에명
금반편名金半片을엇어가지고왓습니다

「로로」가내여노은명금반편名金半片을「후레데릿구」백작伯爵이손에들고
보니 그것은 멀정한 거즛명금名金이다 노긔怒氣가충천衝天한「후레데릿
구」백작伯爵은자긔부하自己部下에게명녕命令을하여「로로」를이러나지못
하도록째렷다 이매를어더마진「로로」는분忿하다할는지분忿한마음을억지
로참고후일복수後日復讐를맹세盟誓한뒤밧그로나와 길ㅅ거리에너머젓다
그째에맛참자동차自動車를타고지내가는여자女子가하나잇다그것은긔틔
구레-」이다「기틔구레-」는「로로」를자동차自動車에태여「로얄」호텔에데

리고와의사醫師를불너라약藥을가저오너라물을써오너라「로로」의얼골씨
서주랴고가만히드려다보니 그것은 배안에서거즛명香名金을훔처가든악
한惡漢이다 이와갓흔악惡漢을내가 왜?데리고왓나 이악한惡漢을살
녀두면후일後日 나의활동活動에큰방해물妨害物이라생각生覺한 「기틔」는「
로로」의목을눌느랴고할째에「로로」는아「기틔」씨氏잡간暫間만참어주서
요 나는당신當身이엇더한목뎍目的을 가지고나라에오신것도잘-암니
다 나를오늘붓터당신當身의부하部下를삼어주시면 나는당신當身을위
爲하야이몸을앗기지아니하고활동活動을하겟슴니다하고성심성이誠心
誠意가얼골에가득하야말을한다「기틔」는「로로」를 자긔自己의부하部下
를삼엇다 낫이면오고가는행인行人에발자최가끈어질사이업는 번화繁
華하던길거리도새로한점鮎이지내두 점鮎이갓가이오면 밤은점々깁허
가만뢰萬籟는구적俱寂하야 시시時々째々로들니는것은먼-동리洞里에
서 개짓는소리박게는들니지아니할째 벽공碧空에는일편명월一片明月이
교々皎々히빗최여잇다「로로」는이월색月色을무릅쓰고「기틔」를데리고「
후레데릿구」백작伯爵의집담을넘어「후레데릿구」백작伯爵이보관保管하
고잇는명금반편名金半片이어듸잇는가 사방四方으로도라다니며차질째「
후레데릿구」백작伯爵은언제그것을알엇던지 자긔自己의부하部下에게
명녕命令을하여두어 사방四方에숨어잇던 후레데릿구」백작伯爵의부하
部下는각기各其손에다가륙혈포六穴砲를들고「로로」!「기틔」꿈적마러라
아「로로와「기틔」는륙혈포六穴砲에포위공격包圍攻擊을당當하엿다 할
일업시손을드럿다「후레데릿구」백작伯爵의부하部下는「로로」와「기
틔」를잡으랴고졈졈漸々갓가히온다 그째에「로로」는엇더한틈을발견發見
하엿는지「후레데릿구」백작부하伯爵部下에게비호飛虎갓치달녀드러
쌍방雙方에는맹렬猛烈한장두爭鬪가이러낫다!이째에「기틔」는한틈을
엇어문門을열고나가니그곳에는「후레데릿구」백작伯爵이서잇다「후레데

릿구」백작伯爵은실혀하는「기틔」를억제抑制로자동차自動車에태여멀니 국경사막國境沙漠가운데로돌진突進해간다 맹렬猛烈히싸호고잇든「로로」는「후레데릿구」백작伯爵의부하部下를 다-쑤드러눕힌뒤에밧게나와본즉「기틔」가보이지안는다 아! 눈을드러멀니국경사막國境沙漠을보니 질주疾走하야가는자동차自動車안에「기틔」가타고잇다 이것을본「로로」는엽흘보니 뷘자동차自動車가하나잇다 그-자동차自動車에쒸여올나핸들을손에잡고까쇼린의소리 놉히ㅅ일사천리지세一瀉千里之勢로「기틔」의탄자동차自動車를맹렬猛烈히추격追擊하게되엿다

채록

RegalC109 A면

> 설명: 뉴요꾸에서[1] 유명한 여류소설가 기치구레는[2] 자동차를 모라 가젯또[3] 신문사를 방문하였더니, 사장은 기치구레에게 가젯또 백만 애독자에게 열광적 환영을 받을 만한 탐정소설을 신문지상에 연재하여 달라 청구한다. 이 청구를 받은 기치는 일주일에 류예를[4] 얻어, 그날부텀 사면팔방으로 탐정소설에 힌뜨를[5] 모집하려 다녔다. 북쪽 구라파에 그랏또호헨이라하는 조꼬마한 한 왕국이 있어, 그 나라에는 가장 야심가요, 가장 모험가인 후레데릭구[6] 백작이 있다. 후레데릭구 백작은 그 나라 어떠한 곳에 막대한 보물이 매물이[7] 되

---

1 뉴욕(New York). 뉴욕 주의 남쪽에 있는 미국 최대의 도시.
2 키티 그레이(Kitty Gray).
3 가제트(Gadget).
4 유예(留豫/猶豫). (어떤 일을 하는 데) 시간이나 날짜를 뒤로 미룸.
5 힌트(hint). 어떤 일이나 문제를 해결하거나 풀려고 할 때 실마리가 되는 것.
6 프레데릭(Fredrick).

어 있어, 그 장소를 알고자 할 것 같으면 명금[8] 두 쪼각을 얻어 한 데 합하여 보면 안다 하는 기록을 보고, 친히 명금 두 쪼각을 얻으라고 무한히 노력을 하였으나 수포에 돌아가고 말았다. 자기의 부하 로로로[9] 하야금 세계 각국에 보내여서 그것을 찾게 하였다.

기치는 어떠한 고물상점 앞으로 지내가다가, 호기심으로 진열장 안을 들여다보니, 라텐말이[10] 기입이 되어 있는 명금 반편이[11] 있다. 이것을 본 기치에 머릿속에는 번개와 같이 어떠한 이식을[12] 환기하였다. 기치는 그 명금 반편을 사가지고 자기 집에 돌아와, 명금 반편에 기입이 되어있는 라텐말을[13] 번역을 하니 "구랏또호헨 궁성 안"이라 하는 말이다.

키티 그레이: 오, 옳다. 막대한 보물은 구랏또호헨 궁성 안에 있구나. 그러나 그 장소와 방향을 알고자 할 것 같으면 명금 반 쪼각을 또 얻어야만 한다. 그 명금 반 쪼각을 얻고자 할 것 같으면 구랏또호헨이라 하는 나라에 가야만 하겠다. 그 나라에 가서 명금 반편을 얻을 동안에는 가장 재미있는 탐정소설의 재료를 얻을런지도 알 수 없다

---

7 매몰(埋沒). 보이지 않게 흙 속에 파묻거나 파묻히는 것.
8 명금(名金). 이 작품의 원제인 'The Broken Coin', 즉 조각난 동전 혹은 동전 반쪽의 번역어.
9 로로(Roleau).
10 라틴(Latin)말, '라틴어'. 인도·유럽 어족의 하나인 이탤릭 어파에 속하는 언어. 프랑스 어, 이탈리아 어, 에스파냐 어, 포르투갈 어, 루마니아 어 등의 로맨스 어의 근원.
11 반편(半偏). 한 개를 절반으로 나눈 한편.
12 의식(意識). 무엇을 지각하거나 판단하는 기능. 사물이나 일에 대한 인식이나 자각.
13 라틴어(Latin語).

설명: 고 생각한 기치는, 신문사 사장과 이논한14 결과에 구랏또호헨이라 하는 나라에 가는 배를 기달렸더니 오늘 떠난 배가 있다. 기치는 여러 동인과 작별한 뒤에 배에다가 몸을 실었더니, 배는 기적 일성15에 기름과 같은 물결을 헤치고 서쪽으로, 서쪽으로 진행해 간다. 난간에 으지하야16 원근의17 경치를 구경하고 있던 기치가 뒤를 돌아다보니, 수상한 사나이가 자기의 일거일동을 살피고 있다.

키티 그레이: "저 자가 무슨 까닭에 나의 일거일동을 살피고 있나? 오, 내가 가지고 있는 명금 반편에 야심이 있는 모냥이다.18 저자의 뒤를 따라가면 진정한 명금 반편이 어데 있는 줄 알겠구나."

설명: 생각한 기치는, 자기의 집을 떠나올 때 거짓 명금 반편을 맨들어 가지고 온 것이 있다. 그것을 선실, 경대19 앞에다가 놓고 한 구석에 숨어서 근경을 살피니, 로로는 기치에게 속는 줄은 모르고, 그것이 진정한 명금 반편인 줄 알고 가만히 들어와서, 실그머니 훔쳐가지고 나간다. 이것을 본 기치는,

키티 그레이: 오냐, 내가 상상한 바와 다름이 없다. 저자에 뒤를 따라갈 것 같으면 진정한 명금 반편이 어데 있는 줄을 알겠구나.

설명: 생각한 기치는 로로의 뒤를 미행하게 되였다.

---

14 의논한.
15 일성(一聲). 하나의 소리. 또는 말 한 마디.
16 의지(依支)하여.
17 원근(遠近). 멀고 가까운 것. 먼 곳과 가까운 곳.
18 모양이다.
19 경대(鏡臺). 큰 거울이 달린 화장대.

설명: 후레데릭구 백작은 로로에게 소식 오기를 기다리고 있었더니, 로로는 거짓 명금인 줄을 알지 못하고 그것이 진정한 명금 반편인 줄 알고 이기양양하게[20] 가지고 들어와,

로로: 각하, 기뻐하십시오. 로로가 삼개년 동안 천신만고한 결과에 명금 반편을 얻어가지고 왔습니다.

설명: 로로가 내여 놓은 명금 반편을 후레데릭구 백작이 손에 들고 보니 그것은 멀쩡한 거짓 명금이다. 노기가 충천한 후레데릭구 백작은 자기 부하에게 명령을 하야 로로를 일어나지도 못 하도록 때렸다. 이 매를 얻어맞은 로로는 분하다 할런지, 분한 마음을 억지로 참고 후일 복수를 맹세한 뒤 밖으로 나와 길거리에 넘어졌다. 그때에 마침 자동차를 타고 지내가는 여자가 하나 있다. 그것은 기치구레다. 기치구레는 로로를 자동차에 태워 로얄 호테루에[21] 데리고 와,

키티 그레이: 의사를 불러라, 약을 가져 오너라, 물을 떠 오너라.

설명: 로로의 얼굴을 씻어 주랴고 가만히 들여다보니 그것은, 배 안에서 거짓 명금을 훔쳐가던 악한이다[22].

키티 그레이: 이와 같은 악한을 내가 왜 데리고 왔나? 이 악한을 살려 두면 후일 나의 활동에 큰 방해물이다

---

20 의기양양(意氣揚揚).
21 호텔(hotel).
22 악한(惡漢). 나쁜 짓을 일삼는 사람.

설명: 생각한 기치는, 로로의 목을 눌르랴고 할 때에 로로는,

로로: 아, 기치 씨, 잠깐만 참아 주서요. 나는 당신이 어떠한 목적을 가지고 이 나라에 오신 것도 잘 압니다. 나를 오늘부텀 당신의 부하를 삼어 주시면 나는 당신을 위하야 이 몸을 아끼지 아니하고 활동을 하겠습니다.

설명: 하고 성심성의가 얼굴에 가득하야 말을 한다. 기치는, 로로를 자기의 부하를 삼았다. 낮이면 오고가는 행인에 발자취가 끊어질 사이 없는 번화하던 길거리도, 새로 한 점이23 지내 두 점이 가까이 오면 밤은 점점 깊어가 만뢰는24 구적하야25, 시시때때로 들리는 것은 먼 동리에서 개 짖는 소리 밖에는 들리지 아니할 때, 벽공에는26 일편명월이27 교교히28 비취어 있다. 로로는 이 월색을 무릅쓰고29 기치를 데리고, 후레데릭구 백작의 집 담을 넘어 후레데릭구 백작이 보관하고 있는 명금 반편이 어데 있는가 사방으로 돌아다니며 찾을 때, 후레데릭구 백작은 언제 그것을 알았던지 자기 부하 부하게 명령을 하여 두어 사방에 숨어 있던 후레데릭구 백작의 부하는 각기 손에다가 육혈포30를 들고,

---

23 점(點). (옛날에) [수를 나타내는 말 뒤에 써서] 시간을 나타내는 말로, 괘종 시계의 종 치는 횟수를 세는 말.
24 만뢰(萬籟). 자연계에서 나는 온갖 소리.
25 구적(俱寂). 모두 고요함.
26 벽공(碧空). 맑게 갠 푸른 하늘.
27 일편명월(一片明月). 한 조각의 밝은 달.
28 교교(皎皎)하다. (달빛이) 맑고 밝다.
29 '무릅쓰고'.
30 육혈포(六穴砲). 탄알을 재는 구멍이 여섯 개 있는 권총.

프레데릭 백작: 로로, 기치, 꿈쩍 말어라.

키티 그레아·로로: 아!

설명: 로로와 기치는 육혈포에 포위 공격을 당하였다. 하릴없이 손을
들었다. 후레데릭구 백작의 부하는 로로와 기치를 잡으랴고 점점
가까이 온다. 그때야 로로는 어떠한 틈을 발견하였는지, 후레데릭
구 백작 부하에게 비호같이 달려들어, 쌍방에는 맹렬한 쟁투가 일
어났다. 이때에 기치는 한 틈을 얻어 문을 열고 나가니 그곳에는
후레데릭구 백작이 서있다. 후레데릭구 백작은 싫어하는 기치를 억
지로 자동차에 태와 멀리 국경 사막 가운데로 돌진해 간다. 맹렬히
싸우고 있던 로로는 후레데릭구 백작의 부하를 다 뚜드려 눕힌 뒤
에 밖에 나와 본 즉 기치가 보이지 않는다. 아, 눈을 들어 멀리 국
경 사막을 보니 질주하야 가는 자동차 안에 기치가 타고 있다. 이
것을 본 로로, 옆을 보니 빈 자동차가 하나 있다. 그 자동차에 뛰어
올라, 한도루를31 손에 잡고, 가소린의32 소리 높이 높이, 일사천리
지세로33, 기치의 탄 자동차를 맹렬히 추격하게 되었다.

---

31 핸들(handle). (자동차나 자전거 등의) 방향을 틀거나 조정하는 손잡이.

32 가솔린(gasoline)

33 일사천리지세(一瀉千里之勢), 강물이 빨리 흘러 천 리를 가는 것처럼, 어떤 일이
거침없이 빨리 진행되는 기세.

6. 모로코

원작영화: <Morocco>(미국 Paramount, 발성영화, 1930)

감독: Josef von Sternberg

주연: Gary Cooper · Marlene Dietrich

상영정보: 1931. 10. 7. 조선극장 개봉(『동아일보』 1934. 10. 8.)

음반번호: Polydor19337

설명: 박창원

발매일자: 1936. 11.

가사지

Polydor19337 A면

…音樂…

무쇠라도녹일것갓흔 佛領 아프릿카에 土蠻과對峙하고잇는 有名한모
록코의 外人部隊!

이外人部隊에 志願하는사람들은 故鄕을팔고 집을버리고 名譽와財産
도 썰처버린다음 알제리아 沙漠에서 一生을맛치려는사람들뿐임니다
兵士의톰 쌕라운도그러한過去를가진 한사람이엿으니 그는어듸로보아
도 미웁지안흔산아희엿다 異國하날아래 뭇 들의밋음을저바린 톰! 그러
나洞里 캬레바에새로온歌手 아미가년즛이준열쇠를가지고 아미의방을
차저갓다

아미 「外人部隊에오신지멧해나되나요」

톰 「한三年됩니다 벽에걸닌저寫眞은 당신의男便임니까-」

아미 「흥 男便요 男便삼고십흔사람을 아즉맛나지를못햇음니다-」

톰 「나亦 그럿음니다 그런데 웨당신은 第二의自殺處라고하는 이런곳엘오시엿나요」

아미 「外人部隊에志願할째 過去를말씀안햇겟지요 女子亦是外人部隊가잇담니다 그러나 우리들은軍服도업고 勳章도업고 或勇敢한일로 負傷당해도 붕대도업고-」

톰 「아미 나로써 될수잇는일이라면」

아미 「그런말은실증이낫음니다 나가주세요 나는당신이웬일인지 조와질것만갓음니다-」

사랑을도적마질째로맛고난 텅뷔인 아미의그가슴에도 쏘다시情熱의불길이 타오르기始作한다. 아미를作別하고 도라오든途中 前부터톰과비밀함을 매져오든 세사루中尉婦人의嫉妬- 土人을식혀톰의生命을쌔아스려하엿으나 도리혀 톰에게 土人들은 죽어넘어젓다 세사루中尉에게 取調를밧고 軍法會議를밧게되려는톰!

그러나 아미와 한배를타고온 巴里의紳士 배시엘의도움으로 救함을입엇다. 톰은아미의 化粧室을차저와서 갓치軍隊를脫走하기로 約束하엿으나 아미를 사랑하는 自己의恩人 배시엘의存在를 生覺하니 아미를爲하여서도 一個軍卒인自己보다도 富豪인배시엘과結婚함이 아미의幸福일것을밋고 커다란채경에다 白粉으로

「마음이변하엿다 幸福을빈다」

잇흔날아츰 沙漠을向하여 쩌나가는外人部隊行進의북소리나팔소래 (軍樂)

兵士들의뒤에는 노새와양을끌고가는 女子들이짜라간다-

아미 「저女子들은무엇인가요」

아미는 배시엘에게무럿다

배시엘 「저모양으로 兵士들의뒤를 어듸던지 짜러감니다 그러나女子가 짜라가보면 男子가죽엇을째도잇담니다」

아미 「아·이밋친女子들이군요」

배시엘 「글세요 그런지모르겟음니다만은 그女子들은 兵士들을 각각사랑하고잇음니다·」

Polydor19356 B면

…音樂…

톰이써나간후 數週日동안자포자기한생활을하는아미를 한결갓치 親切히하여주는 배시엘! 드듸여 아미는 結婚을承諾하엿다 約婚피로연의밤 사하라沙漠으로갓든 톰의軍隊는도라왓다·

그러나 톰이重傷되여 아말파에써러젓다고할째 그를원망하고 저주하든 아미는 톰을차저 그밤으로 自動車를모라· 아말파로·

톰이重傷하얏다는것은 샛빩안거짓말이엿고 다른出征部隊에編入되엿다 아미는 酒店에서술마시는 톰을맛나고야말엇음니다·

톰 「아미· 당신은 돈만흔그사람과 結婚하지안씀니까·」

아미 「結婚요 勿論하지요 나는중간에마음이변하는 당신갓지는안으니까요」

톰 「나는來日 새벽에出發합니다 나와주시겟음니까·」

아미 「글세요·」

톰 「그러면 幸福을빕니다」

내여던지듯키한마듸의말을남기고 集合나팔소래 나는곳으로나가버린다 밋음을저바린 變心한사나희를 원망하는아미! 문득테불에노흰카트를보앗을째 아미는놀납고반가윗으니 그것은화살마즌하-트에 「아미」라고 自己의일흠을삭이엿음니다 말못하고 가슴태우는쓰라린사랑 비로소 톰의 冷情한態度가운데 眞情한사랑이숨어잇엇다는것을깨다른아미는 物質의滿足을채워주는 그사랑보다도 희생과情熱로된 진실한 톰의사랑을發見하엿다-

出征의날!

아미는 배시엘과갓치 톰을餞送하여주려나왓다 그째는砂漠의바람이몹시부는아츰이엿다- 號令이써러지자 兵士들은砂漠저便을向해서-

(軍樂)

만흔女子들은 쏘짐을메고 뒤를짜러간다 써나는톰을바라보든아미 사라도라올는지 죽어못올는지 모르는막연한길로사랑하는톰을 홀노보내기에는 아미의마음은 너무도안타가윗다-

아미 「배시엘씨 오늘까지의 親切은 쎠에숨이고잇음니다만은 나는 톰을사랑함니다 사랑하는톰을짜라감니다 부대幸福히지내십시요-」

前날에兵士들의 뒤를짜라가든女子들을 비웃쓴아미도 거즛과 혀영을말하는 굽놉흔 비단구두를 버서던지고 불붓는砂漠의 모래알을밟어가며 砂漠저편으로 사랑의 오아씨스를 차저 머러지는 북소래와 아울너 그의 거림자도초연히슬어진다-

현대표기

Polydor19337 A면

　설명: 무쇠라도 녹일 것 같은 불령[1] 아프리카에 토만과[2] 대치하고 있는

---

1 불령(佛領). 프랑스의 영토.

유명한 모로코의 외인부대! 이 외인부대에 지원하는 사람들은 고향을 팔고 집을 버리고 명예와 재산도 떨쳐버린 다음 알제리아[3] 사막에서 일생을 마치려는 사람들뿐입니다. 병사의 톰 브라운도[4] 그러한 과거를 가진 한 사람이었으니 그는 어디로 보아도 믿지 않은 한 사나이였다. 이국 하늘 아래 뭇 들의 믿음을 저버린 톰! 그러나 동리 카바레에[5] 새로 온 가수 아미가[6] 넌지시 준 열쇠를 가지고 아미의 방을 찾아갔다.

아미: 외인부대에 오신 지 몇 해나 되나요?

톰: 한 삼년 됩니다. 벽에 걸린 저 사진은 당신의 남편입니까?

아미: 흥, 남편요? 남편 삼고 싶은 사람은 아직 만나지를 못했습니다.

톰: 나 역[7] 그렇습니다. 그런데 왜 당신은 제이의 자살처라고 하는 이런 곳엘 왜 오시었나요?

아미: 외인부대에 지원할 때 과거를 말씀 안 했겠지요? 여자 역시 외인부대가 있답니다. 그러나 우리들은 군복도 없고, 훈장도 없고, 혹 용감한 일로 부상당해도 붕대도 없고….

톰: 아미, 나로써 될 수 있는 일이라면….

아미: 그런 말은 싫증이 났습니다. 나가 주세요. 나는 당신이 웬일인지 좋아질 것만 같습니다.

설명: 사랑을 도적맞을 대로 맞고 난 텅 비인 아미의 그 가슴에도 또

---

2 '토만(土蠻)'으로 추정. 원주민.
3 알제리(Algérie). 아프리카 대륙 서북부에 있는 공화국.
4 톰 브라운(Tom Brown)
5 '카바레(cabaret)'. 쇼를 즐기면서 술을 마시고 춤도 출 수 있는 술집.
6 아미 졸리(Amy Jolly).
7 역시.

다시 정열의 불길이 타오르기 시작한다. 아미를 작별하고 돌아오던 도중 전부터 톰과 비밀함을 맺어오던 세사루8 중위 부인의 질투. 토인을9 시켜 톰의 생명을 빼앗으려 하였으나 도리어 톰에게 토인들은 죽어 넘어졌다. 세사루 중위에게 취조를 받고 군법회의를 받게 되려는 톰! 그러나 아미와 한 배를 타고 온 파리의 신사 배시엘의10 도움으로 구함을 입었다. 톰은 아미의 화장실을 찾아와서 같이 군대를 탈주하기로 약속하였으나 아미를 사랑하는 자기의 은인 배시엘의 존재를 생각하니 아미를 위하여서도 일개 군졸인 자기보다도 부호인 배시엘과 결혼함이 아미의 행복일 것을 믿고 커다란 채경에다11 자분(自粉)으로12, "마음이 변하였다. 행복을 빈다." 이튿날 아침 사막을 향하여 떠나가는 외인부대 행진의 북소리 나팔소리. 병사들의 뒤에는 노새와 양을 끌고 가는 여자들이 따라간다.

아미: 저 여자들은 무엇인가요?
설명: 아미는 배시엘에게 물었다.

배시엘: 저 모양으로 병사들의 뒤를 어디든지 따라갑니다. 그러나 여자가 따라가 보면 남자가 죽었을 때도 있답니다.
아미: 아이, 미친 여자들이군요.
배시엘: 글쎄요, 그런지 모르겠습니다마는 그 여자들은 병사들을 각각 사랑하고 있습니다.

---

8 세자르(Caesar).
9 토인(土人). (얕잡아 이르는 말로) 미개 지역에서 원시 생활을 하는 종족. 흑인.
10 베시엘(Bessiere).
11 체경(體鏡). 몸 전체를 비추어 볼 수 있는 큰 거울.
12 '백분(白粉)'의 오식으로 추정. 화장할 때 쓰는 흰 색 가루. 밀이나 쌀 따위의 흰 가루.

Polydor19356 B면

설명: 톰이 떠나간 후 수 주일동안 자포자기한 생활을 하는 아미를 한결같이 친절히 하여 주는 배시엘! 드디어 아미는 결혼을 승낙하였다. 약혼 피로연의 밤, 사하라 사막으로 갔던 톰의 군대는 돌아왔다. 그러나 톰이 중상되어[13] 아말파에 떨어졌다고 할 때 그를 원망하고 저주하던 아미는 톰을 찾아 그 밤으로 자동차를 몰아 아말파로…. 톰이 중상하였다는 것은 새빨간 거짓말이었고 다른 출정부대에 편입되었다. 아미는 주점에서 술 마시는 톰을 만나고야 말았습니다.

톰: 아미, 당신은 돈 많은 그 사람과 결혼하지 않습니까?

아미: 결혼요? 물론하지요. 나는 중간에 마음이 변하는 당신 같지는 않으니까요.

톰: 나는 내일 새벽에 출발합니다. 나와 주시겠습니까?

아미: 글쎄요….

톰: 그러면 행복을 빕니다….

설명: 내어던지듯이 한 마디의 말을 남기고 집합 나팔소리 나는 곳으로 가버린다. 믿음을 저버린 변심한 사나이를 원망하는 아미! 문득 테이블에 놓인 흰 카드를 보았을 때 아미는 놀랍고 반가웠으니 그것은 화살 맞은 하트에 '아미'라고 자기의 이름을 새기었음이다. 말 못하고 가슴 태우는 쓰라린 사랑. 비로소 톰의 냉정한 태도 가운데 진정한 사랑이 숨어 있었다는 것을 깨달은 아미는 물질의 만족을

---

13 '중상을 입어'.

채워 주는 그 사랑보다도 희생과 정열로 된 진실한 톰의 사랑을 발견하였다. 출정의 날! 아미는 배시엘과 같이 톰을 전송하여 주려 나왔다. 그때는 사막의 바람이 몹시 부는 아침이었다. 호령이 떨어지자 병사들은 사막 저 편을 향해서…. 많은 여자들은 또 짐을 메고 뒤를 따라간다. 떠나는 톰을 바라보던 아미. 살아 돌아올는지 죽어 못 올는지 모르는 막연한 길로 사랑하는 톰을 홀로 보내기에는 아미의 마음은 너무도 안타까웠다.

아미: 배시엘 씨, 오늘까지의 친절은 뼈에 스미고 있습니다마는 나는 톰을 사랑합니다. 사랑하는 톰을 따라갑니다. 부디 행복히 지내십시오.

설명: 전날에 병사들의 뒤를 따라가던 여자들을 비웃던 아미도 거짓과 허영을 말하는 굽 높은 비단구두를 벗어던지고 불붙는 사막의 모래알을 밟아가며 사막 저편으로 사랑의 오아시스를 찾아서 멀어지는 북소리와 아울러 그의 그림자도 초연히 스러진다….

7. 모성(母性)

원작영화: <Seed>(미국 Universal, 발성영화, 1931)

감독: John M. Stahl

주연: John Boles · Genevieve Tobin

상영정보: 상영여부 미상.

음반번호: Polydor19044

설명: 서상필

발매일자: 1933. 1.

가사지

Polydor19044 A면

…音樂…

결혼한지十年만에다섯子女를슬하에두고 평범하나마 幸福스럽게사러가는 바드의가뎡에는 밀트레드가낫하나며 그가뎡의平和는여지업시쌔여젓다

밀트렛드 「바드·氏!참몹시도변햇슴니다그러 理想과功名心에이쓸니어 世上을흔들덧하든그意氣가다어데로갓슴니가?」

父 「네-나는子息이발서다섯임니다 手足을責任의줄노속박을當햇슴니다 이것이나의創作할수업는큰원인니겟지요」

밀트 「그러면나와갓치우리집으로가시지요 우리집은한업시조용해서글쓰기는참조탐니다」

정당한안해와子息이잇고 가뎡이잇는남의남편으로써 가뎡이복잡하다는리유로그는十年前에사랑햇든밀트레드와 不義의사랑의보금자리를쑴이엿다

母 「아이구얘들아쩌들지말고 조용히올나가거라 아버지쎄서괴로워하신다」

아모리어머니는애를쓰나 아해들의注意는순간이엿다 쮜놀고부르짓고 울고쩌드는동안 남편의가명에대한 관렴은백지갓치엷어갈짜름이다

母「여보!당신의방을쌔긋하게치워노앗습니다 다른데가실생각마시고 글을쓰세요 어린것들은注意를식힐터이니…」

父「이란리판에서무엇을쓴단말이요 생각이나오다가도 자라목처럼쑥드러가겟소」

가명과안해를배반하고 밀트레드의집으로가서 밤이나낫이나무처잇다라와도 비단결갓흔마음가진안해는 조고만한不平도업시 오히려청정하고현숙한태도로남편한태대한마음이하날보다더욱놉고 바다보다더깁헛다

女息「어머니!왜?아버지쎄서는우리와갓치 진지를아니잡수심닛가?오늘은토요일인데」母「토요일이라도 아마볼일이계신게지…」

…音樂…

사랑하는내자식들에게 슬푼빗을안보이려는어머니의거룩한마음 도라서는그눈에는 더운눈물이하염업시흘너저나왓다

父「폐기!나는당신에게할말이좀잇서서…」

母「네!알엇습니다 나와永遠이리별하겟다는말슴이겟지요 이집을쩌나 당신의 生活이幸福된다면가세요」

不義의사랑을손에이끌고 안해와子息과가명을바리고 쩌나는무정한남편 쌔여진 幸福의잣최를어듸에가차저보랴 밋고밋든그마음도사륵갓치헛터지고 밤을발켜우는눈물 잠자는어린것들쌤을 하염업시적셔내릴다름이다

Polydor19044 B면

…音樂…

가련한어머니의애긋는눈물을시러가지고 十年의세월은덧업시흘너갓다

모-든것을페리갓치바리고갓든남편 十年后에집을차저온 그는子息들을
대려가겟다는 무서운宣告를내리엇다

母「子息들을대려가겟다고요 나는그래도당신의성공을비는마음으로 저
것들을맛하가지고 행여나추어할가 병이들가十年이하로갓치 훌용한인
물들을만들여고 바누질품을파라가며 단배를주려가며길녀노을째 무슨
고생을아니햇겟슴닛가?거것들은나의희망이고생명입니다 내목숨을대신
할지언정 나는子息들은못드리겟서요」

長「어머니…그럿게말슴하시는것은 아버님쎄대한도리가안입니다 아버
지쎄서는저의들을대려다가工夫를식힌후에社會에 훌용이出世를식히려
고 그리시는것이안임닛?」

…音樂…

이말을듯는어머니의두눈에는 압흐고도쓸아린감격의눈물이고이엿다

母「아이구예야누가녀의들을 아니보내겟다고그리드냐 子息이잘되러간
다는데 아니보낼父母가어데잇드냐 너의아버지쎄서 자세한말슴을아니
해주섯기째문이지 오냐어서가거라」

어머니의압흔가슴 눈물겨운그마음을조곰도모르고서 가는것만조와라고
쮜노는아해들고요하든 그집안은소란에싸혀젓다

母「아이구애들아 가다가배곱흘나 쌩이라도좀먹고가거라」

小子「그까짓것을누가먹어요 紐育에가면훌용한 음식이만을걸요」

母「애-죠니야!너는리별의키쓰도아니하느냐 죠니야날이춥거든오바를
입고 비가오거든레인고트를닙어라 그리고이닥는것을잇지마러라」

母「오!다니!뎃기!잘가거라 그리고쥬니야녀는兄이니 나를대신해서 어
린동생들을불상이녁이고사랑해주어라」

女息「오!어머니!」

母「오냐마가렛트야울지마라 졸업하면도라올걸외우느냐」

父 「오!페기!당신은이世上에서가장훌융한女子입니다」

간단한한마듸의말을남겨노코 남편은다섯子息을다리고 쏘다시집을써나
갓다

…音樂…

母 「오!날더러훌융하다고 훌융하다고 난시야!너는결단코자식을낫치마
라 世上에父母가자식을나어이지경을당하려면 어는父母가자식을낫켓
느냐 아니다∖내가잘못하는말이겟지 자-너도어서가거라」

큰아들의사랑하든난시도써나가고 쓸々이빈집안에 머-ㄹ니봄날을내다
보는 어머니이의눈에는 자손을그리우는눈물만이 한업시흘너저나왓다

채록

Polydor19044 A면

설명: 결혼한 지 십년 만에 다섯 자녀를 슬하에 두고, 평범하나마에 행
　　복스럽게 살아가는 바드의[1] 가정에는 밀트레드가[2] 나타나며 그 가
　　정의 평화는 여지없이 깨어졌다.

밀트레드: 바드 씨! 참 몹시도 변했습니다 그려. 이상과 공명심에 이끌
　　리어 세상을 흔들 듯 하던 그 의기가 다 어데로 갔습니까?

바드: 예, 나는 자식이 발서[3] 다섯입니다. 수족을 책임의 줄로 속박을
　　당했습니다. 이것이[4] 나의 창작할 수 없는 큰 원인이겠지요.

---

1 바트 카터(Bart Carter).
2 밀드레드 브론슨(Mildred Bronson).
3 벌써.

밀트레드: 그러면 나와 같이 우리 집으로 가시지요. 우리 집은 한없이 조용해서 글쓰기는 참 좋답니다.

설명: 정당한 아내와 자식이 있고 가정이 있는 남의 남편으로써 가정이 복잡하다는 리유로5, 그는 십년 전에 사랑했든 밀트레드와 불의의 사랑의 보금자리를 꾸미었다.

페기: 아이구, 애들아 떠들지 말고 조용히 올라가거라. 아버지께서 괴로와하신다.

설명: 아무리 어머니는 애를 쓰나 아이들의 주의는 순간이었다. 뛰놀고 부르짖고 울고 떠드는 동안 남편의 가정에 대한 관념은 백지같이 엷어갈 따름이다.

페기: 여보! 당신의 방을 깨끗하게 치워 놓았습니다. 다른 데 가실 생각 마시고 글을 쓰세요. 어린것 들은 주의를 시킬 터이니….
바드: 이 난리판에서 무엇을 쓴단 말이요? 생각이 나오다가도 자라목처럼 쑥 들어가겠소.

설명: 가정과 아내를 배반하고 밀트레트의 집으로 가서 밤이나 낮이나 묻혀 있다 돌아와도, 비단결 같은 마음 가진 아내는 조고만한 불평도 없이, 오히려 청정하고 현숙한 태도로 남편한테 대한 마음이, 하날보다6 더욱 높고 바다보다 더 깊었다.

---

4 음반에서는 [이거디]로 발음.
5 이유(理由)로
6 '하늘'의 방언(강원, 경기, 전라, 충청).

딸: 어머니! 왜? 아버지께서는 우리와 같이 진지를 아니 잡수십니까?
　　오늘은 토요일인데.
페기: 음, 토요일이라도 아마 볼일이 계신 게지….

설명: 사랑하는 내 자식들에게 슬픈 빛을 안 보이려는 어머니의 거룩한
　　마음. 돌아서는 그 눈에는 더운 눈물이 하염없이 흘러져 나왔다.

바드: 페기!7 나는 당신에게 할 말이 좀 있어서….
페기: 예! 알았습니다. 나와 영원이 이별하겠다는 말씀이겠지요? 이 집
　　을 떠나 당신의 생활이 행복된다면 가세요.

설명: 불의의 사랑을 손에 이끌고, 아내와 자식과 가정을 바리고8, 떠나
　　는 무정한 남편. 깨어진 행복의 자최를 어디에 가 찾아보랴. 믿고
　　믿든 그 마음도 사륵같이9 흩어지고 밤을 밝혀 우는 눈물, 잠자는
　　어린 것들 뺨을 하염없이 적셔 낼 따름이다.

Polydor19044 B면

설명: 가련한 어머니의 애끊는 눈물을 실어 가지고 십년의 세월은 덧없
　　이 흘러갔다. 모-든 것을10 폐리같이11 버리고 같던 남편. 십년 후에
　　집을 찾아 온 그는, 자식들을 데려가겠다는 무서운 선고를 내리었다.

---

7 페기 카터(Peggy Carter).
8 버리고
9 '사력(沙礫/砂礫)'으로 추정. 모래와 자갈.
10 음반에서는 [거듥]로 발음.
11 폐리(敝履). 헌 신.

페기: 자식들을 데려가겠다구요? 나는 그래도 당신의 성공을 비는 마음으로, 저것들을 맡아가지고, 행여나 추워할까, 병이 들까, 십년이 하루같이 훌륭한 인물들을 만들려고, 바느질품을[12] 팔아 가며 단배를[13] 주려 가며, 길러 놓을 때 무슨 고생을 아니 했겠습니까? 저것들은 나의 희망이고 생명입니다. 내 목숨을 대신할지언정 나는 자식들은 못 드리겠어요.

큰아들: 어머니… 그렇게 말씀하시는 것은[14] 아버님께 대한 도리가 아닙니다. 아버지께서는 저희들을 데려다가 공부를 시킨 후에, 사회에 훌륭히 출세를 시키려고 그리시는 것이 아닙니까?

설명: 이 말을 듣는 어머니의 두 눈에는 아프고도 쓰라린 감격의 눈물이 고이었다.

페기: 아이구, 예야, 누가 너희들을 아니 보내겠다고 그리드냐? 자식이 잘되러 간다는데 아니 보낼 부모가 어데 있드냐? 너의 아버지께서 자세한 말씀을 아니 해 주셨기 때문이지. 오냐, 어서 가거라.

설명: 어머니의 아픈 가슴 눈물겨운 그 마음을 조금도 모르고서, 가는 것만 좋아라고 뛰노는 아해들. 고요하든 그 집안은 소란에 싸여졌다.

페기: 아이구, 애들아, 가다가 배고플라 빵이라도 좀 먹고 가거라.

작은아들: 그까짓 것을 누가 먹어요? 뉴욕에 가면 훌륭한 음식이 많을걸요?

---

12 바느질품(을 팔다). 남의 바느질을 해 주고 돈을 받는 일.
13 단배. 입맛이 당겨 음식을 달게 많이 먹을 수 있는 배[腹]. 단배를 곯다.
14 음반에서는 [거튼]으로 발음.

페기: 애, 조니야!15 너는 이별의 키스도 아니 하느냐? 조니야, 날이 춥 거든 오바를16 입고, 비가 오거든 레인 코트를 입어라. 그리고 이 닦는 것을 아무쪼록 잊지 말아라. 오! 다니!17 덱기!18 잘 가거라. 그리고 주니야 너는 형이니 나를 대신 해서 어린 동생들을 불쌍히 여기고 사랑해 주어라.

딸: 오! 어머니!

페기: 오냐, 마가레트야19 , 울지 마라. 졸업하면 돌아올 것을 왜 우느냐?

바드: 오! 페기! 당신은 이 세상에서 가장 훌륭한 여자입니다.

설명: 간단한 한 마디의 말을 남겨 놓고, 남편은 다섯 자식을 다리고 또다시 집을 떠나갔다.

페기: 오! 날더러 훌륭하다고? 훌륭하다고? 난시야!20 너는 결단코 자 식을 낳지 마라. 세상에 부모가 자식을 낳아 이 지경을 당하자고 할 것 같으면, 어내21 부모가 자식을 낳겠느냐? 아니다, 아니다, 내 가 잘못한 말이겠지. 자, 너도 어서 가거라.

설명: 큰아들의 사랑하든 난시도 떠나가고 쓸쓸히 빈집 안에, 머얼리 봄날을 내다보는 어머니이의 눈에는 자손을 그리우는 눈물만이 한 없이 흘러져 나왔다.

---

15 조니 카터(Johnnie Carter).
16 '오버(over)'. '오버코트'의 준말. 외투.
17 대니 카터(Danny Carter).
18 딕키 카터(Dicky Carter).
19 마가레트 카터(Margaret Carter).
20 낸시(Nancy).
21 어느

8. 백장미(白薔薇)

원작영화: <The White Rose>(미국 United Artist, 무성영화, 1923)

감독: D. W. Griffith

주연: Mae Marsh · Ivor Novello

상영정보: 1927. 1. 14. 단성사 개봉(『동아일보』, 1927. 1. 14.)

음반번호: Victor49040

설명: 김영환

반주: 단성사관현악단

발매일자: 1928. 12.

참조: <설명레뷰->(RegalC159, 1934. 7.)

가사지

Victor49040 A

…音樂…

문허진理想의집을다시建設하기爲하야 죠셉敎師는테이지를버리고 自己의故鄕으로도라가고마럿다. 어머니가될날이갓가워오는 테이지는 그의生涯가장神聖하고도즐거울날이엇마는愛人이바린身勢눈물이싸히여서 가즌苦痛 다격고난뒤에 이윽고그는 아비업는아들자식을生産하게되엿다 絶望에 시들어가든그의얼골에도 새로운靑春의活氣가도라오려할때 旅館에서일보는 老人한사람이그방으로드러왔다. ㅇ!테이지아! 대단히가엽슨일이생기엿구나아비업는子息을나앗다고主人마나님이나가라고하시니 이노릇을엇더케한단말이냐?…네나가라구요?네-나갑지요 나가겟습니다…너모나無情한宣告가 가련한母子에게서리갓치흘너나리엿다. 서른눈물흘니며 행장을단속하야 인연깁든 쑤류-리-바-를쩌나가는 것이엇다. 테이지야잘가거라광대한세상에 오즉救助를바드려면여긔밧게업는것이다 이十字架를記憶하여라 그리고어린것의일홈은 알렉산다-라고하여주어라 녯적에알렉산다-라고하는사람은 아버지가업서도 能히世界를征服한사람이엇섯다 오냐그러면테이지야! 아모조록잘가거라. …안령히게십시오 그리고테이지가불상한 게집아해라고생각하여주서요 老人의恩惠만은영구히잇지안켓슴니다 …망망한구름밧게정처업시쩌나가는 가련한테이지는어린자식을품에안고잇업시흘너가는漂浪의나그내가되고마럿다.

Victor49040 B

定處업시도라다니든테이지는 異常한緣分으로 어늬黑人의女子의집에依支하게되엿스나不幸히도병이드러 세상과의연분은점-점열버가는것이엇다. …갈길을재촉하는가련한테이지는멍중에도잇칠수가업는 쏘셉교사를눈압헤그리며…생각하면일년전에여관에서처음만나 쑤류-리-바의초원에다 사랑의보금자리를만들던…그-즐거웁든생애가 쏘다시그리웁다. (樂)…새벽하날-별빗이쩌저질쌔까지 욱어진白薔薇의그늘속에 永劫의盟誓를짓든것도 오늘날생각하니모두가허무한한쌔의꿈이엇다.…오!나의사랑하든쏘셉지금당신은 어늬곳에게심니까? 테이지가마즈막으로 당신을한번맛나보고쩌나려고 기대리고잇세요…쏘셉! 인제얼마아니남엇슴니다‥어서와주세요쏘셉! 제발이쌔에어서도라와주세요…죽어가는이지를위하야 黑人의女子는牧師를請하여오려고하엿다오!이가엽슨白人의女子를 참혹하게죽여버려들수가업다 黑人의女子가牧師를請해온것이 맛참내懺悔의눈물을흘니고잇든쏘셉이엇다. 오!테이지야!테이지야!웬일이냐응?

나를용서하여라 너의생애를참혹하게만들넌것은모두가쪼셉의罪이엇다.…
반가운그의음성에 황천길을써나가든테이지는 어렴풋이눈을썻다. 오쪼
셉!웨인제오섯세요…쪼셉! 엇지도나는당신이보고십혓든지 엿해까지기
대리고잇섯더람니다… 쪼셉과테이지는 病席에서結婚하엿고 慈悲하신
神靈은그女子를배서가지아니하엿다 (樂)…

현대표기

Victor49040 A면

> 설명: 무너진 이상의 집을 다시 건설하기 위하여 조셉 교사는¹ 테이지
> 를² 버리고 자기의 고향으로 돌아가고 말았다. 어머니가 될 날이
> 가까워 오는 테이지는 그의 생애 가장 신성하고도 즐거울 날이건
> 마는 애인이 버린 신세 눈물이 쌓이어 갖은 고통 다 겪고 난 뒤에
> 이윽고 그는 아비 없는 아들 자식을 생산하게 되었다. 절망에 시들
> 어 가던 그의 얼굴에도 새로운 청춘의 활기가 돌아오려 할 때 여관
> 에서³ 일 보는 노인 한 사람이 그 방으로 들어왔다.

> 노인: 테이지야! 대단히 가엾은 일이 생기었구나. 아비 없는 자식을 낳
> 았다고 주인 마나님이 나가라고 하시니 이 노릇을 어떻게 한단 말
> 이냐?
> 티지: 네, 나가라고요? 네, 나갑지요. 나가겠습니다.

---

1 조셉 보거드(Joseph Beaugarde). 원작영화에서 조셉은 교사가 아닌 목사(牧師)임.
2 베시 티지 윌리엄스(Bessie Teazie Williams). 원작영화의 여주인공은 서머 호텔 여급임.
3 원작에서는 '서머 호텔'.

설명: 너무나 무정한 선고가 가련한 모자에게 서리같이 흘러내리었다. 서러운 눈물 흘리며 행장을 단속하여 인연 깊은 블루리버를 떠나가는 것이었다.

노인: 테이지야, 잘 가거라. 광대한 세상에 오직 구조를 받으려면 여기밖에 없는 것이다. 이 십자가를 기억하여라. 그리고 어린 것의 이름은 알렉산더라고 하여 주어라. 옛적에 알렉산더라고 하는 사람은 아버지가 없어도 능히 세계를 정복한 사람이었었다. 오냐, 그러면 테이지야, 아무쪼록 잘 가거라.

티지: 안녕히 계십시오. 그리고 테이지가 불상한 계집아이라고 생각하여 주세요. 노인의 은혜만은 영구히4 잊지 않겠습니다.

설명: 망망한 구름 밖에 정처 없이 떠나가는 가련한 테이지는 어린 자식을 품에 안고 끝없이 흘러가는 표랑의5 나그네가 되고 말았다.

Victor49040 B면

설명: 정처 없이 돌아다니던 테이지는 이상한 연분으로 어느 흑인의 여자의 집에 의지하게 되었으나 불행히도 병이 들어 세상과의 연분은 점점 엷어져 가는 것이었다. 갈 길을 재촉하는 가련한 테이지는 몽중에도6 잊힐 수가 없는 조셉 교사를 눈앞에 그리며 생각하면 일년 전에 여관에서 처음 만나 블루리버의 초원에다 사랑의 보금자리를 만들던 그 즐겁던 생애가 또다시 그립다. 새벽하늘 별빛이 꺼

---

4 영구(永久)히. 끊임이 없이 오래. 매우 오래도록.
5 표랑(漂浪). 뚜렷한 목적이나 정한 곳이 없이 이리저리 떠돌아다님.
6 몽중(夢中). 꿈속.

져질 때까지 우거진 백장미의 그늘 속에 영겁의7 맹세를 짓든 것도 오늘날 생각하니 모두가 허무한 한 때의 꿈이었다.

티지: 오! 나의 사랑하던 조셉. 지금 당신은 어느 곳에 계십니까? 테이지가 마지막으로 당신을 한번 만나보고 떠나려고 기다리고 있어요. 조셉! 이제 얼마 아니 남았습니다. 어서 와 주세요. 조셉! 제발 이때에 어서 돌아와 주세요.

설명: 죽어가는 테이지를 위하여 흑인의 여자는 목사를 청하여 오려고 하였다. 오! 이 가엾은 백인의 여자를 참혹하게 죽게 내버려 둘 수가 없다. 흑인의 여자가 목사를 청해 온 것이 마침내 참회의 눈물을 흘리고 있던 조셉이었다.

조셉: 오! 테이지야! 테이지야! 웬일이냐. 응? 나를 용서하여라. 너의 생애를 참혹하게 만들던 것은 모두가 조셉의 죄이었다.

티지: 반가운 그의 음성에 황천길을8 떠나가던 테이지는 어렴풋이 눈을 떴다. 오, 조셉! 왜 이제 오셨어요? 조셉! 어찌도 나는 당신이 보고 싶었던지 여태까지 기다리고 있었더랍니다.

설명: 조셉과 테이지는 병석에서 결혼하였고 자비하신 신령은 그 여자를 뺏어가지 아니하였다.

---

7 영겁(永劫). 영원한 세월.
8 (죽은 사람의 혼이) 저승으로 가는 길.

9. 벤허

원작영화: <Ben Hur>(미국 United Artist, 무성영화, 1926)

감독: Fred Niblo

주연: Ramon Novarro · Francis X. Bushman

상영정보: 1929. 1. 10. 단성사 개봉(『동아일보』 1929. 1. 10.)

음반번호: Columbia40143

설명: 서상필

발매일자: 1931. 1.

채록

Columbia40143 A면

　　설명: 때는 기원전 헤로데 왕의 시대, 이교도 로마의 세력은¹ 승천욱일
　　같이² 절정에 달하였고, 장갑 병사의 발자최³ 소래는⁴, 전 세계를
　　무서운 전율에 싸이게 하였다. 그리하야 모든 토지로부터 학대받은
　　사람들이 부르짖는 소래는, 구세주를 찾는 기도 소래와 같이 물 끓
　　듯 하였다. 유대에는 이스라엘의 밝은 빛이⁵ 진흙 속에 스러졌고,
　　그리하야 정복당하고, 박해당한 황금의 예루살렘은, 성벽의 그림자
　　까지도 참담한 눈물에 싸이어 있었다. 때는 12월 24일, 나그네 무
　　리는 요파의 문안과 문 밖에 구름같이 모여 들었으니, 그들은 시리

1　음반에서는 [셰려근]으로 발음.
2　승천욱일. 욱일승천(旭日昇天). 아침 해가 하늘에 떠오름. 또는 그런 기세.
3　발자취.
4　소리.
5　음반에서는 [비시]로 발음.

아 사람, 기리시아6 사람, 유대7 사람, 에집트8 사람, 모두 다 고국을 그리워하는 가이없는9 나그네들이었었다. 그 이유는 로마가 전 세계에 납세를 명하야, 남자는 누구나 모두가 강제로 점호에10 응하게 하였기 때문이었다. 소란한 예루살렘의 거리에는, 로마의 새로운 폭군 그라다스가 부임하게 되어 있고, 모든 인민은 극도에 달한 원망과 격분으로 그를 기다리고 있었다. 재산을 가진 사람은 재산을 빼앗길까 두려워하였고, 피난 온 사람들은 생명을 빼앗길까 두려워하야, 이르는 곳마다 불안으로 가득 찼다. 횡폭한11 로마의 군인들은 길을 횡단했다는 죄명 아래, 젊은 여자를 잡아가지고, 머리채를 끄들며12 마치 개나 도야지처럼13 천대하였다. 바라보던 한 사람은 분함을 견디지 못하야 원수를 갚으려 할 때, 옆의 사람은 권하였던 것이다.

옆의 사람: 우리는 유태의 사람이다. 로마의 사람을 어떻게 할 수 있느냐? 무엇보다도 반항하면 목숨을 빼앗긴다. 참아라.

설명: 유대의 귀족 중에는 수백 년 동안 세력을 펴고 있는 뼁허라는14 사람이 있었으니, 그의 크나큰 저택에도 이 무서운 불안은 물결쳐 들어왔다. 이때에 거리고 지나가던 뼁허는 실수하야 로마 군인의 발을 밟았다.

---

6 그리스(Greece). 유럽 동남부 발칸 반도의 남쪽 끝에 위치한 공화국.
7 유대(Judea). 유다 왕국.
8 이집트.
9 가엾은.
10 점호(點呼). (군대에서) 한 사람씩 이름을 불러 모두 다 있는지를 확인하는 일.
11 횡포(橫暴). 거리끼거나 주저하지 않고 난폭하게 구는 것.
12 '꺼들다'의 북한 지역 방언. 잡아 쥐고 당겨서 추켜들다.
13 돼지.
14 벤허(Ben Hur).

로마 군인: 이놈아 눈이 없느냐? 말할 거리도 못되지마는 너 같은 인종은 이곳으로부터[15] 떠나가거라.

벤허: 음, 나는 나의 동무가 되는 로마의 시자[16] 메사라를[17] 만나려 하는 것이다.

로마 군인: 메사라여, 나는 그대의 근본을 잘 알았다. 유대 사람이 그대를 동무라고 부르는 것을 보아 이제야 알았다.

설명: 이 말을 들은 메사라는 자기에게는 다시없는 모욕으로 생각하고, 여러 사람의 눈을 피하야, 성 밑으로 뻔허를 데리고 왔다.

벤허: 메사라여, 몇 해를 그리운 대면인가? 오늘날 로마의 무사가 된 그대를 만나보는 것은[18], 참으로 천만 의외의 일이다. 나의 어머니나 누이동생이 그대를 보면 물론 반가워할 것이다. 자, 메사라여, 우리집으로 같이 가자.

설명: 그래도 뻔허는 옛날의 동무를 잊지 아니하고 우정을 생각하야, 메사라를 다리고[19] 자기의 집으로 돌아왔다.

Columbia40143 B면

벤허: 메사라여, 그대는 참으로 잘 돌아왔다. 로마의 사람으로 우리를 알아 줄 사람도 그대밖에는 없는 것이다.

---

15 음반에서는 [이고드로부터]로 발음.
16 시자(侍者). 천자에게 입시(入侍)하는 제후나 속국 임금의 아들.
17 메살라(Messala).
18 음반에서는 [거든]으로 발음.
19 데리고

메사라: 음, 로마는 정복한 인민을 지배하는 것이다. 그러므로 정복을 당한 인민일사록[20], 로마를 몰라서는 아니 된다. 유대인의 감정을 해하려고 하는 것은 아니지마는, 그러나 완고한 유대인은, 지배자에게 공손할 것을[21] 잊어서는 아니 된다.

벤허: 오, 나의 동무 메사라는 로마 사람이 되고 말았구나.

메사라: 응? 그것이 어째서 잘못되었단 말이냐? 로마의 사람이 되는 것은[22] 세계를[23] 지배하는 것이 아니냐? 유대 사람이 되는 것은[24] 진흙 속에 파묻히는 것이다. 너는 유대 사람이 되는 것을 잊어라.

벤허: 메사라여, 너는 유대 사람이 아니고 무엇이냐? 너의 혈관에는 언제든지 유대의 붉은 피가 굽이치고 있는 것이다. 너는 로마의 사람이 되는 것을 잊어라.

설명: 유대의 사람으로 로마에 가서, 부귀와 영화가 일신에 넘치게 된 메사라의 눈에는, 자기의 조국도 동무도 아무 것도 보이지 않았다. 이때 맞참[25] 거리에는 집정자[26] 그라다스의 행렬이 지내가는 나팔 소래가 들리어 온다. 메사라는 밖으로 나갔고 뻥허는 높은 곳에서[27] 구경하다가 개왓장을[28] 떨어뜨려 이로 말미암아 어머니와 누이동생과 세 사람은 다 같이 메사라에게 붙들려가게 되었다. 뻥허

---

20 인민일수록.
21 음반에서는 [거들]로 발음.
22 음반에서는 [거든]으로 발음.
23 음반에서는 [세계를]으로 발음.
24 음반에서는 [거든]으로 발음.
25 마침.
26 집정자(執政者). (옛날 서양의) 행정권을 가지고 다스리는 관리.
27 음반에서는 [고데서]로 발음.
28 기와장.

는 마상에[29] 높이 앉아 호령하는 메사라를 보았다. 그는 철천의[30] 불안을 참지 못하야,

벤허: 오, 신이여, 심판의 날이 돌아와 나로 하야금 저에게 원수의 심판을 갚게 하야 주소서.

설명: 끌려가는 유대의 사람들. 그들은 불타는 황야를 거쳐 바다로 가는 것이었다. 그리하야 그들은 종신토록[31] 군용선 자르의 노 젓는 조수[32]로 고생하게 되었다. 인간으로서는 당하지 못 할 무서운 학대와 고통. 한 사람의 늙은이는 견대다[33] 못하여서,

늙은이: 오, 신이시여. 이제는 더 참을 수 없습니다. 차라리 나에게 죽음을 주소서.

설명: 뻥허는 옆에서 늙은이의 부르짖는 소래를 들었다.

늙은이: 에이, 비겁한 놈. 적이 살아 있는 동안에는 생명을 달라고 부르짖어라.

설명: 이때 맛참[34] 선내를 순례하던 아리우스[35] 장군이 이 말을 들었다.

---

29 마상(馬上). 말의 등 위.
30 철천(徹天). 하늘에 사무친다는 뜻으로, 두고두고 잊을 수 없도록 뼈에 사무침을 이르는 말.
31 종신(終身)토록. (사람이) 늙어서 죽을 때까지.
32 조수(漕手) 노잡이. 노를 젓는 사람.
33 견디다.
34 마침.
35 아리우스(Arrius).

아리우스: 자르 노예가 살고 싶다고? 몇 해 동안이나 너는 노를 저었느냐?

벤허: 오냐, 너희들의 달력으로는 3년이지마는 우리들의 달력으로는 300년이다.

아리우스: 그러면 너는 어찌하야 살아 있느냐?

벤허: 음, 나는 원수를 갚기 위하야 살아 있다.

아리우스: 그러면 너는 로마의 사람이냐?

벤허: 아니다. 죽어도 살아도 나는 언제든지 유대의 사람이다.

설명: 이 무서운 학대와 굴욕에도 굴하지 않고, 뺑허는 강철 같은 그 정신이 조금도 변함없이, 사람다운 기운을 최후까지 나타내었다.

10. 보 제스트

원작영화: <Beau Geste>(미국 Paramount, 무성영화, 1927)

감독: Percival Christopher Wren・Louis Nalpas

주연: Ronald Colman・Neil Hamilton

상영정보: 1927. 11. 20. 조선극장 시사회(『동아일보』 1927. 11. 20.)

음반번호: Columbia40058-9

설명: 김조성

반주: 관현악

발매일자: 1929. 12.

채록

Columbia40058 A면

설명: 남성과 여성에 대한 사랑은 달과 갓하여1 명랑도 허고2 이즈러도
지지마는3, 형제와 형제에 대한 사랑은 영원불변의 정신이 진리였
으므로 영원이4 지속혈5 수 있는 것이다.6 안개가 깊은 론돈7 시내
에는, 브랜톤8 별장이라고 사람마다 부르는 광대헌9 후원이 있다.

---

1 갓아서.
2 하고
3 이지러지기도 하지마는.
4 영원히.
5 지속할.
6 음반에서는 [거디다]로 발음.
7 런던(London).
8 브랜든(Brandon).
9 광대(廣大)한.

주인은 동양으로 떠난 다음 소식조차 끈허지고[10], 그 뒤를 이어서 그의 아내 파또리샤 부인이[11] 조카 아들 삼형제와 조카딸 하나를 내 자식 같이[12] 양육허여 오며, 근근한 생활을 계속허고 있다. 어느 날인가 이이네 어린 아이는 널따란 정원 한복판으로, 흐르는 냇가에서 해□을 허며 재미있게 놀고 있다. 한 □□로 영감이 공훈을 세운 쩐을[13] 위허여, 맏형 뽀 제스트는[14] 해적식 장사로서[15], 그 명예를 표장허여[16] 준다. 코코스 떡삐야[17], 조상[18] 나팔을 불어라.

보 제스트: 떡비야, 이것이 내가 일상 말하던 해적식 장사란다. 너는 잊지 말고 기억하였다가, 내가 먼저 죽거든, 이 해적식 장사를 지내 다오.

딕비: 형님, 내가 먼저 죽어도 꼭 이대로 장사를 지내 주어요.

설명: 맛침[19] 브랜톤 집을 방문한 두 손님이 있다. 한 사람은 이 집에 대대로 전하여 내려오는, 불류워타라는[20] 유명한 보석을 구경허러 온, 인도 왕자의 라무생이요[21], 한 사람은 파토리사 부인이, 어렸을

---

10 끊어지고.
11 패트리샤 브랜든(Lady Patricia Brandon).
12 같이.
13 존 제스트(John Geste).
14 마이클 보 제스트(Michael Beau Geste).
15 장사(葬事). (격식을 갖추어) 죽은 사람을 땅에 묻거나 화장하는 일.
16 표장(表章)/표창(表彰). (공적, 선행, 학업 우수 등의) 훌륭한 사실을 칭찬하여 널리 알리기 위해 상을 주는 것.
17 딕비 제스트(Digby Geste).
18 조상(弔喪). 사람이 죽었을 때 그 유족을 찾아가 위로하거나 그 사람을 기리며 애도하는 것.
19 마침.
20 블루워터(Blue water).
21 램 싱 왕자(Prince Ram Singh).

때부터 친절히 지내든 불란서 외인부대 대장, 보조레 소장이였다[22]. 어린 아이들은 그 소장에게 아라비아 토인의[23] 이야기를 듣고, 즉시 그 숭내를[24] 내이며 한참 재미있게 놀고 있다.

패트리샤: 라무생 왕자시여, 그 보석을 내놓기는 참으로 애석헌[25] 일입니다마는, 그러나 지금 제 형편으로는 생활이 여간 곤란이 아니니까요. 그리고 왕자께서 희망이시라니 그 보석을 팔어 드리겠습니다.

설명: 뽀 제스트는, 이상히도 이 시간에 사□ 뒤에 숨어 서서 이 이야기를 낱낱이 엿들었습니다. 그리고 아주머니를 동정허여 은근히 눈물을 머금었다.

Columbia40058 B면

설명: 그리허여 십오 년이라는 세월은 꿈결겉이 지내갔다. 빠도리샤 부인의 양육을 받은 네 어린 아이들도 인제는[26] 성장을 허여 일인[27]대[28] 일인 역을 충분히 허게 되였습니다. 세 형제의 굳은 사랑은 어렸을 그 때와 조금도 변함이 읎었다. 담은[29] 변함이 있다 허면 쩐과 이소벨[30] 사이의 이성의 사랑이 눈터 올 뿐이다. 의외에도 상해에

---

22 보졸레 소령(Major de Beaujolais).
23 토인(土人). 흑인. 미개 지역에서 원시 생활을 하는 종족.
24 흉내.
25 애석(哀惜)한. 슬프고 아까운.
26 이제는.
27 일인(一人). 한 사람.
28 대(對).
29 다만.

가 있는 이 집 주인 헤크다의[31] 전보가 왔다. "불류워타를 판 돈을 곧 받아 두어라. 나는 곧 돌아간다." 이 전보와 불류워타는 한 가족이 모여 앉을 식탁 우에다 놓였다. 불류워타로 말미암아 아주머니의 기맥힌[32] 근심과 슬픔은, 즉시 세 형제의 심금을 울리어 준다. 이때에 별안간 불이 탁 꺼졌다. 몇 초가 지난 다음 불이 다시 켜지고 보니, 지금꺼지 놓여 있던 불류워타가 간 곳이[33] 없다.

패트리샤: 무슨 장난을 이렇게 허느냐? 아주머니를 속이려고? 쩐이 가져갔니?

존: 아니요.

패트리샤: 그러면 딕비냐?

딕비: 아니요.

패트리샤: 마이켈이냐?

보 제스트: 저는 없습니다.

패트리샤: 누군지 분명히 이 방에 있던 사람들 중에서, 그 보석을 집어간 것이다. 내일 아침꺼지 제자리에 갖다 놓지 않으면, 이 아주머니는 을마나[34] 답답허고 슬퍼할런지 모른다.

설명: 날이 밝으매 이 집에는 다시 새로운 변화가 생겨서, 여러 사람을 놀래였다. 그것은 세 형제가 서로서로, 그 보석을 제가 집어간 것이라고, 눈물 서리운 편지를 써 놓고 이 집을 나갔든 것이다. 글로부

---

30 이사벨(Isabel).
31 헥터(Hector).
32 기막힌.
33 음반에서는 [고디]로 발음.
34 얼마나.

터[35] 수개월이 지난 다음, 이 세 형제는 하날이[36] 가라치자[37] 같은 시간에 아블리카[38] 불란서 외인부대에 참가를 허였다. 그리허여 형 뽀 제스트와, 끝의 동생 쩐은, 이 사막에서도 제일 깊은 찐따노프 성의 수비병이 되여, 아라비아 토인과 연일연야[39] 격전을 계속 허고 있다. 겨우 사십 명 밖에 안 되는 수비병을 가지고는, 도저히 토인들을 막어내는 수가 없었다. 하나가 넘어지면 또 하나가 탄알을 맞어, 점점 수효만 줄어든다. 그 중에 지휘관으로 있는 내종 군조는[40], 비록 행동은 개와 같으나, 군인으로서는 귀신과 같이 용감하였다. 우연히도 뽀 제스트의 갖은[41] 보석을 본 다음부터는, 큰 야심을 품게 되였습니다.

35 그로부터.
36 하늘이. '하늘'의 방언(강원, 경기, 전라, 충청).
37 가르치자.
38 아프리카(Africa).
39 연일연야(連日連夜). 계속되는 여러 날과 밤.
40 레종 하사(Sergeant Lejaune). '군조(軍曹)'는 태평양전쟁 패전 이전까지 일본군의 하사관 계급.
41 가진(가지다).

11. 볼카

원작영화: <Wolga Wolga>(독일 Peter Ostermayr-Filmproduktion, 무성영화, 1928)

감독: Viktor Tourjansky

주연: Hans Adalbert Schlettow · Lillian Hall-Davis · Boris de Fast

상영정보: 1930. 5. 15. 조선극장 개봉(『동아일보』 1930. 5. 15.)

음반번호: Columbia40222

설명: 김영환

발매일자: 1931. 8.

채록

Columbia40143 A면

설명: 로서아의[1] 봉건시대, 볼가의 강물에 짐배를 세운[2] 것은 돈 코사구의[3]
대장 스텐카라 신의 의적선이었다[4]. 천적[5] 만마를[6] 두려워하지 아니하
던 의적의[7] 대장 스텐카 라신도[8], 자기의 명성과 권위와, 지위를 탐내
고 있는 부하 와시카의[9] 음모에는 겁내지 않을 수가 없었던[10] 것이다.

---

1 로서아(露西亞). 러시아(Russia).
2 음반에서는 [세윈]으로 발음.
3 카자크(터키어 Kazak, 영어 Cossack, '모험' '자유인'이라는 뜻의 터키어에서 유래).
 흑해와 카스피 해의 북쪽 후배지에 거주하는 주민. 본시 15세기 후반에서 16세기
 전반에 걸쳐 러시아 중앙부에서 남방 변경지대로 이주하여 자치적인 군사공동체를
 형성한 농민집단.
4 음반에서는 [이적선]으로 발음. 의적(義賊). 부정하게 모은 재물을 훔쳐다가 가난한
 사람에게 나누어 주는 도둑.
5 '천적(千敵)'으로 추정. 수많은 적.
6 '만마(萬馬)'로 추정. 수많은 말.
7 음반에서는 [으적]으로 발음.
8 스텐카 라친(Stenka Razin) 또는 스텐카 라신(Stenka Rasin).

와시카: 스텐카 라신은 우리의 대장이 될 자격이 없는 사나이다. 페르샤에서[11] 내가 붙들어 가지고 온 스와이네프 왕녀를[12] 멀쩡하게 지가 가로 뺏어가지고 밤이냐 낮이나 데리고 논단 말이야. 자, 계집 하나만 중히 여기어 우리를 내버린 스텐카 라신을, 이번에는 우리가 그를 버릴 차례이다. 앗! 대, 대, 대, 대장! 대장 앞에 들켰구나.

스텐카 라친: 꼼짝들 말게. 칼을 뽑았다가 도로 꼽는 것이야 코사구의 용기가 아니다. 작정한 일이 있으면 왜 그대로 하지 못해? 내 주먹이 무서우냐?

설명: 내가 쳐도 남이 친 것처럼 간사한 와시카,

와시카: 대장, 놈들이 뭘 압니까? 한번만 용서합쇼.

스텐카 라친: 이눔들아! 대장을 반역하다니, 예이 천하에 목을 베어 죽일 놈들 같으니라구. 이눔들아 사죄를 해라.

부하들: 아이구 잘못했십니다. 네, 다시는 *ㄱㄱㄱㄱㄱㄱ*, 그러지 않겠습니다.

스텐카 라친: 오냐, 그러면 너희들은 다시 코사구의 노래를 아울러 빨리 노를 저어라.

부하들: 네, 그렇게 합죠.

노래: 어기여차 어기여차/ 다시 한 번 어기여차/ 어기여차 어기여차 어기여차/ 다시 한 번 어기여차 어기여차/ 이엉차 때려라 이 배를/ 이

---

9 와쉬카(Iwaschka).
10 없었던.
11 페르시아(Persia). 아시아 남서부에 있었던 이란의 옛 왕국.
12 차이네브 공주(Princess Zaineb). 왕녀(王女). 왕의 딸.

엉차 가노라 뱃길을/ 어기여차 이엉차 어기여차 이엉차/ 젓는 노에
다 담았네/ 어기여차 어기여차//

Columbia40143 B면

설명: 그러나 와시카의 계책으로 물통을 깨뜨리어 먹을 물이라고는 한
방울도 남지 아니하였다. 무심한 태양은 그들의 잔등을 태우며 머
나먼 고향은 아직도 아득하다. 기운 없이 흘러 나리는 볼가의 뱃노
래는, 처량한 물결소래에 나날이 줄어져 간다. 의적선이 고향으로
돌아왔을 때에 계집들의 춤추고 노래 부르는 소리가 갑판 위에서
흘러 나린다. 스텐카 라신은 그 가슴에 안고 있던 어여쁜 왕녀를
거기에 놓아두고 바깥으로 나간다.

스텐카 라친: 이놈들아, 코사꾸의 여자들을 누가 이 배에다가 불러왔느
냐? 음, 와시카, 이놈의 소행이로구나.
와시카: 대장, 해적의 법률을 누가 먼저 깨트리었습니까?
스텐차 라친: 음? 해적의 법률?

설명: 그렇다. 해적의 법률은 계집을 배에 태우는 것을 금하였다.

스텐카 라친: 이 법률이야말로 스덴카 라신 내 자신이 만든 것으로, 그
것을 실행하기 위해서는 수많은 나의 부하들로 하여금, 사랑하는
어머니와 아내에게 작별들을 시키지 안 했던가. 그러던 내가 지금
에는 여자의 사랑을 구하고 있다. 어여쁜 스와이네프를 내 가슴에
안고, 향락을 꿈꾸고 있을 때, 가련한 나의 부하들은 지옥과 같이
컴컴한 선실 안에서 노에다 목을 매고 죽어가던 것이 아니었더냐?

이것이 과연 코사꾸의 대장인 스텐카 라신 내 자신으로서 당연히 할 일인가? 나의 동지들이여, 오늘밤까지 기다리라.

설명: 그날 밤 스텐카 라신은 스와이네프의 심장을 단도로 찔러 볼가의 강물에다 수장을 지내었다. 유구한 강물은 어여쁜 왕녀를 받아가지고 그리운 그의 고향 페르샤로, 흐르고 또 흘러서 아득히 사라진다. 얼마 후에 와시카의 밀고로 말미암아, 의적선은 관군의 배에 포위를 당하였다.

스텐카라라친: 자, 코사꾸의 뜨거운 피를 애끼지[13] 말고 전멸이 될 때까지 싸우자. 와시카, 너는 반역한 그 죄로 내 손에 죽어야 한다.

설명: 새벽녘에 나려진 스텐카 라신. 부하들은 모다[14] 죽고 그의 몸은 침대 위에 결박을 당하야, 서편으로 기울어지는 석양이 볼가의 물결을 피빛으로 물들일 때, 민중의 꽃이었고 자유의 권화이었던[15] 코사꾸 대장 스텐카 라신은 의적선과 한가지[16] 영원히 사라졌다고 볼가의 전설은 이와 같이 말합니다.

노래: 어기여차 어기여차/ 다시 한 번 어기여차/ 어기여차 어기여차 어기여차/ 다시 한 번 어기여차 어기여차/ 이여차 때려라 이 배를/ 이엉차 가노라 뱃길을/ 어기여차 이여차 어기여차 이여차/ 젓는 노에다 담았네/ 어기여차 어기여차//

---

13 아끼지.
14 모두.
15 권화(權化). 부처나 보살이 중생을 구하기 위하여 다른 모습으로 변하여 세상에 나타남. 또는 그 화신.
16 한가지. (둘 이상의 사물의 모양, 성질, 동작 등이) 서로 같음. 같은 종류. 마찬가지.

12. 봄소낙비

원작영화: 미상(발성영화)

상영정보: 1933. 9. 29. 조선극장 개봉(『동아일보』 1933. 9. 28.)

음반번호: Polydor19326

설명: 박창원

반주: 폴리돌 관현악단

발매일자: 1936. 8.

가사지

Polydor19326 A면

青도나부가흐르는 그리운 항가리아 마을에는 봄소낙이에對한 傳說이 잇습니다 그것은 능금꽃꽃피는 사랑의 四月 순간의過失로處女의純潔性이 배앗기려할째 하늘 나라에서 내려다보는 어머니가 딸의 貞操를 직혀주기위하여 벼란간 비를내린다고하는 거룩한 어머니마리의 이약입니다」

부다배스트에 갓가운부스다라고부르는 적은村落에 올해열닐곱살나는 孤兒 마리 남의집사리를하고잇섯다 봄 祭가잇은 저녁에 마리에게도幸福이 차저왓스나 그것은 쌀고도 하욤업슨것이엇스니 하얀능금꽃이핀 꽃나무가장기밋해서 젊은 사나희의작난의손이썟치고는 인사도업시 그대로가버리고 말엇습니다 그후 마리는 제몸에 적은 生命이 잉태된것을 아럿다 그로인해서 그만 마리는 주인집으로부터 쫏겨나고야말엇다 하늘의밝은太陽은 여름을 부르고 그후 쏘 덧업시 가을을마지한째 마리는 엇썬 조고만주점에서 소제부로일을하게 되엇습니다 겨울 어느밤 마리

는 突然히 졸도되어 침상에 쓰러젓스니 달녀온 주점 녀자들은 침상에
서 어린아희의첫우름소리를 드을수잇섯습니다

冷酷한 겨울은지나고 쏘다시 아름다운 봄이 도라올째 마리는 맘둘곳업
쓴 故鄕으로 도라왓다 아까시야 香氣무르늭은 夕陽 괴로운생각을 밟
어가며동리한편의 禮拜堂안의 聖母마리아압해섯다

「오 聖母마리아 不幸한 이 애기와 저를직혀주시옵소서 세상사람들은
저를낫브다고합니다 제가무엇이 낫븝니까 나는 그남자를 다만 사랑하
고 잇습니다 그래서 그사랑으로어든 이 애기가 무엇이낫븝니까! 聖母
마리아! 아! 나는 어머니로서 굿세게 되겟 니다 나는 내 전생명을 밧처
이애기를기르겟습니다

그러나 世上의 規律은 慈悲도 容赦도 업섯다 官吏들은 保護한다는
의미의 말을 남기고 파랏케 질녀 잇는 마리의 품에서 어린아해를 孤兒
園으로쌔서갓읍니다

Polydor19326 B면

긴세월은지내갓다 참기어려운 설옴과 싸워가며 사러가는동안 마리는
늙고마럿다. 능금꽃이나 아까시야꽃도 지고마럿다 쓸々한 항가리아의
가을을 마리는 넘어질듯한 거름으로 쏘다시故鄕의禮拜堂엘차저와 전
에 祝福을빌던 聖母像압헤나왓슬째는 심한피로와 슯흠으로 그女子는
쓰러젓다

「오- 마리아시여- 나는 당신 압헤나왓습니다 그러나 나는당신갓치 내어
린것을 내품에 안지못하게 되엿습니다」

절망과 흥분에 부르짓는 이소리가 마즈막으로 불상한마리는 죽엇다 그
러나 마리의 炎魂은 평안히神의 품으로 올너갓읍니다

天國으로 올너간 그엿스나 그곳에서도 亦是 마리는 고용녀의엇습니다 황금접시와 황금 침상을쏘닥그며 지나지아느면 아니되엇스니 그러나 下界에서 슯흠을주던 내쌀의일이 지금은 조금도 괴로움이 되지를안엇다 그것은 언제던지 天國으로부터 地上의 내쌀을 늘 볼수잇는 갓닭이엇다 地上에남기고온 마리의쌀도 어느덧 열일곱봄을 마지하엿을째다 그리고 自己와 갓치쌀도 역시 남의집사리를하고잇섯습니다 地上에는 지금 봄! 祭날밤이엇다 하면 능금쏫치피고 작란쑨이의 젊은손이 쌀을 유혹하러온다

쌀은 서먹어리면서도 사나희가부르는대로 싸러나가려한다 하늘에잇든 어머니 마리 의가슴에는 긴- 동안 닛고잇든 괴로움이 소생되엇다 저애가 지금 自己의 過去와 쪽갓튼 運命의길을 밥으려한다 불느려하나 불눌수업서 허둥대다가 하늘나라에서 쓰고잇든 물통을 업질너 그물을 地上에 쑤리엇다 힌구름틈으로 地上에는 째아닌 소낙이다 사나히는 놀내여 다러나고 쌀은집으로 드러갓다

「아々- 마리의비다」

地上에 살고잇는 어머니들이 이럿케 이약이하는 항가리아의傳說

현대표기

Polydor19326 A면

설명: 청(靑)도나우가[1] 흐르는 그리운 헝가리 마을에는 봄 소나기에 대한 전설이 있습니다. 그것은 능금 꽃 꽃피는 사랑의 4월 순간의 과실로 처녀의 순결성을 빼앗으려 할 때 하늘나라에서 내려다보는

---

1 도나우(Donau) 강. 독일 남부의 산지에서 발원하여 흑해로 흘러드는 국제하천.

어머니가 딸의 정조를 지켜주기 위하여 별안간 비를 내린다고 하는 거룩한 어머니 마리의 이야기입니다.

부다페스트에 가까운 부스다라고 부르는 작은 촌락에 올해 열일곱 살 나는 고아 마리 남의집살이를 하고 있었다. 봄 제(祭)가 있은 저녁에 마리에게도 행복이 찾아왔으나 그것은 짧고도 하염없는 것이었으니 하얀 능금 꽃이 핀 꽃나무 가장이[2] 밑에서 젊은 사나이의 장난의 손이 뻗치고는 인사도 없이 그대로 가버리고 말았습니다. 그 후 마리는 제 몸에 작은 생명이 잉태된 것을 알았다. 그러 인해서 그만 마리는 주인집으로부터 쫓겨나고야 말았다. 하늘의 밝은 태양은 여름을 부르고 그 후 또 덧없이 가을을 맞이한 때 마리는 어떤 조그마한 주점에서 소제부[3]로 일을 하게 되었습니다. 겨울 어느 밤 마리는 돌연히 졸도되어 침상에 쓰러졌으니, 달려온 여자들은 침상에서 어린 아이의 첫 울음 소리를 들을 수 있었습니다.

냉혹한 겨울은 지나고 또다시 아름다운 봄이 돌아올 때 마리는 마음 둘 곳 없는 고향으로 돌아왔다. 아카시아 향기 무르익은 석양 괴로운 생각을 밟아가며 동리 한편의 예배당 안의 성모 마리아 앞에 섰다.

마리: 오, 성모 마리아. 불행한 이 아기와 저를 지켜주시옵소서. 세상 사람들은 저를 나쁘다고 합니다. 제가 무엇이 나쁩니까? 나는 그 남자를 다만 사랑하고 있습니다. 그래서 그 사랑으로 얻은 이 아기가 무엇이 나쁩니까! 성모 마리아! 아! 나는 어머니로서 굳세게 되겠습니다. 나는 내 전 생명을 바쳐 이 아기를 기르겠습니다.

---

2 가장이. 나뭇가지의 몸체 부분.
3 소제부(掃除婦). 청소하는 일이 직업인 여성.

설명: 그러나 세상의 규율은 자비도 용사도[4] 없었다. 관리들은 보호를 한다는 의미의 말을 남기고 파랗게 질려 있는 마리의 품에서 어린 아이를 고아원으로 뺏어 갔습니다.

Polydor19326 B면

설명: 긴 세월은 지나갔다. 참기 어려운 설움과 싸워가며 살아가는 동안 마리는 늙고 말았다. 능금 꽃이나 아카시아 꽃도 지고 말았다. 쓸쓸한 헝가리의 가을을 마리는 넘어질 듯한 걸음으로 또다시 고향의 예배당엘 찾아와 전에 행복을 빌던 성모상 앞에 나왔을 때는 심한 피로와 슬픔으로 그 여자는 쓰러졌다.

마리: 오, 마리아시여. 나는 당신 앞에 나왔습니다. 그러나 나는 당신같이 내 어린 것을 내 품에 안지 못하게 되었습니다.

설명: 절망과 흥분에 부르짖는 이 소리가 마지막으로 불쌍한 마리는 죽었다. 그러나 마리의 염혼은[5] 평안히 신의 품으로 올라갔습니다. 천국으로 올라간 그였으나 그곳에서도 역시 마리는 고용녀였습니다. 황금 접시와 황금 침상을 또 닦으며 지내지 않으면 아니 되었으니. 그러나 하계에서[6] 슬픔을 주던 내 딸의 일이 지금은 조금도 괴로움이 되지를 않았다. 그것은 언제든지 천국으로부터 지상의 내 딸을 늘 볼 수 있는 까닭이었다.

지상에 남기고 온 마리의 딸도 어느덧 열일곱 봄을 맞이하였을 때

---

4 용사(容赦). 용서하여 놓아 줌.
5 가사지의 '炎魂(자혼)'은 '염혼(炎魂: 타는 혼)'의 오식으로 추정.
6 하계(下界). (천상계에 대하여) 사람이 살고 있는 세상.

다. 그리고 자기와 같이 딸도 역시 남의집살이를 하고 있었습니다.

지상에는 지금 봄! 제(祭)날 밤이었다 하면 능금 꽃이 피고 장난꾼의 젊은 손이 딸을 유혹하러 온다.

딸은 서먹어리면서도7 사나이가 부르는 대로 따라나가려 한다. 하늘에 있던 어머니가 마리의 가슴에는 긴 동안 잊고 있던 괴로움이 소생되었다.8

저 아이가 지금 자기의 과거와 똑같은 운명의 길을 밟으려 한다. 부르려 하나 부를 수 없어 허둥대다가 하늘나라에서 쓰고 있던 물통을 엎질러 그 물을 지상에 뿌리었다. 흰 구름 틈으로 지상에는 때 아닌 소나기다. 사나이는 놀래어 날아나고 딸은 집으로 들어갔다.

"아아, 마리의 비다"

지상에 살고 있는 어머니들이 이렇게 이야기하는 헝가리의 전설.

---

7 서먹거리다(북한어).자꾸 매우 서먹서먹하게 행동하다,
8 소생(蘇生)되다. 거의 죽어 가다가 다시 살아나게 되다.

13. 봉작(蜂雀)

원작영화: <The Humming Bird>(미국 Paramount, 무성영화, 1924)

감독: Sidney Olcott

주연: Gloria Swanson · Edmund Burns

상영정보: 1927. 4. 16. 단성사 개봉(『동아일보』, 1927. 4. 26.)

음반번호: Columbia40112

설명: 김영환

반주: 관현악

발매일자: 1930. 8.

채록

Columbia40112 A

설명: 독일의 폰 클라크 장군이 파리 교외까지 쳐들어와, 불란서는[1] 노
소를 묻지 않고 미숙한 병졸이나마 보충하지 않을 수가 없게 되었
습니다. 때맛참[2] 어늬[3] 술집에서는 수많은 부랑자의[4] 무리가 죽음
을 겁내어 숨어있을 때, 용감한 여 도적 봉작은[5] 국기를 들고 그
안으로 들이갔습니다.

봉작(토와넷): 에잇, 쥐새끼 같은 놈의 자식들아! 뭣들 하니?

---

1 불란서(佛蘭西). 프랑스(France).
2 때마침.
3 어느.
4 '불량자(不良者)' 혹은 부랑자(浮浪者)로 추정.
5 토와넷(Toinette). 음반에서는 '봉작(Humming Bird)', '또와네트'로 일컬음.

불량자의 무리: 조런, 베라먹을6 노무7 기집애가 왜 또 욕을 해?

봉작(토와넷): 늙은이나 젊은이나 모두, 우리나라를 위해 목숨을 바치는데, 숨어있는 너희들이 쥐새끼가 아니고 뭐냐?

불량자의 무리: 참, 그도 그럴듯해.

봉작(토와넷): 우리를 낳아준 불란서를 잊었느냐? 어머니의 나라가 우리를 부르고 있다. 적병을 물리치라고 장엄한, 말세이유로8 우리를 부른다. 저 소래가 들리지 않느냐?

불량자의 무리: 오냐, 니 말이 옳다.

봉작(토와넷): 조국의 운명은 우리의 손에 달리었다. 나가자.

설명: 봉작이 앞을 서고 그들은 뒤를 따라…. 봉작은 전장으로9 나아갔으나 여자인 것이 발각되어 쫓겨 들어왔습니다. 지난날에 훔쳐 두었던 물건들을 모다10 하나님 앞에 내여 놓고, 불란서의 궁전과 사랑하는 브렌돌11 청년들이 살아오기를 축수하고12 있을 때, 도적 봉작이라는 것이 발각되어, 고만 체포를 당했습니다.

봉작(토와넷): 하느님, 당신은 옛날, 내가 나를 위해 도적질할 때는 묻어 주고도, 오늘날 내가 나라를 위해 힘쓰려 할 때에는, 못되게도, 이렇게 붙들려가게 하십니까?

---

6 빌어먹을.
7 놈의.
8 마르세이유(Marseille). 반주로 미루어 볼 때, 프랑스 국가(國歌) <라마르세예즈(La Marseillaise)>.
9 전장(戰場). 전쟁을 벌이는 곳.
10 '모두'의 옛말.
11 랜딜 커레이(Randall Carey). 음반에서는 '브렌돌'로 일컬음.
12 축수(祝手). 두 손바닥을 마주 대고 빎.

설명: 봉작은 드디어 십년간의 선고로 철창에 갇힌 신세가 되어 버렸습니다.

Columbia40112 A

설명: 적병들은 파리를 침범했으니 공중에는 비행기, 육상에는 도하단[13]. 아, 불란서의 운명은 경각에[14] 달렸습니다. 떨어지는 폭탄에 옥문이[15] 깨어지므로 봉작의 기회는 이제야 돌아왔습니다. 단서의[16] 몸을 싸고 그대로 내달아 사랑하는 사람을 찾아갔습니다.

브렌들(랜덜 커레이): 오, 또와네트. 당신은 그동안 어떻게 지났습니까?

또와네트(토와넷): 네? 브렌들 씨. 저는 이렇게 반가이 당신을 만나 뵐 줄은 몰랐습니다.

브렌돌(랜덜 커레이): 아, 또와네트. 저 소래가, 오, 평화의 나팔 소래가[17] 흘러오는구려.

또와네트(토와넷): 전장은[18], 전장은 이제야 끝이 났나보오.

브렌들(랜덜 커레이): 그렇지요?

설명: 인류의 새로운 평화를 의미하는[19] 나팔 소래인가? 무서운 인류의 싸움은 끝이[20] 나고 평화를 축하하는 무도회가 열리였으니, 봉작은

---

13 도하단(渡河團). 강이나 내를 건너는 무리.
14 경각(頃刻). (병이나 위험으로 목숨이) 매우 위태로운 순간.
15 옥문(獄門). 감옥의 문.
16 의미 불명.
17 소리.
18 전쟁(戰爭).
19 음반에서는 [이미하는]으로 발음.
20 음반에서는 [끄시]로 발음.

애인의 가슴에 안기어 여기에 참여했다가 그만, 또다시 탐정 국장21에게 발견을 당했습니다.

탐정 국장: 오, 또와네트 부인. 어서 이 훈장을 받으십시요. 당신이 내어보낸 군인들은 모다 불란서를 위해 공훈을 세웠습니다. 그 때문에 나라에서는 이 훈장을 부인께 드리는 것입니다. 당신은 인제 도적도 아니요, 죄인도 아니요, 우리 불란서가 자랑할 수 있는 애국부인이올시다.

설명: 찬란한 훈장은 또와네트의 가슴에 번쩍거리고 위대한 그의 공헌은 영원토록 그 나라의 역사를 빛내었을 것입니다. 또와네트는 애인과 함께 참다운 인간 생활로 돌아왔다는 봉작의 끝입니다.22

---

21 원작에서는 경찰 서장(police chief)임.
22 음반에서는 [끄십니다]로 발음.

14. 설명리뷰

원작영화

⟨희무정⟩: • <Les Miserables>(감독: Paul Capellani, 주연: Henry Krauss, 프랑 스, 무성영화, 1913)

• <Les Miserables>(감독: Frank Lloyd, 주연: William Farnum · Hardee Kirkland, 미국, 무성영화, 1917)

• <Les Miserables>(감독: Henri Fescourt · Louis Nalpas, 주연: Gabriel Gabrio · Paul Jorge, 프랑스 Pathe, 무성영화, 1925)

⟨백장미⟩: <The White Rose>(감독: D. W. Griffith, 주연: Mae Marsh · Ivor Novello, 미국 United Artists, 무성영화, 1923)

⟨명금⟩: <The Broken Coin>(감독: Francis Ford, 주연: Grace Cunard · Francis Ford, 미국, 무성영화, 1915)

⟨침묵⟩: <Silence>(감독: Max Marcin, 주연: Vera Reynolds, H. B. Warner, 미 국, 무성영화, 1926)

⟨춘희⟩: • <Camille>(감독: Ray C. Smallwood, 주연: Alla Nazimova · Rudolph Valentino, 미국, 무성영화, 1921)

• <Camille>(감독: Alexandre Dumas Fils 주연: Norma Talmadge · Gilbert Roland, 미국, 무성영화, 1927)

⟨부활⟩: • <Resurrection>(감독: Mario Caserini, 주연: Maria Jakobini, 이탈리 아, 무성영화, 1917)

• <Resurrection>(감독: Edward Jose, 주연: Pauline Frederick · Robert Elliot, 미국, 무성영화, 1918)

• <Resurrection>(감독: Edwin Carewe, 주연: Rod La Rocque · Dolores del Rio, 미국 United Artists, 무성영화, 무성영화, 1927)

• <Resurrection>(감독: Edwin Carewe, 주연: John Boles · Lupe Velez, 미국, United Artists, 발성영화, 1931)

상영정보

〈희무정〉: • 1915. 4. 5. 조선중앙기독교청년회관 상영(『매일신보』 1915. 4. 3.)

• 1920. 5. 11.~13. 조선중앙기독교청년회관 상영(『매일신보』 1920.
5. 9.) 변사: 김덕경 · 서상호

• 1923. 1. 17. 단성사 상영

• 1925. 11. 20. 단성사 개봉(『조선일보』 1925. 11. 21), 1925. 11.
25. 단성사 특별상영(『매일신보』 1925. 11. 25.)

• 1927. 9. 20. 단성사 개봉 예정(『매일신보』 1925. 9. 11.)

• 1927. 9. 21. 단성사 개봉 예정(『조선일보』 1927. 9. 21.)

• 감상평(『매일신보』 1920. 5. 14.~19.;『동아일보』 1922. 11. 10.~
11.)

〈백장미〉: • 1927. 1. 14. 단성사 개봉(『동아일보』, 1927. 1. 14.)

〈명금〉: • 1916. 6. 23. 우미관 상영(『每日申報』 1916. 6. 24.)

• 1920. 9. 8. 단성사 상영(『每日申報』 1920. 9. 9.)

• 1921. 2. 8. 단성사 순업부 全州座 상영(『每日申報』 1921. 2. 14.)

• 1923. 2. 11. 浪花館 상영(『每日申報』 1923. 2. 3.)

• 1924. 12. 5 천도교기념관상영(『東亞日報』 1924. 12. 6.)

〈침묵〉: • 없음.

〈춘희〉: 1924. 1. 1. 조선극장 개봉(『동아일보』 1924. 1. 1.)

〈부활〉: • 없음.

음반번호: RegalC159

설명: 김영환

노래: 이애리수

반주: 관현악

발매일자: 1934. 7.

참조: <설명리뷰>(Columbia40181, 1931. 5.)

가사지

RegalC159 A면

(噫無情)

『오! 승정각하僧正閣下! 자비慈悲하신승정각하僧正閣下! 당신은이무
서운놈의죄罪를용서容恕해주셋습니까? 이놈은비롯오세상世上사람의인
정人情이라는것을 처음으로밧어봄니다 쌩한쏘각으로말미암아사람의청
춘靑春까지쌧어가는이세상世上에 엇지각히閣下와갓흔인정人情만흔분
이게섯습니까』

자비慈悲한승정僧正은잔발찬의압호로갓가히오며 그의머리에손을언저
주엇다

『잔발찬! 그대는나의동포同胞요 그대는나의형뎨兄弟다! 다음에올째에
는 단장을넘어들어올필요必要는업서 언제든지출립문出入門을잠그지
를안흐니짜 확실確實코니즐니야업슬터이지 이은銀촉대燭臺와은銀접
시를자본資本삼아 긔필期必코착한사람이되라고나에게약속約束한그일
을…』

(白薔薇)

어머니가될날이갓가워오는 테이지는 생애중生涯中에깁부고도즐거운일
이것만 애인愛人이바린신세身勢 눈물에싸히여서 가즌고생苦生을다격
고난뒤에 이윽고그는 아비업는아들자식을생산生産하게되엿다

『오! 테이지! 참혹慘酷한선고宣告가네게쩔어젓다 애비업는자식子息을
나은타락녀墮落女라고 주인主人마나님이너를내보내라고하시니 이를
엇재야조흐냐?』

『나가지요 네! 나가겟습니다요』

너모나무정無情한선고宣告가가련可憐한모자母子의몸우에서리갓치흘
너나리엿다 서른눈물흘니며 행장行裝을단속團束하야인연因緣깁흔부
류-리-바-를떠나가는것이엿다

(名金)
로로-는 기틔그레의 명금파편名金破片을훔처가지고 갑판甲板우에서
그대로몸을날니엇다
『후레데릭크백작伯爵!이로로!가오래동안고생苦生한결과結果에명금파
편名金破片을어더가지고왓슴니다』
『응!수고햇다 아!이고약한놈아!로로 너는나의돈을쌧어먹으려고 위조명
금僞造名金을가지고왓구나 에이죽일놈』
후레데릭크백작伯爵에게죽도록어더마진로로-는 로-알호텔에투숙投宿
하고잇든 기티그레에게구원救援을밧어 이제로부터는기티그레의동지同
志가되여 후레데릭크에게대對한복수復讐를하고자하엿다
『명금반편名金半片은 후레데릭크에게잇쓸것이니 오늘밤에그곳으로가
십시다요』
두사람은약속約束을하고 그날밤이되엿슬째 명금파편名金破片을훔치
고저 백작伯爵의저택邸宅으로숨어드러갓다

RegalC159 B면

(沈默)
『아닙니다아니얘요 사형선고死刑宣告를밧는이이는우리아버지인데 자
식子息의행복幸福을위爲해 살인죄殺人罪를대신代身쓰고잇슴니다』
『무엇이엇재!그것은거짓말이다 거짓말이다 나는너를알지못한다 너갓혼

유두분면油頭紛面의게집아해는 자긔自己의성명姓名을신문지新聞紙에좀내여보겟다는그야심野心으로 이와갓흔거짓말을언제든지하는것이아니냐 너에게도부모父母가잇겟지?네부모父母가이것을알면 얼마나슬퍼할일이냐 이철부지한게집아해야!나가거라 어서나가거라』

자긔自己딸노-마의행복幸福을빌면서 거러가는씸의압헤는사형대死刑臺가기다리고잇다 죽을째까지쌔트리지아니한영원永遠한침묵沈默!그것은아버지가자식子息을생각하는 한限업시위대偉大한사랑의힘이엇섯다

(椿姬)

푸른하날! 초야草野의향긔香氣! 맑은바람! 아름다운꽃! 이것들은모다두사람의사랑의살님을쑤며주는 위안慰安의전부全部이엇섯다 지금只今까지그녀자女子의파트론이엇든 귀족적자태貴族的姿態는업서지고 날마다ㅅ춘희椿姬를쑤며주든갑비싼패물珮物도다업서지고 지금只今은다만 알만이사다준진주眞珠반지한개만이남어잇슬뿐이엇다

『모두가이 알만의죄罪요 마-게릿트!』

『그런생각은하지마세요 이마-게릿트는녯날의춘희椿姬가아니람니다 당신의사랑압헤보석寶石이나 다이야몬드 그까짓게다-무슨소용所用이잇서요』

알만의눈에서는감격感激의눈물이반짝인다 이리하야멧칠이지난뒤에 두사람의사랑에는 슬픈날이도라왓다

(復活)

『시베리아찬바람이디구상에썰치니』

보기는죽은듯하나 실상은살엇도다

버러지는쌍에서들석ㅅ하면서

양츈가절기다리면서나오기를힘쓰네

『가츄샤! 이것이먼아먼길을짜라온 내게해주는소리요?』

『대감!그말삼이박절한줄은 전들엇지몰을이가잇겟습니까만은 저는대감을진정眞情으로사랑하기째문에 작별作別한다는말슴이야요 대감은어서도라가시여서 부대안녕히게십시오』

네푸류도공작公爵의손을노은가츄샤는시몬손과손목을잡고멀고도것친들!아득한저길로!바람은들에불고백설白雪은훗날닐째 눈가운데주저안즌 네푸류도공작公爵! 먼데서홀너오는부활제復活祭의종鐘소래! 시베리아의눈밤은꼿업시집허간다.

채록

RegalC159 A면

<희무정>[1]

장 발장: 오! 승정[2] 각하! 자비하신 승정 각하! 당신은 이 무서운 놈의 죄를 용서해 주시겠습니까? 이놈은 비로소 세상 사람의 인정이라는 것을 처음으로 받어 봅니다. 빵 한 쪼각으로 말미암아 사람의 청춘까지 뺏어가는 이 세상에, 어찌 각하와 같은 인정 많은 분이 계셨습니까?

설명: 자비한 승정은 장발찬의 앞으로 가까이 오며 그의 머리에 손을 얹어 주었다.

---

1 <희무정>(Victor49016, 1934. 7) 참조
2 승정(僧正). 불교에서 승단을 이끌어 가면서 승려의 행동을 바로잡는 승직. 로마 가톨릭 교회의 신부 혹은 주교(主教, bishop)의 번역어.

승정: 장발쟌[3], 그대는 나의 동포요, 그대는 나의 형제다! 다음에 올 때에
는 단장을[4] 넘어 들어 올 필요는 없어. 언제든지 출입문을 잠그지를
않으니까. 확실코[5] 잊을 리야 없을 터이지? 이 은촉대와[6] 은접시를
자본삼아 기필코 착한 사람이 되리라고 나에게 약속한 그 일을….

<백장미>[7]

설명: 어머니가 될 날이 가까워 오는 테이지는[8] 생애 중에 기쁘고도 즐
거운 일이건만, 애인이 바린[9] 신세 눈물에 쌓이어서 갖은 고생을 다
겪고 난 뒤에, 이윽고 그는 아비 없는 아들자식을 생산하게 되었다.

노인: 오! 테이지! 참혹한 선고가 네게 떨어졌다. 애비 없는 자식을 낳
은 타락녀라고 주인 마나님이 너를 내보내라고 하시니 이를 어째
야 좋으냐?
티지: 나가지요, 네! 나가겠습니다요.

설명: 너모나[10] 무정한 선고가 가련한 모자의 몸 우에 서리같이 흘러나
리었다. 설은[11] 눈물 흘리며 행장을[12] 단속하야[13] 인연 깊은 부류-
리-바-를 떠나는 것이었다[14].

---

3 장 발쟌(Jean Valjean).
4 단장(短墻). 낮은 담.
5 확실(確實)코. 확실히. 틀림없이 그러하게.
6 은촉대(燭臺). 은촛대.
7 <백장미>(Victor49040, 1928. 12) 참조.
8 베시 티지 윌리엄스(Bessie Teazie Williams).
9 버린.
10 너무나.
11 서러운.
12 행장(行裝). 여행할 때 쓰이는 여러 가지 물건.
13 주의를 기울여 잘 지키다. 주의를 기울여 다잡거나 보살피다.

<명금>15

설명: 로로는16 기티 그레의17 명금18 파편을 훔쳐 가지고 갑판 우에서
  그대로 몸을 날리었다.

로로: 후레데릭 백작!19 이 로로가 오래 동안 고생한 결과에 명금 파
  편을 얻어가지고 왔습니다.
프레데릭 백작: 으음, 수고했다. 아, 이 고약한 놈아 로로, 너는 나의 돈
  을 뺏어먹으려고 위조 명금을 가지고 왔구나. 옛, 죽일 놈.

설명: 후레데릭 백작에게 죽도록 얻어 마진 로로는, 로얄 호텔에 투
  숙하고 있든 기티 그레에게 구원을 받아, 이제로부터는 기티 그레
  의 동지가되어 후레데릭에게 대한 복수를 하고자 하였다.

로로: 명금 반편은 후레데릭에게 있을 것이니 오늘밤에 그곳으로 가
  십시다요.

설명: 두 사람은 약속을 하고 그날 밤이 되였을 때, 명금 파편을 훔치고
  자 백작의 저택으로 숨어들어갔다.

---

14 음반에서는 [거디였다]로 발음.
15 <명금>(일츅조선소리판K859, 미상; RegalC109, 1934. 7) 참조.
16 로로(Rolleaux).
17 키티 그레이(Kitty Gray).
18 명금(名金). 이 작품의 원제인 'The Broken Coin', 즉 조각난 동전 혹은 동전 반쪽의
  번역어.
19 프레데릭 백작(Count Frederick).

<침묵>

짐: 이 계집애를 잡아내라. 난 알지 못하는 계집 아해라고[20] 단언한다.

노마: 아닙니다, 아니에요. 사형선고를 받는 이 이는 우리 아버지인데 자식의 행복을 위해 살인죄를 대신 쓰고 있습니다.

짐: 무엇이 어째? 그것은 거짓말이다. 거짓말이다. 나는 너를 알지 못한다. 너 같은 유두분면의[21] 계집 아해는 자기의 성명을 신문지에 좀 내여 보겠다는 그 야심으로, 이와 같은 거짓말을 언제든지 하는 것이 아니냐? 너에게도 부모가 있겠지? 네 부모가 이것을 알면 얼마나 슬퍼할 일이냐? 이 철부지한 계집 아해야. 나가거라. 어서 나가거라.

설명: 자기 딸 노마의[22] 행복을 빌면서 걸어가는 짐의 앞에는 사형대가 기다리고 있다. 죽을 때까지 깨트리지 아니한 영원한 침묵! 그것은 아버지가 자식을 생각하는 한없이 위대한 사랑의 힘이었었다.

<춘희>[23]

설명: 푸른 하날[24], 초야의 향기, 맑은 바람, 아름다운 꽃. 이것들은 모다 두 사람의 사랑의 살림을 꾸며주는 위안의 전부이었었다. 지금까지 그 여자의 파트론이었든[25] 귀족적 자태는 없어지고, 날마다

---

20 아해. 아이.
21 유두분면(油頭粉面). 기름 바른 머리와 분 바른 얼굴이라는 뜻으로, 여자의 화장한 모습을 이르는 말.
22 노마 드레이크, 노마 파워스(Norma Drake, Norma Powers).
23 <춘희>(Columbia40110-11, 1930. 8) 참조.
24 하날. '하늘'의 고어 혹은 방언.
25 패트런(patron). 화가, 작가 등 예술가에 대한 후원자. 자선단체 등의 후원자.

날마다 춘희를26 꾸며 주든 값비싼 패물도 다 없어지고, 지금은 다만 알만이27 사다 준 진주 반지 한 개만이 남아있을 뿐이었다.

아르망: 모두가 이 알만의 죄요. 마·게릿트28.

마르그리트: 그런 생각은 하지 마세요. 이 마·게릿트는 옛날의 춘희가 아니랍니다. 당신의 사랑 앞에 보석이나 다이아몬드 그까짓 게 다 무슨 소용이 있어요?

설명: 알만의 눈에서는 감격의 눈물이 반짝인다. 이리하야 메칠이29 지난 뒤에 두 사람의 사랑에는 슬픈 날이 돌아왔다.

<부활>30

노래: 시베리아 찬바람이 지구상에 떨치니/ 보기는 죽은 듯 하나 실상은 살았도다/ 벌어지는 땅에 들썩들썩 하면서/ 양춘가절31 기다리면서 나오기를 힘쓰네//

네흘류도프: 가츄사!32 이것이 머나먼 길을 따라온 내게 해 주는 소리요?

카추샤: 대감! 그 말쌈이33 박절한34 줄은 전들 어찌 모를 리가 있겠습니까마는, 저는 대감을 진정으로 사랑하기 때문에 작별한다는 말쌈이야요35. 대감은 어서 돌아가시어서 부대36 안녕히 계십시오

---

26 춘희(椿姬). 카미유(Camille).
27 아르망 뒤발(Armand Duval).
28 마르그리프 고띠에(Marguerite Gautier).
29 며칠. 몇 날. 그달의 몇째 날.
30 <부활> 참조.
31 양춘가절(陽春佳節). 따뜻하고 좋은 봄철.
32 마슬로바 카추샤(Maslova Katyusha).
33 말씀.
34 박절하다. 인정이 없고 야박하다.

설명: 네푸류도[37] 공작 손을 놓은 가츄샤는 시몬손과[38] 손목을 잡고 멀고도 거친 들, 아득한 저 길로, 바람은 들에 불고 백설은 흩날릴 때 눈 가운데 주저앉은 네푸류도 공작! 먼 데서 흘러오는 부활제의 종소래[39]. 시베리아의 눈 밤은 끝없이 깊어간다.

---

35 말씀이에요.
36 '부디'의 방언(경남, 전남, 함북).
37 드미트리 이바노비치 네흘류도프(Dmitri Ivanovich Nekhlyudov).
38 시몬슨(Simonson).
39 종소리.

15. 열사(熱砂)의 무(舞)

원작영화: <The Son of the Sheik>(미국 Feature Productions, 무성영화, 1926)

감독: George Fitzmaurice

주연: Rudolph Valentino · Vilma Bánky

상영정보: 1926. 12. 9. 단성사 개봉 (『조선일보』 1926. 12. 9.)

음반번호: Columbia40066

설명: 김영환

반주: 콜럼비아 관현단

발매일자: 1930. 2.

채록

Columbia40066 A면

> 설명: 불같이 타는 사랑과 증오의 가슴에 얼크러지는 사막의 정화!, 스
> 위스의 통관이2 아니라 알시아스의 남쪽, 적막한 밤 사막 우에는3
> 표류하는 나그네들의 야영이 벌어져 있고, 지금 수십 명의 사나이
> 가 거기에 모여 있으니, 그것은 길 걷는 나그네의 극단의 일행이었
> 습니다. 두목 안트레지는4 야스민이라고5 부르는 한 딸이 있어, 요
> 전날 도크의 시장에서 홍행을6 하든 그때부터, 순진한 야스민의 애
> 틋한 첫사랑은 비로소 꽃몽올을7 지었던 것입니다. 깊은 밤, 사막

---

1 정화(情火). 정염(情炎). 불같이 타오르는 욕정.
2 통관(通關). 국경의 관문.
3 위에는.
4 앙드레(André).
5 야스민(Yasmin).
6 홍행(興行). 영리를 목적으로 연극, 영화, 서커스 따위를 요금을 받고 대중에게 보여 줌.

우에 이슬이 나릴 때, 수정같이 맑은 야스민의 가슴에는 아리따운 극이 여기 또다시 돋아옵니다. 어여쁜 야스민의 춤추는 태도, 추장의 아들 아메트가[8] 야스민을 찾어보았든 것입니다.

아메트: 오, 야스민, 당신은 참으로 예쁩니다. 아라의[9] 신의 은혜가 당선에게 내리기를 나는 축도합니다[10].

설명: 연붉은 도화빛을[11] 얼굴에 물들이며 금실같이 뭉킨[12] 머리를 야스민은 숙였습니다.

아메트: 오, 야스민, 야스민, 당신의 이름은 내 마음의 성전을 차지하고 있습니다. 자, 이 반지를 기념 삼아 받아주시오.

야스민: 고맙습니다. 그렇게도 저를 사랑하신다니. 저두, 언제든지 제 얼굴을 당신에게만 보여드리고 싶어요. 저는 항상 달밤의 산보를 좋아한답니다. 자기 보이는 저 성 뜰까지 와 주시겠어요?

설명: 지난 일을 생각하면서 야스민은 이달 밤 아메트를 만나보려고 약속한 성 뜰로 찾아갔을 때, 아메뜨도 그가 보고 싶어 찾아오는 길이었습니다.

---

7 꽃망울. 아직 피지 아니한 어린 꽃봉오리.
8 아메드(Ahmed).
9 알라(Allah). 이슬람교의 유일·절대·전능의 신.
10 축도(祝禱). 축복 기도.
11 도화(桃花). 복숭아꽃. 음원에서는 [도화비슬]로 발음.
12 뭉키다. 여럿이 한데 뭉쳐 한 덩어리가 되다.

Columbia40066 B면

설명: 아메트가 야스민을 만나고저 성벽으로 찾아갔을 때, 그는 야스민의 극단 일행에게 붙들리어 갖은 고상을13 다 겪었으므로, 인제는 야스민을 오해하야 복수를 하고저 자기의 천막으로 야스민을 붙들어 왔습니다.

아메트: 어여쁜 아가씨, 당신의 본직업이라는 것이 그것이었습니까?14 사내를 유혹해다가 못된 놈들을 년즈시15 보내가지고, 죽도록 매를 때려 주는 그것이16 당신의 직업인가요?

설명: 그러나 얼마 후에 그는 야스민을 돌려보내 주었습니다. 아메트는 또다시 야스민이 보고 싶어 찾아갈 때, 맹렬한 사막의 폭풍우는 일어납니다. 아메트의 손을 벗어난 야스민이 극단의 일행으로, 그를 욕심내고 있는 카바의17 수중에 걸리어 고상하고18 있는 것을 아메트가 알고 불이 나게19 그리 쫓아가서, 야스민을 다시 찾아오기에 노력합니다.

아메트: 오, 야스민, 사랑하는 나의 야스민, 나를 용서해 주시오 카바라는 놈의 소위로20 내가 이 전날 성벽에서 얻어맞었던 것을 깨달

---

13 고생을.
14 음반에서는 [그거디였습니꺼]로 발음.
15 넌지시.
16 음반에서는 [그거디]로 발음.
17 가바(Ghabah).
18 고생하고.
19 부리나케.
20 소위(所爲). 소행.

있습니다. 나는 당신을 미워하려고도 생각해 봤어요. 하지만, 어쨌든 내 마음은 당신의 거기였답니다.

야스민: 오, 아메트씨, 어서 피해 주시요. 여러 놈이 덤비어 옵니다.

아메트: 야스민, 당신을 위해서는 목숨까지라도….

설명: 아메트는 야스민을 구해가지고 말 등에 태웠습니다. 행복이 비추는 두 사람의 그림자는 멀고 먼 사막 우에 사라져 간다.

16. 육체의 도(道)

원작영화: <The Way of All Fresh>(미국 Paramount, 무성영화, 1927)

감독: Jules Furthman

주연: Emil Jannings · Belle Bennett

상영정보: 1928. 10. 10. 조선극장 개봉 (『조선일보』 1928. 10. 10.)

음반번호: Polydor19315

설명: 박창원

반주: 포리돌 관현악단

발매일자: 1936. 7.

가사지

Polydor19315 A면

무거운鍾소래-징 人生은方向업시 먼-길가는 나그네더냐? 人間은 이-
人生行路에 서잇써서 人間苦와生活苦를 맛보지안을수 업섯쓴것이니
이 이약이는 人生初頭에幸福하엿던한사나히가 惡德을犯한탓으로 째
어진生涯 암담한肉體의道의서 悲慘한旅行을 계속하지아느면 아니된
가엽슨이약이다

汽車 音樂…식컴언列車가 沙婆의人間을 담북실고 험산준령과 어두운
曠野를지나 치카코로 질주하든 캄々한밤이다 列車가운데는 밀옥키라
는 都市의 獨逸銀行의 中年銀行員이 타고잇쓰니 그는 銀行의信任과
仰慕가운데 二十年間勤續한 結果로 오늘날에는 榮光스러운 會計의
자리를차지한 오가스드엿씀니다그는항상美德을重히역이고 神의말씀
에 生活하며 술갓튼것은 한방울도 입에대인일이업시 여지것 至極히圓

滿한家庭에서賢淑한안해와 六男妹나되는 아히들 갓치 幸福히 지내는 사람이니 獨逸銀行의信任과囑望가운데 債券을處理하기위하야 치카코 까지出張旅行의 길이엇다 바로그의압해안즌 魔女의눈초리는 오가스트의 한편가슴에 화살을견우고 잇다

『어듸까지 가시나요』

『치카코 까지 갑니다』

『아이고 수염만 싹쓰면 젊은인데 수염째문에 꼭 늙은이갓구려 나도 치카코로 가는길이니 꼭갓치 가세요 그리고거기에가서 맘껏재미잇깨노라요』

淫亂의都市恐怖의거리 술과賭博場으로 化한都市 치카코에 도착이되자 二十年間을한갈갓치 고히へ 갓구엇든 勤勉을表示한 그수염도 魔女의作亂에 싹기고마럿다 어지러운꿈가운데서 깨여난 오가스트 淫散한 어제밤을 朦朧한가운데 回想하야보앗다 分明코 꿈은안이다 그러나 자리를 나란히햇든 女子가보이지안코 自己의 生命을代身한債券과株券이든 가방을 도적맛고야말엇씀니다 …音樂…임이 오가스트가 싸어논 美德의 빠벨塔은 문어지고야말엇쏘니 그로부터 荒漠한멧츨이 지나간다음 世上에서는多額의公債를노리는 强盜에게 오가스트는 他殺당한것으로 밋게되엇다

그제는 산 송장이되고만 신세오가스트는 世上사람들은 勿論이요 家族까지도 맛나볼面目이업는 그는 破戒된肉體를 끌고 餘生을 悔恨과 悲嘆가운데 울고지나지안느면아니될 落伍者가 되고말럿다

Polydor19315 B면

悔恨과悲嘆 孤寂과 鄕愁哀悲의春秋는 맷번이나 거듭하얏느냐 거츠

른 그의얼골은 夏秋에시드럿고 堅實한 그의마음은 悲嘖에물결치고잇다 눈싸힌겨울 어느 『크리쓰마쓰』날밤…悲曲音樂…산송장이된 오가스 트 는 내子息이 그립고 가정이그립어 차저왓쓰나 드러가질 못하고 눈 덥힌들창을 넘어 내子息와안해의모양을 바라보고 잇슬째 事情을모르 는 巡察管官은 오가스트 를 붓드러 門압흐로왓다

『이자가 댁의들창을 드려다보고 잇엇는데 이저버린것이나 업슴니까?』

『업씀니다마는 오늘은 즐거운『크리쓰마쓰』밤이니 불상한 그老人을용 서해주십시요』

아들의말에 경관은 쩌나가고 이제는백발이된 그의안해는 자비한맘으로 『시링그야 그老人이 퍽시장하신모양이니 모시고드러와 茶라도 한잔대 접해라』

그사랑罪에 사뭇친다 그리움에애타는가슴을부여안고 몸을숙이고잇는 그사람이 男便이고 아버진줄모르는 그모향이 아들과, 안해인줄알면서 말못하는『오가스트 의 가슴은 메어진다 『아-시장친 안씀니다』

『老人은 집이업스 십니까』

『안이요 나도 당신집과갓흔 조흔 집이잇슴니다』 그리고나도 퍽 幸福者 입니다 아들도잇고요』

『자-나는 가겟씀니다 안녕히게십시요』

아버지와 아들의손은 굿게잡히엇다 아비로서 말못하는 눈물은아들의 손등에 한방울한방울印쳐주고 죽엄보다 어려운리별의 발길을옴긴다… 鐘소래…苦痛과슯흠에 여지업시 시드른그의肉體는 世上풍진을 얼마 나 거듭하엿느냐 늙은 오가스트의 人生行路는 苦痛과 슯흠으로서 저 물고야말엇다 한덩이 구름빗과갓흔 希望마저도 슬어지고만 오가쓰트 는 다시금 人間罪惡의 犯罪者로서 永滅의 旅客으로 化하고야 말엇씀 니다 무거움게 옴겨놋는 발자취마다 슯흠의 피자취가 남겨지는 것이엇

씀니다 오-半樂半苦가 人生生活의 正則이라? 오가스트 의 二十餘 星霜은 風塵苦海의 哀愁完全이 엿씀니다 完全히 肉體의 旅客이된 오가스트 의 괴로움 오- 炎界에서나 이저나보랴 눈보라치는 밤支向업시 거러가는 그의 運命은 自雲鄕을 向하야가느냐 不然이면 사랑과 밋음도업는 約束업는 現實旅客으로 게속할것이냐

현대표기

Polydor19315 A면

효과음: 무거운 종소리, "징"

설명: 인생은 방향 없이 먼 길 가는 나그네더냐? 인간은 이 인생행로에 서 있어서 인간고와 생활고를 맛보지 않을 수 없었던 것이니 이 이야기는 인생 초두에1 행복하였던 한 사나이가 악덕을 범한 탓으로 깨어진 생애 암담한 육체의 도에서 비참한 여행을 계속하지 않으면 아니 된 가엾은 이야기다.

효과음: 기차 음악….

설명: 시커먼 열차가 사바의2 인간을 담북3 싣고 험한 준령과4 어두운 광야를 지나 치카고로5 질주하던 캄캄한 밤이다. 열차 가운데에는 밀옥키라는6 도시의 독일은행 중년 은행원이 타고 있으니 그는 은행의 신임과 양모7 가운데 이십년간 근속한 결과로 오늘날에는 영

---

1 초두(初頭). 어떤 것의 첫 부분.
2 사바(沙婆). (불교에서) 중생이 갖가지 고통을 참고 견뎌야 하는 이 세상.
3 담뿍. 어떤 곳에 가득 담기거나 들어 있는 모양.
4 준령(峻嶺). 험하고 가파른 산등성이.
5 시카고(Chicago). 미국 일리노이주(州) 북동부에 있는 도시.
6 밀워키(Milwaukee). 미국 위스콘신주(州) 동부에 있는 도시.

광스러운 회계의 자리를 차지한 오가스드[8]였습니다. 그는 항상 미덕을 중히 여기고 신의 말씀에 생활하며 술 같은 것은 한 방울도 입에 대인 일이 없이 여지껏[9] 지극히 원만한 가정에서 현숙한[10] 아내와 육남매나 되는 아이들같이 행복히 지내는 사람이니 독일은행의 신임과 촉망 가운데 채권을 처리하기 위하여 치카고까지 출장 여행의 길이었다. 바로 그의 앞에 앉은 처녀의 눈초리는 오가스트의 한편 가슴에 화살을 겨누고 있다.

처녀: 어디까지 가시나요?

어거스트: 치카코까지 갑니다.

처녀: 아이고, 수염만 깎으면 젊은인데 수염 때문에 꼭 늙은이 같구려. 나도 치카고로 가는 길이니 꼭 같이 가세요. 그리고 거기에서 맘껏 재미있게 놀아요.

설명: 음란의 도시, 공포의 거리, 술과 도박장으로 화한[11] 도시, 치카코에 도착이 되자 이십년간을 한결같이 고이고이 가꾸었던 근면을 표시한 그 수염도 마녀의 장난에 깎이고 말았다. 어지러운 꿈 가운데서 깨어난 오카스트. 음산한 어젯밤을 몽롱한 가운데 회상하여 보았다. 분명코 꿈은 아니다. 그러나 자리를 나란히 했던 여자가 보이지 않고 자기의 생명을 대신한 채권과 주권(株券)[12]이 든 가방을 도적맞고 말았음이다. ···**음악**··· 이미 오카스트가 쌓아 놓은 미덕

---

7 앙모(仰慕). 우러러 그리워함.
8 어거스트 쉴링(August Schilling).
9 아직껏.
10 현숙(賢淑)하다. 여자의 마음이나 몸가짐이 현명하고 얌전하다.
11 화(化)하다. 어떤 현상이나 상태로 바뀌다.
12 주권(株券). 주식. 주주의 출자에 대하여 교부하는 유가 증권.

의 바벨탑은 무너지고 말았으니 그로부터 황막(荒漠)한[13] 며칠이 지나간 다음 세상에서는 다액(多額)의[14] 공채(公債)를[15] 노리는 강도에게 오가스트는 타살당한 것으로 믿게 되었다. 그제는 산 송장이 되고만 신세 오가스트는 세상 사람들은 물론이요 가족까지도 만나 볼 면목이 없는 그는 파계된[16] 육체를 끌고 여생을 회한과 비탄 가운데 울고 지나지 않으면 아니 될 낙오자가 되고 말았다.

Polydor19315 B면

설명: 회한과 비탄, 고적과 향수, 애비의[17] 춘추는[18] 몇 번이나 거듭하였느냐. 거칠은 그의 얼굴은 하추에[19] 시들었고 견실한 그의 마음은 비분에[20] 물결치고 있다. 눈 쌓인 겨울 어느 '크리스마스'날 밤 …**비곡 음악**… 산송장이 된 오가스트 는 내 자식이 그립고 가정이 그리워 찾아 왔으나 들어가질 못하고 눈 덮인 들창을 넘어 내 자식과 아내의 모양을 바라보고 있을 때 사정을 모르는 순찰관은[21] 오가스트 붙들어 문 앞으로 왔다.

순찰관: 이 자가 댁의 들창을 들여다보고 있었는데 잊어버린 것이나 없습니까?

시링그: 없습니다마는 오늘은 즐거운 '크리스마스' 밤이니 불상한 그

---

13 황막(荒漠)하다. 거칠고 아득하게 넓다. 거칠고 을씨년스럽다.
14 다액(多額). 많은 액수. '많은 금액', '많은 돈', '큰돈', '큰 액수'.
15 공채(公債). 국가나 지방 자치 단체가 자금을 마련하기 위해 발행하는 채권.
16 파계(破戒). (불교의) 계율을 지키지 않고 깨뜨리는 것.
17 애비(哀悲). 비애(悲哀). 설움과 슬픔.
18 춘추(春秋). 봄과 가을.
19 하추(夏秋). 여름과 가을.
20 비분(悲憤). 슬프고 분함.
21 가사지의 '순찰관관(巡察管官)'은 '순찰관(巡察官)'의 오식으로 추정.

노인을 용서해 주십시오.

아들: 아들의 말에 경관은 떠나가고 이제는 백발이 된 그의 아내는 자비한 마음으로,

아내: 시링그[22]야, 그 노인이 퍽 시장하신 모양이니 모시고 들어와 차라도 한 잔 대접해라.

설명: 그 사랑 죄에 사무친다. 그리움에 애타는 가슴을 부여안고 몸을 숙이고 있는 그 사람이 남편이고 아버진 줄 모르는 그 모양이 아들과, 아내인 줄 알면서 말 못하는 오가스트의 가슴은 미어진다.

어거스트: 아, 시장친[23] 않습니다.
아들: 노인은 집이 없으십니까?
어거스트: 아니요, 나도 당신 집과 같은 좋은 집이 있습니다. 그리고 나도 퍽 행복자입니다. 아들도 있고요. 자, 나는 가겠습니다. 안녕히 계십시오.

설명: 아버지와 아들의 손은 굳게 잡히었다. 아비로서 말 못하는 눈물은 아들의 손등에 한 방울 한 방울 인쳐[24] 주고 죽음보다 어려운 이별의 발길을 옮긴다.

효과음: 종소리

---

22 어거스트 주니어(August Junior Schilling).
23 시장하지는.
24 인(印)치다. 인을 치다. 도장을 찍다. 자취를 남기다.

설명: 고통과 슬픔에 여지없이 시들은 그의 육체는 세상의 풍진을[25] 얼마나 거듭하였느냐. 늙은 오가스트의 인생행로는 고통과 슬픔으로서 저물고야 말았다. 한 덩이 구름 빛과 같은 희망마저도 스러지고만 오가스트는 다시금 인간 죄악의 범죄자로서 영멸의[26] 여객으로[27] 화하고야 말았습니다. 무거웁게 옮겨 놓는 발자취마다 슬픔의 피자취가 남겨지는 것이었습니다. 오, 반락반고가[28] 인생 생활의 정칙이랴?[29] 오가스트의 이십여 성상은[30] 풍진 고해의[31] 애수 완전(完全)이었습니다. 완전히 육체의 여객이 된 오가스트의 괴로움. 오, 염계에서냐[32] 잊어나 보랴. 눈보라 치는 밤 지향 없이 걸어가는 그의 운명은 자운향을[33] 향하여 가느냐, 불연이면[34] 사랑과 믿음도 없는 약속 없는 현실 여객으로 계속할 것이냐?

---

25 풍진(風塵). 바람과 먼지. 세상에서 일어나는 시련. 속된 일이나 속세.

26 영멸(永滅). 영원히 멸망하거나 사라짐.

27 여객(旅客). (주로 비행기나 배 따위를 이용하여) 여행을 하고 있는 사람.

28 반락반고(半樂半苦). 절반은 즐겁고, 절반은 괴로움.

29 정칙(正則). 바른 규칙이나 법칙.

30 성상(星霜). (주로 힘들게 보낸) 긴 세월. 햇수를 세는 단위를 나타냄.

31 고해(苦海). 괴로움이 가득한 현실의 세상.

32 가사지의 '炙界(자계)'는 '염계(炎界: 지옥)'의 오식으로 추정.

33 '백운향(白雲鄕, 천제[天帝]가 사는 곳. 흰 구름이 뜬 산골 마을)'의 오식으로 추정.

34 불연(不然)이면. 그렇지 않으면.

17. 제복의 처녀

원작영화: \<Mädchen in Uniform\>(독일 Deutsche Film-Gemeinschaft, 발성영화, 1931)

감독: Leontine Sagan

주연: Dorothea Wieck・Emilia Unda

상영정보: 1938. 2. 11. 황금좌 상영 중(『동아일보』 1938. 2. 11.)

음반번호: Polydor19378

설명: 박창원

반주: 일본폴리돌관현악단

발매일자: 1934. 7.

가사지
Polydor19378 A면

느즌가을 맑에개인새벽하늘에 여학교기숙사女學校寄宿舍의 아츰예배
종례拜鐘소리가울인다 순결純潔한처녀處女들의가슴에는 신神압헤무
릅쑬어 은혜恩惠주시기를간구諫求하는 거륵한맘이세암갓치 용소슴친
다 고요한이아츰 신입학생新入學生의마누에라 아주머니를쌀아왓다 사
감舍監게스텐先生선생의 인도引導로 마누에라 는 기-ㄴ층계層階를올
라재봉실裁縫室에왓섯습니다 재봉실裁縫室에서일하고잇는엘제는
「당신의번호番號가一百二十호號시요?자-그옷을벗고이옷을입으십
시요」
마누에라는 내여준낡은제복制服을두적어렷다
「아 이게 뭐애요 하-트거림가운데 이E,뷔V,쎄B,라구 색엿으니」
「네 그것말슴에요 에리사본배룬부룽여선생女先生님의략자略字랍니다

그옷을입엇던전생도前生徒 역시 배룬부룽선생先生님을 몹시사모思慕햇섯조아마」

엘제의말에마누에라는 아직보지도못한 배룬부룽선생先生님의 어엽쑨 자태姿態를생각하면서 랑하廊下로 나왓다

「네가 이번신입생新入生이냐? 그래옷이 잘마저?」

검은제복制服을입으신선생先生님이 제압패서잇다 아 배룬부룽선생先生님이다!

미누에라의맘은 민감敏感하엿다

「웨 너는쩔고 서잇니 자-김쑨맘으로생도生徒들이 잇는곳으로가자」

상학시간上學時間이되어 생도生徒들은 아랫층層의 좁은강당講堂에 모이엇으니 마누에라는

…<소실>…

Polydor19378 B면

…<소실>…

「홍 이거-배룬부룽선생先生님이주섯다나 나는참행복幸福하다나 선생先生님은나를퍽귀여워해주신단다 아-나의선생先生님배룬부룽선생先生님!」

홍분興奮된마누에라는취醉하야 그자리에쓰러지고마럿다 이광경光景을바라본 교장校長마누에라는즉시퇴교卽時退校할사事」

교장선생校長先生님의명령命令에전교생도全校生徒들은 쩌들석어렷습니다

「애들아 정열적情熱的인마누에라가 알면놀나고절망絶望하여 엇쩐일을저질는지도 모르니 자-어서가서 우리들은 마누에라를구救하러가자」

그쌔이다 마누에라는 라선형층계螺旋形層階우에올나섯으니 그는동무들의 말과가티 죽으령으로…

「배룬부룽선생先生님 용서容恕해주세요」

그순간瞬間마누에라의몸은 공과가티놉픈데서 쩨러지려고하엿다 그째다 마누에라는자기自己를부르는 동무들의 애처러운 눈물의부름소리를 들엇다 마누에라의생명生命은생도生徒들의손에구救함을입엇슴니다 배룬부룽선생先生님은 교장선생校長先生님에게 「교장校長 우리들은생도生徒들에게 감사感謝하지안으면아니됩니다 우리들의전생애全生涯를두고밧지안으면아니될불행不幸을지금생도生徒들의손으로구救함을입엇스닛가요」

교장선생校長先生님의 맘에도 그제야 사랑과우정友情의 거룩함울깨다럿다

아-제복制服의처녀處女만이 가즐수잇는 사랑의세계世界 그리고그승리勝利!감격感激하여진 교장선생校長先生님의 다시집합集合하라는 맘에울려저나오는 종鐘소래!

현대표기

Polydor19378 A면

설명: 늦은 가을 맑게 갠 새벽하늘에 여학교 기숙사의 아침 예배 종소리가 울린다. 순결한 처녀들의 가슴에는 신 앞에 무릎 꿇어 은혜 주시기를 간구하는 거룩한 마음이 샘같이 용솟음친다. 고요한 이 아침 신입학생의 마누엘라1 아주머니를 따라왔다. 사감 게스텐2 선생의 인도로 마누에라는 긴 층계를 올라 재봉실에 왔었습니다. 재봉실에서 일하고 있는 엘제는3,

---

1 마누엘라 폰 마인하르디스(Manuela von Meinhardis).
2 케스텐(Kesten).

엘제: 당신의 번호가 120호시오? 자, 그 옷을 벗고 이 옷을 입으십시오.

설명: 마누에라는 내어 준 낡은 제복을 뒤적거렸다.

마누엘라: 아, 이게 뭐예요? 하트 거림[4] 가운데 E, V, B라고 새겼으니….

일제: 네, 그것 말씀이에요? 에리사 본 배룬부룽[5] 여 선생님의 약자랍
　　니다. 그 옷을 입었던 전 생도 역시 배룬부룽 선생님을 몹시 사모
　　했었죠, 아마.

설명: 엘제의 말에 마누에라는 아직 보지도 못 한 배룬부룽 선생님의
　　어여쁜 자태를 생각하면서 낭하로[6] 나왔다.

베른부르그: 네가 이번 신입생이냐? 그래 옷이 잘 맞아?

설명: 검은 제복을 입으신 선생님이 제 앞에 서 있다. 아, 베룬부룽 선
　　생님이다! 마누에라의 마음은 민감하였다.

베른부르그: 왜 너는 떨고 서 있니? 자, 기쁜 마음으로 생도들이 있는
　　곳으로 가자.

설명: 상학 시간이 되어 생도들은 아래층의 좁은 강당에 모였으니 마누
　　에라는,

---

3 일제 폰 베스트하겐(Ilse von Westhagen).
4 '가림'으로 추정.
5 엘리자베스 폰 베른부르그(Elisabeth von Bernburg).
6 낭하(廊下). 복도.

···<소실>···

Polydor19378 B면

···<소실>···

마누엘라: 흥, 이거 배룬부룽 선생님이 주셨다나. 나는 참 행복하다. 선
생님은 나를 퍽 귀여워 해 주신단다. 아, 나의 선생님 베룬부룽 선
생님!

설명: 흥분된 마누에라는 취하여 그 자리에 쓰러지고 말았다. 이 광경
을 본 교장,

교장: 마누엘라는 즉시 퇴교할 것.

설명: 교장 선생님의 명령에 전교생들은 떠들썩거렸습니다.

동무들: 애들아, 정열적인 마누에라가 알면 놀라고 절망하여 어떤 일을
저지를 런지도 모르니 자, 어서 가서 우리들은 마누에라를 구하러
가자.

설명: 그때이다. 마누에라는 나선형 층계 위에 올라섰으니 그는 동무들
의 말과 같이 죽을 념으로7···.

마누엘라: 배룬부룽 선생님, 용서해 주세요.

---

7 념(念). 속에 품은 마음.

설명: 그 순간 마누에라의 몸은 공과 같이 높은 데서 떨어지려고 하였다. 그때마다 마누에라는 자기를 부르는 동무들의 애처로운 눈물의 부름 소리를 들었다. 마누에라의 생명은 생도들의 손에 구함을 입었습니다. 배룬부룽 선생님은 교장선생님에게,

베른부르그: 교장, 우리들은 생도들에게 감사하지 않으면 아니 됩니다. 우리들의 전 생애를 두고 받지 않으면 아니 될 불행을 지금 생도들의 손으로 구함을 입었으니까요.

설명: 교장선생님의 마음에도 그제야 사랑과 우정의 거룩함을 깨달았다. 아, 제복의 처녀만이 가질 수 있는 사랑의 세계. 그리고 승리! 감격하여진 교장선생님의 다시 집합하라는 맑게 울려져 나오는 종소리!

18. 칼멘

원작영화: • <Carmen>(1913) 감독: Lucius Henderson 주연: Marguerite Snow · William Garwood 미국(Thanhouser Film Corporation). 무성영화
• <Carmen>(1915) 감독: Raoul Walsh 주연: Theda Bara · Einar Linden 미국(Fox). 무성영화
• <Carmen>(1915) 감독: Cecil B. DeMille 주연: Geraldine Farrar · Wallace Reid 미국(Jesse L. Lasky Feature Play Company). 무성영화
• <Carmen>(1918) 감독: Ernst Lubitsch 주연: Pola Negri · Harry Liedtke 독일(Projektions-AG Union, Universum Film). 무성영화
• <Blood and Sand>(1922) 감독: Fred Niblo 주연: Lila Lee · Rodolph Valentino 미국(PM). 무성영화
상영정보: 1925. 10. 24. 조선극장 개봉(『동아일보』 1925. 10. 20.)
음반번호: Columbia40092
설명: 김영환
발매일자: 1930. 4.

채록

Columbia40092 A면

노래: 애야 들어봐라. 타오르는 내 사랑 푸른 빛 공중에 뭉게뭉게 연기 다. 내 얼굴 없는….
설명: 지금 들어온 청년 동 호세는1, 알만차의 용기편대에2 들어가 충 실히 근무했으므로, 군조에까지3 승진이 되었던 것을, 단카이로라

---

1 호세 리카라벤고라(José Lizarrabengoa).
2 용기편대(龍騎編隊, Dragoons).

고4 하는 악당의 부하인, 애꾸눈이 칼샤라고5 하는 자의 정부로6, 연초7 공장에 여공으로8 있는 어여쁜 찝시의9 계집 아이, 칼멘이10 죄를 짓고 옥으로 붙들려 가던 것을 그는 도중에서 칼멘에게 유혹이 되어 고만 도망을 시켜주었으므로, 군조의 지위를 뺏긴 후에 일병졸로11 떨어져 뉘우침의 날을 보내고 있었으나, 이윽고 호세는, 다시 칼멘을 사모하야 반가이 만나게 되었습니다.

칼멘: 호세, 어여쁜 내 도령님. 아이, 왜 이렇게 벌벌 떨기만 해요?

호세: 오, 칼멘.

칼멘: 자, 어서 이리 와요. 참 요전에는, 어찌도 고마운지, 내 여태까지 잊어버리지 않았다우. 인제는 우리 도령님에게 그 빚을12 갚아드려야지.

호세: 칼멘, 나는 가야 하겠소.

칼멘: 왜요?

호세: 군령13 나팔을 불지 않소? 영문에14 돌아가지 않으면 영창15 구류이니까요.16

3 '군조(君曹)'는 태평양전쟁 패전 이전까지 일본군의 하사관 계급.

4 단카이로(Le Dancaïre). 밀수꾼.

5 애꾸눈 가르시아(García 'El Tuerto').

6 정부(情婦). 자기 아내가 아닌데도 성 관계를 가지며 사귀는 여자.

7 연초(煙草). 담배.

8 여공(女工). 여직공. (주로 공장에서 일하는) 여자 직공.

9 찝시(Gypsy). 유럽 각지를 떠돌아다니며 생활하는 민족.

10 카르멘(Carmen).

11 일병졸(一兵卒). 한낱 병졸.

12 음반에서는 [비슬]로 발음.

13 군령(軍令). (옛날에) 군대를 지휘하기 위한 명령.

14 영문(營門). 병영의 문.

15 영창(營倉). 법규를 어긴 군인을 가두어 두는 군대 안의 건물, 또는 거기에 감금되는 형벌.

칼멘: 칼멘을 여기 두고 발길이 잘 떨어질까요?

노래: 어데로 가 예여서 그 슬□라면은. 내 살뜰한 어□□여. 어엿한 사
　　나이여. 어이, 어이, 나는 정말 이별…

호세: 오, 칼멘.
칼벤: 그것 봐요. 칼멘을 두고는 못 간다니까.

설명: 정열에 타는 호세는, 영창 구류를 각오하고 그날 밤을 칼멘과 같
　　이 지냈습니다.
칼멘: 호세, 인제 내가 빚을 갚어 주었지? 법률상으로 뭐라 그래? 갚을
　　것도 받을 것도 없이 인제 툭탁쳐버렸겠다.17 요램에 철없이 날 자
　　꾸 졸르지 말우.

설명: 영문으로 돌아간 호세는 영창 구류 일주일 동안….

Columbia40092 B면

설명: 칼멘으로 해서 지위를 뺏기고, 영창 구류를 당하고 급기야 장교
　　까지 살해한 호세는, 단카이로 악당 가운데 뛰어 들어가서는, 애꾸
　　눈이 칼사까지 죽이고, 지금은 관원의 눈을 피해 숨어있을 때, 칼벤
　　의 마음은 변하야 투우사 루카스를18 사랑하게 되었습니다.

---

16 구류(拘留). 하루에서 30일까지의 기간 동안 죄를 지은 사람을 가두는 형벌.
17 툭탁치다. 옳고 그름을 가리지 아니하고 다 쓸어 없애다.
18 루카스(Lucas, le picador).

노래: 토레야도 오□□ 토레야도 □□□[19] 나의 사랑 루이카스에 어여
비추리오….

설명: 호세는 투우장에서 칼멘을 붙들어가지고 산중으로 들어왔습니다.

호세: 칼멘, 어떻게 할 터이야?

칼멘: 무엇을 어떻게 해? 너 하구는 살기 싫다는데.

호세: 칼멘, 생각해 봐라. 용기나 참는 것도 이것뿐이다. 네 결심 하나
로 나도 생각이 있다.

칼멘: 왜, 내가 그전에 말하지 않았어? 내가 싫증이 난다, 그럼 당신도
순순히 단념해[20] 달라구 그랬지, 왜.

호세: 독한 년아 내가, 내가 지위를 잃어버린 것이나, 영창 구류를 당한
것이나, 상관을 죽인 것이나, 몸이 집시 가운데로 뛰어들어가 다시
칼샤를 죽인 것이, 모두가 너 하나 때문이 아니었더냐?

칼멘: 그러니까 돈 한 푼 받지두 않구 몇 밤씩이나 당신의 팔버개를 베
드리지 않았소? 그러면 툭탁쳤지 또 받을 것이 있나요?

호세: 칼멘, 나와 같이 아메리카로 가자.

칼멘: 싫어요, 싫어요. 칼멘은 한번 싫다면 고만이에요.

호세: 칼멘, 그러면, 차라리 달아나거라. 내 손에는 칼이 잡혔다.

설명: 칼멘은 반지를 빼여 풀밭에 던졌습니다.

호세: 에잇, 독한 년. 에잇.

---

19 "Toreador, en garde! Toreador, Toreador!(투우사여, 조심하시오! 투우사
여!)". 조르주 비제(George Bizet)의 오페라 코미크 <카르멘(Carmen)> 2막의 아리
아 <투우사의 노래(Chanson du Treador)>의 일부.
20 음반에서는 [달렴해]로 발음.

설명: 호세의 칼날 아래 칼멘은 쓰러졌습니다.

호세: 오, 칼멘, 칼멘. 그여코[21] 내 칼날이 너를 죽였구나.

설명: 황혼 그림자 대지 위에서 덮이울 때 호세와 칼멘의 가슴[22] 타던 정열성은[23] 영원한 장면에 사라지고 말았습니다.

---

21 기어(期於)코. 결국에는 마침내. 끝끝내.
22 가슴.
23 '정열성(情熱星)'. 즉, '정열의 별'로 추정.

19. 하나님을 잃은 동리

원작영화: <The Town That Forgot God>(미국 Fox, 무성영화, 1923)

감독: Harry Millarde

주연: Bunny Grauer · Warren Krech

상영정보: 미상

음반번호: Columbia40108-9

설명: 김영환

발매일자: 1931. 4.

채록

Columbia40108 A면

　설명: 하나님의 가라침과[1] 진리의 길을 벗어난 우리가 모여 사는 리바
　　　텔이라는[2] 동리. 학교의 여 선생 베티는[3] 선량한 부인이였고, 이 부
　　　인을 연모하는 사람은 동리의 목수 에펜이였습니다.[4] 에펜은 남모
　　　르는 희망을 그 가삼에[5] 품고, 베티가 어린 애를 낳으면 들놀이라
　　　고[6] 요람 한 개를 정성껏 만들었습니다. 이윽고 들려오는 교회당의
　　　종소래[7]. 에펜이 바라고 있든 베티는 하디 아담스라고[8] 하는 측량

---

1 가르침과.
2 리버데일(Riverdale).
3 베티 깁스(Betty Gibbs).
4 이븐(Eben).
5 가슴에.
6 "들고 놀라고"로 추정.
7 종소리.
8 해리 애덤스(Harry Adams).

기사와 뜻밖에 결혼식을 거행하고 말았습니다. 에펜은 교회당 바깥에 우두커니 서서, 아무도 알지 못하게 혼자서 울었습니다.

에펜: 베티, 이 에펜은 마음속으로 당신의 행복을 빌고 있습니다.
베티: 에펜, 어이구, 왜 이렇게 우세요?

설명: 얼마 후에 베티가 첫 아달을 낳았을 때에, 에펜은 지난날 정성들여 만들어 두었던 요람을 그에게 갖다 주었습니다.

에펜: 자, 여기다 애기를 기르시요. 오, 어쩌면 이 애기의 눈매가 이렇게도 당신과 흡사합니까? 웃는, 웃는 얼굴도 당선을 많이 닮았습니다.

설명: 실망의 상처를 가슴에 안고 에펜은 정처 없는 표랑의9길을 떠나갔습니다. 베티의 행복의 생애는 너무 짧아서 그 남편 하다가 세상을10 떠나버리고 지금은 어린 아달11 다비드를12 벗 삼아 다시 그 전날의 교편생활로 돌아왔습니다. 그러나, 그거나마 오래지 않아서, 무지한 동리 사람들과 몰이해한13 학무위원들의 자심한14 학대로, 교편을 빼앗기고 집으로 돌아오니 아, 가련한 어머니와 어린 아달은 장차 어늬15 곳으로….

---

9 표랑(漂浪). 뚜렷한 목적이나 정한 곳이 없이 이리저리 떠돌아다님.
10 음반에서는 [세상을]로 발음.
11 아달.
12 데이비드 애덤스(David Adams).
13 몰이해(沒理解)하다. 이해함이 전혀 없다.
14 자심(滋甚)하다. 점점 더 심하다.
15 어느.

다비드: 어머니, 우지 마세요. 다비드가 공부를 잘해 가지고 어머니 기쁘게 해드립니다.

베티: 다비드야, 부대16, 부대 그렇게 해다고17. 어머니는 너 하나만 바라고 살지 않니?

설명: 이윽고 잔인한 죽음의 손은 이 불쌍한 다비드의 어머니를 빼앗아 가게 되었습니다.

베티: 다비드야, 어미 없이 어떻게 사련?

다비드: 어머니, 왜 그런 말씀을 하세요?

베티: 어머니는 이제 멀리 간다.

다비드: 어머니, 저두 같이 가지요?.

베티: 너는 못 온다.

다비드: 그러면 어머니 얼굴을 언제 또 봐요?

베티: 잘 있거라. 인제는 내가 네 얼굴도 못 보고 너도 어미 얼굴을 못본다. 어미가 없드래도 부대 다른 아이보담도 공부를 잘해 가지고 이후에 좋은 사람이 되어라.

다비드: 어머니, 싫어요. 저 혼자 어떻게 살아요?

베티: 그런 줄도 어미는 알지마는 하나님이 부르시니 안 갈 수 있니?

다비드: 어머니, 저도 같이 가요. 아버님, 하나님 옆에는 아버님도 계실 테니까요.

---

16 '부디'의 방언(경남, 전남, 함북).
17 해다오.

베티: 다비드야, 어머니는 간다. 에미가 없드래도 결코 못된 마음 가지지 말구. 그리고 용감한 남자가 되여라. 그리고 하나님에 대한 신앙을 저바리지[18] 마라.

다비드: 네, 어머니, 자서히[19] 알었습니다.

베티: 오냐, 착한 내 아들이다. 다비드야, 자, 어머니를 작별하면서 찬미가를 불러다오.

노래: 고요한 바다로 푸른 □□에 은혜의 축복 주시니 참 감사합네다.

설명: 내 아들의 손목을 잡은 그대로 가려난 어머니의 혼백은 처량한 찬미가 속에 고요히 잠들어 버렸습니다.

Columbia40109 A면

설명: 다비드의 어머니가 세상을[20] 떠난 뒤로, 이 얄뜰하게도 친절한 동리 사람들은 고아가 된 다비드를 도와주려고 모여들었습니다.

동리 사람1: 이 동리에 고아원이라도 있었으면 좋겠지만 대체 저놈 하나 밑에도 쓸 돈이 들어갈 모양이야.

동리 사람2: 그 비용을 동리 전체가 물어 놓을 수도 없고 누가 데려다 기를 사람이 없어?

동리 사람3: 그 애 어머니가 죽을 때 뭐 좀 묻어 둔 게 있나요?

동리 사람4: 묻어 두긴커녕 귀[21] 떨어진 노랑돈[22] 한 푼두 없다오.

---

18 저버리지.
19 자세히.
20 음반에서는 [세상을]로 발음.

동리 사람5: 에이구, 그러면 틀려. 그 골치 아픈 놈의 걸 누가?

동리 사람6: 아, 여보, 당신이 맡어 길러 보시구료.

동리 사람7: 에이, 여보, 당치 않소. 나는 자식새끼 없는 세상이[23] 있다면 점심밥 싸 짊어지고 천만 리라도 쫓아가게.

향사: 자, 그러면, 내가 맡아다 길러 볼 것이니 남어 있는 세간[24] 살림은 모두 내 집으로 보내시요.

설명: 동리의 향사가[25] 살림에 탐이 나서 이같이 말했습니다. 향사는 다비드를 데려다 놓은 그날부터 학대가 자심했고[26], 얼마 후에 그는 다비드의 세간을[27] 모조리 경매에다 부쳤습니다. 어머님이 애끼시던 잔 살림, 굵은 살림이 모조리 팔리고, 인제는 어머님이 앉으시든 교의가[28] 나왔습니다.

다비드: 네? 제발 이것 하나만 팔지 마세요. 우리 어머니가 앉으시던, 저를 무릎 우에 올려놓고 앉으시던 교의에요. 우리 어머니가 보고 싶을 때마다 저는 이 교의더러 가만히 어머니라고 불러본답니다. 네? 제발 이것 하나만 남겨주세요.

향사: 에라, 요 □□□ 될 자식아, 떠들지 마라. 자, 얼마.

---

21 돈의 큰 단위에 함께 붙는 적은 단위의 액수. 또는 부른 물건 값보다 조금 더 붙이는 금액.
22 몹시 아끼는 많지 않은 돈을 낮잡아 이르는 말.
23 음반에서는 [셰상이]로 발음.
24 음반에서는 [셰간]으로 발음.
25 향사(鄕士). 시골 선비나 유지(有志). 원작에서는 대지주(The Squire).
26 자심(滋甚)하다. 점점 더 심하다.
27 음반에서는 [셰간]으로 발음.
28 교의(交椅). 의자(椅子).

경매인: 에, 얼마.

에펜: 그것은 내가 사리다.

설명: 교의를 사서 들고 다비드의 앞으로 걸어오는 사람은, 옛날에 다비
　　　드의 어머니를 사랑하다가 표랑의 길을 떠나갔던 에펜이였습니다.

Columbia40109 B면

설명: 사랑하든 베티의 죽음을 듣고 다비드를 바라보는 에펜의 두 눈에
　　　는 눈물이 넘쳐흐릅니다.

다비드: 아저씨, 우리 어머니를 아세요?

에펜: 알구 말구. 이 아저씨와 너의 어머니는 퍽두 다정한 친구였단다. 인
　　　제는 이 아저씨하구 너하구 같이 살게 될 테니까 아무 걱정도 마라.

설명: 에펜은 자기가 다비드를 길러 주는 것이 죽은 베티에게 대한 의
　　　무라고 생각했습니다. 어느날[29] 다비드는 끔찍이 갖고 싶은 시계
　　　한 개를 사 가지려구, 오래 두고 모아오든 계란 열두 개를 가지고
　　　잡화점으로 갔습니다.

잡화점 주인: 오, 잘 받었다. 대로 가거 라.

다비드: 시계는 안 주세요?

잡화점 주인: 요놈, 시계가 무슨 시계야. 이왕에 너희 어머니가 네 대신
　　　외상값을 이걸로 툭탁쳤단[30] 말이야.

---

29 어느 날.

설명: 마참[31] 거기 왔던 에펜이 가엾이 여겨 그 시계를 사서 다비드에게 준 즉, 다비드는 기뻐서 펄펄 뛰며 향사의 집으로 돌아갔을 때, 마참 향사의 자식이 돈을 훔쳐내고, 그 죄를 다비드에게 둘러씌웠든[32] 때라, 향사는 다비드의 시계 가진 것을 보고 의심 없이 그를 도적으로 몰아가지고, 창고에 가두어 버렸습니다. 하나님을 잊은 죄악의 동리, 하날의[33] 노여움이랄까 폭풍우는 일어납니다. 죄악의 동리는 멸망의 홍수 가운데로…. 창고 속에 갇혀 있으면서도 다비드는 하나님 앞에 기도를 올렸습니다. 다비드는 에펜의 구원을 받아, 하나님을 잊지 않은 성결한 고지를 찾아갑니다. 사랑과 신앙과, 용기의 대교훈을 주신 어머니를 잊지 않고 나아가는 그야말로 반드시 후일에 장성하야, 훌륭한 사람이 되었으리라고 믿는 것입니다.

---

30 옳고 그름을 가리지 아니하고 다 쓸어 없애다.
31 마침.
32 뒤집어씌우던.
33 '하늘'의 방언(강원, 경기, 전라, 충청).

20. 희무정(噫無情)

원작영화: • <Les Miserables>(프랑스, 무성영화, 1913) 감독 Paul Capellani 주
연: Henry Krauss
• <Les Miserables>(미국, 무성영화, 1917) 감독 Frank Lloyd 주연:
William Farnum · Hardee Kirkland
• <Les Miserables>(프랑스 Pathe, 무성영화, 1925) 감독: Henri
Fescourt · Louis Nalpas 주연: Gabriel Gabrio · Paul Jorge
상영정보: • 1915. 4. 5. 조선중앙기독교청년회관 상영(『매일신보』 1915. 4. 3)
• 1920. 5. 11.~13. 조선중앙기독교청년회관 상영(『매일신보』 1920.
5. 9. 변사: 김덕경 · 서상호)
• 1923. 1. 17. 단성사 상영
• 1925. 11. 20. 단성사 개봉(『조선일보』 1925. 11. 21.)
• 1925. 11. 25. 단성사 특별상영(『매일신보』 1925. 11. 25.)
• 1927. 9. 20. 단성사 개봉 예정(『매일신보』 1925. 9. 11.)
• 1927. 9. 21. 단성사 개봉 예정(『조선일보』 1927. 9. 21.)
음반번호: Victor49016
설명: 김영환
반주: 단성사관현악단
발매일자: 1934. 7.

가사지

Victor49016 A면

쌩한조각으로하야 十九年동안을獄中에서지난 잔발찬은 慈悲한僧正
의恩惠를닙어 부드러운寢臺우에 한잠을자고나니 밤은임의깁허젓다…
「오! 저여섯개의 銀접시를엇더케할까?」…十九年동안 獄中에서번것보

담엿갑절을오늘하로밤동안에 버을수가잇는것이다…그럿치만 미리엘僧正의親切한對遇를생각할째에는十九年동안에 한번도소사난적이업는未安하다는그생각이마음을흔들엇다 「에잇! 僧正의말이왜獄司丁의말과 갓치橫暴하지를안엇스며 僧正의얼골이 왜 土木工事長의 얼골처럼미 움즈지를아니할가?」平穩하고도尊嚴한 僧正의잠들어잇는얼골! 흔良心의光明은天國의빗과함게 빗치여저잇는것이다 잔발찬은 이와갓치崇嚴한얼골을대하여본적이업섯다 오! 이누어자는聖者의얼골을째트리여버릴까 그럿치안으면손을붓잡고 그압혜쑤러안저 謝罪를하여볼짜… 煖爐우에걸녀잇는거룩한十字架는 窓門으로새여드는달빗에 照耀하야 恰似히팔을버리며 僧正의平穩을祝福하여주는듯하엿다 「아니다! 내가일허버린것을도로補充식혀야한다」… 비죠갓치몸을날니여 단장을넘어가는그의손에는 여섯개의銀접시가 달빗헤번쯕이고잇섯다 은접시를흠처가지고 잔발찬은어듸인지종적을감추랴고하엿스나 노상에서도라다니든 헌병에게 붓들이고말엇습니다.

(樂)… 잇흔날아참 잔발찬은憲兵에게 붓들니여 僧正의집으로쓸녀오니 아-아! 十九年동안의무서운生活이 쏘다시그의눈압헤낫하나는듯하엿다. 樂…

Victor49016 B면

잔발찬을바라보든 미리엘僧正은 深切한빗치이그얼골에낫하난다 銀燭臺한쌍까지 마저내여다가그에게주며 「아니! 여보시요 그럿치안아도나는당신을기대리고잇섯소 어제밤에나는 이燭臺까지도당신에게주엇는데 왜이것은안이가지갓드란말이요?」
慈悲한僧正의立證으로말미아마 憲兵들은그대로물너가고마럿다 감격에넘치는잔발찬(樂)…「오-僧正閣下! 僧正閣下! 져를용서해주심니까?

이놈의罪를사하여주십니까?」눈물을흘니면서僧正의압헤가업드러지고마럿다.「僧正閣下! 慈悲하신僧正閣下! 져는져는비로소地上사람의人情이란것을 처음으로바더봄니다 쌍한조각으로말미아마 사람의靑春까지쌔서가는이世上에 엇지閣下와갓흔 人情만흔분이게섯슴니까」… 자비한승정은잔발찬의압흐로갓가히오며그의머리에손을언져주엇다 「오-잔발찬! 그대는나의 同胞요그대는나의兄弟다 다음에올쌔에는 단장을넘어드러올必要는업서 언제든지出入門은 잠그지를안으니까… 확실코이즐리아업슬터이지? 이銀燭臺와銀접시를資本삼아 期必코착한사람이되리라고 나에게約束한그일을… 자.이제로부터는 온전히마음을곳치여서 公明正大학길을발버주시요」… 이와갓흔敎訓에도 感化가되지안는다고 할것갓흐면 과연그것은사람이아닐것이다 그마음은크나큰感激에가득차서 向方업는발길을그대로옴기여노앗다 …(樂)… 고요한밤의帳幕이 宇宙를내려덥흔세時가량에한사람의산아히가僧正의집압헤서 무엇인지合掌하야默禱를맛친뒤에徐々히그자리를쩌나가니 그는果然悔改의눈물을흘니는 잔발찬이엿셧다.

현대표기

Victor49016 A면

설명: 빵 한 조각으로 하여 19년 동안을 옥중에서 지낸 장 발장은[1] 자
비한 승정의[2] 은혜를 입어 부드러운 침대 위에 한 잠을 자고 나니
밤은 이미 깊어졌다.

---

1 장 발장(Jean Valjean)
2 승정(僧正). 불교에서 승단을 이끌어 가면서 승려의 행동을 바로잡는 승직을 가리키
나, 근대기 일본에서 로마 가톨릭 교회의 신부 혹은 주교(主敎, bishop)의 번역어이
기도 했다. 원작에서 미리엘(Myriel)은 주교이다.

장 발장: 오! 저 여섯 개의 은접시를 어떻게 할까? 19년 동안 옥중에서 번 것보다 몇 갑절을 오늘 하룻밤 동안에 벌 수가 있는 것이다.

설명: 그렇지만 미리엘 승정의 친절한 대우를 생각할 때에는 19년 동안에 한 번도 솟아난 적이 없는 미안하다는 그 생각이 마음을 흔들었다.

장 발장: 에잇! 승정의 말이 왜 옥사정의[3] 말과 같이 횡폭하지를[4] 않았으며 승정의 얼굴이 왜 토목 공사장의[5] 얼굴처럼 밉지를 아니할까? 평온하고도 존엄한 승정의 잠들어 있는 얼굴! 한 양심의 광명은 천국의 빛과 함께 비치어져 있는 것이다.

설명: 장 발장은 이와 같이 숭엄한 얼굴을 대하여 본 적이 없었다.

장 발장: 오! 이 누워 자는 성자의 얼굴을 깨트리어 버릴까 그렇지 않으면 손을 붙잡고 그 앞에 꿇어 앉아 사죄를 하여 볼까….

설명: 난로 위에 걸려 있는 거룩한 십자가는 창문으로 새여 드는 달빛에 조요하여[6] 흡사 팔을 벌리며 승정의 평온을 축복하여 주는 듯하였다.

장 발장: 아니다! 내가 잃어버린 것을 도로 보충시켜야 한다….

설명: 비조같이[7] 몸을 날리어 단장을[8] 넘어가는 그의 손에는 여섯 개의

---

3 옥사정(獄鎖丁). 옥사쟁이. 옥에 갇힌 사람을 맡아 지키던 사람.
4 횡포(橫暴)하다. (성질이나 행동이) 난폭하다.
5 공사장(工事匠). 공사 기술자.
6 조요(照耀). 밝게 비쳐서 빛남.

은접시가 달빛에 번뜩이고 있었다. 은접시를 훔쳐가지고 장 발장은 어디인지 종적을 감추려고 하였으나 노상에서9 돌아다니던 헌병에게 붙들리고 말았습니다. 이튿날 아침 장 발장은 헌병에게 붙들리어 승정의 집으로 끌려오니 아, 아! 19년 동안의 무서운 생활이 또다시 그의 눈앞에 나타나는 듯하였다.

Victor49016 B면

설명: 장 발장을 바라보던 미리엘 승정은 심절한10 빛이 그 얼굴에 나타난다. 은촛대 한 쌍까지 마저 내어다가 그에게 주며,

미리엘 승정: 아니! 여보시요, 그렇지 않아도 나는 당신을 기다리고 있었소. 어젯밤에 나는 이 촛대까지도 당신에게 주었는데 왜 이것은 아니 가져갔더란 말이오?

설명: 자비한 승정의 입증으로11 말미암아 헌병들은 그대로 물러가고 말았다. 감격에 넘치는 장 발장.

미리엘 승정: 오, 승정 각하! 승정 각하! 저를 용서해 주십니까? 이놈의 죄를 사하여 주십니까?

설명: 눈물을 흘리면서 승정의 앞에 가 엎드러지고 말았다.

---

7 비조(飛鳥). 날아다니는 새.
8 단장(短牆). 낮은 담.
9 노상(路上). 길 위. 길바닥.
10 심절(深切)하다. 깊고 절실하다.
11 입증(立證). 증거를 내세워 증명하는 것.

장 발장: 승정 각하! 자비하신 승정 각하! 저는 비로소 지상의 사람의 인정이란 것을 처음으로 받아 봅니다. 빵 한 조각으로 말미암아 사람의 청춘까지 뺏어가는 이 세상에 어찌 각하와 같은 인정 많은 분이 계셨습니까….

설명: 자비한 승정은 장 발장의 앞으로 가까이 오며 그의 머리에 손을 얹어 주었다.

미리엘 승정: 오, 장 발장! 그대는 나의 동포요, 그대는 나의 형제다. 다음에 올 때에는 단장을 넘어 들어올 필요는 없어. 언제든지 출입문은 잠그지를 않으니까…. 확실코 잊을 리야 없을 터이지? 이 은촛대와 은접시를 자본삼아 기필코 착한 사람이 되리라고 나에게 약속한 그 일을…. 자, 이제로 부터는 온전히 마음을 고치어서 공명정대한 길을 밟아 주시오….

설명: 이와 같은 교훈에도 감화가 되지 않는다고 할 것 같으면 과연 그것은 사람이 아닐 것이다. 그 마음은 크나큰 감격에 가득차서 방향 없는 발길을 그대로 옮기어 놓았다. 고요한 밤의 장막이 우주를 내려 덮은 세 시 가량에 한 사람의 사나이가 흥정의 집 앞에서 무엇인지 합장하여 묵도를[12] 마친 뒤에 서서히 그 자리를 떠나가니 그는 과연 회개의 눈물을 흘리는 장 발장이었었다.

---

12 묵도(默禱). 소리를 내지 않고 마음속으로 가만히 비는 기도.

II. 조선영화

1. 개나리고개

원작영화: 미상
상영정보: 미상
음반번호: RegalC324
각색: 김병철 안(案)
설명: 김일성
발매일자: 미상

가사지

RegalC324 A면

아름답게피여도 슱흠이더나지못하는 산개나리꽃 다시못올봄빗을 추억
하며 늣겨우는 시골쳐녀에두줄기눈물 운명이란 넘우도가혹한단념을 조
고마한가슴에 찌푸리고가버럿다

「노래」 개나리고개는 눈물의고개
　　　　님을맞든그째가 그리웁고나
　　　　에헤에야 그님은 아무럼그러치그님은
　　　　지금은 어데서 개나리생각하나

개나리고개에비치인달이 묵화의언덕우에 두그림자를그리여줄대 춘섬이와성수는슯흔리별을하게되엿다

춘섬아 나를서울노보내주렴 나는과거에급제하여벼슬을하고십다

실혀ㅅ 벼슬도실타 급제도실타 너혼자서울로보내고 나혼차엇지지나란말이냐

아니다 그런말을하면 내가슴은미여질것갓구나 너는나와리별을하여 원님쎄수청을들어야한다

원님쎄수청

지금까지 마음과마음을허락을하고 장내는부ㅅㅅ라고 굿게맹셔하엿든 성수의입에서 이런말을들을줄이야 누가쑷하엿스랴

부탁이다 너하나 원님에게수청들면 나도벼슬을어더하고 이동리백성들도평안할게아니냐

실타실어 죽어도갓치죽고 살이도갓치살자

춘섬아 나도그리고십다 그러치만 지금원님은 너를사모하고잇지를안냐 그러니네가 수청을들어 원님에게환심을사서 도탄에쌔진이백성들을위하야일해다고 그러면나는 서울가서벼슬어더해 기여히네쓰라린원한을푸러주마

성수야 너는진정으로이런말을하느냐 나를두고진정으로너는서울노갈테냐 아 밋지못할것은 사내에마음이엿섯다 이리하야무참이헤여진두젊은남녀는 필경에는 크나큰쑷도이루지못하고 공연이원님에히생이되엿슬쑨이엿섯겟지

동리사람들은춘섬이를머랴고불넛든고

더러운년

남편을버리고 돈과영화에탐이나서 원님에게수청을든 더러운년이란말밧게 남지를안엇다

춘섬이는 개나리피는봄날만도라오면 서로즐겁게맛나는개나리고개에올
나와 녯날을추억하고 그가부르든노래를추억하며 늣기여울쑨이엿섯다
「노래」 개나리고개야 너잘잇거라
　　　　길밝혀라 져달아 쉬단녀오마
　　　　에헹에야 그님을 아무럼그러치그님을
　　　　먼동이트기젼 모시고돌아오마

RegalC324 B면

춘섬이에마음은 졈々타락에구령이에빠지고말엇다 원님에게수청을들어
불상한백성들에게　학졍도덜해가고　살기죠케만들어준것도　자긔에쌔끗
한졍조를희생해온것이것만 그도몰나주는사람들에 심리가너무나미윗다
서울간성수는 그후에소식쏘차업스니 그는죽엇는지살엇는지
오냐 될쌔로되엿라 내가그이들을위하야 몸까지희생햇건만 그래도몰나
준다면 나도너이놈들에게 복수를할테이다
원님 원통합니다 백성들이 나를더러운년이라구욕들을하니 이런원통할
쌔가어데잇서요 내분을푸러주세요
원져런고약한놈들이잇나 음 아모렴녀를마라
쏘다시무서운학졍 평안하든백성들은 젼보다도더살기힘든 도탄에빠지
고말엇다
이것도 춘섬이란년의쇠임니다
죽일년
독사와갓흔년
춘섬이를원망하는 원성은 방々곡々에자자하엿다
춘섬이는매일갓치 주연을배설하고 원님과갓치풍악잡히고 즐기여 그마

음상처를위로도해볼녀고보앗스나 째ㅅ로눈알을씨쳐가는 녯날의추억에
쓰거운눈물을 자어낼뿐이엇섯다

오늘도참지못한 설음의끌니여 개나리고개로올나와 녯일을생각하니 자
긔를두고고개를넘어가는 성수의생각에 참지못할사모를늣기여 그자리
업드러져 소리놉히울어도보앗스나 그래도니쳐지ㅅ아니하는그설음 오
냐 이몸하나죽여버렷스면 하는생각에 개나리고개에서죽으려고 냉다리
를쒸여내렷스나 가혹한운명은 그를평안이죽엄나라로다려가질아니하고
급기야는쩌러지든째에 바위에머리를부두쳐 그만실상해버리고말엇다
미색에취하엿든원님도 실성한춘섬이를 돌볼이야잇나 헌신발버리듯이
내버리니 동리사람들은 침을뱃고 돌판메로 그를동리에서내쏘차내엿다
동리를좃겨난춘섬이는 불상하게 개나리고개를넘어 어나곳으로 졍쳐업
는거름을옴겨보앗스니 누가ㅅ이춘섬에게피매친설음을 아러줄사람이
이세상에한사람도이섯스랴

「노래」 개나리고개야 너잘잇거라
       길밝혀라 져달아 쉬단녀오마
       에헹에야 그님을 아무럼그러치그님을
       먼동이트기전 모시고돌아오마

채록

RegalC324 A면

설명: 아름답게 피여도 슬픔이 떠나지 못하는 산개나리꽃, 다시 못 올
      봄빛을 추억하며 느껴[13] 우는 시골 처녀에 두 줄기 눈물, 운명이란
      너무도 가혹한 단념을 조고마한 가슴에 찌푸리고 가버리었다.

---

13 느끼다. (터져 나오는 울음소리를 막느라고) 숨을 가쁘게 몰아서 쉬다.

노래: 개나리고개는 눈물의 고개/ 님을 맞든 그 때가 그리웁고나/ 에헤 에야 그 님은 아무렴 그렇지 그 님은/ 지금은 어데서 개나리 생각 하나//

설명: 개나리고개에 비치인 달이, 묵화의[14] 언덕 우에 두 그림자를 그리여 줄 때, 춘섬이와 성수는 슬픈 이별을 하게 되었다.

성수: 춘섬아, 나를 서울로 보내주렴. 나는 과거에 급제를 하야 벼슬을 하고 싶다.

춘섬: 싫여, 싫여. 벼슬도 실타 급제도 싫다. 너 혼차 서울로 보내고 나 혼차 어찌 지내란 말이냐.

성수: 아니다. 그런 말을 하면 내 가슴은 미여질 것 같구나. 너는 나와 이별을 하여 원님께 수청을 들어야 한단다.

춘섬: 무어? 원님께 수청?

설명: 지금까지 마음과 마음으로 허락을 하고 장래는 부부라고 굳게 맹세하였든 성수의 입에서 이런 쓰라린 말을 들을 줄이야 누가 뜻하였으랴.

성수: 부탁이다. 너 하나 원님에게 수청을 들면 나도 벼슬을 얻어하고 이 동리 백성들도 편안할 게 아니냐?

춘섬: 싫다, 싫여. 죽어도 같이 죽고 살아도 같이 살지.

성수: 춘섬아, 나도 그러고 싶다. 그렇지만 지금 원님은 너를 사모하고 있지를 않냐? 그러니 네가 수청을 들어 원님에게 환심을 사서 도탄

---

14 묵화(墨畵), 수묵화(水墨畵). 먹물의 짙고 연한 효과를 내어 그린 그림.

에 빠진 이 백성들을 구하여 주려무나. 그러면 나는 서울 가서 벼슬 얻어 해 기여히 네 쓰라린 원한만은 풀어 주마.

춘섬: 성수야, 너는 진정으로 이런 말을 하느냐? 나를 두고 진정으로 너는 서울로 갈 테냐?

설명: 아, 믿지 못 할 것은 사나이의 마음이었다. 이리하야 무참히 헤여진 두 젊은 남녀는 필경에는 크나큰 뜻도 이루지를 못하고 공연이 원님에 희생이 되였을 뿐이였었겠지. 동리 사람들은 춘섬이를 무어라고 불렀든고 더러운 년, 남편을 버리고 돈과 영화에 탐이 나서 원님에게 수청을 든 더러운 년이란 말 밖엔 남지를 않었다. 춘섬이는 개나리 피는 봄날만 돌아오면, 서로 즐겁게 만나든 개나리 고개에 올라와, 옛날을 추억하고 그가 부르든 노래를 추억하며 느끼여 울 뿐이였었다.

노래: 개나리 고개야 너 잘 있거라/ 길 밝혀라 저 달아 쉬 다녀오마/ 에 헤에야 그 님을 아무럼 그렇지 그 님을/ 먼동이 트기 전 모시고 돌아오마//

RegalC324 B면

설명: 춘섬이에 마음은 점점 타락에 구렁이에 빠지고 말었다. 원님에게 수청을 들어 불상한 백성들에게 학정도[15] 덜해가고, 살기 좋게 맨들어 준 것도 자기에 깨끗한 정조를 희생해 온 것이건마는, 그도 몰라주는 사람들에 심리가 너무나 미웠다. 서울 간 성수는 그 후에

---

15 학정(虐政). (국민을 괴롭히는) 가혹한 정치.

소식조차 없으니, 그는 죽었는지 살았는지. 오냐, 될 대로 되여라. 내가 그 이들을 위하야 몸까지 희생했건만 그래도 내 맘을 몰라준다면 나도 너희 놈들에게 복수를 할 터이다.

춘섬: 원님, 원통합니다. 백성들이 나를 더러운 년이라구 욕들을 하니 이런 원통할 때가 어데 있어요? 내 분풀이를 해 주서요.
원님: 원, 원, 저런 고약한 놈들이 있나. 음, 아무 염려를 마라.

설명: 또다시 무서운 학정, 편안하던 백성들은 전보다도 더 살기 힘든 도탄에 빠지고 말었다.

백성1: 이것도 춘섬이란 년의 꾀입니다.
백성2: 죽일 년.
백성3: 독사와 같은 년.

설명: 춘섬이를 원망하는 원성은 방방곡곡에 자자하였다. 춘섬이는 매일과 같이 주연을[16] 배설하고[17] 원님과 같이 풍악 잡히고 즐기며, 그 마음 상처를 위로도 해 보았으나, 때때로 눈앞을 스쳐가는 옛날의 추억에 뜨거운 눈물을 자어낼 뿐이었었다. 오늘도 참지 못할 설음에 끌리여 개나리고개로 올라와 옛 일을 생각하니, 자기를 두고 고개를 넘어가든 성수의 생각에 참지 못 할 사모를 느끼여, 그 자리 엎드리여 소리 높이 울어도 보았으나, 그래도 잊혀지지 아니 하는 그 설음. 오냐, 이 몸 하나 죽여 버렸으면은 하는 생각에 개나리

---

16 주연(酒宴). 술과 음식을 많이 차려 내는 잔치.
17 배설(排設)하다. 연회나 의식(儀式)에 쓰는 물건을 차려 놓다.

고개에서 죽으려고 낭떠러지로 뛰어 내렸으나, 가혹한 운명은 그를 편안한 죽음의 나라로 데려가지를 아니 하고, 급기야는 떨어지든 때에 바위에 머리를 부두쳐[18], 그만 실성을[19] 해 버리고 말았다. 미색에 취하였든 원님도 실성한 춘섬이를 돌볼 리야 있나. 헌 신발 버리듯이 내버리니, 동리 사람들은 침을 뱉고 돌팔매로 그를 동리에서 내쫓아 버리였다. 동리를 쫓겨난 춘섬이는 불쌍하게 개나리고개를 넘어, 어나 고드로[20] 정처 없는 거름을 옮겨 놓았으니, 누가, 누가, 이 춘섬에 피맺힌 설음을 알어 줄 사람이 이 세상에 한 사람도 있었으랴.

노래: 개나리 고개야 너 잘 있거라/ 길 밝혀라 저 달아 쉬 다녀오마/ 에헤에야 그 님을 아무럼 그렇지 그 님을/ 먼동이 트기 전 모시고 돌아오마//

---

18 부딪혀.
19 실성(失性). 정신에 이상이 생겨 본정신을 잃음.
20 어느 곳으로.

2. 며느리의 죽음

원작영화: 미상(조선)
각색: 이린
주연: 미상
상영정보: 미상
음반번호: RegalC293
설명: 이우흥
발매일자: 1934. 7.

가사지

RegalC293 A면

으스름달밤에 처량한기럭이 울음소리와갓치 늣쪄울며 외로히거러나오는 젊은미인이잇스니 그는 일즉히 개성부내에서 유명한재산가 송길호의며누리인 장정희라는 방년이십세의 녀자이엿스나 포악한 싀모로말미암아 어굴한누명을쓰고 쪽끼여난신세로 갈곳이업는 가련한그는 죽기를 결심하고 개성역에서 좀써러진 교차점을향하여 거러나온것이엿다

「貞姬」 오 하나님 너모도 야속합니다 이년의신세는 엇지하여 갈사록태산일가요 조실부모하고 사남매가 동서로훗터저 제몸은 홀노히 외숙모의 손에길이여 겨우 시집이라고갓다가 이러한 누명을쓰고 죽어야올습니까 결백한이내몸에 간부가잇다는 싀어머니의모함은 엇덕해야 깨끗이씨슬가요 오- 아버지 어머니 너머도 야속합니다 져이사남매를두고 먼저가시랴면 엇지하여 혼백이라도 거리에서헤매는 이불상한 자식들을 돌보와 주시지안습니까 오- 옵째 옵째는 지금 어대가게시고 이불상한동생이억

울하게 세상을떠나는걸 모르시나요 오…수만씨 안녕히게서요 당신의
따쯧한그사랑을 밧지못하고 박명한이몸은 죽음의길을 떠나감니다 그러
나 내가죽은후에라도 다른안해를 마지할때 그어머니밋헤서 불상한생활
을 하여가는줄 아라주세야함니다 그러고 마음을 좀 굿세게가지세요나
도 당신마음만 굿세엿든들 내가 왜 이러한누명을쓰고 청춘의꼿다운생
명을 바림니까 안녕히게세요 이몸이죽어서 포악한 시어머니로말미암아
억울하게세상을떠나간 며누리들의 표본이될것임니다 아! 옵빠 감니다
억울한누명을쓰고 속절업시 죽고야맘니다

아! 가련하게도 청춘의한쩔기의 꼿피엿든 정희는 천재의원한을 가삼에
안고 돌진하는 경의선 차박퀴밋헤서 이십세를일기로 참혹하게 세상을
떠나버리엿다 그러나 정희가죽은다음에도 송가의집에서는 부정한 며누
리라하여 피무든정희의시체을 차자가지아니하엿다 그러나 엇지 하날이
무심할리가 잇스랴

그잇흔날 외방에가잇든 정희의옵빠인 인선이가도라와서 자기의아주머
니에게 정희에대한사정을듯고 불상한동생을 만나기위하여 가다가 천만
이외에철로밧탕의 죽어넘어진 피무든 정희의시체을 발견한것이엿다 이
것을바라본인선이는 꿈이나아닌가 의심하여 자긔의살을 �꼬집어보앗스
나 틀님업는 생시엿슴니다

「仁善」 아-정희야 네가 이게 웬일이냐 눈을쩌 이오래비를보아라 오래
간만에 오래비가도라왓다 네가엇저다가 이지경이되엿단말이냐 부모업
시 불상히자라난네가이럭케 억울하게 죽지안으면 안될리유가 무엇이엿
들란말이냐 오냐 나는 너의사정을 잘알고잇다 기필코 너의누명을 벅씨
여주며 억울하게죽은 너의복수를 하고야말것이다

힘잇게 누이의시체를안은 인선이는 눈물을흘녀가며 피무든 철로의저편
으로 아람푸시 사라저가는것이엿다

며누리를죽인 송길호의집에서는 이 무서운비밀을 아는사람은 오직 하
녀로잇는 오월이박게는 업는것이엿다 원래가 오월이는 정희가사라잇슬
째에 그를동정하엿든관게이엿든지 저녁이면 정희의 영혼이나타나 자기
의누명을 볏기여달나고 애걸하는것이엿다 오월이는 견대다못하여 정희
의숙모를차저가 자긔가 아는대까지는 이야기하여주엇슴니다

「五月」 마님 서방님 들어주세요 참말로 우리댁 아씨는 억울하게도 마
님의모해로 세상을써나가버리엿슴니다 그에대한비밀은 선녀가 다알고
잇서요 인제난 저도 더참을수가업슴니다 아씨가불상해서요

이말을들은 숙모와 인선이는 분로를참지못하여 그길노 송길호의집으로
와 수만이의 어머니를붓잡고

「叔母」 아니여보 그래 정희가 어대 간부가잇단말이요 그리고 나의족하
쌀이 억울하게죽엇스니 불상한족하쌀을 살니여주어요

「媤母」 무엇이야 이런 쩐々하게 그런년을 내집에다보내여서 남의집을
망쳐놋코 무슨잔소리나말이야

이째의 뒤로다라나오든 오월이가 압흐로나오면서

「五月」 마님 인제 회개하서야지요 우리아씨가 간부가잇섯서요 하날이
무섭지도안슴니까 그편지를 마님이쓴것을 제가보앗서오 옷감도 서방님
이 전방에서 갓다노앗든것을 마님이말슴하시닛가 그어리석은서방님이
마님이무서워서 변명해들 지못하엿든것이얘요 쩍을사먹엇다고요 그쩍
도 선녀가사왓든것임니다 마님의심부럼으로 오젼어치를사다가 두개를
선녀를주시면서

말하지말나고부탁한양반은 누구란말이얘요

오월이의 한마듸의말은 정희의누명을 깻긋이써서주엇다 그러나 억울하

게 세상을쩌나간 그의혼백이 엇지 복수가업스랴 이째 포악한싀어머니
는 자긔의죄악이폭로되매 엇지할줄모르다가 드듸여 정신이상이걸니여
가지고 문밧그로쮜여나가버렷다 이것을본 수만이는 아모리 포악한어
머니라도 자긔의어머니는 어머니엿다 놀내며 어머니의뒤를짜라나가보
니 벌서 층암절벽에셔 쩌러저가지고 거이운명지경이엿다 수만이는 이
것을바라보고 쌈작놀내며 어머니압흐로거러나가면서

「壽萬」 아 어머니〈 이게 윈일리심닛가 수만이야요 네 어머니 정신을
차리세요 네! 수만이야요

「母」 오! 수만아 이못된에미를 용서하여라 나는 당연히밧어야할 텬벌
를밧엇든것이다 비로소 내죄를쌔다랏다 수만아 내가죽은후에 윈세상에
널니발표하여 나갓흔 포악한 싀어머니들에게 반성식히여라 그리하야
우리들의 시들어저가는가졍을 붓들도록하여라 이것이 너의게 마지막유
언이다

「解說」 조지장사의긔명야애하고 인긔장사의긔언야션이라더니 폭악한
싀어머니는 마즈막에 죽음의길을쩌날제 착한말로 유언을 남기고 아들
의팔의안기여 쓸〳한이세상을 쩌나버리고말엇든것이엿다

채록

RegalC293 A면

　설명: 으스름1 달 밤에 처량한 기러기 울음소리와 같이, 느껴2 울며 외
　　로히 걸어 나오는 젊은 미인이 있으니, 그난3 일쯕이4 개성 부내에

---

1 어스름. 조금 어둑한 상태. 또는 그런 때.
2 느끼다. (터져 나오는 울음소리를 막느라고) 숨을 가쁘게 몰아서 쉬다.
3 그는.

서5 유명한 재산가 송길호의 며느리인6 장정희라는, 방년 이십 세의 난7 여자이었으나, 포악한 시모로8 말미암아 억울한 누명을 쓰고 쫓겨난 신세로, 갈 곳이9 없는 가련한 그는 죽기를 결심하고 개성 역에서 좀 떨어진, 교차점을 향하여 걸어 나오는 것이었다.10

정희: 오, 하나님, 너모도11 야속합니다. 이 년의 신세는, 어찌하여 갈사록에12 태산일까요? 조실부모하고 사남매가 동서로 흩어져 제 몸은 홀로히 외숙모의 손에 길리여13 겨우 시집이라고 갔다가 이러한 누명을 쓰고 죽어야 옳습니까? 결백한 이 내 몸에 간부가14 있다는 시어머니의 모함은, 어떡해야 깨끗이 씻을까요? 오, 아버지, 어머니, 너머도15 야속합니다. 저희 사남매를 두고 먼저 가시랴면 어찌하여 혼백이라도 거리에서 헤매는 이 불쌍한 자식들을 돌보와 주시지 않습니까? 오, 오빠, 오빠는 지금 어데 가 계시고, 이 불쌍한 동생이 억울하게 세상을 떠나는 걸 모르시나요? 오, 송수만 씨, 안녕히 계서요. 당신의 그 따뜻한 사랑을 받지 못하고, 박명한16 이 몸은 죽엄의17 길을 떠납니다그려. 그러나 내가 죽은 후에라도 다

4 일찍이.
5 부내(府內). 예전에, 행정 구역 단위였던 부의 구역 안.
6 며느리.
7 방년(芳年) 이십 세 난. 꽃다운 나이 스무 살 난.
8 시모(媤母). 시어머니.
9 음반에서는 [고디]로 발음.
10 음반에서는 [거디였다]로 발음.
11 너무도.
12 갈수록.
13 길러져.
14 간부(奸夫). 간통한 남자.
15 너무도
16 박명하다. 타고난 운명이 기구하여 인생이 순탄하지 못하고, 명 또한 짧다.
17 죽음.

른 안해를[18] 맞이할 때, 그 어머니 밑에서 불쌍한 생활을 하여 가는 줄 알아 주세야 합니다. 그러고 마음을 굳세게 가지세요. 나도 당신 마음만 굳세였든들 내가 왜 이러한 누명을 쓰고 청춘의 꽃다운 생명을 버립니까? 안녕히 계세요. 이 몸이 죽어서 포악한 시어머니로 말미암아, 억울하게 세상을 떠나간 며느리들의 표본이 될 것입니다. 아, 오빠, 갑니다. 억울한 누명을 쓰고 속절없이 죽고야 맙니다.

설명: 아, 가련하게도 청춘의 한 떨기의 꽃 피였든 정희는, 천재의[19] 원한을 가슴에 안고, 돌진하는 경의선 찻바쿠[20] 밑에서, 이십 세를 일기로 참혹하게 세상을 떠나 버리었다. 그러나 정희가 죽은 다음에도, 송가의 집에서는 부정한 며느리라고 하여, 피 묻은 정희의 시체를 찾아가지 아니 하였다. 그러나 어찌 하날이[21] 무심할 수가 있으랴. 그 이튿날 외방에[22] 가 있든 정희의 오빠인 인선이가 돌아와서, 자기의 아주머니에게, 정희에 대한 사정을 다 듣고, 불쌍한 동생을 만나기 위해 가다가, 천만 뜻밖에 철로 바닥에, 죽어 넘어진 피 묻은 정희의 시체를 발견한 것이었다.[23] 이것을 바라본 인선이는 꿈이나 아닌가 의심하여, 자기의 살을 꼬집어 보았으나 틀림없는 생시였습니다[24].

인선: 아, 정희야. 니가 이게 웬일이냐? 눈을 떠 이 오래비를 바라 봐라.

---

18 아내.
19 천재(千載). 천년.
20 차바퀴.
21 하늘이. '하늘'의 방언(강원, 경기, 전라, 충청).
22 외방(外方), 서울 이외의 지방. 혹은 외방(外邦), 외국.
23 음반에서는 [거디였다]로 발음.
24 생시(生時). 잠자지 않고 깨어 있는 동안.

오래간만에 오래비가 돌아왔다. 으떡허다[25] 니가 이 지경이 되였단 말이냐? 부모 없이 불쌍히 자라난 니가 이렇게도 억울하게 죽지 않으면 아니 될 이유가 무엇이였드란 말이냐? 오냐, 나는 너의 사실을 잘 알고 있다. 기필코 너의 누명을 깨끗이[26] 벳기여[27] 주어 억울하게 죽은 너의 복수를 허고야 말 것이다[28].

인선: 힘 있게 누이의 시체를 안은 인선이는, 눈물을 흘려가며 피 묻은, 철로의 저편으로 아렴풋이[29] 사라져 가는 것이었다.[30]

RegalC293 B면

설명: 며누리를 죽인 송길호의 집에서는, 이 무서운 비밀을 아는 사람은 오직 하녀로 있는 오월이 밖에는 없는 것이었다.[31] 원래가 오월이는 정희가 살아 있을 따이에[32], 그를 동정하였든 관계이였든지, 저녁이면 정희의 영혼이 나타내[33] 자기의 누명을 벳겨[34] 달라고 애걸하는 것이었다.[35] 오월이는 견디다 못하여 정희의 숙모를 찾아가 자기가 아는 데까지는 이야기하여 주었습니다.

---

25 어떡하다.
26 음반에서는 [깨끄디]로 발음.
27 벗기어.
28 음반에서는 [거디다]로 발음.
29 어렴풋이.
30 음반에서는 [거디였다]로 발음.
31 음반에서는 [거디였다]로 발음.
32 때에.
33 나타나.
34 벗겨.
35 음반에서는 [거디였다]로 발음.

오월: 마님, 서방님, 들어주세요. 참말로 우리 댁 아씨는 억울하게도, 마님의 모해로36 세상을 떠나가 버리였습니다. 그에 대한 비밀은 쇤네가37 다 알고 있어요. 인제난38 저도 더 참을 수가 없습니다. 아씨가 불쌍해서요.

설명: 이 말을 들은 숙모와 인선이는 분노를39 참지 못하야, 그 길로 송길호의 집으로 와서, 수만이의 어머니를 붙잡고,

숙모: 아니, 여보. 그래, 정희가 어데 간부가 있단 말이요? 그리고 나의 조카딸이 억울허게 죽었으니 불쌍한 조카딸을 살리여 주어요.

시어머니: 무엇이야? 이런 뻔뻔하게…. 그런 년을 내 집에다 보내고 남의 집을 망쳐 놓고 무슨 잔소리냐 말이야.

설명: 이때에 뒤로 다라나오든40 오월이가 앞으로 나오면서,

오월: 마님, 인제는 회개하서요. 우리 아씨가 간부가 있었어요? 하날이41 무섭지도 않습니까? 그 편지를 마님이 쓴 것을 제가 보았어요. 옷감도 서방님이 전방에서42 갖다가 놓았든 것을43, 마님이 말씀하시니까, 그 어리석은 서방님이, 마님이 무서와서 변명해 드리지 못

---

36 모해(謀害). 모략을 써서 남을 해침.
37 (옛날에, 하인이 주인에게 자기를 낮추어 부르는 말로) 하인인 저. 주인께서 부리시는 저.
38 이제는.
39 음반에서는 [불로를]로 발음.
40 따라 나오던.
41 하늘이. '하늘'의 방언(강원, 경기, 전라, 충청).
42 전방(廛房). 물건을 늘어놓고 파는 가게.
43 음반에서는 [거들]로 발음.

했든 게 아니에요? 떡을 사 먹었다고요? 그 떡도 쉰네가 사 왔든 것입니다44. 마님의 심부럼으로45, 오전어치를 사다가 두 개를 쉰네를 주시면서, 말허지 말라고 부탁한 양반은 누구란 말이예요?

설명: 오월이의 한 마디의 말은 정희의 누명을 깨끗이46 씻어 줄 수가 있으나 그러나 억울하게 세상을 떠나간 그에게는, 혼백이 어찌 복수가 없으랴. 이 때 포악한 시어머니는 자기의 죄악이 탄로가 되매 어찌할 줄 모르다가 드디어 정신 이상이 걸리여 가지고, 문 바같으로 떠나가 버리고 말았다. 이것을47 바라본 수만이는, 아모리 포악한 어머니래도 자기의 어머니는 어머니였던 것이다.48 놀래며 어머니의 뒤를 따라 나가 봤으나, 벌써 칭암절벽에서49 떨어져 가지고 거의 운명50 지경이 되였던 것이다.51 수만이는 이를 바라보고 깜짝 놀래며 어머니 앞으로 걸어 나가면서,

수만: 아, 어머니, 어머니, 이게 웬일이십니까? 수만이예요. 네? 어머니, 정신을 차리세요.
시어머니: 오, 수만아 이 못된 에미의 죄를 용서해라. 나는 당연히 받어야 할 천벌을 받었든 것이다.52 비로소 내 죄를 깨달았다. 수만아, 내가 죽은 후에 왼53 세상 사람들에게 널리 발표하여, 나 같은 포악

---

44 음반에서는 [거딥니다]로 발음.
45 심부름.
46 음반에서는 [깨끄디]로 발음.
47 음반에서는 [이거들]로 발음.
48 음반에서는 [거디다]로 발음.
49 층암절벽(層巖絶壁). 몹시 험한 바위가 겹겹으로 쌓인 낭떠러지.
50 운명(殞命). 사람의 목숨이 끊어짐.
51 음반에서는 [거디다]로 발음.
52 음반에서는 [거디다]로 발음.

한 시어머니들에게 반성을 시켜라. 그리하야 우리들의 시들어지는 가정을 붙들도록 하여라. 이것이[54] 너에게 마지막 유언이다.

설명: 조기장사의 기명이 야야 하고, 인기장사의 기언이 선이라더니[55], 포악한 그의 어머니는 마즈막에 죽음의 길을 떠날 때는, 착한 말로 유언을 냄기고[56] 아들의 품안에 안기여 쓸쓸한 이 세상을 떠나버리고 말었든 것이었다.[57]

---

53 온. 모든.
54 음반에서는 [이거디]로 발음.
55 "鳥之將死, 其鳴也哀, 人之將死, 其言也善(새가 죽을 때에는 그 울음이 슬프고, 사람이 죽을 때에는 그 말이 착하다)"(『논어(論語)』 「태백편(泰伯篇)」).
56 냄기고
57 음반에서는 [거디였다]로 발음.

3. 방아타령

원작영화: <방아타령>(조선 신흥프로덕션, 무성영화, 1931)

감독: 김상진

주연: 김소영·김선영·심영·박제행

상영정보: 1927. 4. 16. 단성사 개봉(『동아일보』, 1927. 4. 26.)

음반번호: Victor49099

설명: 서상필

반주: 관현악

발매일자: 미상

가사지

Victor49099 A면

대원군大院君의쇄국주의鎖國主義는텬하天下를호령號令하고 학살당
虐殺當한순교자殉敎者의붉은피는삼천리근역三千里槿域을여지餘地
업시물들엿다 한양성漢陽城을멀니한곳에 산자수명山紫水明하고 한아
담박閒雅淡朴하야 그날그날을 꿈과갓흔평화平和에사라가는 옥정리玉
井里라는조고마한동리洞里가잇서슴니다.

짓허가는가을빗속에황금黃金이물결치고, 풍년豊年의노래소리는하날
우에놉히쩟다. 비단갓흔밤의장막은우주宇宙를고히덥고 풀버레의노래
소리는달아래흘러올째결혼結婚날을하로압둔 방쇠芳釗(芳國)와항아姮
娥는 방앗간에의지하야 그들의두사이에는사랑의꽃치피여낫다

芳『오-항아여! 참고맙슴니다 나는당신을보고십흔째마다 이허리쯰를보
갯슴니다』

姮『무얼요 내일來日이면혼인婚姻할걸요 아이 참나는붓그러워엇더케하나』

芳『아니무엇이 붓그러워요 져-긔져달님갓흔 이얼골에 앵도갓흔 이입살에 분바르고연지찍고 눈을꼭감고 싀집오면될걸요』

姮 『무얼요 당신은그러면사모관대紗帽冠帶말을타고 써드럭ヽ하면서…하하々々…』

芳『응…그리고장가를온단말이지요』

사랑에꼿치피인청춘靑春의그두가삼 감격感激과행복幸福에싸힌채로 달밝은오날밤도속절업시깁허간다.

이째에동리洞里져편언덕우로는 수만흔홰ㅅ불들이닛타나며 고함高喊소래와갓치마을을향向하야짓처온다

큰일낫다 민요民擾다! 민요民擾다!

야반夜半의적막寂寞을샛처내는처참悽慘한이소리는 태평건곤泰平乾坤에단잠이무르녹은 옥정리玉井里의평화平和를여지업시흔드러노앗다 자-쌔리고부셔라! 그리고우리는서울로가자! 우리의피쌈을쌔라먹는원수들은 서울에잇다!

芳『오-항아! 항아!』

姮『아-방쇠! 방쇠!』

그잇흔날아참이다 이슬맷친넓은들에태양太陽이소사나고버레들의노래소리초야草野의공중으로한가히써오르는고요한아참이다 어제밤소요騷擾로항아姮娥는간곳업고 마을로도라드니참혹한생지옥生地獄은발아래전개展開되여 타고남은폐허廢墟에는 무심無心한오작烏鵲들만쎄를지여나라든다.

芳『오-항아야! 어대갓니 하날과쌍을두고 맹세하든내사랑아 나를두고너혼차만어대갓니 오냐 원수를갑흐리라 우리의억울한이원수는고루거

각高樓巨閣에놉히안져 불상한백성들의 피와 쌈을싸라먹는 소위명문대
가所謂名門大家의서울양반兩班놈들이다』
결심決心한방쇠芳釗는 쓸々한폐허廢墟에다 두줄의싸늘한눈물을샏리
면서 원수를 갑흐려고그는표연漂然히고향을쩌나갓다

Victor49099 B면

비가낙막悲歌落寞의가을바람은　귀양사리배소配所에도사정事情업시
차져왓다　교々皎々한겨달빗은청파滄波 우에춤을추고　서리찬하날가에
기럭이울고가니 귀양사리긴세월歲月에　사향思鄕의그긴장肝腸은마듸
へ끈어진다 꼿피는고흔봄과북풍한설北風寒雪찬겨울은몃번이나　그동
안에밧구엿나　훌융하든그포부抱負도　빗나잇든그이상理想도기우러지
는조국祖國의운명運命에는 우국지사 憂國志士도할수업서 억울抑欝
한귀양사리에 방쇠芳釗의청춘홍안青春紅顔도 이졔는속졀업시싀들도
병病들엇다
芳「아-아-!손목을마조잡고 갓치울고웃든동지同志들도 가을의락엽落葉
갓치 무인고도無人孤島에외로운혼령魂靈이되얏스니 사십여재四十余
載긴세월歲月에 늙고서병든몸이 무슨면목으로 고향에돌아가나」
병病든몸압흔다리 힘업시잇끌고서 고향산천차자드니 금풍金風은소슬
蕭瑟하고 가을은깁헛는데 들녀오는노래소리 장부丈夫의철석간장鐵石
肝腸이하욤업시녹아든다

×　　　×　　　×

돌밧에해당화 쌜갓케필째
우리네 가슴도　쌜갓케탄다
이강산 조흔강산 쩌나지마자
하늘에 쓴구름도 달두고간다

에헤야 조쿠나 방아로구나

이강산 조흔강산 써나지마자

×　　　×　　　×

그리우든그사랑을 이졔는맛낫스나 四十여년餘年긴歲月세월이덧업시도
흘너가서 꼿갓흔그청춘靑春에백발白髮이홋날니니맛낫슨들 무엇하랴

姬 「오!방쇠!당신이사라왓다니 귀신이요사람이요이것이웬일이요」가련
可憐한老人人들은 눈물을쑬이면서 혈맥血脈조차식어진힘업는손을잡
고 그래도옛사랑의그동산을차자왓다

姬 「아!아! 안할말로 당신이 죽엇거나 이몸이죽엇드면…모질고도독毒
한목숨 죽지못해살앗거든 찰아리 맛나지나말엇드면조흘것을…」

芳 「여보고만두어요 제발그만두어요 이가삼이터지는것갓해서 더들을
수업스니자-고만두어요 나는늙엇서도만난것만 깃붐니다 자-우리는늙엇
서도결혼結婚합시다 서산西山에락일落日갓흔 이목숨이 압날의운명運
命을알수업스니 죽기전에우리는결혼합시다」오-도라가자 도라가자 달
밝고물맑은옥정리玉井里의그텬지天地로 다시쏘도라가자 참담慘憺하
든그소요騷擾는 청춘靑春과사랑을속결업시장사지낸 눈물의무덤이엿
다백발白髮의그들에게 결혼結婚은무엇하며 화환花環으로싸서준들 그
청춘靑春이다시오랴 옛날에꼿시절時節의 그리웁든꿈노래도 이졔는도
라보니 보람업는눈물만남어잇다.

(레코-드吹入後,映畵字幕에는「芳釗」을 「芳國」으로곳치엿슴니다)

채록

Victor49099 A면

설명: 대원군의 쇄국주의는 천하를 호령하고, 학살당한 순교자의 붉은

피는 삼천리 근역을[1] 여지없이 물들였다. 한양성을 멀리한 곳에[2] 산자수명하고[3] 한아담박하야[4] 그날그날을 꿈과 같은 평화에 살아가는 옥정리라는 조고만한 동리가 있었습니다. 짙어가는 가을 빗속에 황금이 물결치고, 풍년의 노래 소리는 하날[5] 우에 높이 떴다. 비단 같은 밤의 장막은 우주를 고히 덮고, 풀벌레의 노래 소리는 달 아래 흘러 올 때, 결혼날을 하로 앞둔 방쇠와 항아는 방앗간에 의지하야 그들의 두 사이에는 사랑의 꽃이[6] 피어났다.

방쇠: 오, 항아여! 참 고맙습니다. 나는 당신을 보고 싶은 때마다. 이 허리띠를 보겠습니다.

항아: 무얼요. 내일이면 혼인할 걸요. 아이 참, 나는 부끄러워 어떻게 하나.

방쇠: 아니, 무엇이 부끄러워요? 저기 저 달님 같은 이 얼굴에, 앵도 같은 이 입술에 분 바르고 연지 찍고 눈을 꼭 감고 시집오면 될 걸요.

항아: 무얼요. 당신은 그러면 사모관대[7] 말을 타고 꺼드럭 꺼드럭 하면서…. 하하하하.

방쇠: 응. 그리고 장가를 온단 말이지요?

설명: 사랑에 꽃이[8] 피인 청춘의 그 두 가삼. 감격과 행복에 싸인 채로 달밤

---

1 근역(槿域). 무궁화가 많은 땅이라는 뜻으로, '한국'을 이르는 말.
2 음반에서는 [고데]로 발음.
3 산자수명(山紫水明). 산은 자줏빛이고 물은 맑다는 뜻으로, 경치가 아름다움을 이르는 말.
4 한아담박(閒雅淡朴). 한가롭고 아담하며 담백함.
5 '하늘'의 방언(강원, 경기, 전라, 충청).
6 음반에서는 [꼬디]로 발음.
7 사모관대(紗帽冠帶). 사모와 관대를 아울러 이르는 말. 벼슬아치의 복장. 전통 혼례 복장.

은 오늘 밤도 속절없이 깊어 간다. 이때에 동리 저편 언덕 우로는 수많은 횃불들이 나타나며, 고함 소래와 같이 마을을 향하여 지쳐 온다.

고함소리: 큰일 났다. 민요다!9 민요!

설명: 야반의10 적막을 깨쳐 내는 처참한 이 소래는11 태평건곤에12 단잠이 무르녹은 옥정리의 평화를 여지없이 흔들어 놓았다.

고함소리: 자, 때리고 부셔라! 그리고 우리는 서울로 가자! 우리의 피땀을 빨아먹는 원수들은 서울에 있다!

방쇠: 오, 항아! 항아!

항아: 아, 방쇠! 방쇠!

설명: 그 이튿날 아참이다13. 이슬 맺힌 넓은 들에 태양이 솟아나고 버레들의14 노래 소리 초야의15 공중으로 한가히 떠오르는 고요한 아참이다. 어젯밤 소요로16 항아는 간곳없고 마을로 돌아드니 참혹한 생지옥은 발아래 전개되어, 타고 남은 폐허에는 무심한 오작들만17 떼를 지어 날아든다.

---

8 음반에서는 [꼬디]로 발음.
9 민요(民擾). 민란(民亂).
10 야반(夜半). 밤의 중간 무렵인 한밤중.
11 소리는.
12 태평건곤(泰平乾坤). 태평한 천지.
13 아침.
14 벌레들의.
15 초야(草野). 풀이 난 들이라는 뜻으로, 궁벽한 시골을 이르는 말.
16 소요(騷擾). 여러 사람이 정치나 경제의 문제로 법이나 규칙을 어기고 함께 거칠게 움직이는 일.
17 오작(烏鵲). 까막까치.

방쇠: 오, 항아야! 어데 갔니? 하날과18 땅을 두고 맹세하든 내 사랑아. 나를 두고 너 혼차만 어데 갔니? 오냐, 원수를 갚으리라. 우리의 억울한 이 원수는 고루거각에19 높이 앉아, 불쌍한 백성들의 피와 땀을 빨아먹는 소위 명문대가의 서울 양반 놈들이다.

설명: 결심한 방쇠는 쓸쓸한 폐허에다. 두 줄의 싸늘한 눈물을 뿌리면서, 원수를 갚으려고 표연히20 표연히 고향을 떠나갔다.

Victor49099 B면

설명: 비가21 낙막의22 가을바람은 귀양살이 배소에도23 사정없이 찾아왔다. 교교한24 저 달빛은 창파25 우에 춤을 추고, 서리 찬 하날 가에 기러기 울고 가니, 귀양살이 긴 세월에 사향의26 그 간장은27 마디마디 끊어진다. 꽃피는 고운 봄과 북풍한설28 찬 겨울은 몇 번이나 그 동안에 바꾸었나. 훌륭하든 그 포부도 빛나 있든 그 이상도, 기울어지는 조국의 운명에는 우국지사도 할 수 없어, 억울한 귀양살이에 방쇠의 청춘 홍안도29 이제는 속절없이 시들고 병들었다.

---

18 '하늘'의 방언(강원, 경기, 전라, 충청).
19 고루거각(高樓巨閣). 높고 크게 지은 집.
20 표연(漂然)히. 훌쩍 나타나거나 떠나는 모양이 거침없이.
21 비가(悲歌). (내용이나 음률이) 슬픈 노래.
22 낙막(落寞). 마음이 쓸쓸함.
23 배소(配所). 죄인이 귀양살이를 하는 곳.
24 교교(皎皎)하다. (달빛이) 맑고 밝다.
25 창파(滄波). 넓고 큰 바다의 맑고 푸른 물결.
26 사향(思鄕). 고향을 그리워하며 생각함.
27 간장(肝腸). (사람의 예민한 감정이 들어 있다고 믿어지던) 간과 창자. 사람 몸의 가장 깊숙한 부분. 마음속.
28 북풍한설(北風寒雪). 북쪽에서 불어오는 바람과 차가운 눈.
29 홍안(紅顔). 붉은 얼굴이라는 뜻으로, 젊어서 혈색이 좋은 얼굴을 이르는 말.

방쇠: 아, 손목을 마주잡고 같이 울고 웃던 동지들도, 가을의 낙엽같이 무인고도에30 외로운 혼령이 되였으니, 사십여재31 긴 세월에 늙고서 병든 몸이 무슨 면목으로 고향에 돌아가나.

설명: 병든 몸 앞은 다리 힘없이 이끌고서 고향 산천 찾아드니, 금풍은32 소슬하고33 가을은 깊었는데, 들려오는 노래 소리 장부의 철석간장이34 하염없이 녹아든다.

노래: 돌밭에 해당화 빨갛게 필 때/ 우리네 가슴도 빨갛게 탄다/ 이 강산 좋은 강산 떠나지 마자/ 하늘에 뜬 구름도 달 두고 간다/ 에헤야 좋구나 방아로구나/ 이 강산 좋은 강산 떠나지 마자//

설명: 그리우든 그 사랑을 이제는 만났으나, 사십여 년 긴 세월이 덧없이도 흘러가서, 꽃 같은 그 청춘에 백발이 흩날리니 만났은들 무엇하랴.

항아: 오! 방쇠! 당신이 살아왔다니 귀신이요? 사람이요? 이것이 웬일이요?

설명: 가련한 노인들은 눈물을 뿌리면서 혈맥조차35 식어진 힘없는 손을 잡고, 그래도 옛사랑의 그 동산을 찾아 왔다.

---

30 무인고도(無人孤島). 육지와 멀리 떨어져 있는, 사람이 살지 않는 외딴섬.
31 사십여재(사십여재四十余載). 사십 년 남짓한 해.
32 금풍(錦風) 혹은 금풍(金風). 비단결 같은 바람 혹은 '가을바람'을 달리 이르는 말. 오행에 따르면 가을은 금(金)에 해당한다는 데에서 이르는 말.
33 소슬(蕭瑟)하다. (바람이나 기운이) 으스스하고 쓸쓸하다.
34 철석간장(鐵石肝腸). 굳센 의지나 지조가 있는 마음.
35 혈맥(血脈). 몸 안에서 피가 흐르는 줄기.

항야: 아! 안 할 말로 당신이 죽었거나 이 몸이 죽었드면…. 모질고도 독한 목숨 죽지 못 해 살았거든 차라리 만나지나 말았으면 좋을 것을[36]….

방쇠: 여보, 고만두어요. 제발 그만두어요. 이 가삼이[37] 터지는 것 같에서 더 들을 수 없으니…. 자, 고만두어요. 나는 늙어서도 만난 것만 기쁩니다. 자, 우리는 늙었어도 결혼합시다. 서산에 낙일 같은[38] 이 목숨이, 앞날의 운명을 알 수 없으니 죽기 전에 우리는 결혼합시다.

설명: 오, 돌아가자, 돌아가자. 달 밝고 물 맑은 옥정리의 그 천지로 다시 또 돌아가자. 참담하든 그 소요는 청춘과 사랑을 속절없이 장사 지낸 눈물의 무덤이었다. 백발의 그들에게 결혼은 무엇하며, 화환으로 싸서 준 들 그 청춘이 다시 오랴. 옛날의 꽃 시절의 그리웁든 꿈 노래도 이제는 돌아보니 보람 없는 눈물만 남아 있다.
(레코드 취입 후, 영화 자막에는 '방쇠'를 '방국(芳國)으로 고쳤습니다)

---

36 음반에서는 [거들]로 발음.
37 가슴.
38 낙일(落日). 지는 해.

4. 봉자(峰子)의 죽음

원작영화: 없음.

각색: 유일(案)

상영정보: 없음.

음반번호: RegalC192

설명: 김영환

노래: 도무

반주: 김기방(피아노) · 전기현(바이올린)

발매일자: 1934. 7

참조 : • <봉자의 노래(여급)>(Columbia40488B, 유행가, 1934. 1.)
    • <(의사)병운의 노래>(Columbia40490A, 유행가, 1934. 2.)
    • <저승에 맺는 사랑>(Columbia40498, 정사애화, 1934. 3.)

가사지

RegalC192 A면

「노래」 사러서 당신안해 못될것이면

　　　죽어서 당신안해 되여지리다

째는 추구월망간秋九月望間이요 곳은한강인도교漢江人道橋우이엿다 금풍錦風은소슬하고 월색月色은명랑明朗한데원텬遠天의기럭이는 짝을불너 슯히울고 청강淸江의노든백구白鳩 벗을차저 나는도다 이째에 간々히 늣겨울며 거러나오는 외로운 그림자가잇스니 그는일즉이 환락경歡樂境의텬사天使이요 방탕放蕩한남자男子들에게 농낙을바더가면서도 오직노병운盧炳雲이 한아쓴만을 사랑하여 든 봉재峰子의 애닯흔 취후最後에 거름이엿다

「峰子」 오-어머님 불초녀식不肖女息의죄罪를 용서해주세요 의지업는
늘그신 어머님을 거치러운 세상世上의 홀노게시게하고 먼저쓸々히 쩌
나감니다

병운씨炳雲氏 안녕安寧히게세요 당신當身네가명家庭의 행복幸福을
빌면서 봉자峰子는감니다 아모조록기리ヘ 행복幸福을누리시도록 빌지
요 져-멀고먼- 황천黃泉의길에서요

어대서인가 쓸々히들니여오난 구슲흔 노래소리난 봉자峰子로하여금
질거웁든 지내간 그옛날을! 애닯흐게도 연상식혀 쥬는것이엿다 그는엇
지하여 황천黃泉의길을 밟으라고하엿든가 그여자女子의과거過去를들
치여보자면? 환락歡樂의마경魔境이요 죄악罪惡의원천源泉인 종로鐘
路의거리찬란燦爛히장치裝飾한 네온싸인아래환락歡樂境이엇든 엔젤
카페에서 녀왕女王이라는 별명別名을듯고 어지러운그마음은 세상世上
사람들의 귀貴여움을 독차지하엿든 녀급봉자女給峰子이엿스니 그는모
대학병원某大學病院에 명성名聲이놉흔 절문의학사醫學士 노병운盧
炳雲과 우연偶然한가운데서 셔로이사랑하엿스며 장래將來의행복幸福
이 가명家庭을꿈쑤어가며 수개월數個月은지내갓든것이엿다 그러나 불
행不幸하게도 운명運命의신神은 그들로하여금 영원永遠한행복幸福
을쥬지는 아니하엿든거이다 그어느날이엿든가 봉자峰子은피곤한몸!
힘읍는다리를끌고 쓸々히 집으로도라갓슬째 그뒤를이여서 아지못하는
엇더한부인婦人하나이 차져온것이엿다

「峰子」 누구신대 이집흔밤에도불고不顧하시고 차져오시엿슴니까?

「婦人」 네-넘우나 미안未安한말삼이오나 할수업는집안사정事情으로
북그럼도무릅쓰고 차져온것임니다 저는 져-병운씨炳雲氏의-안해되는
사람이애요

「峰子」 네- 안해가업는줄아랏든그에게 안해가잇슴을알째! 봉자峰子는

너모도쓱박이라 정신精神이아득하여지며! 그간그리엿든 몽상夢想의락
원樂園은 여지읍시 째여지는것이엿다

RegalC192 B면

「峰子」 네-잘아랏습니다 더-말삼하시지마세요! 래일來日은 꼭 택宅으
로 도라가시도록하겟스니 안심安心하시고 가세요
말은하엿스나 엇지사랑하는 병운炳雲이을쩌나 일시一時라도살수가잇
스랴 그러나 그를사랑한대면 자긔自己가희생犧牲되여야할것이엿다 그
잇흔날 병운炳雲이는 이러한사정事情도 모르고 봉자峰子를차저오니
봉자峰子의태도態度는 전일前日보다 이상하엿든것이엿다
「炳雲」 봉자峰子 왜 오날은기분이좃치못하오 왼술을이럭케먹은단말이요!
「峰子」 노아요 왼놈에걱정이! 이러케도만을까
「炳雲」 봉자峰子밋첫소 나를사랑한대면 술을먹지안키로 약속約束하
지안햇소
「峰子」 흥! 사랑! 누가너를사랑한단마리냐 아이고기가맥켜- 너를무엇을
보고 사랑한단마리냐 돈이잇니 인물人物이쏙々하냐 단지잇대면 의학
사醫學士라는 썩어진간판看板쑨이로구나 다나에게난 소용이업다 나
의게는 단지돈쑨이다 돈만잇스면누구든지자유自由로할수잇는 봉자峰
子인줄몰낫드냐 정신精神을좀차려요!
이말을들은병운炳雲이는 쥬위周圍를살펴볼 여지餘地도업시 봉자峰子
의 손목을잡아대니며
「炳雲」 무엇이야! 에이 고약한년아 나는그래도 썩어진너를 참다운인간
人間을맨들려고햇구나 아-내가어리석엇다 바보이엿다 천치다 너갓흔
정신精神이썩어진년에게 마음을쌕씨여가지고 죄罪업는처자妻子와 가

명家庭을바리엿섯구나 이것이바보가안이고머나 오냐가마 나는갈터이
다 바리엿든나의가명家庭을차저서 나는돌아갈터이다 에이노와라
잡은손쑤리치고 병운炳雲이에그림자는네온싸인이찬란한 가페의 엔젤
문박으로사라진다 봉자峰子는 사랑하면서도 마음에업는말을하여 돌니
여보내고나니 자긔自己의할책님責任은다하엿스나 그러나병운炳雲이가
업는 쓸々한세상世上에서 뉘를밋고살아갈이 견댈수업는번민과고통苦
痛을잇기위爲하야 독毒한수을마시엿고 죽음을결심決心한봉자峰子는
자동차自動車에몰을실허 한강철교漢江鐵橋로향向하여나온것이엿다
「峰子」 병운씨炳雲氏 나는먼저감니다 당신當身의 영원永遠한안해로
서 먼저가서 당신오시기를 기대리지요 거치러운이세상世上에서 누구
를바라보고살니잇가 거치러운세상世上 험악한사회社會 시달일대로 시
달인 잔약한봉자峰子는 드듸여구비치는 파도의몸을시려황천黃泉을향
向하여써나버리엿다 쌔맛슴들녀오는 구슯흔파도波濤소리 처량한노래
소리는 박명薄命한가인佳人 봉자峰子의외로운 혼백魂魄을 조상吊喪
함이여든가 수평선水平線저쪽으로 아람푸시들여온다
「노래」 내사랑 한강물에 두고가오니
천만년 한강물에 홀너살리다

채록

RegalC192 A면

　노래: 살어서 당신 안해1 못 될 것이면/ 죽어서 당신 안해 되여지리다//2

<hr>

1 아내.
2 <봉자의 노래(여급)>(Columbia40488B, 유행가, 작사 유도순, 작곡 이면상, 편곡 나
　카노 테이키치[中野定吉], 노래 채규엽, 반주 일본콜럼비아관현악단, 1934. 1)의 제2

설명: 때는 추구월3 망간이요4 곳은5 한강 인도교6 우이었다.7 금풍은8 소슬하고9 월색은10 명랑한데, 원천의11 기러기는 짝을 불러 슬피 울고 청강의12 노든13 백구14 벗을 찾어 나는 도다. 이때에 간간히 느껴15 울며 걸어 나오는 외로운 그림자가 있으니, 그난16 일쯕이 환락경의17 천사이요, 방탕한 남자들에게 농락을 받어 가면서도, 오직 노병운이 하나 뿐만을 사랑하여 왔든 봉자의 애달픈 최후의 걸음이었다.

봉자: 오, 어머니, 불초의 여식의 죄를 용서해 주세요. 늙으신, 이 없는 늙으신 어머님을 거치러운18 세상의 홀로 계시게 하고, 저 먼저 쓸쓸히 떠나갑니다. 병운 씨, 안녕히 계세요. 당신네 가정의 행복을

절. "1. 사랑의 애달픔을 죽음에 두리/ 모든 것 잊고 잊고 내 홀로 가리// 2. 살어서 당신 아내 못 될 것이면/ 죽어서 당신 아내 되어지리다// 3. 당신의 그 이름을 목메어 찾고/ 또 한 번 당신 이름 부르고 가네// 4. 당신의 굳은 마음 내 알지마는/ 괴로운 사랑 속에 어이 살리요// 5. 내 사랑 한강물에 두고 가오니/ 천만년 한강물에 흘러 살리다//".
3 추구월(秋九月). 가을 9월.
4 망간(望間). 음력 보름께.
5 음반에서는 [고든]으로 발음.
6 인도교(人道橋). 사람이나 자동차가 다니도록 놓은 다리.
7 위였다.
8 금풍(錦風) 혹은 금풍(金風). 비단결 같은 바람 혹은 '가을바람'을 달리 이르는 말. 오행에 따르면 가을은 금(金)에 해당한다는 데에서 이르는 말.
9 소슬하다.
10 월색(月色). 달빛.
11 원천(遠天). 먼 하늘.
12 청강(清江). 맑은 물이 흐르는 강.
13 놀던.
14 백구(白鷗). 갈매기.
15 느끼다. (터져 나오는 울음소리를 막느라고) 숨을 가쁘게 몰아서 쉬다.
16 그는.
17 환락경(歡樂境). 아주 즐거운 경지.
18 거친.

빌면서 봉자는 갑니다. 아모쪼록에19 길이길이 행복을 누리시도록 빌지요. 저 멀고 먼 황천의 길에서요.

설명: 어데서인가 쓸쓸히 들려 오난 구슬픈 노랫소리는, 봉자로 하야금 질거웁든20 지내간 그 옛날을, 애달프게도 연상시키어 주는 것이었다21. 그는 어찌하여 황천의22 길을 밟으려고 허였든가? 그 여자의 눈물겨운 과거를 들치어 보자면, 환락의 마경이요23 죄악의 원천인 종로의 거리, 찬란히 장식한 네온사인 아래 환락경이었든 엔젤 카페에서24, 여왕이라는 별명을 듣고, 어지러운 그 마음은 세상 사람들에게 구여움을25 독차지 해 왔든, 여급 봉자이었으니, 그는 모 대학병원에서 명성이 높은, 젊은 의학사26 노병운과 우연한 가운데에서 서로의 사랑을 허였으며, 장래의 행복이 가정을 꿈꾸어 가며 수 개월은 지내 갔든 것이었다27. 그러나 불행하게도 운명의 신은, 그들로 하야금 영원한 행복을 주지는 아니하였든 것이었다28. 그 어느 날이었든가, 봉자는 피곤헌 몸 힘없는 다리를 끌고 쓸쓸히 집을 찾아 돌아갔을 때, 그 뒤를 이어서 아지29 못하는 어떠한 부인 하나이30 찾어 온 것이었습니다31.

---

19 아무쪼록.
20 즐겁던.
21 음반에서는 [거디였다]로 발음.
22 황천(黃泉). ('매우 캄캄하고 험난한 곳'이라는 뜻으로) '저승'의 다른 말.
23 마경(魔境). 악마가 있는 곳.
24 카페(cafe)에서.
25 귀여움을.
26 의학사(醫學士). 의과 대학을 졸업한 사람에게 주는 학위. 또는 그 학위를 받은 사람.
27 음반에서는 [거디였다]로 발음.
28 음반에서는 [거디였다]로 발음.
29 알지.

봉자: 누구신데 이 깊은 밤에도 불고하시고[32] 찾어 오셨습니까?

부인: 예, 너무나 미안한 말씀이오나, 헐 수 없는 집안 사정으로, 부끄럼도 무릅쓰고 찾어온 것입니다[33]. 저는 저, 병운 씨의 안해[34] 되는 사람이에요.

봉자: 예?

설명: 안해가 없는 줄 알았든 그에게 안해가 있음을 알 때에 봉자는, 너무도 뜻밖이라 정신은 아득하여지며, 그간 그리었든 몽상의 낙원은 여지없이 깨여지는 것이었다[35].

RegalC192B면

봉자: 예, 잘 알았습니다. 더 말씀허시지 마세요. 내일은 꼭 댁으로 돌아가시도록 하겠으니 안심하시고 가세요.

설명: 말은 허였으나 어찌 사랑하는 병운이를 떠나 일시라도[36] 살 수가 있으랴. 그러나 그를 사랑한대면 자기는 당연히 희생되어야 할 것이었다[37]. 그 이튿날, 병운이는 이런 사정도 모르고 봉자를 찾어 오니, 봉자의 태도는 전일보덤[38] 이상하였든 것이었다[39].

---

30 하나가.
31 음반에서는 [거디였습니다]로 발음.
32 불구(不拘)하다. 아랑곳하지 않다. 구애받지 않다.
33 음반에서는 [거딥니다]로 발음.
34 아내.
35 음반에서는 [거디였다]로 발음.
36 일시(一時).
37 음반에서는 [거디였다]로 발음.
38 전일(前日)보다.

병운: 봉자, 왜 오늘은 기분이 좋지 못해? 웬 술을 이렇게 마신단 말이요?

봉자: 놓아요. 웬 놈의 걱정이 이렇게 많을까?

병운: 봉자, 미쳤소? 나를 사랑한대면 술을 먹지 않기로 약속허지 안 했소?

봉자: 흥, 사랑? 누구를 사랑한단 말이냐? 아이고, 기가 맥혀. 너를 뭣을[40] 보고 사랑한단 말이냐? 돈이 있니? 인물이 똑똑하냐? 단지 너에게 있다면 의학사라는 썩어진 간판뿐이로구나. 다 나에게난[41] 소용이 없다. 나에게난 단지 돈 뿐이다. 돈만 있으면, 누구든지 자유로 헐 수 있는 봉자인 줄 몰랐드냐? 정신을 좀 차려요!

설명: 이 말을 들은 병운이는 주위를 살펴볼 여지도 없이, 봉자의 손목을 잡아 다니며[42],

병운: 뭣이야? 에이, 고약한 년아. 나는 그래도 썩어진 너를 참다운 인간을 맨들어 주랴고 했구나. 아, 내가 어리석었다. 바보이였다. 천치다. 너 같은 정신이 썩어진 년에게 마음을 뺏기여 가지고, 죄 없는 처자와 가정을 버리였었구나. 이것이[43] 바보가 아니면 무엇이냐[44]? 오냐, 가마. 나는 갈 터이다. 버리였든 나의 가정을 찾어서 나는 돌아갈 터이다. 에이, 놓아라.

설명: 잡은 손 뿌리치고 병운이의 그림자는, 네온사인이 찬란한 카페의

---

39 음반에서는 [거디였다]로 발음.
40 음반에서는 [뭐들]로 발음.
41 나에게는.
42 당기며.
43 음반에서는 [이거디]로 발음.
44 음반에서는 [무어디냐]로 발음.

엔젤 문 밖으로 사라진다. 봉자는 사랑하면서도 마음에 없는 말을 허여, 돌리어 보내고 나니, 자기의 할 책임은 다 하였으나 그러나, 병운이가 없는 쓸쓸한 세상에서 누구를 믿고 살아가리니? 견딜 수 없는[45] 번민과 고통을 잊기 위하야 독한 술을 마시였고, 죽을 결심한 봉자는 자동차에 몸을 실어 한강 철교로 향하여 나온 것이었다[46].

봉자: 병운 씨, 나는 먼저 갑니다. 당신의 영원헌[47] 안해로써 먼저 가서 당신 오시기를 기다리지요. 거치러운[48], 이 세상에서 누를[49] 바라보고 살리까?

설명: 거치러운 세상, 험악한 사회. 시달릴 대로 시달린 잔약한[50] 봉자는, 드디어 굽이치는 파도에 몸을 실어, 황천을 향하여 떠나버리었다. 때맛참[51] 들려오는 구슬픈 파도 소리, 처량한 노랫소리는, 박명한[52] 가인[53] 봉자의 외로운 혼백을 조상함이였든가[54]? 수평선 저쪽으로 아렴풋이[55] 들려온다.

노래: 내 사랑 한강물에 두고 가오니/ 천만년 한강물에 흘러 살리다//[56]

---

45 견딜 수 없는.
46 음반에서는 [거디였다]로 발음.
47 영원한.
48 거친.
49 누구를.
50 잔약(孱弱)하다. 가냘프고 약하다.
51 때마침.
52 박명(薄命)하다. 타고난 운명이 기구하여 인생이 순탄하지 못하고, 명 또한 짧다.
53 가인(佳人). 아름다운 여자.
54 조상(弔喪)하다. 사람이 죽었을 때 그 유족을 찾아가 위로하거나, 그 사람을 기리며 애도하다.
55 어렴풋이.
56 <봉자의 노래(여급)>(Columbia40488B, 1934. 1)의 제5절.

5. 비오는 포구

원작영화: 미상
각색: 김병철(案)
음반번호: RegalC332
설명: 김일성
발매일자: 미상

가사지

RegalC332 A면

인천仁川항구에는 안개비가소리업시나리는밤 자정이넘을낙말낙할째에
갓득이느즌밤이라行人행인쏘차끈어젓것만은 다만홀로 海岸해안쎈치
에안저잇는 나히가十七八歲십칠팔세되여보이는少女소녀 얼골은普通
以上보통이상으로아름다윗스나 어데인지 피곤해보이는 적막한빗이보
이엿섯나 째맛츰 멀니서한잔얼근한 水夫수부의노래가 들녀오니
정든포구에 가는비나리는데
써나갈일 생각하니
이눈물도 비갓치 잔에넘처흐르네
그럿타 노래나마 불너를보자
少女소녀가안즌뒤에서 굴직한사나히에바리톤
누구를기다리십닛가
少女소녀는깜작놀나 이러나려고하다가 무엇을생각한듯이 간신이고개
를흔들엇다
훈자요

少女소녀는고개를 기운업시긋쩍ㅅ하며 무서운것을겨우억제하는듯이 참고잇다가 무엇을결심한드시

저 석냥가지섯서요

네 엇습니다 담배가지섯슴닛가

少女소녀는머뭇ㅅ하더니만

담배그만두겟서요

내가들이잇가

아니요 져 져는 오늘밤잘곳이업서요

사나히는 그少女소녀에얼골을 물쯔럼이바라보드니 말업시少女소녀의 손을잡고 끌고가버럿다

자 이것이내방입니다

少女소녀는 무서움에썰니는몸을 억제하며 엽헤노인벳트우에안드니만 용긔을다하여「어이참편해라」하며 벳트스프링에흔들님을짜라 몸을올엿 다 내렷다 하드니 그만그자리에슬머시쓰러지드니

저는먼저자겟서요

간신히나오는그목소리로 꿈속에서나오는말과갓치 기운이업섯다

사나희는 너무나대담한少女소녀에 態度태도에 한편으로놀나며 쏘한편 으로 너무나이외에 자기손에걸여든 이조고만한 일홈모르는少女소녀에 게 젹지아는好奇心호기심도갓게되엿다수욕 낫찬처녀의대한 참지못할 유혹 억제할수업는 끌님에못이기여 한거름두거름 갓가히ㅅ 少女소녀 에누은 벳트겻흐로가서 물쯔럼이少女소녀의얼골을드려다보니 그는 넘 우도쳔진하엿다 아모두려움도업시 입술에우슴을쯰우고 기운업시감은 눈은 피곤을증명하는드시 살그머니풀니엿다

쏘한편으로 미웁기도햇섯다 맛치 자긔自己를비웃는듯한그우슴이 넘우 도알미웁기도햇섯다 그래서 쏘다시끌어올으는 유혹의힘을억제치못하

야 그少女소녀에게달여드럿다 아! 넘우도순결한 그처녀에 쌔굿한몸에 毒手독수를대이기는 넘우나참혹하다는것을쌔달은듯이 먼츳하더니 빙그레웃고는 입맛을쩍々다시고서는 그사내는 담요하나를쓰집어내서 몸에휘々감고서는 그냥의자에쓰러저 그역시잠이들어버리엿다

RegalC332 B면

그잇흔날아침 쌀々한바람이 문틈으로새여들어 그少女소녀에달게자는 잠을쌔첫다

少女소녀는눈을부비며이러나 左右자우를삷혀보니 눈압혜보이는사나히 少女소녀는쌈작놀나 本能的본능적으로 벌덕이러나안드니 자기에몸을만저보앗다 아모이장도업는것을쌔닷고는 겨우安心안심한듯이 이러나 나가려고할쌔

자 이것을가지고가요

쌈작놀나돌아다보니 교이에누어자든사나히가 담요속에로十圓십원짜리 지폐한장을내주엇다

아니야요 괜찬습니다

그럿치만 영업은영업이닛가

영업이요

그래오늘밤은잘쌔가잇소

오늘밤도 여기서자도괜찬습닛가

少女소녀는깁분듯이 두눈에우슴을쯱이엿다

괜찬어 그러니 마음놋코 여기잇서요

少女소녀는 그말을듯고서는엇전지 그자리에업드러지드니 울기를시작했다 사나히는 少女소녀의억개에손을언고 자서한말을무럿다

어제 엇재서 석냥잇서요니 담배를고만두느니 잘집이업느니 그런말은왜
햇소 그말은 다영업자가하는말인데

그런것이아니라 엇든小說에 잘곳이업스면 엇던사내든지붓잡고서 잘집
이업다고하면 재워준다고써잇섯기에그랫서요

그큰일날번햇군 그런위험한말을해서는못써 이후부터는主意주의하야지
그래내가여기로오자고할째 무섭지안어

무섭기는왜요 맛치우리옵바갓흔생각이들든데요 미듬직한이인줄아랏서요

미듬직한사내라 그럿치미듬직하지 하… 그러나 사내란그리밋지못할게
야자 여기돈이三十圓삼십원이잇스니 이돈을가지고 여기잇든지 그러치
안으면 당신에고향으로가든지하오 나는뱃사람이라 오늘밤이면써나야
할사람이요

그럼오늘밤에가섯다 은제나오세요

한一箇月 일개월걸닐걸

그럼 라오실째까지 이곳에잇서도조와요

그건왜

그저 기다리고십허요

그럼 기다려보구려

저는 아버지도 어머니도업는 가엽슨몸이애요 나를동생과갓치사랑해주
서요

글세나를그러케밋는다니 그래볼가

밤은차저와 집도업는 고아가 친절한사나히를 만낫다 짜듯한사랑을바든
지 불가멧시간이못되여 쏘다시헤여지고말앗다

아이년에팔자는 왜이다지기구할가 겨우맛난그이를 쏘다시이별을하야
한다니…나리는구진비야 너도나갓치가긍한신센가보다 어제부터나리는
비가 싯칠줄을모르는구나 내가홀니는이눈물과갓치…

쩌나간뱃사람은 과연 이처녀를 쏘다시차저줄는지 맛난것도운명이면 쏘다시못맛남도운명이겟지 그모든것을운명에맷길뿐일가

채록

RegalC332 A면

설명: 인천. 항구에는 안개비가 소리 없이 나리는 밤. 자정이 넘을락 말락 할 때에, 가뜩이 늦은 밤이라 행인조차 끊어졌건마는, 다만 홀로 해안 뻰치에1 앉아 있는, 나이가 십칠 세, 십칠팔 세 되어 보이는 소녀. 얼굴은 보통 이상으로 아름다웠으나, 어데인지 피곤해 보이는 적막한 빛이 보이였었다. 때마침 멀리서 한잔 얼근한2 수부의3 노래가 들려오니….

노래: 정든 포구에 가는 비 나리는데/ 떠나갈 일 생각하니/ 이 눈물도 비같이 잔에 넘쳐 흐르네/ 그렇다 노래나마 불러를 보자//

설명: 소녀가 앉은 뒤에 굵직한 사나이의 버리톤4.

사나이: 누구를 기다리십니까?

---

1 뻰치(bench). (많은 사람이 모이는 장소에 놓아) 여럿이 함께 앉을 수 있는, 등받이가 달린 긴 나무 의자.
2 얼근하다. 술이 거나하여 정신이 어릿하다.
3 수부(水夫). 배에서 일하는 사람. 뱃사람.
4 바리톤(baritone). 테너보다 낮고 베이스보다 높은 남자 목소리, 또는 그 소리의 노래를 하는 가수.

설명: 소녀는 깜짝 놀래 일어날려고 허다가, 무엇을 생각한 듯이 간신이 고개를 흔들었다.

소녀: 혼자요.

설명: 소녀는 고개를 기운 없이 끄떡끄떡하며 무서움을, 겨우 억제하는 듯이 간신히 참고 있다가 무엇을 결심한 듯이,

소녀: 저, 성냥 가지셨어요?
사나이: 네, 여 있습니다. 담배 가지셨습니까?

설명: 소녀는 머뭇머뭇 하더니만,

소녀: 담배 그만두겠어요.
사나이: 내가 드리리까?
소녀: 아니요, 저, 저, 저는 오, 오늘밤 잘 곳이5 없어요.

설명: 사나이는 그 소녀의 얼굴을 물끄러미 들여다보더니, 말없이 소녀의 손을 잡고 끌고 가 버리었다.

사나이: 자, 이것이 내 방입니다.

설명: 소녀는 무서움에 떨리는 몸을 억제하며, 옆에 놓인 뻬뜨6 위에

---

5 음반에서는 [고디]로 발음.
6 베드(bed). 침대.

앉더니만 용기를 다하여서, "아이, 참 편해라" 하며 빼뜨 스프링의 흔들림을 따라서, 몸을 올렸다 내렸다 하더니, 그만 그 자리에 쓰러져 버리면서,

소녀: 저는 먼저 자겠어요.

설명: 간신히 나오는 그 목소리도, 굴, 꿈속에서[7] 나오는 말과 같이 기운 없었다. 사나이는 너무나 대담한 소녀의 태도에 한편으로 놀라며, 또 한편으로 너무나 의외에 자기 손에 걸려들은 이 조고마한 이름 모르는 소녀에게 적지 않은 호기심을 갖게 되었다. 수욕[8]. 나튼[9] 처녀에 대한 참지 못할 유혹, 억제할 수 없는 끌림에 못 이기어 한 걸음 두 걸음 가까이 가까이 소녀의 누운 빼뜨 곁으로 가서, 물끄러미 소녀의 얼굴을 들여다보니, 그는 너무도 천진하였다. 아모[10] 두려움도 없이 입술에 웃음을 띠우고 기운 없이 감은 눈은 피곤을 증명하듯이 살그머니 풀리었다. 또 한편으로 미웁기도 했습니다. 마치 자기를 비웃는 듯한 그 웃음이 너무도 얄미웁기도 했다. 그래서, 또다시 끓어오르는 그 유혹의 힘을 억제치를 못하여서, 그 소녀에게 달려들었습니다. 아하하, 너무도 순결한 그 처녀의 깨끗한 몸에, 독수를[11] 대이기는 너무도 참혹하다는 것을 깨달은 듯이 멈츠시[12] 서더니마는, "호호호…." 빙그레 웃고, 입맛을 쩍쩍 다시고서

---

7 "굴, 꿈속에서"는 "꿈속에서"라고 낭독해야 할 것을 실수로 말을 더듬는 부분으로 추정.
8 수욕(獸慾). 짐승과 같은 음란한 성적 욕망.
9 "나이가 튼(식물의 싹, 움, 순 따위가 벌어지다)", "나이가 든"으로 추정.
10 아무.
11 독수(毒手). 남을 해치려는 악독한 수단을 비유적으로 이르는 말.
12 '멈칫'으로 추정.

는 그 사나이 역시, 담요 하나를 끄집어내어 몸에다 감더니, 그냥
그 자리에 쓰러져서 그 역13 잠이 들어 버렸었다.

RegalC332 B면

설명: 그 이튿날 아침 쌀쌀한 바람이 문틈을 새여 들어, 그 소녀의 달게
자는 잠을 깨쳤다. 소녀는 눈을 부비며 일어나 좌우를 살펴보니, 눈
앞에 보이는 사나이. 소녀는 깜짝 놀라 본능적으로 벌떡 일어나더
니, 자기의 몸을 만져 보았다. 아모 이장도14 없는 것을 깨닫고서는
겨우 안심한 듯이 일어나 나가려고 헐 때,

사나이: 자, 이것을15 가지고 가오.

설명: 깜짝 놀라 돌아다보니, 교의에16 누워 자든 사나이가 담요 속으
로, 십 원짜리 지화17 한 장을 내 주었다.

소녀: 아니에요, 괜찮습니다.
사나이: 그렇지마는 영업은 영업이니까.
소녀: 영업이에요?
사나이: 흐흐흠…. 그래, 오늘밤은 잘 데가 있소?
소녀: 아니, 오늘밤도 여기서 자도 괜찮습니까?

---

13 역시.
14 '이장(弛張, 풀려 느즈러짐과 당겨 켕김)' 혹은 '이상(異常)'으로 추정.
15 음반에서는 [이거들]로 발음.
16 교의(交椅). 의자.
17 지화(紙貨). 종이로 된 화폐. 지폐.

설명: 소녀는 기쁜 듯이 두 눈에 웃음을 띠었다.

사나이: 괜찮어. 그러니 마음 놓고 여기 있어요.

설명: 소녀는 그 말을 듣고서는 어쩐 일인지 그 자리에 엎드려서 울어 버리었다. 사나이는 소녀의 어깨에다 손, 손을 대고[18] 자서한 말을 물었다.

사나이: 어제 어째서 "성냥 있어요?"니, 담배를 고만 두느니, 잘 집이 없느니, 그런 말은 왜 했소? 그런 말은 다 영업자가 하는 말인데….
소녀: 그런 것이 아니라요, 어떤 소설에, 잘 곳이 없으면 어떤 사내든지 붙잡고서, 잘 집이 없다고 하면 재워 준다고 써 있었기에 그랬어요.
사나이: 어, 그 참 큰일 날 뻔했군 그래. 그런 위험한 말을 해서는 못써. 이후부터는 주의해야해? 그래, 내가 여기로 오자고 할 때 무섭지 않어?
소녀: 무섭기는 왜요? 마치 우리 오빠 같은 생각이 들든데요. 믿음직한 이로 알았어요.
사나이: 믿음직헌 사내라…. 흐흐흠…. 그렇지 믿음직허지. 그러나 사내란 그리 믿지 못할 거야. 자, 여기 돈이 삼십 원 있으니, 이 돈을 가지고 여기 있든지 그렇지 않으면 당신네 고향으로 가든지 허오 나는 뱃사람이라 오늘밤이면 떠나야 만 할 사람이요.
소녀: 그럼, 오늘밤에 가셨다는 언제나 오서요?
사나이: 한 일 개월 걸릴 걸.

---

18 "손, 손을 대고"는 "손을 대고"라고 낭독해야 할 것을 실수로 말을 더듬는 부분으로 추정.

소녀: 그럼 돌아오실 때까지 이곳에[19] 있어도 좋아요?

사나이: 그건 왜?

소녀: 그저, 기다리고 싶어요.

사나이: 그럼 기다려보구려.

소녀: 저는 아버지도 어머니도 없는 가엾은 몸이에요. 나를 동생과 같이 사랑해 주세요.

사나이: 글쎄, 나를 그렇게 믿는다니, 원 그래 볼까?

설명: 밤은 찾아와, 집도 없는 고아가, 친절한 사내를 만나 따뜻한 사랑을 받은 지 불과 몇[20] 시간이 못 되어서 또다시 헤어지게 되고 말았다.

소녀: 아, 이년의 팔자는 왜 이다지 기구헐까? 겨우 만난 그 이를 또다시 이별을 하야 한다니. 나리는 굿인[21] 비야. 너도 나같이 가긍한[22] 신센가 보다. 어제부터 나리는 비가 끝칠[23] 줄을 모르는 구나. 내가 흘리는 이 눈물과 같이….

설명: 떠나간 뱃사람은 과연 이 처녀를 또다시 만나, 맞아 줄는지[24]. 만난 것도 운명이면 또다시 못 만남도 운명이겠지. 그 모든 것을 운명에 맡길 뿐일까?

---

19 음반에서는 [이고데]로 발음.
20 몇.
21 궂은.
22 가긍(可矜)하다. 불쌍하고 가엾다.
23 그칠.
24 "만나, 맞아 줄는지"는 "맞아 줄는지"라고 낭독해야 할 것을 실수로 말을 더듬는 부분으로 추정.

6. 사랑을 찾아서

원작영화: <두만강을 건너서>(조선 나운규프로덕션, 무성영화, 1928)

감독: 나운규

주연: 나운규·이금룡·전옥·윤봉춘

상영정보: 1928. 4. 23 조선극장 개봉(『동아일보』1928. 4. 23.)

음반번호: RegalC139

설명: 성동호

반주: 관현악

발매일자: 1934. 7.

참조: <사랑을 찾아서>(일축조선소리판K851, 1932. 1.)

가사지

RegalC139 A면

만쥬滿洲짱에산재散在하야잇는 악인단惡人團의두목頭目 장세원張世元과명긔운明氣運의무리에게쫏기여 피곤疲困한몸들노간신이졍가성鄭家城에도라온 함동수咸東洙의일행一行은 아모리생각하얏스나 갈곳이바이업서 다만얼골들만서로처다보며탄식嘆息할쑨이엿다

오라버니어머니의나라는 구름밧게멀어잇고 뎡처定處업는신세身勢들은 압길이아득하다 하염업시흐르난눈물에 가삼이미여지는사람들은 다만무심無心한져하날을바라보며 말이업슬때어머니를부르면서 슬피우는순남順男이! 가련可憐한이모양貌樣을바라보는동수東洙는 동지同志들을향向하야부르짓는다

「우리에게도 어머니의나라가잇다만은 간곳마다쫏기는 우리의신세身

勢! 오-인제는어데를가야올탄말인가 졍情든고향故鄕과사랑하는형제兄弟를멀니두고 바람차고눈날니는수천리타관數千里他關에서 뎡처定處업시표류漂流하는우리들의목슴도 엇저면이것이마즈막일는지도모른다 자-사랑하는동지同志들아 우리가만일萬一이벌판에서 죽는다한들 장례식葬禮式인들누가지내주겟느냐 언제던지한번은 죽고야말사람들이니 그러면 우리들이미리여긔에서산장례식葬禮式이나지내여두자』

동수東洙의말이끗나자 그들은손톱을깍아 한곳에뭇어놋코 동지同志일곱사람의 산장례식葬禮式은쳐량凄凉한납팔喇叭소래에거행擧行이된다

『자-인제는장례식葬禮式도끗나고 쏘다시싸흘째가도라왓다 삼보三甫야 너는경숙璟淑이와순남順男이의손을잇끌어라 그리고춘렬忠烈이와뎡히貞姬는 탄환彈丸을맛드래도 갓치마저죽도록서로붓잡고놋치말아주시요』

『나는한아버지와함께 드러오는놈들을막을터이니』

째-마침성城넘어로부터 들녀오는놀나운총銃소래!

탄환彈丸이비빨갓치쏘다지는그사이로 순남順男이와경숙璟淑이는 서로갓치다라나다가 아-장세원張世元의탄환彈丸을맛고 그들은무참無慘히도 쓸어지고말앗다

『오-경숙씨!璟淑氏 졍신精神을차립시요 네!』

『아니에요 삼보씨!三甫氏 저는상관相關업스니 어서져-가련可憐한순남順男이를구救해주세요』

노발怒發은충텬衝天이되고 적혈赤血은만신滿身에구비처흐른다 타오르는분한憤恨에사로잡힌삼보三甫는 납팔喇叭부는노인老人과함게 장세원張世元을쏘와죽이엿스나 아-그와동시同時에 그들의날나오는탄환彈丸을가삼에맛고 순남順男이와한가지싸우에쓰러진다

독아毒牙에걸니여잇는 졍히貞姬와츙렬忠烈이를구救하려고 명긔운明
氣運을쏘아죽이든 동수東洙도 동시同時에그의탄환彈丸을가슴에맛젓다
선혈鮮血은임리淋漓하야전신全身을적시엿고 정신精神조차암울하야
어름우에씨러진다

『오-정신精神을차리세요 네- 옵바!』

『졍히貞姬! 츙렬忠烈이! 두분의사랑은 이제성취成就가되엿스니 부-대
행복幸福을누리여주시요 그러나삼보三甫와순남順男이! 그리고경숙暻
淑이는어데를갓슬가 아마도오든길을이저바리고 산즁山中에서헤매이
는모양貌樣이니 어서납팔喇叭을부러주시요

사랑하는동모同侔들아 바람차고눈날니는 낫서투른이짜에서 속졀屬絶업시
잠이든 외로운 령혼靈魂들아 수구悠久한이강江물을건너는저-곳에 우리의
인연因緣깁흔 고국산천故國山川이보일것이다그리고이쳔만二千萬의동포
同胞와 삼쳔리강산三千里江山이 우리의올째를기다리고잇슬것이아닌가
가자 이짜에서죽은 우리의혼魂魄이나마 한아버지의분묘墳墓가잇슬고
향故鄕으로도라가자우리를나아준어머니의나라로 인연因緣깁고한恨만
흔 넷터전그곳으로 몸은비록이곳에서죽을지언정 내동포同胞와내고향
故鄕을사랑하는정신精神 영원永遠히변變치말고 죠선朝鮮으로도라가자』

최후最後의긔력氣力을다하야 니러나는동수東洙의입에서는 죽엄의길
을써난 동모同侔를부르는듯이 쳐량凄凉한납팔喇叭소리가 흘너나온다

『어듸를가시럄닛가 동수씨東洙氏! 이러케피가흐르는몸으로』

졍히貞姬와츙렬忠烈이는 아모리붓드럿스나 여전如前히듯지안코 납팔
喇叭을불면서 오든길을쏘다시거러가던 동수東洙는 힘이나용긔勇氣좃
차 인제는-진盡하야 어름짤닌져江우에 긔운氣運업시씨러진다

가만한져녁바람 대지大地우에흐르고 황혼黃昏의그림자는사위四圍를
덥허올째 구슯흐게들니는납팔喇叭소래도이제는어렴풋시사라지고 격막
寂寞한하날에는 검은새우짓는소래 마지막길써난동수東洙를 도상吊喪
하듯 쳐량凄凉한그우름만이끗업시흘너온다
『오-인제는마즈막이다 잘잇거라사랑하는동모同侔들아』
이말한마디를맛치고 정히貞姬와충렬忠烈이의행복幸福을빌면서 쓰거
운눈물을흘니는 동수東洙는 어름우에쓰러지니 그의몸에서흘너나리는
샛빨간피는 백설白雪과어름우에진홍眞紅빗을물드린다이국타향異國他
鄉에외로운그의녁은 눈보라비바람에어데로갈것인가 그립은녯터전은
기다리고잇건만은

채록

RegalC139 A면

> 설명: 만주 땅에 산재하야 있는 악인단의[1] 두목, 장서원과 명기운의 무
> 리에게 쫓기여[2], 피곤한 몸들로 간신히 정가성에 돌아온 함동수의
> 일행은, 아무리 생각하얏으나 갈 곳이[3] 바이없어[4], 다만 얼골들만[5]
> 서로 처다 보며 탄식할 뿐이었다. 오라버니 어머니의 나라는 구름
> 밖에 멀어 있고 정처 없는 신세들은 앞길이 아득히다. 하엽없이 흐
> 르난[6] 눈물에 가삼이[7] 미여지는 사람들은, 다만 무심한 저 하날을[8]

---

1 악인단(惡人團). 악당(惡黨). 나쁜 짓을 일삼는 사납고 악한 사람이나 무리.
2 쫓기어.
3 음반에서는 [고디]로 발음.
4 바이없다. 어찌할 도리나 방법이 전혀 없다.
5 얼굴들만.
6 흐르는.

바라보며 말이 없을 때, 어머니를 부리면서[9] 슬피 우는 순남이! 가련한 이 모양을 바라보는 동수는 동지들을 향하야 부르짖는다.

동수: 우리에게도 어머니의 나라가 있다마는, 간 곳 마다 쫓기는 우리의 신세! 오, 이제는 어데를 가야 옳단 말인가? 정든 고향과 사랑하는 형제를 멀리 두고, 바람 차고 눈 날리는 수천 리 타관에서 정처 없이 표류하는 우리들의 목숨도, 어쩌면 이것이[10] 마지막일는지도 모른다. 자, 사랑하는 동지들아, 우리가 만일 이 벌판에서 죽는다 한들, 장례식인들 누가 지내 주겠느냐? 은제던지[11] 한번은 죽고야 말 사람들이니, 그러면 우리들이 미리 여기에서 산 장례식이나 지내여 두자.

설명: 동수의 말이 끝나자 그들은, 손톱을 깎아 한 곳에[12] 묻어 놓고, 동지 일곱 사람의 산 장례식은 처량한 나팔 소래에[13] 거행이 된다.

동수: 자, 인제는 장례식도 끝나고 또다시 싸울 때가 돌아왔다. 삼보야, 너는 경숙이와 순남이의 손을 이끌어라. 그리고 충렬이와 정희는, 탄환을 맞드래도[14] 같이 맞아 죽도록 서로 붙잡고 놓지 말아 주시요. 나는 할아버지와 함께 들어오는 놈들을 막을 터이니.

---

7 가슴이.
8 하늘을. '하늘'의 방언(강원, 경기, 전라, 충청).
9 부르면서.
10 음반에서는 [이거디]로 발음.
11 언제든지.
12 음반에서는 [고데]로 발음.
13 소리에.
14 맞더라도.

설명: 때마침 성 너머로부터 들려오는 놀라운 총 소래! 탄환이 빗발같이 쏟아지는 그 사이로, 순남이와 경숙이는 서로 같이 달아나다가, 아, 장세원의 탄환을 맞고 그들은 무참히도 쓰러지고 말았다.

삼보: 오, 경숙 씨! 정신을 차립시요. 네?

경숙: 아니예요, 삼보 씨! 저는 상관없으니 어서 저 가련한 순남이를 구해 주세요.

설명: 노발은[15] 충천이[16] 되고 적혈은[17] 만신[18]에 굽이쳐 흐른다. 타오르는 분한에[19] 사로잡힌 삼보는, 나팔 부는 노인과 함께 장세원을 쏘아 죽이였으나, 아, 그와 동시에 그들의 날라오는 탄환을 가삼에 맞고, 순남이와 한가지[20] 따 우에[21] 쓰러진다.

RegalC139 B면

설명: 독아에[22] 걸려 있는 정희와 충렬이를 구하려고 명기운을 쏘아 죽이든 동수도, 동시에 그의 탄환을 가삼에 맞었다. 선혈은 임리하야[23] 전신을 적시였고, 정신조차 암울하야 얼음 우에 쓰러진다.

---

15 노발(怒髮). 몹시 성이 나서 쭈뼛 일어선 머리카락이라는 뜻으로, 몹시 화가 남을 이르는 말.

16 충천(衝天)하다. 하늘로 높이 솟아오르다. (기세가) 매우 강하고 높아지다.

17 적혈(赤血). 붉은 피.

18 만신(滿身). 온몸.

19 분한(憤恨). 분하고 한스러움. 또는 그런 원한.

20 (둘 이상의 사물의 모양, 성질, 동작 등이) 서로 같음. 같은 종류. 마찬가지.

21 땅위에.

22 독아(毒牙). 독니. 남을 해치려는 악랄한 수단.

23 임리(淋漓). 피, 땀, 물 따위의 액체가 흘러 흥건한 모양.

정희: 오, 정신을 차리서요[24]. 네? 오빠!

동수: 정희, 충렬이, 두 분의 사랑은 이제 성취가 되었으니, 부대[25] 향복을[26] 누리여 주시요. 그러나 삼보와 순남이 그리고 경숙이는 어데를 갔을까? 아마도 오든 길을 잊어버리고 산중에서 헤매이는 모양이니, 어서 나팔을 불어 주시요. 사랑하는 동무들아, 바람 차고 눈 날리는 낯 서툴은[27] 이 따에서[28] 속절없이 잠이 든 외로운 영혼들아, 유구한 이 강물을 건너는 저곳에[29] 우리의 인연 깊은 고국산천이 보일 것이다.[30] 그리고 이천만 동포와 삼천 리 강산이 우리의 올 때를 기다리고 있을 것이[31] 아닌가? 가자, 이 따에서[32] 죽은 우리의 혼백이나마 할아버지의 분묘가[33] 있을 고향으로 돌아가자. 우리를 낳아 준 어머니의 나라로. 인연 깊고 한 많은 옛 터전 그곳으로. 몸은 비록 이곳에서[34] 죽을지언정, 내 동포와 내 고향을 사랑하는 정신, 영원히 변치 말고 조선으로 돌아가자.

설명: 최후의 기력을 다하야 일어나는 동수의 입에서는, 죽엄의[35] 길을 떠난 동무를 부르는 듯이[36] 처량한 나팔 소리가 흘러져 나온다.

---

24 차리세요.
25 '부디'의 방언(경남, 전남, 함북).
26 '향복(享福: 복을 누림)' 혹은 '행복(幸福)'.
27 낯선.
28 땅에서.
29 음반에서는 [저고데]로 발음.
30 음반에서는 [거디다]로 발음.
31 음반에서는 [거디]로 발음.
32 땅에서.
33 분묘(墳墓). 무덤.
34 음반에서는 [이고데서]로 발음.
35 죽음의.
36 음반에서는 [드이]로 발음.

정희: 어데를 가시렵니까? 동수 씨. 이렇게 피가 흐르는 몸으로….

설명: 정희와 충렬이는 아모리[37] 붙들었으나 여전히 듣지 않고, 나팔을 불면서 오든 길을 또다시 걸어가던 동수는, 힘이나 용기조차 인제는 다 진하야[38] 얼음 깔린 저 강 우에[39] 기운 없이 쓰러진다. 가만히 저녁 바람 대지 우에 흐르고, 황혼의 그림자는 사위를[40] 덮어 올 때, 구슬프게 들리는 나팔 소래도 이제는 어렴풋이[41] 사라져 가고, 적막한 하날에는[42] 검은 새 우짖는 소래. 마지막 길 떠난 동수를 조상하듯[43] 처량한 그 울음만 끝이[44] 없이 흘러온다.

동수: 오, 인제는 마지막이다. 잘 있어라, 사랑하는 동무들아.

설명: 이 말 한 마디를 마치고 정희와 충렬이의 향복을 빌면서, 뜨거운 눈물을 흘리는 동수는 얼음 우에 쓰러지니, 그의 몸에서 흘러 나리는 샛빨간 피는 백설과 얼음 우에 진홍빛을[45] 물들인다. 이국 타향에 외로운 그의 넋을[46] 눈보라 빗바람에[47] 어데로 갈 것인가? 그립은[48] 옛 터전은 기다리고 있건마는….

---

37 아무리.
38 진(盡)하다. 다하여 없어지다.
39 위에.
40 사위(四圍). 사방의 둘레.
41 음반에서는 [어렴푸디]로 발음.
42 하늘에는: '하늘'의 방언(강원, 경기, 전라, 충청).
43 조상(弔喪). 사람이 죽었을 때 그 유족을 찾아가 위로하거나 그 사람을 기리며 애도하는 것.
44 음반에서는 [끄디]로 발음.
45 음반에서는 [비들]로 발음.
46 음반에서는 [너클]로 발음.
47 비바람.
48 그리운.

7. 승방비곡(僧房悲曲)

원작영화: <승방비곡>(동양영화사, 무성영화, 1930)

감독: 이구영

출연: 이경선 · 김연실 · 함춘하 · 정숙자 · 윤봉춘

상영정보: 영화소개(『조선일보』 1930. 2. 21.)

음반번호: Columbia40220

설명: 서상필

노래: 강석연

반주: 관현악

발매일자: 1931. 8.

채록

Columbia40220 A면

> 설명: 사바의[1] 온갖 번뇌를 싣고, 검은 연기를 토하고 섰던 기차를, 끝
> 없는 황야로 떠나보내는 운명의 링이 울자, 봉천[2] 행 열차는 갓난
> 아이의 첫 울음같은 기적 소래를[3], 부산역에 남겨놓고 무거운 바퀴
> 를 서서히 굴리기 시작하였다. 기차는 산굽이를 돌아 주마같이[4] 달
> 아난다. 어내덧[5] 왼편 창으로는 옥색 비단을 길게 깐 듯한 낙동강
> 뿌리가 아침[6] 볕에 한없이 번쩍이고 있었다.

---

1 사바(娑婆). (불교에서) 괴로움이 많은 인간 세계, 석가모니불이 교화하는 세계를
이른다.
2 봉천(奉天). 중국의 '펑톈'.
3 소리를.
4 주마(走馬). 달리는 말.
5 어느덧.

필수: 은숙 씨7, 저기 낙동강이 보입니다그려.

설명: 필수는 이렇게 말을 붙여보았으나, 미인의 조각은 아무 대답이
 없고, 다만 차게 반짝이는 맑은 두 눈과, 꼭 다문 고흔8 입술이 석
 자 길이가 못 되는 교의9 위에 살을 맞대고 앉은, 젊은 남녀의 마음
 의 거리가 아득히 멂을 설명할 따름이었다. 필수는10 전일 여자
 미술학교에 다니고 있던 명진의 누이동생, 명숙을 유혹하야 그의
 정조를 유린한 후 헌신같이 버리었던 것이다. 그리고 얼마 후에 음
 악회에서 은숙을 처음 보고, 거의 일 년 동안이나, 황금의 무장을
 갖추오고11 지존의 병사를 모아, 그를 정복하려 하였으나, 필수의
 노력은 결국 수포에 돌아가고 말았던 것이다. 그 후에 유학 가는 은
 숙의 뒤를 따라, 동경까지 갔다가 졸업하고 귀국하는 그의 뒤를 또다
 시 그림자와 같이 따랐었다. 필수가 식당으로 간 후에, 은숙은 그의
 꼴이 너무나 마음에 미워서, 옆의 자리로 옮겨 갔다. 자기의 옆에는
 단정한 남자의 모델같은12, 대학생 교복을 입은 청년이 거의 무의식
 하게 자리를 비켜주었다. 그는 날카로운 시선으로 차창을 꿰뚫어서,
 자기의 무슨 생각을 허공에 띄워나 보려는 듯이, 하늘을 바라보고 있
 었다. 은숙은 한 편에 놓여 있는 그의 행장에13, 명함을 보니 동경불
 교대학생 최영일이라14 씌워15 있었다. 기차는 그들을 실어 가지고

---

6 아침.
7 원작소설인 최독견의 「승방비곡」(1927)에 따르면 김은숙(金恩淑).
8 고운.
9 교의(交椅). 의자(椅子).
10 원작소설인 최독견의 「승방비곡」(1927)에 따르면 서울의 부자 이준식(李俊植)의
   아들 필수(弼秀).
11 갖추어 오고
12 모델(model). 패션모델.
13 행장(行裝). 여행할 때 쓰는 물건과 차림.

여전히 달리는데, 달리는 기차 속에도 어내덧[16] 밤의 장막은 내리었다. 연일 여행에 피곤한 은숙은 앉은 채로 잠이 들었다가, 흔들리는 차체의 동요로, 쓰려지려던 은숙은 팔을 영일의 무릎 위에 짚었다.

은숙: 아이, 실례했습니다.

설명: 은숙은 얼굴을 붉히고 자리를 고쳐 앉았다. 뜻밖의 촉감에 놀래어 은숙을 돌아보는, 영일의 시선은 부드럽고도 위엄이 있어 보였다.

영일: 아니 천만예요. 매우 곤하신 모양이십니다. 좀 주무시지요. 저는 저쪽 자리로 가겠습니다.

설명: 어내덧 기차가 경성 역에 닿았을 때는, 차간이 텅 비일 만치 승객을 쓸어 나렸다. 은숙 필수 영일 세 남녀도 다 같이, 혼잡한 군중의 틈에 섞이어 기차에서 내렸다. 기다리는 사람, 오는 사람. 이튿날 아참이었었다[17]. 안개를 새어 흐르는 잿빛 같은 햇빛은[18] 뿜는 듯 흩어지건마는, 운외사 골짜기를 몰아 내리는 바람은 아즉도 차다. 찬바람 불어 스치는 운외사 위에는, 육십여 세나 되어 보이는 노승이[19], 오륙 명의 승도를[20] 이끌고 영일의 돌아오기를 기다리고 있으니, 그는 방주[21] 스님 해암[22] 선사이었다.

---

14 원작소설인 최독견의 「승방비곡」(1927)에 따르면 금강산 운외사(雲外寺) 주지 최해엄(崔海嚴)의 상좌 최영일(崔榮一). 법명은 법운(法雲).
15 씌어.
16 어느덧.
17 아침.
18 음반에서는 [햇비든]으로 발음.
19 노승(老僧). 나이가 많은 승려.
20 승도(僧徒). 수행하는 승려의 무리.

Columbia40220 B면

설명: 운외사로 돌아온 영일은 독일 유학을 가려 하였으나, 해암 선사의 간곡한 부탁으로 그는 할 수 없이 중지하고, 십삼도 강산에 찾아 있는 사찰 순례의 길을 떠나갔다. 금강산 속에도 해는 저물었다. 표운사의 저녁 종소리도 끊인 지가 오래이고, 하늘로부터 내려 덮이는 검은 보자기는, 위대한 보배를 조심히 싸 버렸다. 영일은 무료하야 문을 열고 내다보니, 사변은[23] 죽은 듯이 고요하고 안개 섞인 보얀 달빛만이, 넓으나 넓은 절 마당에 물결쳐 흐르고 있다. 영일은 소래 없이 부르는 달빛을[24] 따라 밖으로 나갔다. 바람에 떨리는 나무 그림자를 밟으며, 밝은 달을 쳐다보고 거닐던 그는, 자기의 등 뒤에서 들리는 발자최[25] 소래에 고개를 돌려보니, 천만 의외에[26] 그는 은숙이었다. 금강산 속의 우연한 해후. 은숙은 이화학당 수학 탐승대를[27] 거나리고[28], 이곳까지 왔다가 발을 다쳐 표운사에 머물게 된 것이, 영일과 자기 사이에는 끊을 수 없는 인연을 가져 오게 하였던 것이다. 그들은 우연한 도중에서 만나, 길동무가 된 후에, 천하의 기승[29] 금강산 일경을[30] 두루 돌아, 다시금 은숙은 서울로 영일은 운외사로 돌아왔다. 그런 후로 은숙이는 일요일같은 때

---

21 방장(方丈). 선종 사원의 주지(住持) 또는 스승의 존칭.
22 원작소설인 최독견의 「승방비곡」(1927)에 따르면 주지 최해엄.
23 사변(四邊). 주위 또는 근처.
24 음반에서는 [달비를]로 발음.
25 발자취.
26 음반에서는 [이외에]로 발음.
27 탐승대(探勝隊). 경치 좋은 곳을 찾아가려고 한데 모인 모임.
28 거느리고
29 기승(奇勝). 기묘하고 뛰어난 경치.
30 일경(一境). 어떤 곳을 중심으로 한 일부 지역.

에 운외사로 영일을 찾아가서, 하루 종일 놀다가 돌아오는 경우도 있었다. 으떠한[31] 때 해암은 영일을 불러 앞에 앉히고….

해엄 선사: 영일아, 너는 여자를 가까이 하지 마라. 그리는[32] 곳에[33] 너의 진정한 승리가 있느니라.

설명: 영일은 이런 말을 들을 때마다 그의 일생에 대한 소중한 이 한 마데[34] 부탁을 저버리지 아니 하려고, 은숙에게 오빠라고 불러달라던 때도 있었으며, 그리 함으로 조금도 불안 없는 친동기로[35] 대할 때도 있었다. 그러나 조금도 변함없고 흔들리지 않으리라고 든든히 믿었던, 젊은이의 굳은 믿음도 깨어질 날이 닥치어왔다. 지루하던 여름 한 철도 어내덧 저물어지고, 쓸쓸한 승방의 가을은 그윽히 깊어 왔다.

영일: 오, 나는 나의 믿는 바에 따라서 어데까지나 굳세이어야 한다. 나는 굳세인 자다.

설명: 이렇게 스스로 믿고 그날그날을 이기어 오던 영일이도, 가을이 짙어갈수록 가을 하늘처럼 텅 비는 자기의 마음의 한 귀퉁이를, 무엇으로도 채울 길이 없었다. 그는 아득히 사라진 옛날의 추억으로도, 보이지 않는 앞날의 희망으로도, 자기의 가슴 빈 구석을 채울

---

31 어떤.
32 그렇게 하는.
33 음반에서는 [고데]로 발음.
34 마디.
35 친동기(親同氣). 같은 부모에게서 난 형제자매.

길이 바이36 없었다. 명상에 잠기었던 그는 마음의 대답이나 얻은 듯이….

영일: 오냐, 그렇다. 다 같은 사람으로 인생의 꽃이라는37 청춘으로, 이성을 그리워하는 것이38 무엇이 모순이며 죄악이랴? 나두 역시 사람이다. 신도 아니요 짐승도 아닌 사람이다. 사람이 가장 사람답게 살려는데 이상할 것이 무엇이냐? 나는 무엇보다도 여자를 가까이 하지 말라던 스님의39 훈계를 나의 기억 밖으로 몰아내자. 완전히 잊어버리자. 그것보다도 나의 스님의 정신을 지배한 석가의 금욕주의를 배척하자. 그리고 어리석게도 얻어오던, 우상 같은 불각을40 헐어버리고, 쓸쓸한 폐허에다가 나의 사랑의 전당을 높이 세우자.

Columbia40221 A면

설명: 푸른 하늘은 청춘의 가삼처럼41 열려 있고, 찬란히 솟아 오는 해는 광채를 더하야, 높이 높이 떠오르는 질거운42 아참 거룩한 아참이다. 영일과 은숙의 일생에 대한 행복을 가져오는 결혼식 날 아참이었다. 은숙과 영일이 의논하고43 은숙 아버지의 찬성과 후원으로 거행할 이 결혼을, 오직 은숙 어머니만은 끝까지 절대로 반대하였다.

---

36 아주 전혀.
37 음반에서는 [꼬디라는]으로 발음.
38 음반에서는 [거디]로 발음.
39 음반에서는 [시님에]로 발음.
40 불각(佛閣). 불당.
41 가슴처럼.
42 즐거운.
43 음반에서는 [이논하긔]로 발음.

은숙 아버지: 너희 두 사람은 부부가 되지 못할 사이다.

설명: 아버지는 황황히[44] 그들을 끌고 나와 자동차에 태운 후에 한 장의 유서를 그들의 앞에 펼쳐 놓았다. "영일아, 은숙아, 사랑하는 나의 아들과 딸아. 나는 이제 저승의 문을 열며 이 글을 너희 두 남매에게 쓴다. 오, 영일아, 네가 만일에 네 누이동생이 아닌 다른 여자와 화촉의[45] 인연을 이루었드면[46], 나는 남 몰래 그 얼마나 기뻐하였으랴? 은숙아, 네가 만일 허구많은[47] 남자 중에서 영일을 제한 다른 남자와, 배필이 되었다면 아, 나는 얼마나 그 사위를 기껍게 맞았으랴. 그러나 이 무서운 운명의 애닯은[48] 희롱이냐? 억만의 남자가 있고, 억만의 여자가 있는 넓고 너른 이 세상에서, 너희 둘이 결혼하지 않으면은 안 된다는 것은[49] 그 무슨 눈물겨운 인과관계이냐? 내 아들아, 딸아, 이 어미에게도 26년 전이라는 젊은 시절이 있었다. 그보다 더 한 발 들어가서 내 나이 열여덟 살 되던 해 봄에, 나는 어떤 양가의 며느리가 되었으나, 결혼한 지 5년 후에 남편은 병으로 세상을 떠나가고, 나는 남편 없는 시집에서 없는 남편을 추억하며, 바람 부는 황혼이나 달 밝은 새벽에는 눈물겨워 느껴[50] 울며 청상의 생활을 이어 나왔었다. 그때이다. 나는 청춘에 세상을 떠난 남편의 명복을 빌기 위하야, 승방에서[51] 백일기도를 올리게 되었다. 영일아, 그 승방이란 곳이[52] 네가 26년 동안 쓸쓸히도 자라난

---

44 황황(遑遑)히. 갈팡질팡 어쩔 줄 모를 정도로 급하게.
45 화촉(華燭). 빛깔을 들인 밀초. 흔히 혼례 의식에 쓴다.
46 이루었더라면.
47 하고많다. 많고 많다.
48 애달픈.
49 음반에서는 [거든]으로 발음.
50 느끼다. 서럽거나 감격에 겨워 울다.
51 승방(僧坊). 절.

운외사의 승방이다. 지내간 꿈이라기에는 너무도 잊혀지지 않는 추억이 지금의 나를 괴롭히는구나. 아직도 백일기도가 끝나지 않은 으떤 날 밤이었다. 내가 홀로 누워 있는 어두운 방에는 한 개의 검은 그림자가 나타났으니, 그 검은 그림자가 방주의 해암이었구, 그것이53 네가 지금까지 모르고 지내어온 너의 아버지의 그림자이었다. 영일아, 그 후로 나는 아침이나 저녁이나 춘하추동 사시절에, 운외사에서 쓸쓸히 자라나는 너를 생각하고 남모르게 흘린 눈물이 그 얼마나 많았으랴? 오, 은숙아, 영일아, 내가 죽은 뒤에 너희들의 짧다란 꿈같은 행복의 그림자를, 짓밟고 솟아오를 무참한 운명의 거울을 보고, 너희들의 놀랄 것을54 생각하여 보았다. 그러나 영일아, 나는 내가 죽음을 불러놓고라도 너를, "나의 아들아"라고 불러보는 것을55 기쁘게 생각한다. 대문 밖에는 이내 깨어질 너희들의 행복을 실은 자동차의 나팔 소래가 들려온다. 아이들아, 너희들의 앞길은 아직도 멀다. 부대56 굳세게 살아다고. 이것이57 길이 떠나가는 어미의 마지막 청이요 부탁이다."

Columbia40221 B면

설명: 마지막 죽음에 직면한 영일의 어머니는, 오십 평생을58 살아온 한 낧은 세상을59 힘없는 눈으로 다시 한 번 돌아보았다. 부르고 또

---

52 음반에서는 [고디]로 발음.
53 음반에서는 [그거디]로 발음.
54 음반에서는 [거들]로 발음.
55 음반에서는 [거들]로 발음.
56 부디.
57 음반에서는 [이거디]로 발음.
58 음반에서는 [평상을]로 발음.
59 음반에서는 [세상을]로 발음.

불러보아도 끝이[60] 없는 영일이가, 자기를 부르는 음향…. 윤곽조차 흩어지는 그의 아들의 얼굴…. 이것이 이 세상에서 마지막 보는 물체로, 마지막 듣는 음향으로 그는 마침내[61] 돌아오지 못할 길을 떠나고야 말았다.

은숙·영일: 오, 어머니, 어머니….

설명: 영일과 은숙은 다 같이 소래쳐 울며 어머니의 시체 위에 쓰러졌다. 황혼을 헤매이던 바람소리도, 이제는 그쳐지고 밤은 그윽히 깊어왔다. 가늘게 피어오르는 만수향[62] 연기에, 두 개의 촉불이[63] 마주쳐서, 조으는[64] 시신에는 영일과 은숙이가 입을 봉한 듯 말없이 앉아 있다.

영일: 오, 은숙아, 너는 역시 나의 동생이었다. 한 어머니가 낳아주신 피가 같은 동생이었다. 오, 은숙아, 우리는 장차 으떻게 하여야 할 것이냐[65]? 26년 전에 강보에[66] 싸서, 어두운 새벽 쓸쓸한 절 마당에 나를 버리고 가셨다는 어머니는, 이제 나를 좀 더 넓고 쓸쓸한 세상에다[67] 내버리고 길이 떠나가시는구나. 오, 은숙아, 그때 내어버린 고아는, 아버지의 품이나마 돌아갈 수 있는 행복된 고아이었다마는, 그러나 지금의 이 커다란 고아인 나로서는 돌아갈 곳이[68] 어데이냐?

---

60 음반에서는 [끄디]로 발음.
61 마침내.
62 만수향(萬壽香). 부처 앞에 태우는 향.
63 촉(燭)불. 촛불.
64 졸다. 조는.
65 음반에서는 [거디냐]로 발음.
66 강보(襁褓). 포대기.
67 음반에서는 [셰상에다]로 발음.

은숙: 오, 오빠, 저는 갈 터이에요. 어머니를 따라 갈 터이에요.

설명: 지나가는 그림자와도 같이, 물 위에 꺼지는 거품과도 같이 쓰러지는 것이[69] 인생이라면, 인생은 죽음의 연속일 것이다. 끊임없는 장식일 것이다. 추색에[70] 잠긴 이태원 일대는, 마치 무덤처럼도 쓸쓸하였다. 앞으로는 푸르게 흐르는 한강이 내려다보이고, 뒤로는 이끼 낀 고총같은[71] 남산이 돌아다 보이는, 높다란 외지에 흙냄새 새로운 무덤이 한 개가 늘었으니, 그것은[72] 은숙 어머니의 무덤이었다.

영일: 은숙아, 인제는 남매로 판명이 되었으니, 오누이의 접촉을 하고 일생을 살아야 옳다고도 하랴? 그러나 그것은[73] 도학자의[74] 상식이다. 도학자의 상식으로도 교훈 못할 무엇이 나의 가슴에 숨어 있음을 나는 깨닫는다. 자, 은숙아, 일어서자. 그리하야 너는 이 길로, 나는 저 길로 피차에 떠나자. 떠난 뒤에는 무슨 길이 있을지, 결단코 만나지 않기로 굳게 약속하자. 오, 그러면 은숙아, 너는, 태여나 쓸쓸한 인생을[75] 홀로 걸어가는 나의 자취를 묻지 말아 다오, 찾지 말아다오. 사람 사는 거리에 오다가다 만난대도, 너는 나를 알은 채 말아 다오. 자, 우리는 떠나가자.

은숙: 오, 오빠….

---

68 음반에서는 [고디]로 발음.
69 음반에서는 [거디]로 발음.
70 추색(秋色). 가을철의 빛. 또는 가을철을 느끼게 하는 경치나 분위기.
71 고총(古塚). 오래된 무덤.
72 음반에서는 [그거든]으로 발음.
73 음반에서는 [그거든]으로 발음.
74 도학자(道學者). 유교 도덕에 관한 학문을 연구하는 학자.
75 음반에서는 [인상을]로 발음.

영일: 오, 은숙아, 가는 나를 붙잡지 말아다오. 자, 이 소매를 놓아라.

설명: 영일은 느껴 우는 은숙을 뿌리치고 표연히[76] 떠나간다. 석양이
비껴[77] 있는 언덕길 모퉁이로, 멀어지는 영일의 뒷모양을 은숙이는
조금 더 분명히 보려 하였으나 소래 없이 흐르는 두 줄기의 눈물에,
떠나가는 그 자태는 하염없이 스러져간다.

---

76 표연(飄然)히. 훌쩍 나타나거나 떠나는 모양이 거침없이.
77 비끼다. 비스듬히 비치다.

8. 아리랑

원작영화: <아리랑>(조선키네마프로덕션, 무성영화, 1926)

감독: 나운규

주연: 나운규·신흥련·홍명선·주인규·남궁운·이규설

상영정보: 1927. 12. 15. 단성사 개봉(『동아일보』 1927. 12. 16.)

음반번호: RegalC107-08

설명: 성동호

노래: 강석연

반주: 관현악

발매일자: 1934. 7.

가사지
RegalC107 A면

살진전답과 아름다운산천 무궁화삼천리에풍년은 왓건만은 한줄기흘너
오는아리랑의노래는 이동리의백성들만 풀어놋는설음일가

아리랑〳 아라리요

아리랑고개로 넘어간다

청천하날엔 별도만코

우리네살님사리 말도만타

정신병에걸린 영진이는지금도 이노래를부르며 슯허하는누이동생은영
희와탄식하는아버지의터질듯한그가삼도알지못하고 남몰느는 환상의세
계에서그는홀로무엇을꿈꾸고잇는가

永姬「옵바정신좀차려주서요 박선생님이오섯습니다」

朴先生「영진이 나를좀보게 사년전에자네와갓치 류학을할차로 저 아리랑고개로넘어가든 자네친구현구가돌아오네」

사년만에다시오는현구는감개무량한얼굴로 사면을바라본다 산천은의구하나 사람은변햇으니 영진이가나오지안을줄이야 현구는쑷밧기엿섯다 현구는의심된가삼을안은그대로 박선생과모든친구들의환영에싸이여 영진의집으로들어갓슬째

鉉求「오-영진이그동안에잘잇셧나」

아-누구보담도반가히마저주어야할영진이가 지금에는현구가왓다는그것 좃차도깨닷지못하고잇다

鉉求「영진아 네가이게윈일이냐 영진아 현구를 왜좀반겨주지못하니 씀 직이도다정하던네가 그럿케도명민한두뢰를가젓든네가 엇저다가 이모 양이되엿단말이냐영진아 이럴줄아럿더면 차라리오지나말엇스면됴왓슬 걸 그리햇나 집도업는이곳에 내가누구를보려고왓겟늬」

서산에기우는저녁해빗은이처량한사람들의얼굴을맥업시바라볼째 옵바의친구다정한 청년 안보면그리웁고맛나면붓그러운 현구를위하여서 영희는 정성썻지은저녁밥상을그이압헤갓다노앗다 주부와낙으네 젊은이와젊은이 그들의사이는멀지아니하여서 두가삼에숨어잇든청춘의붉은쏫은 사랑의이슬을밧아 바야흐로피여난다 그러나그들의 등뒤에는무서운저주의눈이번쯕이고잇섯스니 그것은동리의부호로약한자를악박하는 천상민의집청직이오긔호이엿다 영진의아버지가천가에게갑흘빗잇는그것을긔화로 불갓흔욕심을채우고저 긔호의마수는 날카러운칼이되여두사람의사이에흘너나린다

RegalC107 B면

넷터전이짜에도풍년은왔건만는 배곱흔이사정을누구라아러주리 아리랑
노래에장단을맞추워 풍년마지동리굿은 들가운데열녀지니 춤추는그얼
골엔 눈물의흔적이오 부르는노래속엔설음이가득찻다 …(音樂)…
현구도나가고영진이도나가고 뷘동리뷘집안에홀로남은 영희는 현구의
사진을가마니내여들고 깃거울그압날을남모르게그려볼째 별안간에방문
이열니여지며 영희압헤드러서는건장한사나희
永姬「에구머니당신이윈일이서요 어서나가주서요」
基浩「웅! 오날은동리도비고집도비고 서울서온그자식도업스니 참으로
조흔긔회다 자-내말을들어라웅!
돈만흔자의세력을밋고 꼿갓흔영희를썩그려는 긔호는혈안을부릅쓰고
영희를틀어안을째 처녀는아모리반항하엿스나 무지한그의팔에썩기여진
가는허리! 이째에마침노리터에갓든현구가돌아왓다
鉉求「오 이악마갓흔놈아영희를거긔노아라」
현구와긔호의사이에는맹렬한육박이시작되엿슬째 영진이가도라와 이모
양을보앗다 그는낫을차저가지고긔호와그의부하들에게달녀들엇다
…(音 樂)…
급한소식을듯고동리사람들이쏘처왓슬째 영진이는긔호와그의부하들을
모다죽이고말앗든것이다 싸엿든구름이졸지에거치지듯이 영진의두뢰는
갑작이맑어젓다 그러나깃버하려는이순간에 벌서싸늘한법률의손은 영
진의파리한손목을움켜잡엇다
警官「너는살인자이니 가자」
永鎭「네-제가사람을죽엿서요」
모든문제가해결되엿슬째 그는죽엄의길을걸어간다

永鎭「동리의여러분 나는한동안죽엇든몸으로이제야다시사러낫슴니다 여러분은웃음으로나를보내주십시오 여러분이우시는걸보면 나는참으로 견듸일수업슴니다이몸이이강산삼천리에태여낫기때문에 밋치엿스며 사람을죽이엿슴니다 여러분그러면내가일상불넛다는 그노래를부르며나를 보내줍시오」

아리랑〵 아라리요

아리랑고개로 넘어간다

나를바리고 가는님은

십리도못가서 발병난다

쓸々한촌락에날은저물고 가만한저녁바람소래업시부러올째 슬녀가는영 진이의가엽슨그자태는 처량한노래와함께멀고먼저산길에하염업시사라진다

RegalC108 A면

세상을요란케하든 살인사건도 이제는끗이나고 예심에서 면소로출옥이 된영진이는아버지와누이동생을반가히맛나고자 고향으로돌아왓스나 잔 인무도한 천상민의무리로말미암아 다시그는고향에서부지못하고쫏겨나 게되엿다 원한과 원통이골수에사모치는영진이는 약한자를압박하는 극 악한무리들을한칼에죽여버리고자생각도하엿스나 박선생의간절한권유 로말미암아 할수업시그는참어버렷다 자긔의써나감을哀허하는 몃사람 의친구와박선생의게작별을고한다음 원한의눈물을먹음은그대로 그립고 도눈물겨운 아리랑의노래에싸이여 사랑하는누이동생과아버지를찻고저 정업는이고향을다시써나가는것이엇다

아리랑〵 아라리요

아리랑고개로 넘어간다

내눈이어두어 못본다면

개천을나물해 무엇하리

세월은덧업시흘너 일년광음이어느듯지내갓다 고향을쩌나도회로온뒤에

해신이라는녀자와사랑하며지내든영진이는 어느날그의사랑하는해신이

가 까닭몰을사건으로인하야경관에게잡혀가는것을보앗던것이다

永鎭「여보십시오 대관절이게원일임닛가」

海信「영진씨 용서해주십시오 저는영진씨를홀로놋코감니다」

永鎭「무엇이라고요가시다니요 어데로가신단말임닛가 나는그동안얼마

나당신을사랑하여왓는지모릅니다」

海信「네 고맙슴니다 저도쏘한영진씨를사랑하엿섯슴니다 그러나 영진

씨의사랑을영구히밧지못할 이불행한몸이엇지나원망스러운지모르겟세요

그리고아모쏘록제가잡혀가는 그리유는뭇지마러주십시요 네 영진씨 저

는가삼이메여지는것갓슴니다 당신을홀로두고가는저를넘우생각은마시고

부대안령히계십시오 언제나쏘다시맛나뵈옵게될는지오」

영진이의 상한가삼에는 새로운슯흠이넘처오른다 경관에게붓들녀가는

해신이의뒤모양정신업시바라보며탄식하던영진이는 비로소 그것이모다

천상민의양자라고하는재일이의간계에서생긴일인줄을짐작하엿다

응!그럿타 모도가 재일이놈의소위다 원한과원망에썰리는가삼을진정치

못하는영진이그즉시로재일이를차저와 두사람사이에는생명을다투는무

서운싸움이 시작되엿다

RegalC108 B면

무서운싸움끗헤 천재일을죽이고 경관에게쫏겨다라나든영진이는 몸을

피하고저 엇던집으로쮜여드러갓더니 그는천만뜻밧게도 지금까지차즈

려고가진애를다쓰든 영희에집이엿섯다

永鎭「오-영희야 왼일이냐 현구그동안에잘잇섯나 그런데영희야 아버지 끠서는어데계시냐」

永姬「옵바 이게왼일이세요 그러나아버님끠서는 무서운전염병으로해서 고만도라가섯담니다 끗까지옵바를차즈시다가 지금막도라가섯세요」

永鎭「무어 영희야 이게무슨소리냐 아버님끠서도라가시다니 그것이정말이냐」

놀나움과슯흠에 엇절줄을모르는영진이는 현구와영희를짜라 아버님의 시톄가누어잇는방으로드러갓다

永鎭「오-아버지 이불효한자식을용서해주십시요 엇지하야조금만더기다리지못하시고 그럿케도밧비가시엇슴닛가네-아버지 외로히남어잇는 저의남매는엇지하라고요 누구에게 의지하야살나하심닛가

사랑하는동모는감옥으로 소중한아버님은차듸찬무덤으로 남어잇는 우리는어듸로가야할까 참으로세상은괴로와못살겟구나 차라리쏘다시밋치기나하엿스면」

이째에쫏차드러오는경관은어느듯 영진이의손에포승을거러버리엿다

永姬「옵바 이게별안간왼일이세요 네 옵바」

永鎭「오냐 영희야잘잇거라 나는간다 쏘다시가는나를생각지말고 아모쪼록잘들살어라」

현구와영희에게눈물의작별을지은다음 경관에게붓들이여나오든영진이 텬지가아득하고가슴좃차터질것갓하여 경관을쑤리치고다라나려다가 그만돌멍이에머리를부뒷고 쏘다시그의정신은흐리여젓다

이윽고 가장유쾌한듯이춤을추며나오는영진이의안전에는 쏘다시남모르는환상의세계가전개되는것이엿다 포승에얼키여서경관에게쓸려가는그의 뒤로붓터는 풍년노래와도갓치수만흔군중과소년군이행렬을지여짜러오며 가장깃브고도즐거운낫흐로 영진씨의그엇더한승리를축하하는듯 무

수한기발들을날니여주는거와갓치보인다   오-남모르는환상의세계   현실
이만일씃까지이럿타하면   차라리그는환상의세계에서영원히쌔고십지아
니하엿든것이다 지금에쏘다시밋치여진그의영혼은 설혹그의육톄가불가
운데재가된다할지라도그것좃차알지못하고   오즉몽상의락원으로영원히
쓸니여갈쑨이엿섯다 (씃)

채록

RegalC107 A면

> **설명:** 살진[1] 전답과 아름다운 산천, 무궁화 삼천리에 풍년은 왔건마는
> 한 줄기 흘러오는 아리랑의 노래는, 이 동리의 백성들만 풀어놓는
> 설음일까?

> **노래:** 아리랑 아리랑 아라리요/ 아리랑고개로 넘어간다/ 청천 하날엔[2]
> 별도 많고/ 우리네 살림살이 탈도 많다//

> **설명:** 정신병에 걸린 영진이는 지금도 이 노래를 부르며, 슬퍼하는 누이
> 동생은 영희와 탄식하는 아버지의 터질 듯한 그 가삼도[3] 알지 못하
> 고, 남 몰르는 환상의 세계에서 그는 홀로 무엇을[4] 꿈꾸고 있는가?

> **영희:** 오빠, 정신 좀 차려 주세요. 박 선생님이 오셨습니다.

---

1 살지다. 땅이 기름지다.
2 하늘엔. '하늘'의 방언(강원, 경기, 전라, 충청).
3 가슴도.
4 음반에서는 [무어들]로 발음.

박 선생: 영진이 나를 좀 보게. 사년 전에 자네와 같이 유학을 할 차로 저 아리랑고개로 넘어가든 자네 친구 현구가 돌아오네.

설명: 사년 만에 다시 오는 현구는 감개무량한 얼굴로 사면을5 바라본다. 산천은 의구하나6 사람은 변했으니, 영진이가 나오지 않을 줄이야. 현구는 뜻밖이었었다. 현구는 의심된 가슴을 안은 그대로 박 선생과 모든 친구들의 환영에 싸이여 영진의 집으로 들어갔을 때….

현구: 오, 영진이 그동안에 잘 있었나?

설명: 아, 누구보담도 반가이 맞어 주어야 할 영진이가 지금에는 현구가 왔다는 그것조차도 깨닫지 못하고 있다.

현구: 영진아, 니가 이게 웬일이냐? 영진아, 현구를 왜 좀 반겨 주지 못하니? 끔쩍이도 다정하던 니가, 그렇게도 명민한 두뇌를 가졌든 니가 으쩌다가 이 모양이 되었단 말이냐? 영진아, 이럴 줄 알았더라면 차라리 오지나 말았으면 좋았을 걸 그리했다. 집도 없는 이곳에 내가 누구를 보려고 왔겠니?

설명: 서산에 기우는 저녁 햇빛은7 이 처량한 사람들의 얼굴을 맥없이 바라볼 때, 오빠의 친구 다정한 청년, 안 보면 그리웁고 만나면 부끄러운 현구를 위하여서 영희는 정성껏 지은 저녁 밥상을 그이 앞

---

5 사면. 전후좌우의 모든 방면.
6 의구(依舊)하다. 옛날 그대로 변함이 없다.
7 음반에서는 [햇비슴]으로 발음.

에다 갖다 놓았다. 주부와 나그네, 젊은이와 젊은이, 그들의 사이는 멀지 아니하여서 두 가슴에 숨어 있던 청춘의 붉은 꽃은[8] 사랑의 이슬을 받아 바야흐로 피어난다. 그러나 그들의 등 뒤에는 무서운 저주의 눈이 뻔뜩이고 있었으니 그것은[9] 동리의 부호로 약한 자를 압박하는 천상민의 집 청지기[10] 오기호이었다. 영진의 아버지가 천가에게 갚을 빚 있는[11] 그것을[12] 기화로[13] 불같은 욕심을 채우고자, 기호의 마수는 날카로운 칼이 되어 두 사람의 사이에 흘러 나린다.

RegalC107 B면

설명: 옛 터전 이 따에도[14] 풍년은 왔건마는 배고픈 이 사정을 누구라 알아주리? 아리랑 노래에 장단을 맞추어 풍년 맞이 동리 굿은[15] 들 가운데 열려지니, 춤추는 그 얼굴엔 눈물의 흔적이요, 부르는 노래 속엔 설음이[16] 가득 찼다. 현구도 나가고 영진이도 나가고, 빈 동리 빈집 안에 홀로 남은 영희는, 현구의 사진을 가만히 내어들고 기꺼운 그 앞날을 남모르게 그려 볼 때, 베란간[17] 방문이 열리어지며 영희 앞에 들어서는 건장한 사나이.

---

8 음반에서는 [꼬든]으로 발음.
9 음반에서는 [그거든]으로 발음.
10 (옛날에) 양반 집에 있으면서 여러 가지 잡일을 맡아 보는 사람.
11 음반에서는 [비딧는]으로 발음.
12 음반에서는 [그거들]으로 발음.
13 기화(奇貨). 뜻밖의 이익을 얻을 수 있는 기회. '핑계'.
14 땅.
15 음반에서는 [구든]으로 발음.
16 설움.
17 별안간. 갑작스럽고 아주 짧은 동안. 느닷없이.

영희: 에구머니, 당신이 웬일이서요? 어서 나가 주세요.

기호: 응, 오날은[18] 동리도 비고 집도 비고, 서울서 온 그 자식도 없으
니 참으로 좋은 기회다. 자, 내 말을 들어라 응?

설명: 돈 많은 자의 세력을 믿고, 꽃 같은 영희를 꺾으려는 기호는, 혈
안을 부릅뜨고 영희를 들어 안을 때, 처녀는 아무리 반항하였으나
무지한 그의 팔에 꺾이어진 가는 허리. 이때에 마침 놀이터에 갔던,
현구가 돌아왔다.

현구: 오, 이 악마 같은 놈아, 영희를 거기 놓아.

설명: 현구와 기호의 사이에는 맹렬한 육박이[19] 시작되었을 때, 영진이
가 돌아와 이 모양을 보았다. 그는 낫을[20] 찾아가지고, 기호와 그의
부하들에게 달려들었다. 급한 소식을 듣고 동리 사람들이 쫓아왔을
때, 영진이는 기호와 그의 부하들을 모다[21] 죽이고 말았든 것이
다[22]. 싸였든 구름이 졸지에 걷혀지듯이[23] 영진의 두뇌는 갑작이
맑아졌다. 그러나 기뻐하려든 이 순간에 벌써 싸늘한 법률의 손은
영진이의 파리한 손목을 움켜잡았다.

경관: 너는 살인자이니 가자.

영진: 네? 제가 사람을 죽였어요?

---

18 오늘은.
19 육박(肉薄). 바싹 가까이 다가붙어 치고받음.
20 음반에서는 [나들]로 발음.
21 '모두'의 옛말.
22 음반에서는 [거디다]로 발음.
23 음반에서는 [것거디드디]로 발음.

설명: 모든 문제가 해결되었을 때 그는 죽엄의[24] 길을 걸어간다.

영진: 동리의 여러분, 나는 한동안 죽었던 몸으로 이제야 다시 살아났습니다. 여러분은 웃음으로 나를 보내 주십시오. 여러분이 우시는 걸 보면 나는 참으로 견딜 수 없습니다. 이 몸이 이 강산 삼천리에 태어났기 때문에 미치었으며 사람을 죽이었습니다. 여러분, 그러면 내가 일상 불렀다는 그 노래를 부르며 나를 보내줍시오.

노래: 아리랑 아리랑 아라리요/ 아리랑고개로 넘어간다/ 나를 버리고 가는 님은/ 십리도 못 가서 발병 난다//

설명: 쓸쓸한 촌락에 날은 저물고 가만한 저녁 바람소리 없이 불어올 때, 끌려가는 영진이의 가엾은 그 자태는 처량한 노래와 함께, 멀고 먼 저 산길에 하염없이 사라진다.

RegalC108 A면

설명: 세상을 요란케 하던 살인사건도 이제는 끝이[25] 나고, 예심에서 면소로[26] 출옥이 된 영진이는, 아버지와 누이동생을 반가이 만나고자 고향으로 돌아왔으나 잔인무도한 천상민의 무리로 말미암아, 다시 그는 고향에서 부지[27] 못하고 쫓겨나게 되었다. 원한과 원통이[28] 골수에 사무치는 영진이는, 약한 자를 압박하는 극악한 무리들을

---

24 죽음의.
25 음반에서는 [끄디]로 발음.
26 면소(免訴). 형사 소송에서, 공소권이 없어져 기소를 면하는 일.
27 부지(扶持)하다. 상당히 어렵게 보존하거나 유지하여 나가다.
28 원통(冤痛). 분하고 억울함.

한칼에 죽여버리고자 생각도 하였으나, 박 선생의 간절한 권유로 말미암아 할 수 없이 그는 참어버리었다. 자기의 떠나감을 슬퍼하는, 몇 사람의 친구와 박 선생에게 작별을 고한 다음, 원한의 눈물을 머금은 그대로 그립고도 눈물겨운 아리랑의 노래에 싸이어, 사랑하는 누이동생과 아버지를 찾고저, 정 없는 이 고향을 다시 떠나가는 것이었다.[29]

노래: 아리랑 아리랑 아라리요/ 아리랑고개로 넘어간다/ 내 눈이 어두워 못 본다면/ 개천을 나무래 무엇하리//

설명: 세월은 덧없이 흘러 일년 광음이[30] 어느덧 지내갔다. 고향을 떠나 도회로 온 뒤에, 해신이라는 여자와 사랑하며 지내든 영진이는, 어느날 그의 사랑하는 해신이가 까닭모를 사건으로 인하야 경관에게 잡혀가는 것을[31] 보았던 것이다[32].

영진: 여보십시오. 대관절 이게 웬일입니까?
해신: 영진 씨, 용서해 주십시오. 저는 영진 씨를 홀로 놓고 갑니다.
영진: 무엇이라고요?[33] 가시다니요? 어데로 가신단 말입니까? 나는 그동안 얼마나 당신을 사랑하여 왔는지 모릅니다.
해신: 네, 고맙습니다. 저도 또한 영진 씨를 사랑하였었습니다. 그러나 영진 씨의 사랑을, 영구히 받지 못 할 이 불행한 몸이 어찌나 원망스러운지 모르겠에요. 그리고 아모쪼록 지가 잡혀가는 그 이유는

---

29 음반에서는 [거디였대]로 발음.
30 광음(光陰). 시간이나 세월을 이르는 말.
31 음반에서는 [거들]로 발음.
32 음반에서는 [거디다]로 발음.
33 음반에서는 [무어디라고요]로 발음.

묻지 말어 주십시오. 네? 영진 씨? 저는 가삼이 메여지는 것 같습니다. 당신을 홀로 두고 가는 저를 너무 생각은 마시고 부대[34] 안녕히 계십시오. 언제나 또다시 만나 뵈옵게 될런지요.

설명: 영진이의 상한 가삼에는 새로운 슬픔이 넘쳐 오른다. 경관에게 끌려가는 해신이의 뒤 모양. 정신없이 바라보며 탄식하던 영진이는, 비로소 그것이[35] 모다 천상민의 양자라고 하는 재일이의 간계에서 생긴 일인 줄을 짐작하였다.

영진: 응, 그렇다. 모두가 재일이 놈의 소위다[36].

설명: 원한과 원망에 떨리는 가삼을 진정치 못하는 영진이. 그 즉시로 재일이를 찾어와 두 사람 사이에는 생명을 다투는 무서운 싸움이 시작되었다.

RegalC108 B면

설명: 무서운 싸움 끝에 천재일을 죽이고 경관에게 쫓겨 달아나던 영진이는, 몸을 피하고자 어떤 집으로 뛰어 들어갔더니, 그는 천만 뜻밖에도 지금까지 찾으려고 갖인[37] 애를 다 쓰던 영희의 집이었다.

영진: 오, 영희야. 웬일이냐? 현구, 그동안에 잘 있었나? 그런데 영희야 아버님께서는 어디 계시냐?

---

34 부디.
35 음반에서는 [그거디]로 발음.
36 소위(所爲). 소행.
37 갖은.

영희: 오빠, 이게 웬일이세요? 그러나 아버님께서는, 무서운 전염병으로 해서 고만 돌아가셨답니다. 끝까지 오빠를 찾으시다가 지금 막 돌아가셨에요.

영진: 무어? 영희야, 이게 무슨 소리냐? 아버지께서 돌아가시다니. 그것이[38] 정말이냐?

설명: 놀라움과 슬픔에 어쩔 줄을 모르는 영진이는, 현구와 영희를 따라 아버님의 시체가 누워있는 방으로 들어갔다.

영진: 오, 아버지, 이 불효한 자식을 용서해 주십시오. 으찌하야[39] 조금만 더 기다리지 못하시고 그렇게도 바삐 가시었습니까. 네? 아버지, 외로이 남어 있는 저의 남매는 어찌하라고요? 누구에게 의지하여 살라고 그러십니까?

설명: 사랑하는 동무는 감옥으로, 소중한 아버님은 차디찬 무덤으로, 남아 있는 우리는 어디로 가야 할까? 참으로 세상은 괴로와 못 살겠구나. 차라리 또다시 미치기나 하였으면…. 이때에 쫓아 들어오는 경관은 어늬덧[40] 영진이의 손에 포승을 걸어 버리었다.

영희: 오빠, 이게 별안간 웬일이세요? 네? 오빠.

영진: 오냐, 영희야, 잘 있거라. 나는 간다. 또다시 가는 나를 생각지 말고 아모쪼록 잘들 살아라.

---

38 음반에서는 [그거디]로 발음.
39 어찌하여.
40 어느덧.

설명: 현구와 영희에게 눈물의 작별을 지은 다음, 경관에게 붙들리어 나오든 영진이. 천지가 아득하고 가삼조차 터질 것 같하야 경관을 뿌리치고 달아나려다가 그만 돌멩이에 머리를 부딪고 또다시 그의 정신은 흐리어졌다. 이윽고 가장 유쾌한 듯이 춤을 추며 나오는 영진이의 안전에는[41], 또다시 남모르는 환상의 세계가 전개되는 것이었다[42]. 포승에 얽히어서 경관에게 끌려가는 그의 뒤로부터는, 풍년놀이와도 같이 수많은 군중과, 소년군이 행렬을 지어 따라오며 가장 기쁘고도 즐거운 낯으로, 영진 씨의 그 어떠한 승리를 축하하는 듯, 무수한 깃발들을 날리어 주는 거와 같이 보인다. 오, 남모르는 환상의 세계. 현실이 만일 끝까지 이렇다 하면, 차라리 그는 환상의 세계에서 영원히 깨고 싶지 아니하였든 것이다[43]. 지금에 또다시 미치어진 그의 영혼은, 설혹 그의 육체가 불 가운데 재가 된다 할지라도, 그것조차 알지 못하고 오직 몽상의 낙원으로 영원히 끌리어 갈 뿐이었었다.

---

41 안전(眼前). 눈앞.
42 음반에서는 [거디였다]로 발음.
43 음반에서는 [거디다]로 발음.

9. 어촌정화(漁村情話) 세 동무

원작영화: <삼걸인>(조선 금강키네마사, 무성영화, 1928)

감독: 김영환

주연: 이원용 · 복혜숙 · 추청운 · 이동일 · 이재현

상영정보: 1927. 12. 15. 단성사(『동아일보』 1927. 12. 16.)

음반번호: Columbia40017-40018

설명: 김영환

반주: 조극관현악단

발매일자: 1929. 4.

채록

Columbia40017 A면

노래(합창): <채록 불가>[1]

---

1 이 노래는 영화의 주제가이자 유행가요로도 인기 있었던 <세 동무>로 추정된다.
유행가요 <세 동무>의 가사를 오늘날 표기로 고쳐 보면 다음과 같다. "지나간 그
옛날의 푸른 잔디에/ 꿈을 꾸는 그 시절이 언제이던가/ 저녁 하늘 해지고 날은 저물
어/ 나그네의 갈길이 아득하여요/ 장미 같은 내 마음에 가시가 돋혀/ 이다지도 어린
넋 시들어졌네/ 사랑과 굳은 맹세 사라진 자취/ 두번 다시 오지 못 할 고운 내 모양/
즐겁던 그 노래도 설은 눈물도/ 저 바다의 물결에 띠워 버리고/ 옛날의 푸른 잔디
다시 그리워/ 황혼의 길이나마 돌아가오리//". 또한 유행가요 <세 동무>가 수록된
음반은 다음과 같다. ①<유행가 세 동무>(Columbia40070-B, 연주 채동원, 반주 콜럼
비아관현악단, 1930. 2); ②<세 동무>(일츅조션소리판K850-A, 연주 강석향, 반주 관
현악, 1932. 1); ③<쩨즈쏭 세동무 노래>(일츅조션소리판K8-임11-A, 연주 복혜숙,
반주 日蓄쩨즈쌘드, 1930. 7); ④<영화소패 세 동무>(Victor49082-B, 연주 김연실,
반주 일본빅타악단, 발매일자 미상).

설명: 유자나무 꽃 피는 남해안 어느 거리에 주막거리라고 부르는 세모난 모퉁이 있었습니다. 뒤으로는2 푸른 연산3, 앞으로는 진주물결, 구조들의4 합창은 물놀이에 화답한다. 고향 해변의 어부들의 노래소래5. 바다의 생활을 동경하야 찾아온 세6 사람의 젊은이가 있으니 영철이와 만수 절름발이 정문호 우연히도 여기에서 정훈이라고 하는 노인의 생명을 구하여 준 사람은 문호이었다. 노인에게는 무남독녀의 영옥이라고 부르는 딸자식이 있었으니, 꽃피는 아침이나7, 달 밝은 밤이나, 창사8 우의9 물새들이 그 여자의 동무였다.

영옥: 아버님의 생명을 구해주신 문호 씨, 아무쪼록 가지 말고 우리 집에 영구히10 살아주세요

문호: 고맙습니다, 영옥 씨. 그러나 보시는 바와 같이 저는 이다지도 저리둥한11 병신입니다. 당신의 동무가 되기에는 자격이 없습니다.

영옥: 병신은 사람이 아닙니까? 그러한 말씀은 말아주세요.

설명: 아버지가 받은 은혜, 영옥이가 얻는 위안, 그가 비록 반신불수라고는 할지언정 현재의 영옥이의 눈에는 한없이 곱게만 보이는 것이었다12. 죽드래도13 같이 죽고 살드래도 같이 살자 신명 앞에 서

---

2 뒤로는.
3 연산(連山). 죽 잇대어 있는 산.
4 구조(鷗鳥). 갈매기.
5 소리.
6 음반에서는 [셰]로 발음.
7 아침이나.
8 창사(窓紗). 창을 가리는 얇은 비단 따위의 천.
9 위의.
10 영구(永久)히. 영원히.
11 '저리둥하다', '절름거리다(걸을 때 자꾸 다리를 절다)'와 비슷한 것으로 추정.
12 음반에서는 [거디였다]로 발음.

로 맺은 세 동무의 굳은 맹세. 그러나 사랑하는 문호에게 한 고비의 기회를 주어보려고 할 수 없이 떠나가는 영철이와 만수.

영철: 두 달 동안만 만수와 같이 어장에 갔다 올 것이니 문호야 잘 있거라.

문호: 아, 영철아. 너는 나를 버리지 않니? 수이[14] 다녀온다고 하면서 어찌하야 니 눈에는 눈물이 흘러 나리니?

만수: 오, 영옥 씨. 사랑하든 문호를 당신에게 맽기고 두 분의 행복을 빌면서 떠나갑니다. 그러면, 부대[15] 안녕히 계십시요.

Columbia40017 B면

설명: 꽃은[16] 곱게 피려하나 운명의 바람을 어찌하리. 철석같이 굳은 영옥이의 마음도, 승배라고 하는 사나이의 황금 앞에는 어찌할 수가 없었다.

문호: 영옥아, 이 무정한 계집아이야. 니가 나를 잊었단 말이냐? "병신은 사람이 아닌가요?" 그것은 누구의 입으로 말했느냐?

설명: 외롭던 그 시절에난[17] 반신불수도 한때의 일색으로[18] 보일 수가 있었던 것이다[19]. 원앙의[20] 눈물을 한량없이 흘리며,

13 죽더라도.
14 쉬이. 멀지 아니한 가까운 장래.
15 '부디'의 방언(경남, 전남, 함북).
16 음반에서는 [꼬슨]으로 발음.
17 시절에는.
18 일색(一色). 아주 뛰어나게 아름다운 미인. 여기에서는 '미남'.

문호: 영옥아, 독사 같은 계집아이야. 나는 이제 미치었다[21]. 너로 인해 내 몸은 속절없이 미치었다.

설명: 악마같이 이를 갈며 문호는 뎀벼들 때, 승배가 달려들어 문호를 때려 친다.

승배: 예잇, 병신 녀석은 죽어라.

설명: 죽도록 맞을 때에 정훈 노인이 이것을[22] 보고는 부리나케 쫓아와서 문호를 품에 안고,

정훈 노인: 예이, 천하에 베락을[23] 맞아 죽을 년아. 네 눈으로 이것을 보고 있기에 하날이[24] 무섭지 않드란 말이냐?

영옥: 은혜를 받은 것도 아버님이 받으셨지 제가 받은 것은 아닙니다.

승배: 하하, 노인. 병신에게 당신의 딸을 준다는 것이야, 도야지의[25] 아가리에 진주를 물려주는 것이 아닙니까?

설명: 약속을 하였던 절반 동안이 눈물 속에 흘러가고 영철이와 만수가 어장에서 돌아온 즉, 적막한 바닷가에 외로운 정문호는 눈물게워[26] 부르는 처량한 노래 소리.

---

19 음반에서는 [거디대]로 발음.
20 원앙(鴛鴦).
21 미쳤다.
22 음반에서는 [이거들]로 발음.
23 벼락을.
24 하늘이. '하늘'의 방언(강원, 경기, 전라, 충청).
25 도야지. 돼지.
26 눈물겨워.

노래: 지나간 그 옛날에 푸른 잔디에/ 꿈을 꾸든 그 시절이 언제이든가/
서녘 하날27 해 지고 날은 저물어/ 나그네의 갈 길이 아득하여요//28

Columbia40018 A면

설명: 영철이와 만수는 바닷가로 쫓아왔다.

영철: 오, 문호야, 문호야. 어떻게 된 일이냐, 말을 좀 해라. 행복헐 줄
    알았던 네 생애 중에서 어째 그리 슬픈 노래가 흘러 나왔니?
문호: 오, 영철아. 나는 가겠다. 불구자가 없는 세계로 나는 갈 터이다.
    나는 이 육지의 울보와 같이, 이식도29 감각도 신경조차 없는 천치
    가 되고 싶다. 아, 차라리 천치가 되고 싶다.
만수: 오, 문호야. 그러면30 우리는 도리어 너를 무서운 함정에다가 집
    어넣었었구나. 가자.
문호: 그러면 같이 가자.

설명: 그날 밤.

문호: 영옥 씨, 안녕히 계십시요. 지나간 몇 달 동안에 나의 생애는 참
    으로 행복스러웠습니다. 쓸쓸한 나의 생애 중에 행복의 시절을 만

27 '하늘'의 방언(강원, 경기, 전라, 충청).
28 영화 <세 동무(삼걸인)> 주제가 제1절. <부록19: 세 동무>, 『精選朝鮮歌謠集(第一
   集)』, 朝鮮歌謠硏究社,1931. <세 동무>(Columbia40070B, 유행가, 연주 채동원,
   반주 일본콜럼비아관현악단, 1930. 2; Victor49082B, 映畵小唄, 연주 김연실, 반주
   일본빅터악단, 발매일자 미상; 일축죠선소리판 K850A, 연주 강석향, 반주 관현악,
   1932. 1)
29 의식도.
30 그러면.

들어 주신 당신의 은혜만은 영구히 잊지 않을 것입니다. 지금 나는, 이렇게 잡은 당신의 손목을 놓은 뒤에는, 또다시 물에 뜬 부평같이 정초 없는 표랑의[31] 길을 떠나겠지요? 그러나 인간의 행복은 어찌 이다지도 순간입니까?

설명: 이와 같은 소리를 듣고도 감동이 없다고 할 거 같으면 과연 그것은 사람이 아닐 것이다. 영옥이는 참다못해 눈물을 흘리면서 문호를 안어 주었다. 이때에 바라보던 영철이가 쫓아와서 문호를 잡아 일으키며,

영철: 왜 이렇게 못생기고[32] 왜 이다지도 어리석단 말이냐? 울기는 왜 울어, 울기는 왜 울어? 계집아이의 마음을 사려고 하거든, 그의 울음 우에다가 황금의 탑을 얹어 주어라. 가자, 우리는 거지다. 가자.

영옥: 오, 영철 씨, 영철 씨, 잠깐만 기다려주세요, 네?
영철: 영옥 씨는 왜 우시나요? 오, 행복에 겨운 눈물이거든 이 밤이 다 가도록 얼마든지 우시지요.

설명: 말을 마치자 영철이는 문호를 다리고[33] 가버리었다. 후회하는 영옥이는 눈물을 흘리나, 남해의 달밤은 끝없이 깊어간다.

Columbia40018 B면

설명: 때라고 하는 것은 사람을 위하야 기다려 주는 것이 아니다. 가련

---

31 표랑(漂浪). 뚜렷한 목적이나 정한 곳이 없이 이리저리 떠돌아다님.
32 못나고
33 데리고

한 노인은 딸에게 회개의 기회를 줄까 하야, 창파에 몸을 던져 이 세상을[34] 떠나갔다.

영옥: 오, 여보세요, 문호 씨! 으떻게 합니까? 저희 아버지가 돌아가셨어요.

문호: 뭣이 어째? 니 아버지가 죽었어? 아, 잘 죽었다. 이제는 너도 나와 같이 죽자. 너 하나를 살리어 두고는 내가 이 세상을 아니 떠나갈 것이다.

설명: 극도의 절망 끝에 문호는 미치었다. 아, 정훈이의 집은 몽롱한 화염 속에 쌓여진다. 친구의 신세를[35] 생각하야 비분에 가슴 타는 영철이는 수많은 승배 놈의 부하들과 아울러 맹렬한 격투를 일어낸다. 싸움이 끝난 뒤에 영철이와 만수는 돌아와 보니,

영철: 아?

설명: 정훈이의 집 불탄 자리에는 타다 남은 문호와 영옥이의 시체가….

영철: 에? 문호야, 니가 이게 웬일이냐. 우리 두 사람은 으떻게 하라고 니가 먼저 웬일이냐? 그렇다. 죽음보다 더한 것일지라도 우리들의 맹세는[36] 깨뜨리지 못 하리라. 네가 없어진 이 세상이[37] 우리들에게 무슨 소용이 있으랴. 문호야 같이 가자. 우리도 따라가마.

---

34 음반에서는 [셰샹을]으로 발음.
35 음반에서는 [신셰를]로 발음.
36 음반에서는 [셰샹을]으로 발음.
37 음반에서는 [셰샹이]으로 발음.

설명: 영철이와 만수도 문호를 따라갔다. 사랑을 노래하던 적막한 바닷가엔, 갈매기의 울음소리, 구슬픈 파도소리. 하날[38] 가에 구름같이 정처 없이 떠다니던 세[39] 사람의 나그네 지금에는 간 곳 읎고, 서녘 하날 붉은 해 바다 우에 흐르는데, 편안한 물결소래만 처량하게 들릴 뿐이었다고 하는 어촌정화 '세[40] 동무'의 끝입니다[41].

---

38 '하늘'의 방언(강원, 경기, 전라, 충청).
39 음반에서는 [세]로 발음.
40 음반에서는 [세]로 발음.
41 음반에서는 [끄십니다]로 발음.

10. 숙영낭자전(淑英娘子傳)

원작영화: <숙영낭자전>(이경손프로덕션, 무성영화, 1928)

감독: 이경손

출연: 이경손·조경희·김명순·금강

상영정보: • 영화소개(『동아일보』1928. 3. 8)

　　　　 • 1928. 11. 17. 단성사 개봉(『동아일보』1927. 12. 16.)

음반번호: VictorKJ1080

설명: 김영환

녹음일자: 1936. 3. 5.

채록

VictorKJ1080 A면

　설명: 청천은1 길을 덮고 수목은 층접한데2, 낙화는 분분하야3 벽계수
　　　에4 흘러간다. 천지조화의5 맑은 정기가 이 한 곳에6 모였으니, 여
　　　기는 요지의7 선경으로8 속세를 떠난 옥련동이올시다. 산간의 날이
　　　저물어 숙소를 찾지 못하고 헤매이던 백선군은, 이윽고 구름 속에

---

1 청천(靑天). 푸른 하늘.
2 층접(層接). 층첩(層疊). 여러 층으로 겹겹이 쌓임.
3 분분(紛紛)하다. 여럿이 한데 뒤섞여 어수선하다.
4 벽계수(碧溪水). 물빛이 맑아 푸르게 보이는 시냇물.
5 천지조화(天地造化). 하늘과 땅이 일으키는 여러 가지 신비스러운 조화.
6 음반에서는 [고데]로 발음.
7 요지(瑤池). 중국 곤륜산에 있다는 못. 신선이 살았다고 하며, 주나라 목왕이 서왕모
　를 만났다는 이야기로 유명하다.
8 선경(仙境). 신선이 산다는 곳. 경치가 신비스럽고 그윽한 곳.

솟아난 주란화각을[9] 발견하고 그 집으로 찾아가니, 난만한 꽃그늘에 아리따운 낭자 하나.

숙영 낭자: 그대는 어떤 속객이관대[10] 감히 선경을 범하였나니?

백선군: 사과하나이다. 유산객으로[11] 산천 풍경을 탐하야 길을 잃고, 그릇 선경을 범하였사오니 원컨대 생의[12] 불민을[13] 용서하소서.

숙영 낭자: 그대 만일 몸을 애낄진대[14] 지완치[15] 말고 빨리 물러가라.

설명: 선군은 하릴없어[16] 청계에[17] 내려서니, 낭자 그제야 온면화안의[18] 미소를 보이니,

숙영 낭자: 낭군은 가지 말고 내 말씀을 들으소서. 아무리 그대와 나와 천정지연분이라[19] 한들 처녀의 몸으로야 의당 갈 바 아니리까?

설명: 선군은 기뻐하며 당상에[20] 뛰여오르니, 낭자의 월태화용은[21] 한 떨기 모란의 이슬을 머금은 듯. 섬섬한[22] 가는 허리는 봄바람에 흔

---

9 주란화각(朱欄畫閣). 단청을 곱게 하여 아름답게 꾸민 누각.
10 속객(俗客). 속세에서 온 손님.
11 유산객(遊山客). 산으로 놀러 다니는 사람.
12 생(生). 문어체에서 말하는 이가 윗사람에게 자기를 낮추어 이르는 일인칭 대명사.
13 불민(不敏). 어리석고 둔하여 재빠르지 못함.
14 '애낄진대'. 아낀다면.
15 지완하다(遲緩). 더디고 느즈러지다.
16 하릴없다. 달리 어떻게 할 도리가 없다.
17 청계(淸溪). 맑고 깨끗한 시내.
18 온면화안(溫面和顏). 온화한 얼굴, 얼굴빛.
19 천정지연분(天定之緣分). 하늘이 맺어 준 인연.
20 당상(堂上). 대청 위.
21 월태화용(月態花容). 화용월태(花容月態). 아름다운 여인의 얼굴과 맵시를 이르는 말.
22 섬섬(纖纖)하다. 가냘프고 여리다.

들거리는 버들과도 같하였습니다.23 꿈속에서 만나보고 그리워서 병이 되었던 아리따운 숙영 낭자.

숙영 낭자: 우리 만날 기약이 아직도 삼 년을 격하였으니24, 낭군은 안심하사 때를 기다리소서.

백선군: 오, 숙영 낭자여. 일각이 삼추어늘25 으찌 이대로 돌아가오리까?

설명: 낭자는 하릴없어 백옥 같은 양협의26 홍옥만27 짙어간다. 뜰 안에 학 두루미 나래 펴고 울음 울 제 선경의 하룻밤은 미진한 듯 밝아졌다. 인제는 옥련동에 더 있지 못 할 몸이라, 낭자는 선군을 동행하야 안동 따에28 선군의 집으로 들어갔습니다. 선군의 부모에게 귀여운 며느리가 되어 팔 년 광음이29 흘러가는 동안에, 춘앵, 동춘이란 남매까지 낳아서 평화스러운 봄바람이 일가에 가득하였던 것입니다. 선군은 아버지로부터 과거 보러 가라는 명령을 받고, 한 걸음에 낭자 생각, 두 걸음에 낭자 생각. 첫날 길을 걸은 것이 종일토록 삼십 리. 신발을 들메이고 그 밤으로 삼십 리를 줄달음질을 쳐서, 자기 집 후원의 동별당으로 들어갔습니다.

숙영 낭자: 지금쯤은 우리 낭군 어데만큼 가셨을까?

---

23 같았습니다.
24 격(隔)하다. 시간적으로나 공간적으로 사이를 두다.
25 일각(一刻)이 삼추(三秋)같다. 짧은 동안도 삼 년같이 생각된다는 뜻으로, 기다리는 마음이 간절함을 비유적으로 이르는 말.
26 양협(兩頰). 두 뺨.
27 홍옥(紅玉). 피부색이나 안색 따위가 윤이 나고 아름다운 사람을 비유적으로 이르는 말.
28 땅에.
29 광음(光陰). 햇빛과 그늘, 즉 낮과 밤이라는 뜻으로, 시간이나 세월을 이르는 말.

백선군: 지금쯤은 당신 낭군 바로 뒤에 앉았지.

숙영 낭자: 아이그머니 웬일이세요?

백선군: 쉬이, 떠들지 마시오. 아버지 아시면 꾸중 들어요.

VictorKJ1080 B면

설명: 첫날은 삼십 리, 이튿날은 반 십리. 그리고 저녁마다 집으로 되돌
아와 아내의 옆에서 밤을 새우고는[30] 새벽에[31] 떠나간다. 낭자의
방에서 남자의 음성이 들리매 선군의 아버지는 의심이 깊어져서,
시비[32] 매월이를 불러 진상을 탐지케 하였든 것이, 마침내[33] 크나
큰 화근을 일으키고야 말았습니다. 시비 매월이는 평소부터 선군에
게 대하야 가당치도 않은 정욕의 화살을 겨누고 있었으므로, 숙영
낭자의 존재를 은근히 저주하여 오던 터이었습니다. 그는 돌이라고
하는 음흉한 사나이를 돈으로 매수하여 가지고, 암암리에 계교를[34]
꾸미어, 숙영 낭자의 방에서 돌이가 튀여 나오는 그 광경을 선군의
아버지로 하여금 목격케 하였던 것입니다.[35] 세상에도[36] 억울한 누
명을 둘러 쓰고 숙영 낭자는 그 밤으로 하인들에게 붙들리어 추상
같은 시아버지의 호령 아래에 엎디어졌습니다.

시아버지: 양반의 집을 이다지도 더럽히어 놓았으니, 너의 죄를 깨달을
진대 외간한[37] 놈의 성명을 바로 대렸다.

---

30 음반에서는 [세우고는]으로 발음.
31 음반에서는 [세벽에]로 발음.
32 시비(侍婢). 곁에서 시중을 드는 계집종.
33 마침내.
34 계교(計巧). 요리조리 헤아려 보고 생각해 낸 꾀.
35 음반에서는 [거딥니다]로 발음.
36 음반에서는 [세벽에도]로 발음.

설명: 꿈결같이 고운 살에 사정없이 형들이[38] 내린다. 천만 가지 말로 써 낭자는 변명하였으나 누명을 벗을 길이 막연한지라, 낭자는 눈물이 비 오듯 하며 옥잠을[39] 빼어들고,

숙영 낭자: 청천은 굽어 살피사, 첩에게 죄가 있사오면 이 옥잠이 첩의 가슴에 꽂치옵고, 만일에 죄가 없사오면 섬돌에 가 꽂치게[40] 하여 주옵소서.

설명: 말을 마치자 낭자가 공중으로 던진 옥잠은 바로 섬돌에 가 꽂치어져서 빙설[41] 같은 낭자의 결백을 증명하였습니다. 이 광경에 놀래지 않을 사람이 누구이랴? 선군의 아버지는 한없이 사과하였으나, 숙영 낭자는 동별당으로 돌아가 드디어 자결하야 세상을[42] 떠나고 말았습니다. 가삼에[43] 꽂힌 칼은, 뽑히지도 아니하고, 죽어 누운 시체조차 움직이지 않던 것을 선군이 등과하여[44] 돌아온 그날, 선군의 손으로 뽑으니 그제야 칼이 뽑히어지며, 그 고목에서 청조[45] 한 마리가 날라 나와 "매월일래, 매월일래"하고 세 번을[46] 울었습니다. 분기가[47] 탱중하고[48] 천지가 아득한 섬군은 즉시로 매월

---

37 외간(外間). 친척이 아닌 남.
38 형(刑). 형벌.
39 옥잠(玉簪). 옥비녀.
40 꽂히게.
41 빙설(氷雪). 얼음과 눈.
42 음반에서는 [세상을]로 발음.
43 가슴에.
44 등과(登科). (옛날에) 과거 시험에 합격하는 것.
45 청조(靑鳥). 파랑새.
46 음반에서는 [세 번을]로 발음.
47 분기(憤氣). 분한 생각이나 기운.
48 탱중(撑中)하다. 화나 욕심 따위가 가슴속에 가득 차 있다.

이를 문초하다 돌이까지 불러들이어, 낭자의 원수를 갚아 주었습니다. 낭자의 죽음을 한없이 슬퍼하는 선군의 앞으로 옥황상제의 명을 받아, 숙영 낭자는 얼마 후에 죽음에서 부활되었습니다. 선군의 기쁨이야 비할 데 없었으며, 일조일석에[49] 어머니를 잃어버리었던 춘앵, 동춘의 행복이야 말할 수 없었던 것입니다. 그리하야 숙영 낭자는 다시 선군의 사랑하는 아내로서 정렬부인의[50] 영호를[51] 얻고, 끊이어졌던 두 사람의 인연은 재생의 서광을[52] 아울러 영원히 이어졌다고 합니다.

---

49 일조일석(一朝一夕). 하루 아침과 하루 저녁이란 뜻으로, 짧은 시일을 이르는 말.
50 정렬부인(貞烈夫人). 조선 시대에, 정조와 지조를 굳게 지킨 부인에게 내리던 칭호.
51 '영호(榮號)'로 추정. 영광스러운 칭호.
52 서광(瑞光). 상서로운 빛. 좋은 일이 일어날 조짐.

11. 운명(運命)

원작영화: <운명>(조선 조선영화제작소, 무성영화, 1927)

각본: 해산

각색: 윤백남

감독: 전해운

주연: 서월영 · 김정숙

상영정보: 1927. 12. 15. 단성사(『동아일보』1927. 12. 16.)

음반번호: RegalC386

설명: 이우흥

발매일자: 미상

가사지

RegalC386 A면

꽂치피고 달이밝아도 쓸々함을못익이는 처녀處女의마음!! 정애情愛는
오늘저녁에도 자긔自己집뒤골목에서 사랑하는광수光洙를 기대리고잇
든것이엿다 이째에광수光洙는 정애情愛가기대릴생각生覺을하고 급急
히도라올째 등뒤로서

「情愛」 선생님先生任 지금只今 오세요 오날은퍽느즈섯습니다그려

「光洙」 참미안未安합니다!

「情愛」 원 별말삼을다하세요

원래元來 정애情愛를사랑하고잇는광수光洙는 어렷슬째에모친母親은
쩌낫고 아버지는 수만금재산數萬金財産과가치생명生命을엇더한악당
惡黨에게쌔앗기고 고아孤兒로자라난 박명薄命한과거過去를가진 청년

青年이엿다! 그리하여 엇더케하든지 아버지의원수怨讎를갑흐려는일념一念으로지금只今은 도소학교某小學校의교원教員으로잇는것이엿다

「光洙」 情愛氏정애씨 나는오날 장사동長沙洞 대금업자貸金業者를차저가서 사정事情을하엿지만은그러나채금債金을갑지안으면 정애씨情愛氏를다려간다고하는구려 그러니 엇저면좃탄말이요

「情愛」 미안未安합니다 광수光洙 우리집을망亡치고 행방불명行方不明된옵바를 원망怨望할뿐이오며 병病드신 어머님을모신 고독孤獨한 저의신세身勢야말노 선생님先生任께 이러한페를씻침니다그려

「光洙」 그것은관게업서요 내가돈만 다면!

원래元來 정애情愛의옵바인 영철永哲이는 부랑자浮浪者로유명有名하엿고 방탕放蕩한끗헤 동생同生인 정애情愛까지대금업자貸金業者에게 팔어먹고 집을써나버리엇든것이다! 그리하여광수光洙는 기한期限이되기전에 엇더케하드래도 사랑하는정애情愛를 그악마惡魔의독아毒牙에서 구하려고 애를쓰고돌아다니는것이엿다

아 그오백원五百圓이라는 돈만잇다면! 만일지금只今이라도 우리아버지만생존生存하시엿다면 그만한돈쯤이야 무엇이어렵겟소 생각生覺할것갓흐면 그원수怨讎를갈아마시여도시원치안켓소 정애씨情愛氏! 왜 우리에게는 돈이업단말이요

그엇더한날이엿다 광수光洙가정애情愛를차저왓슬째 맛침대금업자貸金業者인 김기태金基泰가 탐욕貪慾과정욕情慾으로말미암아 야수野獸와갓치날쒸면서 기한期限이되엿다고 정애情愛의손목을끌고가랴고 햇스며 병상病床에서신음하든 그의어머니는 벌々썰며 김기태金基泰를향向하여 애걸哀乞하는것이엿다 이정경情境을보고잇든 광수光洙는!

「光洙」 여보십시요 저모녀母女가 저러케도애걸哀乞하지안소 당신도만일 인간人間이라면 피가잇고 눈물이잇겟구려 그러니 조금만더참아주시구려!

「基泰」 여보당신當身은 무슨관게關係이란말이요 홍 월급月給푼이나 밧는다고 퍽뽐내고잇는모양이로구나 그러나 천원千圓에대對한利자子라도 오날로맨드러놀수가잇겟소

이말을들은광수光洙는 울분의썰리는쥬먹을 억졔할수가업섯다

「光洙」 그야말슴하시는바와갓치 나는한푼업는사람이올시다만은 내가 보증保證하겟스니좀참아주십시요

그러나 무도한 기태基泰는 그말을듯지안코 비호飛虎와갓치달녀들어 정애情愛의손목을끌고가랴고하는것이엿다 광수光洙는 보다못하여 기태基泰에게달녀들엇다 이째맛츰기태基泰는 자긔自己몸에품엇든단도短刀를쓰내여 광수光洙를찌르려고할때 별안간 등뒤로서

「永哲」 야 이놈아 사람을칼노찔너!

벽력갓흔소리가나드니 기태基泰의목을눌느는 젊은한사람의사나히 하나가잇든것이엿다 천만의외千萬意外에 이러한일을당當하는기태基泰는 목을눌니우며 그를처다보다가

「基泰」 오-잘맛낫다 리익선李益善이를죽이고 재산財產을쌔아서간영철英哲이-이놈아 네가나를죽이고 무사無事할줄아느냐!

아 그것은참으로생각生覺할것갓흐면 몸에소름이씻칠만한 과거십오년전過去十五年全에 리익션李益善이의 재산財產을쌔앗기위해서 살인음모殺人陰謀하엿든 그무 운장면場面이 그이의눈압헤 낫하나는것이엿다

RegalC386 B면

「永哲」 어머님 불효막심不孝莫甚한 영철永哲이는 도라왓슴니다

「情愛」 오- 옵바!!

「永哲」오-정애情愛야 용서하여라 이고약한옵바를!

아 무슨 야릇한 운명運命의작란作亂이엿스랴 십오년전十五年前에 광수光洙의부친父親을 살해殺害하고 재산財産을쌔서간악당惡黨이 영철永哲이엿고 그영철英哲이가 정애情愛의옵바이엿든것이다!

그러나영철永哲이는 광수光洙의아버지에게 쌔아서간돈오만원五萬圓을 손도대지안코 그대로가지고잇섯다 그잇흔날새벽에 광수光洙는정애情愛를차저왓다 그는기태基泰에게 자세한말을들은 까닭에!

「光洙」정애씨情愛氏 내가오늘까지 당신當身을사랑하엿지만 그것은 일시一時의꿈이엿구려! 아- 생각하면원수와원수의사랑 몰낫스면이여니와 안이상以上에야 엇지⋯내가당신을

「情愛」광수씨光洙氏 잘알앗습니다 그러나 내말을좀-

「光洙」아니오 피차彼此의 결합結合지못할사랑이라할것갓흐면 더말할필요必要가업서요

「情愛」광수씨光洙氏 광수씨光洙氏 기대려쥬세요

천만의외千萬意外에 십오년전十五年前의범죄犯罪가 발각發覺이되엿스니 영철永哲이는 다시몸을숨기지안흐면안도리것이엿고 쏘한광수光洙는 오날々까지 기대리엿든원수怨讐가 사랑하는정애情愛의옵바인줄이야 꿈엔들엇지알앗스랴 아- 험악險惡한운명運命이엿다 사랑하는사람의원수怨讐요 쏘한쓴을내야쓴을수업는 골육骨肉인옵바-정애情愛는 이러케 번민煩悶하다못하여 칼을쌔여가지고 자긔自己의옵바압흐로달녀들면서!

「情愛」옵바- 차라리나와갓치 죽어주세요 사신대야 법망法網의용서를 밧지못할몸이고 저도살아야희망希望이업서요

「永哲」정애情愛야 나는그칼을기대리고잇섯다 그러나 네손으로나를찔는다면 너의사랑하는사람의 원수怨讐는갑흐려니와 그러나너와나새의

남매男妹의의義가끈어지고 쏘한늙으신불상한어머니는 누구를밋고사
시드란말이냐 겸兼하여 실인죄殺人罪를면免치못할것이니 모든것을나
에게맷기고 그칼을날다오 광수光洙의아버지의 재산은 내가가지고잇다
나와갓치 광수씨光洙氏의집으로가자

그잇흔날이엿다 모든것을결심決心한영철永哲이는 정애情愛를다리고
광수光洙의집으로와서 광수光洙에게돈을내노면서

「永哲」 광수씨光洙氏 자이돈을바드시요 이것은 당당當々한당신當身
의돈이니까 그러나 나에대한오해나풀어주십시오 당신의아버지를살해
한사람은 김춘배金春培요 그놈이당신의아버님을 살해殺害하고 재산財
産을쌔서가지고가는데 나는그놈을기다리고잇다가그놈을죽이고 그돈을
쌔서가지고 갓든것이오 그러나 째々로부탁하나잇소 나는이러케고약한
이놈오나 나의뉘동생정애情愛뿐만흔 그러케악惡한녀자女子가아니오
니 아무조록사랑해주시오 그리고늙 불상하신어머님만은 부탁이 말이맛
지안하여 영철永哲이는 정애情愛에게쌔아섯든단도短刀를가지고 자긔
自己의가슴을찔너싯뻘건피를쑤리면서 그자리에쓰러저버리고말앗다 이
참경慘境을당當하는정애情愛는 쓰러저잇는읍바압흐로나가면셔!!

「情愛」 오-읍바 읍바 고마워요 고마워요 그깁흔가슴속을 이동생은 잘
아는이만치 더말하지안슴니다

「永哲」 정애情愛야 광수씨光洙氏 부대부대 두분은 영원永遠히행복幸
福이잇기를빌며 끗흐로 불상한우리어머니만은 부탁이오…

오- 마지막 영철永哲의한마듸의말이야말로 두사람의모든과거過去를
리해理解식히엿고 不우遇한 길을걸어오든두남녀男女는 쏘다시새로운
행복幸福의길을 밟어갈수가잇섯

채록

RegalC386 A면

설명: 꽃이 피고 달이 밝아도 쓸쓸함을 못이기는 처녀의 마음. 정애난[1] 오늘 저녁에도 자기 집 뒤 골목에서 사랑하는 광수를 기다리고 있든 것이었다.[2] 이때에 광수는 정애가 기다릴 생각을 하고 급히 돌아올 때 등 뒤로써[3]

정애: 선생님, 지금 오세요? 오날은[4] 퍽 늦으셨습니다 그려.

광수: 아, 참 미안합니다!

정애: 원, 별말씀을 다 하세요.

설명: 원래 정애를 사랑하고 있는 광수는, 어렸을 때에 모친은 떠났고 아버지는 수만금 재산과 같이 생명을 어떠한 악당에게 뺏기어 고아로 자라난 박명한[5] 과거를 가진 청년이었다. 그리하야 어떻게 하든지 아버지의 원수를 갚으려는 일념으로 지금은 모 소학교의 교직원으로 있는 것이었다.[6]

광수: 정애 씨, 나는 오날 장사동 대금업자를 찾어 보고 가서 사정을 하였지마는 그러나, 대금을[7] 갚기 전에는 정애 씨를 데려간다고 하는 구려. 그러니, 어쩌면 좋단 말이요.

---

1 '정애는'.

2 음반에서는 [거디였다]로 발음.

3 '등 뒤로서'. '등 뒤에서'. '-로서'(조사): (예스러운 표현으로) 어떤 동작이 일어나거나 시작되는 곳을 나타내는 격 조사.

4 '오늘은'.

5 '박명(薄命)'. 운명이 기구함. 팔자가 사나움.

6 음반에서는 [거디였다]로 발음.

7 '대금(貸金)'. 꾸어 준 돈.

정애: 미안합니다. 광수 씨. 우리 집을 망치고 행방불명이 된 오빠를 원
　　　망할 뿐이오며, 병드신 어머님을 모신 고적한 저의 신세야말로 선
　　　생님께 이러한 폐를 끼칩니다 그려.
광수: 그것은8 관계없어요. 내가 돈만 있다면.

설명: 원래 정애의 오빠인 영철이는 부랑자로9 유명하였고 방탕한 끝에
　　　동생인 정애까지 대금업자에게 팔아먹고 집을 떠나 버리었든 것이
　　　었다.10 그리하야 광수는 기한이 되기 전에 어떻게 허드래도11 사
　　　랑하는 정애를 그 악마의 독아에서12 구하려고, 애를 쓰고 돌아다
　　　니는 것이었다.13

광수: 아, 그 오백 원이라는 돈, 돈만 있다면! 만일 지금이라도 우리 아
　　　버지만 생존해 계시다면 그만한 돈쯤이야 무엇이 어렵겠소. 생각할
　　　것 같으면 그 원수를 갈아 마시어도 시원치 않겠소. 정애 씨, 왜 우
　　　리에게는 돈이 없더란 말이요.

설명: 그 어떠한 날이었다. 광수가 정애를 찾아 왔을 때 마침 대금업자
　　　인 김기태가, 탐욕과 정욕으로 말미암아 야수와 같이 날뛰면서 기
　　　한이 되었다고, 정애의 손목을 끌고 가랴고 했으며, 병상에서 신음
　　　하든 그의 어머니는 벌벌 떨며 김기태를 청해 애걸하는 것이었
　　　다.14 이 정경을 보고 있든 광수는,

8　음반에서는 [그거든]으로 발음.
9　'불량자(不良者)' 혹은 가사지 그대로 부랑자(浮浪者)로 추정.
10　음반에서는 [거디였다]로 발음.
11　'하더라도'.
12　'독아(毒牙)'. 독니. 남을 해치려는 악랄한 수단.
13　음반에서는 [거디였다]로 발음.

광수: 여보시요, 저 모녀가 저렇게도 애걸을 허지 않소? 당신도 만일 인간이라면 피가 있고 눈물이 있겠구려. 그러니 조금만 더 참아주세요.

기태: 여보, 당신은 무슨 관계란 말이요. 흥, 월급 푼이나 받는다고 밧는다고 퍽 뽐내고 있는 모넁이로구나.15 그러나 천 원에 대한 이자라도 오늘로 맹글어16 놓을 수가 있겠소?

설명: 이 말을 들은 광수는 울분에 떨리는 주먹을 억제할 수 없음을 알었다.

광수: 그야 말씀하시는 바와 같이 나는 한 푼 없는 사람이올시다마는 내가 보증허겠으니 좀 참아 주십시요.

설명: 그러나 무도한 기태는 그 말을 듣지 않고 비호와 같이 달려들어 정애의 손목을 끌고 가랴고 하는 것이었다.17 광수는 보다 못하야 기태에게로 달려들었다. 이때 마침 기태는 자기 몸에 품어 가지고 있든 단도를 끄내여 광수를 찌르랴고 할 때 별안간 등뒤로써

영철: 야, 이놈아 사람을 칼로 찔러?

설명: 벽력같은 소리가 나더니 기태의 목을 누르는 어떠한 젊은 사나이 하나가 있든 것이다.18 천만 의외에 이러한 일을 당하는 기태는 목을 눌리우며 그를 쳐다보다가,

---

14 음반에서는 [거디였다]로 발음.
15 '모양이로구나'.
16 '만들어'.
17 음반에서는 [거디였다]로 발음.
18 음반에서는 [거디다]로 발음.

기태: 오, 잘 만났다. 이익선이를 죽이고, 재산을 뺏어 간 영철이. 이놈
　　　아, 니가 나를 죽이고 무사할 줄 아느냐!

설명: 아, 그것은[19] 참으로 생각할 것 같으면, 몸에 소름이 끼칠만한 과
　　　거 십오년 전에, 이익선이의 재산을, 빼앗기 위해서 살인 음모를 하
　　　였든, 그 무서운 장면이 그이의 눈앞에 나타나는 것이었다.[20]

RegalC386 B면

영철: 어머님, 불효막심한 영철이는 돌아왔습니다.
정애: 오, 오빠!
영철: 오, 정애야, 용서하여라. 이 고약한 오빠를….

설명: 아, 무슨 야릇한[21] 운명의 장난이었으랴. 십오 년 전에 광수의 부
　　　친을 살해하고 재산을 뺏어간 악당이 영철이었고, 그 영철이가 정
　　　애의 오빠였든 것이다.[22]
　　　그러나 영철이는 광수의 아버지에게 빼앗어 간 뒤에 돈 오만 원을,
　　　손도 대지 않고 그대로 가지고 있었다. 그 이튿날 새벽에, 광수는
　　　정애를 찾어 왔다. 그는 기태에게 자세한 말을 들은 까닭에,

광수: 정애 씨, 내가 오날늘까지 당신을 사랑하였지만 그것은 일시의
　　　꿈이었구려. 아, 생각하면 원수와 원수의[23] 사랑. 몰랐으면이어니
　　　와 안 이상에야 어찌 내가 당신을….

19　음반에서는 [그거든]으로 발음.
20　음반에서는 [거디였다]로 발음.
21　'야릇하다'. 무엇이라고 표현할 수 없게 이상하고 묘하다.
22　음반에서는 [거디다]로 발음.
23　'원수(怨讐)'. 자기나 자기 집에 해를 입히어 원한이 맺히게 한 사람이나 물건.

정애: 광수 씨, 잘 알았습니다. 그러나 내 말을 좀….

광수: 아니오. 피차의 결합치 못할 사랑이라 할 것 같으면 더 말할 필요가 없소.

정애: 광수 씨, 광수 씨, 기대려 주세요.

설명: 천만 의외에 십오 년 전의 범죄가, 발각이 되었으니 영철이는, 다시 몸을 숨기지 않으면 안 될 것이었고, 또한 광수는 오늘날까지, 기다리였든 원수가 사랑하는 정애의 오빠인 줄이야 꿈엔들 어찌 알았으랴. 아, 험악한 운명이었다. 사랑하는 사람의 원수요, 또한 끊을래야 끊을 수 없는 골육[24]인 오빠. 정애는 이렇게 번민하다 못하여 칼을 빼어가지고 자기의 오빠 앞으로 달려들면서,

정애: 오빠, 차라리 나와 같이 죽어 주세요. 사신대야 법망의[25] 용서를 받지 못 할 몸이요, 저도 살아야 희망이 없에요[26].

영철: 정애야, 나는 그 칼을 기대리고 있었다. 그러나 네 손으로 나를 찔른다면, 너의 사랑하는 사람의 원수는 갚으려니와, 그러나 너와 나 새의 남매의 의가 끊어지고, 또한 늙으신 불쌍한 어머니는 누구를 보시고 사시드란 말이냐. 겸하여 살인죄를 면치 못할 것이니, 모든 것을 나에게 맽기고, 그 칼을 다오. 광수의 아버지의 재산은 내가 가지고 있다. 나와 같이 광수 씨의 집으로 가자.

설명: 그 이튿날이었다. 모든 걸 결심한 영철이는, 정애를 다리고 광수의 집으로 와서 광수에게 돈을 내 놓으면서,

---

24 '골육(骨肉)'. 부자, 형제 등의 육친(肉親).
25 '법망(法網)'. 범죄자들이 피하지 못하도록 조직적으로 마련한 여러 가지 법적 규제와 수단.
26 '없어요'.

영철: 광수 씨. 자, 이 돈을 받으시오. 이것은 당당한 당신의 돈이니까. 그러나 나에 대한 오해나 풀어 주십시오. 당신의 아버님을 살해한 사람은 김춘배요. 그놈이 당신의 아버님을 살해하고 재산을 빼서 가지고 나갈 때, 나는 그 놈을 기다리고 있다가 그놈을 죽여 버리고 그 돈을 뺏어가지고 갔든 것이오.27 그러나 때때로 부탁하나가 있소. 나는 이렇게 고약한 놈이나, 나의 누이동생 정애 뿐만은 그렇게 악한 여자가 아니오니 아무쪼록 사랑해 주시오. 그리고 늙고 불쌍하신 어머님만은 부탁이오.

설명: 말이 마찮아28 영철이는 정애에게 빼앗었든 단도를 가지고, 자기의 가슴을 찔러 시뻘건 피를 뿌리면서 그 자리에 쓰러져 버리고 말았다. 이러한 참경29을 당하는 정애는 쓰러져 있는 오빠 앞으로 나가면서,

정애: 오, 오빠, 오빠, 고마워요, 고마워요. 그 깊은 가슴 속을 이 동생이 잘 아느니만치 더 말하지 않습니다.

영철: 정애야, 광수 씨, 부대 부대30 두 분은 영원히 행복이 있기를 빌며, 끝으로 불쌍한 어머니 뿐만은 부탁이오….

설명: 오, 마지막 영철의 한마디의 말이야말로, 두 사람의 모든 과거를 이해시켰고, 불우한 길을 걸어오든 두 남녀는 또다시 새로운 행복의 길을 밟어갈 수가 있었31.

---

27 음반에서는 [거디오]로 발음.
28 '마치지 않아'로 추정.
29 '참경(慘景)'. 끔찍한 광경.
30 '부디'의 방언(경남, 전남, 함북).
31 음반에서 [있었] 다음의 소리는 불분명하나 [어]로 추정.

12. 원앙암(鴛鴦岩)

원작영화: 없음

상영정보: 없음

음반번호: RegalC252

각본: 유일

설명: 이우흥

발매일자: 미상

가사지

RegalC252 A면

화과樺果나무 꼿피는 동해안東海岸에 삼룡포三龍浦라는 평화平和스러운 어촌漁村이잇스니 이동리洞里에어漁부夫들은 고기잡이를나가면 보름만에야 도라오는것이엿다 맛참오날도일행一行이떠나려할째 해변원앙암海邊鴛鴦岩에서 애끗는리별離別의슬퍼하는 남녀男女가잇스니 그들은 일즉히부父모母를여히고 례식禮式은이루지안하엿스나 부부夫婦와갓치 다정多情하게지내가는 해룡海龍이와옥玉순順이엿다

「玉順」해룡海龍아 이번에난떠나지마라 웬일인지 작구요망한생각生覺만드는구나

「海龍」옥순玉順아 념녀念慮를마러라 첫재 이번에난 우리들의 결혼식結婚式 째문에도 떠나야한다에—구다들떠나는구나 자그럼옥순玉順아 부대잘잇거라

해룡海龍이에일행一行을실은배는 처량한뱃노래와갓치 수평선水平線 져쪽으로 아람푸시사라진다

이째에해룡海龍이와 함께탄일행중一行中에 김삼보金三甫라는마음고

약한자者가잇스니 일상옥슌日常玉順이에게 야심을두고 기회期會를엿
보아 해룡海龍이를처치處置해버린다는 금슈와갓흔자긔自己의욕망을
채우려하엿든것이엿다

그엇더한날이엿든가 일행一行이밤고기를잡으려할때 별안간폭풍우暴
風雨난쏘다지여 풍랑風浪이 심심甚하여일행一行의생명生命은위태하엿
고 어둠에 행로行路를일은배는거이 기우러져 가는것이엿다 이것을보
는해룡海龍이난 자긔自己의생명生命이위태함도불고不顧하고 갑판으
로내다렷다 기우러져가는배의 키를잡으려고 이째에등뒤에서 기회期會
를엿보고잇든삼보三甫는 무망중無望中에해룡海龍이를구비치는바다
에다 쓰러너버리엿다 그러나원래元來가밤이요 풍랑風浪이심심甚함으로
해룡海龍이에죽음을알지못하고 일행一行은속절업시 포구浦口를향向
하여 도라가는것이엿다 째는지나멋칠후後 원앙암鴛鴦岩에서안탁가이
기다리는 옥슌玉順이는 이러한사정事情도몰으고 해海룡龍이가무사無
事히도라오기만 빌고잇든것이엿다 그러는사이에 어언간선보름이지나
고 훗보름이되엿슬째 일행一行이도라오는 뱃노래소리는 바다져편으로
들녀오는것이엿다 옥슌玉順이는 기대리든해룡海龍이를마지하기위爲
하야 쒸여나와스니 일행一行은왓스나 해룡海龍이가보이지안으매 불길
不吉한에감豫感에쩔니여가며 노인어부老人漁夫에게물어보는것이엿다

「玉順」 아젓씨 해룡海龍이는왜아니와요

노인老人은 눈물을흘니여가며 쩔니는목소리로

「老人」 옥슌玉順아놀내지마라 해룡海龍이는풍랑風浪이심심甚한날 실
수失手하여바다에 쌔져버리엿단다

「玉順」 네-해룡海龍이가죽엇다니요

이말을들은옥슌玉順이는 텬지天地가아득하여 그대로그자리에 긔절하
여버리는것이엿다

이것을본삼보三甫는 옥슌玉順이를간호看護하겟다는핑게로 일행一行을돌녀보낸후 긔절한옥슌玉順이를안고 아무도엄난옥슌玉順이에집으로드러가버리엿다 얼마가지난후 옥슌玉順이가정신精神을채렷슬째는 아-참혹한일이엿다 봄동산에향기香氣를자랑하든 한썰기에장미꼿은 사나운폭풍우暴風雨에 여지업시도집밟힌다음이엿다

RegalC252 B면

보름달이밝어서 고요한바다에 파도波濤소리좃차쓸々하엿슬째 종일終日토록울고몸부림치든 옥슌玉順이는 그리운옛일을말하여주는 원앙암鴛鴦岩을차져나오니 쓸々한밤 고독孤獨한신身세勢!!

「玉順」 오-해룡海龍아 너는나를두고 가버리엿구 우리는이러한달밝은밤에 이바위에서 노래하며놀자고하드니 엇지하여나흘노이밤을 마지하게되엿단말이냐 오냐! 나도가마 너의간곳으로!! 령혼靈魂이라도너를짜라가련다

아-가련可憐한일이엿다 순결純潔하든옥슌玉順이는 천재天載의원한願恨을가삼에안고 수십數十길이나되는 원앙암鴛鴦岩에서 구비치는파도波濤로싸져버리엿다

한恨만흔사정事情을아는세월歲月은흘너 수개월數個月이지나갓슬째 세상世上사람은 죽엇스리라고생각하엿든해룡海龍이는 요행히목숨을건지여가지고 그리운고향故鄕을도라왓스나 사랑하는옥슌玉順이는보이지안코 주인主人일흔빈터에난 쓸々히방초芳草쑨만히욱어져 자긔自己를마지하여주는것이엿다

해룡海龍이는자세仔細한사실事實을알기위爲하야 동리洞里에노인老人을차자 물어보는것이엿다

「海龍」 아젓씨 저를몰으시겟슴닛가 저는해룡海龍임니다

노인老人은깜작놀내여!

「老人」 아니해룡海龍이라니! 죽엇다는해룡海龍이가!!

「海龍」 네!죽을번하다가 사라왓슴니다 그런데옥슌玉順이는 어대로이
사을갓슴닛가!

노인老人은해룡海龍이에손을잡으면서 옥슌玉順이가삼보三甫로인因
하여 참혹하게세상世上을써난 시말始末를이야기하여주엇다 이말을듯
든해룡海龍이는 분심噴心을참지못하여 맛참내엽헤잇는 작살을쌔여들
고 삼보三甫의집을향向하여질풍疾風갓치쌀아간다

이때에삼보三甫는 해룡海龍이가사라왓다는말을듯고 몸을피하려할째
해룡海龍이는비죠飛鳥와갓치몸울날니여 에잇 삼보三甫의심장心臟을
찔너바리엇다

「海龍」 오! 옥슌玉順아 얼마나억울하엿스며 얼마나원통하엿겟니 만일
萬一너에게 영혼이잇거든보아라 나는지금至今에우리들의 원슈는쥭엿
다 옥슌玉順아나도감아 너에간곳으로 아버지와어머니가 가신나라로
다갓치가자 어굴한이사정事情을가슴에안은그대로 말한마듸못하고가
는구나 아! 참으로원통하고나

째마참어대서인가 쓸々히들녀오난 구슯흔노래소리는 옛날에사랑을노
래하든 원鴛앙암鴦岩을싸고 아람푸시들녀온다

「노래」

보름달이쓸째에

고향故鄕을써나

보름달이질째면

오마하드니

어이하야우리님

못오시난지

채록

RegalC252 A면

설명: 화과[1] 나무 꽃피는 동해안에 삼룡포라는 평화스러운 어촌이 있
으니, 이 동리에 어부들은, 고기잡이를 나가면 보름 만에야 돌아오
는 것이었다.[2] 마침 오늘도 일행이 떠나려 헐 때, 해변 원앙암에서
애끓는 이별을 슬퍼하는 남녀가 있으니, 그들은 일찍이 부모를 여
의고, 예식은 이루지 않았으나 부부와 같이 다정하게 지내가는 해
룡이와 옥순이였다.

옥순: 해룡아, 이번에는 떠나질 마라. 웬일인지 자꾸 요망한 생각만 드
는구나.

해룡: 옥순아, 염려를 말어라. 첫째 이번에난 우리들의 결혼식 때문에
도 떠나야 한다. 에그, 다들 떠나는구나. 자, 그럼 옥순아 부대[3] 잘
있거라.

설명: 해룡이에 일행을 실은 배는 처량한 뱃노래와 같이 수평선 저쪽으
로 아렴풋이[4] 사라진다. 이때에 해룡이와 함께 탄 일행 중에, 김삼
보라는 마음 고약한 자가 있으니, 일상 옥순이에게 야심을 두고, 기
회를 엿보아, 해룡이를 처치해 버린다는 금수와 같은 자기의 욕망
을 채우랴고 하였든 것이었다.[5] 그 어떠한 날이었든가 일행이 밤고
기를 잡으려 헐 때, 별안간 폭풍우는 쏟아지며 풍랑이 심하여, 일행

---

1 가사지에는 '화과(樺果)'로 명기되어 있으나, 분명히 알 수 없음.
2 음반에서는 [거디였다]로 발음.
3 '부디'의 방언(경남, 전남, 함북).
4 어렴풋이.
5 음반에서는 [거디였다]로 발음.

의 생명은 위태해졌고6, 어둠에 행로를 잃어버린 배는 거의 기울어져 가려고 했었다. 이것을7 보는 해룡이는 자기의 생명이 위태함도 불고하고8 갑판으로 내달었다.9 기울어져 가는 배의 키를 잡으려고 이때에 등 뒤에서 기회를 엿보고 있든 삼보는 무망중에10 해룡이를 굽이치는 파도에다 집어넣어 버렸습니다. 그러나 원래가 밤이요, 풍랑이 심하므로, 해룡이의 죽음을 알지 못하고 일행은 속절없이 포구를 향하여 돌아가는 것이었다.11 때는 지나 며칠 후, 원앙암에서 안타까이 기다리는 옥순이는 이러한 사정도 모르고 해룡이가 무사히 돌아오기만 빌고 있든 것이다.12 그러는 사이에 어언간 선보름은13 지내고 후보름이14 되었을 때, 일행이 돌아오는 뱃노래 소리는 바다 저편으로 무사히 들려오는 것이었다.15 옥순이는 기다리던 해룡이를 맞이하기 위하여, 뛰어나왔으나, 일행은 왔으나 해룡이가 보이지 않으매, 불길한 예감에 떨리어 가며 노인 어부에게 물어보는 것이었다.16

옥순: 아저씨, 해룡이는 왜 아니와요?

설명: 노인은 눈물을 흘리여 가며 떨리는 목소래로17,

---

6 위태하였고.
7 음반에서는 [이거들]로 발음.
8 불고(不顧). 돌아보지 아니함.
9 내달았다.
10 무망중(無望中). 별 생각이 없이 있는 상태.
11 음반에서는 [거디였다]로 발음.
12 음반에서는 [거디였다]로 발음.
13 선(先)보름. 한 달을 둘로 나누었을 때 앞의 보름.
14 후(後)보름. 한 달을 둘로 나누었을 때 뒤의 보름.
15 음반에서는 [거디였다]로 발음.
16 음반에서는 [거디였다]로 발음.

노인: 옥순아 놀래지는 마라. 해룡이는 풍랑이 심한 날 실수허여 바다에 빠져 버리였단다.

옥순: 예? 해룡이가 죽었다니요?

설명: 이 말을 들은 옥순이는 천지가 아득하여 그대로 그 자리에 기절해여 버리는 것이다.[18] 이것을 본 삼보는 옥순이를 간호허겠다는 핑계로, 일행이 돌아간 다음, 기절한 옥순이를 안고 아무도 없는 옥순이의 집으로 들어가 버리었다. 얼마가 지낸 후 옥순이가 정신을 차렸을 때는…. 아, 참혹한 일이었다. 봄 동산에 향기를 자랑하든 한 떨기 장미꽃은[19] 사나운 폭풍우에 여지없이도 짓밟힌 다음이었다.

RegalC252 B면

설명: 보름달이 밝아서 고요한 바다에, 파도소리 조차 구슬플 때, 종일토록 울고 몸부림치든 옥순이는, 그리운 옛일을 말하여 주는 원앙 암을 찾아 나와 보니, 쓸쓸한 밤 고독한 신세.

옥순: 오, 해룡아. 너는 나를 버리고 가버리었구나. 우리는 이러한 달 밝은 밤에, 이 바위에서 노래하며 놀자고 허드니, 어찌하여 나 홀로 이 밤을 맞이하게 하였단 말이냐. 오냐, 나도 가마. 너의 간 곳으로. 영혼이래도 너의 부모를 찾어 가련다.

---

17 목소리.
18 음반에서는 [거디다]로 발음.
19 음반에서는 [장미꼬든]으로 발음.

설명: 아, 가련한 일이었다. 순결하든 옥순이는 천재의[20] 원한을 가슴에
안고, 수십 길이나 되는 원앙암에서, 굽이치는 파도로 떨어지어 버
리었다. 한 많은 사정을 아는 세월은, 흘러 수개월이 지내갔을 때,
세상 사람은 죽었으리라고 생각하였든 해룡이는, 요행이 목숨을 건
지어 가지고, 그리운 고향에를 돌아왔으나 사랑하는 옥순이는 보이
지 않고, 주인 없는 빈 터에난[21] 쓸쓸히 방초[22] 뿐만이 자기를 맞이
하여 주는 것이었다.[23] 해룡이는 자서한[24] 사실을 알기 위해여, 동
리에 노인 어부를 찾아가는 것이었다.[25]

해룡: 아저씨, 저를 모르시겠습니까? 저는 해룡입니다.

설명: 노인은 깜짝 놀래며,

노인: 아니, 해룡이라니! 죽었다는 해룡이가?
해룡: 네, 죽을 뻔하다가 살아 돌아왔습니다. 그런데 옥순이는 어디로
이사를 갔습니까?

설명: 노인은 해룡이의 손을 잡으면서, 옥순이가 삼보로 인하야 참혹하
게, 세상을 떠나갔다는 시말을[26] 이야기하여 주었다. 이 말을 들은
해룡이는 분심을 참지 못하여, 마침[27] 옆에 서있는 작살을 빼여 들

---

20 천재(千載). 천세(千歲). 천 년.
21 빈 터에는.
22 방초(芳草). 향기롭고 꽃다운 풀.
23 음반에서는 [거디였다]로 발음.
24 '자세한'.
25 음반에서는 [거디였다]로 발음.
26 시말(始末). 처음부터 끝까지의 과정.
27 마침.

고, 삼보의 집을 향하야 질풍같이 달리어간다. 이때에[28] 삼보는 해 룡이가 살아왔다는 말을 듣고, 몸을 피하려 할 때, 해룡이는 비조 와[29] 같이 몸을 날리어, '야잇' 삼보의 심장을 찔러 버리었다.

해룡: 오, 옥순아. 얼마나 억울했으며 얼마나 원통했겠니? 만일 너에게 도 혼령이 있거든 보아라. 나는 지금에 우리들의 원수를[30] 죽었다. 옥순아, 나도 가마. 너의 간 곳으로, 아버지와 어머니가 가신 나라 로 다 같이 가자. 억울핸 이 사정을 가슴에 안은 그대로 말 한 마디 못하고 가는 구나. 참으로 원통하고나.

설명: 때마참[31] 어데서인가 쓸쓸히 들려오는 구슬픈 노랫소리는, 옛날 에 사랑을 노래하든, 원앙암을 싸고 아람풋이[32] 들려온다.

노래: 보름달이 뜰 때에/ 고향을 떠나/ 보름달이 질 때면/ 오마를 하더 니/ 어이하여 우리 님/ 못 오시난지//

---

28 음반에서는 [이따에]로 발음.
29 비조(飛鳥). 날아다니는 새
30 원슈(怨讐). 자기나 자기 집에 해를 입히어 원한이 맺히게 한 사람이나 물건.
31 때마침.
32 어렴풋이.

13. 유랑(김영환)

원작영화: <유랑>(한국 조선영화예술협회, 무성영화, 1928. 4)

각본: 김영팔

감독: 김유영

출연: 임화 · 서광제 · 강경희 · 장연숙 · 추용호 · 조경희 · 차곤

상영정보: 1928. 4. 1. 단성사(『동아일보』 1928. 4. 1.)

음반번호: Columbia40236

설명: 김영환

노래: 이애리수

반주: 관현악

발매일자: 미상 1931. 9.

채록

Columbia40236 A면

노래: 흘러가는 이 신세 그립든 마음에/ 흐르고 또 흘러서 어데로 가나/
정든 고향 내 집이 너무 그리워/ 해가 지고 저문 길 눈물에 하직하네//

설명: 백설이 건곤에 가득 차있는 겨울의 어떠한 날 새벽, 방아산이라
고 하는 적막한 산촌에는 남모를 한 사람의 젊은이가 찾아왔다. 그
는 한 곳에[1] 와서 걸음을 멈추었으니 그의 서 있는 곳은 옛날에는
집이 있었으나, 지금에는 단지 주춧돌과 구들장이 흩어져 있어 보
기에도 쓸쓸하고 참담한 폐허이었다.

---

1 음반에서는 [고데]로 발음.

영진: 이것은 분명코 나의 옛집 터이었다. 그러나 아버지와 어머니, 그 러고 내가 떠나던 그때 울면서 매달리던 귀여운 누이동상은 다 어 데로 갔단 말인가.

노인: 오, 자네가, 자네가 영진이가 아닌가 이 사람아.

영진: 아, 순이네 아저씨, 오래간만입니다. 그런데 우리 집이 대체 어떻 게 된 일입니까?

설명: 십년 전에 고향을 떠났다가 다시 돌아온 영진이는, 눈물을 흘리 면서 노인에게 물었다.

노인: 남의 땅마지기나마 얻어 부치던 것이[2] 작년 홍수 통에 결딴이[3] 나구, 게다가 소작권까지 떨어진 후에 먹고 살 수가 없어 작년 가 을에 자네 어르신네가, 식구들을 다리고 북간도로 떠나갔다네. 자, 저간 이야기는 차차 하려니와 오래간만에 고향에를 왔으니 어서 내 집으로 가세.

설명: 십년 만에 고향이라고 찾아왔으나 부모와 형제는 보지도 못하고, 처량한 심사를 금할 수 없는 영진이는 노인을 따라 그의 집으로 들 어갔다.

노인: 얘, 아가, 순이야. 너 이 사람 알아보지 못하겠느냐? 어렸을 때 너를 잘 때려주던 영진이란다. 어릴 때 동무가 왔으니 어서 나와 인사라도 좀 하려무나. 왜 그렇게 부끄럽단 말이냐?

---

2 음반에서는 [거디]로 발음.
3 결단.

설명: 노인의 말을 듣고 영진이가 바라볼 때 어여쁜 처녀 하나가 부엌 문으로 내다보다가 얼른 숨어버린다. 그가 노인의 딸 순이, 십팔 세 의 아리따운 처녀로서 어릴 때부터 같이 자라난 영진이를 대할 적 에, 부드러운 그의 가슴은 까닭 없이 떨려지고, 청춘이 만개한 꽃과 같이 무르녹은 그의 얼굴에는, 연연한[4] 홍조가[5] 은근히 짙어간다.

Columbia40236 B면

설명: 영진이는 친구 상우와 협력하야 이 동리에 야학을 설립하고, 촌 민들의 문맹을 퇴치하는 일변[6]으로 꽃같이 어여쁜 순이와, 연연한 첫사랑의 꿈을 꾸고 있든 바, 황금과 권력으로 약한 자를 압박하는 동리의 부호 강병조가, 천치의 아들을 두고 배필을 구하던 중, 순이 아버지에게 받을 돈이 있는 그것을 기화로[7] 삼아 맛참내[8] 혼인을 강청하야, 가련한 순이는 병조의 집 며느리로 끌리어갔다.

순이: 내일은 혼인날이니, 내 일생의 행복도 인제는 끝나는 날이다. 영 진 씨는 을마나[9] 나를 원망하고 있을까? 영진씨, 나는 죽어버릴 테 에요. 지금의 나는 오즉[10] 이 죽음이 아니고는 승리를 얻을 수가 없 습니다요. 저는 인제 죽으러 갑니다.

---

4 연연(娟娟)하다. 빛이 엷고 산뜻하며 곱다. 아름답고 어여쁘다.
5 홍조(紅潮). 부끄럽거나 취하여 붉어짐. 또는 그런 빛.
6 일변(一邊). 한편.
7 기화(奇貨). 요긴하게 이용할 수 있는 기회. 핑계.
8 마침내.
9 얼마나.
10 오직.

설명: 슬픔과 괴로움과, 추위와 더위 같은 모든 인간의 감각을 초월한 그는, 다만 비장한 죽음의 길을 걷고 있는 순교자와 같이, 아무도 몰래 그 집을 벗어났다. 순이는 고성으로[11] 올라가서 목숨을 끊으려다가, 맞참내[12] 영진에게 구조가 되어, 혼인날 이튿날 새벽에 순이 아버지와 한가지[13] 고향을 떠나갔다. 그러나 병조의 집 차인으로[14] 순이에게 욕심을 두고 지나던 박춘식이는, 와똘이와 문보의 두 부하를 거느리고, 팔방으로 수색하야 방금 도망가는 세[15] 사람을 도중에서 붙들었다.

춘식: 영감, 순이는 두고 가시요.

노인: 정든 고향과 집과, 세간 살림을 모조리 주고 가는데, 또 무엇이 부족하단 말이냐?

춘식: 음, 듣지 않는다면 강제로….

설명: 영진이는 덤벼드는 세[16] 사람을 상대로 하야, 참담한 싸움은 여기에서 일어난다. 바람은 자고 안개는 걷히었을 때, 승리된 세[17] 사람은 유랑의 길을 떠나간다. 고개를 넘어오는 아참 햇발은 그들의 가슴에 자유의 호흡을 주나니, 고향에서 보지 못하고 떠나가는 그들의 앞길에는, 과연 광명과 행복이 그들을 기다리고 있었을 것인가?[18]

---

11 고성(古城). 오래된 성.
12 마침내.
13 한가지. (둘 이상의 사물의 모양, 성질, 동작 등이) 서로 같음. 같은 종류. 마찬가지.
14 차인(差人). '차인꾼'의 준말. 남의 장사하는 일에 시중드는 사람. 임시 심부름꾼으로 부리는 사람.
15 음반에서는 [셰]로 발음.
16 음반에서는 [셰]로 발음.
17 음반에서는 [셰]로 발음.

노래: 산을 넘고 물 건너 멀고 먼 나라/ 끝없이 흘러가는 가련한 신세/ 어느 곳이[19] 살든 곳 정든 내 고향/ 어머님의 품이여, 이 밤도 그리워라//

---

18 음반에서는 [거딘개]로 발음.
19 음반에서는 [고디]로 발음.

14. 유랑(이우흥)

원작영화: 미상
상영정보: 미상
음반번호: RegalC305
설명: 이우흥
발매일자: 미상

가사지

RegalC305 A면

「노래」 황혼이 깁흐러네 이밤어듸서새리
　　　　저녁연긔 써오르네 저마을집에서
　　　　대공에 별이반짝 그별을짜라갈가
　　　　갈곳이 어드메뇨 외로운이몸

갈바람은 공중에매달니여 휘파람을치는 겨을밤에 잘곳이업서 벌々썰며 방황하는자매가잇스니 천도가무심하다고할까 박명한운명을타고낫다고할까 짓허가는이밤에 눈좃차무거운짐이되고 피곤과 기한으로 말미암아 나히어린동생은 속절업시눈가운데 쓰러지고야말앗든것이엿다

「貞姫」 애 선희(善姬)야 정신을차려라 웅 모두가이언니의잘못이엿구나 이째에맛츰 눈길을헤처가며 한사람의젊은사나히가거러나오다가 이광경을보고깜작놀내면서

「永浩」 아니너이들은 엇더한아이들인데 이러한치운밤에 이게왼일이란 말이냐

「貞姫」 네- 저이형제는 서울서온 불상한아이들이올시다 어린동생은 칩고 배가곱하서못감니다그려 좀살녀주세요

눈물을흘니여가며애걸하는 측은한경상을바라보는 그사나히는…

「永浩」 응 너이들의사정을들으니까 참가엽구나 그럼누추한집이나마나의집으로가치가기로하자우리집이래야 나하나밧게는더살지를아니하닛가

이리하여 가련한두자매는 철공장에단니여 겨우그날ㅅ을사라나가는 「영호」라는청년에게 구원을밧게되엿든것이엿다 세상에난이후로 쌋뜻한동정을처음으로밧게된정희는 감사의눈물을먹음고 멧칠은지내갓든것이엿다

「永浩」 애정희야 아무념녀말고 죠흔일이생길째까지 우리집에잇거라 응

「貞姫」 대단히고맙습니다 그러나미안스러워서요

「永浩」 친절히 물어주는그말에 정희는눈물을흘니여가면서 자긔의지낸바사실을이야기하는것이엿다

「貞姫」 네- 갑작이 부모님이 구몰하시매 의지할곳이업서서 어린동생을 다리고 이리저리로어더먹으러다니다가 이지경이되고야말엇서요

「永浩」 그래 너이들의고향은서울이라지 아그러타 나의아버님의친구되시는리석구(李錫求)씨도 십년전에서울노써나시엿는데 엇더케나사시는지 지금은서로소식도모르는구나 그러니 나의아버지가도라가신줄도몰으시겟지

리석구란말에쌈작놀내는정희는…

「貞姫」 네·리석구씨라고요 그냥반이바로우리아버님이세요

「永浩」 아니 그러면 너의아버님의고향이평양이시라지

「貞姫」 네-그래요

참으로아지못할것은 사람의일이엿다 재산도 가문도 상당하든 리석구의 일가가 이갓치변할줄이야 엇지아랏스랴 쏘한운명은생각지도못하는곳에서 사람들의인연을맺게하여주는것이엿다 그러나 그네들의행복에 날

개가도치기도전에 무서운폭풍우가부러왓스니 그는 인질로 정희를잡앗든 승렬이라는사나히가 그네들의압호로 청천의벽력갓치 낫하낫든것이 엿다

RegalC305 B면

그엇더한날이엿다 돌연히한사람의사나히가 영호의집에를차자온것이엿다

「承烈」 여보십시요 여기가 최영호씨댁임닛가

이째에밧게나갓든정희가 승렬이를바라보고깜작놀내…

「貞姬」 에그먼이나

이소리에 뒤를도라다보든승렬이는

「承烈」 오라 이년 정말너여기와잇섯구나 그러나이번에는안될말이다 쏘내가너에게속을줄아니 가자

요란한소리에 안에서밥상을밧엇든영호가 나와바라보니 엇더한아지못할남자가 정희의손목을이끌고 가려하는것이엿다

「永浩」 여보시요 당신은누구시며 대체무슨리유로 이녀자를다려가라고 하십닛가

「承烈」 응이놈아 너잘맛낫다 네가최영호란놈이지 너는남의돈주고사온 게집애를 무엇째문에 그러케째돌니엿단말이냐

「永浩」 네돈을주고사왓다구

「承烈」 그럿타

「永浩」 그러면 돈만들이면고만이지요

「承烈」 그야 돈만준다면고만이지

「永浩」 네 미안합니다만은 나를밋고 이틀만참아주서요 그러면그돈삼 만량의대한리자를합하여드리겟습니다

「承烈」그야 틀님업다면 기다리고말구 사실인즉 내가돈이필요한것이지 이런계집애야 무슨소용이잇겟소 자아그럼밋소

그잇흔날밤이엿다 눈보래는치고 인적은쓴이엿는대 아츰에공장에나가서 오지안는영호를기다리는정희…

「貞姬」아- 밤은깁고 날은치운데 웨입때안오실까

그째에마츰영호는 창백한얼골을가지고 벌々썰면서도라오는것이엿다 정희는이상한생각을하여 놀내는얼골노 그사람을바라보며

「貞姬」오늘엇재 이러케느지 서요

영호는행혀나 자긔의행동을 정희가이상히알까바 천연한태도를가지고

「永浩」자연히공장에서 볼일이만은까닭에그랫군 정희퍽기다리엿지 그러나선희는벌서자오

「貞姬」네 자요

그잇흔날아츰이엿다 승렬이는약속한것과갓치 영호의게 돈삼만량을밧아가지고갓스나그러나정희는 구원을밧앗다는깃붐보다도 영호의돈이출처가념녀스러윗든것이엿다 그리할째에 돌연히달녀드는 정사복경관은 리유도말하지안코 영호의손목엔차듸찬수갑을걸어버리고야말엇든것이엿다 별안간에이러한일을당하는정희는 쳔지가아득하여지며 쓸니여가는영호의게 붓잡히여매달니고

「貞姬」여보세요 이게엇더케된일이란말이오 웨 나의게무슨말을하지를 안으서요

「永浩」정희 용서하여주어요 나는당신에게말하지안엇지만 어제밤에그돈을 모전당포에서 홈치여가지고왓든것이엿다 그러나 내몸은관게업지만은 정희가어린선희를대리고 엇더케외롭게살드란말이요

「貞姬」네 염려를마시고갓다오세요 이몸은십년이고 이십년이고 당신이돌아오시기를기다리지요 아모조록안녕히다녀오세요

그리하여정회의형제는 슬니여가는영호를눈물로리별을하고 다시영호와
자긔들의압흐로닥쳐올 장래의행복을숨쑤어가며 나어린선희의손목을잡
고 구슯흔노래소리와갓치 쏘다시방랑의길을쩌나게되엿든것이엿다
「노래」 저게가 백두성산 이압헤가두만강
　　　　강건너 어데런가 즐펀하다만주벌
　　　　만주짱 넘으며는 거게가서백리아
　　　　쯪업는 서백리아 오로라짜지

채록
RegalC305 A면

노래: 황혼이 깊으려네, 이 밤 어데서 새리/ 저녁 연기 떠오르네, 저 마
　　을 집에서/ 대공에[1] 별이 빤짝, 그 별을 따라갈까/ 갈 곳이 어데메
　　뇨, 외로운 이 몸//

설명: 칼바람은 공중에 매달리여 휘파람을 치는 겨울의 밤에, 잘 곳이[2]
　　없어 벌벌 떨며 방황하는 자매가 있으니, 천도가[3] 무심하다고나 할
　　까? 박명한[4] 운명을 타고났다고나 할까? 짙어가는 이 밤에 눈조차
　　무거운 짐이 되고, 피곤과 기한으로[5] 말미암아 나[6] 어린 동생은 속
　　절없이 눈 가운데 씨러지고야 말았든 것이었다.[7]

---

1 대공(大空). 크고 넓은 공중.
2 음반에서는 [고디]로 발음.
3 천도(天道). 인간을 초월한, 하늘의 도나 도리.
4 박명(薄命)하다. 타고난 운명이 기구하여 인생이 순탄하지 못하고, 명 또한 짧다.
5 기한(飢寒). 굶주림과 추위.
6 나이.

정희: 애, 선희야, 정신을 차려라, 응? 모두가 이 언니의 잘못이었구나[8].

설명: 이때에 마침[9] 눈길을 헤쳐 가며 한 사람의 젊은 사나이가 걸어
　　　나오다가 이 광경을 보고 깜짝 놀래면서,

영호: 아니, 너희들은 어떠한 아이들인데 이러한 치운 밤에 이게 웬일
　　　이란 말이냐?

정희: 예, 저희 형제는 서울서 온 불쌍한 아이들이올시다. 어린 동생은
　　　칩고[10] 배가 고파서 못 갑니다 그려. 좀 살려 주세요.

설명: 눈물을 흘려 가며 애걸하는 측은한 경상을[11] 바라보는 그 사나이는,

영호: 응, 너희들의 사정을 들으니까 참 가엾구나. 그러면 누추하나마
　　　나의 집으로 같이 가기로 하자. 우리 집이래야 나 하나밖에는 더
　　　살지를 아니하니까.

설명: 이리하여 가련한 두 자매는 철공장에 다니며 겨우 그날 그날을
　　　살아나가는, 영호라는 청년에게 구원을 받게 되였든 것이었다.[12]
　　　세상에 난 이후로 따뜻한 동정을 처음으로 받게 된 정희는, 감사의
　　　눈물을 머금고 며칠은 지내갔든 것이었다.[13]

---

7 음반에서는 [거디였대]로 발음.
8 음반에서는 [잘모디였구내]로 발음.
9 마침.
10 춥고
11 경상(景狀). 좋지 못한 몰골.
12 음반에서는 [거디였대]로 발음.
13 음반에서는 [거디였대]로 발음.

영호: 얘, 정희야. 아무 염려 말고 좋은 일이 생길 때까지 우리 집에 있거라, 응?

정희: 대단히 고맙습니다. 그러나 미안스러와서요.

영호: 원, 별말을 다 하는 구나. 그런데 너희들은 어떡하다가 이러한 신세가 되었더란 말이냐?

설명: 영호가 친절히 물어 주는 그 말에, 정희는 눈물을 흘려 가면서, 자기의 지낸 바 사실을 이야기하는 것이었다.[14]

정희: 예, 갑자기 부모님이 구몰하시매, 의지할 곳이[15] 없어서 어린 동생을 다리고[16], 이리저리로 얻어먹으러 댕기다가[17] 이 지경이 되고야 말았에요.

영호: 그래 너희들의 고향은 서울이라지? 아, 그렇다. 나의 아버님의 친구 되시는 이석구 씨도, 십년 전에 서울로 떠나시었는데, 어떻게나 사시는지…. 지금은 서로 소식도 모르는 구나. 그러니 나의 아버지가 돌아가신 줄도 모르시겠지….

설명: 이석구란 말에 깜짝 놀래는 정희는,

정희: 네? 이석구 씨라구요? 그 양반이 바로 우리 아버님이세요.

영호: 아니, 그러면 너의 아버님의 고향이 평양이시라지?

정희: 네, 그래요.

---

14 음반에서는 [거듣]으로 발음.
15 음반에서는 [고디]로 발음.
16 데리고.
17 다니다가.

설명: 참으로 아지 못 할 것은18 사람의 일이었다. 재산도 가문도 상당
　　　하든 이석구의 일가가, 이같이 변할 줄이야 어찌 알았으랴. 또한 운
　　　명은 생각지도 못한 곳에서19, 사람들의 인연을 맺게 하여 주는 것
　　　이었다.20 그러나 그네들의 행복에, 날개가 돋치기도 전에, 무서운
　　　폭풍우가 불어왔으니, 그는 인질로 정희를 잡아가 있든, 승렬이라
　　　는 사나히는21 그네들의 앞으로 청천의 벽력겉이22 나타났든 것이
　　　었다.23

RegalC305 B면

설명: 그 어떠한 날이었다. 돌연히 한 사람의 사나히가24 영호의 집에
　　　를 찾아온 것이었다.25
승렬: 여보십시요. 여기가 최영호 씨 댁입니까?

설명: 이때에 밖에 나갔든 정희가 승렬이를 바라보고 깜짝 놀래니,

정희: 애구머니나.

설명: 이 소리에 뒤를 돌아다보든 승렬이는,

---

18 음반에서는 [거디였다]로 발음.
19 음반에서는 [고데서]로 발음.
20 음반에서는 [거디였다]로 발음.
21 사나이.
22 벽력같이.
23 음반에서는 [거디였다]로 발음.
24 사나이.
25 음반에서는 [거디였다]로 발음.

승렬: 오라, 이 년, 정말 너 여기 와 있었구나. 그러나 이번에는 안 될 말이다. 또 내가 너에게 속을 줄 아느냐? 가자.

설명: 요란한 소리에 안에서 밥상을 받았든 영호가 나와 바라보니, 어떠한 아지26 못 할 남자가 정희의 손목을 끌고 가랴는27 것이 었다.28

영호: 여보시요, 당신은 누구시며 대체 무슨 이유로 이 여자를 데려가 랴고 하십니까?

승렬: 응, 이놈아. 너 잘 만났다. 네가 최영호란 놈이지? 너는 남의 돈 주고 사 온 계집애를 뭣 때문에 그렇게 빼돌리었단 말이냐?

영호: 네? 돈을 주고 사 왔다구요?

승렬: 그렇다.

영호: 그러면 돈만 드리면 고만이지요?

승렬: 그야 돈만 준다면 고만이지.

영호: 네, 미안합니다마는, 나를 믿고 이틀만 참아 주서요. 그러면 그 돈 삼만 량의 대한 이자를 합하여 드리겠습니다.

승렬: 그야 틀림이 없다면 기다리고 말구. 사실인즉 내가 돈이 필요한 것이지 이런 계집아이야 무슨 소용이 있겠소? 자, 그러면 믿소.

설명: 그 이튿날 밤이었다. 눈보래는29 치고 인적은 끊이었는데, 아참 에30 공장에 나가서 오지 않는 영호를 기다리고 있는 정희.

---

26 알지.
27 가려는.
28 음반에서는 [거디였다]로 발음.
29 눈보라.

정희: 아, 밤은 깊고 날은 치운데 왜 입때 아니 오실까?

설명: 그때에 마침31 영호는 창백한 얼골을32 가지고, 벌벌 떨면서 돌아오는 것이었다.33 정희는 이상한 생각을 하여, 놀랜 얼굴로 그 사람을 바라보면서,

정희: 오날34 어째 이렇게 늦으셨에요?

설명: 영호는 행여나 자기의 행동을 정희가 이상히 알까 봐 천연한35 태도를 가지고,

영호: 자연히 공장에서 볼일이 많은 까닭에 그랬군. 정희, 퍽 기다렸지? 그러나 선희는 벌써 자오?

정희: 네, 자요.

설명: 그 이튿날 아침이었다. 승렬이는 약속한 것과 같이, 영호에게 돈 삼만 량을 받아 가지고 갔으나, 그러나 정희는, 구원을 받았다는 기쁨보담도, 영호의 돈의 출처가 염려스러왔든 것입니다. 그리헐 때에36 돌연히 달려드는 정사복37 경관은, 이유도 말하지 않고 영호의 손목엔 차디찬 수갑을 걸어 버리고야 말았던 것이다38. 별안간

---

30 아침.
31 마침.
32 얼굴을.
33 음반에서는 [거디였다]로 발음.
34 오늘.
35 천연(天然)하다. (태도나 표정이) 아무 일도 없었던 것 같다.
36 음반에서는 [따이에]로 발음.
37 정사복(正私服). 정복과 사복을 아울러 이르는 말.

에 이러한 일을 당하는 정희는, 천지가 아득하여지며 끌리어가는
영호에게 붓잡히어 매달리며,

정희: 여보세요, 이게 어떻게 된 일이란 말이오? 왜 나에게 무슨 말을
　　　허지를 않으세요?

영호: 정희, 용서해 주어요. 나는 당신에게 말하지 않았지만 어젯밤에
　　　그 돈을 모 전당포에서 훔치어 가지고 왔든 것이다.[39] 그러나 내 몸
　　　은 관계없지만 정희가 어린 선희를 데리고 어떻게 외롭게 살았드
　　　란 말이요?

정희: 예, 염려를 마시고 갔다 오세요. 이 몸은 십년이고 이십년이고 당
　　　신이 돌아오시기를 기다리지요. 아무쪼록에 안녕히 다녀오세요.

설명: 그리하야 정희 형제는 끌려가는 영호를, 눈물로 이별을 하고, 다
　　　시 영호와 자기들의 앞으로 닥치어 올, 장래의 행복을 꿈꾸어 가면
　　　서, 나 어린 선희의 손목을 잡고, 구슬픈 노래 소리와 같이, 또 다시
　　　방랑의 길을 떠나게 되였든 것이었다.[40]

노래: 저게가 백두 성산[41] 이 앞에가 두만강/ 강 건너 어데런가 즐펀하
　　　다[42] 만주벌/ 만주 땅 넘으면은 거게가 서백리아[43]/ 끝없는 서백리
　　　아 오로라까지//

38　음반에서는 [거디다]로 발음.
39　음반에서는 [거디다]로 발음.
40　음반에서는 [거디였다]로 발음.
41　성산(聖山). 성스러운 산.
42　질펀하다. 평평하고 넓게 퍼져 있다.
43　서백리아(西伯利亞). '시베리아'의 음역어

15. 장화홍련전(薔花紅蓮傳)

원작영화: <장화홍련전>(단성사, 무성영화, 1924)

감독: 김영환

주연: 김옥희・김설자・최병룡・우정식

상영정보: 1924. 9. 4. 단성사 개봉 (『매일신보』 1924. 9. 2.)

음반번호: Columbia40250

설명: 김영환

반주: 관현악

발매일자: 1931. 10.

채록

Columbia40250 A면

> 설명: 태연히 졸고 있는 푸른 하날은[1] 고요히 요동두 없이, 철산 고을
> 저물어가는 봄빛을[2] 그 가지에 슬피 여기는 듯이 내려다보고 있다.
> 배 좌수의[3] 딸 장화, 홍련은 계모의 구박이 자심하야[4] 밤이나 낮이
> 나 눈물로 세월을 보내다가, 계모의 독한 계략은 쥐를 잡아 껍질을
> 벳기어 낙태의 증거물을[5] 삼아, 빙설같은[6] 장화 몸에 누명을 씌워
> 가지고 배 좌수에게 참소를[7] 하였다.

---

1 하늘은. '하늘'의 방언(강원, 경기, 전라, 충청).
2 음반에서는 [봄비슬]로 발음.
3 좌수(座首). 조선 시대에, 지방의 자치 기구인 향청(鄕廳)의 우두머리.
4 자심(滋甚)하다. 더욱 심하다.
5 음반에서는 [징거물]로 발음.
6 빙설(氷雪). 얼음과 눈. 본디부터 타고난 마음씨가 결백함을 비유적으로 이르는 말.

장화: 아버지, 문 밖 출입을 못하든 제가 이 깊은 밤중에 어떻게 외가로 갑니까?

배 좌수: 가명을[8] 더럽힌 너같은 자식은 일시라도[9] 보기를 싫으니, 어서 장쇠를 따라 외가로 가거라.

설명: 그러나 속이어서 데리고 가다가, 물 가운데 집어넣어 죽이려는 그 계략을 어떻게 알았으리오? 무정한 아버지의 선고를 받고 할 수 없이 장화는 마상으로[10] 올라가니, 어린 동생 홍련이는 언니 앞에 쓰러진다.

홍련: 언니, 이 어린 동생 홍련이는 누구에게 의지해요?

장화: 홍련아 울지 말고 잘 있거라. 널 두고 가자 하니 눈물이 앞을 가리워 지척을 분별할 수 없다마는 부모의 명령이라 사지인들[11] 할 수 없다.

홍련: 언니, 부대 잘 가세요. 인제는 눈 오고 바람찬 기나긴 겨울밤에도 언니 없이 외로히 눈물로 그 밤을 세우겠지요?

장화: 홍련아, 니가 입고 있는 이 치마와 언니가 입고 있는 이 치마를 바꾸어 입자. 네가 보고 싶을 때마다 너 본 듯이 그 치마를 볼 터이니, 눈 오고 바람찬 겨울밤에 너도 날 생각하고 잠이 오지 않거든 날 본 듯이 그 치마나 보아라.

장쇠: 요, 베라먹을[12] 년들아, 고만 떨어지거라.

---

7 참소(讒訴). 남을 헐뜯어서 죄가 있는 것처럼 꾸며 윗사람에게 고하여 바침.
8 가명(家名). 한 집안의 명성이나 명예.
9 일시(一時). 한시. 잠깐동안.
10 마상(馬上). 말의 등 위.
11 사지(死地). 죽을 곳. 죽을 지경의 매우 위험하고 위태한 곳.
12 빌어먹을.

장화: 홍련아 부대13 몸 성히 잘 있거라. 인제는 이별이다.

설명: 부르짖는 홍련이와 떠나가는 장화. 계모 아들 장쇠의 재촉을 따라 가련한 두 사이는 점점 멀어진다.

장쇠: 다 왔다. 내려라.

장화: 장쇠야, 외가로 간다드니 왜 이 물가에다 나를 내려놓니, 응?

장쇠: 외가? 이름이 좋아 불로초다. 외가? 실상은 널 쇡여가지고14 온 것이니 어서 이 물에 빠져 죽어라.

설명: 장화는 청천벽력을 얻어맞는 거와 같아야, 눈물을 흘리며 아무리 애원을 했으나 무지한 장쇠의 고집으로 말미암아, 가련한 그의 몸은 수중고혼이15 되어버리고, 천도가16 무심치 아니하야 난데없는 호랭이가 튀어나왔다.

호랑이: 예, 이 놈!

장쇠: 아이그머니, 아이그.

설명: 번개같이 달려드는 호랭이는 장쇠의 팔 한 개를 잘라 먹었습니다.

Columbia40250 B면

설명: 그 뒤에 홍련이는 언니의 죽은 것을 알고 언니의 뒤를 따라 이

---

13 부디.
14 쇡여가지고
15 수중고혼(水中孤魂). 물에 빠져 죽은 사람의 외로운 넋.
16 천도(天道). 하늘이 낸 도리나 법.

세상을[17] 떠나갔다. 북두성이 서편 하날로 기울어질 때, 장화, 홍련의 망령은 철산 부사의[18] 앞으로 나타난다.

철산 부사: 이 깊은 밤중에 너희들은 사람이냐? 귀신이냐?"

장화: 저희는 귀신이옵는데 철천지원한을[19] 하소하옵고자[20] 심야를 타서 감히 나왔습니다. 소녀 육세 시에 모친을 여의고 삼년 후에 들어온 계모가 재물을 욕심내어, 쥐를 잡아 껍질을 벳기어 낙태의 징물을[21] 삼아가지고 저의 몸을 무참히도 죽이었사오며, 제 동생 홍련이도 미구에[22] 그 같은 누명을 쓸까봐 저의 뒤를 따라왔사오니, 사또님께옵서는 소녀들의 이 철천지원한을 풀어 주옵시면 죽은 혼령인들 은혜를 잊사오리까?

설명: 이튿날 아침[23] 철산 부사는 배 좌수와 계모 허 씨 부인, 그의 자식 장쇠까지 잡아들이었다.

철산 부사: 추호의[24] 일 이라도 기망을[25] 하다가는 죽고 남지 못하리라.

허 씨 부인: 아이그, 사또님, 어디 앞이라고 감히 기망을 하오리까. 낙태의 징물이 여기에 있사옵니다.

---

17 음반에서는 [세상을]로 발음.
18 부사(府使). 조선 시대에 둔 대도호부사와 도호부사를 통틀어 이르던 말.
19 철천지원한(徹天之怨恨). 하늘에 사무치도록 맺힌 한.
20 하소. 하소연. 억울한 일이나 잘못된 일, 딱한 사정 따위를 간곡히 호소함.
21 증물(證物). 증거물.
22 미구(未久). 얼마 오래지 아니함.
23 아침.
24 추호(秋毫). 가을철에 털갈이하여 새로 돋아난 짐승의 가는 털. 매우 적거나 조금인 것을 비유적으로 이르는 말
25 기망(欺罔). 기만. 남을 속여 넘김.

설명: 간악한 허 씨 부인은 쥐 말린 것을 부사 앞에 내놓았다. 부사는 당황하야 어쩔 줄을 모를 때, 장화 홍련의 망령은 또다시 나타난다.

장화·홍련: 사또님 배를 갈라 보옵소서.
철산 부사: 음, 이것이 낙태한 것이라면 배를 갈라 보아라.
사령1: 네이, 배를 갈라라.
사령2: 네이.

설명: 낙태라던 그 물건의 배를 갈르고 본 즉 그 속에는 쥐똥이 가득 차 있었다.

철산 부사: 이 년, 이것이 쥐가 아니냐? 정실 자식을 모해한[26] 네 년은 살려둘 수가 없다. 네 저 년을 올려 매라.
사령3: 네이.
철산 부사: 만일에 추호라도 사정을 두는 놈이 있다 하면, 대신 죽고 남지 못 하리라.

설명: 철산 부사의 엄숙한 명령에, 사령들은 달려들어 허 씨 부인을 올려 매었다. 장화 홍련의 망령이 또다시 부사의 앞으로 나타나며….

장화·홍련: 명철하신 사또님의 은덕으로 소녀들의 설분을[27] 하였사오니 미구에 이 은혜는 갚아 드리겠사오며 저희 부친은 죄가 없사오니 부대 석방하옵소서.

---

26 모해(謀害). 꾀를 써서 남을 해침.
27 설분(雪憤). 분한 마음을 풂.

설명: 배 좌수는 기가 맥혀 땅바닥을 치고 울며….

배 좌수: 이 천하에 죽일 년아! 백옥같은 내 자식이 무슨 죄가 있다고 누명을 씌워 죽였단 말이냐?

설명: 장쇠란 놈은 벌벌 떨며….

장쇠: 아이구머니, 인제는 내 차례가 돌아오는구나.

설명: 대전통편에[28] 의지하야 허 씨 부인은 능지처참이[29] 되고, 명관의[30] 힘으로써 장화, 홍련의 설분은 다 되었다. 제 자식을 오해했던 미련한 배 좌수는, 영원한 탄식과 슬픈 눈물 가운데, 속절없이 여생을 마치고 말았습니다.

---

28 대전통편(大典通編). 조선 시대에, 김치인이 왕명에 따라 편찬한 법전. ≪경국대전≫, ≪대전속록≫, ≪대전후속록≫, ≪수교집록≫, ≪속대전≫을 한데 모은 것.
29 능지처참(陵遲處斬). 대역죄를 범한 자에게 과하던 극형. 죄인을 죽인 뒤 시신의 머리, 몸, 팔, 다리를 토막 쳐서 각지에 돌려 보이는 형벌.
30 명관(名官). 정치를 잘하여 이름이 난 관리.

16. 젊은이의 노래

원작영화: <젊은이의 노래>(조선 중앙키네마사, 무성영화, 1930)

감독: 김영환

주연: 나웅 · 김정숙

상영정보: 1930. 1. 5. 조선극장 개봉 (『동아일보』 1930. 1. 5.)

음반번호: RegalC158

설명: 김영환

반주: 관현악

발매일자: 1934. 7.

가사지

RegalC158 A면

적요의 그림자는 우주를고히덥고 은색의달빗은물우에조요한데 버레들의합창은풀숩에새여나고 미풍에한들거리는 나무닙들은 신비의시를고요히읍조린다 밤이다 달빗과노래와신비와정서에고히덥힌감상의 이밤은쑴속갓치몽동한 청춘의밤이엿다 금잔듸에맷친이슬은 거름마다훗터지고 젊은이의부르는노래소리에 장충단깁흔밤은 고요히떨고잇다

「노래」 젊은이의노래는 마음의하소

　　　　흘너가는쑴길에 청춘을실고

　　　　나루마다반기는 사랑을차저

　　　　속절업는리별의 노래부르네

喆洙 「영애씨 밝은저달과 아름다운이밤은 모다우리둘를위해 창조가된 것갓슴니다 영애씨도그럿케생각을하십닛가?

英愛 「그럼은요 그래서저는밝은저달과 아름다운 이밤이다샐째까지 당신이지으신그노래를싯업시부르고십허요

김철수의처녀작곡 젊은이의노래가 녀배우 최영애의힘으로 세상의소개된것은 두사람의아릿짜운인연의실마리엿섯다 그러나두사람의등뒤에는 황금의칼날이번쩍어리고영애의신변에는 허영에사로잡힌옵바가잇섯든것이다

兢黙 「영식씨 황금과지위! 이두가지는당신에게필요하지요 그럿타면영애로하야금 이긍묵이의안해가되게해주시오

영식이의승락은철퇴가되여두사람의머리우에시각으로쩌러진다 돈이업는철수를단념하라고 명을밧은영애는 엇더케할가!

英愛 「어머니 아버지 옵바 영애라는이몸둥이는 세분의허영에대한도구가되기위해서생겨난몸은아닙니다

父 「네요년 아ㅡ이런천하의 괘심한년의말버릇이잇담 요런년은째려죽여야한다네요년へ

자긔의행복과 사랑을위해서 반항의긔발을드럿든 영애는아버지의독한매를아모리마젓스나 한결갓흔그마음은변할리만무이고 개성을무시하는어버이의행동은도로혀 자긔딸의 용긔만돗아줄쑨이엿섯다

RegalC158 B면

황금과지위와권위로서 세상의모던것을 임의로 다하던긍묵이도 영애의굿세인 의지(意志)만은썩을수가업섯든것이다 그째문에 가진계교를다쓰다가 말경에는 철수를유인해불너내여 수만흔부하들을식히여 싸홈을붓치여가지고 철수의두눈을멀게하엿다지금에는 장님이되여버리인철수게다가긍묵이의흉계로 진실한영애까지 오해하게된그에게는생애의전부

가다만파괴요 비분에타올을쏟이엿섯다 째맛참흘너오는 젊은이의노래 소리

「노래」 초록바다물결도 곱게잠들고

등불업는거리에 밤도깁흔데

님그리워헤매는 애닯은신세

젊은이의노래도 어러썰닌다

아-누가이노래를부르나〵!노래를씃처다오 씃처다오 지금에는모든것이다-저주쏟이다 행복에웃고희망에성장하며 사랑에노래부르고 예술의광명에사러가든것이모도가인제는다-허사이엿다 두눈의광명이사러지던그째붓터나의생애의전부는모다 파괴가되고 지금에는다만암담한적막이나를휩싸고잇슬쏟이다 오-일절의고통이여슬품이여나를더괴롭게굴지마러라 지금내가차즈려는것은 영원한망각쏟이다

英愛 「오철수씨 윈일이세요 네?

喆洙 「웅! 영애냐 이괴악한계집! 너는순진한 나의마음을 반역한계집이다

英愛 「네!그게별안간무슨말슴인지 저는못아러듯겟세요

喆洙 「못아라듯다니 네가못아러듯는다면누가아러듯겟느냐 옛기!매살스러운계집 가면을쓴계집 너는금묵이한테로싀집을간다고최후에편지를내게안햇더냐 그래놋코지금와서는무슨일로나를차자왓서!

英愛 「그것은모두가당신의오해이야요 영애는약하지만황금압혜 절은아니함니다 모든것이다금묵의흉게이엿스니 오해를푸러주세요

철수의오해는비로소푸러젓다 얼마나후에싸엿든 구름은홋터지고 은혜로운태양은두사람을빗춰줄째 영애의손에는결혼반지가 반쩍어리고철수의두눈도차〳〵로밝어가니 황금만릉이나 참사랑은못깨트린다 진실한그마음을례찬하면서 청춘의이노래를갓치부르자

채록

RegalC158 A면

설명: 적요의[1] 그림자는 우주를 고히 덮고 은색의 달빛은 물 우에 조요
   한데[2], 버레들의[3] 합창은 풀숲에 새여 나고, 미풍에 한들거리는 나
   뭇잎들은 신비의 시를 고요히 읊조린다. 밤이다. 달빛과 노래와, 신
   비와 정서에 고히 덮인 감상의 이 밤은, 꿈속 같이 몽롱한 청춘의
   밤이었다. 금잔디에 맺힌 이슬은 걸음마다 흩어지고 젊은이의 부르
   는 노래 소리에, 장충단[4] 깊은 밤은 고요히 떨고 있다.

노래: 젊은이의 노래는 마음의 하소[5]/ 흘러가는 꿈길에 청춘을 싣고/ 나
   루마다 반기는 사랑을 찾아/ 속절없는 이별의 노래 부르네//

철수: 영애 씨, 밝은 저 달과 아름다운 이 밤은 모다[6] 우리 둘을 위해
   창조가 된 것 같습니다. 영애 씨도 그렇게 생각을 하십니까?
영애: 그럼은요. 그래서 저는 밝은 저 달과, 아름다운 이 밤이 다 샐 때
   까지 당신이 지으신 그 노래를 끝없이 부르고 싶어요.

설명: 김철수의 처녀 작곡 <젊은이의 노래>가, 여배우 최영애의 힘으
   로 세상에[7] 소개된 것은 두 사람의 아리따운 인연의 실마리였었다.

---

1 적요(寂寥). 적적하고 고요함.
2 조요(照耀). 밝게 비처시 빛남.
3 벌레.
4 장충단(奬忠壇). 서울특별시 중구 장충동 장충단 공원 안에 있던 초혼단(招魂壇).
5 하소연.
6 '모두'의 옛말.
7 음반에서는 [세상에]로 발음.

그러나 두 사람의 등 뒤에는 황금의 칼날이 번뜩거리고, 영애의 신변에는 허영에 사로잡힌 오빠가 있었든 것이다.

금묵: 영식 씨, 황금과 지위, 이 두 가지는 당신에게도 필요하지요? 그렇다면 영애로 하여금 이 금묵이의 아내가 되게 해주시요.

설명: 영식이의 승락은 철퇴가 되여 두 사람의 머리 우에 지각으로8 떨어진다. 돈이 없는 철수를 단념하라고 명을 받은 영애는 어떡해야 할까?

영애: 어머니, 아버지, 오빠, 영애라는 이 몸뚱이는 세9 분의 허영에 대한 도구가 되기 위해서 생겨난 몸은 아닙니다.
아버지: 네, 요년. 아, 이런 천하에 괘씸한 년의 말버릇이 있담. 요런 년은 때려 죽여야 한다. 네, 요년, 요년.

설명: 자기의 행복과 사랑을 위해서, 반항의 깃발을 들었던 영애는 아버지의 독한 매를 아모리10 맞었으나, 한결같은 그 마음은 변할 리 만무이고11 개성을 무시하는 어버이의 행동은, 도리어 자기 딸의 용기만 도와줄 뿐이였었다.

RegalC158 B면

설명: 황금과 지위와 권위로서, 세상의12 모든 것을 임의로13 다하던 금

---

8 '직각(直角)'으로 추정.
9 음반에서는 [세]로 발음.
10 아무리.
11 만무(萬無). (앞의 내용이 사실일 리가) 절대로 없음. 전혀 없음.
12 음반에서는 [셰상에]로 발음.

묵이도, 영애의 굳센 의지14만은 꺾을 수가 없었던 것이다. 그 때문에 가진15 계교를16 다 쓰다가, 말경에는17 철수를 유인해 불러 내여, 수많은 부하들을 시키여 싸움을 붙여 가지고 철수의 두 눈을 멀게 하였다. 지금에는 장님이 되여 버린 철수. 게다가 긍묵이의 흉계로 진실한 영애까지 오해하게 된 그에게는, 생애의 전부가 다만 파괴요, 비분에 타오를 뿐이였었다. 때마침18 흘러오는 젊은이의 노래 소리.

노래: 초록바다 물결도 곱게 잠들고/ 등불 없는 거리에 밤도 깊은데/ 님 그리워 헤매는 애달픈 신세/ 젊은이의 노래도 얼어 떨린다.//

철수: 아, 누가 이 노래를 부르나? 누가 이 노래를 부르나? 노래를 그쳐 다오, 그쳐다오. 지금에는 모든 것이 다 저주뿐이다. 행복에 웃고 희망에 성장하며, 사랑에 노래 부르고 예술의 광명에 살아가든 것이, 모두가 인제는 다 허사이였다. 두 눈의 광명이 사라지든 그 때부터 나의 생애의 전부는 모다 파괴가 되고, 지금에는 다만, 암담한 적막이 나를 휩싸고 있을 뿐이다. 오, 일절의19 고통이여, 슬픔이여, 나를 더 괴롭게 끓지 말어라. 지금 내가 찾으려는 것은 영원한 망각뿐이다.

영애: 오, 철수 씨, 웬일이세요, 네?

---

13 임의(任意). 특별한 제한이 없는 내키는 대로의 마음. 마음 내키는 대로 하는 것.
14 음반에서는 [이지]로 발음.
15 갖은. 여러 가지를 골고루 갖춘. 가지가지의.
16 계교(計巧). 여러 가지를 잘 생각하여 낸 꾀.
17 말경(末境). 일정한 시기의 끝 무렵. 마지막.
18 때마침.
19 일절(一切). 일체(一切). 모든 것, 온갖 것.

철수: 음, 영애냐? 이 고약한 계집. 너는 순진한 나의 마음을 반역한 계집이다.

영애: 네? 그게 별안간 무슨 말씀인지 저는 못 알아듣겠에요.

철수: 못 알아듣다니, 네가 못 알아듣는다면 누가 알아듣겠느냐? 에이, 매살스러운[20] 계집, 가면을 쓴 계집, 너는 긍묵이한테로 시집을 간다고 최후의 편지를 내게 안 했더냐? 그래 놓고, 지금 와서는 무슨 일로 나를 찾아왔어?

영애: 그것은 모두가 당신의 오해이야요. 영애는 약하지만 황금 앞에 절은 아니합니다. 모든 것이 다 긍묵의 흉계이였으니 오해를 풀어 주세요.

설명: 철수의 오해는 비로소 풀어졌다. 얼마 후에 쌓였든 구름은 흩어지고 은혜로운 태양은 두 사람을 비춰줄 때, 영애의 손에는 결혼반지가 반짝거리고 철수의 두 눈도 차차로 밝아가니, 황금만능이나 참사랑은 못 깨뜨린다. 진실한 그 마음을 예찬하면서 청춘의 이 노래를 같이 부르자.

---

20 의미 불명. '가증스럽다'는 의미의 방언으로 추정.

17. 처녀총각

원작영화: 미상
상영정보: 미상
음반번호: RegalC317
각본: 김병철(案)
설명: 김일성
발매일자: 미상

가사지

RegalC317 A면

「노래」 봄은왓네 봄이와
　　　　숫처녀의 가슴에도
　　　　나물캐러 간다고
　　　　아장∧ 들노가네
　　　　산들∧ 부는바람
　　　　아리랑타령이 절노난다
　　　　흥….

봄은왓네 봄이와 방々곡々에봄은차저왓네 젊은이의가슴엔들 엇지봄이
차저올줄몰낫스랴 순박한시골처녀들의 나물캐는손즛에도 봄은차저왓
네 호미들고김매는늙은총각의가슴에도 봄은차저왓다고 공연히마음이
싱숭생숭해지는것을 참지못하엿다

오늘도짯듯한볏흘밟으며 순분(純粉)이는 여러동무들과갓치 나물을캐
려나왓스나 무엇을생각함인지 자긔혼자 될수잇는대로 여러동무들과갓

치가지안흐려고우진발을머뭇〳하드니 필경에는 두시산모통이를살작넘
어 수양버들느려진 냇가에와안드니 장도를쌔서 버들까지짤너 가느다란
피리를맨들어 하눌을향하야 가만이 아리랑한구절을불너보앗다

그노래는 누구에게보내는노래든가…

노래실흔봄바람은 은〳히블너여 동리늙은총각 길룡(吉龍)이의 김매든
손을 멈추게할분만아니라 환희에넘치는우슴이홀너나오드니만 한다름
에피리소리나는곳으로쒸여올나왓다

오-순분(順粉아)!

오-길룡(吉龍)아!

오늘은엇재이러케느졋니

길룡(吉龍)아 큰일낫다 인제는아마 너하고도 리별인가부다

리별 리별이라니 엇덧케하는말이냐 속씨원이 이얘기나해주렴

아버지의빗을갑흘내면 돈삼백원이잇서야하지를안느냐 그런데 우리집
형편에 그삼백원이어듸잇스며 더욱이작년에는 흉년이들어 집안식구가
먹고살기에도 힘이드는터에 삼백원이란돈이어듸잇겟니 그래서나는 서
울노 팔니여간단다 아-엇더케하면…

말을다못하고 늣기여우는것을보고잇든길룡(吉龍)이는 무슨생각을햇는
지 두주먹을힘잇게쥐고 하눌을우러〳 두눈을살기잇게부르쓰고 잠시
묵〳히서잇드니

오냐 순분(順粉)아! 아무념녀를말아라 내가그돈삼백원을만들어주마

아니 네가엇더케 그돈을만든단말이냐

걱정마러라 나도사내다 자긔가사랑하는사람이팔니여간다는것을 그저
보고잇슬그런바보는아니다 기여히그돈삼백원을 만들어서너를구해주마

오-길룡(吉龍)아 나는무엇이라고 치하를해야올을지몰으겟다

감사에넘치는눈물이 옷깃을적시니 길룡(吉龍)이는 측은이여기여 순분

(順粉)이의댕기긋호로 방울진눈물을씨처줄때에 날아가는가마귀는 짜
욱〱짓고갓다

과연 이울음이야말로두젊은남녀의전도를 축복하는행복의징조인지 쏘
한무슨슲흠을전해주는 불행의징조이엿던지

RegalC317 B면

운명이란 쯧하지아니한불행을 말업시갓다주는것이엿다 길룡(吉龍)이
와 순분(順粉)이의 애틋한사랑도 이대로열매를맷게되엿드면 슲흔눈물
이란 사람의세상에는업섯스련만 그럿치못한것이 사람사는세상에으례
이 차저오는비극이엿다

순분(順粉)이의가련한신세 삼백원이란돈이업스면은 서울노팔녀가서 쳔
한업으로일생을망치고말 가련한신세 오냐 친분도업는사람이 이런경우
를당햇다하드래도그냥보고잇슬수가업는데 더욱이 내가사랑하는사람…무
슨결심을하엿든지 순분(順粉)이를위로하고 헤여진그잇튼날이엿다 서
울서온장사치는 돈삼백원을순분(順粉)이아버지압헤다내여놋코

자어서 이증서에다 도장을치시고 애를서울노보내시오 서울이야말노 누
구나 다한번가고십허하는곳 더욱이순분(順粉)이와갓흔 어엽분애기를
이런시굴구석에서 썩인다는것은 넘우나아깝습니다 서울만가면 죠흔옷
에 평안한생활을하고 여러가지구경꺼리도만코 그야말노 극락이지오쏘
사람이 츌세를하는데도 이런시골서야엇더케한단말이오 서울만가면 저
하나쯕〱히굴면은 금방에출세합니다 자어서 도장을치시우

얘야순분(順粉)아 엇더케하면죠켓니

아버지 할수업습니다 길룡(吉龍)이가 엇더케돈을해온다고는햇지만 길
룡(吉龍)이역시 우리와갓흔쳐지에 무슨돈을 엇더케맨들겟서오 차라리

죽어버린다면모르거니와 그러치안타면 서울노가는도리밧게업지안습닛가

순분(順粉)아 내가몹슬놈이다 쌀자식하나를 남브럽지안케 호사는못식

힐망정 필경에는 팔어먹게되다니

글세영감 그러케생각하면 끗이업습니다 자어서 이증서에다 도장을치서

요 자여기삼백원잇습니다

아버지 어서이돈을바드서요

오냐 엇다 이도장마음대로직어가시오

막도장을칠나고할째에

잠간만

오- 길룡(吉龍)아

자 여기돈삼백원이잇다 이돈만잇스면 너는서을노안가도죠흘것이아니냐

오-길룡(吉龍)아 나는무엇이라고 치하를하야올탄말이냐

치하가무슨치하냐 너를위해서라면 나는 컴々한감옥으로들어간들 무슨

여한이잇겟니

길룡(吉龍)아 무엇이야

아… 아니다

그잇흔날 동리에서는 큰소동이이러낫다 어젯밤에 면장(面長)의집에 도

적이들엇다드라 돈삼백원을훔쳐갓다드라 이런소동이낫슬째에 길룡(吉

龍)이는 벌서경관에게 단々히결박을당하여 끌니여갈째 순분(順粉)이의

가삼이 미여지는것갓햇다

순분(順粉)아 이것도다녀를사랑함에서지은죄라고하면은 나를용서하겟지

오냐 잘알엇다 네가나올그째까지 나는꼭기다리고잇스마

오-순분(順粉)아고맙다 그말이야말노 이세상에엇던보물보다도 나에게

는중한선물이란다 오-길룡(吉龍)아

째맛츰 멀니서들녀오는 목동의무심한봄노래는 이런쓰라린슯흠도모르

는듯이 은々이들녀왓습니다 즐거운그째에듯든봄노래는 환희의노래엿
것만은 지금에이두젊은남녀에게는 찟업는襲흄의추억이엿슬쑨이엇섯다

「노래」 봄은왓네 봄이와

　　　　숫처녀의 가슴에도

　　　　나물캐러 간다고

　　　　아장へ 들노가네

　　　　산들へ 부는바람

　　　　아리랑타령이 절노난다

　　　　홍…

채록

RegalC317 A면

　노래: 봄은 왔네 봄이 와/ 숫처녀의 가슴에도/ 나물 캐러 간다고/ 아장
　　　아장 들로 가네/ 산들산들 부는 바람/ 아리랑타령이 절로 난다/
　　　홍….1

　설명: 봄은 왔네, 봄이 와. 방방곡곡에 봄은 찾아 왔네. 젊은이의 가슴
　　　엔들 어찌 봄이 찾어 올 줄을 몰랐으랴. 순박한 시골 처녀들의 나

1　원곡 <처녀총각>(Columbia40489-A, 민요, 작사 범오, 작곡 김준영, 편곡 오쿠야마
　테이기치[奧山貞吉], 연주 강홍식, 반주 일본콜럼비아관현악단, 1934. 1). 이 노래의
　가사는 다음과 같다. "1. 봄은 왔네 봄이 와/ 숫처녀의 가슴에도/ 나물 캐러 간다고/
　아장아장 들로 가네/ 산들 산들 부는 바람/ 아리랑 타령이 절로 난다/ 홍…// 2. 호미
　들고 밭가는/ 저 총각의 가슴에도/ 봄은 찾아 왔다고/ 피는 끓어 울렁울렁/ 콧노래도
　구성지다/ 멋드러지게 들려오네/ 홍…// 3. 봄 아가씨 긴 한숨/ 꽃바구니 내 던지고/
　버들가질 꺾더니/ 양지쪽에 반만 누워/ 장도 든 손 싹둑싹둑 피리 만들어 부는 구나/
　홍…// 4. 노래 실은 봄바람/ 은은하게 불어 오네/ 늙은 총각 기막혀/ 호미자루를 내던
　지고/ 피리소릴 맞춰 가며/ 신세타령을 하는구나/ 홍…//"

물 캐는 손끝에도 봄은 찾아 왔네. 호미 들고 김매는 늙은 총각의 가슴에도 봄은 찾아 왔다고 공연히 마음이 싱숭생숭해 지는 것을 참지 못하였다. 오늘도 따뜻한 볕을 밟으며 순분(純粉)이는, 여러 동무들과 같이 나물을 캐려 나왔으나, 무엇을 생각함인지 자기 혼자는² 될 수 있는 대로 여러 동무들과 같이 가지 않으려고, 무진 발을 머뭇머뭇 하더니 필경에는 뒷산 모퉁이를 살짝 넘어, 수양버들 늘어진 냇가에 와 앉드니, 장도를³ 빼서 버들가지 짤러 가느다란 피리를 맨들어, 하늘을 향하야 가만이 아리랑 한 구절을 불러 보았다. 그 노래는 누구에게 보내는 노래든가. 노래 실은 봄바람은 은은히 불리여, 동리 늙은 총각 길룡이의 김매든 손을 멈추게 할 뿐만 아니라, 환희에 넘치는 웃음 흘러 나오드니만, 한 달음에 피리 소리 나는 곳으로 뛰여 올라 왔다.

길룡: 오, 순분아.

순분: 오, 길룡아.

길룡: 오늘은 어째 이렇게 늦었니?

순분: 길룡아, 큰일 났다. 인제는 아마 너하고도 이별인가보다.

길룡: 이별? 이별이라니. 어떻게 하는 말이냐? 속 시원히 이애기나 해 주렴.

순분: 아버지의 빚을⁴ 갚을래면 돈 삼백 원이 있어야 하지를 않느냐? 그 런데 우리집 형편에 그 삼백 원이 어디 있으며, 더욱이 작년에는 흉년 이 들어 집안 식구가 먹고 살기에도 힘이 드는 터에 삼백이란 돈이 어디 있겠니? 그래서 나는 서울로 팔리여 간다. 아, 어떻게 하면….

---

2 혼자는.
3 장도(粧刀). (옷고름이나 주머니에 항상 차고 다니던) 칼집에 고운 장식을 한 주머니칼.
4 음원에서는 [비츨]로 발음.

설명: 말을 다 못하고 느끼여 우는 양을 보고 있든 길룡이는, 무슨 생각을 했는지 두 주먹을 힘 있게 쥐고 하늘을 우러러 두 눈을 살기 있게 부릅뜨고 잠시 묵묵히 서 있드니,

길룡: 오냐, 순분아, 아무 염려를 말아라. 내가 그 돈 삼백 원을 만들어 주마.

순분: 아니, 네가 어떻게 그 돈을 만든단 말이냐?

길룡: 걱정 말아라. 나도 사내다. 자기가 사랑하는 사람이 팔리여 간다는 것을 그저 보고 있을 그런 바보는 아니다. 그여히 그 돈 삼백 원을 만들어서 너를 구해 주마.

순분: 오, 길룡아, 나는 무엇이라고 치하를5 하야 옳단 말이냐?

설명: 감사에 넘치는 눈물이 옷깃을 적시니, 길룡이는 측은이 여기여 순분이의 당기 끝으로 방울진 눈물을 씻어 줄 때에, 날아가는 까마구는 까옥까옥 짖고 갔다. 과연 이 울음이야말로 두 젊은 남녀의 전도를 축복하는 행복의 징조인지, 또한 무슨 슬픔에 □□해 주는 불행의 징조이었던지.

RegalC317 B면

설명: 운명이란 뜻하지 아니한 불행을 말없이 갖다 주는 것이였었다. 길룡이와 순분이의 애틋한 사랑도 이대로 열매를 맺게 되었으면은 슬픈 눈물이란, 사람의 세상에는 없었으련만 그렇지 못한 것이 사

---

5 치하(致賀). 남이 한 일에 대하여 고마움이나 칭찬의 뜻을 표시함. 주로 윗사람이 아랫사람에게 한다. (북한어) 고맙다는 인사.

람 사는 세상에 으레히 찾어 오는 비극이었다. 순분이의 가련한 신세. 삼백 원이란 돈이 없으면은 서울로 팔려가서 천한 업으로 일생을 망치고 말 가련한 신세.

길룡: 오냐, 친분도 없는 사람이 이런 경우를 당했다고 허드래도 그냥 보고 있을 수가 없는데 더욱이 내가 사랑하는 사람….

설명: 무슨 결심을 하였든지 순분이를 위로하고 헤여진 그 이튿날이었었다. 서울서 온 장사치는 돈 삼백 원을 순분이 아버지 앞에다가 내여 놓고,

장사치: 자, 어서 이 증서에다 도장을 치시오. 쟤를 서울로 보내시오. 서울이야말로 누구나 다 한번 가고 싶어 하는 곳. 더욱이 순분이와 같은 어여쁜 애기를 이런 시골 구석에서 썩인다는 것은 너무나 아깝습니다. 서울만 가면 좋은 옷에[6] 평안한 생활을 하고 여러 가지 구경거리도 많고 그야말로 극락이지요. 또 사람이 출세를 하는데도 이런 시골서야 어떻게 헌단 말이오. 서울만 가면 저 하나 똑똑히 굴면은 금방에 출세합니다. 자, 어서 도장을 치시우.
순분 아버지: 야야, 순분아, 어떻게 하면 좋겠니?
순분: 아버지, 할 수 없습니다. 길룡이가 어떻게 돈을 해 온다고는 했지만 길룡이 역시 우리와 같은 처지에 무슨 돈을 어떻게 맨들겠어요? 차라리 죽어버린다면 모르거니와 그렇지 못하면 서울로 갈 도리밖에는 없지 않습니까?
순분 아버지: 순분아, 내가 몹쓸 놈이다. 딸자식 하나를 남부럽지 않게 호사는 못 시킬망정 필경에는 팔아먹게 되다니.

---

6 음반에서는 [오데]로 발음.

장사치: 글쎄, 영감, 그렇게 생각하면 끝이7 없습니다. 자, 어서 이 증서
에다 도장을 치서요. 자, 여기 돈 삼백 원 있습니다.

순분: 아버지, 어서 이 돈을 받으세요.

순분 아버지: 오냐, 엇다. 이 도장 마음대로 찍어 가시오.

설명: 막 도장을 칠려고 할 때에,

길룡: 잠깐만.

순분: 오, 길룡아.

길룡: 자, 여기 돈 삼백 원이 있다. 이 돈만 있으면 너는 서울로 안 가도
좋은 것이 아니냐?

순분: 오, 길룡아, 나는 무엇이라고 치하를 하야 옳단 말이냐?

길룡: 치하가 무슨 치하냐? 너를 위해서라면 나는 컴컴한 감옥으로 들
어간들 무슨 여한이 있겠니?

순분: 길룡아, 무엇이 어째?

길룡: 아, 아니다.

설명: 그 이튿날 동리에서는 큰 소동이 일어났다. 어젯밤에 면장의 집
에 도적이 들었다더라, 돈 삼백 원을 훔쳐갔다더라, 이런 소동이 났
을 때에 길룡이는 벌써 경관에게 단단히 결박을 당하야 끌리어 가
고, 순분이의 가삼이8 미여지는 것 같았었지.

길룡: 순분아, 이것도 다 너를 사랑함에서 지은 죄라고 하면은 나를 용
서허겠지?

---

7 음반에서는 [끄시]로 발음.
8 가슴이.

순분: 오냐, 잘 알았다. 네가 나올 그때까지 나는 꼭 기다리고 있으마.

길룡: 오, 순분아, 고맙다. 그 말이야말로 이 세상에 어떤 보물보다도 나에게는 중한 선물이란다.

순분: 오, 길룡아.

설명: 때마츰 멀리서 들려오는 목동의 무심한 봄노래는, 이런 쓰라린 슬픔도 모르는 듯이 은은히 들려왔습니다. 즐거운 그 때에 들든 봄노래는, 환희의 노래였건만은 지금에 이 두 젊은 남녀에게는 끝없는 슬픔의 추억이 있었을 뿐이었었다.

노래: 봄은 왔네 봄이 와/ 숫처녀의 가슴에도/ 나물 캐러 간다고/ 아장아장 들로 가네/ 산들산들 부는 바람/ 아리랑타령이 절로 난다/ 흥….

18. 풍운아(風雲兒)

원작영화: <풍운아(風雲兒)>(조선키네마프로덕션, 1926)

각본·감독: 나운규

출연: 나운규·김정숙·주인규·임운학·남궁운

상영정보: 1926. 12. 18. 조선극장 개봉(『동아일보』, 1926. 12. 18.)

음반번호: Columbia40164

설명: 김영환

발매일자: 1931. 4.

채록

Columbia40164 A면

설명: 여비가 떨어져 이십사 시간 먹지 못한 흘러온 사나이, 그의 이름
은 니코라이 박이라고 한다.[1] 기생 혜옥이와[2] 서로 사랑하고 지나
기는 하나, 돈이 없어 비관하던 김창호는[3] 잠시라도 망각을 얻고저
술을 과히 먹었든가. 지나가는 자동차에 치어 중상을 당하였다.

니콜라이 박: 여보 이 양반, 당신의 자동차에 사람이 치었는데도 그대
로 가겠단 말이오? 심사가 고약한 친구로군. 내려오오. 다친 사람
을 태우게.

---

1 니콜라이 박(朴).
2 강혜옥(姜惠玉).
3 김창호(金昌浩).

설명: 니코라이의 이와 같은 위협적 행동에 입도 떼지 못하고 자동차에서 내려오는 양복 신사는, 재산가의 자식이요, 기생 혜옥이를 꺾으려고 드는 안재덕이라는[4] 사나이였다. 사람 같지 않은 남편으로 하야 나날이 속만 태우고 있던 재덕의 아내 영자의 가슴에는, 알지 못하는 사이에 어느덧[5] 니코라이를 숭배하는 그 마음이 가득 차 있었다. 니코라이의 도움을 받은 창우에게는 한 집에서 먹고 지나는 다섯 명의 고학생 친구가 있었든 것이다.

정일학: 처음 뵙겠습니다. 이 사람은 국한문 신옥편에[6] 정일학이라고[7] 합니다.

이삼손: 이 사람은 유행창가 대장에 이삼손이라고[8] 합니다.

신도숭: 급행열차 신도숭이.[9]

정구진: 사생아 정구진이.[10]

지상석: 무사태평 지상석이.[11]

억척이: 내가 그 중 억척이올시다.

니콜라이 박: 네, 그렇습니까. 이 사람은 허풍선이[12] 같은 니코라이 박이라고 합니다.

설명: 니코라이를 고국에 머물게 하는 따사로운 정의는 이 여섯 사람의

---

4 안재덕(安在德).
5 어느덧.
6 신옥편(新玉篇).
7 천일학(千一學).
8 이삼송(李三松).
9 신도성(申道聖).
10 정구진(鄭求珍).
11 지상석(池相石).
12 허풍선(虛風扇)이. 허풍을 잘 떠는 사람.

친구에게 있었든 것이다. 니코라이의 주선으로 그들은 세탁점을[13] 개업하고, 매일 아침 학교에 가기 전에 노래를 아울러 빨래를 한다.

노래: 일하자 동무야 노래부르며/ 기쁘게, 기쁘게, 기쁘게, 기쁘게 꿈같은 세상// 나가는 앞길이 암만 험해도/ 우리의, 우리의, 우리의, 우리의 힘만 굳세면// 동무야 나가자 같은 맘으로/ 모두 다, 모두 다, 모두 다, 모두 다 힘을 합하세/ 태산과 태양이 아모리 큰들/ 발아래, 발아래, 발아래, 발아래 밟히어지네//

Columbia40164 B면

설명: 얼마 후에 니코라이는 재덕의 아내 영자의[14] 열렬한 사랑을 받는 몸이 되었으나, 니코라이는 그 전날 로서아에서[15] 남편 있는 여자를 사랑하다가, 그것이 발각이 되어 그 여자는 참혹히도 남편의 손에 죽은 일이 있었으므로, 이와 같은 과거를 생각할 때, 영자의 그 사랑은 차마 받을 용기가 없었든 것이다. 니코라이의 발기로 시험에 급제된 사람들 아울러 축하 놀이를 하고 있을 때, 별안간 흘러오는 비참한 소식은, 이 모든 사람의 환락을 깨트리었다.

김창우: 뭣이 어째? 혜옥이가, 혜옥이가 악마 같은 놈으로 하야 돈 천 원에 팔리어 안재덕이에게 붙들리어 갔다?

설명: 창우는 한달음에 그리로 쫓아가고 뒤에 남은 니코라이.

---

13 음반에서는 [세탁쩜]으로 발음.
14 최영자(崔英子).
15 노서아(露西亞). '러시아'의 음역어.

니콜라이 박: 오, 영자가 나와 같이 사랑하든 그것이 탄로가 되어 재덕이에게 쫓기어났다고 하니, 그는 필시에 한강으로 나가 죽었으리라. 내가 사랑하던 영자는 죽었다. 죽은 사람은 죽었으려니와, 현재 살아있어 살려고 애쓰는 저 두 사람은 살아야 한다. 어떻게 살려줄까? 돈 천원이 있어야 한다. 오, 박철선이가 왕지천이의 칠만 원짜리 보석 반지를 훔쳐다 주면은 보수금 천원을 내게 준다고 하였다. 오냐, 그러면 내 몸을 희생하자.

설명: 니코라이는 급한 볼일이 있어 만주로 떠나간다는 것을 칠판에다 써놓고, 박철선이를[16] 찾아간 뒤에 죽은 줄 알았던 영자가 찾아와서 그것을 보고 절망이 되어, 그는 죽음을 결정하고, 혜옥이나 구해주고 죽을까 하야 재덕이의 집으로 돌아갔다.

니콜라이 박: 철선아, 어차피 죄를 짓는 거기에 쓸 돈이면 이리 내어라. 불쌍한 사람이나 구해주자.

설명: 니코라이는 돈 천 원을 뺏어가지고, 그들의 부하를 상대로 하야 맹렬한 난투는 시작이 된다. 중상을 당한 니코라이가 재덕의 집으로 쫓아갔을 때, 영자는 육혈포로 재덕이를 죽이어 혜옥의 몸을 구해주고 자기도 역시 자살을 하고 말았든 것이다.

니콜라이 박: 오, 영자, 인제는 이 돈 천 원이 아무 소용도 없다. 자, 이 놈들아, 도로 가져가거라. 창우, 영자는 죽었지만 살아있는 자네는 부대[17] 혜옥 씨와 같이 행복을 누리게.

---

16 곽철산(郭鐵山).

설명: 조선이 그리워 찾아왔던 그는 다시 봉천으로[18] 가는 열차 안에
그 몸을 실었다. 혜옥이와 창우 다른 친구들도 정거장으로 나왔으
나, 따사로울 줄 알았던 어머니의 나라도 역시 그에게는 서늘하였
을 뿐이었다. 굴러가는 기차바퀴. 떠나가는 그 앞길은 바람차고 눈
날리는 시베리아 벌판이다.

---

17 '부디'의 방언(경남, 전남, 함북).
18 봉천(奉天). 중국의 '펑톈'.

19. 회심곡(回心曲)

원작영화: 미상
상영정보: 미상
음반번호: Columbia40207
설명: 김영환
노래: 강석연
반주: 관현악
발매일자: 1931. 7

가사지

Columbia40207 A면

푸른山맑은물!여긔는싀골이다 可愛로운꼿한쩔기는 열아홉의봄철을마
지하야 바야흐로피여나니 그일흠부르기를 瓊愛라고하엿다 瓊愛는邑內
小學校의敎員이되여 얼마되지안는俸給으로 한아버지徐參議와 어린
동싱吉男이를다리고 그날그날의生活을니어가든中 三年前에사괴엿든
서울엇던富者의아들 張炳一이가遇然히다시와서 甘言利說로그를誘惑
할째 感激되기쉬운靑春의몸이라 瓊愛의풋가슴은비롯오쎌니엿다.
蒼白한저달이宇宙들엿볼적에 둘이서손목잡고 夜半의시내가로
「노리」 『봄동산잔듸속에푸른새움은
　　　　엄트는우리사랑붓도다주며
　　　　꼿속에나래접고잠든나뷔도
　　　　나를보고반기어춤춰주노나
　『瓊愛氏! 暫時나의宿所로 놀너갑시다』

炳一이가瓊愛의손목을잡고 들어간저방문에흐르든불빗은 얼마후에살 그머니꺼지고말엇다 엷은봄어린꼿봉울은 피기도전에시들기가쉬운것이 라 그방에서나오는瓊愛는 발서處女의몸이아니엿섯다.

잇흔날은경애의가장슬푼날!

『炳一氏!그러면저는結婚의그날까지기대리고잇겟습니다 수히도라오세요』 입으로는비록하날과짜를두고盟誓해주엇스나 무서운사나히의하루밤작 란임에야 瓊愛는속은줄을꿈에도몰낫섯다.

瓊愛에게野心을둔洞里의方面長은 徐參議에게빗도주고쌀말도주어 그 의歡心을어더오든中에 瓊愛의소문을듯고하루는차자왓다

『령감쎄서 내게約束해주신것을니젓습니까?』

『千萬에 그럴리가잇습니까』

『그럿치안타면 엇재이런소문이난단말이오 瓊愛가서울서온그놈하고 길 거리에서수작하든것을 直接으로보고온사람이 내게일너주엇답니다』

『당찬은소리지오 무어내손녀라고자랑하는게아니라 그애만은決코그럿 치안습니다』

이리하야方面長은徐參議를졸나가지고 瓊愛와婚姻할날까지밧엇스니 可憐한瓊愛는將次에엇지할까 속절업는눈물속에시들기만할쑨이다.

Columbia40207 B면

무서운運命을避하랴면 炳一이를차자서울노가는수밧게업다고生覺한 瓊愛는 머슴甲石이를다리고 뒤것흐로드러갓다.

『甲石아엇더냐? 꼭그러케해야되겟지?』

『나는不贊成이요!사랑이란고놈의것은 첫맛이야말노 비오리사탕以上 이지만 나종뒤맛은 아주개자식이랍듸다. 엇더케쓴지 금게랍이상이래요 그럿치만서울구경하는맛에 한번대설까요?』

瓊愛는甲石이를다리고 炳一이를차자서울노갓더니 꿈에도싱각지못한
닐이엇다 炳一이에게는崔英子라고하는女子가잇섯든것이다. 悲憤과絶
望에사로잡힌瓊愛는 最後의죽엄을決定하고 漢江鐵橋로내다라 滄波
에몸을더저이世上을버리려할째 맛참이일을알고쫏차나온 自由記者의
손에救助가되엿다.

한아버지徐參議는 方面長의迫害로말미암아 집좃차쌔앗기고먹을것이업
시 어린孫子吉男이를다리고 瓊愛를차자서울노왓다가 싸늘한人心에가즌
苦生을다격다가 自由記者의힘을닙어 찻고잇든瓊愛를반가히相逢했다.

瓊愛는傷處밧은가삼을그대로안고 한아버지와吉男이를짜라 故鄕으로
도라갓다. 純眞한處女의貞操를蹂躪하야一生을慘酷하게만든 그무서
운罪惡을깨다른炳一이는 모든것을뉘웃치여 謝罪하고저 瓊愛의故鄕
인싀골노차저갓다

『瓊愛氏! 나는모든것을後悔하고당신을차자왓스니나를容恕해주시오』

『째는임의지난지가오래입니다 어서가주세요』

冷情한그의對答에炳一이는할수업시발길을도리킬째 自由記者는그들
을차자왓다

『瓊愛氏!罪지은炳一이를미워하는一邊으로 뉘웃치는오날의炳一이를
아름답게보아주시는것이 더욱寬大한일입니다 炳一이는眞情으로後悔
하고왓습니다 새로운機會를그에게주시는것은 당신의義務입니다』

쓸々하든넷터에봄은다시와 꼿피고새울어平和로울째 長恨의그한꿈도
인제는흘녀가고끈이려든그사랑에쏘다시안기엿다.

「노리」『쓸々하든넷터에봄은다시와
　　　　꼿피고새울어서평화한곳에
　　　　장한의그한꿈도흘녀바리고
　　　　끈이려든사랑에다시안기네』

채록

설명: 푸른 산, 맑은 물, 여기는 시골이다. 가애로운[1] 꽃 한 떨기는 열아
홉의 봄철을 맞이하야 바야흐로 피어나니 그 이름 부르기를 경애
라고 하였다. 경애는 읍내 고아 교회 교원이 되어 얼마 되지 않는
봉급으로, 한아버지[2] 서 참의와[3] 어린 동생 길남이를 데리고 그 날
그 날의 생활을 이어가던 중, 삼년 전에 사귀었던 서울 어떤 부자
의 아들 장병일이가 우연히 다시 왔고, 감언이설로[4] 그를 유혹할
제, 감격되기 쉬운 청춘의 몸이라 경애의 풋가삼은[5] 비로소 떨리었
다. 창백한 저 달이 우주를 엿볼 적에 둘이서 손목 잡고 야밤에 시
냇가로….

노래: 봄 동산 잔디 속에 푸른 새 움/ 엄[6] 트는 우리 사랑 북돋아 주렴/
꽃 속에 나래 펴고 잠든 나비도/ 나를 보고 반기어 춤춰 주노나//

병일: 경애 씨, 잠시 나의 숙소로 놀러 갑시다.

설명: 병일이가 경애의 손목을 잡고 들어간 저 방문의 흐르던 불빛은[7],

---

1 사랑스러운. 가애(可愛)하다. 사랑할 만하다.
2 할아버지.
3 참의(參議). 조선 시대에 육조(六曹)에 둔 정삼품 벼슬. 대한 제국 때에 의정부 각
  아문에 둔 벼슬. 갑오개혁 이후에 두었다. 일제 강점기에, 중추원에 속한 벼슬.
4 감언이설(甘言利說). (남을 속이기 위하여) 남의 비위에 맞게 이로운 듯이 꾸며서
  하는 말.
5 풋가슴은.
6 엄. '움(풀이나 나무에 새로 돋아 나오는 싹)'의 옛말.
7 음반에서는 [불비슴]으로 발음.

얼마 후에 살그머니 꺼지고 말았다. 엷은 봄 어린 꽃몽올은[8] 피기
도 전에 시들기가 쉬운 것이라, 그 방에서 나오는 경애는 발써[9] 처
녀의 몸이 아니었으나 이튿날은 경애의 가장 슬픈 날.

경애: 병일 씨, 그러면 저는 결혼의 그 날까지 기다리고 있겠습니다. 수
이[10] 돌아오세요.

설명: 입으로는 비록 하날과[11] 달을 두고 맹세해 주었으나 무서운 사나
이의 하룻밤 장난임에야. 경애는 속은 줄을 꿈에도 몰랐었다. 경애
에게 야심을 둔 동리의 방 면장은 서 참의에게 피도[12] 주고 쌀말
도[13] 주어 그의 환심을 얻어 오던 중에 경애의 소문을 듣고 하루는
찾아와….

방 면장: 영감께선 내게 약속해 주신 것을 잊었습니까?
서 참의: 천만에, 그럴 리가 있습니까?
방 면장: 그렇지 않다면 어째 이런 소문이 난단 말이요. 경애가 서울서
온 그 놈하구 길거리에서 수작하던 것을, 직접으로 보고 온 사람이
내게 일러 주었답니다.
서 참의: 당찮은 소리지요. 무어 내 손자라고 자랑하는 게 아니라 그
애만은 결코 그렇지 않습니다.

---

8 꽃망울. 아직 피지 아니한 어린 꽃봉오리.
9 벌서.
10 쉬이. 멀지 아니한 가까운 장래.
11 '하늘'의 방언(강원, 경기, 전라, 충청).
12 피. 사료나 구황 작물로 재배되는 볏과의 한해살이 풀.
13 쌀말. 한 말 남짓한 쌀.

설명: 이리하야 방 면장은 서 참의를 졸라 가지고, 경애와 혼인할 날까지 받았으니 가련한 경애는 장차에 어찌 할까. 속절없는 눈물 속에 시들기만 할 뿐이다.

현대표기

Columbia40207 B면[14]

설명: 무서운 운명을 피하려면 병일이를 차자 서울로 가는 수밖에 없다고 생각한 경애는 머슴 갑석이를 다리고 뒤꼍으로 들어갔다.

경애: 갑석아, 어떠냐? 꼭 그렇게 해야 되겠지?
갑석: 나는 불찬성이요[15]. 사랑이란 그놈의 것은 첫 맛이야말로 비오리사탕[16] 이상이지만 나중 뒷맛은 아주 개자식이랍디다. 어떻게 쓴지 금계랍[17] 이상이래요. 그렇지만 서울 구경하는 맛에 한번 대설까요?[18]

설명: 경애는 갑석이를 다리고 병일이를 찾아 서울로 갔더니 꿈에도 생각지 못한 일이었다. 병일이에게는 최영자라고 하는 여자가 있었던 것이다. 비분과 절망에 사로잡힌 경애는 최후의 죽음을 결정하고

---

14 음원 소실.
15 불찬성(不贊成). 찬성하지 아니함.
16 비오리사탕(沙糖). 비오리 모양으로 만든 사탕.
17 금계랍(金鷄蠟). '염산키니네(鹽酸kinine)'를 달리 이르는 말. 키니네를 염산에 화합시켜 만든 바늘 모양의 흰 가루. 맛이 쓰고 물과 알코올에 녹는다. 해열 진통제로 쓰인다.
18 대서다. 바짝 가까이 서거나 뒤를 잇대어 서다.

한강 철교로 내달아 창파에19 몸을 던져 이 세상을 버리려 할 때 마침 이 일을 알고 쫓아 나온 자유 기자의 손에 구조가 되었다. 할 아버지 서 참의는 방 면장의 박해로 말미암아 집조차 빼앗기고 먹 을 것이 없이 어린 손자 길남이를 다리고 경애를 찾아서 서울로 왔 다가 싸늘한 인심에 갖은 고생을 다 겪다가 자유 기자의 힘을 입어 찾고 있던 경애를 반가이 상봉했다. 경애는 상처 받은 가슴을 그대 로 안고 할아버지와 길남이를 따라 고향으로 돌아갔다. 순진한 처 녀의 정조를 유린하여 일생을 참혹하게 만든 그 무서운 죄악을 깨 달은 병일이는 모든 것을 뉘우치어 사죄하고자 경애의 고향인 시 골로 찾아 갔다.

병일: 경애 씨, 나는 모든 것을 참회하고 당신을 찾아 왔으니 나를 용서 해 주시오

경애: 때는 이미 지나간 지가 오래입니다. 어서 가 주세요.

설명: 냉정한 그의 대답에 병일이는 할 수 없이 발길을 돌이킬 때 자유 기자는 그들을 찾아 왔다.

자유기자: 경애 씨, 죄 지은 병일이를 미워하는 일변으로20 뉘우치는 오늘의 병일이를 아름답게 보아 주시는 것이 더욱 관대한 일입니 다. 병일이는 진정으로 후회하고 왔습니다. 새로운 기회를 그에게 주시는 것은 당신의 의무입니다.

---

19 창파(蒼波). 푸른 물결.
20 일변(一邊)으로. 한편으로.

설명: 쓸쓸하던 옛 터에 봄은 다시 와 꽃 피고 새 울어 평화로울 때 장한의[21] 그 한 꿈도 이제는 흘러가고 끊이려든 그 사랑에 또다시 안기었다.

노래: 쓸쓸하든 옛 터에 봄은 다시 와/ 꽃 피고 새 울어 평화한 곳에/ 장한의 그 한 꿈도 흘러버리고/ 끊이려든 사랑에 다시 안기네//

---

21 장한(長恨). 마음속 깊이 사무쳐 오래도록 잊을 수 없는 원한.

III. 회고와 공연

1. 역려(逆旅)

원작영화: 없음
음반번호: Columbia40287-88
설명: 김영환
반주: 콜럼비아 관현악단
발매일자: 1932. 2.

채록

Columbia40287 A면

　김영환: 세월은 흘러가매 기록이 남고, 인상은[22] 걸어가되 발자죽이[23]
　　　남는 법이니, 영화해설도 걸어온 발자취야 있겠습지요. 그러나 이
　　　것은 기록도 아니며 또한 자랑도 아닙니다. 오즉[24] 불완전하나마
　　　영화해설이 오늘이 이르기까지, 어떠한 과정을 밟아 왔으며 몇 개

---

22 인생(人生).
23 발자국.
24 오직.

나 되는 발자죽을 냄기여 놓았는가, 당사자에 하나인 나는 천하의 팬들과 한 가지, 기념과 참고로써 걸어온 그 길은 한 번 회고해 보자는 그것입니다. 최초의 그때에는 조선에 독립적 흥행이 없었더니만큼, 조선 변사 일본 변사가 쌍말로 지껄이었던[25] 것입니다. 하지만 그냥 그렇게 "지껄이었던 것입니다"라고만 말해버린다면, 지금 이 레코드를 들으시는 분에게는 너무나 숭거운[26] 일이겠지요. 안 그렇습니까? 그러니까 점잖은 체모에[27] 좀 창피한 장난 같지마는 흉내를 조금씩 내 드리기로 하지요. 하나 만일 흉을 보신다든지 웃으신다면 전 부끄러워 고만 둘 작정입니다. 지금에는 벨을 가지고 신호를 하지만 그 전에는 호각을 썼답니다. 호각 소리가 나면 군악[28] 장단에 조선 변사 일본 변사가 발장단을 맞추어 무대로 나와서는, 곧 날라갈 듯이 맵시 있게 절 한 번씩을 하고 난 뒤에는, 소위 전설이라고[29] 해서 "이번에는 무슨 사진을 합니다"라고 소개를 합니다.

일본 변사: エ一、今回ご紹介致しまする寫眞は、本団特色の「ブランケ」と題する軍事大活劇であります。どうか最終までごゆっくりご清覽あらんこと。

조선 변사: 에, 지금에 놀리는 사진은, 본단 특색 '브랑케'라고 하는 에, 군사 대활극입니다. 아무쪼록 재미스럽게 보아 주시기를 바랍니다.

---

25 지껄이었던.
26 싱거운.
27 체모(體貌). 체면.
28 군악(群樂). 오케스트라.
29 전설(前說). 일본어 '마에세츠'.

김영환: 사진이 비추이면 변사는 길다란 교편을[30] 들고, 또박또박 가르쳐가며 설명을 합니다.

일본 변사: 現れましたのは、ドイツの軍事探偵「タームル」で御座います。彼は今しも敵軍の樣子を探らんがためと、ある酒場に入って行くのであります。

조선 변사: 에, 여기 나타나는 사람은 독일 군사탐정 '타무르'라고 하는 사람이올시다. 그는 지금 적군의 형편을 알기 위해서 한 술집으로 들어가는 광경이올시다.

일본 변사: 市長の娘「ドリイ」嬢は、惡漢の計略に陷り、彼女の運命は、まさに風前の灯火であります。

조선 변사: 에, 시장의 딸 '도리이'라고 하는 여자는, 악한의 계략에 떨어진 바, 그 여자의 운명은 맛참내[31] 바람 앞에 촛불과 같은 광경이올시다.

김영환: 이렇게 하기를 얼마동안 계속하다가, 비로소 일[32] 영화 일인의[33] 해설로, 조선 변사가 차차 웃음거리 한 번씩을 맡아 하게 되었습니다.

Columbia40287 B면

변사: 나타나는 여자가 있습니다. 산중[34] 귀물은[35] 머루 다래요, 이 동

---

30 교편(教鞭). 교사가 수업이나 강의를 할 때 필요한 사항을 가리키기 위하여 사용하는 가느다란 막대기.
31 마침내.
32 일(一). 한.
33 일인(一人). 한 사람.

리 귀물은 은연이라는 이 처녀이든 모양이올시다. 돋아 오르는 반 달이요 물 찬 제비 같고 서면 작약이요36 앉으면 목단이라37 귀신 도 곡을 하고 그대로 살짝 집어 샘키여도, 비린내도 안 날 만큼 아 마 썩 잘 생기였든 모양이올시다. 그때는 아마 봄이던가 봐요. 먼 산에는 아지랑이 끼고 불 탄 자리마다 새 순이 돋을 때, 알큰 삼삼 키 큰 처녀가 춘빛38 춘홍을39 못 이겨 그저 허리를 비비 꼬던 모양 이올시다. 은연이란 처녀가 이웃집 개똥 어머니와 아마 빨래를 하 러 가던 모양인가 봐요. 그때에 떠꺼머리총각 정 도령이 은연이 때 문에 아마 상사병이 들어서 꼭 죽게 되였던가 봐요.

김영환: 그 뒤에 서울에는 비로소 원각사라고40 하는 활동사진 상설관 이 생기여 나섰습니다. 그래서 해설체도 다소 달라지기는 했으나, 군악 장단과 호각 소리라든지 전설 같은 것은 의연히41 책임과 효 과가 가장 컸던 것입니다.

변사: 오늘밤에도 원근을42 불구하시고 이처럼 다다히43 왕림을 하여 주시니 대단히 감사합니다. 여러 분이 이처럼 왕림을 해 주심으로 대접을 하고저 요리를 주문했더니, 전화를 거는 사람은 벙어리요

---

34 산중(山中). 산 속.
35 귀물(貴物). 귀중한 물건. 드물어서 얻기 어려운 물건.
36 작약(芍藥). 작약과의 여러해살이풀. 관상용 또는 약초로 재배한다. 중국이 원산지 이다.
37 목단(牧丹). 모란.
38 춘(春)빛. 봄빛.
39 춘홍(春紅). 봄의 꽃빛. 혹은 춘홍(春興). 봄철에 질로 일어나는 홍과 운치.
40 원각사(圓覺社).
41 의연(依然)하다. 전과 다름이 없다.
42 원근(遠近). 멀고 가까움.
43 다다(多多)하다. 매우 많다.

받는 사람은 귀머거리 숙수는[44] 조막손이요[45] 배달은 절름발이라 유감천만이올시다[46]. 이번에 소개할 사진은 신마룩 대장의[47] 웃음거리올시다. 원컨대 그림하고, 변사의 설명을 좇아 만장 갈채로 구경해 주심을 간절히 바라고서 들어가는 바이올시다. 신마룩 대장의 익살을 부리고 돌아다니는 바람에 왼통 가가마다[48] 모다[49] 결단이 났지요.

개똥 어머니: 아이그, 여보, 복동 아버지 얼른 이리 좀 오오.

복동 아버지: 어, 개똥 어머니 그거 웬일이요?

변사: 신마룩 대장은 쫓아오는 순사에게 붙들리지 않을 작정으로 원, 투, 트리, 슬쩍 배암이가 되어가지고 구녁으로 쏙 들어가 버리였습니다.

김영환: 그 뒤 고등연예관과 우미관이 생겨나기 전까지, 또 이러한 일도 있었으니, 그것은 일본 사진 시대극 해설이었던 것입니다.

일본 변사: やいっ、こりゃ、こりゃ、あれなる侍、暫く待て!

번역: 야, 여봐라, 여봐라, 저기 가는 저 무사 잠깐만 기대려라!

일본 변사: そなた○○○○[50]は拙者が申し受けたぞ、覺悟しろう!

번역: 너의 목숨은 내 손에 있는 것이다. 각오하여라. 일도양단에 목을 빌라!

---

44 숙수(熟手). 잔치와 같은 큰일이 있을 때에 음식을 만드는 사람. 또는 음식을 만드는 일을 직업으로 하는 사람.
45 조막손. 손가락이 없거나 오그라져서 펴지 못하는 손.
46 유감천만(遺憾千萬). 섭섭하기 짝이 없음.
47 신마룩 대장(新馬鹿大將). 앙드레 디드(André Deed, 1879~1940)가 연출하고 연기한 희극 영화 시리즈 <Cretinetti(영 Foolshead)>(1909~1911)의 주인공.
48 가가(家家)마다. 집집마다.
49 모다. '모두'의 옛말.
50 "(そなた)のいのち([너의] 목숨)"로 추정.

김영환: 그러자 고등연예관과 우미관이 생기여 남을 따라, 우리 해설계에 공훈이 적지 않은 선배, 서상호 씨와 김덕경 씨, 최병룡 씨와 이병조 씨, 우정식 씨와 최종대 씨 같은 여러 일꾼들의 힘으로, 영화해설은 변천의 일선을[51] 긋게 되였든 것입니다.

Columbia40288 A면

김영환: 당시에 가장 인기가 비등했던[52] 것은 나의 최초의 스승이요, 해설계의 패왕이었던[53] 서상호 씨의 지랄춤이라는 그것이었습니다. 자전거에 다는 거와 같은 뿡뿡이 나팔을 들고 나와서, 군악 장단에 지랄춤이라는 것을 한바탕 추고 나면 참 굉장했었죠. 스승 서상호 씨의 전설과, 당시에 최고의 인기를 독점하든 해설의 일단을[54] 소개하겠습니다.

서상호: 서 대감 각하가 나왔십니다. 여러분이 저녁마다 이같이 만장의[55] 성황을 이루어 주시니 그것은 아마도, 이 서상호가 얼굴이 이뻐서 얼굴 보러 오시는 것이라고 생각합니다. 참 아닌 게 아니라 이쁘게는 생겼지요. 양주[56] 노상에[57] 첫 과를[58] 받던 두목지가[59] 왔

---

51 일선(一線). 하나의 선. 또는 중요한 뜻이 담긴 뚜렷한 금.
52 비등(沸騰)하다. 물이 끓듯 떠들썩하게 일어나다.
53 패왕(霸王). 패자(霸者)와 왕자(王者)를 아울러 이르는 말. 일정한 분야에서 으뜸이 되는 사람을 비유적으로 이르는 말.
54 일단(一端). 한 끝. 사물의 한 부분.
55 만장(滿場). 회장(會場)에 가득 모임. 또는 그런 회장. '자리를 채움'.
56 양주(揚州). 중국 양저우. 현재의 장쑤(江蘇)·안후이(安徽) 두 성(省)과 장시(江西)·저장(浙江)·푸젠(福建) 각 성의 일부.
57 노상(路上). 길바닥. 길 위.
58 과(科). 과거(科擧).
59 두목지(杜牧之), 두목(杜牧, 803~853). 중국 당나라 후기의 시인.

다가는, 뺨 맞고 갈 만큼 꼭 데릴사윗감이지요? 데릴사위가 되려다 못 되면 주릿대60 팥밥 같이 얻어먹고 육모처 들어갈 만큼 이쁘게도 잘 생긴 대통령감이올시다.

김영환: 서상호 씨는 과연 천재 해설가이었습니다. 당시에 그의 열변 한 마디에는, 만장의 관중을 자유자재로 울리고 웃길 수가 있었든 것입니다.

변사: 주야 이십사 시간을 욕망이 난망이요 불사가 자사로서, 못 보아 병이 되고 못 잊어 원수로다.61 여보시요 아리따운 혜련이시여, 청포도 늘어진 가지, 보고도 꺾지 못하는 저 다람쥐의 심사가62 오작하리까63. 무릉도원64 홍도화도65 삼월이면 모중이요66, 동정호67 밝은 달도 그믐이면 무광이라68. 어찌타, 설부화용69 애껴서 무엇하리. 내나 한들 천년 살며 내나 한들 만년 사랴.

---

60 조릿대. 볏과의 여러해살이 식물.
61 "욕망(欲忘)이 난망(難忘)이요". 잊자 해도 잊히지 않다. "불사(不思)가 자사(自思) 로서". 생각하지 말자 해도 생각이 난다. 원래 문장은 "잊자 해도 잊을 수 없어 억지로 부벽루에 오르니 안타깝게도 발그레한 얼굴은 늙어만 가고, 생각하지 말자 해도 생각이 나 저절로 모란봉에 기대니 검은 머리만 세다(欲忘難忘强登浮碧樓 可惜紅顔老 不思自思頻倚牡丹峰每傷緣鬢衰)". 조선시대 기생 운초(雲草) 김부용(金婦容)의 시 <무용상사곡(芙蓉相思曲)>의 한 구절에서 인용.
62 심사(心思). 어떤 일에 대한 여러 가지 마음의 작용.
63 오죽하리까.
64 무릉도원(武陵桃源). '이상향', '별천지'를 비유적으로 이르는 말.
65 홍도화(紅桃花). 홍도나무의 꽃.
66 '모중(暮中)', 즉 "저무는 중"으로 추정.
67 동정호(洞庭湖). 중국의 둥팅 호수.
68 무광(無光). 빛이나 광택이 없음.
69 설부화용(雪膚花容). 눈처럼 흰 살갗과 꽃처럼 고운 얼굴이라는 뜻으로, 미인의 용모를 이르는 말.

김영환: 그 다음 단성사와 우미관, 상설관이라고는 이 둘밖에 없었을 때, 해설은 전에 비하야 대단한 변천이 있었든 것입니다.

변사: 연속사진 최종편이올시다. 전편에서 철창에 갇히어 생명이 경각에 달리었던, 일세(一世)의 쾌남아 스트론크는 번개같이 문을 벅차고 뛰어나왔다. 애인 게반이를 옆에다가 끼고,

스트론크: 아잇, 뎀벼라 모두 몇 놈이냐? 튼튼한 나의 주먹을 시험해 볼 때는 이제야 돌아왔다. 자, 쥐새끼 같은 놈들아, 모두 몇이냐? 웠차, 나간다.

변사: 용감한 스트론크 청년은 한 사람임도 불구하고 일전의 격투를 연출하게 되었습니다.

미리에르: 여보게 하딩, 마즈막 떠나가며 자네한테 부탁일세. 당나라 백낙천에[70] 이른 바 타생에 막작부인신하라 백년고락이 유타인이라[71] 하였으니 그대는 지극히 이 미리에르를 사랑하여 주게.

변사: 세상사 생각하니 몽리[72] 중 몽리로다. 왕사는[73] 모두가 일장의 춘몽으로[74] 하딩은 마즈막 이 동리를 떠나간다.

김영환: 그 다음 선배 제씨의[75] 새로운 노력으로, 해설과 전설은 또다시 변천을 보게 되었습니다.

---

70 백낙천(白樂天). 백거이(白居易, 772~846). 중국 당나라 중기의 시인.
71 "타생(他生)에 막작부인신(莫作婦人身) 하라 백년고락(百年苦樂)이 유타인(由他人)이라". "다음 생에는 부인의 몸으로 태어나지 마라. 백년의 괴로움과 즐거움이 남으로부터 생겨난다"는 뜻. 출전은 백거이의 <태행로(太行路)>(『고문진보(古文眞寶)』 전집>.
72 몽리(夢裏). 꿈속.
73 왕사(往事). 지나간 일.
74 일장춘몽(一場春夢). 한바탕의 봄꿈, 헛된 영화나 덧없는 일.
75 제씨(諸氏). 여러 사람을 높여 이르는 말.

Columbia40288 B면

변사: 고요한 마을에는 달빛이 처량하고 아가씨의 두 눈에는 눈물이 반짝입니다. 날개라도 있었으면 저 하늘에 훨훨 날아 사랑하는 그의 품에 안길 수도 있으련만, 새 아닌 이 몸이라 생각한들 무엇하리.

김영환: 그 다음은 비로소 상설관마다 오케스츄라를 놓고, 영화의 장면에 반드시 반주를 하는 동시에 전설은 폐지가 되어 버리구, 영화가 바뀌는 그 전날 하루만 나와서 이튿날 상영될 작품을 예고하는 거기에만 전설을 이용하며, 해설도 그를 따라 또다시 변천이 되었습니다.

변사: 대자연을 읊조리는 물새들의 멜로디를 들으며 한 발자죽, 두 발자죽 그윽한 방초의76 향기는 걸음마다 흩어집니다. 거울 같은 시냇물은 두 사람의 심정을 비치우는 듯 홍 여린 그 가삼엔 그 무슨 파동일까.

김영환: 그 뒤에 해설은 그 어투가 언제든지, 관객 상대로 경어를 써오던 것을, 나의 스승 김덕경 씨의, 혁명으로 말미암아 통일적으로, 경어를 폐해 버리었든 것입니다. 그래서 물론 그 당시에는, 스승 김덕경 씨가 받은 타격도 적지 않았든 것입니다마는, 실은 그만한 각오로서 한결같이 나아가는 동시에, 영화 해설의 신투를77 들어내었습니다.

---

76 방초(芳草). 향기롭고 꽃다운 풀.
77 신투(新套). 새로운 투.

김덕경: 쾌걸 단톤은 위대한 그의 체구를 고대 위에 들어내었다. 엄엄한[78] 그의 자태는 말이 없어도 발써 모든 자를 굴복시키고야 말았다.

단톤: 이 무지한 것들아, 너희들은 나를 잊었느냐? 나를 잊었느냐? 나는, 나는 단톤이다.

김덕경: 우렁찬 이 한마디의 호령에 그들은 모두 다 깎아 세운 말뚝처럼 손구락 하나도 까딱이지 못했다.

김영환: 이래서 활동사진이란 그 이름이, 영화라는 이름으로 바꾸이는 동시에 변사라고 하던 것도, 해설자라는 것으로 고치어진 오늘에 이르렀습니다. 인제는 어떠한 분이든지 잘 아시겠지만, 이왕 '영화 해설 역려'라고 제목을 붙여 놓았으니, 거기에 순서로서 현대의 해설체를 하나 소개하고 끝을 마치겠습니다마는, 부족한 구절이 있다면 그것은 다만 나 일개인의 기술 부족일 뿐이요, 해설자 동지 일반적의 것이 아닌 것을 먼저 말해 둡니다.

변사: 음악 소리와 같은 안나의 음성도 들을 수가 없고 따사로울 줄 알았던 이 집안에는, 싸늘한 바람이 매살스럽게도 그의 몸을 쫓아내려는 듯하였다. 이윽고 친구 칼의 가슴에 안기어 키스를 주고 있는 안나를 발견하였을 때,

남자: 에잇, 안나야. 칼, 이 도적놈아. 너는 내 아내를 빼앗았구나. 연연한[79] 추파와[80] 날씬한 허리에 친구의 의리를 매정하게 버린 이 야비한 도적놈아. 안나야, 깨끗하던 네 입술을 그다지도 허수이[81]

---

78 엄엄(嚴嚴)하다. 매우 엄하다.
79 연연(娟娟)하다. 아름답고 어여쁘다.
80 추파(秋波). 이성의 관심을 끌기 위하여 은근히 보내는 눈길.
81 헛되게.

디럽히어[82] 버리고 싶었드란 말이냐? 남편의 친구와 친구의 아내, 삼천세계[83] 허다한 남녀 중에 하필 너희 두 사람이 사랑하지 않으면 아니 될 이유는 과연 무엇이었드란 말이냐?

변사: 후회하는 사람, 분하고 가슴 타는 사람, 세 사람을 외어싸고[84] 창 밖에 밤은 끝없이 깊어간다.

---

82 더럽히다.
83 삼천세계(三千世界). 불교에서 3천 개나 되는 세계라는 뜻으로, 넓은 세계 또는 세상.
84 에워싸다. 둘레를 빙 둘러싸다.

제2부

영화극

I. 외국영화

1. 부활(카츄샤)

원작영화: <Resurrection>(United Artists, 무성영화, 1927)

감독: Edwin Carewe

출연: Rod La Rocque · Dolores del Rio

상영정보: • 영화소개(『동아일보』 1927. 5. 15.)

　　　　　 • 1926. 5. 27. 우미관 · 황금관 개봉(『동아일보』 1926. 5. 27.)

음반번호: Columbia40019-20

설명: 김조성

실연: 이경손 · 복혜순 · 김조성

노래: 유경이

연주: 조선극장 관현악단

발매일자: 1929. 1.

가사지

Columbia40019 A면

(一)

慧星이흐른다 이른밤검은하날에 쏫치는화살갓치 慧星이흐른다 이는露

西亞傳說에依하야 他國과戰爭이잇슴을 揭示함이라한다 村이면村 都會면都會 男女老少는窓門울벅차고 쓸밧게나선다.

카츄샤 「마님 마님 어서오세요 어서요 아유- 그걸못보시고 慧星이 써러젓세요 인제土耳其하고 戰爭이되면 모스코바에게신 네푸류돕氏도 이리로지나가신닷지요? 내? 마님?

叔母 「카츄샤 애 네방정이 그여히 土耳其하고 戰爭을이르키겟다

이째마츰 慇懃히들여오는行進曲의軍樂소리 …樂…

카츄샤 「아! 兵丁들이다 아이고웃저나 네푸류돕氏도 오시겟네 마님! 마님! 어서요 어서나오세요

叔母 「어듸? 애? 어듸 아이구 참 兵丁들이로구나

카츄샤 「아이구 저-기들 아-유 픽도만타 아이고 네푸류돕氏도 오셋스면 밤이면밤마다 잘못니루든카츄샤 三年이나고대하던 네푸류돕公爵 네푸류돕을차즈랴는 카츄샤의애타는가삼

카츄샤 「아이마님 네푸류돕氏도오실가요? 아유 왜 밤에들올가 아이마님 저-압상서서말탄이가 오! 네푸류돕氏!

叔母 「어듸? 애 카츄샤야 정말이냐?

카츄샤 「나는 마중을나갈테예요 아이구 난 붓그러워서엇쩌커나 마님전 들어가요 아유 엇쩌커나

쏜살갓치 안으로쮜여들어온 카츄샤는 鏡臺에向하야 端粧을하랴다가 그남아붓그러워 後園으로逃亡을갈째에 그의얼골은百日紅갓치붉어지며 썰니는가삼은 까닭조차모르게 하날을우러러축슈한다 째는맛츰 復活祭의밤 머-ㄴ 곳에서 은은히들니는쇠북소래

카츄샤 「오-主여 平安히오소서 저의님도 이밤에오섯습니다

門압헤서들니는 말굽소리 아주머니와인사하는 그립던그목소리 카츄샤의어린가삼은 다못엇절줄모르고깃붐이터지는듯십헛다

카츄샤 「원망하지마셰요 원망하지는마셰요 붓그러워서 못마지하는저이
오니
카츄샤야 아닯어라 蒼空에쑤렷한달님을치어다보고 저달이우리님이라
면 哀訴하는카츄샤엿다

Columbia40019 B면

(二)

戰爭의이야기와 서울이야기가듯고십허 모혀드는 洞里사람들과 아주머
니잔소리에 골치를내둘누던 네푸류드가 只今에나오고보니 밤은임의집
허젓다

카츄샤를두고는 애닯게도이밤을보낼수가업서 네푸류돕은 아주머니의
눈을避하여 카츄샤房門前에니르럿다

카츄샤도 이째까지冊床에턱을괴고안자잇서 神明게祝願을하며 네푸류
돕을너무나그리고안저잇다

네푸 「카츄샤! 카츄샤!

카츄샤는깜작놀내엿스나 치어다보니 그립던사랑이엿다 깃붐에엇절쥴
을모르고 유리窓에밧삭다은 카츄샤의타오르는쌤은 어름이라도녹일듯
하얏다

카츄샤 「아이 이밤중에윈일이세요

네푸 「카츄샤 門널어 응!

카츄샤 「안돼요 마님이아시면!?

네푸 「門널어 응! 門널어

카츄샤 「아이 아스셰요

그러나熱情이타고타는 카츄샤는열대(열쇠)를쓰내들엇다 어느덧房안에

들어온 네푸류돕은 쏘파-에주저안지며 카츄샤를힘껏抱擁을한다

카츄샤 「아이 노세요 이러진 마세요 네

네푸 「카츄샤 나는앗가 여긔나올째 카츄샤가 오지를안아서 엇지나落望을하엿는지

카츄샤 「붓그러워서그랫세요 그럿타고 저를원망하지는마세요 네

네푸 「가만잇서 아- 저-鐘소래 참조흔밤이다 춥지도더웁지도안코 그리고復活祭의鐘이울지?

카츄샤 「벌서 인젠 봄이지요 그젼에둘이 숨박곡질하던생각이나셰요?

네푸 「참 그째는카츄샤도 퍽은어리더니 툭하면얼골만붉히고 말대답도못햇지!?

카츄샤 「只今도 그런데요 무얼

네푸 「어듸 그런가볼가?

불갓치타는 입술을대일야고할째 카츄샤는손을들어 中間을막는다

카츄샤 「아스셰요 復活祭의밤에는 아무나키쓰를하기는하지만요 그래도좀달녀요 입술에는父母나하고 남들끼리는 요이마에한대요

네푸 「그럼 어듸이마에나하지 그러나 요입분이마에는 넘우황송해

그러나작담졔지하고 달녀드는네푸류돕은 그規則을억이엿다 카츄샤는 깃붐에벅찬가슴이 썰니고썰니여 목소래까지썰니여나온다

카츄샤 「아스셰요 네 來日戰地에가시면은 어느째나오실는지 모르시면서이러케해노시면은 저는永々슯흔사람이되지안아요?

입으로억지의말을하얏스나 두팔은벌서 네푸류돕의목을 밧삭끼안앗다
날이밝으매

카츄샤야 애처러운이離別

…(노리)…

채록

Columbia40019 A면

설명: 혜성이 흐른다. 이른 밤 검은 하날에[1] 꽂히는[2] 화살같이 혜성이[3] 흐른다. 이는 노서아[4] 전설에 으하여[5] 타국과 전쟁이 있음을 계시함이라한다. 촌이면 촌, 도회면 도회, 남녀노소는 창문을 벅차고 뜰 밖에 나선다.

카쥬샤: 마님, 마님, 어서 오세요. 어서요. 어유, 그걸 못 보시고…. 혜성이 떨어졌어요. 인제 토이기하고[6] 전쟁이 되면 모스코바에[7] 계신 네푸류드[8] 씨도 이리로 지나가신댔지요? 네? 마님?

숙모: 카쥬샤[9], 애, 네 방정이 그예[10] 토이기하고 전쟁을 일으키겠다.

설명: 이때 마침 은근히 들려오는 행진곡의 군악 소리….

카쥬샤: 아, 병정들이다. 아이고, 으쩌나. 네푸류드 씨도 오시겠네. 마님, 마님, 어서요, 어서 나오세요.

숙모: 어디? 애, 어디? 아유, 참 병정들이로구나.

---

1 '하날'의 방언(강원, 경기, 전라, 충청).
2 음반에서는 [꼳히넌]으로 발음.
3 음반에서는 [해서이]로 발음.
4 노서아(露西亞). '러시아(Russia)'의 음역어.
5 의하여.
6 토이기(土耳其). 터키(Turkey)의 음역어.
7 모스크바(Moskva). 러시아의 수도.
8 드미트리 이바노비치 네홀류도프(Dmitri Ivanovich Nekhlyudov).
9 카쥬샤 마슬로바(Katyusha Maslova).
10 그예. 마지막에 가서는 기어이.

카츄샤: 아유, 저기들…. 아유, 퍽도 많다. 아이고 네푸류드 씨도 오셨
　　　으면….

설명: 밤이면 밤마다 잠 못 이루든 카츄샤…. 삼년이나 고대하던 네푸
　　　류드 공작, 네푸류드를 찾으랴는 카츄샤의 애타는 가삼[11]….

카츄샤: 아이, 마님, 네푸류드 씨도 오실까요? 아유, 왜 밤에들 올까?
　　　아이, 마님, 저 앞장서서 말 탄 이가…. 오, 네푸류드 씨….
숙모: 어디? 애, 카쥬샤야 정말이냐?
카츄샤: 나는 마중을 나갈 테예요. 아이구, 난 부끄러워서 어떡허나? 마
　　　님, 전 들어가요. 아유, 어떡허나?

설명: 쏜살곁이[12] 안으로 뛰어 들어온 카츄샤는 경대에[13] 향하야 단장
　　　을 허려다가 그나마 부끄러워 후원으로[14] 도망을 갈 때에, 그의 얼
　　　굴은 백일홍같이 붉어지며, 떨리는 가삼은 까닭조차 모르게 하날
　　　을[15] 우러러 축수헌다[16]. 때는 마침 부활제의[17] 밤. 먼 곳에서 은은
　　　히 들리는 쇠북소래[18]….

---

11 가슴.
12 쏜살같이.
13 경대(鏡臺). 거울을 버티어 세우고 그 아래에 화장품 따위를 넣는 서랍을 갖추어
　　만든 가구.
14 후원(後園). 집 뒤에 있는 정원이나 작은 동산.
15 하늘을. '하늘'의 방언(강원, 경기, 전라, 충청).
16 축수(祝手)하다. 두 손바닥을 마주 대고 빌다.
17 부활절(復活節). 예수의 부활을 기념하는 축일(예수 부활 대축일). 춘분(3월 21일)
　　뒤 음력 보름이 지난 첫 번째 일요일.
18 쇠북(鍾) 소리. 종소리.

카츄샤: 오, 주여 평안히 오소서. 저의 임도[19] 이 밤에 오셨습니다.

설명: 문 앞에서 들리는 말굽 소래…. 아주머니와 인사하는 그립던 그 목소래. 카츄샤의 어린 가슴은 자못 어쩔 줄을 모르고 기쁨이 넘치는 듯 깊었다.

카츄샤: 원망하지 마세요, 원망하지를 마세요, 부끄러워서 못 맞이하는 저이오니….

설명: 카츄샤야, 애닯어라[20]. 창공에 뚜렷한 달님을 쳐다보고, 저 달이 우리 님이라면 애소하는[21] 카츄샤였다.

Columbia40019 B면

설명: 전쟁의 이야기와 서울 이야기가 듣고 싶어 모여드는 동리 사람들과, 아주머니 잔소리에 골치를 내둘르던 네푸류드가, 지금에 나오고 보니 밤은 이미 깊어졌다. 카츄샤를 두고는 애닯게도[22] 이 밤을 보낼 수 가 없어 네푸류드는 아주머니의 눈을 피하여 카츄샤 방 문 전에 이르렀다. 카츄샤도 이때까지 책상에 턱을 괴고 앉아 있어, 신명께[23] 축원을[24] 하며 네푸류드를 너무나 그리고 앉아 있다.

---

19 저희 님도.
20 애달퍼라.
21 애소(哀訴). 슬프게 하소연함.
22 애달프게도.
23 천지신명(天地神明). 천지의 조화를 주재하는 온갖 신령.
24 축원(祝願). 희망하는 대로 이루어지기를 마음속으로 원함.

네흘류도프: 카쥬샤, 카쥬샤.

설명: 카쥬샤는 깜짝 놀래였으나, 쳐다보니 그립던 사랑이였다. 기쁨에
　　　어쩔 줄을 모르고, 유리창에 바싹 닥은[25] 카쥬샤의 타오르는 뺨은
　　　얼음이라도 녹일 듯 허였다.

카쥬샤: 아이, 이 밤중에 웬일이세요.

네흘류도프: 카쥬샤, 문 열어 응?

카쥬샤: 안돼요. 마님이 아시면….

네흘류도프: 문 열어 응? 문 열어.

카쥬샤: 아이, 아서세요[26].

설명: 그러나 열정이 타고 타는 카쥬샤는, 열대를[27] 꺼내 들었다. 어느
　　　듯[28] 방안에 들어온 네푸류드는 쏘파에 주저앉으며 카쥬샤를 힘껏
　　　포옹을 한다.

카쥬샤: 아이, 놓으세요. 이러진 마세요. 네?

네흘류도프: 카쥬샤, 나는 아까 여기 나올 때, 카쥬샤가 오지를 않아서
　　　어찌나 낙망을 허였는지….

카쥬샤: 부끄러워서 그랬세요. 그렇다고 저를 원망하지는 마세요. 네?

네흘류도프: 가만있어. 아, 저 종소래, 참 좋은 밤이다. 춥지도 않고 덥
　　　지도 않고 그리고 부활제의 종이 울지?

---

25 다가앉다.
26 '아서라(그렇게 하지 말라고 할 때 하는 말)'의 높임말.
27 열쇠.
28 어느덧.

카츄샤: 벌써 인젠 봄이지요? 그전에 둘이 숨바꼭질하던 생각이 나세요?

네흘류도프: 참 그 때는 카쥬샤도 퍽은 어리더니 툭하면 얼굴만 붉히고 말대답도 못 했지?

카츄샤: 지금도 그런데요. 무얼.

네흘류도프: 어디 그런가 볼까?

설명: 불같이 타는 입술을 대일랴고 할 때 카츄샤는 손을 들어 중간을 막는다.

카츄샤: 아서세요. 부활제의 밤에는 아무나 키스를 하기는 하지만요. 그래도 좀 달라요. 입술에는 부모나 하고 남들끼리는 요 이마에 한대요.

네흘류도프: 그럼 어디 이마에나 하지. 그러나 요 이쁜 이마는 너무 황송해.

설명: 그러나 작담제지하고[29] 달려드는 네푸류드는 그 규칙을 어기었다. 카츄샤는 기쁨에 벅찬 가삼이 떨리고 떨리여, 목소래까지 떨리여 나온다.

카츄샤: 아서세요. 네? 내일 전지에[30] 가시면은 어느 때나 오실런지 모르시면서 이렇게 해 놓으시면은 저는 영영 슬픈 사람이 되지 않아요?

설명: 입으로 억지의 말을 허였으나 두 팔은 벌써 네푸류드의 목을 바싹 끼안았다[31]. 날이 밝으매 카츄샤야, 애처러운 이별.

---

29 작심하고(?).
30 전지(戰地). 전쟁터.

노래: 오날밤 오신 줄야 이날 어이 알았나/ 이 너른 님의 사랑 사랑□
    □□□더니//

Columbia40020 A면

설명: 네프류드는 자기로 말미암아 타락을 허고, 타락 끝에 감옥까지
    오게 된 카츄샤를 생각하면 천벌이 두려웠다. 카펫을 밟는 발길은
    떨리다 못하여 한시도 머무르지 못하고 감옥까지 찾아왔다. 놓아라.
    오, 카츄샤의 모양은 자기가 낳아놓은 무서운 죄로 인허여 지금의
    카츄샤는 담배를 물고 술병을 들고 마시며 흙더미 속에 누워 있다.

네흘류도프: 카쥬샤, 나요, 나를 몰라보겠소? 이 네프류드를….

카츄샤: 아이구머니나. 저를 찾아오셨구면요. 글쎄 어쩐지 어디서 많이
    뵈온 것 같애요. 그야 물론 저를 귀여워해 주시던 분이겠지 뭘. 이
    것 보세요. 저, 얼른 감시가 없을 때 한 십 원만 돌려주세요32.

네흘류도프: 주지, 주어. 아, 너는 이렇게 되었구나.

카츄샤: 흥, 그야 감옥 안에 있는 년인데, 여기서는 돈을 버선 속에다
    감춰야 한답니다.

네흘류도프: 카쥬샤, 너는 나를 모르고 이러는 모양이로구나. 이 사진
    을 보아라. 십년 전 부활제의 사진 모습을….

카츄샤: 으째 이상해. 카쥬샤니 뭐니…. 그런 이름을 어떻게 그렇게 아
    세요? 아이구, 예편네들도 퍽 많이들도 살겠는데요. 아이고, 고 가
    운데 계집애 귀엽게두 생겼다.

---

31 껴안았다.
32 돌려주다. 돈이나 물건을 융통하여 주다.

설명: 유심히도 바라본 그것은 틀림없는 십년 전 자기의 사진…. 가까이 앞으로 다시 오며 자서히 뜯어보니 그것은 잊지 못할 첫사랑의 네프류드.

카쮸샤: 아이, 악마! 악마! 뭣 하러 왔어요? 나를 이 모양으로 맨들어놓고 무엇이라고…. 인제는 내 꼴을 보고 비웃으러 왔지? 뭣 하러 왔어요?

네흘류도프: 카쮸샤, 진정을 허여. 나는 카쮸샤가 유형이[33] 되면 따라나설 터이요. 살면 같이 살고, 죽으면 같이 죽어서, 나의 이 무거운 죄를 벗어 버릴 테야. 카쮸샤, 나는 카쮸샤의 무죄를 상소라도 헐 테요.

카쮸샤: 아…, 나는 당신에게는 당신만에게는 이 꼴을 보이기는 싫어요.

네흘류도프: 울지 마오. 진정을 허오 나는 당신하고 결혼이라도 허여서 부활의 길을 얻을 터이니….

카쮸샤: 결혼이요? 아, 내 살이 탐이 나면은 언제든지 십 원 한 장만 던져주구려. 오죽이나 잘 시중을 들어 드릴까요. 오, 참, 당신은 나를 버리고 떠나갈 때에 백 원짜리 한 장을 떠맽기고 떠나가지 않았어요?

네흘류도프: 카쮸샤, 나도 이젠 사람이 되어서 거듭 날 생각이오 연애니 지위니 모다[34] 버리고 당신을 위하야 이 몸을 바치겠소. 그것이 하나님의 뜻이요 나의 의무이니까….

카쮸샤: 하나님의 뜻이요? 하하하하하, 하하하하하하, 아니 그것은 벌써 십년 전 옛날 일이에요. 그런 설교는 그만 두고 어서 가요! 자, 안 갈 테예요? 자, 어서 가요!

---

33 유형(流刑). (주로 예전에) 죄인을 외딴 곳으로 쫓아 보내어 살게 하는 형벌.
34 모다. '모두'의 옛말.

설명: 이제서야말로 이 서러움에서[35] 진리를 깨달은 네프류드는 하날을 우러러 부르짖었다.

네흘류도프: 아, □□, 길을 주나 부활의 길은 아니었구나….

Columbia40020 B면

설명: 종이 운다. 부활제의 종이 운다. 이 거룩헌 밤을 바람 찬 서백리아[36] 벌판에서, 불타는 유형의 배 안에서 카쥬샤의 이 한 몸도 쇠사슬에 얽매어 그리고 있다. 네프류드는 한 장의 서류를 손에 들고 부리나케 여죄수의 뗏목 집을 찾아왔다.

네흘류도프: 카쥬샤, 카쥬샤, 일어나. 내가 당신에게 봉사한다고 삼만 리를 당신을 따라온 일도 이제는 끝이[37] 났소. 자, 이 청원장을 보오. "청원국장은 황제 폐하의 칙령으로 카이샤 마슬로가 받은 유형 이십 년의 선고를 파기허노라" 그렇게 □□….

카쥬샤: 그러면은 여기까지 올 필요도 없었습니다그려.

네흘류도프: 카쥬샤, 왜 울우? 왜 울우? 카쥬샤, 당신은 나하구 결혼허여 웃으며 지낼 사람이오. 나에게는 귀여운, 귀여운 아내이오. 나를 슬프게 하지 아니하려거든 우지 맙시다.

카쥬샤: 저는 어느 틈에 술도 끊게 되고, 담배도 안 피우고, 이것이 모두가 대감의 은덕이예요. 그러나 그 은덕을 더 바랄 수는 없에요. 결혼이니 그런 소용없는 생각은 단념하시고[38] 어서 모스코바에 돌아가세요. 그리고 힘써 일해 주세요.

---

35 설움.
36 서백리아(西伯利亞). '시베리아'의 음역어.
37 음반에서는 [끈이]로 발음.
38 음반에서는 [달렴하시고]로 발음.

네흘류도프: 카쥬샤, 이것이 삼만 리나 따라온 나에게 허여주는 소리요? 나의 일은 카쥬샤와 결혼험에 있소. 카쥬샤, 카쥬샤는 저 종소래가 그립지 않소?

카쥬샤: 그리워서 울지요. 그러나 저 같은 것 때문에 귀허신 일생을 허비하시도록 할 리는 없어요. 저는 전보다 백 배, 천 배 더 사모합니다. 그러나 저는 이곳에서 불쌍한 사람들을 위하여 일하겠습니다요.

네흘류도프: 알아듣겠소. 그대가 일 허래면야 나인들 용기 있게 일을 허지요. 그러나 이대로 이별을 허다니 카쥬샤….

카쥬샤: 대감, 용서해주세요.

설명: 한 수병의 처량헌 나팔소래…. 바람은 들을 불며 백설은[39] 분분[40] 천지를 뒤덮는 이 길을 바삐 떠나는 처량헌 죄수들…. 네프류드는 최후의 한 말을 듣고 싶어 따라선다.

네흘류도프: 카쥬샤, 진정으로 내 소원은 못 들어주시오?

설명: 카쥬샤는 다만 "용서허세요" 한 마디만 남겨 놓고는 한 걸음 두 걸음 차츰차츰이 멀어진다. 사□과 같이 서 있던 네프류드는 주저앉으며 종소래에 우러러 답장을 허였다.

네흘류도프: 오, 주여, 저의 부활의 길을 가르쳐 주소서.

설명: 홀로 와 있는 들판에 꿇어앉은 네프류드 의 저 부르짖음….

---

39 백설(白雪). 하얀 눈.
40 분분(紛紛)하다. 여럿이 한데 뒤섞여 어수선하다. '어지럽다'.

2. 춘희(椿姬)

원작영화(서양): • <Camille>(감독: Ray C. Smallwood 주연: Alla Nazimova •
　　　　　　　　Rudolph Valentino, 미국, 무성영화, 1921)
　　　　　　　• <Camille>(감독: Alexandre Dumas Fils 주연: Norma
　　　　　　　　Talmadge • Gilbert Roland, 미국, 무성영화, 1927)
원작영화(조선): <춘희>(평양키네마사, 무성영화, 1928) 감독: 이경손 출연: 정
　　　　　　　기택 • 김일송 • 임운학 • 이앨리스 • 조천성 • 이면철 • 한병룡 •
　　　　　　　김명순 • 홍정애 • 이태진
상영정보: • 서양: 조선극장 개봉(『동아일보』 1924. 1. 1.)
　　　　　• 조선: 조선극장 개봉(『동아일보』 1928. 6. 15.)
음반번호: Columbia40110-11
설명: 김영환
실연: 복혜순
연주: 콜럼비아 관현악단
발매일자: 1930. 8.

채록
Columbia40110 A면

　설명: 춘희, 마그리트라고[1] 부르는 여자, 요염한 그 자태는 구름같이 모
　여드는 허다한 남성의 마음을 흔들지 않고는 그대로 두지 않겠습
　니다. 그러나 춘희는 귀족이나 부자인 그네보담두, 청년 알만을 진
　심으로 사랑했고, 알만은 어늬 날[2] 춘희를 찾아갔습니다.

---

1 마르그리뜨 고띠에(Marguerite Gautier).

춘희: 알만3, 마침 잘 오셨습니다.

알망: 신□히, 말이□있었는데, 아, 참, 담배를 자그만치 태시죠4.

춘희: 이거, 아무렇지도 않습니다. 그러구, 또 저같은 계집이 그렇게 오
래 산들 무슨 별 수가 있겠습니까? 그렇죠? 알만 씨?

알망: 또요?

춘희: 하하하하….

알망: 이 세계를 다 뒤져본다 해도 내게는 오직 하나밖에 없는 소중한
마그리트인데….

춘희: 정말, 고맙습니다. 그렇지만, 저같은 계집은, 남자의 완루물에5
지나지 못하니까요. 언제든지, 사내 비위만 잘못 맞춰주면, 그만 버
림을 당하고 말지 않습니까? 그리고, 제가 이렇게 두 달 동안이나
병들어 누웠어도, 누구 한 사람 찾아주는 이도 없답니다.

알망: 그래두, 나는 매일같이 이렇게 찾아와, 뵙지 않습니까?

춘희: 참, 정말 당신은 고마워요.

알망: 마그리트 그만. 거리낄 틈이 없다면, 나는 날마다, 심심하다, 늘
당신의 곁에 있고 싶어요.

춘희: 오, 알만 씨….

설명: 방탕과, 흥분과, 밤새우는 그것만으로 인생을6 향락해오던 춘희
마그리트는 정 깊은 알만의 거짓 없는 위안으로 애소의7 눈물을 머
금는 것이었다8.

---

2 어느날.
3 아르망 뒤발(Armand Duval).
4 태우시지요.
5 완롱물(玩弄物). 재미로 가지고 노는 물건. 완물(玩物).
6 인생(人生).
7 애소(哀訴). 슬프게 하소연함.

설명: 푸른 하날9, 초야의 향기, 맑은 바람, 아름다운 꽃, 이것들은 모다10 두 사람의 사랑의 살림을 꾸며주는 위안의 전부이였습니다. 지금까지 그 여자의 파드론이었던11 귀족적 자태는 없어지고, 날마다, 날마다 춘희를 꾸며주던 값비싼 패물들도12 다 없어지고, 지금에는 다만 알만이 사다 준 진주반지 한 개만이 남어있을 뿐이었습니다.

알망: 아버지께서 걱정을 하실런지 몰라, 잠시 갔다올까 하는데, 자동차 있지요?

춘희: 없어졌어요. 다 팔아버렸는 걸. 다이아반지, 보석, 무엇 무엇 죄다예요.

알망: 왜, 왜 나한테는 말도 없이….

춘희: 당신이 퍽 괴로우실 것두 같구, 또 저도 말하기가 어렵지 않았겠어요?

알망: 모두가 이 알만의 죄요. 마그리트….

춘희: 그런 생각은 가지지 마세요. 이 마그리트는 옛날의 춘희가 아니랍니다. 당신의 사랑 앞에는, 보석이나 다이아몬드, 그까짓 게 다 무슨 소용이 있어요?

---

8 음반에서는 [거디였다]로 발음.
9 하날. '하늘'의 방언(강원, 경기, 전라, 충청).
10 모두.
11 패트런(patron). 후원자.
12 패물(佩物). 사람의 몸치장으로 차는, 귀금속 따위로 만든 장식물. 가락지, 팔찌, 귀고리, 목걸이 따위.

설명: 알만의 눈에서는 감격의 눈물이 반짝입니다. 이리하야 메칠이[13] 지난 뒤에 알만의 아버지가 베란간[14] 두 사람의 집을 찾아왔으니, 그것은 두 사람의 사랑의 꿈을 깨뜨리는 슬픈 날이었습니다.

알망 아버지: 당신이 춘희인가요? 오늘까지 내 아들을 여러 가지로 도 와 준 것은 잘 알고 있는데, 인제는 좀 떨어져 주는 게 좋을 것 같 애서. 어.

춘희: 아니, 무슨 말씀이에요?

알망 아버지: 쉬, 그저 잠자코, 이거. 이거 얼마 안 되는 돈이지만 내 아들 좋아한 그 값으로 어서 받으시오

춘희: 아버지, 알만은 이제로부터 아버지 한 분만의 것이 아닙니다. 미 안하지만, 이 돈은 도로 가져 가 주십시오

알망 아버지: 오, 참, 어, 이건 그저 내가 잘못이요마는, 이 늙은 사람의 사정도 좀 생각하구…. 또 그의 장래를 위해서라도 불가불[15] 떨어 져 줘야 되겠단 말이요

설명: 마그리트는 간절한 아버지의 말씀을 심중으로[16] 몇[17] 번이나 되 풀이해보다가, 알만의 전도[18]를 위해서, 사랑하는 이의 행복을 위 해서, 억울하게도 단념을 해 버리고는 새로운 슬픈 눈물이 비 오듯 이 흐릅니다.

---

13 며칠.
14 별안간. 갑작스럽고 아주 짧은 동안.
15 불가불(不可不). 하지 아니할 수 없어. 또는 마음이 내키지 아니하나 마지못하여. 부득불.
16 심중(心中). 마음속.
17 몇.
18 전도(前途). 앞으로 나아갈 길. 앞으로 맞이하게 될 날.

설명: 그 뒤에 춘희의 태도가 냉랭해졌으므로, 알만은 이상하게 생각했습니다.

알망: 마그리트, 웬일이요? 평소의 마그리트와는 아주 딴판이니, 나는 오직 한 분 계시는 아버님을 배반하고까지, 당신과 같이 살고저[19] 결심하고 왔는데, 음, 너는 나를 업수이녀기고[20] 인제는 싫증이 났다는 말이냐? 으떻게[21] 된 셈이냐? 왜 말이 없어?

설명: 아무리 물었으나 춘희는 대답이 없고 창밖의 밤만 끝없이 깊어갑니다. 이튿날 아참[22], 춘희가 간 곳이 없으므로, 알만은 미칠 듯이 그 여자를 찾아다니다가, 마참[23] 어늬[24] 무도장에서 귀족과 춤을 추는 춘희를 보았습니다. 마그리트의 가슴과 팔목에는 찬란한 보석과 진주가 반짝거리고 있습니다.

알망: 춘희야, 마그리트야, 니가 날 쇠였구나[25]. 그렇다. 나는 구차한[26] 놈이다. 내게는 작위도, 권력도, 아무 것도 없고 단지 내 진실한 사랑만을 네게 주었었더니, 이 드러운 년, 너는 그 사랑을 헌신같이 내던졌구나.

춘희: 알만 씨, 잠시만 진정하시고, 제 말씀을 들어주세요, 네?

알망: 들어볼 필요도 없다.

---

19 살고자.
20 업신여기다. 교만한 마음에서 남을 낮추어 보거나 하찮게 여기다.
21 어떻게.
22 아침.
23 마침.
24 어느.
25 속이다.
26 구차(苟且)하다. 살림이 몹시 가난하다. 말이나 행동이 떳떳하거나 버젓하지 못하다.

춘희: 알만 씨, 제발, 제발 제 말씀을 한마디만 들어주세요. 저 같은 계집과 같이 살면, 당신은 당신의 전도가 어떻게 되겠어요?

알망: 흠, 말이야 좋다. 이 탈을 쓴 계집아, 보석과 자동차와, 술에다가 몸을 파신 훌륭하신 귀부인, 자, 약소하지만 이 돈을 받으시오.

춘희: 오, 알만 씨 잠깐만….

알망: 놔라. 드럽다.

설명: 엎드려져 우는 마그리트의 몸 위에 지폐 뭉치가 흩어져 나린다[27]. 죽음보다 더 쓰린 춘희의 마음을 알만은 도무지 알아주지 못했습니다.

Columbia40111 B면

설명: 창밖에는 백설이 흩날리고 있습니다. 버림을 당한 춘희는, 수많은 제비들에게[28] 쪼들려가며 병상에 떨친 그 몸은 점점 파리해질 뿐입니다.

춘희: 알만 씨, 저는 이제 죽습니다. 제가 지금 이렇게 될 줄만 알았드면[29] 최초부터, 당신 아버지의 말씀을 들어드리지 않았을 걸, 지금에야 후회헙니다. 불과 일 년, 일 년밖에 더 못 살 줄 알았드면, 당선 옆을 떠나지 않고, 같이 살았을 것입니다. 당신의 손을 꼭 잡고 죽었을 테지요. 알만 씨, 아무쪼록, 그나마, 그나마 한번만 더 와 주세요. 당신이 저를 찾어와 갖고, 한번 더, 한번 더 봄철을 만나서,

---

27 내리다.
28 제비족(族). 특별한 직업 없이 유흥가를 전전하며 돈 많은 여성에게 붙어사는 젊은 남자.
29 알았더라면.

당신이 옛날 모양으로, 저를 사랑해 주시고, 그전과 같이 살 수 있다면, 저는 얼마나 기쁘겠어요. 알만 씨, 제가 실성[30] 되었나 봅니다. 이렇게, 병상에 누워서, 일어나지도 못하면서, 공연히 헛된 잠꼬대만 하고 있지요. 인제는, 벌써, 손도 싸늘해져서, 꼼짝 할 수도 없습니다. 당신이나 계셨드면…. 오, 알만 씨, 만일 제가 죽거든, 아무리 미우시드래도 당신이 주신 이 반지만은, 제 손에서 뽑아가지 말아주세요. 그대로 끼고, 이 세상을 떠나겠습니다. 알만 씨, 어서, 한번만 더 오셔서 저를 안아주세요.

설명: 백설은 흐릅니다. 어제도, 오늘도, 그리고 내일도…. 가련한 춘희는 쓸쓸한 병상에, 아무도 찾아주는 이 없이 그대로 영원히 잠들어 버립니다.

---

30 실성(失性). 정신에 이상이 생겨 본정신을 잃음.

II. 조선영화

1. 개척자(開拓者)

원작영화: <개척자>(고려키네마사, 무성영화, 1925)

감독: 이경손

출연: 김정숙·주인규·남궁운·나운규·정기탁

상영정보: • 영화소개(『조선일보』 1925. 5. 4.)

　　　　　• 『동아일보』(1925. 5. 10.)

음반번호: Columbia40163

설명: 김영환

실연: 윤혁·이애리스

연주: 관현악

발매일자: 1931. 6.

채록

Columbia40163 A면

　　설명: 나이 젊은 화학자 김성재는, 칠년 동안의 화학 연구로 말미암아
　　　　가산을 탕진하고, 늙은 아버지는 글로하야 세상을 떠나갔다. 일가
　　　　의 생활난과 성재의 연구자금으로 말미암아, 곤란을 당하게 된 이

것을 기화로2 평소부터 성재의 누이 동생 성순에게, 욕심을 두고 지나던3 부호의 아들 변철학은, 물질의 원조로써 성재와 그 어머니의 환심을 산 후, 드디어 결혼의 승낙까지 받았다. 그러나 성순에게는 새로운 이상을 품고 있는 청년 화가 민은식이가 있었다.

김성순: 은식 씨가 아니서요?4
민은식: 예, 그렇습니다. 오, 성순 씨….
김성순: 그동안 왜 한 번도 아니 오셨어요?
민은식: 제가 오기를 바라셨습니까?
김성순: 왜 그런 말씀을 하서요?
민은식: 내 누이는 변과 결혼하게 되었으니 다음부터는 교제를 끊어달라는, 당신 오라버니의 편지를 받아 보았습니다. 그러나 성순 씨만은 결코 나를 버릴 리가 없을 것이라고 믿었기 때문에, 성순 씨만은 만나보고 싶은 생각이 간절하였던 것입니다5.

설명: 성순이는 가삼이6 터지는 것 같아야7, 무엇이라고 말 한마디 하지 못하였다.
민은식: 성순 씨는 오즉, 성순 씨의 성순 씨이지요. 오빠나 어머니의 성순 씨는 아닙니다. 그러한 성순 씨이고 볼 것 같으면, 자기를 잊어 버릴 리가 없을 것이라고 생각합니다.

---

1 그로 인하여.
2 기화(奇貨). 뜻밖의 이익을 얻을 수 있는 물건. 또는 그런 기회. 핑계.
3 지내던.
4 아니세요?
5 음반에서는 [거딥니다]로 발음.
6 가슴이.
7 같아서.

김성순: 은식 씨, 그러믄 저는 어떻게 해야 할까요?

민은식: 싸와야지요8. 전장밖에는9 없습니다.

김성순: 그것이10 옳을까요?

민은식: 이기면 옳고 지면 그르지요.

김성순: 제가 이길 수가 있을까요?

민은식: 그야 전장이니까 강하면 이기고 약하면 지겠지요.

설명: 이 소리에 성순의 개성은 비로소 눈을 떴다. 굳센 확신을 붙잡은
　　　성순이는 민의 손을 힘 있게 쥐고….

김성순: 싸우시죠. 싸우겠습니다. 당신의 사랑을 무기로 삼아 끝까지
　　　싸우겠습니다. 오빠에게 몹쓸 년이 되고 어머님에게 불효녀가 되드
　　　래도….

설명: 부모 중심, 과거 중심이던 구시대 대신에, 자녀 중심인 신시대를
　　　세워야 한다. 강이냐, 약이냐, 싸움이다. 대전쟁의 첫 탄환은 최초
　　　의 희생을 기다린다. 그 뒤에 성순은 어머니로부터 혼사 이야기를
　　　듣고 민의 화실로 찾아갔다.

민은식: 성순 씨를 괴롭게 허는 그 슬픔의 책임이 제 곁에 있으니, 고만
　　　꿈으로 돌리고 모든 것을 잊어버려 주십시요.

김성순: 책임을 중히 여기시면서 책임을 면하시렵니까? 정말이지 저는
　　　꼭 유를11 따라갈 터이에요. 만일 사랑하여 주시는 것이12 불만족

8　싸워야지요.
9　전쟁(戰爭).
10　음반에서는 [그거디]로 발음.

하시다면 만족하실 길을 찾아주십시요. 그러나 제가 일생에 나아가는 길은 확정이 되었습니다.

Columbia40163 B면

설명: 성순이가 집으로 돌아왔을 때, 그의 번민을 이해치 못하는 늙은 어머니는 모든 것을 행복스럽게만 해석하였던 것이다.

성순 어머니: 내 딸이 인제는 부잣집 며느리가 되었단 말이지? 에그, 콧물을 졸졸 흘리던 게 발써[13] 기특도 해라.

김성순: 저는 다른 데로 시집을 갈 수가 없어요. 저는 발써 처녀가 아니에요.

성순 어머니: 무어? 무엇이 어떻게 되었어? 이 집안 망했구나. 아이구, 어쩌면 계집애 년이, 아이구, 하느님 맙시사[14]. 이거 동리 사람 들을라. 아이구, 쉬….

설명: 성순은 민에게 몸을 허락했다고 말했으나 그것이 육교를[15] 의미한 것은 아니었마는, 이 말을 들은 가족들은 기가 맥히어 어찌할 줄을 몰랐었다.

김성재: 예이, 고약한 년, 집안을 망해 놓았구나.

---

11 영어 'You'(당신).
12 음반에서는 [거디]로 발음.
13 벌써.
14 맙소사.
15 육교(肉交). 남녀 간의 육체적 관계.

설명: 오빠에게 매를 맞은 성순이는 독약 한 병을 훔쳐 가지고 그 길로 아버지의 산소를 찾아갔다. 손바닥에 놓여있는 독약 한 병은, 성순이와 운명을 같이 하자고 한다.

김성순: 은식 씨, 죽음은 모든 것을[16] 이길 수가 있겠지요? 내 몸이 다 타지드래도[17] 내 사랑만은 딍신 가슴에 안길 수 있을 테이니까요. 저는 갑니다, 제가 간 뒤에 어머니께서는 내내 무량하시고[18] 오빠도 성공하세요. 은식 씨, 당선의 가슴 속에 저의 영이[19] 영원토록 살게 해 주서요. 부탁은 오즉[20] 이것뿐입니다.

설명: 슬픈 눈물 가운데 성순은 독약을 마시고 고민하다가, 오빠에게 발견되어 집으로 돌아가 사랑하던 은식이의 가슴에 안기었다.

김성재: 성순아, 네가, 네가 약을 먹다니 웬일이냐? 아, 용서하여라. 모두가 이 오빠의 잘못이다.

김성순: 오빠, 저는 아즈 처녀이에요. 마음이야 허락했지만 몸이야 몸까지야…. 어머니 부대[21] 안녕히 계십시요. 오빠도 성공하시고, 인제는 마지막입니다. 오, 은식 씨….

민은식: 성순 씨, 성순 씨는 죽어도 영원한 나의 아내입니다.

김성순: 고맙습니다. 그러면 오빠….

---

16 음반에서는 [거들]로 발음.
17 타지더라도. 타버리더라도.
18 무량(無量). 정도를 헤아릴 수 없을 만큼 많음. '무강(無疆)', 즉 편지나 인사를 할 때에 윗사람의 안부를 묻거나 건강을 기원하는 말과 같은 뜻으로 추정됨.
19 영(靈). 영혼.
20 오직.
21 부디.

김성재: 오냐, 성순아 잘 가거라. 짧은 그 일생을 너무도 우리는 못 견디게 굴었구나. 자, 민 군, 고만 내려 놓으십시요.

민은식: 아니올시다. 아직도 몸에는 따뜻한 기운이 남아있습니다. 전신에서 흐르는 뜨거운 피가 다 식을 때까지 저의 마음껏 안고 있게 하야 주십시요.

설명: 성순은 죽었다. 고요히 자는 듯이. 그의 죽음에는 모든 것의 동정과 모든 악을 선화하는[22] 위대한 힘이 있었든 것이다. 사랑하던 성순을 영원히 장사하고[23] 쓸쓸한 서재로 돌아온 은식이는, 성순을 조상하는[24] 시를 지었다. 성아, 아니 가든 못 하겠드냐? 가려거든 함께 가지 못 하겠드냐? 나에게 있는 희망과 기쁨을 한데 몰아 네 관에 집어넣고, 너는 영원의 낙원으로 돌아갔구나.

---

22 선화(善化). 좋은 방향으로 인도하여 변화시킴.
23 장사(葬事). 죽은 사람을 땅에 묻거나 화장하는 일.
24 조상(弔喪). 조문(弔問).

2. 낙화유수(落花流水)

원작영화: <낙화유수>(금강키네마사, 무성영화, 1927)

감독: 이구영

출연: 복혜숙·이원용·장일성·이재현

상영정보: • 영화소개(『조선일보』 1927. 9. 9.)

　　　　　• 1927. 10. 6. 단성사 개봉(『조선일보』 1927. 10. 6.)

음반번호: Victor49017

설명: 김영환

실연: 김영환·복혜숙

연주: 유경이

연주: 단성사 관현악단

발매일자: 1929. 11.

가사지

Victor49017 A면

　(春紅과道永, 서울노써나는路上)

　…(樂)…

　道永 『春紅아! 염여말고어서먼저自動車를타고가거라』

　春紅 『오! 옵바! 그러면저는먼저감니다』

　道永 『오냐어린것을조심해라! 자! 멋놈이냐덤비여라, 너의놈들이春紅

　이를붓드러다가 姜鎬定에게맷겨주려고하지만은, 道永이가아니죽고사

　라잇는동안에는…자! 덤비여라!』

　(서울, 春紅의投宿하는, 旅舘의一室)

　聖源『이고약한년아! 그러면무슨일노 姜鎬定이란놈이 여긔까지왓단말

이냐? 너는그것이멋놈을속여먹자는버릇이냐?』

春紅 『네? 聖源씨…(樂)…그것은너모나박절한말슴이애요…머나먼千里길을, 가즌고생을다해가면서, 어린것을대리고예게까지올나온것은누구를바래고왓다구…』

聖源 『나는너째문에아버님쎄불효자가되엿다』

春紅 『저도한분게서는어머님을버리고그저왓세요』

聖源 『듯기실타모두가다날을속이엿다』

春紅 『속이다니요? 제가언제성원씨를그러케속엿세요?』

聖源 『그러면무슨일노강호정이란놈이이방에잇섯들안말이다.』

春紅 『성원씨! 정말그것은너무나억울합니다저는죽어도살이썩지안켓서요』

聖源 『노아에이노아무슨일노날을잡어? 나는가겟다, 악마갓흔년아! 종시그버릇을못곳친단말이냐에이노아라!』

春紅 『오! 성원씨! ᄾ잠간만, 잠간만기대려주서요…오오! 성원씨! 당신은정말날을버리고그대로가섯슴니까?…오! 오! 아가! 아가! 네가이게윈일이냐? 千里길을갓치왓다가, 나는엇더케하라구나…너마저어미를버리고, 저-세상으로…억울한누명을쓰고, 배척을당한우에어린것마저죽어버리니, 가련한춘홍이는실성이되엿다.

春紅 『하ᄼᄼᄼᄼ아가ᄾ덤비여라! 내손에는인제는칼이잡히엿다자자! 아하ᄼᄼᄼᄼ아가』

Victor49017 B면

(春紅의故鄕, 聖源의畵室對岸江邊)

(樂)…

(說明)자식싸지죽은뒤에失性이되여故鄕으로도라온춘홍이는, 밤이나낫이나聖源이나보구십흘째마다, 싯업지그는강변으로초요하엿다

春紅『오! 성원씨! 녯날듯던풍금소리가, 그畵室의유리챵으로흘너나올
째에는, 아마도당신이오셧나붐니다그려! 네! 차저가지요! 성원씨! 지금
나는이강물을건너서그리로감니다』

(說明)　失性된春紅의눈에는江물이畵室까지갈수잇는다리갓치보이엿
다, 넷날부르든노래를부르며, 한발자죽! 두발자죽! 저강물을向하야서…

(노래)

강남달이밝어서임이놀든곳 구름속에그의얼골가리여젓네
물망초핀언덕에외로히서서 물에쓴이한밤을홀노새워요

春紅이는강물에쩌내려간다, 道永이가치나다가그를救하려고…(樂)…

聖源　『천신만고를다하여가지고성혼이는강변으로쏫처나오니벌서道永
이는無事히春紅이를구하여낫다, 오! 춘홍이! 춘홍이! 날을용서해주어
요모두가다성원의놈의죄이엿섯지요

春紅『성원씨! 々々々! 저는엇지도당신을기대렷는지모르겟서요…그럿
치만…저는인제고만, 멀-니가나붐니다, 안녕히게십시요』

聖源『오! 춘홍이, 춘홍이, 오! 춘홍이!』

이윽고그는사랑하든옵바와聖源의압헤서죽엇다.　江南春草는해마다푸
르고, 歲々年々에江물은흘너가것마는可愛롭든한썰기南方의名花아어
늬째에쏘다시피일것인가?

채록

Victor49017 A면

도영: 춘홍아, 염려 말고 어서 먼저 자동차를 타고 가거라.

춘홍: 예, 오빠, 그러면 저는 먼저 갑니다.

도영: 오냐, 어린 것을 조심해라. 자, 몇 놈이냐? 뎀벼라! 너희 놈들이 춘홍이를 붙들어다가, 강호정이에게 맡겨 주려고 하지마는, 도영이가 아니 죽고 살아 있는 동안에는…. 자, 뎀벼라!

성원: 이 고약한 년아, 그리면!¹ 무슨 일로 강호정이란 놈이 여기까지 왔단 말이냐? 너는 그것이² 몇 놈을 속이어 먹자는 버릇이냐?

춘홍: 네? 성원 씨, 그것은 너모나³ 박절한⁴ 말씀이에요. 머나먼 천리 길을 갖은 고생을 다 해 가면서 어린 것을 데리고 여기까지 올라온 것은 누구를, 누구를 바라고 왔□□□□….

성원: 나는 너 때문에, 아버님께 불효자가 되었다.

춘홍: 저도, 저도 한 분 계시는 어머님을 버리고 그저 왔세요.

성원: 듣기 싫다. 모두가 다 나를 속이었다.

춘홍: 속이다니요? 제가, 언제 성원 씨를 그렇게 속였에요?

성원: 그러면 무슨 일로 강호정이란 놈이 이 방에 있었더란 말이다.

춘홍: 성원 씨, 성원 씨, 그것은 정말 너무나 억울합니다. 저는 죽어도 살이 썩지 않겠에요.

성원: 에이, 놓아! 무슨 일로 날을 잡어? 나는 가겠다. 악마같은 년아. 종시⁵ 그 버릇을 못 고친단 말이냐. 에이 놓아라!

춘홍: 오, 성원 씨, 성원 씨, 잠깐만, 잠깐만 기대려 주서요. 오, 성원 씨, 당신은 정말 나를 버리고 그대로 가셨습니까? 오, 오, 아가, 아가, 네가 이게 웬일이냐? 천리 길을 같이 왔다가, 나는 어떻게 하라구? 나, 너마저 어미를 버리고 저 세상으로….

---

1 그러면.
2 음반에서는 [그거디]로 발음.
3 너무나.
4 박절(迫切)하다. 인정이 없고 야박하다.
5 종시(終是). 끝내.

설명: 억울한 누명을 쓰고, 배척을 당한 우에, 어린 것마저 죽어버리니, 가련한 춘홍이는 실성이 되고 말았다.

춘홍: 하하하하하. 자, 모두 덤비어라. 내 손에는 인제는 칼이 잡히었다. 자, 자, 아하하하하하. 아가.

Victor49017 B면

설명: 자식까지 죽은 뒤에 실성이[6] 되어, 고향으로 돌아온 춘홍이는 밤이나 낮이나, 성원이나 보고 싶을 때마다 끝없이 그는 강변으로 소요하였다[7].

춘홍: 오, 성원 씨, 옛날 듣던 풍금 소리가 그 화실의[8] 유리창으로 흘러나올 때에는, 아마도 당신이 오셨나 봅니다그려. 네? 찾아 가지요. 찾아가요. 성원 씨, 지금 나는 이 강물을 건너서 그리로 갑니다.

설명: 실성된 춘홍의 눈에는 강물이 화실까지 갈 수 있는 다리같이 보이었다. 옛날 부르던 노래를 부르며, 한 발자죽[9], 두 발자죽 저 강물을 향하여서….

노래: 강남달이 밝어서 임이 놀든 곳/ 구름 속에 그의 얼골 가리어졌네/ 물망초 핀 언덕에 외로히 서서/ 물에 뜬 이 한 밤을 홀로 새울까//[10]

---

6 실성(失性). 정신에 이상이 생겨 본정신을 잃음.
7 소요(逍遙). 자유롭게 이리저리 슬슬 거닐며 돌아다님.
8 화실(畫室). 미술가가 작품을 만드는 방.
9 발자국.
10 이 노래는 영화 주제가이자 유행가요로도 인기 있었던 <낙화유수>이다. 흔히 <강

설명: 춘홍이는 강물에 떠내려간다. 도영이가 지나가다 그를 구하려
고…. 천신만고를 다하여 가지고 성원이는, 강변으로 쫓아 나오니
벌써, 도영이는 무사히 춘홍이를 구하여 나왔다.

성원: 오, 춘홍이, 춘홍이, 나를 용서해 주어요. 모두가 다 성원이 놈의
죄이었었지요.

춘홍: 성원 씨, 성원 씨, 저는 어찌도 당신을 기다렸는지 모르겠에요.
그렇지만, 저는 인제 고만 멀리 가나 봅니다. 안녕히 계십시오.

성원: 오, 춘홍이, 춘홍이, 오, 춘홍이.

설명: 이윽고 그는 사랑하던 오빠와 성원의 앞에서 죽었다. 강남 춘초
는11 해마다 푸르고 세세년년에12 강물은 흘러가건마는, 가애롭
든13 한 떨기 남방의14 명화야15 어느 때에 또다시 필 것인가?16

남달>로도 알려져 있다. 이 노래가 수록된 음반은 다음과 같다. ①<낙화유
수>(Columbia40016-A, 작사·작곡 김서정[김영환], 연주 이정숙, 반주 콜럼비아관
현악단, 1929. 4); ②<영화소패 낙화유수>(Victor49082-A, 연주 김연실, 반주 일본
빅타악단, 발매일자 미상). "1. 강남달이 밝아서 님의 놀던 곳/ 구름 속에 그의 얼굴
가리워졌네/ 물망초 핀 언덕에 외로이 서서/ 물에 뜬 이 한 밤을 홀로 새울까// 2.
멀고 먼 님의 나라 차마 그리워/ 적막한 가람 가에 물새가 우네/ 오늘밤도 쓸쓸히
달은 지노니/ 사랑의 그늘 속에 재워나 주오// 3. 강남에 달이 지면 외로운 신세/
부평의 잎사귀에 벌레가 우네/ 차라리 이 몸이 잠들리로다/ 님이 절로 오시어서
깨울 때까지//".

11 춘초(春草). 봄풀.
12 세세년년(歲歲年年). 해마다.
13 가애(嘉愛)롭다. 어여쁘고 사랑스럽다.
14 남방(南方). 남쪽 지방.
15 명화(名花). 아름답기로 이름난 꽃. 아름다운 여자나 기생을 비유적으로 이르는 말.
16 음반에서는 [거딘개]로 발음.

3. 말 못할 사정

원작영화: <말 못할 사정>(미완성, 1931)
감독: 나운규
상영정보: 광고(『조선일보』 1930. 7. 18.)
음반번호: Columbia40205
실연: 나운규·석금성·심영
발매일자: 1931. 1.

채록

Columbia40205 A면

정희: 오빠, 오늘은 왜 아무 데도 아니 나가시고 무슨 생각을 그렇게
　　　허세요?

오빠: 차라리 너를 죽여버렸으면 좋겠다. 눈물 흔적을 아니 보이느라고,
　　　암만 분작질을[1] 한대야 내가 다 안다. 기침소리가 아니 들리게 하
　　　려고, 입을 막고 애를 써도, 내 귀에 그것이[2] 아니 들리는 줄 아니?
　　　폐병도 2기가 지났으니, 너무 억척한 고통이다.

정희: 하루 발명된 약을 주면서, 인제는 꼭 낫는대요.

오빠: 약값이 어데서 나니? 어젯밤에도 네 시가 지나서야 돌아왔지? 문
　　　간에서 이야기하던 사내가 누구냐?

정희: 저…, 인력거꾼이예요.

오빠: 거짓말 마라. 중절모 쓴 인력거꾼이 어디 있더냐? 내가 다 봤다.

1　분작(粉作)질. '화장(化粧)'이나 '단장(丹粧)'을 낮추어 이르는 말로 추정됨.
2　음반에서는 [그거디]로 발음.

다 들었다. 인제 얼마 남지 않은 피와 살을 팔아서, 약값을 얻으려는 내가 사람이 아니다. 더구나, 그것을[3] 번연히[4] 알면서 바라보고 있을 수밖에 없는 내가, 산 죽음이 아니고 무엇이냐?

정희: 그러나, 이대로 죽어버린다면 너무도 원통해요.

오빠: 더 간대야, 고통과 원통이 더해질 뿐이겠지.

정희: 오빠가 성공하시는 것을 못 보고 내가 어떻게 죽읍니까.

오빠: 하기[5] 방학에 나왔던 때부터 치면 벌써 여섯 달이다. 그동안에 취직 하나 못하는 내게 성공이 다 뭐냐? 열 번 스무 번 자살하려고 했다. 그러나, 네가 나 때문에 못 죽는 것처럼, 차마 네 눈앞에서 그런 꼴은 못 보이겠더라.

정희: 오빠, 우리 형제는 너무도 불행합니다요.

오빠: □□, 아버지 때문에도 너는, 죽어야 한다. 피가 썩어져 가는 딸이, 피와 살을 팔아서 피 값을 대라고 졸르는, 그런 사람에게 자기의 죄를 깨닫게 해야 한다.

정희: 그러나, 아버지는 아무 죄도 없습니다.

오빠: 그보다 더 큰 죄가 어디 있겠니?

정희: 아버지가 실패하신 것은 아버지의 죄가 아니예요.

오빠: 아버지를 미워하지 못하고, 형을 바리지[6] 못하는 썩은 정신을 가졌기 때문에 너는 죽는다. 지금부터라도 나를 버리라. 그리고 아버지도 버리라. 그리고 남아 있는 얼마 동안을 네 마음대로 살아봐라. 살려고, 살려고 애를 쓰지 말고, 죽는다는 것을 잊어버리고 살아 봐라.

정희: 오빠….

---

3 음반에서는 [그거들]로 발음.
4 번연히. 뻔히.
5 하기(夏期). 여름철.
6 버리지.

오빠: 왜?

정희: 나를 죽여주세요.

오빠: 흑흑흑흑흑, 꼭 살려주고 싶다.

Columbia40205 B면

경찰: 당신이 이 집 주인이요?

오빠: 호주는 아버지로 되어 있습니다.

경찰: 어젯밤에 자살하였다는 시체는 어디 있소?

오빠: 자살이 아니라 타살입니다.

경찰: 무엇이? 지금 경찰서에 왔던 하인은 자살이라고 했는데.

오빠: 잘못 전한 게지요. 타살입니다.

경찰: 그럼 시간은 대략 몇 시나 되겠소?

오빠: 한 시 반가량이나 되었을 것입니다.

경찰: 음, 현장에는 아무도 없었던가?

오빠: 제가 혼자 있었습니다.

경찰: 현장에 있었으면 왜 곧 통지를 안 했소?

오빠: 밤중에 너무 수고를 끼칠 것 같아서.

경찰: 흐흐흐, 수고? 수고보다는 범인이 멀리 도망하기 전에 잡아야지.

오빠: 범인은 도망하지 않았습니다.

경찰: 도망하지 않았으면 어디 있단 말이냐?

오빠: 제가 범인입니다.

경찰: 응? 그러면은 피해자와의 관계는?

오빠: 내가 제일 사랑하는 누이동생이지요.

경찰: 사랑한다면서는 왜 죽였소?

오빠: 사랑하기 때문에 죽였습니다.

경찰: 사랑하기 때문에 죽였다는 법이 어디 있단 말이냐?

오빠: 죽는 것이[7] 사는 것보다 더 행복스러우니까요.

경찰: 죽기를 좋아하는 사람이 어디 있나?

오빠: 죽고 싶어 하지는 않았습니다. 살려고, 살려고 퍽 애를 썼지요.

경찰: 살고 싶어 하는 사람을 왜 죽였소?

오빠: 사는 것이 불행하니까 죽였습니다.

경찰: 불행하다고 생각하는 사람이 살려고 애를 썼을까?

오빠: 불행한 줄을 느끼면서도 살 수밖에 없는 팔자였답니다.

경찰: 불행하게 된 원인은 뭐냐?

오빠: 그것은 말하지 못하겠습니다. 다만 그런 사정이 있었을 뿐입니다.

경찰: 말하고 아니하는 것이 자유로 되는 것이 아니니까.

오빠: 모든 원인과 책임이 돌아갈 곳은 한 곳뿐이겠지요. 사정은 구태여 나에게 묻지 마십시오. 법률은 그만 살인한 사람을 벌하면 그만이 아닙니까? 더구나 범인 자신이 모든 사근을[8] 자백하는 바에야….

경찰: 음, 그러나 원인을 알지 아니하고는 처리하지 못하는 법이니까.

오빠: 그러나 나는 이 이상 더 말하지는 않겠습니다.

경찰: 뭐야? 말하지 않는다고 그대로 내버려둘 줄 아니? 가자, 가자.

오빠: 네, 갑시다. 정희야, 오빠도 너를 쫓아가마. 아버지도 장차 오시겠지. 어머니가 가신 나라로 다 같이 가자. 남에게 말하지 못할 이 사정을, 니가 알고 다만 내가 알 뿐이다. 흐흑. 흐흑.

---

7 음반에서는 [거디]로 발음.
8 사근(事根). 일의 근본. 또는 사건의 근원. 사본(事本).

4. 숙영낭자전(淑英娘子傳)

원작영화: <숙영낭자전>(이경손프로덕션, 무성영화, 1928)

감독: 이경손

출연: 이경손·조경희·김명순·금강

상영정보: • 영화소개(『동아일보』 1928. 3. 8.)

　　　　　• 1928. 11. 17 단성사 개봉(『동아일보』 1927. 12. 16.)

음반번호: Columbia40037-38

설명: 김조성

실연: 서월영·복혜순

노래: 김난향

연주: 조선극장 관현악단·단소 김계선

발매일자: 1929. 8.

채록

Columbia40037 A면

　설명: 선군은 과거를 보고 오라는 아버님 명령에, 하인 한 명을 거나리
　　　고[1] 한양을 떠났으나, 사랑하는 안해를[2] 너모도[3] 못 잊어 왼종일[4]
　　　이십 리도 못 걷고 주막에 들었다. 아모리[5] 잠을 이루려 허였으나
　　　잠 못 이루고, 사창에[6] 비친 둥근 달만 쳐다보고 있다. 저 달은 임

---

1 거느리고
2 아내.
3 너무도.
4 온종일.
5 아무리.
6 사창(紗窓). 직물이나 비단으로 바른 창.

의7 얼골8 번연히9 보련마는 어찌허여 나는 그리건만 못 보아 상사가10 될까? 탄식하는 선군은 드대여11 일어나 앉었다. 과연 그렇다 청춘의 소망은 명예에만 있지 않다. 복받쳐 오르는 사랑허는 안해 생각에 물불을 어찌 헤아리랴. 아버님의 꾸중이 아무리 두렵다 하여도, 듣게 되면 들어 주자. 이리허여 새벽길을 이십 리를 천방지축 달아12 오는 선군이였다. 담을 넘어 동별당까지 기여 온 선군은, 행여나 집안 식구가 깰까 봐 염려를 허여, 가만히 문을 두다리며13 사랑하는 안해를 부른다.

선군: 여보, 여보?

설명: 낭자는 놀래였다. 한 손으로는 치마를 걷으며 문을 열고 내여다 보니,

선군: 여보, 나요, 놀래지 말아요.
낭자: 아유, 이거 웬일이세요, 이것이.
선군: 너무나 그리워서 도로 왔지.
낭자: 그런 걸 아버님이 알았으면 어떻게 하려고 이러세요?
선군: 여보, 나는 오늘 이십 리밖에 못 걸었소. 가다가 돌아다보고, 가다가 돌아다보고, 어디 가겠습디까?

---

7 음반에서는 [임에]로 말음.
8 얼굴.
9 환하게. 뻔히. 잘.
10 상사(想思). 서로 그리워하는 것.
11 드디어.
12 달려.
13 두드리며.

낭자: 전들 아니 그리운 줄 아세요? 오늘은 저녁상도 못 받았어요. 아이구, 이 양반이 지금쯤은 어느 주막에서 그 맛없는 진짓상을 받으실까 하고 생각하니, 어디 밥이 목에 넘어가야지요.

선군: 오, 귀여운 우리 아낙.

설명: 덥석 안으려는 선군의 팔을 뿌리치며 낭자는,

낭자: 아서세요14, 그러지 마세요, 제발 좀 가 주세요. 이러다 오셨다 가신 줄 아시면, 제 소행이 나빠서 불러 온 줄 아실 테니.

선군: 여보, 나를 쥑이오15. 쥑이라면 죽어 보지. 이대로 차마 어떻게 간단 말이요.

낭자: 아이구, 나는 그러믄 어쩌나.

설명: 이때 마참16 사랑에서,

아버지: 에헴, 에헴.

낭자: 아이구머니나, 아버지가 일어나셨나 봐요. 아무튼 어서 들어가세요.

설명: 낭자는 선군의 손목을 끌어 들인다. 열 떨어 뛰고 뛰는 두 사람의 가삼과17 가삼은, 포근히 안기여질 때, 이 따스한 방의 두 접 창문이 살그머니 닫혀진다.

---

14 아서. 자기보다 어린 상대방의 행동을 막으며 그렇게 하지 말라는 말을 나타낸다.
15 죽이오.
16 마침.
17 가슴.

설명: 이튿날 밤이 되였다. 낭자는 후원의[18] 달을 높이 보고, 한양 가신
　　　남편을 위해 성심껏 기도를 올릴 때에[19], 무엇인지[20] 검은 그림자
　　　가 비최여[21] 깜짝 놀래였다.

낭자: 아이구머니!

선군: 여보, 나요.

낭자: 아이구머니나, 난 또 누구라구. 근데 이게 웬일이세요? 오늘도 또….

선군: 여보, 나는 정말 하인 놈이 부끄러워서 혼이 났소. 글쎄, 오늘은
　　　오히려 십오 리밖에, 못 갔구려.

낭자: 글쎄, 어쩌자고 이러세요? 남아가[22] 한번 뜻을 지었으면 죽는 한
　　　이 있드래도 성공을 하고 돌아오셔야죠? 이것 보세요, 저는 이렇게
　　　하느님께 빌고 있지 않아요?

선군: 미안하고 부끄럽고, 또 고마운 일이요. 그러나 어찌겠소? 하룻밤 정
　　　의를[23] 풀고 간 것이 오히려 변이었구료. 어디 참을 수가 있어야지?

낭자: 이것 보세요, 가세요, 두말 말구, 네? 당신이 인저[24] 과거에 등극
　　　을[25] 해 가지고, 전후좌우에 풍류를 잽히고[26] 오시면 저는 얼마나
　　　기쁘겠어요, 네? 가세요.

---

18 후원(後園). 집 뒤에 보기 좋게 꾸며 놓은 작은 동산이나 정원.
19 음반에서는 [때예]로 발음.
20 음반에서는 [무어딘지]로 발음.
21 비치어.
22 남아(男兒). 남자다운 남자.
23 정의(情誼). 서로 사귀어 두터워진 정. 따뜻한 인정.
24 이제.
25 등극(登極). 특정 분야에서 높은 지위에 오르는 것.
26 잡히다. "풍류를 잡히다"는 과거 급제 후의 삼일유가(三日遊街), 즉 과거에 급제한
　　사람이 사흘 동안 시험관과 선배 급제자와 친척을 방문하던 일을 가리킴.

선군: 제발 비니 내일 떠나도록 하여 주. 지금 간대야 누가 밤길을 걷겠소. 그저 묵고 갑시다.

낭자: 아유, 당신도 참 꼭 어린애 같구려. 저도 들어가시자고 허고 싶은 마음이야 불같지마는…. 아이구, 참 어떡하면 좋아.

설명: 그리움은 청춘의 자연이니 뉘라서 이김을 막으리요? 두 사람의 그림자는 급기야에 별당 안으로 사라진다. 바로 이때다. 발자최를[27] 숨기며 동별당까지 기여오는 한 개의 괴상한 그림자가 있으니, 이는 마음속에 독사의 피가 흐르는 계집 하인의 매월이었다. 매월은 선군을 오늘날까지 한없이 사모허고 있었으나, 도저히 낭자의 힘을 따를 길이 바이없어[28], 원한에 젖은 독아가[29] 어느 때이고 낭자의 음해만[30] 잡을 기회를 엿보든 매월이었다. 이때야 마침 동별당에서 인기척 소리가 나니, 을싸 좋다 하고 끼여들어 애를 쓰고 엿들었으나, 그것은 선군의 음성이 분명하였다. 그러나 역시 사람 아닌 이 계집은 오히려 불같은 질투를 가삼에 품고, 무엇인지[31] 간계를 꾸미며 살기가 등등한 눈초리를 부릅떴다. 이것 저것을 다 모르는 깊은 방 속에서는 운우[32] 양대의 정다운 꿈이 깊었고나. 이 밤이 다 감도 모르고….

Columbia40038 A면

설명: 참으로 가증헐 일이다. 매월이는 날이 밝자마자 자기의 동료인

---

27 발자최. 사람이 지나간 흔적.
28 (어찌할 수가) 전혀 없다.
29 독아(毒牙). 독니. 남을 해치려는 악랄한 수단.
30 음해(陰害). 몸을 드러내지 아니한 채 음흉한 방법으로 남에게 해를 가함.
31 음반에서는 [무어딘지]로 발음.
32 운우(雲雨). 구름과 비. 남녀가 육체적으로 나누는 사랑.

돌이라는 못된 자를 청허여, 술상을 베풀고 사람으로 차마 못 헐 음모를 시작헌다.

매월: 자, 받어 돌이. 암만 봐도 당신이 나한테 으쩨 좀 이상해.

돌이: 허, 인제는 매월이도 속이 좀 던33 모앵이로군. 아니, 나만 오면 대문 개구리 모양으로 요리조리 살살 피해 다니기만 하더니, 오늘은 웬일이야? 술을 다 사주구.

매월: 흐음, 지성이면 감천이라나? 내 맘이 철석이34 아닌 담에35 설마 돌아설 때가 있겠지.

돌이: 여보, 매월이, 제발 좀 그래 봅시다. 고래야36 당신도 죽어서 좋은 곳에37 가오.

매월: 그렇지만 당신이 나를 수중에 느으려면, 아마 그만침38 내 청을 들어 주여야 할 걸?

설명: 무엇이냐39 하고 들이대는 돌이의 귀에, 매월이는 바짝 댄 뒤에 무엇인지를40 속색이였다41. 그 뒤에 낭자가 애매허게도42 끊임없는 눈물에 빠질 이 무서운 밤은 왔다. 아닌 밤중이다. 매월이는 사랑에 잠이 들어 있는 노인을 불이야, 달이야, 깨웠다.

---

33 데다. 뜨거운 것에 닿아 살이 상하다.
34 철석(鐵石). 쇠와 돌. 굳고 단단한 것.
35 다음에.
36 그래야.
37 음반에서는 [고대]로 발음.
38 그만큼.
39 음반에서는 [무어디냐]로 발음.
40 음반에서는 [무어딘지를]로 발음.
41 속삭이었다.
42 애매하다. (해를 입거나 책망을 들을) 아무런 잘못이 없다.

매월: 큰일이 났습니다, 대감.

대감: 웬 방정이냐? 아닌 밤중에.

매월: 대감, 큰일이예요, 증말, 큰일 났습니다. 지금 후원에서요? 다들 대감께 여쭙기도 민망합니다마는….

대감: 무슨 소리냐? 갑갑하구나, 응?

매월: 저, 지금 동별당에서는 사나이 음성이 나왔는데, 으떤 자인지, 아가씨께 허는 말이, 선군 나리가 한양서 내려오시거든, 쥑여뻐리고[43] 훔친 돈을 가지고 둘이 도망을 가자 허니, 듣기에도 하두 끔찍끔찍해서요.

대감: 에? 뭣이 어째?

설명: 이 말을 들은 노인은 격노타 못하여[44] 환도를[45] 빼여들고 후원으로 달려왔다. 동별당을 바라보고,

대감: 이눔아! 누군지 나오너라!

설명: 소래[46], 소래치니 과연 검정 보를 쓴 한 놈이 뛰여나와, 박쥐와 같이 도망을 간다. 앙큼한 매월이는 이것이[47] 번연히 자신의 계획이건만, 저 놈 잡으라는 고함을 치니, 낭자가 지금꺼지 아름답게 누워 사랑허는 남편을 품에 안고, 고이고이 굳은 꿈도 별안간 찬물을 맞은 듯이 놀래여 깬다. 집안은 동서로 소동이 일어났다. 그러나 이

---

43 죽여버리고

44 격노(激怒)하다 못하여.

45 환도(還刀). 예전에, 군복에 갖추어 차던 군도(軍刀).

46 소리.

47 음반에서는 [이거디]로 발음.

것이[48] 절문 뒤에 숨었든 돌이 놈의 새, 소행인줄이야[49] 누가 가히 알어주랴. 억울한 낭자만 흐르는 눈물이다. 아, 하날은[50] 굽어 살펴 소서.

48 음반에서는 [이거디]로 발음.
49 "새, 소행인 줄이야'는 "소행인 줄이야'라고 낭독해야 할 것을 실수로 말을 더듬는 부분으로 추정.
50 하늘은.

5. 심청전(沈淸傳)

원작영화: <심청전>(이경손프로덕션, 무성영화, 1928)

감독: 이경손

출연: 이경손·조경희·김명순·금강

상영정보: • 영화소개(『동아일보』 1928. 3. 8.)

        • 1929. 1. 6. 부산공회당 상영(『매일신보』 1929. 2. 20.)

음반번호: Columbia40065

설명: 김영환

실연: 김영환·복혜순

노래: 박록주

연주: 콜럼비아 관현단

발매일자: 1930. 2.

채록

Columbia40065 A면

설명: 아버님의 어둔 눈을 뜨어주려고 고양미 삼백 석에 그 몸을 팔아, 심청이는 임당수로[1] 떠나는 날이 되었습니다.

심학규: 심청아, 오늘은 반찬이 유난히도 좋구나. 장 승상[2] 부인 생신이 오늘이냐?

심청: 아버지, 많이 잡수세요.

---

1 인당수(印塘水). 산 사람을 제물로 바쳐야 배가 무사히 지나갈 수 있다는 황해의 한 부분.
2 승상(丞相). 옛 중국의 벼슬. 우리나라의 정승에 해당한다.

설명: 앞 못 보는 아버지에게 마즈막 진지상을 올리고, 심청이는 터지는 울음을 참지 못했습니다.

심학규: 심청아, 너, 너 감기 들었니? 우, 우니?

심청: 아버지, 저는 인제 갑니다.

심학규: 가다니, 어디를 가?

심청: 임당수 선인들에게3, 공양미 삼백 석을 받아 몽은사로 보내고, 저는 오늘 임당수로 갑니다.

심학규: 무어? 심청아, 니가 미쳤느냐? 이게 무슨 소리냐?

심청: 아버지, 심청이가 가고 없드래도 부디, 부디 어둔4 눈을 뜨셔서, 천지광명을 보십시오, 네? 아버지.

심학규: 애야, 니가 이게 무슨 소리냐?

선인: 심청 아가씨, 어서 나오시오. 물때가 됐습니다.

심학규: 이놈들아, 이 도적놈들아. 눈먼 놈의 무남독녀를 남모르게 유인해 가지고 가다니 웬 말이냐? 심청아, 심청아, 가려거든 나도 가자. 눈을 팔아 너를 살 제, 너를 팔아 눈을 산들 이 눈 가져 무엇하니? 심청아, 날 버리고, 이 늙은 애비를 버리고 네가 어디를 간단 말이냐?

심청: 아버지, 저를 어서 어서 놓아주세요.

심학규: 안 될 말이다. 가려거든 앞 못 보는 애비를 죽이고나 가려무나.

심청: 아버지, 저는 갑니다. 부디, 부디 어둔 눈을 뜨십시오. 솜옷 지어서 장 속에 넣었으니 저 본 듯이 내여 입으세요. 귀덕 엄마, 불쌍한 우리 아버지 제가 없으면 물 한 모금인들 누가 떠다가 드리겠어요?

---

3 선인(船人). 뱃사공. 뱃사람.
4 어두운.

귀덕 엄마, 죽어 혼이라도 은혜를 갚으리다. 우리 아버지, 우리 아버지를 도와주세요, 네? 부탁입니다.

Columbia40037 B면

설명: 심청이는 배에 올랐습니다.

심청: 아버지, 부대5 안녕히 계십시요. 동리 어르신네들께 청하옵니다. 죽으로 가는 이 몸은 오즉6 여러분만 믿고 갑니다. 귀덕 엄마, 우리 아버지가 추워허시거든 장 속에 솜옷 지어 둔 것이 있으니, 입혀드려 주십시오. 낮으로 참선7 입장8 없다거든, 귀덕 엄마, 귀덕 엄마 우리 아버지 시장하시지 않도록만 잘 보아드리세요. 귀덕 엄마, 이 은혜는 죽어도, 죽어도 안 잊으리다요.

설명: 심 봉사는 기가 맥혀 땅 바닥에 주저앉아 대성통곡을 합니다.

심학규: 심청아, 이씨, 기집애야, 니가 이게 웬일이냐? 앞 못 보는 이 늙은 애비를 이렇게 내버리고 니가 가다니, 심청아, 심청아, 니 얼굴이라도 한 번만 만져보자, 심청아.

심청: 아버지, 노래에9 병환 없이 부디, 부디 장수하시고 어둔 눈을 뜨셔서, 천지광명을 보십시오. 보비하신10 하느님, 앞 못 보는 우리

---

5 부디.
6 오직.
7 의미 불명.
8 의미 불명.
9 노래(老來). '늘그막'을 점잖게 이르는 말.
10 보비(補庇). 보호하고 돌봄.

아버지, 슬플 때나 즐거울 때나, 바람이 불고 비가 올 때나, 항상 굽어 살피어 주십시요. 동무들아 잘 있거라. 인제 가면은, 언제나, 언제나 너희들과 같이 또 한 번 놀아 본단 말이냐. 부대 잘들 있거라.

설명: 구슬픈 선인들에 노래 소리에 심청이에 탄 배는 고요히 떠나간다.

노래: 범피창파11 둥둥 떠나가는디, 닻 감아라, 어기야, 으허 하…, 어허 허흐….

설명: 심 봉사는 땅을 치고 한없이 울며, 목청이 터질 만큼 그 딸을 불렀으나 선인들의 뱃노래도 인제는 사라졌다. □□되여12 심청이가 임당수로 간다한들, 용왕이 그를 도와 다시 살려 줄 것이다13.

---

11 범피창파(泛彼蒼波). 뜬 저 푸른 물결.
12 의미 불명.
13 음반에서는 [거디다]로 발음.

6. 종소리

원작영화: <종소리>(금강키네마사, 무성영화, 1929)

감독: 김상진

출연: 김연실 · 이원용 · 이경선

상영정보: • 영화소개(『동아일보』 1929. 2. 7.)

　　　　　• 1930. 10. 8. 단성사 재개봉(『조선일보』 1930. 10. 8.)

음반번호: Regal C138

설명: 김영환

실연: 윤혁 · 이애리스

연주: 관현악

발매일자: 1934. 7.

가사지

RegalC138 A면

삼산광업회사녀사무원애경三山鑛業會社女事務員愛瓊이는갓흔사무원영희事務員英熙라는남자男子와아릿다운사랑의꿈을쑤고잇섯스나 애경愛瓊의뒤에는 불갓흔욕심慾心으로 두사람의사이를저주詛呪하는 사장춘화社長春和가잇섯든것이다

春 『이번에내가 영희英熙라는자者를특별特別히신용信用하는그점點에서 인천仁川으로출장出張을보냇더니 그놈이삼천원三千圓이란큰돈을밧아가지고 고만도망을해버렷구려

愛 『그럴리가잇겟슴니까 영희씨는결코 횡령도주할사람은아넘니다 아즉증거가업는 일이니 영희씨가오실째까지만기다려주십시요』

春『그야애경씨愛瓊氏가나와결혼結婚만하야주신다면 그보다더한청請인들 못듯겟슴닛까하지만내청請을못드러주신다면 나역시그청請은못듯겟는데요』

애경愛瓊이는아모리생각生覺하얏스나 애인愛人을구救해주자면 춘화春和의안해가되는수밧게업섯다 그러나 실상은춘화春和의독毒한게략計略으로 영희英熙를무실無實에죄罪에다가집어너은줄은몰낫든것이다

슬픈눈물가운데 애경愛瓊이는정신精神에도업는결혼結婚에히성犧牲이되고말엇다 그러나멧달후에애경愛瓊이가임신姙娠의몸이되엿슬째 술과게집을조화하는춘화春和는 발서다른녀자女子를어더가지고드러와가련한애경愛瓊에게구박이자심하다

春『오늘저녁에는손님이게시단말이야 웅! 아예 이방에들어오지말고! 어서나가서 술이나좀가저와!』

애경愛瓊이는터지는가삼을억제하고 술과잔을갓다노은즉 싸라온그게집은 술한잔을부어들고

魔『부인夫人이시여! 이집주인을위해서 우리들이축배를듭시다요』『…』

魔『아이팔압흡니다』

愛『저는술을먹을줄을모릅니다요』

魔『자! 어서그리지말고들어요 초록은동색이라니부인이나내나 가삼압흔일이오즉만켓소 참정말이지 나는 부인夫人갓흔양반을 늘동정한답니다 자어서밧으세요』

애경愛瓊이는할수업시술을밧엇스나 먹지는아니햇건만

魔『아니그래 적어도춘화씨의정부인이라기에 숙녀인줄알앗더니 술잔을틱밧아드는품이 아주그럴듯한졸업생인걸 참부인감이야말노 잘두골느섯소』

이말에격분激憤이된춘화春和는 술잔을드러애경愛瓊의가삼에다쑤려버린다

春『에이망한게집- 남편의망신을이러케식혀? 그러케도술을잘먹거든얼마든지바다먹어라』

魔『새친디기골노빠진다는말은 이댁부인을두고일은말이로군 참긔막힐노릇이다』

RegalC138 B면

애인愛人을구救하려든위대偉大한그의히생犧牲은 드듸여영희英熙의오해誤解를사고말엇다 자폭자긔自暴自棄가되고 성격적性格的으로파산破産까지당當한영희英熙는애경愛瓊이를원망하며 정처定處업시도라다니다가맛참어늬카페-에서 영희英熙는침구親舊한사람을만나그의입으로부터 춘하春和의게략計略과자긔의무죄無罪한것을알고 겸兼하야 그후後의애경愛瓊의히생犧牲에관關한이야기까지듯게되엿다

親『결국임신姙娠의몸으로 그놈의게쫏겨나와거리에서죽게되엿든것을 어늬기생포주가구해다가 무리로기생에다녀허버린뒤에 어린것을낫코붓터 포주의학대가자심해저서 지금은얼마나눈물노세월을보내는지모른다네』
이말을들은영희英熙는비롯오쌔다라 애경愛瓊이가잇는집을차저갓스나 그는벌서병病든자식子息과 극도極度로쇠약衰弱한자긔自己몸이 포주의학대를참을수업서 다시거리로나간그쌔이엇슴으로 영희英熙는그를차자 사방四方으로도라다닌다

병病든자식子息은거리에서죽고 백설白雪은무심無心히흘너나리는데 가련한그의몸도속절업시죽어간다

英『오-애경씨! 애경씨! 나는영희임니다』

愛『오-영희씨! 저는영々당신을만나지못하고죽어버릴줄알엇세요』

英『애경씨! 용서하여주십시요 모두가저의잘못이엇슴니다 자! 가시지요』

愛『네! 영희씨 어서저를어대를어대로든지 데리고가주서요』

영희英熙는죽어가는 애경愛瓊이를부축하야 멧발자죽을옴겨노을째 맛참그곳은 춘화春和의집문밧기엿다

英『애경씨! 원수가여긔잇슴니다 잠간만기대려줍시요』

愛『영희씨! 속히단녀오서요』

영희英熙는몸을날녀그안으로드러간즉 춘화春和의생일生日잔채가버려잇다

英『춘화春和를내여노아라! 춘화春和를!』

영희英熙는춘화春和를붓드러 한恨에사모친복수전復讐戰을일으켯다

영희英熙는춘화春和의칼을마젓다 죽어가는몸으로륙혈포六穴砲를들어춘화春和를쏘랴할째에「원수를사랑하여라」이는하나님의말이다 눈압혜낫하나는십자가十字架! 들엇든륙혈포六穴砲를긔운업시써러트리고 그는밧갓흐로나갓다

英『애경씨! 져긔보히는교회당짜지갑시다』

愛『영희씨! 두목슴이다쓴허지드래도 영원히져를당신의품에…』

교회당敎會堂의종소래구슬푸게흘너올째 잔확殘虐에부대기든두청춘靑春은 죽엄으로승리勝利를대신하엿다인간人間을구救할힘은오즉인간人間에게잇나니 우리는오즉우리의힘으로 지상地上에쳔국天國을건설建設하자!

채록

RegalC138 A면

> **설명:** 삼산광업회사 여사무원 애경이는 같은 사무원 영희라는 남자와, 아리따운 사랑의 꿈을 꾸고 있었으나 애경의 뒤에는 불같은 욕심으로 두 사람의 사이를 저주하는, 사장 춘화가 있었든 것이다.

춘화: 이번에 내가 영희라는 자를 특별히 신용허는[1] 그 점에서, 인천으로 출장을 보냈드니, 그 놈이 삼천 원이란 큰돈을 받아가지고 고만 도망을 해버렸구려.

애경: 그럴 리가 있겠습니까? 영희 씨는 결코 횡령 도주헐 사람은 아닙니다. 아즉[2] 증거가 없는 일이니 영희 씨가 오실 때까지만 기다려 주십시요.

춘화: 그야 애경 씨가 나와 결혼만 하야 주신다면 그보다 더한 청인들 못 듣겠습니까? 허지만 내 청을 못 들어 주신다면 나 역시 그 청은 못 듣겠는데요.

설명: 애경이는 아무리 생각하였으나 애인을 구해주자면 춘화의 아내가 되는 수밖에 없었다. 그러나 실상은 춘화의 독한 계략으로, 영희를 무실의 죄에다가[3] 집어넣은 줄은 몰랐던 것이다. 슬픈 눈물 가운데 애경이는 정신에도 없는 결혼에 희생이 되고 말았다. 그러나 몇 달 후에 애정이가 임신의 몸이 되었을 때 술과 계집을 좋아하는 춘화는, 발써[4] 다른 여자를 얻어가지고 들어와 가련한 애경에게 구박이 자심하다[5].

춘화: 오늘 저녁에는 손님이 계시단 말이야. 응? 아예 이 방에 들어오지 말고 어서 나가서 술이나 좀 가져와.

---

1 신용(信用)하는. 믿고 쓰는.
2 아직.
3 무실(無實)의 죄(罪). 익울한 죄.
4 벌써.
5 자심(滋甚)하다. 더욱 심하다.

설명: 애경이는 터지는 가슴삼을 억제하고 술과 잔을 갖다 놓은 즉, 따라온 그 계집은 술 한 잔을 부어 들고….

다른 여자: 부인이시여, 이 집주인을 위해서 우리들이 축배를 듭시다요. 아이, 팔 아픕니다.

애경: 저는 술을 먹을 줄을 모릅니다요.

다른 여자: 자, 어서 그러지 말고 들어요. 초록은 동색이라니, 부인이나 내나 가삼⁶ 아픈 일이 오죽 많겠소? 참, 정말이지 나는 부인같은 양반을 늘 동정한답니다. 자, 어서 받으세요.

설명: 애경이는 할 수 없이 술잔을 받았으나 먹지는 아니했건만….

다른 여자: 아니, 그래, 적어도 춘화 씨의 정부인이라기에 숙녀인 줄 알았더니 술잔을 턱 받아드는 품이 아주 그럴 듯한 졸업생인걸. 첨⁷ 부인감이야말로 잘도 골르셨소.

설명: 이 말에 격분이 된 춘화는 술잔을 들어 애경의 가슴에다 뿌려버린다.

춘화: 에이, 망한 계집. 남편의 망신을 이렇게 시켜? 그렇게도 술을 잘 먹거든 얼마든지 받아라.

다른 여자: 새침때기 골로 빠진다는 말은 이 댁 부인을 두고 이른 말이로군. 참 기맥힐 노릇이다.

---

6 가슴.
7 첫. 첫 번째.

설명: 애인을 구하려든 위대한 그의 희생은 드디어 영희의 오해를 사고 말았다. 자포자기가 되고 성격적으로 파산까지 당한 영희는, 애경이를 원망하며 정처 없이 돌아다니다가, 마참[8] 어늬[9] 카페에서⋯. 영희는 친구 한 사람을 만나 그의 입으로부터 춘화의 계략과, 자기의 무지한 것을 알고, 겸하야 그 후의 애경의 희생에 관한 이야기까지 듣게 되었다.

친구: 결국 임신의 몸으로 그놈에게 쫓겨나와 거리에서 죽게 되었든 것을, 어늬 기생 포주가[10] 구해다가, 무리로 기생에다 넣어 버린 뒤에, 어린 것을 낳고부터, 포주의 학대기 심해저서 지금은 얼마나 눈물로 세월을 보내는지 모른다네.

설명: 이 말을 들은 영희는 비로소 깨달아 애경이가 있는 집을 찾아 갔으나 그는 발써 병든 자식과 극도로 쇠약한 자기 몸이 포주의 학대를 참을 수 없어, 다시 거리로 나간 그때이었으므로, 영희는 그를 찾아 사방으로 돌아다닌다. 병든 자식은 거리에서 죽고 백설은 무심히 흘러나리는데 가련한 그의 몸도 속절없이 죽어간다.

영희: 오, 애경 씨, 애경 씨, 나는 영희입니다.

애경: 오, 영희 씨, 저는 영영 당신을 만나지 못하고 죽어 버릴 줄 알았에요.

---

8 마참.
9 어늬
10 포주(抱主). 기둥서방. 창녀를 두고 영업을 하는 사람.

영희: 애경 씨, 용서하야 주십시오. 모두가 저의 잘못이었습니다11. 자, 가시지요.

애경: 네, 영희 씨, 어서 저를 어데로든지 데려가 주서요.

설명: 영희는: 죽어가는 애경이를 부축하야 몇 발자죽을12 옮겨 놓을 때, 마침 그곳은13 춘화의 집 문밖이었다.

영희: 애경 씨, 원수가14 여기 있습니다. 잠깐만 기다려 주십시오.

애경: 영희 씨, 속히 다녀오세요.

설명: 영희는 몸을 날려 그 안으로 들어간 즉, 춘화의 생일잔치가 벌어 져 있다.

영희: 춘화를 내여 놓아라. 춘화를….

설명: 영희는 춘화를 붙들어 한에 사무친 복수전을 일으켰다. 영희는 춘화의 칼을 맞았다. 죽어가는 몸으로 육혈포를 들어 춘화를 쏘려 할 때에 "원수를 사랑하여라" 이는 하나님의 말이다. 눈앞에 나타 나는 십자가…. 들었던 육혈포를15 기운 없이 떨어뜨리고 그는 바 깥으로16 나갔다.

영희: 애경 씨, 저기 보이는 교회당까지 갑시다.

---

11 음반에서는 [잘모디었습니다]로 발음.
12 발자국.
13 음반에서는 [그고든]으로 발음.
14 원수가.
15 육혈포(六穴砲). 탄알을 재는 구멍이 여섯 개 있는 권총.
16 음반에서는 [바까스로]로 발음.

애경: 영희 씨, 두 목숨이 다 끊어지드래도 영원히 저를 당신의 품에….

설명: 교회당의 종소래 구슬푸게 흘러올 때, 잔학에[17] 부대끼든 두 청
춘은 죽음으로 승리를 대신하였다. 인간을 구할 힘은 오즉[18] 인간
에게 있나니. 우리는 오즉 우리의 힘으로 지상에 천국을 건설하자.

---

17 잔학(殘虐). 잔인하고 포학함.
18 오직.

7. 춘향전(春香傳)

원작영화: <춘향전>(동아문화협회, 무성영화, 1923)

감독: 하야카와 고슈(早川孤舟)

출연: 김조성·최영완·한룡

상영정보: • 영화소개(『매일신보』 1923. 8. 23.)

　　　　　• 1923년 일본 제국극장 개봉(『매일신보』 1923. 8. 23.)

음반번호: Columbia40146-47

설명: 김영환

실연: 윤혁·이애리스

연주: 박록주

발매일자: 1931. 3.

가사지

Columbia40146 A면

南原府使가昇差하야 同副承旨堂上하고 內職으로옴긴것이 春香이와
李道令의사랑을깨트리여 萬古貞烈春香節介 千秋까지빗내엿다
唱『天地삼겨사람나고 사람나서글을질제 뜻情字離別別字어이하야내
섯든가 뜻情字한글字로 離別이늣기워라』
春『정말쑴박김□다 道令님하고이리케作別이될줄은정말싱각지못햇서요』
道『나역뜻박기다 그러나使道任分付에兩班의子息이미장가전에外房
에妾을하얏나는 所聞이나면族譜에쎼우고祠堂參禮까지못하게한다하
니 이아니難處하냐』
春『道令님 너무傷心치마서요 저갓치賤한몸으로서이번行次에짜라가

라는것이잘못이지요 그러나작년오월단오날밤에道令님은거기안즈시고 春香져는여긔안자』

唱『桑田이碧海되고碧海가桑田이되도록써나자마자誓約터니만은 이 地境이왼일이오』道令님은올나가서草堂에工夫하야大小科를맛친뒤에 貴家門에장가들어온갓榮華누리면서 琴瑟友之지내일제날갓흔遐方賤 妾꿈에인들싱각하리 春香이는이와갓치생각하고天地가아득하야다시말 을못닐운다

道『春香아울지마라 내가간들아주가며 아조간들닛겟느냐 내가지금올 나가면至誠으로工夫해서金榜에及第하고반듯이너를다려갈터이니서뤄 말고잘잇거라』

李道令은품속에서거울을내여 울고잇는春香손에잡혀주면서 거울갓흔 丈夫마음千萬年인들變할리가업슬것을表해주엇다 春香이는玉指環을 道令님쎄드리면서 둥글고맑은것은春香節介갓사오니무대념려마옵소셔 이와갓치盟誓했다

春『道令님 寒羊千里먼々길에操心하야올나가서요』

道『오々春香아! 千里相思부대말고나오□만기대려라』

淸江에노는鴛鴦짝을닐흔擧動이오 滄波에나는白鷗벗을써난格이엿다 房 子가부축한李道令의그림자는 碧梧桐이욱어진 春香집門밧그로사라젓다

Columbia40146 B면

治民善政일안삼고風流만崇尙하는 新官使道 卞學道는南原府에到任 하자 春香이所聞듯고 第三日을기다리여 六房官屬暫間보고 戶房을 急히불더妓生點考동독하니戶房은슴을늘어案冊□펼처놋코 次例로呼 名한다

唱『八日芙蓉에君子弄 滿堂秋水紅蓮이왓느냐 예-등대하엿소 長衫
소매를 쩌드러메고 절언거리던弄仙이왓느냐 예-드대하엿소 思君不見
半月이 獨坐幽篁의琴仙 왓느냐 예-등대하엿소』

四時長靑竹葉이 笑指蘆花月仙이 翠香이錦香이蘭香이月香이 使道
가香字만들으면저절노가삼이두근거렷스나 맛참내春香이는업섯다

使『여봐라…』

戶『예…』

使『네골에春香이란妓生이잇다는데엇지해서오늘點考에빠젓느냐

戶『네-春香은잇사오나 妓生은아니옵고退妓月梅딸이온데舊官冊房道
令任이머리를언쳐주어至今守節을하고잇습니다』

使『무엇 守節을해? 네當場에妓案에着名하고밧비見身식히여라』

戶『예-』

戶房은令을놋고아모리불넛스나 春香은드러오지안햇슴으로使道는大
怒하야春香잡어들이라고秋霜갓흔號令이府中을흔들엇다

唱『軍奴使令이나간다 使令軍奴가나간다 山獸털벙거지藍日光緞에
안을밧처 진사색모쩍부치고날낼勇字딱붓치고 宮綃軍服紅廣帶 거름
좃차펄렁』

狂風에나븨날듯 樹林間猛虎처럼츙々거러나아가서 烏鵲橋□에웃둑서며
唱『이야春香아-하고부르는소래 遠近山川이쩌드러케도들닌다』

이 째에 春香이는 五里亭離別後로柴扉를굿이닷고繡戶錦帳나린채로
櫛梳丹粧全廢하고 空閨에홀노안자 千里相思□그리어 끗업시嘆息할
째 愚惡한軍奴에게할수업시붓들니어官家로드러가서 使道압헤낫하낫다
그러나南原府使의權勢로도松竹갓흔春香의節介만은쩍지를못하엿다

使『허々이런時節보소 조그마한妓生년이官長을몰나보고貞節이니守
節이니嚴令을거역하니그런法이어데잇서』

春『使道님은양반이라 례절을아시지오 守節婦女를抑奪하면爲民父母
의道理에붓그럽지안으세요』
使道가그말듯고 두눈이캉캄 코구녁이맥々 망근편자가쑥끈허지고 상토
웃고가쌜끈뒤집히여턱을덜々떨드니
使『이리오너라』
通『녜-』
使『죠년잡아나려라』
級『녜-의-使令!』
節介를직히고자可憐한春香이는 刑틀에매달니어極刑을밧으면서 一片
丹心먹은마음 秋毫도變치안코 十村歌노래속에 속절업시죽어간다

Columbia40147 A면

李道令은湖南御使가되야나려오든道中에서房子를만나獄에갓친春香
이의可矜한情狀과 駭懼한卞學道의悖行을알앗다 南原出道를決定하
고驛馬驛卒書吏中房을各處로헷친뒤에蔽衣破笠으로變裝하고獨行으
로南原府에드러왓다 磚[1]石틔를넘어서서 左右山川삷혀보니
唱『山 예보든靑山이요 물도예보든綠水로다 綠樹泰京널은쓸은 나단
이든길이오 客舍靑々柳色은나귀를매고노든데라』
祖龍山城다시보자 仙隱寺야無事한가廣寒樓야잘잇너냐 烏鵲橋도반
갑고나 아득한暮煙속에두루々々緩步하야春香집을차자가다
御『이리오너라- 이리오너라』
丹『누구야요! 아이그書房님이게왼닐이심니까?』
御『오- 香丹이냐? 잘잇섯니?』

---

1 '磚'의 오식으로 보인다.

御使道를부여잡고 香丹이가痛哭할째春香母깜짝놀나우루々나오면서
母『香丹아왼일이냐 누가왓니?』

丹新『마님! 서울書房님이오섯서요』

母『무엇 서울書房님이오섯서? 아이그이사람아! 이게누구인가어듸갓
다인제오나』

唱『하날에서써러젓나 쌍에서불끈솟앗나 夏雲이多奇峰하니 구름속에
싸여왓나』

하나님의감동인가 부처□의道術인가녜모양그얼골이그저잇나 어듸보
세! 御使道손을쓸어방안에안친뒤에초々한그형상을자세히삷히더니

母『여보李서방! 안이 이꼴이 이게왼일인가』

御『男兒의一生이란알수가잇나 맛치바다에쓴나무조각갓해서 쓸째도
잇고 잠길째도잇지』

春香母는氣가막히여말한마듸도못하고四肢만벌-벌썰고잇섯다. 어늬듯
밤이깁허破漏가지난뒤에御使道는香丹이의引導를바다獄으로차자가
서춘향이를만낫다

春『서방님정말반갑습니다 잘되여도내郎君 못되여도내郎君이지요 그
저이러케죽기전에만나뵈옵는것만다행으로압니다』

御『오々春香아 獄中고생이오죽甚하겟느냐 萬事가다나의불찰이다 容
恕하여다오』

春『容恕가다무엇이야요 只今죽어도恨이업습니다 그러나서방님! 來
日本宮生辰잔채씃헤 저를올녀죽인다하오니 저의屍體낭은 부대서방님
의손으로무더주십시요』

御『오々春香아 과힐낭은念慮마라 하날이문허저도소사날구녕이잇느
니다』

獄담우의창살사이로 情다운두손길이간신히마주잡히엿스나 獄담이놉

고흡하 오래동안그립고애태우든얼골은서로 볼수가업섯다 실음업시들
니는첨하의落水소리는두사람의슬픔을 더한층도아줄뿐이엿섯다

Columbia40147 B면

唱『玉手羅衫을툭々쳐 쩡쿵나니나 風樂소래瑤池仙樂이宛然하다 둘
이부난피리소래 雙鳳凰 이노니난듯 瀟湘班竹젓대소리나의서름을자아
내고 曲 々聲振爰琴聲은年豊을자랑하고 五絃琴거문고는大舞膝上에
노래하고 二十五絃琵琶聲은不勝淸怨이슯흘시고』
이날은南原府使의生辰잔채! 隣邑守令을죄다請하야 盛宴이配設되여
섯다 御使道는거지로變裝하고그곳에參列하야 눈살입살바드면서 宴席
을삷힌後에글한귀를지여놋코 그자리를쩌낫다 그중에도눈치쌔른 雲峰
營將이그글을먼저펴보고 全身을벌々쩐다
「金樽美酒는千人血이요 玉盤佳肴는萬姓膏라
燭淚落時에民淚落하니 歌聲高處에怨聲高라」
各邑守令은넉술일코엇지할줄모르는이쌔이다
唱『獅子갓흔馬頭驛卒 륙모방치놉히들고 우루々달녀드러 三門을쌍々
치며 暗行御史出道야』
두세번高喊소래府中이쓰르르! 飛虎갓흔馬頭驛卒八方에번개갓다 御
使道는이리하야 東軒에坐定한後원통한罪囚들을낫々이노아주고 春香
을救해내여 접으로보내놋코 公事들맛친後에 밤되기를기대리여春香집
을차자가서門안에들어스니
唱『月色은玲瓏한데樹影도參差하다 蓮塘에金附魚는달빗좃차쒸여놀
고 花間에잠든鶴은나를보반고기난듯』
獄中에쎄친몸이相思겨워病이되야衾枕에누은채로 郎君손을부여잡고
눈물과情話로서그밤을새웟섯다

춘향의 壯한 節介늬아니 稱讚하랴 自上으로 洞燭하사 忠烈夫人 封하시
니 榮貴한그의일홈 一世의썰치엿다

채록

Columbia40146 A면

설명: 남원부사가 승차하야¹ 동부승지² 당상하고³, 내직으로⁴ 옮긴 것
이 춘향이와 이 도령의 사랑을 깨트리여, 만고⁵ 정렬⁶ 춘향 절개 천
추까지⁷ 빛내였다.

노래: 천지 삼겨⁸ 사람 나고 사람 나서 글을 질제 뜻 '정(情)'자 이별
'별(別)'자 어이하여 내셨든가 뜻 '정(情)' 자 한 글자로 이별이 느
끼워라⁹….

춘향: 정말 꿈밖입니다. 도련님하고 이렇게 작별 될 줄은 정말 생각지
못했어요.

이 도령: 나, 역¹⁰ 뜻밖이다. 그러나 사또님 분부에 양반의 자식이 미장

---

1 승차(承差. 가사지에는 '昇差'). 임금의 지시를 받아 지방으로 파견됨.
2 동부승지(同副承旨). 조선 시대에, 승정원에 속한 정삼품 벼슬.
3 당상(堂上)하다. 정삼품 상(上) 이상 품계의 벼슬에 이르다.
4 내직(內職). 궁 안에서 근무하던 일. 또는 그런 직무.
5 만고(萬古). 세상에 비길 데가 없음.
6 정렬(貞烈). 여자의 지조나 절개가 곧고 굳음.
7 천추(千秋). 오래고 긴 세월. 또는 먼 미래.
8 생겨(생기다).
9 느껴워라(느껍다).
10 역시.

가전에11 외방에12 첩을 하였다는 소문이 나면 족보에 띠우고13 사당 참례까지14 못하게 한다 하니, 이 아니 난처하냐.

춘향: 도련님, 너무 상심치 마서요. 저같이 천한 몸으로써, 이번 행차에 따라가랴는 것이15 잘못이지요. 그러나 작년 오월 단오날 밤에, 도련님은 거기 앉으시고 춘향 저는 여기 앉어….

노래: 상전이 벽해 되고16 벽해가 상전이 되도록 떠나자마자 서약터니 마는 이 지경이 웬일이요….

설명: 도령님은 올라가서 초당에17 공부하야 대소과를18 미친 뒤에, 귀가문에19 장가들어 온갖 영화 누리면서, 금슬우지20 지내일 제, 날 같은21 하방22 천첩23 꿈에인들 생각하리. 춘향이는 이와 같이 생각하고 천지가 아득하야 다시 말을 못 이룬다.

이 도령: 춘향아, 울지 마라. 내가 간들 아주 가며, 아주 간들 잊겠느냐?

---

11 장가를 가기 전에.
12 외방(外房). 바깥쪽에 있는 방. 첩(妾)의 방.
13 족보에서 떼이고.
14 참례(參禮). 예식, 제사에 참여함.
15 음반에서는 [거디]로 발음.
16 상전벽해(桑田碧海). 뽕나무밭이 변하여 푸른 바다가 된다는 뜻으로, 세상일의 변천이 심함을 비유적으로 이르는 말.
17 초당(草堂). 억새나 짚 따위로 지붕을 인 조그마한 집채.
18 대소과(大小科). 과거 시험의 대과(大科)와 소과(小科).
19 귀가문(貴家門). 고귀한 가문.
20 금슬우지종고락지(琴瑟友之鍾鼓樂之). 거문고와 비파의 조화로운 음률처럼 서로 미음이 맞고 행복한 부부생활. 『시경(詩經)』「주남(周南) 관저(關雎)」편에서 따온 구절.
21 나같은.
22 하방(遐方). 서울에서 멀리 떨어진 지방.
23 천첩(賤妾). 천한 첩.

내가 지금 올라가면 지성으로 공부해서 금방에24 급제하고 반드시 너를 다려갈25 터이니, 설워26 말고 잘 있거라.

설명: 이 도령은 품속에서 거울을 내여, 울고 있는 춘향 손에 잡혀 쥐면서, 거울 같은 장부 마음 천만 년인들, 변할 리가 없을 것을 표해 주었다. 춘향이는 옥지환을27 도령님께 드리면서, 둥글고 맑은 것은 춘향 절개 같사오니 부대 염려 마옵소서, 이와 같이 맹세했다.

춘향: 도련님, 한양 천리 먼먼 길에 조심하여 올라가서요.
이 도령: 오, 춘향아, 천리상사28 부대 말고 나 오기만 기다려라.

설명: 청강의29 노든30 원앙 짝을 이룬 거동이요, 창파에31 나는 백구32 벗을 떠난 격이었다. 방자가 붙여간 이 도령의 그림자는 벽오동이33 우거진 춘향 집 문밖으로 사라졌다.

Columbia 40146 B면

설명: 치민선정34 일 안 삼고 풍류만 숭상하는, 신관35 사또 변학도는

---

24 금방(金榜). 과거에 급제한 사람의 이름을 써서 거리에 붙이던 글.
25 데려갈.
26 서러워.
27 옥지환(玉指環). 옥가락지.
28 천리상사(千里想思). 천리만큼이나 떨어져 있는 연인을 몹시 그리워하는 마음.
29 청강(淸江). 맑은 물이 흐르는 강.
30 놀던.
31 창파(蒼波). 푸른 물결.
32 백구(白鷗). 갈매기.
33 벽오동(碧梧桐). 푸른 오동. 벽오동과의 낙엽 활엽 교목
34 치민선정(治民善政). 백성을 바르고 어질게 잘 다스리는 정치.

남원부에 도임하자[36], 춘향의 소문 닫고 재삼일을[37] 기다리여, 육방 관속[38] 잠깐 보고 호방을[39] 급히 불러, 기생 점고[40] 동독하니[41] 호방은 영을 들어 안책을[42] 펼쳐 놓고 차례로 호명한다.

노래: 팔월 부용에 군자롱[43] 만당추수 홍연이[44] 왔느냐. 예, 등대허였소[45]. 장삼 소매를 떠들어 메고 지정거리던 농선이 왔느냐. 예, 등대허였소. 사군불견[46] 반월이 독좌유황의[47] 금선 왔느냐. 예, 등대허였소.

설명: 사시장청[48] 죽엽이, 소지노화 월선이[49], 취향이, 금향이, 난향이, 월향이, 사또가 '향'자만 들으면 저절로 가슴이 두근거렸으나 마침 내 춘향이는 없었다.

---

35 신관(新官). 새로 부임한 관리.
36 도임(到任). 지방의 관리가 근무지에 도착함.
37 재삼일(再三日). 이삼일.
38 육방관속(六房官屬). 지방 관아의 육방에 속한 구실아치.
39 호방(戶房). 조선 시대에, 각 지방 관아에 속한 육방(六房) 가운데 호전(戶典)에 관한 일을 맡아보던 부서.
40 점고(點考). 명부에 일일이 점을 찍어 가며 사람의 수를 조사함.
41 동독(董督). 감시하며 독촉하고 격려함.
42 안책(案冊). 책상과 책.
43 팔월부용(八月芙蓉)에 군자용(君子容). 팔월에 핀 연꽃의 군자같은 모습.
44 만당추수(滿塘秋水) 홍련화(紅蓮花). 가을 연못에 가득히 핀 붉은 연꽃.
45 등대하다(等待). 미리 준비하고 기다리다.
46 사군불견(思君不見). 님을 그리나 못 만나다. 중국 당나라 이백(李白, 701~762)의 시 <아미산 달 노래(峨眉山月歌)>의 첫 구절 "님을 그리나 만날 수 없어 유주로 간다(思君不見下渝州)"에서 따온 말.
47 독좌유황(獨坐幽篁). 혼자 깊은 대숲에 앉아 있음. 중국 당나라 왕유(王維, 699~759)의 시 <죽리관(竹里關)>의 첫 구절 "혼자 깊고 그윽한 대숲에 앉아서(獨坐幽篁裏)"에서 따온 말.
48 사시장청(四時長青). 소나무나 대나무같이 식물의 잎이 일 년 내내 푸름.
49 소지노화(笑指蘆花). 웃으며 갈대꽃을 가리키다. 원래 문장은 "갈대꽃과 달 아래 배 한 척 가리키며 웃네(笑指蘆花月一船)". 고려 박문창(朴文昌)의 시 <곽산 운흥 관 병풍에 부쳐(題郭山雲興舘畫屛)>의 한 구절을 비틀어 씀.

변학도: 여봐라.

호방: 예.

변학도: 네 고을에 춘향이란 기생이 있다는데, 어찌해서 오늘 점고에
빠졌느냐.

호방: 예, 춘향은 있사오나 기생은 아니옵고, 퇴기50 월매 딸이온데 구
관51 책방 도령님이 머리를 얹혀 주어 지금 수절을 하고 있습니다.

변학도: 무어, 수절을 해? 네 당장에 기안52에 착명53하고 바삐 현신54
시켜라.

호방: 예.

설명: 호방은 영을 듣고 아무리 불렀으나, 춘향은 들어오지 않았으므
로, 사또는 대노하야55 춘향 잡아들이라고 추상같은56 호령이 부중
을 흔들었다.

노래: 군로57 사령이58 나간다. 사령 군로가 나간다. 산수털벙거지59 냄
일광단에60 안을 받쳐 진□ 항□을 날랠 '용(勇)'자를 떡 붙이고 궁
초61 군복 호광대 걸음 쫓아 펄렁…

---

50 퇴기(退妓). 기생퇴물. 지금은 기생이 아니지만 전에 기생 노릇을 하던 여자를 이르
는 말.
51 구관(舊官). 먼저 재임하였던 관리.
52 기안(妓案). 기생 명부.
53 이름을 써 둠
54 모습을 나타냄
55 대로(大怒)하다. 크게 화를 내다.
56 추상(秋霜). 가을의 찬 서리.
57 군노(軍奴). (조선시대)군사에 속한 사무를 보던 관청에 속한 남자 하인.
58 사령(使令). (조선시대)관청에서 심부름하던 사람.
59 산슈(山獸)털벙거지. 산짐승의 털로 만든 벙거지. 또는 그것을 쓴 사람. 예전에 관
아의 하인들이나 군인들이 흔히 썼다.
60 남색(藍色) 일광단(日光緞). '일광단'은 해나 햇빛 무늬를 놓은 비단.

설명: 광풍에 나비 날듯, 수림간62 맹호처럼 충충63 걸어 나아가서 오작
교에 우뚝 서며….

노래: 이에 춘향아, 하고 부르는 소래 원근64 산천이 덩그렇게도 들린다.

설명: 이때에 춘향이는 오리정 이별 후로 시비65를 굳이 닫고 수호금
장66 나린 채로, 즐소단장67 전폐68하고 공규69에 홀로 앉아 천리상
사70 임 그리어 끝없이 탄식할 때, 우악한 군로에게 할 수 없이 붙
들리어 관가로 들어가서 사또 앞에 나타났다. 그러나 남원부사의
권세로도 송죽같은71 춘향의 절개만은 꺾지를 못하였다.

변학도: 허허, 이런 시절 보소. 조그마한 기생 년이 관장을72 몰라보고
정절이니 수절이니 엄명을 거역하니, 그런 법이 어디 있어.

춘향: 사또님은 양반이라 예절을 아시지요? 수절 부녀를 억탈하면73,
위민부모의74 도리에 부끄럽지 않으세요?

---

61 궁초(宮綃). 엷고 무늬가 둥근 비단의 하나. 흔히 댕기의 감으로 쓴다.
62 수림간(樹林間). 나무가 우거진 숲속.
63 발걸음을 크게 매우 재게 떼며 급히 걷는 모양.
64 원근(遠近). 먼 곳과 가까운 곳.
65 사립문. (시골에서) 나뭇가지를 엮어서 만든 문.
66 수호금장(繡戶錦帳). 수놓은 방장으로 가린 문과 비단 휘장.
67 즐소단장(櫛梳丹粧). 빗으로 머리 빗고, 얼굴을 곱게 하고 옷맵시를 매만져 꾸밈.
68 전폐(全廢). 모두 그만 둠.
69 공규(空閨). 오랫동안 남편 없이 아내 혼자 지내는 방.
70 천리상사(千里相思). 천 리나 떨어져도 서로 생각하고 그리워 함.
71 송죽(松竹). 소나무와 대나무를 아울러 이르는 말.
72 관장(官長). 관가의 장(長)이란 뜻으로, 시골 백성이 고을 원을 높여 이르던 말.
73 억탈(抑奪). 억지로 빼앗음.
74 위민부모(爲民父母). 임금이나 고을의 원은 그 다스리는 백성의 어버이가 됨.

설명: 사또가 그 말 듣고 두 눈이 깜깜, 콧구녁이 맥맥, 망근편자[75]가 뚝 끊어지고 상토[76] 웃고[77]가 빨끈 뒤집히어 턱을 덜덜 떨드니….

변학도: 이리 오너라.

관원: 예.

변학도: 조년 잡아 나려라.

관원: 예이, 사령, 춘향 잡아 나리랍신다.

설명: 절개를 지키고자 가련한 춘향이는 형틀에 매달리어 극형을 받으면서, 일편단심 먹은 마음 추호도 변치 않고 십장가 노래 속에 속절없이 죽어 간다.

Columbia40147 A면

설명: 이 도령은 호남 어사가 되어 내려오던 도중에서 방자를 만나, 옥에 갇힌 춘향이의 가긍한[78] 정상과[79], 패구한[80] 변학도의 퇴행을[81] 알았다. 남원 출또를[82] 결정하고 역마[83], 역졸[84], 서리[85], 중방을[86]

---

75 망건(網巾)편자. 망건을 졸라매기 위하여 아래 시울에 붙여 말총으로 좁고 두껍게 짠 띠.
76 상투.
77 옥고(玉箍). 상투를 튼 뒤에 그것이 다시 풀어지지 아니하도록 꽂는 옥으로 만든 덮개.
78 가긍(可矜)하다. 불쌍하고 가엾다.
79 정상(情狀). 딱하거나 가엾은 상태.
80 패도(霸道). 인의(仁義)를 가볍게 여기고 무력이나 권모술수로써 공리(功利)만을 꾀하는 일.
81 퇴폐(頹廢)한 행동.
82 어사출또(御史出頭). 조선 시대에, 암행어사가 지방 관아에 중요한 사건을 처리하기 위하여 좌기(坐起)를 벌이던 일.
83 역마(驛馬). 조선 시대에, 각 역참에 갖추어 둔 말. 관용(官用)의 교통 및 통신 수단. 역말.

각처로 헤친 뒤에, 폐의파립[87]으로 변장하고 독행으로[88] 남원부에 들어왔다. 박석티를 넘어서서 좌우 산천 살펴보니….

노래: 산도 예 보든 청산이요, 물도 예 보든 녹수로다[89]. 녹수 진경[90] 널은 뜰은 나 다니든 길이요, 객사청청 유색신은[91] 나구를[92] 매고 노든 데라.

설명: 조령산성 다시 보자. 선운사야 무사한가. 광한루야 잘 있느냐. 오작교도 반갑구나. 아득한 모연[93] 속에 두루두루 완보하야[94] 춘향집을 찾아간다.

이 도령: 이리 오너라, 이리 오너라.

향단: 누구에요, 아이그 서방님, 이게 웬일이십니까?

이 도령: 오, 향단이냐? 잘 있었니?

설명: 어사또를 부여잡고 향단이가 통곡할 때, 춘향모 깜짝 놀라 우루루 나오면서

---

84 역졸(驛卒). 역에 속하여 심부름하던 사람.
85 서리(胥吏). 관아에 속하여 말단 행정 실무에 종사하던 구실아치.
86 중방(中房). 고을 원의 시중을 들던 사람.
87 폐의파립(敝衣破笠). 해어진 옷과 부서진 갓. 초라한 차림새.
88 독행(獨行). 혼자서 길을 감.
89 녹수(綠水). 푸른 물.
90 진경(珍景). 진귀한 경치.
91 "객사의 짙푸른 버들은 빛깔이 싱그럽다(客舍靑靑柳色新)". 당나라 시인 왕유(王維, 701~761)의 <송이사안서(送元二使安西)>의 한 구절.
92 나귀.
93 모연(暮煙). 저녁 무렵의 연기.
94 완보(緩步). 천천히 걸음. 또는 느린 걸음.

춘향모: 향단아, 웬일이냐? 누가 왔니?

향단: 마님, 서울 서방님이 오셨어요.

춘향모: 무어? 서울 서방님이 오셨어? 아이구, 이 사람아, 이게 누구인 가? 어디 갔다 인제 오나?

노래: 하날에서 떨어졌나. 땅에서 불끈 솟았나. 하운이 다기봉하니[95] 구 름 속으 싸여왔나.

설명: 하나님의 감동인가? 부처님의 도술인가? 옛 모양 그 얼굴이 그저 있나 어디 보세. 어사또 손을 끌어 방안에 앉힌 뒤에 초초한[96] 그 형상을 자서히[97] 살피더니….

춘향모: 여보, 이 서방, 아니 이 꼴이 이게 웬일인가?

이 도령: 남아의[98] 일생이란 알 수가 있나? 마치 바다에 뜬 나무 조각 같애서, 뜰 때도 있고 잠길 때도 있지.

설명: 춘향모는 기가 맥히어 말 한마디도 못하고 사지만 벌벌 떨고 있 었다. 어느덧[99] 밤이 깊어 파루가[100] 지난 뒤에, 어사또는 향단이의 인도를 받아 옥으로 찾아가서 춘향이를 만났다.

---

95 "여름 구름은 기이한 봉우리가 많다(夏雲多奇峰)". 중국 동진(東晉)의 시인 도연 명(陶淵明, 365~427)의 시 <사시(四時)>의 한 구절.

96 초초(草草)하다. 갖출 것을 다 갖추지 못하여 초라하다.

97 자세히.

98 남아(男兒). 남자다운 남자. 대장부.

99 어느덧.

100 파루(罷漏). 조선 시대에, 서울에서 통행금지를 해제하기 위하여 종각의 종을 서 른세 번 치던 일.

춘향: 서방님, 정말 반갑습니다. 잘 되어도 내 낭군 못 되어도 내 낭군
　　이지요. 그저 이렇게 죽기 전에 만나 뵈옵는 것만 다행으로 압니다.

이 도령: 오, 춘향아, 옥중 고생이 오죽 심했겠느냐? 만사가 다 나의 불
　　찰이다. 용서하여다오.

춘향: 용서가 다 무엇이에요?[101] 지금 죽어도 한이 없습니다. 그러나,
　　서방님 내일 본관 생신 잔치 끝에, 저를 올려 죽인다 하오니, 저의
　　시쳇랑은 부대 서방님의 손으로 묻어 주십시요.

이 도령: 오, 춘향아, 나일랑은 염려 마라. 하날이 무너져도 솟아날 구
　　녕이 있는 법.

설명: 옥담 우의 창살 사이로, 정다운 두 손길이 간신히 마주 잡히었으
　　나, 옥담이 높고 높아 오랫동안 그립고 애태우던 얼굴은 서로 볼
　　수가 없었다. 시름없이 들리는 처마의 낙수 소리는 두 사람의 슬픔
　　을 더 한층 도와줄 뿐이었었다.

Columbia40147 B면

노래: 옥수[102] 나삼을[103] 툭툭 처 떵쿵 나니나 풍악 소리 요지[104] 선악
　　이[105] 완연하다. 둘이 부난 피리 소리 쌍봉황이 노니난[106] 듯 소상
　　반죽[107] 젓대[108] 소리 나의 설음을[109] 자아내고 곡곡성진 원근성은

---

101 음반에서는 [무어디에요]로 발음.
102 옥수(玉手). 여성의 아름답고 고운 손.
103 나삼(羅衫). 얇고 가벼운 비단으로 만든 적삼. 여름 옷감.
104 요지(瑤池). 중국 곤륜산에 있다는 못. 신선이 살았다고 하며, 주나라 목왕이 서왕
　　모를 만났다는 이야기로 유명함.
105 선악(仙樂). 신선의 풍악.
106 노니는.
107 소상반죽(瀟湘斑竹). 중국 소상강(瀟湘江) 근처에서 자라는 눈물 자국 무늬의
　　귀한 대나무.

연풍을 자랑허고 오현금 거문고는 대술 설상에 노래허고 이십오현 비파성은 불승청원이 슬플시고….

설명: 이 날은 남원 부사의 생신 잔채110. 인읍111 수령을 죄다 청하야 성연이112 배설113되었었다. 어사또는 거지로 변장하고 그곳에114 참례하야115, 눈살 입살 받으면서 연석을116 살핀 후에 글 한 귀를 지어놓고 그 자리를 떠났다. 그 중에도 눈치 빠른, 운봉 영장이117 그 글을 먼저 펴보고 전신을 벌벌 떤다. "금준미주는 천인혈이요 옥반가효는 만성고라. 촉루낙시에 민루락하니 가성고처에 원성고라."118 각읍 수령은 넋을 잃고 어찌할 줄 모르는 이때이다.

노래: 사자같은 마두119 역졸120 육모방치121 높이 들고 우루루루루 달려들어 삼문을122 땅땅 치며 암행어사 출또야….

---

108 젓대. 대금(大笒).
109 설움.
110 잔치.
111 인읍(隣邑). 이웃 고을.
112 성연(盛宴). 성대한 연회.
113 배설(配設 혹은 排設). 연회나 의식(儀式)에 쓰는 물건을 차려 놓음.
114 음반에서는 [그고대]로 발음.
115 참례(參禮)하다. 예식, 제사 등에 참여하다.
116 연석(宴席). 잔치를 베푸는 자리.
117 진영장(鎭營將). (조선시대) 각 진영(鎭營)의 으뜸 관리.
118 금준미주천인혈(樽中美酒千人血, 잔 속의 좋은 술은 천 사람의 피이고), 옥반가효만성고(玉盤上嘉肴萬姓膏, 상 위의 맛있는 안주는 만 백성의 기름이다), 촉루낙시민루낙(燭淚落時民淚落, 촛농 떨어질 때 백성의 눈물도 떨어지고), 가성고처원성고(歌聲高處怨聲高, 노래 소리 높은 곳에 원망 소리도 높다).
119 마두(馬頭). 역마(驛馬)에 관한 일을 맡아보던 사람.
120 역졸(驛卒). 역에 속하여 심부름하던 사람.
121 육(六)모 방치. 육각형의 방망이.
122 삼문(三門). 대궐이나 관청 앞에 세운 세 문.

설명: 두 세 번 고함 소래 부중이 뜨르르, 비호같은 마부 역졸 팔방에
번개 같다. 어사또는 이리하야 동헌에[123] 좌정한[124] 후, 원통한 죄
수들을 낱낱이 놓아 주고, 춘향을 구해 내어 집으로 보내놓고, 공사
를 마친 후에 밤 되기를 기다리어 춘향 집을 찾아가서 문안에 들어
서니….

노래: 월색은[125] 영롱한데 수영도[126] 참치허다[127]. 연당에[128] 금붕어는
달빛 쫓아 뛰어 놀고 화간의[129] 잠든 학은 나를 보고 반기난 듯….

설명: 옥중에 삐친[130] 몸이 상사 겨워 병이 되어 금침에[131] 누운 채로
낭군 손을 부여잡고, 눈물과 평화로써 그 밤을 새웠었다. 춘향의 장
한 절개 뉘 아니 칭찬하랴. 자상[132]으로 통촉하사[133] 정절부인[134]
봉하시니 영귀한[135] 그의 이름 일세에 떨치었다.

---

123 동헌(東軒). 지방 관아에서 고을 원(員)이나 감사(監司), 병사(兵使), 수사(水使)
및 그 밖의 수령(守令)들이 공사(公事)를 처리하던 중심 건물.
124 좌정(坐定). 자리 잡아 앉음.
125 월색(月色). 달빛.
126 수영(水影). 물에 비친 그림자.
127 참치(參差). 길고 짧고 들쭉날쭉하여 가지런하지 아니함.
128 연당(蓮塘). 연못.
129 화간(花間)에. 꽃과 꽃 사이에.
130 삐치다. 일에 시달리어서 몸이나 마음이 몹시 느른하고 기운이 없어지다.
131 금침(衾枕). 이부자리와 베개를 아울러 이르는 말.
132 자상(自上). 웃어른. 왕.
133 통촉(洞燭). 윗사람이 아랫사람의 사정이나 형편 따위를 깊이 헤아려 살핌.
134 정절부인(貞節夫人). 절개가 곧은 부인.
135 영귀(榮貴)하다. 지체가 높고 귀하다.

III. 번안영화

1. 쌍옥루(雙玉淚)

원작영화: <쌍옥루>(고려영화제작소, 무성영화, 1925)

감독: 이구영

출연: 김소진 · 조천성 · 정암

상영정보: • 영화소개(『동아일보』 1925. 8. 24.)

　　　　　• 1929. 9. 26. 단성사 개봉(『매일신보』 1929. 9. 26.)

음반번호: Columbia40046-47

설명: 김영환

실연: 이경손 · 복혜순

연주: 관현악 · 단소 김계선

발매일자: 1929. 10.

채록

Columbia40046 A면

　설명: 낭랑한1 푸른 하날2 끝없이 넓은 바다 황새들은 흥을 겨워 장사3

1　낭랑(朗朗)하다. 빛이 매우 밝다.
2　'하늘'의 방언(강원, 경기, 전라, 충청).

위에 춤을 춘다. 자라나는 아해들은4 이와 같은 곳이5 그리워 특히 경남이는 오날도6 부모님 몰래, □□이는 부부 바위로 찾아 나와 우뚝 솟은 바위 위에 올라서서는, 목청을 다하여서 고함을 지르며, 당초에 못잊으여7 노래를 부른다. 후세불견8 돌 근육 청년 남아야9. 그러나 조수에10 낯익지 못한 이 아해는, 시각으로 밀려드는 그 무서운 위험이 장차에 목숨까지 뺏을 줄이야 과연 몰랐던 것이다. 아, 어늬덧11 조수는 만조에12 넘친다. 하날조차 괴상하야 몰려드는 먹장구름. □□이에 물이 잼기고야13 경남이는 비로소 깨달았다. 경남이의 부르짖는 그 소리는 파도 숨과 섞이어서 □□에 가득찼다. 이 광경에 놀랜 아해 하나가, 바다를 향하여서 화살같이 뛰어든다. 풍랑은 격심하야 때를 더해하니, 그 아해가 어떻게 경남이를 구해 내랴.

옥남: 오, 애야, 꼭 잡아라. 놓치지 말구….

설명: 아, 사나운 풍랑은 참혹하게도 어린이의 두 목숨을 낙엽같이 쓸어갔다. 남을 구해 주려다가 제 목숨까지 바친 그 아해야말로, 세상이 알지 못하는 경남이의 언니 옥남이었다. 어버이의 품속에서 모

---

3 장사(長沙)(?). "긴 모래밭"으로 추정.
4 아이들은.
5 음반에서는 [고대]로 발음.
6 오늘도
7 못잊어.
8 후세불견(後世不見). 후세에는 보지 못함.
9 남아(男兒). 남자다운 남자. 대장부.
10 조수(潮水). 아침에 밀려들었다가 나가는 바닷물.
11 어느덧.
12 만조(滿潮). 밀물이 가장 높은 해면까지 꽉 차게 들어오는 현상. 또는 그런 때.
13 잠기고서야.

질게도 어린 몸을 남의 손에 실리어 와서, 그리운 눈물 속에 세월을[14] 보내다가 경남이의 목숨을 구해주려고, 파도 속에 뛰어들던 그거야말로 성인이 아니고는 못 할 일이다. 하날은 두 죽음을 조상이나[15] 하는 듯이, 커다란 빗방울이 하나 둘씩 떨어진다. 풍랑은 더 심하야 □편을 찌르는 듯, 이윽고 빗발은 억수같이 쏟아진다. 해변가의 공중으로 날아가는 물새들은 두 영혼을 조상하듯 처량하게 슬피 운다.

Columbia40046 B면

설명: 이 소식을 들은 경자는 억장이 무너지고 천지가 깨어지는 듯 미친 사람 모양으로 부리나케 쫓아온다. 그리하야 두 아해의 시체는 옥남이의 유모의 집으로 옮기여졌을 때, 달려온 경자의 슬픔이야 어떻다고 말할 수가 없었던 것이다.

경자: 아, 이럴 줄을 알았지. 이럴 줄. 내 죄가, 내 죄가 너희 둘을 이 모냥으로 맨들었구나.

설명: 그 곁에 앉아있는 옥남이의 유모. 옥남이를 기르기에 뼈와 살이 다 녹았다. 두 눈에 타오르는 원한의 불길.

유모: 마님, 내가 마님을 모르는 줄 알우? 우리 옥남이의 어머니지요? 당신은 애를 낳은 후 자식이라고 했었지요? 요행이 그때 하날이 도우사 구해 놓은 아해를 인제는 또 당신 아해 때문에 이렇게 죽었소

---

14 음반에서는 [셰월을]로 발음.
15 조상(弔喪). 조문.

당신이 죽인[16] 것이지, 당신이 죽인 것이나 다름없소. 당신이 내 자식를 죽였소, 이 자식을 죽였소.

경자: 할멈, 할멈, 이 계집의 죄가 태산 같아서, 오늘날 와서 이 벌을 받는구려. 내 속을 좀 생각해 주구려.

유모: 당신의 죄는 당신의 죄인데 내가 무슨 죄란 말이요? 이 애가 왜 죽는단 말이요? 차라리 내가 죽으면 죽었지 이 애가 어떻게…, 아, 원통해라.

설명: 노파의 그 소리가 자기 가슴을[17] 채쭉질할[18] 때 경자는 그쪽을 향하야 읍하듯이[19] 엎어진다.

경자: 흐흑, 할멈, 할멈은 나를 원망하오. 원망해요. 원망하고 때리고 책하구려. 그러나, 그러나 할멈은, 옥남이를 잃어버렸지마는 나는 옥남이와 경남이 두 아이를 한꺼번에 잃어버린…. 흐흑.

설명: 이처럼 책망하는 경자를 보고서야 할멈은 또다시 원한을 가하지 못하였다.

유모: 아, 어쩌나, 어쩌나, 마님, 이 일을 어찌, 이 일을 알았으면은, 차라리 죽기 전에 이 애 어머니가 누군지나 가르쳐 주었지….

---

16 죽인.
17 가슴.
18 채찍질.
19 읍(揖)하다. 두 손을 맞잡아 얼굴 앞으로 들어 올리고 허리를 앞으로 공손히 구부렸다가 몸을 펴면서 손을 내리다. 인사하는 예(禮)의 하나.

설명: 이 소리를 들음에 경자도 찢어지는 가슴을 참지 못하야 입술을 깨물면서 따에[20] 가 쓰러진다.

Columbia40047 A면

설명: 이와 같은 그 꼴을 듣고 더욱 낙담하야 꿈나라를 더듬는 듯, 경자 남편 정욱조는 이리로 달려왔다. 나란히 누워있는 두 아해의 베개 옆에 정욱조는 기가 맥혀 주저앉을 때, 비록 남자이지만 두 줄기의 흐르는 눈물이야 금할 수가 없었다. 경남이의 이마를 짚어 보드니….

정욱조: 아, 벌써 이렇게 차졌으니. 이럴 줄 알았으면 내가 왜 누구를 만나겠어.

설명: 말 못하는 경자는 얼굴조차 못 들었다. 한 고개 백합꽃이 미풍에 흔들리듯, 핏기 잃은 경자의 몸은 가끔가다 떨리기만 할 뿐이다.

정욱조: 아, 내 자식 잃은 것은 내 자식이지만, 이처럼 용기있고 영리헌 아해가 내 자식 때문에 목숨을 끊다니 나는 헐 말이 없소. 이 아해, 아해 어버이께 무어라, 무어라. 이 길로 이것이 무삼[21] 운명이요? 이럴 줄 알면이야 뉘라서 해변에 오자고 허여. 내 팔자지.

경자: 영감.

설명: 인제는 참지 못 하야 경자는 과거의 오든 비밀을 자백하려고 결심하였던 것이다.

---

20 땅에.
21 무슨.

경자: 영감, 영감.

설명: 음산한 이 방안에 희고 누른 욱조의 얼골이 흡사이²² 꿈을 깨듯이 이편을 향하였다.

경자: 두 아이는 죽음으로써 이 어미에게 모든 것을 고백하라고 일러 주었습니다. 그리고 위안의 죽음을 찾도록 가르켜 주었어요. 저는 이제야 비로소 천벌을 깨달았습니다.

정욱조: 뭐라구?

경자: 저는, 저는 죄 많은 계집입니다요. 더, 더러운 몸입니다. 이 자리에서 제가 무엇을 감추겠습니까?

정욱조: 무슨 소리요, 이게? 이러면 어쩌자 그려? 정신을 차려야 허지. 당선은 아해를 잃었기 때문에 정신이….

경자: 아니에요. 저의 정신은 조금도 흩었지²³ 않습니다. 죽음을 각오하고 참회합니다. 두 아이의 얼굴을 보시드래도 형제인 줄은 아실 터이지요?

설명: 이와 같이 고백을 하기에는 오장의²⁴ 피를 받아내는 듯하였었다. 털끝 하나 움직이지 않는 욱조는 창백한 얼굴로 경자의 입술만 지키고 있었다.

Columbia40047 B면

경자: 저는 오늘날까지 괴롭지 않은 날이 없었습니다요. 아무 철도 없

---

22 흡사(恰似). 마치.
23 흩어지지.
24 오장(五臟). (간, 염통, 지라, 허파, 콩팥의) 다섯 가지 내장.

는 일에 섰을 때, 못된 하숙옥[25] 주인 때문에, 그 집과 친분이 있는 어느 전문학교 학생에게, 저는 그 학생에게 몸을 더럽히었습니다. 그래도 저는 어디까지든지 순결한 사랑으로만 믿구, 그 사나이를 따라서 결혼을 하였답니다요. 그러나 그 결혼이, 목사와 짜고서 꾸민[26] 거짓 결혼인 줄은 모르고, 그에게, 아내가 있을 뿐만 아니라 사람이 악하였었어요. 얼마 안 되어서 그는 저를 버리고, 저에게는 웬수의[27] 어린 것이…. 아마 천벌이겠지요. 웬수의 어린 것이 들게 되어서 어떻게나 마음이 괴롭고 겁이 났든지, 강에 나가 죽으려고 하였든 것이, 마침내 다른 사람의 구원으로 못 죽었었어요. 그날 밤으로 출산한 것이 이 옥남이에요. 그리고 그 금수같은 무서운 사나이는 바로 저 의사입니다.

설명: 듣기를 다한 후에 욱조는 기운 없이 탄식을 하고 있다.

정욱조: 참회에 나선 것은 좋은 각오이요. 그리고 나는 절망에 떨어진 자이[28] 되었소.

경자: 영감의 귀여워하신 은혜는 잊지 않겠어요. 어디가 있든지 이 몸이 살아 있을 때까지는 마음으로 정성껏, 평안하시기를 빌겠습니다.

정욱조: 아, 나는 원망헐 줄도 모르는 사람이요. 오직 내 자신이 절망이요. 나는 인제 아무 것두 없는 사람이요. 아내두 없구, 자식두 없구, 희망두 없구, 오직 절망, 절망과 암로가[29] 계속될 따름이요.

---

25 하숙옥(下宿屋). 하숙집.
26 꾸민.
27 원수(怨讎).
28 자(者)가. 사람이.

설명: 경자는 이에 대해 떨리어 소래쳐[30] 느끼었다[31]. 오, 천국에 들어
선 두 형제는 지금쯤 어린 손을 합하야 가슴에 얹고, 어머니의 속
죄와 어머니의 앞길을 신의 앞에 우러러 기도하리라.

---

29 암로(暗路). 어둡고 캄캄한 길.
30 소리쳐.
31 느끼다. 서럽거나 감격에 겨워 울다.

2. 불여귀(不如歸)

원작영화: <不如歸>(제목이 같은 여러 편의 일본 영화가 있어서 원작을 확정할 수 없음. 무성영화)

번안소설: • 선우일, 『두견성』(1912)

　　　　　• 조중환, 『불여귀』(1912)

음반번호: Columbia40093-94

설명: 김영환

실연: 김영환·복혜순

노래: 이진봉

발매일자: 1930. 4.

채록

Columbia40093 A면

설명: 지난밤 폭풍우는 자취도 없이 이튿날 일기는 완히[1] 좋았습니다. 반경을[2] 옥으로[3] 장하고[4] 바람 없고 따뜻한 오전에 산보할 차로 무남이는[5] 낭자를[6] 다리고 별창의[7] 뒷문으로 나와 흰 물에 푸른 솔[8]

---

1 완(完)히. 완전히.

2 반경(半徑). 원이나 구의 중심에서 그 둘레나 면까지의 길이. 행동이 미치는 범위.

3 옥(玉). 연한 녹색이나 회색을 띠는, 빛이 곱고 모양이 아름다운 귀한 돌. 옥을 갈아서 둥글게 만든 구슬.

4 장(裝)하다. 꾸미다.

5 무남(武男). 도쿠토미 로카(德富蘆花)의 원작 소설 <불여귀(不如歸)>(1898~1899)에서는 가와시마 다케오(川島武男).

6 낭자(浪子). 원작에서는 가타오카 나미코(片岡浪子).

7 별장(別莊). 주로 경치가 좋은 곳이나 조용한 곳에 가끔 가서 쉬기 위하여 따로 마련한 집.

8 소나무.

보기 좋게 벌여 있는 바닷가로 나갔습니다.

낭자: 일기가9 퍽 좋지요? 이렇게 좋아질 줄은 참….
무남: 아, 참으로 좋은 일기요. 저 섬이 바로 눈앞에 있는구려. 이야기
라도 하려는 것 같은데?

설명: 두 사람은 즐거이 모래를 밟으며, 하룻날의 양식을 장만하려고
고기잡이 그물에 줄을 다리는10 어부들과 조개 잡는 아이들의 옆을
지나서 활장같이11 둥그런 바닷가로 다른 사람 없는 곳으로 자리
를 정했습니다.

낭자: 이것 보세요. 저 천식 씨는 무엇을 하고 있을까요?
무남: 천식이 그놈은 참 못된 놈이야. 그 뒤로는 한 번도 못 만나 봤어.
어, 그런데 그건 왜 물으우?
낭자: 아니에요. 우스운 말 같지만 엊저녁 꿈에 그이가 뵈더구먼요. 웬
일인지.
무남: 뭐요? 꿈에 봤어요?
낭자: 네. 그이가 뭔지 어머니하고 소곤거리면서 꿈에 뵈겠지요?
무남: 하하, 참 허황하기도. 그래, 뭐라고 해요?
낭자: 뭐라는 얘긴지 자세히 못 들었는데, 어머께서는 그저 대답만
하세요. 그이가 댁에 출입하거나 그런 일은 없겠지요?
무남: 없고말고. 어머니께서도 그 놈으로 해서 노여움을 가지고 계시는데….

---

9 일기(日氣). 날씨.
10 댕기다.
11 활집. 활을 넣어 두는 자루.

설명: 낭자는 무심코 한숨을 쉬었습니다.

낭자: 이렇게도 제가 못된 병에 걸려서 이렇게 와 있으니까, 어머니께
    서도 퍽 쓸쓸하실 테예요.

설명: 무남이는 천근12 철퇴에13 그 가삼을14 얻어맞는 것 같아였습니
    다. 병든 아내에게 말은 못 해도 낭자가 폐인이 되자, 강화15 별장
    으로 데려다 놓은 뒤로는 무남이가 상경할 때마다 어머니의 표정
    은 변해지고, 전염될까 두려우니 다시는 가보지도 말라고까지 했으
    나, 그래도 아내이라 위안을 아니 줄 수 없었으므로, 계집만 중히
    알고 어미는 대수롭게 여기지도 않는 불효자라고 꾸지람을 들은
    것도 한 두 번이 아니었습니다.

Columbia40093 B면

무남: 하하, 참 당신도 무던히 생각을 잘 하시는구려. 그럴리가 있나요?
    어서 병만 나으면 내년 봄에 우리 둘이 어머니 모시고 우이동 곡16
    구경이나 갑시다. 어, 벌써 예까지 왔구려.

낭자: 어서 저 바위까지 가 봅시다요. 조끔도 아무렇지도 않아요. 서양
    까지라도 넉넉히 가겠는데, 뭐….

무남: 이키, 굉장하구려. 자, 어, 그 숄을17 내게 맡기우. 바위에 미끄러
    지리다. 이, 자, 날 꼭 붙들어요.

---

12 천근(千斤). 매우 무거운 것.
13 철퇴(鐵槌). 쇠로 만든 몽둥이.
14 가슴.
15 강화도(江華島). 인천광역시 강화군에 있는 섬.
16 곡(谷). 계곡.
17 숄(shawl). 여자들이 방한이나 장식을 목적으로 어깨에 걸쳐 덮는 네모진 천.

설명: 무남이는 낭자를 데리고 바윗돌이 깔려있는 담 밑으로 좁다란 풀
밭 길에, 일 정보18 가량이나 걸어가는 동안, 장송이19 우거지고 백
사가20 질펀한데 갈매기 노랫소래21 끊임없는 커다란 바위 앞으로
당도하야, 무남이는 바위 위에 숄을 깔고 둘이 나란히 앉았습니다.

무남: 좀 봐요. 경치가 어떻소?

설명: 피곤한 일광은22 천중에23 조을고24, 풍랑없는 바닷물은 비단을
펴 놓은 듯이, 편편한25 백구들은26 안하에27 날으고, 유유한28 해
송은29 봄빛을 고이 받아, 대자연의 깊은 꿈이 몽롱하여 있습니다.

낭자: 이것 보세요.
무남: 왜?
낭자: 제 병이 나을까요?
무남: 뭐요?
낭자: 제 병 말씀이에요.

---

18 정보(町步). 땅 넓이의 단위. 1정보는 약 9,917.4㎡.
19 장송(長松). 키가 큰 소나무.
20 백사(白沙). 흰 모래.
21 노래 소리.
22 일광(日光). 햇빛.
23 천중(天中). 하늘의 한가운데.
24 졸고
25 편편(翩翩)하다. 나는 모양이 가볍고 날쌔다.
26 백구(白鷗). 갈매기.
27 안하(眼下). 눈 앞.
28 유유(幽幽)하다. 깊고 그윽하다.
29 해송(海松). 한국 중부 이남의 바닷가에서 곧게 자라며 껍질은 검은 회색인 소나무
  의 일종.

무남: 그럼 낫지 않고. □□면 나아.

낭자: 그렇지만 혹시 낫지도 않고, 그만 이대로, 이대로 죽어버리지 않을까요? 가끔 그런 생각이 들겠지요? 어머니도 □□□□하셨는데….

무남: 왜 또 그런 소리를 하시오? 의사도 염려 없다고 그러지 않아요? 장모님께서는 그 병으로 그렇다고 할런지 모르겠지만, 당신은 지금 겨우 스무 살이요. 더구나 초기인데 염려가 뭐요? 아, 그거 보오. 접때[30] 말하던 우리 일가[31] 그 이가 바로 그 병으로 콩팥 한 조각을 땠는데도 십오 년 동안이나 끄떡없이 살아오고 있지 않소? 살고말고 여부가 있나? 잠시만 있으면 꼭 나아요. 당신이 날만 사랑하면 꼭 낫지. 낫지 않고 어찌한단 말이요?

Columbia40094 A면

설명: 무남이는 낭자의 손을 쥐어 일설하되[32], 바이[33] 그 손가락에는 결혼 전에 무남이에게서 받은 다이아몬드의 반지가 쓸쓸하게 반짝이고 있었다. 낭자는 이윽고 눈물에 미소를 머금고….

낭자: 낫겠지요. 꼭 낫겠지요. 참, 사람이란 왜 죽게 마련이게 되었을까요? 살고 싶어요. 천 년이나 만 년이나 살고 싶어요. 죽게 되면 둘이서, 둘이 다 같이….

무남: 당신이 죽으면 낸들, 낸들 왜 살겠소?

낭자: 정말입니까? 기쁩니다. 둘이서 같이, 그렇지요? 그렇지마는 당신

---

30 저번 때에.
31 일가(一家). 성과 본이 같은 한집안.
32 일설(一說)하다. 한 마디 말을 하다.
33 원래는 "아주 전혀"이나, 여기에서는 '바로'로 추정.

은 어머님이 계시고, 허실 일이 있고, 그러니까 제가 먼저 가서 기다리고 있어야지요. 제가 죽은 뒤에는 가끔, 가끔 제 생각을 해 주시겠어요? 네?

설명: 무남이는 넘치는 눈물을 씻고 낭자의 머리를 쓰다듬어 주면서….

무남: 이제 그런 소리는 고만둡시다. 그보담도 하루바삐 병이 나아서 우리 둘이 즐거운 생활할 것이나 생각합시다.

설명: 낭자는 남편의 손을 힘있게 쥐고, 뜨거운 눈물이 비오듯 합니다.

낭자: 죽드래도, 저는 죽어도 당신의 아내입니다. 누가 무어라고 허든지, 병이 들었든지, 죽어버리거나, 미래에, 미래에, 그 뒤까지라도, 나는 당신의 아내예요.

설명: 눈물에 젖는 두 사람의 발밑에서 처량한 파도소래가 들려옵니다. 그 뒤에 무남이는 함대로[34] 돌아갈 날짜가 작정이 되어[35], 의사를 찾어 아내를 당부하고, 오후에 기차로 강화에 내려갔습니다.

Columbia40094 B면

설명: 해는 이미 서산에 떨어지고, 모색은[36] 대지에 가득 찼습니다. 백

---

34 함대(艦隊). 여러 척의 군함으로 편성된 해군 부대. 원작에서 가와시마 다케오는 해군 소위.
35 작정(作定)되다. 어떻게 하거나 되기로 미리 결정되다.
36 모색(暮色). 날이 저물어 가는 어스레한 빛.

사장에 길을 찾어 우거진 송림37 속으로 들어서니 처량히도 흘러오는 피아노 소리….

무남: 음, 낭자가 하는 게로군. 내가 오는 줄도 모르고….

설명: 무남이는 터지는 가슴을 부둥켜안고 눈물을 씻으면서 문을 열었습니다. 부부는 오래간만에 저녁을 같이 먹고 있던 중, 노복이38 들어와서 배 떠날 준비가 다 되었다는 것을 전했습니다.

낭자: 지금 떠나십니까?
무남: 속히 돌아오리다. 주의를 하고, 몸 조섭39 잘 해서 나를 기다려주어요. 자, 그럼 유모, 마님을 부탁하오

설명: 눈물을 흘리면서 유모는 고개를 끄덕이었습니다. 무남이는 배에 올랐습니다.

무남: 자, 울지 말우.
낭자: 어서 속히 다녀오세요

설명: 편주는40 고요하게 언덕을 떠나갑니다. 낭자는 정신없이 솔나무에 붙어 서서 눈물에 젖은 손수건을 흔들면서….

---

37 송림(松林). 소나무 숲.
38 노복(奴僕), 남자 하인. 혹은 노복(老僕), 늙은 남자 하인.
39 조섭(調攝). 약해진 몸이 건강을 회복하도록 보살피는 것.
40 편주(片舟). 조각배.

낭자: 부디, 안녕히, 얼른 다녀오세요. 네?

노래: 인제 가면 언제 오나/ 오만 한을 일러 주오//

설명: 돌아보니 조각달은 솔나무에 걸려 있고, 이 한 밤은 창망하게[41] 우주에 깊어간다. 멀어지는 낭자의 파리한 그 자태는 무심한 발길 속에 하염없이 사라진다.

---

41 창망(滄茫/蒼茫)하다. (바다, 들판 등이) 넓고 푸르고 아득히 멀다.

3. 장한몽(長恨夢)

원작영화1: <장한몽>(조선문예좌, 무성영화, 1920) 감독: 이기세 출연: 이기세
· 마호정 · 이응수
원작영화2: <장한몽>(계림영화협회, 무성영화, 1926) 감독: 이경손 출연: 김정
숙 · 주삼손 · 심훈 · 강홍식
상영정보2: • 영화소개(『매일신보』 1926. 3. 20.)
• 1926. 3. 18 단성사 개봉(『매일신보』 1926. 3. 20.)
음반번호: Columbia40004-5
설명: 김영환
실연: 서월영 · 복혜순
노래: 김난향
연주: 조선극장 관현악단 · 단소 김계선
발매일자: 1929. 3.

가사지
Columbia40004 A면

먼-ㄴ山에 月色은 朦朧하고 大同江잠들어潺潺한데 째째로부는바람
무엇인지哀訴하는三月열나흗날밤이엿다 乙密臺를등지고 只今숨사이
로내려오는 두사람의그림자 그는李守一이와 沈順愛이다.
守一 「順愛氏 나는가삼이터지는것갓해서 아-모할말도업소
한거름이두거름 그리하야여러거름이거듭되도록順愛는 對答지를못하얏다.
順愛 「守一氏 容恕해주세요
守一 「容恕가다무슨容恕이요 대톄이번일이 아버님과어머님이식히신
일인지 그럿치안으면順愛氏自身도깨닷고한일인지 나는그것만들으면

고만이요

順愛「…

守一「나는 여긔 오기까지도밋고잇섯소 順愛氏가설마그러랴하고 밋고
못밋고가업지夫婦의사이인데 어제밤 나는아버님게들엇소 그리-그리고
付托이라고하시고 쑈請이라고하십듸다 恩惠가泰山갓흔아버님의請이
시니 나야그請이라면물불을히알일수야업지 아버님의請이라면 나는물
불이라도뛰여들어갈터이요 그러나付托도分數가잇지 죽으라면죽어보
겟지만은 이請이야엇더케듯소 이러한소리를하면天罰이내리겟지만은
아버님을나는원망하고 咀呪하오 아모리할소리가업기로서니이請만들
어주면外國으로留學을보내준다고

아아- 아모리李守一이가 無依無托한 거-지子息일망정 안해를판돈으
로는留學을아니가

守一이는도라서며 소매로얼골을가리우고 저하날을우러러눈물흘니니
躊躇하든 順愛도인제는 참다못해 그의겻흐로덤비여들엇다

順愛「守一氏 제가모-든것을다잘못했습니다요 제가제-가잘못햇세요
그손으로는守一이의손을잡고 守一이의가슴에다그얼골을뭇으면서 順
愛는그득이며우름을못참는다 月色은조요하야山과들이희엿는데 江언
덕浮碧樓에 서로잡은그그림자 먹물갈아부은듯이짜우에빗최인다.」

채록

Columbia40004 A면

　설명: 심산에 월색은2 몽롱하고3 대동강4 잠들어 잔잔한데, 때때로 부

---

1 이하 가사지 낙장.
2 월색(月色). 달빛.

는 바람 무엇인지[5] 애소하는[6] 삼월 열나흘 날 밤이었다. 을밀대를[7] 등지고 지금 숲 사이로 나려오는[8] 두 사람에 그림자 그는 이수일이 와 심순애이다.

수일: 순애 씨, 나는 가슴이 터지는 것 같애서 아무 할 말도 없소.

설명: 한 걸음이 두 걸음 그리하야 여러 걸음이 거듭 되도록 순애는 대 답치를 못하였다.

순애: 수일 씨[9], 용서해주세요.

수일: 용서가 다 무슨 용서이오. 대체 이번 일이 아버님과 어머님이 시 키신 일인지, 그렇지 않으면 순애 씨 자신도 깨닫고 한 일인지, 나 는 그것만 들으면 고만이오[10]. 나는 여기 오기까지도 믿고 있었소. 순애 씨가 설마 그러랴 하고. 믿고 못 믿고가 없지. 부부의 사이인 데. 어젯밤 나는 아버님께 들었소. 그리고 부탁이라 하시고, 또 청 이라고 하십디다. 은혜가 태산같은 아버님의 청이시니, 나야 그 청 이라면 물불을 헤아릴[11] 수야 없지. 아버님의 청이라면 나는 물불 이라도 뛰어 들어갈 터이오. 그러나 부탁도 분수가 있지. 죽으라면

---

3 몽롱(朦朧)하다. 달빛이 흐릿하다.
4 대동강(大同江). 평안남도에 있는 강. 동백산, 소백산에서 시작하여 황해로 흘러 들 어간다.
5 음원에서는 무어딘지]로 발음.
6 애소(哀訴)하다. 슬프게 하소연하다.
7 을밀대(乙密臺). 평안남도 평양 금수산 마루에 있는 대(臺)와 그 위에 있는 정자. 평양 시내를 내려다볼 수 있다.
8 내려오는.
9 음원에서는 [수일 씩]로 발음.
10 그만이오.
11 헤아리다. 짐작하여 가늠하거나 미루어 생각하다.

죽어 보겠지만, 이 청이야 어떻게 하겠소? 이러한 소리를 하면 천벌이 내리겠지만, 아버님을 나는 원망하오. 저주하오. 아무리 할 소리가 없기로서니, 이 청만 들어주면 외국으로 유학을 보내 준다구? 아, 아무리 이수일이가 무의무탁한[12] 거지 자식일망정 아내를 판 돈으로는 유학을 아니 가.

설명: 수일이는 돌아서며 소매로 얼굴을 가리우고 저 하날을[13] 우러러 눈물 흘리니, 주저하던 순애도 인제는 참다 못 해 그의 곁으로 덤비어들었다.

순애: 수일 씨, 제가 모든 것을 다 잘 못 했습니다요, 제가, 제가 잘 못 했어요.

설명: 두 손으로는 수일이의 손을 잡고 수일이의 가슴에다 그 얼굴을 묻으면서, 순애는 흐득이며 울음을 못 참는다. 월색은 조요하야[14] 산과 들이 희었는데, 강 언덕 부벽루의[15] 서로 잡은 그 그림자 먹물 갈아 부은 듯이 따 우에[16] 비추인다.

Columbia40004 B면

설명: 몸은 비록 둘이지만 마음은 하나이던 그 맘조차 인제는 속절없이

---

12 무의무탁(無依無託/無依無托)하다. 몸을 의지하고 맡길 곳이 없다. 외롭다.
13 하늘을.
14 조요(照耀)하다. 밝게 비쳐서 빛나는 데가 있다
15 부벽루(浮碧樓). 평안남도 평양시 모란대(牡丹臺) 밑 청류벽(清流壁) 위에 있는 누각. 대동강에 면하여 있다.
16 땅 위에.

달라졌다. 이와 같이 생각할 때에 수일이의 분한 마음 참으려도 참지 못해 목소리만 떨리운다.

수일: 어리석지, 어리석어. 이처럼 어리석은 일이 이 천지에 또 어디 있어? 그래도 나는, 이 이수일이가 이다지 어리석지는, 스물다섯 살 되는 이날 이때 까지는 몰랐었어. 순애, 순애는 남편인 나를 속이었지? 병 때문에 수양왔다는 핑계로 너는 나 몰래 김중배를 만나려고 왔지?

순애: 수일 씨, 제발 그런 애매한17 소리는….

수일: 뭣이? 애매한 소리라구?

순애: 애매하고 말구요. 아무리 이러한 사람이기로, 그렇게까지는 너무나 과도하시지 않아요?

수일: 너도 과도한 줄은 아니? 그 말이 그렇게도 분해서 울 것 같으면, 이 모욕에 서있는 이수일이라는 천치 놈은 피눈물을 흘려도 시원치가 않단다. 네 마음이 짜장18 그럴 셈이냐. 오면 올 때야 한마디에 의논도 내게 없어? 아무 소식도 없이 와 가지구, 또 한마디 소리도 없는 것을 보면, 애초부터 김중배와 여기서 만나자고, 약속을 한 것이 아니면 무엇이란 말이냐? 아니 김중배 그 놈과 같이 온 모양로구나. 에이 고약한 계집. 너는 간부이다19. 너는 요부이다20.

순애: 어쩌면는 그런 소리를, 아무리 미우시기로 그런, 그런… .

수일: 정조를 깨뜨리고 간음한 것이 아니면 무엇이란 말이냐?

순애: 언제요? 제가 제 정조를… 아!

---

17 애매하다. 아무 잘못 없이 꾸중을 듣거나 벌을 받아 억울하다.
18 짜장. 과연 정말로.
19 간부(奸婦). 간악한 여자.
20 요부(妖婦). 요염하여 남자를 호리는 여자. 요사스러운 여자.

수일: 아무리 못생긴[21] 이 놈이기로 제 계집이 몸을 더럽히는 그 옆에서 보고 있어? 이수일이란 역력한[22] 남편을 두고서 남 몰래 다른 놈과 시골에 놀러 왔으니, 감추지 않았다는 증거가 어디 있단 말이냐?

순애: 수일 씨, 그렇게 여기신대도 저는 뭐라고 할 수는 없어요. 그렇지마는 제가 중배 씨와 만나는 약조가 있었는지, 그것은 모두 □□□□□ 당신의 짐작이세요. 우리가 여기까지 왔다는 말을 듣고 중배 씨가 따라온 게예요.

수일: 왜 따라왔단 말이냐? 중배가 누구를 보러왔단 말이냐?

설명: 순애의 입은 잠기어져서 무엇이라고 대답 한 마디도 할 수가 읎었다. 수일이는 책망하며 다시는 한옆으로 이 여자가 미워지었다가 한 뒤에 몸이나 마음가짐 나에게 쫓으리라. 이렇듯이 수일이는 생각했으나 어이하리요. 태산이 □었다 하던 그 마음도 이제는 끊어버리고 다시 한번 고쳐질 기색조차 없으리라. 수일이는 어이없어 다시 말을 못 이룬다.

---

21 못생기다. '못나다'의 의미. 능력이 모자라거나 어리석다.
22 역력(歷歷)하다. 자취나 기미, 기억 따위가 환히 알 수 있게 또렷하다.

제3부

———

해제

근대기 한국의 변사(辯士)와 유성기음반

구인모

1. 머리말

근대기 '활동변사(活動辯士)' 혹은 '활변(活辯)'이라고도 일컬었던 '변사(辯士)'가 무성영화시대 영상문화의 중요한 요소 가운데 하나였음은 주지의 사실이나, 조선의 경우 음향문화에서도 간과할 수 없는 위치를 차지하고 있었던 사정은 좀처럼 알려져 있지 않다. 이를테면 경성방송국(JODK)은 1920년대 중반부터 1930년대 후반까지 <영화해설(映畵解說)> 혹은 <영화물어(映畵物語)>라는 정규 프로그램으로 편성했는데, 당시 명성 있는 변사들은 일쑤 이 프로그램에 출연해서 영화관에서 실연했던 자신의 연목(演目)을 선보이곤 했다.[1] 그런가하면 1920년대

---

1 경성방송국의 <영화해설> 혹은 <영화물어> 프로그램은 당시 일간지에 게재된 편성표를 통해서 확인할 수 있다. 이를테면 『동아일보』만 두고 보면 1926년 7월 15일 <부활 카추샤>(金波影)을 비롯하여, 1938년 1월 20일 <꽃은 핀다>(李愚興)까지 부정기적으로 총 85회에 걸쳐 방송되었던 것을 알 수 있다. 또한 이 <영화해설> 혹은 <영화물어>에 출연했던 조선인 변사들은 다음과 같다. 김영환(金永煥 총 8회), 성동호(成東鎬, 총 6회), 이우흥・박응면(朴應冕)(각 4회), 서상필(徐相弼, 총 3회), 김조성(金肇盛)・김소영(金素英)・김파영・이승우(李承雨)・박누월(朴淚月)・박일영(朴一影)・박창원(朴昌遠)・우정식(禹定植)・윤화(尹華)(각 1회).

후반부터 조선에 속속 진출했던 다국적 음반회사들은 1930년대 후반까지 총 76종의 영화설명 장르 음반, 총 15종의 영화극 장르의 음반을 발매했는데, 당시 명성 있는 변사들은 이러한 음반에도 자신의 연목을 취입하기도 했다.[2] 이러한 일들은 당시 조선에서 영화의 서사가 단지 영화관에서만이 아니라 라디오, 유성기음반 등 근대적 음향매체를 통해서도 향유되었던 것, 그래서 영화가 시각예술만이 아닌 청각예술이기도 했다는 것을 의미한다. 그 가운데에서 변사의 구연(口演)은 메스커뮤니케이션을 통해 문화상품 가운데 하나였으며, 변사는 단지 영화산업에만 종속되지 않고 동시대 문화장에서 의미 있는 참여자(agent)로서 자리 잡고 있었다.

이러한 현상의 중심에 있던 변사는 영화연구자들이 대체로 동의하는 바와 같이, 구미(歐美) 무성영화 시스템에서의 내레이터(narrator)와 다른 '엔터테이너'로서의 성격으로 인해, 조선과 일본의 영화산업의 독특한 위상을 차지하고 있었던 것은 분명한 것으로 보인다.[3] 이를테면 무성영화시대를 풍미한 변사 가운데 영화 상영을 전후로 하여, 관객들에게 선보인 재담과 춤으로 유명했던 서상호의 경우가 대표적인 사례이다.[4] 그런데 라디오 영화해설·영화물어 프로그램이나 유성기음반의 영화설명·영화극 장르까지 염두에 두고 보면, 적어도 조선의 경우 변사는 근대기 시각·청

---

2 이러한 사정과 관련해서는 다음의 서지를 참조하기 바란다. 동국대학교 한국음반아카이브연구단 편, 『한국유성기음반』(전 5권), 한걸음더, 2011. 그리고 이 논문에서 조선음반 서지는 간단히 '<작품명>(음반번호, 연주자, 발매일자)' 형식으로 인용하기로 한다.

3 조희문, 「무성영화의 해설자 변사 연구」, 『영화연구』 제13호, 한국영화학회, 1997. 주창규, 「버나큘러 모더니즘의 스타로서 무성영화 변사의 변형에 대한 연구」, 『영화연구』 제32호, 한국영화학회, 2007. 한상언, 「1910년대 조선의 변사시스템 도입과 그 특징에 관한 연구」, 『영화연구』 제44호, 한국영화학회, 2010.

4 柳興台, 「當代人氣辯士 徐相昊 一代記 自殺事件의 顚末」, 『朝光』 第4卷 第10號, 朝鮮日報社出版部, 1938. 10, 123쪽. 안종화, 「난숙기 아롱무늬 영롱히―3. 물러난 변사의 처절한 행로」, 『한국영화측면비사』, 현대미학사, 1998, 234쪽.

각예술로서 영화, 그리고 그 서사의 유통과 소비를 둘러싸고 드러나는 문자성(literacy)과 구술성(orality)의 독특한 혼종 양상을 반영하는 존재였던 것으로도 여겨진다. 무성영화이든 발성영화이든 근본적으로 극영화가 문자성에 근간한 텍스트라는 것은 두말할 나위도 없다. 근대기 한국에서 본격적인 상업영화의 시대를 연 외국영화(주로 할리우드 무성영화)의 경우 일본을 경유해 조선에 수입되었고, 그래서 원작 텍스트(시나리오)는 물론 영상 텍스트와 그 가운데 삽입된 문자텍스트(자막)은 적어도 이중의 번역과정을 거치게 마련이었다. 이러한 상황에서 변사는 문자이든 영상이든 기록된 텍스트를 구연하는 역할 뿐만 아니라, 영화의 서사를 재현하고, 부연하고, 설명하는 가운데 원작과 다른 서사의 편집자로서의 역할마저 담당했다.[5] 더구나 그러한 변사의 영화설명은 영상을 배제한 채 라디오 방송이나 유성기음반과 같은 청각매체로 수용되고 있기까지 했던 것이다.

물론 근대기 한국에서 변사를 둘러싼 구술성의 양상이 근대 이전, 심지어 문자 이전의 그것과 분명히 다르다는 것은 두말할 나위도 없다. 근본적으로 근대기 한국에서 영화와 그 서사는 문자행위는 물론 기록 매체에 근간한 것이면서도, 특히 변사의 영화설명은 영상과 분리된 채 오로지 음성만으로 제법 오랫동안 문화장에서 유통되고, 소비되었다. 그러나 무성

---

5 영화설명·영화극 장르 음반은 원작을 명기하지 않은 경우가 대부분이며, 주로 변사에 의해 취입 내용이 결정되었던 것으로 보인다. 그러한 사정은 <東道>(일츅죠선소리반K621, 金永煥, 1927. 4; Columbia40204, 金永煥, 1931. 6)를 통해서 알 수 있다. 김영환은 원작 <東道(Way Down East)>(1920)의 영화설명을 담당하면서 겪은 일화를 술회한 바 있는데, 그 가운데 거론한 영화의 핵심 장면을 그대로 음반으로 취입했다(金永煥, 「痛快힌 活動寫眞」, 『別乾坤』 第6號, 開闢社, 1927. 6). 그런가하면 김영환은 다른 논설을 통해서도 변사의 역할이 번안소설가와 다를 바 없다는 견해를 밝히기도 했다(金永煥, 「映畵解說에 對한 나의 淺見」, 『每日申報』, 京城: 每日申報社, 1925. 1. 18. 3쪽). 또한 김영환은 실제로 영화 <동도>의 원작 소설(Joseph R. Grismer, 『'Way down east』, 1900)을 번역하기도 했다(죠셉·아·크리스마, 曙汀 金永煥 譯, 『東道』, 新明書林, 1927).

영화는 물론 변사 또한 역사 속으로 사라진지 오랜 오늘날, 변사의 영화 설명 구연의 실상은 물론 그것을 둘러싸고 문자성과 구술성이 혼종되는 독특한 양상을 확인하기란 지난하기 그지없다.6 바로 이러한 관점에서 이 글은 일단 방송 편성표 상의 기록으로만 남아 있는 변사의 방송 프로그램 대신, 대부분 음원이나 가사지 등 관련 문헌을 포함하여 근대기 한국에서 변사가 취입한 생생한 육성이나 그 흔적을 엿볼 수 있는 영화설명·영화 극 장르의 음반을 둘러싼 특징적인 국면들을 조망하고자 한다. 특히 영화 설명 장르 음반을 둘러싼 그러한 국면들은 주로 김영환과 같이 명망 있는 변사가 영화설명과 영화극뿐만 아니라 다양한 이종 서사를 음반에 취입 했던 사정을 비롯하여, 영화 서사보다도 변사의 구연 자체가 관객 혹은 청취자로부터 더 큰 환영을 받았던 현상, 조선에서 상영되지 못한 영화가 영화설명 혹은 영화극 장르 음반으로 취입되었던 사례, 영화가 아닌 서사 가 영화설명이라는 장르로 음반에 취입되었던 과정 등을 다면적으로 검 토할 것이다.

그 결과 영화설명·영화극 장르 음반을 둘러싼 다면적인 국면들 속에 서, 우선 앞서 거론한 바와 같이 근대기 한국에서 영화와 그 서사의 존재 양상은 물론, 그것의 (재)생산·소비·유통을 둘러싼 독특한 국면이 구체 적으로 드러날 것이다. 그리고 풍설과 신빙성 낮은 회고로만 전하는 변사 의 위상과 역할도 구체적으로 드러날 터이다. 하지만 무엇보다도 근대적 영상·음향매체의 등장 이후에도, 영화와 그 서사가 변사에 의해 영화관 안팎에서 구연되고 청취되었던 가운데 형성된 새로운 차원의 문자성 혹

---

6 물론 근대기 영화설명 음반의 일부가 한 차례 복각된 바 있고(≪유성기로 듣던 무성 영화≫[SYNCD-120~122], 신나라[킹레코드], 1996), 그리고 그 내용도 단행본으로 간행된 바 있다(최동현·김만수, 『일제강점기 유성기음반속의 극·영화』, 태학사, 1998). 하지만 이러한 장르의 음반은 물론 그 취입의 배경과 의의를 본격적으로 다룬 사례는 거의 없는 형편이다.

은 구술성의 복잡한 양상들을 통해 근대문화 혹은 근대성의 특징적인 국면을 이해할 수 있게 될 것이다.

2. 영화설명 · 영화극 장르 음반이라는 문화상품

앞서 거론한 바와 같이 근대기(1907~1942) 한국에서 발매된 영화설명 장르 음반은 총 76종, 영화극 장르 음반은 총 15종인데, 1926년부터 1940년까지 적은 매수이나마 꾸준히 발매되었다. 연도별 음반 발매 추이를 보이면 다음과 같다(괄호 밖은 영화설명, 괄호 안은 영화극).

연도	1926	1927	1928	1929	1930	1931	1932	미상
종수	1	3	1	4(3)	5(3)	7(3)	5(2)	12
연도	1933	1934	1935	1936	1937	1940	1942	계
종수	2	2(1)	5(1)	3	6(1)	1	1	76(15)

이러한 음반에 수록된 작품들의 원작은 영화설명 장르의 경우 주로 서양영화였으며, 영화극 장르의 경우 주로 조선영화였다. 국적별 음반 발매 상황을 보이면 다음과 같다(괄호 밖은 영화설명, 괄호 안은 영화극).

국적	서양	조선	일본	미상	계
종수	44(2)	27(9)	(3)	5(1)	76(14)

그리고 이러한 장르의 음반들은 일본콜럼비아축음기주식회사(이하 '콜럼비아사'로 약칭)가 주로 발매했다. 음반회사별 발매 상황을 보이면 다음과 같다(괄호 밖은 영화설명, 괄호 안은 영화극).

회사	Co.			Vi.	Po.	계
	Co.	Re.	Ni.			
종수	21(9)	14(1)	9(2)	9(1)	9	
회사	Ok.	Ch.	Ta.	Nt.		76(15)
종수	7(1)	2	4(1)	2		

※ 음반 레이블 약호: Columbia(Co.), Regal(Re.), 일축소리조선반·일축소리죠선판(Ni.), Victor(Vi.), Polydor(Po.), Chieron(Ch.), Taihei(Ta.), Okeh(Ok.), 제비표조선레코드(Nt.)

또한 영화설명 장르는 대체로 관현악단의 반주와 가수의 독창을 배경으로 변사의 구연만을 양면반(兩面盤) 1매 혹은 2매로 발매했는데, 수록된 음원은 최소 6분 정도에서 최대 28분 정도이다. 한편 영화극 장르는 관현악단의 반주와 가수의 독창을 배경으로 한다는 점에서는 영화설명 장르와 흡사하나, 한 명의 변사와 두세 명의 배우 혹은 가수가 등장인물의 역할을 나누어 대사를 취입한 것이라는 점에서 차이가 있다. 영화설명·영화극 장르 음반 취입에 참여한 변사들과 음반 종수를 정리하면 다음과 같다(괄호 밖은 영화설명, 괄호 안은 영화극).

변사	김영환	서상필	이우흥	성동호	박창원	서상호
종수	29(11)	14	5(1)	7	5	3
변사	김조성	유인성	김일성	김덕경	기타	계
종수	3(1)	2	3	1	4(2)	76(15)

이러한 음반들은 1930년대 초반 콜럼비아사, 일본빅터축음기주식회사(이하 '빅터사'로 약칭), 일본폴리돌축음기상회주식회사(이하 '폴리돌사'로 약칭)와 같은 다국적 음반회사의 일본법인, 일본제국축음기주식회사(이하 '오케사'로 약칭) 등과 같은 일본계 음반회사들이 조선에 대거 진출했던 시기 집중적으로 발표되었다. 이 음반회사들은 이미 일본에서 적지 않은 규모의 영화설명·영화극 장르 음반들을 발매했거니와7, 이 음반들

을 통해 거두었던 상업적 성공을 새로운 시장에서도 재현하기 위해 조선에서도 같은 레퍼토리의 음반을 발매했던 것으로 여겨진다. 특히 음반극 장르의 경우가 그러한데 이를테면 <장한몽>(Columbia40004-5, 서월영·복혜숙·김영환, 1929. 3), <부활>(Columbia40019-20, 이경손·복혜숙·김조성, 1929. 4), <인정비극 쌍옥루>(Columbia40046-47, 이경손·복혜숙·김영환, 1929. 10), <춘희>(Columbia40110-11, 김영환·복혜숙, 1930. 7)과 같은 작품들이 그 예이다.[8] 주지하는 바와 같이 이 대부분이 이미 소설은 물론 신파극과 영화로도 조선에서 번역·번안되어 조선에서 인기를 누렸던 작품이기도 했다.[9]

물론 이러한 영화설명·영화극 장르 음반은 근대기 조선음반(약 12,651면) 전체 규모를 염두에 두고 보면 매우 적은 규모인 것만큼은 분명하다. 그러나 이러한 장르의 음반들이 지니는 의미는 결코 간단하지 않다. 이를테면 이러한 음반들이 양면반 1매나 2매의 세트로 발매되기 일쑤였던 점, 특정한 작품의 경우 정규반과 보급반 레이블로 재발매를 거듭했다는 점에서 그러하다. 재발매 음반의 목록을 보이면 다음과 같다.

---

7 일본국회도서관이 소장한 1920년에서 1949년 사이에 발매된 총 626면의 극(劇) 장르 음반 가운데, 장르명이 '映畵說明' 혹은 '映畵物語'인 음반은 총 416면, '音盤劇'인 음반은 총 36종이다.(일본국회도서관 디지털화자료 '역사적음원' 사이트 http://dl.ndl.go.jp/#music 참조) 또한 일본의 영화설명·영화극 장르 음반을 둘러싼 사정에 대해서는 다음의 서지를 참조할 수 있다. 渡辺裕, 「レコード·メディアと「語り」の近代: 「映畵說明」レコードとその周辺」, 『美學藝術學硏究』第24号, 東京: 東京大學大學院人文社會系硏究科 文學部美學芸術學硏究室, 2006. 3.

8 <椿姬>(Columbia25198-99, 1927. 3; Nitto1651-2, 1927. 5), <金色夜叉(熱海海岸の場)>(Columbia25177-78, 1926. 7; Nitto16391-92, 1927. 1), <復活>(Columbia26328, 1931. 6), <己か罪>(Nitto16637-38, ?)

9 <장한몽>과 <불여귀(不如歸)>와 관련해서는 다음의 서지를 참조할 수 있다. 구인모, 「지역·장르·매체의 경계를 넘는 서사의 역정」, 『사이間SAI』제6호, 국제한국문학문화학회, 2009.

연번	음반번호	제목	연주	발매일자	원작	장르
1	Ni.K621	東道	金永煥	1927. 2	<Way Down East>(1920) 조선 개봉: 1923. 3.	영화설명
	Co.40204	東道	金永煥	1931. 6		
2	Nt.B141	愛國의 喇叭	金永煥	1927. 7	미국 영화로 추정 조선개봉: 1926. 1.	영화설명
	Co.40288	愛國의 喇叭	金永煥	1932. 2		
3	Vi.49040	白薔薇	金永煥	1928. 12	<The White Rose>(1923) 조선 개봉: 1927. 1.	영화설명
	Co.40181	說明레뷰-	金永煥	1931. 5		
	Re.C159	說明레뷰-	金永煥	1934. 7		
4	Vi.49016	噫 無情	金永煥	1929. 1	<Les Miserables>(1913, 1917, 1925) 조선 개봉: 1915. 4.	영화설명
	Co.40181	說明레뷰-	金永煥	1931. 5		
	Re.C159	說明레뷰-	金永煥	1934. 7		
5	Co.40037-38	淑英娘子傳	金肇盛 徐月影 卜惠淑	1929. 8	<淑英娘子傳>(1928. 11)	영화극
	Vi.KJ1080	淑英娘子傳	金永煥	?		영화설명
6	Co.40110-11	椿姬	金永煥 卜惠淑	1930. 8	<Camille>(1921, 1927) 조선 개봉: 1924. 1.	영화극
	Co.40181	說明레뷰-	金永煥	1931. 5		영화설명
	Re.C159	說明레뷰-	金永煥	1934. 7		
7	Co.40144	네 아들	徐相弼	1931. 5	<Four Sons>(1928) 조선 개봉: 1928. 12.	영화설명
	Re.C160	네 아들	徐相弼	1934. 7		
8	Co.40236	流浪	金永煥	1931. 9	<流浪>(1928. 4.)	영화설명
	Re.C305	流浪	李愚興	?		
9	Ni.K851	사랑을 찾아서	成東鎬	1932. 1	<사랑을 찾아서>(1928. 4)	영화설명
	Re.C139	사랑을 찾아서	成東鎬	1934. 7		
10	Vi.49017	鍾소래	金永煥	1932. 2	<鍾소리>(1929. 5)	영화극
	Nt.K858	鍾소래	金永煥	1934. 7		
11	Ni.K8임19	젊은이의 노래	金永煥	1932. 8	<젊은이의 노래>(1930. 11)	영화설명
	Re.C158	젊은이의 노래	金永煥	1934. 7		
12	Co.40181	說明레뷰-	金永煥	1931. 5	<The Broken Coin>(1915)	영화설명

연번	음반번호	제목	연주	발매일자	원작	장르
	Re.C159	說明레뷰-	金永煥	1934. 7	조선 개봉: 1916. 6.	
	Ni.K859	名金	徐相昊	1932. 2		
	Re.C109	名金	徐相昊	1934. 7		
13	Ch.193	歸鄕	金永煥	1934. 6	<Heimkehr>(1928) 조선 개봉: 1931. 3.	영화설명
	Ko.1047	歸鄕	金永煥	1938. 6		
14	Ni.K8임32-33	아리랑	成東鎬	1932. 11	<아리랑>(1926.10)	영화설명
	Re.C107-08	아리랑	成東鎬	1934. 7	<아리랑 후편>(1930. 1)	

이처럼 세트 음반으로 재발매를 거듭하는 경우는 근대기 유성기음반의 대종을 이루는 판소리 등의 전래음악 장르에 한정된다고 해도 과언이 아니다. 따라서 이 영화설명·영화극 장르 음반은 음반회사로서는 대단히 의욕적인 기획의 소산이었다고 볼 수 있는 것이다.[10] 더구나 이 영화설명·영화극 장르 음반 가운데에는 원작 영화의 조선 개봉 여부가 불분명하거나 혹은 개봉되지 않은 작품[11], 본래 영화가 아닌 작품까지도 포함되어 있다는 것은 더욱 예사롭지 않다.[12]

---

10 참고로 식민지시기 유행가요 두 곡으로 이루어지는 음반 1매의 최저 제작비용이 대체로 2백 원 선이었음을 염두에 두고 보면, 영화설명·영화극 장르 음반은 그보다 두 배 이상의 제작비가 소요되었을 터이다. 李瑞求, 「봄과 □와 레코드」, 『別乾坤』 第72號, 開闢社, 1934. 4. 8쪽.

11 이를테면 서양영화 가운데에는 ①<하나님을 닐은 洞里(The Town That Forgot God, 1923)>(Columbia40108-9, 金永煥, 1930. 5), ②<惡魔의 寵兒(The Prince of Adventures Manolescu, 1929)>(Polydor19019, 徐相弼, 1932. 10), ③<悲歌(Melodie des Herzens, 1929)>(Victor49151, 徐相弼, 1932. 7), ④<母性(Seed, 1931)>(Polydor19044, 徐相弼, 1933. 1), ⑤<說明레뷰-沈默(Silence, 1926)>(Columbia40181, 金永煥, 1931. 5; RegalC109, 金永煥, 1934. 7), ⑥<로미오와 쥴리엣트>(Polydor 19337, 1936. 9) 등이 그러하고, 조선영화 가운데에는 <말못할 事情>(Columbia 40205-06, 羅雲奎 외, 1931. 7)가 에이다.

12 이를테면 영화설명 장르 음반의 경우 ①<峯子의 죽음>(RegalC192, 李愚興, 1934. 7), ②<鴛鴦岩>(RegalC252, 李愚興, 1935. 2), ③<처녀총각>(RegalC317, 金一聲, ?), ④<最後의 審判>(Taihei 8167-68, 李愚興, 1935. 11), <逆旅>(Columbia40287-88, 金永煥, 1932. 2), 영화극 장르 음반의 경우 <港口의 에레지>(Chieron43, 徐月影·金蓮實, 1932. 8)가 그 예이다.

전자의 경우는 이 영화설명·영화극 장르 음반이 영화관에서의 영화 감상을 대신하는 체험을 제공했음을 의미한다는 점에서 주목할 만하다. 특히 야심찬 기획으로 상당한 단계까지 제작을 마쳤으나 끝내 완성하지 못했던 것으로 알려진 <말 못할 사정>(Columbia40205-06, 나운규 외, 1931. 7)의 경우가 그러한데[13], 이 음반은 변사가 아닌 나운규 등의 배우 (석금성·심영)들이 직접 영화의 내용을 취입한 예외적인 사례에 속한다. 또 후자의 경우 우선 극작가(김병철, <처녀총각>), 작사자(유일, <봉자의 죽엄>·<원앙암>) 혹은 변사(이우흥, <최후의 심판>)가 대본을 쓰고, 변사가 구연하여 취입한 작품이나, 변사의 구연 자체를 소개하는 작품(<역려>)을 포함한다. 영화로 기획되거나 제작되지 않은 작품들임에도 불구하고 영화의 서사임을 표방한 것은 흥미로운데, 후술하겠지만 이것은 적어도 조선의 음반산업이나 유성기음반을 둘러싼 청취공동체 내부에서는 영화로 제작함직한 서사 혹은 영화만큼이나 흥미진진한 서사를 함의하기도 했다는 점에서 그러하다.

이와 아울러 이 영화설명·영화극 장르 음반들이 원작 영화의 조선상영 시점보다 뒤늦게 발매되었던 점[14], 무성영화만이 아닌 발성영화의 원작마

---

13 나운규가 주연하고 이필우(李弼雨)가 촬영한 것으로 알려진 영화 <말 못할 사정>의 광고는 『조선일보』에 게재된 바도 있다(1930. 7. 18. 5쪽). 하지만 같은 함께 게재된 <노래하는 시절>(감독 安鍾和, 1930. 9)의 광고와 같이 '不日公開'와 같은 문구도 없고, 후일 손위빈(孫煒斌)의 「朝鮮映畵史 十年間의 變遷」(『朝鮮日報』, 1933. 5. 28. 2쪽과 같은 논설을 보더라도, 이 영화는 미완성으로 끝난 것은 분명한 것으로 여겨진다. 그런가하면 이 영화는 한영우(韓榮愚)에 의해 소설로도 각색되어 『映畵小說 말 못할 事情』이라는 제목으로 영창서관(永昌書館)에서 간행되었던 것으로 보인다(기사, 「出版日報」, 『東亞日報』, 1931. 1. 10. 4쪽; 「新刊紹介」, 『東亞日報』, 東亞日報社, 1931. 6. 11. 4쪽).

14 예외적으로 영화극 장르 음반 가운데 <五夢女>(Okeh1969, 羅雲奎·尹逢春·盧載信·世鳴, 1937. 3)의 경우 영화상영(1937. 1) 직후에 발매되었다. 하지만 이 음반은 신문광고까지 하고 있던 상황에서 <海賊 뺄러드>(Okeh1968, 柳寅晟, 1937. 3)와 더불어 '治安妨害'를 이유로 발매금지 처분을 받았던 것으로 확인된다 (광고, 「3月新譜 燦也!! 業界의 無敵艦隊 오케-레코-드」, 『朝鮮日報』, 朝鮮日報

저도 음반으로 취입했던 점 또한 주목할 필요가 있다. 조선에서 상영된 영화 가운데 발성영화로 분명히 확인된 음반 목록을 보이면 다음과 같다.

연번	음반번호	제목	취입	발매일자	원작(추정 포함)	비고
1	Vi.49371	클레오파트라	徐相弼	1935. 8	<Cleopatra>(1934) 조선상영: 1935. 4	영화설명
2	Po.19326	봄 소낙비	朴昌遠	1936. 8	원작 미상, 조선상영: 1933. 9	영화설명
3	Po.19337	로미오와 쥴리엣트	朴昌遠	1936. 9	<Romeo and Juliet>(1935) 조선상영: 미상	영화설명
4	Po.19356	모록코	朴昌遠	1936. 11	<Morocco>(1930) 조선상영: 1931. 10	영화설명
5	Po.19378	制服의 處女	朴昌遠	1937. 1	<Mädchen in Uniform>(1931) 조선상영: 1938. 2	영화설명
6	Ok.1968	海賊 쁠러드	柳寅晟	1937. 3	<Captain Blood>(1935) 조선상영: 1936. 11	영화설명
7	Ok.1991	隊長 뿌리버	金永煥	1937. 5	<Tarass Boulba>(1936) 조선상영: 1937. 2	영화설명
8	Ok.12046	沙漠의 花園	柳寅晟	1937. 8	<The Garden of Allah>(1936) 조선상영: 1937. 5	영화설명
9	Ok.12086	나가자 龍騎兵	徐相弼	1938. ?	<The Charge of the Light Brigade>(1936) 조선상영: 1937. 5	영화설명
10	Ok.12118	二國旗 알에	徐相弼	1938. ?	<Under Two Flags>(1936) 조선상영: 1937. 7	영화설명
11	Okeh1969	五夢女	羅雲奎 외	1937. 3	<오몽녀>(1937. 1)	영화극
12	Ok.12312	城隍堂	徐相弼	1940. 2	<城隍堂>(1939. 9)	영화설명

社, 1937. 3. 3. 2쪽; 『每日申報』, 每日申報社, 1937. 3. 5. 4쪽. 기사, 「蓄音機 레코드 行政處分 目錄(三月分)」·「被處分蓄音機レコード內容抄錄(執務資料)」, 『朝鮮出版警察月報』 第103號, 朝鮮總督府警務局圖書科, 1937. 4).

이것은 영화설명·영화극 장르 음반이 영화의 서사와 그 인기를 기반으로 하면서도 단순히 영화를 홍보하기 위한 특별한 기획(tie-up)의 소산은 아니며, 제한된 분량의 음원으로 취입되었던 사정으로 보건데, 이미 영화를 관람한 관객·청취자들 가운데 그 서사를 사적으로, 또 반복적으로 향유하고자 했던 기호 혹은 요구에 부응하기 위해 제작되었던 것으로 판단하는 근거가 된다. 환언하자면 이러한 음반들은 이를테면 <말 못할 사정>이나 <오몽녀>의 사례를 제외하면, 당시 조선 관객 혹은 청취자에게는 변사가 구연하는 영화 서사 자체가 향유의 대상이었다는 것을 분명하게 시사하는 것이다.

하지만 영화상영 이후 적어도 수개월 혹은 수년 후 영상이 분리된 채 영화설명, 영화극 장르 음반이 발매되었다는 것, 더구나 특정 작품의 경우 (재)발매를 거듭했다는 것은, 본래 현장성에 기반한 영화 서사의 체험, 즉 변사(발화자)와 관객(청자)와의 관계에서 영화 서사를 둘러싸고 이루어진 담화적 상황의 체험이 유성기음반이라는 기술 복제 매체에 의해 재현되고 반복되었음을 시사한다. 더구나 영화설명·영화극 장르 음반 대부분이 당시 인기 변사였던 김영환이나 서상필에 의해 취입되었던 점으로 보건대, 이러한 음반들은 비록 영화관에서의 담화적 상황의 생생한 체험을 고스란히 재현하지 못하더라도, 변사의 육성과 구연 자체라도 향유하고자 했던 관객 혹은 청취자의 기호 혹은 요구를 고스란히 반영하는 것만큼은 분명하다.

3. 유성기음반과 변사 구연의 향유를 둘러싼 유사 구술성의 양상

물론 변사의 구연에 의한 영화 서사로서 영화설명·영화극 장르의 음반들이 지닌 독특한 구술성은, 한편으로는 본래 영화관에서 변사의 영화설명의 구술성과 무관하지 않으면서도, 다른 한편으로는 그와는 분명히 구분되는 특징을 지니는 것은 사실이다. 앞서 간단히 거론한 바와 같이 무성영화시대 초기 이를테면 서상호와 같은 변사는, 김영환이 조선 변사의 유래와 영화설명의 역사를 증언하는 흥미로운 자료인 <역려>와 같은 음반에 따르면, 영화 상영을 전후와 막간에 춤('지랄춤' 혹은 '뿡뿡이춤')과 악기연주, 재담으로 관객의 흥을 돋우는 퍼포먼스로 관객에게 환영받았다고 한다.15, 뿐만 아니라 후일 서상호를 둘러싼 회고에 따르면, 영화 설명 중에는 일쑤 자막에 없는 대사를 임기응변으로 넣거나, 등장인물들의 이름도 제멋대로 붙이기 일쑤였다고도 한다.16 비록 무성영화시대 초기의 사례이기는 하나 이러한 서상호의 영화설명은 그야말로 영화 상영관의 현장성과 발화자로서 변사와 청자로서의 관객 사이의 친밀성에 근간한 담화적 상황을 엿볼 수 있는 사례라고 하겠다.17

그러한 상황에서 관객들은 영화 서사보다도 변사의 구연에 몰입하기 일쑤였으며, 영화가 끝난 이후에도 변사의 영화설명을 외었던 이들도 허다했던 것으로 보인다.18 그래서 당시 조선의 영화 관객들을 영화관으로

15 이러한 사정은 단성사(團成社)의 전주 <名金> 순업(巡業)의 성공을 전하는 이 기사를 통해서도 짐작할 수 있다. "餘興에는 徐相昊 君의 『바올링』 等이 有ㅎ야 每夜 滿員의 盛況裡에 大歡迎 大喝采를 博ㅎ더라"(기사, 「名金大會 盛況」, 『每日申報』, 每日申報社, 1921. 2. 14. 4쪽)

16 柳興台, 「當代人氣辯士 徐相昊 一代記 自殺事件의 顚末」, 『朝光』 第4卷 第10號(朝鮮日報社出版部, 1938. 10), 123쪽. 안종화, 위의 글, 위의 책, 234쪽.

17 앞서 거론한 유흥태의 회고에 따르면 고등연예관(高等演藝館) 시절부터 영화관에서 일쑤 변사가 관객에게 직접 말을 걸기도 하고, 관객 또한 변사에게 야유를 퍼붓기도 했으며 그로 인해 변사와 관객 사이에 실랑이가 벌어지기도 했다(柳興台, 위의 글, 위의 책, 122쪽). 그런데 연극배우 김동원 또한 그와 꼭 같은 회고를 하고 있는 것으로 보건대, 이후에도 그러한 풍경은 영화상영관에서 매우 일상적이었던 것으로 보인다(김동원, 「제1부 나의 유년 시절」, 『미수(米壽)의 커튼콜(김동원 나의 예술과 삶)』, 태학사, 2003, 21~22쪽).

18 역시 김동원의 회고에 따르면 할리우드 연속영화 <東道(Way Down East)>(1920)가 조선에서 상영되었을 당시(1923~1936) 적지 않은 관객들이 변사의 인기 있는 대사를 따라 외기 일쑤였다고 한다(김동원, 위의 글, 위의 책, 19쪽).

이끌었던 것은 영화 서사보다도 변사의 영화설명이었던 것으로 여겨진다.[19] 바로 그러한 점에서 변사는 적어도 살아 있는 언어의 현장에서 관객에 앞서 보거(영화)나 혹은 읽은(영화설명 대본) 서사를 구연의 담화로써 관객과 소통하는 역할을 담당한다는 점에서, 또한 그러한 영화의 서사와 구연의 담화를 관객의 신체에 각인시킨다는 점에서, 일찍이 발터 벤야민(Walter Benjamin)이 말한 이른바 '이야기꾼(erzähler)'으로서의 면모를 지니고 있었다고도 볼 수 있다.[20] 이를테면 그러한 사정은 김영환의 <역려>를 통해서도 짐작할 수 있다. 이 음반에는 무성영화시대 초기 변사들의 유명한 '전설(前說, 마에세츠)'들을 한 대목씩 소개하고 있거니와, 그 가운데에는 서상호가 즐겨 구연했다는 재담뿐만 아니라, 고소설의 유명한 대목이 끼어 있기도 하다.[21]

그런데 이처럼 '이야기꾼'으로서의 변사의 면모가 드러나는 '전설'은 실상 유성기음반으로는 취입되지 않았고, 본래 음반 1매에 최소 6분에서 7분 남짓한 분량의 음원만 취입할 수 있는 유성기음반의 속성으로 인해, 유성기음반으로 취입된 영화의 서사는 원작의 경개(梗槪)나 절정부에 불과하다. 따라서 그 서사는 어떤 경우더라도 근본적으로 편집된 서사, 고쳐 쓴 서사일 수밖에 없으며, 음반에 수록된 변사의 구연은 불완전한 서

---

19 金潤雨, 「映畫解說에 對한 片感(上)」, 『東亞日報』, 東亞日報社, 1929. 11. 7. 5쪽.
20 발터 벤야민, 반성완 편역, 「얘기꾼과 소설가―니콜라이 레쓰코브의 작품에 관한 고찰」, 『발터 벤야민의 문예이론』, 민음사, 1983, 170쪽. 물론 발터 벤야민의 이 글은 근본적으로 서사시와 소설에 관한 것이나, 문자성과 구술성의 경계에서 서사에 대해 원론적인 차원에서 전개한 그의 아이디어는 변사와 영화설명과 관련해서도 흥미로운 시사점을 제공한다.
21 이를테면 서상호의 경우가 그러했던 것으로 보이는데, 그런 점에서 변사에게는 전기수(傳奇叟)의 흔적 또한 남아 있다고 하겠다(柳興台, 위의 글, 위의 책, 124쪽). 하지만 그러한 사정이 변사의 연원을 일본의 경우와 마찬가지로 전통극에서 찾는 일이 과연 온당한지는 보다 면밀히 검토할 여지가 있다(이정배, 「조선변사의 연원과 의의」, 『인문과학연구』 제21집, 강원대학교 인문과학연구소, 2009).

사일 수밖에 없다. 더구나 이러한 영화설명·영화극 장르 음반은 영화관에서 이루어진 변사와 관객 사이의 담화적 상황을 온전히 재현할 수도 없다. 그래서 영화설명 장르이든 영화극 장르이든 음반으로 취입된 영화의 서사는, 어떤 점에서는 독서의 체험과도 흡사하다고 할 수도 있겠다. 그것은 유성기음반으로 변사의 구연을 향유하는 청취자가 영화관이라는 현장의 담화적 상황에서만 분리될 뿐만 아니라, 다른 청취자들로부터 고독하게 분리되어 영화의 서사를 향유한다는 점에서 그러하다.

영화의 서사가 변사와 관객 사이의 생상한 담화적 상황에서 분리되어 문자성의 텍스트로도 변용되었던 것, 특히 소설의 형태로도 간행되었던 것은 주지의 사실이다. 조선의 사례만 두고 보더라도 이를테면 <명금>의 경우 영화 상영 이후 무려 3종의 소설로 간행되었고[22], 조선영화 <낙화유수>(1927. 10), <세 동무>(1928. 5), <춘희>(1928. 6) 등도 저마다 '영화소설'이라는 각서(角書) 아래 출판, 간행되었던 것이다.[23] 이 가운데에서 <명금>과 <젊은이의 노래>를 제외한 나머지 작품들의 경우, 소설 간행의

---

22 ①尹秉祖, 『探偵冒險小說 名金』, 新明書林, 1920. ②宋完植, 『사진소설대활극 名金』, 永昌書館, 1921. ③姜夏馨, 『探頂昌險小說 名金』, 太華書館, 1934. 이 가운데 윤병조와 강하형의 판본은 지형과 활자는 물론 내용까지 동일한 만큼, 사실상 같은 판본으로 보아도 무방하리라고 본다.

23 이러한 사정은 당시 도서 검열을 위해 조선총독부에 납본된 『동아일보』 소재 신간 관련 기사와 신간 광고를 통해서 알 수 있다. <낙화유수>: "落花流水 姜義永"(기사, 「圖書出版日報」, 1929. 12. 20. 4쪽), "落花流水 再版 姜義永"(기사, 「出版日報」, 1930. 1. 10·15. 같은 쪽), "悲劇小說 落花流水 三版 姜義永"(기사, 「出版日報」 1932. 1. 31. 5쪽). <세 동무>: "세 동무 姜義永"(기사, 「圖書出版日報」, 1930. 1. 16. 4쪽). <춘희>·<젊은이의 노래>: "映畫小說 椿姬, 映畫小說 젊은이의 노래 姜義永"(기사, 「出版日報」, 1930. 10. 16. 4쪽). <말 못할 사정>: "말 못할 事情 韓榮愚"(기사, 「出版日報」, 「東亞報」, 1931. 1. 10. 4쪽). 이에 더해 한성도서주식회사의 1935년 도서총목록에도 다음과 같은 영화소설들이 간행되었던 것으로 확인된다(유춘동, 「한성도서주식회사의 도서목록」, 『연민학지』 제18집, 연민학회, 2012). 『浮萍草』, 『女子의 한 平生』, 『悲戀의 薔薇』, 『回心曲』, 『僧房悲曲』, 『금붕어』, 『風雲兒』, 『아리랑 前篇』, 『아리랑 後篇』, 『山을 넘어서』, 『籠中鳥』, 『流浪』, 『白衣人』.

시점과 음반 발매의 시점에 큰 차이가 없다. 즉 영화의 서사는 비슷한 시기 이종(異種)의 매체와 장르로 기록되고 변용되며 또한 파생되고 있었던 셈이다. 그렇다고 하더라도 이러한 소설의 독서 체험과 음반의 청취 체험이 등치될 수 없다는 것은 두말할 나위도 없다. 유성기음반이 비록 소설에 비해 충실하지 못한 내용을 수록하고 있더라도, 영화관과 같은 담화적 상황을 재현하지 못하더라도, 소설과 달리 변사의 육성을 통해 그것을 추체험할 수 있는 매체이기 때문이다.

더구나 영화설명·영화극 장르 음반이 한창 발매되던 1930년대 중반까지도 조선인의 문맹률이 80퍼센트에 육박했던 사정을 염두에 두고 보면[24], 소설을 읽을 수 없는 조선 영화 관객에게 영화설명·영화극 음반은 훨씬 더 매력적인 매체였을 터이다. 사실 당시 유성기는 두말할 나위도 없고, 유성기음반도 정규반이 1원 50원 정도였고, 보급반이 1원 정도로, 소설에 비해 훨씬 고가였던 사정을 염두에 두고 보면, 양면반 1매 혹은 2매로 발매된 음반으로 변사의 영화설명 음반을 향유할 수 있는 조선인은 문식력 있는 독자만큼이나 한정된 계층이었음에 틀림없다. 그럼에도 불구하고 현전하는 영화설명·영화극 장르 음반의 종수가 영화소설의 그것을 상회한다는 점, 영화 서사를 소설로 향유할 수 있던 이들마저 그것을 음반으로 향유할 수 있었다는 점은 결코 예사롭지 않다. 당시 사정에 대한 어느 술회와 같이 당시 음반 청취자들이 유행가요 장르만큼이나 영화설명·영화극 장르를 선호했고, 그래서 변사의 구연을 반복적으로 청

---

24 李如星·金世鎔 共著, 「第4章 朝鮮의 文盲과 新文化의 要求」, 『數字朝鮮研究』第4輯, 世光社, 1933, 110~112쪽. 朝鮮總督府, 『昭和五年 朝鮮國稅調査報告 全鮮篇 第一卷 結果標』, 朝鮮總督府, 1934, 72~119쪽; 「第十章 讀み書きの程度」, 『昭和五年 朝鮮國稅調査報告 全鮮篇 第二卷 記述報文』, 朝鮮總督府, 1935, 273~332쪽. 그런가하면 1930년대 중반 조선인 농민의 문맹률이 약 60퍼센트였다는 문헌이 있기도 하다(李勳求, 「第九節 社會的狀況: 第二十表 四十八郡內二四九戶, 七三六六人의 農業者文盲率調査表」, 『朝鮮農業論』, 漢城圖書株式會社, 1935, 106~107쪽).

취하며 그 독특한 미감을 향유하고 있었다면[25], 영화 서사의 향유 매체의 차원에서는 음반이 소설보다도 훨씬 매력 있고 영향력 있었다고 볼 수 있기 때문이다.

이처럼 영화설명·영화극 장르의 음반, 특히 변사의 구연이 장르와 매체의 경계를 넘어서 고유한 문화상품으로 자리 잡고, 그의 특유의 언어와 화법이 청취자를 통해서도 재현되었던 현상은, 영화관의 경우와는 또 다른 의사소통의 장면을 만들어내며 또 다른 구술성 즉 유사(pseudo) 구술성의 양상을 드러내고 있었음을 시사한다. 이를테면 우선 콜럼비아사에서 정규반과 리갈 레이블 보급반으로 두 차례나 발매했던 <설명레뷰->와 같은 음반이 그러한데, 이것은 김영환의 득의의 연목이었던 것으로 보이는 총 6편의 서양영화의 영화설명을 7분 남짓한 규모로 취입한 컴필레이션(compilation) 음반이다.[26] 이 음반은 각 영화 서사 가운데에서 가장 유명한 대목, 서사 구조상 절정에 해당하는 대목, 그래서 관객과 청취자의 기억에 가장 오래 남아 있는 대목만을 엄선해서 취입한 것으로 볼 수 있다. 그러한 사정은 엄밀한 의미에서 영화설명·영화극 음반이라 볼 수 없지만 콜럼비아사의 <레코드대회>(Columbia40144, 金永煥·李애리수·姜石燕, 1931. 1)의 경우에도 마찬가지인데, 이 또한 총 6편의 조선영화의 영화설명과 주제가를 7분 남짓한 규모로 취입한 컴필레이션 음반이다.[27] 특히 이 <레코드대회>는 영화설명과 주제가를 순차적으로, 또한 그

---

25 이와 관련해서도 김동원은 흥미로운 회고를 남겼는데, 그를 비롯한 무성영화시대 변사의 영화설명에 매료되었던 이들은 영화설명 음반에 수록된 변사의 구연을 세월이 지난 후에도 따라 암송할 정도였다고 한다. 특히 그는 영화극 장르 음반인 <부활>(Co.40019-20, 이경손·복혜숙·김조성, 1929. 4) 시작 부분에 수록된 김조성의 구연을 회고의 시점까지도 거의 정확하게 암송하고 있다(김동원, 위의 글, 위의 책, 19~20쪽).

26 이 음반에 수록된 작품은 <白薔薇(The White Rose)>(1923), <噫 無情(Les Miserables)>(미상), <椿姬(Camille)>(1921, 1927), <沈默(Silence)>(미국, 1926), <復活(Resurrection)>(이탈리아, 1917; 미국, 1918·1927·1931) 이상 총 6편이다.

사이에는 연주자간의 대화까지 고스란히 취입하여, 영화관 혹은 공연장
과 흡사한 임장감(臨場感)을 드러낸다. 물론 이것은 각본에 의해 연출된
것이며, 영화관·공연장의 담화적 상황을 재현하고자 하는 기획의 소산
이라고 보아야 할 것이다.

이러한 음반들이야말로 콜럼비아사 조선지사 문예부가 영화관에서의
담화적 상황을 음반을 통해서 추체험하고자 했던 관객·청취자의 요구에
부합하고자 했던 기획의 소산임을 여실히 드러낸다. 뿐만 아니라 영화설
명·영화극 장르 음반이 영화관에서의 관람체험과는 또 다른 구술성의
양상을 현현한다는 것을 웅변적으로 시사한다. 이와 관련하여 당시 변사
들 가운데에서도 특히 김영환이 가장 많은 영화설명·영화극 장르 음반
제작에 참여했다는 데에 주목할 필요가 있다. 김영환은 전체 15종의 영화
극 장르 음반 가운데 무려 11종을 취입했는데[28], 그것은 그가 영화설명
음반 <역려>에서 스스로 '가쓰벤(活辯)'이 아닌 '해설자(解說者)', 즉
'세쓰메이샤(說明者)'로서 자임했던 사정과 관계 깊어 보인다.[29] 그러니

---

27 이 음반에 수록된 작품은 <젊은이의 노래>(1930. 11), <流浪>(1928. 11), <薔花紅
蓮傳>(1924. 9), <風雲兒>(1926. 12), <暗路>(1929. 1) 이상 총 6편이다. 이 가운데
<젊은이의 노래>와 <장화홍련전>은 주지하는 바와 같이 김영환이 감독한 작품들
이다.

28 그 작품은 다음과 같다. ①<장한몽>(Columbia40004-5, 서월영·복혜숙·김영환,
1929. 3), ②<인정비극 쌍옥루>(Columbia40046-47, 이경손·복혜숙·김영환, 1929.
10), ③<심청전>(Columbia40065, 김영환·복혜숙·박록주, 1930. 2), ④<인정비극 불
여귀>(Columbia40093-94, 김영환·복혜숙, 1930. 4), ⑤<춘희>(Columbia40110-11,
김영환·복혜숙, 1930. 7), ⑥<춘향전>(Columbia40146-47, 김영환·윤혁·이애리
수, 1931. 3), ⑦<개척자>(Columbia40163, 김영환·윤혁·이애리스, 1931. 4), ⑧
<약혼>(일축조선소리판K849?, 김영환·복혜숙, 1932. 1), ⑨·⑩<종소래>(일축조
선소리판K858?, 김영환·윤혁·이애리스, 1932. 2; RegalC138, 김영환·윤혁·李
애리스, 1934. 7), ⑪<낙화유수>(Victor49017, 김영환·복혜숙·유경이, 1929. 1)
이 가운데 ③, ④, ⑤, ⑥, ⑦, ⑨, ⑩의 경우 김영환이 직접 등장인물로서 연기를
담당하기도 했다.

29 근대기 일본에서는 연속 활극 영화 유행시대 이전 익살어린 재담, 성색 구연, 임기
응변식 구연을 본령으로 삼았던 변사를 '가쓰벤(活辯)'으로, 블루버드 영화 등 인

까 김영환의 음반들의 경우, 영화설명·영화극 장르 음반이 단지 영화 서사의 감상만이 아니라, 그의 육성과 구연이 지닌 독특한 미감을 향유하고, 그것을 통해 영화관의 담화적 상황을 추체험하는 매체였음을 드러내는 분명한 사례인 것이다.

무엇보다도 김영환의 <역려>의 경우, 유성기음반을 매개로 한 변사의 구연이 영화관과는 다른 의사소통의 장면을 만들어내고, 유사 구술성의 양상을 현현하는 매우 흥미로운 사례라는 점에서 주목할 만하다. 앞서 몇 차례 간단이 거론한 바와 같이, 이 음반은 김영환이 청취자에게 조선에서 변사와 영화설명의 기원과 내력, 영화설명 사례를 마치 옛이야기를 들려주는 듯한 화법으로 취입한 음반이다. 영화설명 장르 음반 가운데 유일무이한 사례인 이 음반은, 비록 유성기음반이라는 기술복제매체의 속성상 청취자는 변사에게 직접 발화할 수 없으나, 가상적으로나마 변사와 음반 청취자 사이의 대화적 상황을 연출한다. 뿐만 아니라 비록 자신이 경험한 사건의 전말을 다시 청취자(특히 문식력 없는 청취자의 경우가 그러한데)의 경험으로 만든다는 점에서 '이야기꾼'으로서의 면모를 드러낸다. 물론 이 음반은 이를테면 <모로코>(1930)와 같은 발성영화가 이미 조선에서 상영되고(1931. 10) 영화소설이 한창 출판·간행되던 무렵에 제작되었다. 하지만 이 음반이 영화설명·영화극 장르 음반이 한창 발매되기 시작할 무렵 제작되었다는 점을 염두에 두고 보면, 그 발매가 함의하는 바가 무엇인지 짐작하기란 어렵지 않다. 즉 그것은 바로 변사와 관객 사이의 의사소통에 기반한 영화 서사 향유의 방식이 유성기음반을 통해서도 재현되고

정물 유행시대 변사를 '세쓰메이샤(說明者)'로 구분했다고 한다. 그리고 '세쓰메이샤'는 단지 구변이 좋은 이가 아니라 영화 속에 녹아들어 가장 적절하고도 간결한 어휘로 영화 내러티브를 표현하는 이라고 한다. 또한 이 '세쓰메이샤'야말로 진정한 예술자이며, 그의 영화설명이야말로 당당한 영화 예술의 일부라고 한다. 說明者 同人會 編, 「四. 說明藝術の産聲」, 『說明者になる近道』, 大阪: 說明者同人會, 1926, 40~41쪽.

있었음을, 또한 변사의 구연 자체가 관객·청취자에게 그러한 서사 향유 방식을 추체험하게 하는 매체였음을 가장 분명하게 시사하는 것이다.

4. 영화, 영화설명의 함의와 변사의 역할 변화

한편 변사는 영화관이라는 살아 있는 언어의 현장에서 영화 서사를 매개로 관객과 소통하고, 영화 서사에 직접 개입하기도 하며, 자신의 구연의 담화를 관객의 신체에 각인시킨다는 점에서 '이야기꾼'으로서의 면모를 지니고 있었지만, 다른 한편으로는 영화와 무관한 서사를 구연의 담화로 재현하는 역할을 담당했다는 점에서도, 심지어 스스로 서사를 창작하기까지 했다는 점에서도 '이야기꾼'의 역할을 담당했다. 그리고 영화설명 장르의 음반은 그러한 '이야기꾼'으로서 변사의 편영을 현전한다. 이를테면 영화로 제작된 바 없음에도 불구하고 '영화설명' 장르 음반으로 제작된 사례로서는 <봉자의 죽엄>(RegalC192, 이우흥, 1934. 7)과 <처녀총각>(RegalC317, 김일성, ?)을 들 수 있다.

우선 <봉자의 죽음>은 카페 여급 김봉자(金峰子)와 경성제국대학 의학사(醫學士)이자 유부남이었던 노병운(盧炳雲)의 정사(情死) 사건(1933. 9)을 배경으로 한다. 당시 세간을 들뜨게 했던 이 사건은 당시 신문사들이 거의 한달 동안 앞 다투어 사회면의 특집 기사로 다루었으며, 사실 여부를 확인할 수 없는 흥미본위, 호사적 경향의 기사들은 이 사건을 마치 연재소설과 같은 형식의 '연애비화(戀愛悲話)'로 서사화 했다.30

---

30 당시 이 사건의 정황을 짐작할 수 있는 주요 기사들은 다음과 같다. 『동아일보』: 기사, 「紅燈에 隱身活動中 秘密에 殉死한 密使, 연애관계로 친해진 동무에게서 중대 사명 마타서 활동 중에 발각, 自殺한 金峯子 過去」·「綠酒紅燈의 그늘에 숨어 秘密通信하든 女鬪士 事實發覺 憂慮 끝에 生命을 끊은 듯, 重大秘密 품고 漢江投身」(1933. 9. 28.); 「哀傷의 漢江波에 靑年醫師 盧炳雲氏 投身, 자살한 金峯子를 따라간다고 妻子에게 遺書 두고」(1933. 9. 29.). 『조선중앙일보』: 기사,

그리고 콜럼비아사는 '연애비화'의 서사를 김봉자의 비가(悲歌)인 <봉자의 노래>(Columbia40488B 채규엽, 1934. 1; RegalC297B, 채규엽, 1936. 2)와 노병운의 답가인 <(의사)병운의 노래>(Columbia40490A, 1934. 2)를, 또한 김봉자와 노병운의 심정을 남녀 배우가 독백의 형식으로 구연한 <정사애화 저승에 맷는 사랑>(Columbia40498, 석금성·김성운, 1934. 3)을 속속 발표했다.[31] 실제로 일어난 사건이 동정과 연민의 감정이입을 통해 서정적·서사적 장르의 텍스트로 확산되었던 사정도 흥미롭거니와, 그 결과가 '영화설명'이라는 극적 텍스트로 변용되기에 이르렀던 사정은 더욱 그러하다.

콜럼비아사가 이 사건을 영화극 장르도 아닌 영화설명 장르로 제작했던 의도가 무엇인지는 정확히 알 수 없다. 사건의 당사자들이 사망한 이후 신문기자가 사건의 정황을 전지적 시점에서 재구성하고 서사화 했던 가운데, 또한 <봉자의 노래>의 작사자가 여성 화자와 발화(제1절과 제2절), 남성 화자의 발화(제3절과 제4절) 이 두 화자의 공통의 발화(제5절)로 가사를 창작했던 가운데, 변사에 의한 구연으로 각색될 수 있는 가능성이 있었다고 하겠다. 하지만 콜럼비아사와 영화극 장르를 비롯한 여느

「金甲順의 뒤를 이어 情男조차 行方不明, 突然 親友에게 書信을 쓰고 간 곳 없어, 疑雲에 싸힌 失踪事件」(1933. 9. 29.); 「金甲順 뒤를 따른 盧炳雲 屍體發見, 遺書도 昨日午後에 發見 妻子에게 보낸 哀切한 편지」(1933. 9. 30.). 『조선일보』: 기사, 「믿든 愛人은 妻子가 있고 그 愛人의 妻는 侮辱까지 거긔다 警察은 女給이라고 干涉 鐵橋에 슬어진 峯子哀話」(1933. 9. 28.); 「愛人峯子의 뒤짜라 盧氏도 漢江에 投身」·「疑問의 投身屍는 盧炳雲氏로 判明 漢江 人道橋下에서 發見」·「「노라」의 제일보는 「나이팅겔」의 생활로—金峯子와 盧炳雲의 悲戀哀話」(1933. 9. 29.); 「은근히 슬리고 슬을은 自己네도 모른 情緖—金峯子와 盧炳雲의 悲戀哀話」(1933. 9. 30.)

31 특히 유행가요로 발매된 <봉자의 노래>와 <(의사)병운의 노래>를 둘러싼 사정에 대해서는 다음의 서지를 참조할 수 있다. 장유정, 「매체에 따른 글쓰기 방식의 변화 고찰—1930년대 근대 매체의 실화 수용을 중심으로」, 『한국언어문학』 제65호, 한국언어문학회, 2008. 구인모, 「사실의 낭만화, 욕망의 팰럼시스트(palimpsest)」, 『국제어문』 제59호, 국제어문학회, 2013.

극 장르의 음반과 같은 드라마투르기보다도 변사의 구연이 보다 청취자의 기호에 부합할 뿐만 아니라 흥행의 가능성이 높다고 판단했던 것으로 보인다. 그리고 이러한 기획 과정에서 변사는 이미 알려진 사건일지라도, 또한 작가(김병철)에 의해 각색된 서사일지라도, 그의 구연을 통해 서사를 청취자의 독특한 경험으로 만드는 역할을 담당했다. 더구나 그 청취자가 신문을 읽을 문식력을 갖추지 못했다면 그 핍진함은 더했을 터이다.

그런데 이 <봉자의 죽엄> 계기로 변사의 영화설명은 영화를 방불케 하는 구연된 서사를 함의하게 되었다고 하겠다. 그러한 영화설명 개념의 변화는, 영화의 서사이든 실화를 바탕으로 한 것이든 서사의 향유 방식의 측면에서 보자면, 서사의 수신자로서 독자가 발신자로서 저자와 비동시적으로 소통할 수밖에 없는 소설과 같은 문자텍스트 보다도, 변사와의 구술문화적 소통 방식을 선호했던 관객·청취자의 기호와 요구에 의해 이루어진 결과라고 볼 수 있다는 점에서 흥미롭다. 이를테면 김봉자와 노병운의 정사 사건과 흡사한 기생 강명화(康明花)와 부호의 자제 장병천(張炳天)의 정사(情死) 사건(1923. 6)의 경우, 소설을 통한 서사화로 그칠 뿐, 영화설명·영화극 장르로 서사화 하는 데에는 이르지 못했기 때문이다.32

이처럼 영화설명이 단지 영화 서사만이 아니라, 변사가 구연하는 영화만큼 핍진한 서사를 함의하게 된 사정은 <처녀총각>이라고 해서 크게 다르지 않다. 이것은 동명의 유행가요 <처녀총각>(Columbia40489A, 강홍식, 1934. 2)의 인기를 배경으로 제작된 음반으로서33, 서울의 장사치에게

---

32 강명화와 장병천의 정사 사건의 소설화와 관련해서는 다음의 서지를 참조할 수 있다. 권보드래, 「연애의 죽음과 생」, 『연애의 시대—1920년대 초반 문화와 유행』, 서울: 현실문화연구, 2003. 김영애, 「강명화 이야기의 소설적 변용」, 『한국문학이론과 비평』 제50집, 한국문학이론과 비평학회, 2011. 황지영, 「근대 연애 담론의 양식적 변용과 정치적 재생산」, 『현대문예비평연구』 제36권, 한국현대문예비평학회, 2011. 이혜숙, 「이해조 소설에 나타난 가정 담론 연구」, 『돈암어문학』 제25호, 돈암어문학회, 2012.
33 당시 잡지 기사들에 따르면 <처녀총각>은 무려 3만 매의 판매고를 올릴 만큼 청취

팔려가는 빈한한 농부의 딸 순분(純粉)과 그녀를 구하려다 절도범의 누명을 쓰게 되는 연인 길룡(吉龍)의 비극적인 사랑 이야기이다. 다른 기회를 빌어 상술하겠지만, 유행가요에 근간한 극 양식은 이른바 '가요극(歌謠劇)' 장르로 1930년대 초부터 등장하여, 1940년대 초까지 간헐적으로 발매된 바 있다.[34] 이와 달리 <처녀총각>은 오로지 변사 김일성의 구연으로만 이루어져있다는 점에서 가요극 장르 음반의 등장을 예고하는 의의 또한 지니고 있다. 어쨌든 이 <처녀총각>도 <봉자의 죽엄>과 마찬가지로 변사와 청취자를 둘러싼 서사의 구술문화적 향유 방식에 기반하고 있다는 것은 물론, 그로 인해 영화설명의 함의 또한 변화 혹은 확장되고 있었던 사정을 시사한다는 것은 두말할 나위도 없다.

영화설명, 특히 유성기음반 장르로서 영화설명의 함의가 이처럼 부유하면서 변화하고 있던 가운데 영화 제작 여부를 알 수 없는 허구의 서사마저도 영화설명 장르의 음반으로 발매되기도 했다. 작사자 유일이 창작한

자의 호응을 얻었으며, 그러한 사정은 두고두고 인구에 회자되기도 했다(기사, 「半島의 꾀꼴새―流行歌手座談會」, 『新人文學』 第3號, 靑鳥社, 1934. 12, 93쪽; 草兵丁, 「六大會社 레코-드戰」, 『三千里』 第5卷 第10號, 三千里社, 1933. 10. 36쪽; 金東煥 외, 「人氣歌手座談會」, 『三千里』 第8卷 第1號, 三千里社, 1936. 8. 130쪽; 기사, 「鮮于一扇과 崔南鏞-流行歌에 對한 一問一答」, 『三千里』 第10卷 第8號, 三千里社, 1938. 8; 一記者, 「人氣歌手 蔡奎燁 沒落哀史 화려한 舞臺도 一場春夢 그는 웨 監獄으로 갓든가」, 『四海公論』 第4卷 第9號, 四海公論社, 1938. 9; 具浣會 외, 「레코-드界의 內幕을 듣는 座談會」, 『朝光』 第5卷 第3號, 朝鮮日報出版部, 1939. 3. 318쪽).

34 이른바 '가요극' 장르 음반은 <우리집>(Columbia40272, 金永煥·姜石鷰·金仙草, 1932. 1)을 비롯하여 <母子相逢>(Okeh31168-71, 劉桂仙·卜惠淑·李白水, 白年雪·張世貞, 1943. 6)까지 대략 19종 71면이 발매된 것으로 확인된다. 이러한 장르의 음반은 대체로 변사 김영환, 박창원, 이백수 만담가 신불출(申不出)이나 유행가 제작자이자 배우이기도 했던 왕평(王平) 등이 구연을, 배우가 연기를, 가수의 주제가 연주를 담당하는 가극 형식을 취하기 일쑤였다. 그리고 '가요극' 장르 음반은 1930년대에는 폴리돌사가, 1940년대에는 오케사가 주로 발매했는데, 이러한 음반은 영화설명·영화극 장르 음반에 비해 종수나 면수는 분명히 적지만 경우에 따라서는 양면반 4매에서 6매까지 큰 규모로 발매되었다.

<원앙암>(RegalC252, 이우흥, 1935. 2)과 <며느리의 죽음>(RegalC293, 이우흥, 1935. 10)이 그 예이다. 현존하는 음원으로 보건대 이 두 작품은 이를테면 <불여귀>(Columbia40093-94, 김영환·복혜숙, 1930. 4)의 뒤를 잇는 가정비극 계열의 서사로서, 그러한 서사의 구술문화적 향유 방식에 대한 관객·청취자의 기호와 요구를 배경으로 기획·제작된 것으로 여겨진다. 특히 이 두 종의 음반이 정규반 발매 과정을 거치지 않고 곧장 보급반으로 발매되었다는 점에서 그러하다. 이후 이우흥은 이 <원앙암>과 <며느리의 죽음> 발매 이후 직접 창작한 것으로 보이는 <최후의 심판>(Taihei8167-68, 이우흥·신은봉·박세명, 1935. 11)을 발매하기까지 했다.35 이우흥도 김영환처럼 시나리오 창작이나 각색은 물론 영화 제작까지 도맡았던 변사였는지는 분명히 알 수 없고, <최후의 심판>의 음원도 현전하지 않는다. 그럼에도 불구하고 이러한 사례야말로 이른바 '이야기꾼'으로서 변사의 면모를 엿볼 수 있는 사례라는 점만큼은 분명할 터이다. 또한 연극도, 영화도 아닌 극 양식의 서사가 영화설명이라는 각서 아래 양면반 2매로 발매되었던 배경에는, 서사를 변사의 구연으로 향유하고자 했던 관객·청취자의 기호와 요구가 가로놓여 있었다는 것도 부정기 어렵다.

5. 맺음말

이처럼 근대기 한국에서 변사의 구연은 영화산업만이 아니라 음반산업에서도 문화상품으로서 의미 있는 위상을 차지하고 있었으며, 그것은 영화관에서의 담화적 상황과는 다른 독특한 구술성을 현현했다는 의미를

---

35 이우흥의 <최후의 심판>의 음원은 물론 가사지를 비롯한 관련 문헌이 온전하게 전하지 않으므로, 그 내용을 정확하게 알 수 없다. 하지만 함께 취입한 신은봉과 박세명 모두 배우였던 것으로 보건대, 이 음반은 영화설명 장르가 아닌 영화극 장르로 보는 편이 타당할 것으로 여겨진다.

지닌다. 이러한 일은 무엇보다도 근대기 한국인이 서사를 고독한 독자의 입장에서 향유하는 데 만족하지 않았던 분위기에서 가능했다. 그리고 당시 조선에 진출한 다국적 음반산업은 물론 일본에서의 경험에 따라 제작했을 터이나, 조선의 관객·청취자가 서사를 향유하는 방식, 기호, 욕구 등에 부합하고자 했던 가운데 영화설명·영화극 장르 음반을 기획하고 발매했다고 보아야 할 것이다. 그 가운데 변사의 위상과 역할 또한 변화하고, 확장되었다는 것은 두말할 나위도 없다.

　더구나 앞서 거론한 바와 같은 가요극 장르 음반이 이미 그러하거니와, 변사 김영환의 경우 이미 1930년대 초부터 콜럼비아사를 비롯한 여러 다국적 음반회사에서 <앨쎌쎌 의학박사)>(Columbia40350, 김영환·김선초·김선영, 1932. 10)를 비롯한 만담의 일종인 '넌센스' 장르 음반이나, <종수(鍾洙)의 설음>(Columbia40402-03, 김영환·김선초·이월파, 1933. 3) 등의 극 장르(아동극) 음반, 그리고 <검토연애극(檢討戀愛劇)>(Chieron147, 김영환, 1933. 12)과 같은 '풍자해설' 장르의 음반이나 <양선(洋船)과 보비(寶妃)>(Chieron152, 김영환, 1934. 2)와 같은 '사전강설(史傳講說)' 장르의 음반 등을 직접 창작·구연하여 음반으로 발표하고 있었던 것이다. 이러한 장르의 음반들에서도 변사 김영환은 삼인칭 관찰자의 시점에서 등장인물들의 행동 이외 서사의 주요한 요소들을 설명하는 역할을 담당하거나, 영화설명의 방식으로 서사를 직접 구연했다. 특히 '넌센스'와 '사전강설'의 경우 영화관에서만 존재했던 변사의 구변이나 임장감을 재현하고자 했던 장르이며, 영화설명·영화극 장르 음반이 온전히 재현하지 못했던 변사의 득의의 연목 '전설'의 변용으로 볼 수 있다는 점에서 매우 흥미롭다.

　물론 이러한 음반들이 대체로 변사로서만이 아니라 배우, 시나리오 작가, 영화제작자, 유행가요 작사·작곡자 등 다양한 방면에서 재능을 발휘

했던 김영환의 작품이었던 만큼, 그만의 특별한 사례였다고 할 수 있을지도 모른다. 그러나 이러한 사례들이 당시 문자텍스트가 아닌 음성텍스트를 중심으로 변사의 구연에 의한 서사는 장르의 경계를 넘어 확산되고 있었으며, 유성기음반을 통해 그러한 서사를 청취하고자 하는 조선인의 기호와 요구 또한 다면적으로 변화하고 있었던 형국을 드러내는 것만큼은 분명하다. 이러한 분위기에서 유성기음반에 취입된 변사와 그의 구연을 둘러싼 유사 구술성의 양상 또한 현저했으리라는 것은 짐작하기 그다지 어렵지 않다.

주지하는 바와 같이 변사는 발성영화의 본격적인 등장은 물론 조선총독부의 서양영화 수입 통제가 본격적으로 시작되었던 1930년대 후반이 되면 무성영화와 함께 영화관을 떠나고 있었다. 그 가운데 변사와 관객 사이의 독특한 담화적 상황 속에서 영화 서사를 향유했던 경험과 구술성도 적어도 영화관에서는 사라지고 있던 것으로 보인다.[36] 그러한 분위기에서 한때 전성기를 구가했던 영화설명 · 영화극 장르 음반 발매 규모도 점차 줄어들게 되어, 1942년 <이국기알애>(Okeh12118, 서상필, 1942. ?)을 마지막으로 더 이상 발매되지 못했다. 물론 영화설명 · 영화극 장르 음반이 1942년 이후 더 이상 발매되지 못했던 배경에는, 이미 1937년부터 조선총독부와 일본 정부가 전시 긴축 재정 정책과 물자 동원을 위해 유성기와 유성기음반에 대해 '물품특별세'를 부과하여 음반 가격이 상승했던

---

36 주지하는 바와 같이 일본의 서양영화, 특히 할리우드 영화의 수입통제는 중일전쟁이 발발한 1937년부터 시작되었으며, 태평양전쟁이 본격화된 1942년 이후 더욱 엄격해졌다(京城日報社 · 每日申報社 編, 『昭和十三年 朝鮮年鑑』, 京城日報社 · 每日申報社, 1937, 618쪽; 京城日報社, 『昭和十五年 朝鮮年鑑』, 京城日報社, 1942, 594쪽). 그리고 이듬해 박응면, 서상필, 성동호 이 세 유명 변사들의 좌담회 기사에 따르면, 그들은 이미 서상필과 성동호는 단성사를 떠나 제일극장(第一劇場)이나 도화극장(桃花劇場) 등으로 자리를 옮기고 있었고, 박응면은 영화배급업자로 전업했던 것으로 확인된다(기사, 「活動寫眞辯士座談會」, 『朝光』第4卷 第4號, 朝鮮日報社出版部, 1938. 4. 297쪽).

데다가[37], 이듬해에는 유성기 주요 자재인 철강과 유성기음반의 원재료인 합성수지가 군수품 제조에 전용되면서 1940년대에 들어서게 되면 유성기 음반 발매규모 자체가 줄어들었던 사정이 가로놓여 있는 것이 사실이다.[38] 그래서 당시 음반회사들은 그나마 주력 상품인 유행가요 제작에만 집중하면서, 자연스럽게 영화설명·영화극 장르 음반을 비롯한 여타 장르의 발매 규모는 줄어들게 되었다고 하겠다. 그 결과 영화설명·영화극 장르 음반이 영화관에서의 영화 감상을 대신하는 기능은 물론 음반을 통한 변사 구연의 향유 기회마저도 사라지고 있었다.

그럼에도 불구하고 무성영화의 퇴장과 음반산업의 위축으로 인해 변사와 관객 사이의 독특한 담화적 상황 속에서 영화를 비롯한 서사를 향유했던 경험과 구술성의 양상마저 사라졌던 것 같지는 않다. 1930년대 초부터 다국적 음반회사들은 음반홍보와 흥행을 목적으로 이른바 '유행가의 밤'과 같은 공연에 주력했거니와[39], 그러한 공연은 1937년 이후 거의 연일 전국에서 다양한 형태로 이루어졌다.[40] 그러한 분위기에서 김영환 또한 극단을 조직해서 신문사의 후원 아래 지방을 순회하며 악극 공연에 나서기도 했던 것이다. 당시 프로그램은 물론 변사 김영환이 이 공연에서 어떤 역할을 담당했는지는 정확히 알 수 없다. 하지만 유성기음반에 취입한 김영환의 레퍼토리로 짐작컨대, 그 악극이 가요극이나 넌센스 장르를 근간으로 것임은 어렵지 않게 짐작할 수 있다.[41] 이러한 공연장에서 이루어

---

37 기사, 「「물품특별세」로 갑시 오른 물건」, 『朝鮮日報』, 朝鮮日報社, 1937. 8. 13. 4쪽. 李瑞求, 「流行歌手今昔回想」, 『三千里』 第10卷 第8號, 三千里社, 1938. 8.
38 倉田喜弘, 「Ⅵ. 破局への道」, 『日本レコード文化史』, 東京:岩波書店, 2006, 227~240쪽.
39 金星欽, 「巡廻演奏의 特効: 一流商家의 致富秘訣 第一次公開 宣傳과 廣告術」, 『三千里』 第7卷 第11號, 三千里社, 1935. 12.
40 朴響林 외, 「流行歌手와 映畵女優의 座談會」, 『朝光』 第4卷 第9號, 朝鮮日報出版部, 1938. 9.
41 "본보겸이포지국에서는 지국 혁신기렴사업으로 劇團 金永煥 일행을 초청하야 지

졌을 김영환의 구연은 유성기음반으로는 온전히 재현하지 못했던, 하지만 영화관과는 또 다른 담화적 상황의 체험을 청중들에게 제공했을 것임은 두말할 나위도 없다.

요컨대 지금까지 검토한 영화설명·영화극 장르 음반을 둘러싼 사정, 변사의 구연이 유성기음반이라는 음향매체를 매개로 한 문화상품으로 확산되었던 사정은, 우선 근대기 한국에서 영상과 분리된 변사의 구연의 독특한 미감, 영화관의 담화적 상황의 추체험에 대한 관객·청취자의 기호와 요구에 대해 새로운 안목으로 바라보도록 이끈다. 영화에서 영상과 음성의 분리, 영화 서사의 이종 서사화는 근대초기 영상 매체의 기술적 한계, 사적 향유 방법의 부재에 따른 자연스러운 현상이었을 터이다. 하지만 문맹률이 현저하게 높았던 근대기 한국에서, 영화는 물론 영화만큼 핍진한 서사가 영화라는 이름으로, 또한 글쓰기는 물론 음성을 기록하는 근대적 매체를 통해서도 서사가 구술문화적 의사소통 방식으로 향유되었던 사정은, 서사를 (재)생산·유통·소비하는 독특한 양상을 드러낸다는 점에서 중요하다. 그것은 우선 단지 말하기로부터 글쓰기로 나아가는 과정의 의사소통 매체의 근대적 변화 속에서도, 조선의 문화장 내에서는 여전히 근대 이전의 서사 향유 방식을 어떤 방식으로든 재현해 내고, 또한 추체험하고자 했던 기호와 요구가 사라지지 않았음을 시사하기 때문이다.

바로 그러한 기호와 요구에 힘입어 변사는 영화관을 떠난 이후에도 한동안 유성기음반을 통한 유사 구술성의 방식을 통해 서사를 관객·청취자의 신체에 각인시키고 독특한 경험으로 만드는 이야기꾼으로써의 역할을 담당했다고 하겠다. 이때 변사와 그가 취입한 유성기음반은 영화로도

난 二十三, 四 양일간 겸이포좌에서 愛讀者 가족 위안의 밤을 개최한 바 初日부터 인기가비등하야…(중략)…양일동안의 입장인원 一千五百으로 대성황을 이루엇다고 한다."(기사, 「兼二浦支局主催 樂劇公演盛況」, 『東亞日報』, 東亞日報社, 1937. 8. 5면)

소설로도 수렴되지 않는 대중적 서사의 동력은 물론 그것을 경험하고 공유하는 언어공동체의 전근대적 의사소통 방식을 근대적으로 변용시키면서도 온존하는 역할을 담당했다고 하겠다. 특히 이러한 변사의 역할이 일시적인 영화산업의 주변적 참여자로만 한정해서 보는 경우에는 결코 드러나지 않는다는 것은 이미 거론한 바와 같다. 그런가하면 '이야기꾼'으로서 변사의 독특한 위상과 역할이 음반산업을 통해서 현저히 드러났던 사정도 결코 단순하지만은 않은 의미를 지닌다. 앞서 거론한 바와 같이 조선에서 영화설명·영화극 장르 음반이 근본적으로 외국계, 일본계 음반회사들에 의해 제작·발매되었으며, 근본적으로 그러한 일이 음향매체와 음반산업의 전지구적 확산 가운데 이루어졌기 때문이다. 그것은 곧 근대기 한국의 문화장에서 변사의 위상과 역할을 확장시켰던 것이, 한편으로는 다국적 음반산업의 전지구적 확산의 효과이기도 했다는 것도 의미한다. 이처럼 서사의 (재)생산·유통·소비를 둘러싼 근대와 근대 이전의 공존 양상, 그리고 그것이 국경을 넘나드는 근대적인 매체와 문화산업을 배경으로 삼고 있었던 형국이야말로 근대문화 형성기의 특징적인 한 국면이라는 것은 두말할 나위도 없다. 그래서 근대기 한국에서 발매된 영화설명·영화극 장르 음반과 그 취입의 주체였던 변사를 둘러싼 사정은 결코 단순하지만은 않다.

유성기음반 소재 영화극에 대하여

구인모

1. 머리말

근대기 한국의 대중적 문화상품인 소설, 영화, 방송, 공연예술 그리고 음반은 서로 제법 의존하고 있었다. 소설이 일쑤 연극과 영화(무성영화)로 제작될 뿐만 아니라, 영화가 소설로 간행되기도 했으며, 영화관 변사의 영화설명 구연은 라디오에서도 방송되기도 하고 유성기음반에 취입되어 발매되기도 했다. 이를테면 연극으로 공연된(예성좌, 1916 등) 톨스토이의 『부활』만 하더라도, 이후 번안소설로 간행되고(박현환, 『해당화』, 1918 등), 라디오의 변사 구연 프로그램으로도 방송되고(경성방송국, 1926), 영화로도 상영되며(황금관·우미관, 1927), 변사의 구연 음반으로도 발매되었던 사정이 그 예이다(일본콜럼비아축음기주식회사, 1929).

이것은 근대 초기 한국에서 하나의 내러티브가 매우 다양한 장르, 매체로, 다양한 서술 형식으로 변용되어 소비되고 있었던 흥미로운 사정을 드러낸다. 이 가운데에서 소설과 유성기음반은 연극, 방송, 영화와 달리, 내러티브를 사적으로, 또 반복적으로 향유하는 기회를 제공하는 공통점이 있다. 또한 유성기음반은 문식력과 무관하게 내러티브를 향유할 수 있는 매체라는 점에서, 특히 영화가 종영된 후 영화(로 변용된) 내러티브를 반복적으로 향유하는 매력을 지닌다. 특히 그것은 대체로 영화관에서 들었던 변사의 구연과 악단의 반주뿐만 아니라 경우에 따라서는 영화의 주제가도 함께 취입하여, 영화관의 청각적 요소를 재연한 것이라는 점에서 그러하다.

그런데 당시 음반회사들은 이러한 유성기음반을 한편으로는 영화설명이라는 장르로, 다른 한편으로는 영화극이라는 장르로 나누어 제작, 발매했다. 전자는 한 사람의 변사가 관현악을 반주로 내러티브를 구연하는 데에 비해, 후자는 내러티브의 경개, 배경, 등장인물의 내면의 설명 부분은 변사가 담당하고, 등장인물의 대화 부분은 배우들이 담당하여 관현악을 반주로 내러티브를 구연한다. 즉 후자는 영화 내러티브를 극 양식으로 입체화한 장르인 셈이다.

그래서 음반연구의 차원에서는 영화극 음반은 영화설명 음반과 굳이 구분하지 않거나, 연극 음반과 한가지로 간주하기 일쑤였다. 1990년대 영화설명 음반을 비롯하여 영화극 음반이 비로소 복각될 당시에도 영화극 음반은 영화설명만이 아니라, 연극, 동화, 심지어 가요극이나 야담과 함께 대중극 장르 차원에서 소개되었고[1], 그와 더불어 기초적인 자료 소개와 개관이 이루어질 때에도 사정은 마찬가지였다.[2] 또한 동국대학교 한국

---

1 ≪유성기로 듣던 무성영화 모음(총 3매)≫(SYNCD1202, 신나라레코드사, 1996)
2 김만수, 「유성기 음반에 수록된 영화설명 대본에 대하여」, 『한국극예술연구』 제6호, 한국극예술연구, 1996; 최동현·김만수 편, 「일제강점기 SP음반에 나타난 대중극에 관한 연구」, 『일제 강점기 유성기 음반 속의 극, 영화』, 태학사, 1998, 20~26쪽. 이를 테면 각주1) 소재 음원들 중에서 <개척자>(vol.1), <장한몽>·<송소리>·<부활>(vol.2), <춘희>(vol.3)은 영화설명이 아닌 영화극 장르이거니와, 김만수의 논문 및 최동현·김만수의 공저에서도 이 구분은 명확하게 이루어지고 있지 않다. 이러한 범주 구분은 이른바 '음반극'을 근대기 대중극의 하위 양식으로서, '방송극', '라디오 드라마'와 같은 부류로 규정했던 데에서 기인하는 것으로 보인다.

음반아카이브 연구소가 '한국유성기음반 디지털아카이브'를 구축하는 과정에서도, 영화극은 영화설명과 한가지로 극음악(신극, 희극, 악극)으로 분류되었다.

그것은 영화극 음반이 총 15종의 비교적 적은 규모로 발매되었고[3], 이 가운데 <춘희>(1927. 3, 1927. 5, 1930.7), <부활>(1929. 4)은 영화설명 장르로도 발매된 바도 있기 때문이라고 여겨진다.[4] 또한 영화극 음반은 영화설명과 달리 거의 대부분 일본콜럼비아축음기주식회사(조선 진출 1928, 이하 콜럼비아사로 약칭)과 변사 김영환이 발매하다시피 하여, 굳이 영화설명과 구분하지 않아도 무방하다고 판단되었던 것으로 보이기도 한다. 더구나 영화설명 음반에 비해 일찍 명멸하고 말아서 더욱 그러했을 터이다.

하지만 영화극은 당시 조선에 진출한 다국적 음반회사들이 부여한 장르명으로서, 이미 일본에서부터 통용되던 명칭이었다. 물론 '영화물어(映畵物語)'(<최후의 심판>), '극(劇)'(<심청전>)과 같은 장르명 혹은 각서(角書)로 발매된 사례도 있지만, 이것은 예외적인 사례에 속한다. 따라서 근본적으로 음반 발매 당시 음반회사가 부여한 장르 구분을 따르되, 형식

---

3 일본시에론(Chieron)축음기상회에서 발매한 <항구의 에레지>(Chieron43, 실연 徐月影·金蓮實, 1932. 8)의 경우, 영화극으로 간주할 것인지는 다소 유보적이다. 발매 당시 『동아일보』광고에 따르면, 한편으로는 장르명이 '영화비극'으로(1932년 8월 2일자 2면, 11일자 1면), 다른 한편으로는 희극 장르의 일종인 '넌센스劇'으로(1933년 4월 11일 3면)으로 명기되어 있다. 그런가하면 이 회사의 홍보잡지 『시에론 뉴쓰』에는 '영화극'으로 명기되어 있다(제17호, 일본시에론축음기상회, 1933. 5). 그런데『삼천리』지의 광고에 따르면, 이 음반을 '우슴거리 연극'이라고 소개하고 있다(1932년 10월 67쪽). 이 음반은 음원이 현존하지 않아서 정확한 사항은 확인하기 어렵지만, 당시 서월영과 김연실이 일본시에론축음기상회에서 취입한 일련의 극양식 음반 중의 하나로 보인다.
4 <춘희>와 <부활>은 다음 두 음반에 영화설명으로 취입되기도 했다. <설명레뷰>(Columbia40181, 영화설명, 실연 김영환, 노래 이애리수, 반주 관현악, 1931. 5; RegalC159, 영화설명, 실연 김영환, 노래 이애리수, 반주 관현악, 1934. 7.

상의 공통성을 지닌다면 영화극 장르의 음반으로 간주하고, 영화설명이나 그 외 대중 내러티브 장르와 다르게 구분해야 한다.

그런데 영화극 장르에 주목해야 하는 이유는 정작 다른 데에 있다. 그 것은 영화극 장르 음반이 극 양식으로 내러티브의 사실성을 제고하여, 영 상과 음성·음향이 분리될 수밖에 없는 무성영화의 불완전성을 보완하기 때문이다. 그래서 소설은 물론 영화설명 장르 음반도 따를 수 없는 특징 을 지니기 때문이다. 또한 일본에서 먼저 등장한 영화극 장르의 속성 상, 전래 공연예술 연행은 물론 근대의 영화 내러티브 구연을 둘러싼 일본의 고유한 관습과 제도의 흔적을 드러내기 때문이다. 아울러 일본의 영화극 장르는 물론, 같은 시기에 등장한 조선반 영화설명 장르보다도 일찍 명멸 해 버린 사정을 통해서, 영화극 장르에 대한 당시 청취자(심지어 관객까 지도)의 내러티브 서술 방식에 대한 취향을 짐작할 수 있기 때문이다.

이 글은 바로 이에 주목하여, 우선 근대기 일본(혹은 다국적)에서 부상 했던 대중 내러티브 장르·매체인 영화극 음반을 둘러싸고 이루어진 문 화번역의 양상을 조망하고, 다음으로는 그 가운데에서 드러나는 한국 변 사들의 구연 스타일, 화예의 차이와 그 원천을 탐색하며[5], 마지막으로는 영화관의 영화설명, 영화설명 장르 음반과는 근본적으로 다른 영화극 장 르의 서술 형식의 특징에 대해 살펴볼 것이다. 그리하여 궁극적으로 이

---

5 물론 근대기 한국 변사의 구연 스타일을 이해하고자 했던 시도가 전혀 없었던 것은 아니다. 이를테면 일본에서의 변사의 등장과 변천, 구연 스타일에 따른 구분, 김덕경 과 서상호 등 초기 변사의 구연 스타일을 개괄한 사례(조희문, 「무성영화 해설자 변사 연구」, 『영화연구』 제13호, 한국영화학회, 1997), 근대기 한국 변사의 구연과 화예(話藝)의 기법, 형식 등을 문헌과 생존하는 영화 관계자들과 변사의 회고 등에 근산하여 분석한 사례(김수남, 「조선무성영화 변사의 기능적 고찰과 미학 연구」, 『영화연구』 제24호, 한국영화학회, 2004), 근대기 한국 변사 구연과 화예의 특징과 변천 과정을 조망한 사례(한상언, 「1910년대 조선의 변사 시스템 도입과 그 특징에 관한 연구」, 『영화연구』 제44호, 한국영화학회, 2010) 등이 그러하다. 하지만 이러한 사례들은 비록 제한된 형태(공연성이 소거된 화예, 각색된 내러티브와 구연 시간)로 나마 현존하더라도, 변사의 육성을 검토하지 않았다는 공통점과 한계를 지닌다.

글은 변사의 영화 내러티브 구연과 화예, 나아가 내러티브 구연과 서술 형식을 둘러싼 당시 관객과 청취자의 취향과 그 함의를 규명하고자 한다. 비록 영화극은 규모도 적고, 일시적으로 제작된 대중 내러티브 장르이기 는 하나, 이로써 기술복제시대 근대기 한국의 구술문화의 변화 양상은 물 론, 제국의 대중문화가 식민지로 확장하는 가운데에서 드러나는 미세한 균열까지도 조망하기에는 충분할 것이다.

2. 근대기 일본의 매체 '혼화(media mix)' 양상과 조선반 영화극의 등장

근대기 한국에서 발매된 영화극 음반 가운데 현재 음원이 남아 있는 음반은 <장한몽>(1929. 3) 외 11종, 대사가 남아 있는 음반은 역시 <장한 몽> 외 8종이다. 또한 총 15종의 영화극 장르 음반 가운데 <부활>과 <불 여귀>(1930. 4)를 제외한 나머지 작품들은 원작 영화를 비정할 수 있는데, 5종은 원작이 외국(서양·일본) 작품이고 나머지 10종은 원작이 조선 작 품이었다. 그리고 11종은 조선인이 제작한 영화이다.[6] 아울러 영화극 장 르 음반 제작에 참여한 이들은 주로 김영환(金永煥, 총 10편)·김조성(金 肇盛, 총 2편) 등의 변사, 그리고 복혜숙(卜惠淑, 총 9편)·윤혁(尹赫, 총 3편)·이애리수(총 3편) 등의 배우들이었다.

어쨌든 이 영화극 음반들은 이미 소설, 연극, 영화로 알려져, 독자 혹은 관객이 이미 알고 있고 친숙한 내러티브들이라는 점에서 공통점을 지닌 다. 또한 원작 대부분이 서양 영화인 영화설명 장르와 달리, 영화극은 일 본 혹은 조선의 소설을 원작으로 한다는 점에서 영화설명 장르와 확연히

---

6 이 가운데 <인정비극 쌍옥루>(1929. 10)의 경우, 주지하는 바와 같이 기쿠치 유호(菊 池幽芳)의 소설 『나의 죄(己が罪)』(1899) 혹은 이 소설을 원작으로 한 동명의 일본 영화(1908~26 사이 14차례 영화화)를 번안한 이구영 감독·각본의 영화 <쌍옥 루>(1925)를 원작으로 한다(일본 키네마준포사 Kinenote DB http://www.kinenote.com 참조).

구분된다. 무엇보다도 <오몽녀>와 <말 못할 사정>을 제외한 영화극 음반 대부분 콜럼비아사에서 발매한 것으로서, 변사 김영환(총 11편)과 복혜숙(총 9편)이 주로 설명과 실연을 담당했다는 점은 영화설명 장르와 구분되는 가장 큰 특징이다.7 즉 영화극 음반은 주로 일본과 조선의 소설(혹은 판소리)을 원작으로 하는 영화를 콜럼비아사가 김영환, 복혜숙과 함께 제작한 것이라고 해도 과언이 아니다.

그도 그럴 것이 콜럼비아사는 조선반 제1회 신보 녹음(1928.11.12)부터 영화해설과 더불어 영화극 장르 음반을 발매했거니와, 이듬해 3월 <장한몽>을 비롯하여 <부활>(제2회 신보, 1929.4), <숙영낭자전>(제3회 신보, 1929.7), <쌍옥루>(제4회 신보, 1929.10), <심청전>(제4회 신보, 1930.2), <불여귀>(제7회 신보, 1930.4), <춘향전>(1931.3)까지 거의 매월 각 1매씩 총 7종의 영화극 음반을 발매했다. 같은 기간 영화설명 장르 음반이 총 5종 발매되었던 것을 보면, 콜럼비아사는 조선 진출 이후 영화극 음반을 영화설명 음반보다 적극적으로 발매했던 셈이다.8 즉 영화극은 콜럼비아사가 조선 진출 초기 조선인의 취향에 부합하는 여러 가지 레퍼토리를 시험적으로 제작하는 가운데 특별히 선택한 장르였던 것이다.

그렇다면 콜럼비아사는 어째서 영화설명 음반과 별도로 영화극 음반을 제작했던 것인가? 그것은 이미 이 회사가 일본에서 영화극 음반을 통해

---

7 물론 영화설명 장르 음반을 가장 많이 발매한 것도 바로 콜럼비아사였고, 영화설명 장르 음반을 가장 많이 취입한 변사도 바로 김영환이기는 했다. 하지만 영화설명 음반에서 김영환의 작품이 차지하는 비중은 절반을 채 넘지 못했던 것도 사실이다. 구인모, 위의 글, 위의 책, 11쪽.

8 영화설명 ①<아리랑>(Columbia40002, 영화설명, 실연 成東鎬, 1929.3), ②<漁村情話 세 동무>(Columbia40017-18, 영화설명, 실연 金永煥, 1929.4), ③<熱砂의 舞>(Columbia40066, 영화설명, 실연 金永煥, 1930.2), ④<칼멘>(Columbia40092, 실연 金永煥, 1930.4), ⑤<네 아들>(Columbia40092, 실연 徐相弼, 1931.5) 이상 총 5종이다. 음반의 서지사항은 다음의 서지를 참조하기 바란다. 동국대학교 한국음반아카이브연구단, 『한국유성기음반』(1), 한걸음더, 2011.

거둔 흥행 성공을 조선에서도 재연하고자 했기 때문이라고 보아야 할 것이다. 일본에서는 이미 1900년대 초부터 영화로부터 분리된 변사의 화예가 음반으로 취입되기 시작하여, 영화를 사적으로 감상하고자 했던 관객들로부터 적지 않게 환영받고 있었다.9 그리고 콜럼비아사보다 먼저 조선에 진출해 있던 닛토(日東)축음기상회(설립 1922.3)의 경우, 1928년(1928.10)까지 일본에서 발매한 전체 음반(2811매) 중 5번째로 큰 규모(180매)를 차지하는 것이 바로 영화극·영화설명 음반이기도 했다.10

그러한 분위기에서 콜럼비아사 또한 1945년까지 일본에서 발매된 총 29종의 영화극 음반 가운데 총 22종의 음반을 발매했으며, 그 가운데 14종을 조선 진출 이전에 발매했다. 그 래퍼토리의 중요한 한 축은 <금색야차(金色夜叉)>(1926. 7, 1932. 1), <춘희(椿姬)>(1927. 3, 1927. 5), <불여귀(不如歸)>(1928. 7), <부활(復活)>(1931. 6), <나의 죄(己が罪)>(?)와 같은 메이지(明治) 시대 가정소설 혹은 신파극이었고, 다른 한 축은 <사루토비 사스케(猿飛佐助)>, <쿄엔로쿠(俠艶錄)>와 같은 구파 협객극, 시대극 등 일본 영화였다.11 이 작품들은 일본에서도 재발매를 거듭하고 있

---

9 Jeffrey A. Dym, Benshi, "9. The Art of Setsumei", *Japanese Silent Film Narrators, and Their Forgotten Narrative Art of Setsumei: A History of Japanese Silent Film Narration(Japanese Studies, 19)*, Lewiston·Queenstone·Lampeter: The Edwin Mellen Press, 2003, pp.177-178.

10 닛토축음기상회에서 1922년 3월에서 1928년 10월까지 발매한 음반의 발매 규모 순서를 보면 나니와부시(浪花節), 유행민요류(端唄·小唄·俚謠), 가부키(義太夫), 라쿠고(落語) 다음이다. 특히 전통 화예(話藝)인 라쿠고 다음으로 큰 비중을 차지한다는 점은 주목할 만하다. 渡邊裕, 「レコード・メディアと「語り」の近代:「映畵說明」レコードとその周邊」, 『美學藝術學研究』 第24號, 東京: 東京大學大學院人文社會系研究科·文學部美學藝術學研究室, 2006. 3.

11 음원까지 현존하는 일본의 영화극 장르 음반 가운데 원작이 일본 영화인 작품은 다음 29종이다. ①<水鄕哀話 水藻の花>(ニッポノホン15191-2, 映畵劇, 실연 栗島すみ子 외, 1923. 9), ②<己が罪>(ニッポノホン16637-8, 映畵劇, 실연 諸口十九, 발매일자 미상), ③④<金色夜叉(熱海海岸の場)>(ニッポノフォン16391-2; コロムビア25177-8, 映畵劇, 실연 熊岡天堂 외, 1926. 7), ⑤<金色夜叉(歌留多會歸りの場)>(コロムビア26737, 映畵劇, 실연 林 長二郎 외, 1932. 1), ⑥<俠艶

었던 인기 있는 레퍼토리였다. 콜럼비아사는 그러한 제작 관행, 흥행 경험에 비추어 조선에 진출하자마자 <금색야차> 등의 영화극 레퍼토리들을 차례대로 번안하고, 조선반 영화극의 레퍼토리로서 <숙영낭자전>(1929. 8), <심청전>(1930. 2), <춘향전>(1931. 3) 등을 제작했던 것이다.

　그런데 이것은 콜럼비아사와 조선반 영화극 음반이 일본에서의 제작 관행, 흥행 경험을 조선에서 재현했다는 것 이상의 함의를 지닌다. 이것은 근대기 일본에서 일어난, 「금색야차」, 「불여귀」, 「나의 죄」 등의 신문

錄>(ニッポノホン16509-10, 映畵劇, 실연 熊岡天堂 외, 발매일자 미상), ⑦⑧<常陸丸>(ニッポノフォン16875-6; コロムビア25372-3, 琵琶映畵劇, 실연 雨宮錦峰 외, 1928. 5), ⑨⑩<不如歸>(ニッポノフォン16877-8; コロムビア25374-5, 映畵說明, 실연 熊岡天堂 외, 1928. 7), ⑪⑫⑬<夫婦>(ニッポノホン17241-2; ヒコーキ90119-20; リーガル65398-9, 映畵劇, 실연 栗島澄子 외, 1929. 6), ⑭<緋紗子の話>(ニッポノフォン17276-7, 映畵劇, 실연 栗島澄子 외, 1929. 7), ⑮<進軍>(コロムビア25715, 映畵劇, 실연 鈴木傳明 외, 1929. 11), ⑯<いろはにほへと>(コロムビア27571-2, 松竹映畵劇, 실연 栗島すみ子 외, 松竹管絃樂團, 1933. 10), ⑰<情炎の都市>(コロムビア27804-5, 松竹映畵劇, 실연 靜田　錦波 외, 반주 松竹管絃樂團, 1934. 4), ⑱<愁風宴>(コロムビア28124, 映畵劇, 실연 早稻田旭濤, 1934. 11), ⑲<山中小唄>(オリエント2711-3, 映畵劇, 실연 東堂荷村 외, 발매일자 미상), ⑳<船頭小唄(枯れすすき劇)>(オリエント2586-8, 映畵劇, 실연 栗島すみ子 외, 발매일자 미상), ㉑<駕籠の鳥>(オリエント2844-5, 映畵劇, 실연 松本　泰輔 외, 1923. ?), ㉒<後編 蘢の鳥>(オリエント2889-90, 映畵劇, 실연 松本泰輔 외, 발매일자 미상), ㉓<猿飛佐助>(ニッポノホン3856-7, 映畵劇, 실연 京都　尾上松之助一座, 발매일자 미상), ㉔<義士快擧錄>(ヒコーキ70346, 映畵劇, 실연 谷　天郞 외, 발매일자 미상), ㉕<赤坂情話>(ニッポノホン16270-1, 실연 諸口十九 외, 1926. 9), ㉗<淸水次郞長>(ヒコーキ8520-1, 映畵劇, 실연 河部五郞 외, 발매일자 미상), ㉘<からたちの花>(コロムビア25532, 映畵劇, 실연 谷　天郞 외, 1929. 4), ㉙<流浪の旅>(オリエント2808-9, 映畵劇, 실연 松本　泰輔, 발매일자 미상). 앞으로 일본 음반의 서지는 다음 목록과 일본국립국회도서관의 '역사적 음원' 아카이브 (http://www.dl.ndl.go.jp/#music)에서 인용하기로 한다. 昭和館, 『SPレコード60,000曲總目錄』, 東京:アテネ書房, 2003. 일본국립국회도서관 '역사적 음원(歷史的音源)' 사이트(http://rekion.dl.ndl.go.jp/). 또한 이와 관련한 일본영화사의 사정은 다음의 서지를 참조하기 바란다. 佐藤忠男, 「日本映畵の成立した土台」, 佐藤忠男 編, 『日本映畵の誕生(講座日本映畵1)』, 東京: 岩波書店, 1995; 瀧澤一, 「時代劇とは何か」, 佐藤忠男 編, 『無聲映畵の完成(講座日本映畵2)』, 東京: 岩波書店, 1995.

연재소설이 가정비극으로, 영화로도 각색되어 상연·상영되고, 구파 협객극, 시대극 또한 신문연재소설, 연극, 영화로 각색되어 상연·상영되고 있던 '매체 혼화(media mix)'의 양상이, 조선에서도 온전히 재현되었음을 시사하기 때문이다.12

일본 메이지 시대 가정소설 원작의 영화극 음반의 경우, 이를테면 「장한몽」, 「불여귀」, 「쌍옥루」와 같은 작품은 주지하는 바와 같이 음반으로 발매되기 이전 이미 조중환에 의해 번안되어 신문과 단행본을 통해 독자들에게 향유되고 있었을 뿐만 아니라, 연극(신파극)과 영화로도 상연·상영되었다. 그런가하면 일찍이 심훈이 지적한 바와 같이, 1920년대 조선의 영화계는 이러한 내러티브들의 독자 혹은 관객들은 물론 이광수의 「개척자」나 김기진의 「약혼」과 같은 신문 연재소설의 독자들마저 영화 관객으로 호명하고 있었다.13 그와 동시에 <춘향전>(1923), <장화홍련전>(1924), <놀부흥부>(1925), <심청전>(1925), <운영전>(1925), <숙영낭자전>(1928)이 영화로도 제작되고 있었으며, 특히 <장화홍련전>, <춘희>, <심청전>과 같은 작품은 1930년대 배우와 감독들에 의해 조선영화의 명작으로 평가받기도 했다.14

이처럼 1920년대 조선 또한 근대 초기 일본과 마찬가지로 즉 전래의 내러티브이든 근대의 내러티브이든 인쇄매체와 더불어 공연장에서 극 양식으로 공존하고 있었으며, 영화로도 변용되고 있었던 것이다. 바로 이러한 분위기에서 콜럼비아사는 바로 그러한 상황에서 콜럼비아사는 일본의

---

12 근대 초기 일본에서 「나의 죄(己が罪)」 등을 둘러싼 '매체 혼화(media mix)'의 상황에 대해서는 다음의 서지를 참조할 수 있다. 鬼頭七美, 「第八章 「悲劇」の登場」—「己が罪」初演をめぐって」, 『「家庭小說」と讀者たち—ジャンル形成・メディア・ジェンダー』, 東京:翰林書房, 2013.

13 沈熏, 「文藝作品의 映畵化問題」, 『文藝公論』 創刊號, 文藝公論社, 1931. 5. 81쪽.

14 羅雲奎 외, 「名俳優, 名監督이 모여 「朝鮮映畵」를 말함」, 『三千里』 第8卷 第11號, 三千里社, 1936.

영화극 장르를 현지화한 레퍼토리도 조선인 청취자들에게 충분히 호소력이 있을 것으로 판단했을 것이다. 그리고 조선반 영화극 <장한몽>, <불여귀>, <쌍옥루>은 물론, <숙영낭자전>, <심청전>, <춘향전>을 발매함으로써, 근대기 일본과 조선의 대중 내러티브의 (재)생산과 향유의 메커니즘은 시간 차이를 두고서 일치하는 형국을 드러내고 있었던 것이다.

3. 일본의 영화극 구연 방식과 조선 변사의 구연 스타일

근대기 일본의 음반산업에서 변사의 화예(話藝)가 이미 하나의 상품으로 자리 잡고 있었던 가운데, 영화의 내러티브를 단지 변사의 구연만이 아니라 극 양식으로 재현한 영화극 음반을 제작하고 발매했던 이유는 무엇인가? 무엇보다도 그것은 근대 초기 일본 영화관의 관행과 서민 관객들의 영화에 대한 취향과 무관하지 않은 것으로 보인다. 근세(도쿠가와 시대) 이후 일본의 공연물 가운데에는 유명한 가부키 배우의 음성을 흉내내는 '코와이로(聲色)' 연행이 있었고, 관객들로 하여금 그들의 음성을 실제 배우의 음성으로 인지하도록 했다고 한다. 그리고 20세기 초 활동사진의 상영에서도 스크린의 영상에도 코와이로는 당연히 필요한 것으로 존속했다고 한다.[15] 그리하여 1920년대 초 요세(寄席)나 상설 극장의 초기 극영화에도 몇 명의 변사들이 저마다 등장인물을 분(扮)하여 대사를 전하는 가부키(歌舞伎) 풍의 '고와이로가타리(聲色語り)' 방식으로 구연했다고 한다.[16]

그러한 변사의 구연 방식은 본격적인 극영화의 등장, 특히 신파극의 등

---

15 Jeffrey A. Dym, Benshi, "4. The period of experimentation, 1908-1914", op. cit., p.65.

16 權田保之助, 『映畵說明の進化と說明藝術の誕生(說明者 第一冊)』, 東京: 大島 秀雄, 1923, 8~10쪽.

장과 함께 영화 상영관에서는 사라졌다고 하나, 유성기음반에서는 제법 오랫동안 존속하고 있었던 것으로 보인다. 이를테면 1910년대 유성기음반 취입을 전제로 한 유행가요(浪花節 등) 가사, 신·구파극 대사를 모은 『음보 축음기(音譜 蓄音器)』(1913)에는 신파극의 배우 이이 요호(伊井蓉峰)와 시대극 온나가타(女形: 여자 역할 남성 배우) 기노시타 키치노스케(木下吉之助)의 구연으로 <신파 불여귀(新派 不如歸)>와 <신파 금색야차(新派 金色夜叉)>가 수록되어 있는데, 이 텍스트에 소개된 대사는 흥미롭게도 조선반 <불여귀>, <장한몽>의 그것과도 매우 흡사하다.[17]

이처럼 근대기 일본의 1910년대 영화극은 가정소설 혹은 신·구파극 영화 내러티브를 전래 공연 예술의 구연 방식으로 극화·재현한 것으로서, 주로 남자 배우 두세 사람이 실연하는 형식을 취했던 것으로 보인다. 이후 1920년대 특히 콜럼비아사가 발매한 영화극은, 설명을 담당한 변사한 사람과 남녀 배우 몇 명이 실연하는 형식을 취하기에 이르렀는데, 흥미로운 것은 그 가운데에서도 여전히 온나가타 배우가 일쑤 참여했다는 점이다.[18] 즉 영화극은 근대 초기 일본의 음반산업이 서민 영화 관객들의

---

17 醉花山人 編, 「新舊假聲の部」, 『音譜 蓄音器』, 東京: 靑盛堂書店, 1913, 77~79, 88~89쪽. 특히 여자역 배우 기노시타 키치노스케와 관련해서는 다음의 서지를 참조할 수 있다. 岡村紫峰, 「木下吉之助」, 『活動俳優銘々傳』, 東京: 活動寫眞雜誌社, 1916, 115-122쪽. 이들의 <불여귀>, <금색야차>가 음반으로도 취입되었던가는 확인하기 어렵다. 다만 기노시타 키치노스케는 온나가타로서 몇 편의 영화극 음반 제작에 참여했던 것으로 확인된다. <母と子>(Lumond3166-7, 실연 木下吉之助·伏見正光, 발매일자 미상[원작: <母と子>, 1916]), <不知火>(Tokyo-Fujisan1338, 각색 長田幹彦, 실연 井上正夫·木下吉之助, 발매일자 미상[원작: <不知火>, 각본 長田幹彦, 감독 田中榮三, 1918]), <保少年>(Nitto5115, 실연 都築文男·木下吉之助·伏見正光, 반주 관현악, 발매일자 미상[원작: <保少年>, 각본 松本英一, 감독 松本英一, 출연 松本泰輔, 1926]), <昭和のおふさ(この子を見よ)>(Taihei4037-8, 실연 木下吉之助·伏見正光, 발매일자 미상[원작 미상]).
18 일본국립국회도서관의 '역사적 음원' 아카이브에 소장된 음반만 두고 보면, 구마오카 덴도(熊岡天堂, 총 5편), 다니 덴로(谷 天郎, 총 5편), 시즈타 긴파(靜田錦波, 총 3편) 등 변사, 모로구치 쓰즈야(諸口十九, 총 5편), 시미즈 이치로(淸水一郎, 총 4편), 시마다 가시치(島田 嘉七, 女形, 총 4편) 등의 남성 배우, 구리시마 스미

취향에 부합하기 위해 고안한 일종의 하이브리드 내러티브 양식이었던 셈이다.

콜럼비아사는 조선반 영화극 음반을 제작하면서 김영환 등의 변사와 윤혁, 복혜숙 등의 배우들을 참여시켜 신파극에 가까운 드라마투르기로 취입했다. 그것은 무엇보다도 공연예술과 구연방식조차 일본과 흡사한 전통이 전무했던 조선의 사정, 또한 영화극 음반 제작 시점이 소설은 물론 연극, 영화보다도 제법 늦었던 사정과 관련이 있을 터이다. 그런데 흥미로운 것은 비록 편차는 있으나 일본의 경우 음반 제작 과정에 당대 명변사들이 두루 참여하는 데에 반해, 조선에서는 당시 이른바 '해설계의 세 별'로도 평가 받았던[19] 김덕경, 김영환, 김조성 가운데, 김조성과 김영환만이, 특히 김영환이 대부분의 작품을 도맡다시피 했다는 점이다.

그것은 두말할 나위도 없이 콜럼비아사의 측면에서는 김조성보다도 김영환이 영화극에 적합한 변사라고 판단했기 때문일 터이다. 그도 그럴 것이 김영환은 영화극 음반 제작에 참여하던 무렵 영화관만이 아니라 경성방송국의 영화설명 프로그램인 <영화이야기(物語)>에서도 변사로서 각광을 받고 있었다.[20] 특히 김영환은 단지 실면만이 아니라, 영화감독으로서 각색과 연출의 역량마저 갖추고 있었다는 것은 주지의 사실이다. 이를테면 김영환은 이미 1920년대부터 각본(<장화홍련전> 1924, <낙화유수> 1927, <삼걸인> 1928, <연애광상곡> 1931), 감독 및 각색(<장화홍련전> · <삼

코(栗島すみ子, 총 7편), 쓰쿠바 유키코(筑波雪子, 총 5편), 이이다 쵸코(飯田蝶子, 총 5편)의 여성 배우가 제작에 참여한 것으로 확인된다.

19 紅園生, 「解說界의 三星」, 『每日申報』, 每日申報社, 1925. 1. 1. 3면.

20 당시 주요일간사에 게재된 경성방송국(JODK)의 편성표에 의하면 주로 밤 7시경에 방송되었던 <영화해설> 혹은 <영화물어> 프로그램에 1927년부터 고정적으로 출연하여, 서양과 일본의 영화의 영화설명은 물론 자신이 창작한 단막극을 실연(實演)했던 것으로 보인다. 『동아일보』만 두고 보더라도 김영환은 최초 <噫 無情>(1927. 6. 16. 3면)부터 <鍾洙의 설음>(1932. 5. 27. 7면)까지 총 12회 출연했던 것으로 확인된다.

걸인〉·〈약혼〉 1929, 〈젊은이의 노래〉 1930, 〈연애광상곡〉·〈탄식의 소조〉 1934)까지 맡으며 영화인으로서 명망을 얻었다. 이 가운데 〈약혼〉의 경우 김영환은 감독과 각색은 물론 상영 당시 변사로서 자신의 작품을 직접 설명하기까지 했다.21

하지만 김조성도 영화관의 변사로서만이 아니라, 경성방송국의 〈영화 이야기〉 혹은 〈영화물어〉의 출연자이기도 했고22, 연극과 영화의 배우로도 활동하기도 했으므로23, 김영환의 전방위적 역량만으로 그가 김조성에 비해 영화극에 보다 적합한 변사였다고는 보기 어렵다. 사실 콜럼비아사가 김조성보다 김영환을 선호했던 것은, 근본적으로 이 두 변사의 구연 스타일과 밀접한 관계가 있는 것으로 보인다. 김조성의 구연 스타일은 〈부활〉과 〈숙영낭자전〉을 통해서도 알 수 있듯이, 당시 고음의 미성(美聲), 유려한 화술, 애조 어린 어조로 당대를 대표하는 변사 중 한 사람으로 평가 받았다. 하지만 그의 음성, 화술, 어조는 원작의 내러티브와 어긋나기 일쑤였고, 등장인물의 성격을 사실적으로 재현하지 못하다는 비판을 받기도 했다.24 특히 김조성의 구연 스타일은 현대극 영화 이전 연속 활극 영화 유행시대 일본의 이른바 '가쓰벤(活辯)'의 그것에 가까웠다고

---

21 기사, 「仁川愛館에 "約婚"」, 『東亞日報』, 東亞日報社, 1929.7.21. 3면. 한편 몇몇 기록에 따르면 〈종소래〉의 제작에 김영환이 참여한 것처럼 보이기도 한다(기사, 「映畵篇 名作「旅路, 春香傳」, 『三千里』 第12卷 第5號, 三千里社, 1940. 5. 228면; 林和, 「朝鮮映畵發達小史」, 『三千里』 第13卷 第6號, 三千里社, 1941. 6. 202면). 하지만 이 영화가 제작될 당시의 신문 기사에 따르면 분명히 김상진이 감독한 작품으로 확인된다(「未久에 完成할 映畵. 中央키네마社「約婚」은 八峰 金基鎭 原作 金永煥 監督, 金剛키네마社「종소래」는 金尙鎭 監督 李源鎔 主演」, 『朝鮮日報』, 朝鮮日報社, 1929. 2. 12. 3면).
22 김조성의 경성방송국 출연은 『동아일보』만 두고 보더라도 〈漂泊의 孤兒〉(1927. 3. 29), 〈奇蹟의 장미〉(1927. 7. 6), 〈無敵 타-잔〉(1934. 3. 4) 총 3회이다.
23 金在喆, 「朝鮮演劇史(三八)—三國以前으로부터 現代까지」, 『東亞日報』, 東亞日報社, 1931. 7. 11. 4면; YY生, 「女優 언파레이드 映畵篇(2)—映畵十年의 回顧」, 『東亞日報』, 東亞日報社, 1931. 7. 25. 4면.
24 紅園生, 위의 글, 위의 책, 같은 면.

여겨진다.25 이를테면 영화관, 경성방송국(JODK) 그리고 유성기음반에서 김조성의 연목들이 주로 할리우드 연속 활극 영화 <무적 타잔> 그리고 <똔큐> 등이었던 것은 그 증거이다.26 따라서 콜럼비아사의 입장에서는 김조성이 영화극 장르에는 적합하지 않다고 판단했을 것이다.

한편 김영환은 영화관에서는 일쑤 영화 장면과 설명이 어긋나기도 했지만, 탁월한 등장인물의 심리묘사, 감상적인 표현, 웅대한 성량으로 평가를 받았다.27 그리고 김영환의 구연 스타일은 영화관에서도, 유성기음반에서도 활극보다는 가정비극 혹은 멜로드라마에 적합했으며, 그것은 그의 대표작 가운데 하나인 <동도>나 대표작 모음 음반인 <설명리뷰>를 통해서도 알 수 있다.28 즉 구연 스타일로 보자면 김영환은 비록 웅대한

25 이들이 변사로서 활약했던 당시 일본에서는 이른바 블루버드 영화와 같은 닌죠모 노(人情物) 유행시대의 변사를 '세쓰메이샤(說明者)'로, 그 이전 연속 활극 영화 유행시대의 '가츠벤(活辯)'으로 구분했다고 한다. 근대 초기 변사의 역할 변화와 설명 스타일에 따른 구분과 관련해서는 다음의 서지를 참조하기 바란다. 權田保之助, 『映畫說明の進化と說明藝術の誕生(說明者 第一冊)』, 東京: 大島秀雄, 1923, 14~15쪽. 說明者同人會 編, 「三. 映畫說明の進化した道」, 『說明者になる近道』, 大阪: 說明者同人會, 1926, 28~40쪽.

26 <똔큐(원제: Don Q, Son of Zoro)>(제비표조선레코드B151, 영화설명, 金肇盛, 1927. 11), <쌘-제스트(원제: Beau Geste)>(Columbia40058-59, 영화설명, 金肇盛 반주 朝劇管絃樂團, 1929. 12). 기사, <映畫 이야기 無敵 타잔>(기사, 「라디오」, 『東亞日報』, 東亞日報社, 1934. 3. 4. 3면.

27 紅園生, 위의 글, 위의 책, 같은 면.

28 <東道>(일츅죠선소리반 K621, 설명 金永煥, 반주, 團成社管絃團, 1927. 4; Columbia40204, 映畫說明, 東道, 金永煥, 반주 管絃樂伴奏, 1931. 6), <說明레뷰>(Columbia40181, 映畫說明, 설명 金永煥, 노래 李애리스, 管絃樂伴奏, 1931. 5; RegalC159, 映畫說明, 설명 金永煥, 노래 李애리스, 管絃樂伴奏, 1934. 7). 전자의 원작은 다음과 같다. <Way Down East>(United Artists, 1920). 또한 후자에 수록된 작품들과 원작은 다음과 같다. <白薔薇(The White Rose)>(United Artists, 1923), <噫 無情(Les Miserables)>(미상), <名金(The Broken Coin)>(Universal, 1915), <沈默(Silence)>(1926), <復活(Resurrection)>(미상), <椿姬(Camille)>(미상). 그리고 가정비극, 멜로드라마에 능했던 김영환의 활약상과 관련해서는 다음의 서지를 참조할 수 있다. 金永煥, 「痛快한 活動寫眞」, 『別乾坤』 第6號, 京城: 開闢社, 1927. 6.

성량, 즉 격정적인 어조에도 불구하고, '가쓰벤' 보다는 '세츠메이샤'에 가까웠던 셈이다.29

특히 콜럼비아사는 김영환이 등장인물의 사실적인 심리묘사에 능한 데에, 비록 일본과 같은 온나가타 역할은 아니더라도, 여성 역할마저도 소화할 만한 배우 못지않은 연기력을 지닌 데에 주목했던 것으로 보인다. 그래서 김영환을 일본반 영화극 제작 과정에서 빈번히 참여한 다니 덴로나 시즈타 긴파와 같은, 이른바 시타마치(下町)파 변사에 가까운 구연 스타일을 구사하는 조선의 변사라고 판단했던 것으로 보인다.30 실제로 김영환이 영화극 음반 제작 과정에서 설명 부분은 물론, 경우에 따라서는 남성 등장인물은 물론 여성 등장인물까지 담당했던 것은 바로 그 증거라고 하겠다.31

요컨대 이러한 사정은 콜럼비아사가 영화극 장르를 현지화 하면서, 일

---

29 물론 근대기 일본에서 변사의 구연 스타일은 영화 상영 전 관객을 향한 영화의 경개 소개(前說: 마에세츠)나 인삿말(口上言い: 고죠이이), 웅변식의 격정적 어조, 원작의 내용과 무관한 변사의 임기응변식 설명(與太說明: 요다세츠메이)의 여부를 두고도 '가쓰벤' 풍이나 '세쓰메이샤' 풍으로 구분하기도 했다. 영화 상영관에서 김조성과 김영환의 화예(話藝)와 구연 스타일을 온전히 확인할 수 없기는 하나, 특히 원작 영화와 무관한 '격정적인 어조'의 측면에서 보자면, 김조성은 '가쓰벤' 풍에 가까웠다고 여겨진다. 權田保之助, 위의 책, 같은 쪽. 說明者同人會 編, 위의 글, 위의 책, 같은 쪽.

30 시타마치파의 스타일이란 1910년대 도쿄(東京) 아사쿠사(淺草)와 간다(神田) 지역의 영화관을 중심으로 활동하던 니시무라 고라쿠텐(西村小樂天), 이누카이 이치로(犬養一郎) 등 호소력 있는 어조와 연기력에 기반한 정서의 전달을 지향했던 일군의 변사 유파를 가리킨다. 이들과 달리 도쿠가와 무세이(德川夢聲)를 위시한 야마노테(山の手)파의 변사들은 정서의 전달 대신 감정을 절제하는 담담한 어조의 설명을 지향했다고 한다. 본문에서 거론한 다니 덴로와 시즈타 긴파는 사승 관계, 활동 지역의 측면에서 시타마치파에 속한다. 이러한 구분과 관련해서는 다음의 서지를 참조할 수 있다. 無聲映畵鑑賞會 編, 「3. 辯士人物錄」, 『活動辯士—無聲映畵と珠玉の話藝』, 東京: アーバン·コネクションズ, 2001. 三國一郎, 「活弁の話術」, 佐藤忠男 編, 위의 책.

31 김영환이 실연까지 담당했던 작품과 배역은 다음과 같다. <춘향전>(춘향모, 호방, 군로사령), <심청전>(심봉사), <춘희>(알망), <개척자>(성순 어머니), <종소리>(여자1, 여자2), <불여귀>(무남).

본의 공연예술, 구연방식의 전통이 없는 조선에서 취했던 현지화, 엄밀하게 말하자면 절합(articulation)의 측면을 드러낸다. 하지만 일본만큼 유서 깊은 화예의 전통이 없고, 일본만큼 엄격한 변사의 도제제도와 유파 또한 없는 조선에서, 낯선 화예로서 영화극 장르가 등장하고 성립하는 데에, 근대기 일본 변사의 구연 스타일이 조선 변사의 그것과 화예를 규정하는 참조의 틀이 되었다는 점은 중요하다. 그것을 대중문화 상품을 매개로 제국(정치의 차원에서든, 음반산업의 차원에서든)이 식민지에서 시도한 일종의 문화 번역의 차원에서 보면 특히 그러하다.

4. 관객 혹은 청취자의 취향, 영화극 음반의 명멸

그런데 다른 측면에서 보자면 영화극 장르는 변사 김영환에게는 문자 텍스트(시나리오, 소설)로도, 영상(무성영화)로도, 독백의 화예(영화설명)로도 온전히 재현할 수 없는, 등장인물들의 생생한 대화로 온전히 재현할 수 없는 등장인물들의 생생한 대화로 이루어진 입체적인 내러티브로서 재현할 수 있는 가능성을 지니고 있었다. 그래서 김영환이 직접 각본(색), 연출, 제작을 담당했던 영화 중 흥행에도 성공했던 <낙화유수>는 물론 그렇지 못했던 <약혼>, <개척자>를 영화극 음반으로 취입했던 것은 주목할 만하다.[32]

물론 콜럼비아사의 조선반 영화극 음반 제작 과정에서 김영환이 단지 실연만을 담당했는지, 혹은 레퍼토리 선정이나 각색까지 담당했는지는 분명하지 않다. 그럼에도 불구하고 다재다능한 영화인이었던 김영환에게 영화극 장르는, 당시까지는 영상과 음향이 분리된 영화의 불완전성을 보완

---

32 이른바 문예영화였던 <약혼>이나 <개척자>는 개봉 당시 흥행에 실패했던 것으로 보인다(기사,「映畵篇 名作「旅路, 春香傳」, 위의 책, 같은 면; 임화, 위의 글, 위의 책, 같은 면).

하는 가능성이었다는 것은 분명하다. 이를테면 변사에게 의존하지 않고 나운규가 직접 실연을 담당했던 <말 못할 사정>(1931. 7)도 부재하는, 혹은 미완성의 영화를 대신하는 유일한 가능성이었다고 보아야 할 것이다.[33]

이처럼 변사 김영환에게도, 어쩌면 나운규에게도 영화극 장르가 영화의 불완전성을 보완하는 가능성일 수 있었던 것은, 영화극이 영화설명보다 극의 사실성을 제고할 수 있는 장르였기 때문이다. 그것은 영화극 내러티브가 내러티브의 서술 형식 차원에서는 변사의 구연만으로 이루어진 영화설명 내러티브에 비해, '파노라마적 제시(panoramic presentation)'와 '장면적 제시(scenic presentation)', '말하기(telling)'와 '보여주기(showing)' 혹은 개입적(평면적) 서술과 비개입적(입체적) 서술 가운데에서, 전자의 요소들이 우위를 차지한다는 점에서 그러하다.[34]

설명(김조성): 혜성이 흐른다. 이른 밤 검은 하날에 꽂히는 화살같이 혜성

---

33 영화 <말 못할 사정>은 나운규가 감독과 주연을 담당한 것으로 알려져 있고, 안종화 감독의 영화 <노래하는 시절>과 더불어 신문에 광고도 게재되기도 했다(『조선일보』, 1930. 7. 18. 5면). 그러나 <말 못할 사정>은 광고 문안에는 <노래하는 시절>처럼 '不日公開'라는 문구도 없으며, 당시 한 논설도 이 영화가 결국 제작에 실패했다고 전한다(孫煒斌, 「朝鮮映畵史 十年間의 變遷」, 『朝鮮日報』, 1933. 5. 28. 면). 그런데 이 <말 못할 사정>은 한영우에 의해 소설(『映畵小說 말 못할 事情』, 永昌書館, 1931)로도 간행되기도 했다(기사, 「出版日報」, 『東亞日報』, 1931. 1. 10. 4쪽; 「新刊紹介」, 『東亞日報』, 東亞日報社, 1931. 6. 11. 4면). 한편 영화극 <말 못할 사정>의 음원과 대본과 관련해서는 다음의 서지를 참조할 수 있다. <말 못할 사정>, ≪유성기로 듣던 연극모음(1930년대)≫(SYNCD1479, vol.1), 신나라레코드사, 1998; 최동현·김만수 편, 「Ⅱ. 자료편—51. 극, 말못할 사정(Columbia40205A-B)」, 위의 책, 249~252쪽.

34 이와 관련하여 일찍이 김영환이 영화설명에 대한 자신의 입장을 밝히면서, 그것이 영화의 작가(원작자 혹은 감독)와 관객의 중간에서 마치 외국문학의 번역자와 같으며, 영화해설은 일종의 창작이며, 영화의 한 장면 한 장면에 잠재한 중심 사상을 드러내는 것이라고 했던 것은 돌이켜볼 만하다. 김영환에게 변사의 화예가 번역이나 창작 혹은 재해석이라면, 영화극 장르야말로 영화 내러티브의 예술성을 가장 잘 드러낼 수 있는 가능성을 지닐 터이다. 金永煥, 「映畵解說에 대한 나의 淺見」, 『每日申報』, 每日申報社, 1925. 1. 18. 3면.

이 흐른다. 이는 로서아 전설에 으하여 타국과 전쟁이 있음을 계시함이라 한다. 촌이면 촌, 도회면 도회, 남녀노소는 창문을 벅차고 뜰 밖에 나선다.

카츄샤(복혜숙): 마님, 마님, 어서 오세요. 어서요. 어유, 그걸 못 보시고. 혜성이 떨어졌어요. 인제 토이기(土耳其)하고 전쟁이 되면 모스코바에 계신 네푸류돕 씨도 이리로 지나가신댔지요? 네? 마님?

숙모(이경손): 카츄샤, 애, 네 방정이 그예 토이기하고 전쟁을 일으키겠다.

설명: 이때 마츰 은근히 들려오는 행진곡의 군악 소리

카츄샤: 아, 병정들이다. 아이고, 으쩌나 네푸류돕 씨도 오시겠네. 마님, 마님, 어서요, 어서 나오세요

숙모: 어디? 애, 어디? 아이구, 참 병정들이로구나.

카츄샤: 아이구, 저-기들. 아유, 퍽도 많다. 아이고, 네푸류돕 씨도 오셨으면….

설명: 밤이면 밤마다 잠 못 이루든 카츄샤. 삼년이나 고대하던 네푸류돕 공작. 네푸류돕을 찾으랴는 카츄샤의 애타는 가슴.

카츄샤: 아이, 마님. 네푸류돕 씨도 오실까요? 아유, 왜 밤에들 올까? 아이, 마님 저 앞장서서 말 탄 이가…. 오! 네푸류돕 씨!

숙모: 어디? 애, 카츄샤야, 정말이냐?

카츄샤: 나는 마중을 나갈 테예요. 아이구, 난 부끄러워서 으떡허나? 마님 전 들어가요. 아유, 으떡허나?

설명: 쏜살같이 안으로 뛰여 들어 온 카츄샤는 경대에 향하야 단장을 허라다가, 그나마 부끄러워 후원으로 도망을 갈 때에, 그의 얼골은 백일홍같이 붉어지며, 떨리는 가삼은 까닭조차 모르게 하날을 우러러 축수한다. 때는 마침 부활제의 밤. 머언 곳에서 은은히 들리는 쇠북소래.

<부활>(Columbia40018A, 1929. 4) 중에서(채록: 필자)

이처럼 비록 원작 영화의 대사를 재연하는 형식을 취하는 가운데 변사의 역할은 축소되더라도, 등장인물의 형상화(Characterization)를 통해, 등장인물의 행동의 동기, 내면을 보다 직접적이고도 적극적으로 드러낼 수 있는 것이 바로 영화극이었던 셈이다. 이처럼 영화극 장르와 그 음반이 소설이나 시나리오는 두말할 나위도 없고, 영화나 영화설명으로도 온전

히 재현, 향유될 수 없는 생생하고도 입체적인 내러티브라면, 당시 관객 혹은 청취자로부터 제법 호응을 얻었을 법하다.

그런데 영화극 장르 음반은 콜럼비아사 진출 초기인 1929년까지는 비록 발매 종수의 측면에서나마 영화설명 장르보다 우위를 점하고 있었으나, 그 후에는 두 번 다시 그런 기회를 차지하지 못했다. 그 이유는 변사와 배우들의 생생한 대화로 이루어진 내러티브가 당시 영화 관객이나 유성기음반 청취자에게는 과히 매력적이지 않았기 때문이라고 여겨진다. 이와 관련해서 김조성의 영화극 <부활>과 관련한 김동원의 회고는 주목할 만하다.

> 그 중에서도 유명한 톨스토이의 원작소설을 영화화 한 <부활>(카추샤)이 특히 기억에 남는다. "혜성이 흐른다. 이는 전로국(全露國) 전선에 응하여 촌이면 촌, 도회면 도회, 남녀노소는 창문을 박차고 뜰밖에 나선다" 이런 멋진 대사로 장안에서 둘째가라면 서러울 정도였던 명변사 김조성의 해설이 시작된다…(중략)…"용수철같이 뛰어들어온 카추샤는 경대를 향하여 단장을 하려다가 그나마 부끄러워 후원으로 도망갈 때 카추샤의 얼굴은 백일홍같이 붉어지고 떨리는 가슴은 까닭조차 모르게 하늘을 우러러 축수한다. 때는 부활제의 밤, 먼 곳에서 은은히 들려오는 종소리"[35]

김동원이 세월의 풍상 속에서도 부분을 거의 온전히 기억하고 있는 것, 이 작품을 이경손이나 복혜숙이 아닌 김조성의 작품으로만 기억하고 있는 것은 흥미롭다. 특히 김동원이 김조성의 구연 부분만 기억하는 점, 그리고 그가 매혹되었던 것은 바로 미사여구를 현란하게 수를 놓는 듯한 김조성의 구연 스타일이었다는 점에 주목할 필요가 있다. 즉 김동원에게 <부활>의 등장인물들의 연기나, 그 내러티브의 핍진함은 감상에 중요한 요소가 아니었던 것이다. 김동원이 김조성의 영화극 <부활>과 김영환의

---

35 김동원, 「제1부 나의 유년 시절」, 『미수의 커튼콜(김동원 나의 예술과 삶)』, 태학사, 2003, 20쪽.

y

472 | 유성기 시대, 변사의 화예(話藝)

영화설명 <동도>를 그저 '변사의 음반'으로만 기억하고 있는 것은 이러한 사정과 무관하지 않다고 본다.[36]

물론 김동원의 회고는 유년기의 기억에 근간한 것이기는 하나, 당시 조선인들에게는 영화의 내러티브나 그 실연의 방식, 효과보다도 변사의 화예가 중요한 감상의 대상이었다는 것을 증언하기에 부족하지 않다. 실제로 콜럼비아사가 한창 영화극 장르 음반을 제작하던 1929년까지만 하더라도, 조선의 관객은 극영화의 영상 내러티브나 외국어자막의 축자적 이해보다, 임기응변식 설명, 과잉된 감정 이입의 어조, 서술자적 논평, 관객과의 대화 등에 매혹되어 있었기 때문이다.[37] 영화극 장르의 명멸은 바로 이러한 당시 조선 관객들의 취향, 영화 감상의 태도와 관련 있다고 보아야 할 것이다.

이것은 당시 영화 관객(어쩌면 영화극·영화설명 음반 청취자마저도)이 '보여주기'보다는 '말하기', 작가 혹은 편집자 입장의 개입적(평면적) 서술에 기반한 내러티브의 실연 방식에 익숙해 있었다는 것을 의미한다. 또한 변사와 관객 사이의 대화가 시사하는 바와 같이, 당시 영화 관객은 변사와의 내면적 결속(bind)에 기반한 담화 상황(discourse)에 참여(involvement)하여 영화 내러티브를 향유하는 방식을 선호했다는 것을 의미한다.[38]

---

36 김동원의 회고에 따르면 그는 <동도(東道)>(일츅죠션소리반 K621, 실연 京城 金永煥, 반주, 團成社管絃團, 1927. 4; Columbia40204, 映畵說明, 실연 金永煥, 반주 管絃樂伴奏, 1931. 6)의 김영환의 구연 또한 거의 정확하게 기억한다(김동원, 위의 글, 위의 책, 같은 쪽).

37 金潤雨, 「映畵解說에 對한 片感」, 『東亞日報』, 東亞日報社, 1929. 11. 7, 8. 각 5면. 이 글에서 김윤우가 변사의 역할을 음악반주로 대체해도 무방한 '자막의 통역' 차원으로 한정하고 있는 점, 특히 김영환의 영화 <동도(Way down East)>의 구연을 두고 영상이나 원작과 무관한 설교, 능변(能辯)의 과시라고 폄훼하고 있는 점은 주목할 만하다.

38 전기수(傳奇叟), 변사의 내러티브 구연과 청중의 내러티브 향유를 담화분석의 차원에서 분석한 다음의 서지는 주목에 값한다. 백승주, 「12. 우리는 왜 빠져드는가? 관여와 관여 유발 전략」, 김하수 엮음, 『문제로서의 언어4』, 커뮤니케이션북스, 2014. 백승주는 데보라 테넌의 논의를 빌어, 변사와 같은 이야기꾼의 구연을 일종의 '구성된 대화(constructed dialogue)'로 간주한다. 즉 변사의 구연은 리듬, 억양, 발음,

그러한 당시 조선의 영화 관객, 음반 청취자들에게 영화극 음반은 적어도 영화설명 음반에 비해 영화 내러티브 감상의 취향을 온전히 충족시키지 못했을 것이다. 영화설명 음반이든, 영화극 음반이든 영화관에서 이루어지는 변사의 화예, 변사와 관객의 담화 상황을 온전히 재현하지 못한다는 점에서는 마찬가지이다.[39] 하지만 영화설명 음반은 비록 불완전하고도 축약된 형태로나마 변사의 화예를 재현하나, 영화극 음반은 그마저도 재현하지 않기 때문이다. 바로 이것이 일본에 비해 조선의 영화극 장르 음반이 일찍 명멸한 가장 근본적인 원인이라고 하겠다.

6. 맺음말

영화극의 내러티브 구성, 실연 방식이 당시 영화 관객 혹은 청취자의

발성의 크기, 발화의 빠르기를 통해 내러티브의 등장인물에게 목소리를 부여하여 이야기를 생동감 있게 만들며, 이야기를 드라마로, 청중을 드라마를 보는 관객으로 만드는 효과를 환기한다는 것이다(Deborah Tannen, "5 Imagining worlds: imagery and detail in conversation and other genres", *Talking Voices: Repetion, dialogue and imagery in conversational discourse*, New York:Cambridge, 1989, p.139).

39 하다못해 평서형 문장종결어미만 두고 보더라도 조선반 영화설명, 영화극 음반에서 그것은 대부분 문어체의 '-다'이다. 그러나 김조성의 영화극 <숙영낭자전>(1929. 8)과 김영환의 영화설명 <동도>를 비롯하여, 적어도 최동현과 김만수가 엮은 『일제강점기 유성기음반속의 극·영화』(태학사, 1998)에 수록된 영화설명, 영화극 작품 중 상당수에서 부분적으로나마 '-다'와 더불어 구어체 평서형 종결어미 '-니다'가 혼용되는 양상이 관찰된다. 이것은 음반 취입 과정에서 온전히 소거되지 못한 영화관의 담화 상황의 흔적이라고 판단된다. 그 작품들은 다음과 같다. ①<로미오와 줄리엣>(Polydor19337, 설명 박창원, 1936. 9), ②<며느리의 죽음>(RegalC293, 각본 이린, 설명 이우흥, 1934. 7), ③<모로코>(Polydor19337, 설명 박창원, 1936. 11), ④<방아타령>(Victor49099, 설명 서상필, 발매일자 미상), ⑤<보 제스트>(Columbia40058-9, 설명 김조성, 1929. 12), ⑥<볼카>(Columbia40222, 설명 김영환, 1931. 8), ⑦<봄 소낙비>(Polydor19326, 설명 박창원, 1936. 8), ⑧<봉작>(Columbia40112, 설명 김영환, 1930. 8), ⑨<비오는 포구>(RegalC332, 각본 김병철, 설명 김일성, 발매일자 미상), ⑩<漁村情話 세 동무>(Columbia40017-18, 설명 김영환, 1929. 4), ⑪<원앙암>(RegalC252, 각본 유일, 설명 이우흥, 발매일자 미상), ⑫<육체의 도>(Polydor19315, 설명 박창원, 1936. 7), ⑬<제복의 처녀>(Polydor19378, 설명 박창원, 1934. 7), ⑭<희 무정(噫無情)>(Victor49016, 실연 김영환, 발매일자 미상).

내러티브 향유 취향과 일치하지 않았던 사정의 근저에는, 콜럼비아사의 현지화 전략에도 불구하고 일본의 공연예술과 구연방식의 전통이 온전히 번역·번안되어 정착될 수 없게 했던, 한국 나름의 구술문화적 관습과 취향이 가로놓여 있다. 콜럼비아사와 조선반 영화극의 명멸은, 어쩌면 음반 제작 과정에 단 한번도 참여하지 못했던 변사 서상호의 구연 스타일과 그것에 충만했던 근세 구술문화의 요소 속에서 예고되어 있었는지도 모른다.40 물론 상설 영화관의 등장 이후 그와 같은 구연 스타일, 특히 퍼포먼스적인 요소는 분명히 사라졌지만41, 영화 내러티브의 극적인 재현보다도 '구성된 대화'로서 변사의 내러티브와 화예를 선호했던 당시 한국의 관객의 취향에도 근세 구술문화의 잔영이 남아 있다는 것은 두말할 나위도 없다.42 그것이 콜럼비아사의 조선반 영화극 음반 제작, 제국의 대중 내러티브 장르의 식민지 확장에 부단히 균열을 가했던 것이다.

이 영화 내러티브의 구연을 둘러싼 구술문화적 특성은 엄밀히 말하자

---

40 서상호의 '마에세츠'는 당시 야시(夜市)에서 파는 고소설과 흡사했다고 하는데, 이를테면 다음과 같은 대목이 그러하다. "여기 어떠한 한 사람의 여자가 있었는데 그는 어떻게 어여쁘든지 날신한 가른 허리는 청풍이 세류(細柳)를 흔드는 듯 하고 삼삼호치는 삼사월 봄바람에 양색도화가 란만한 듯 앉으면 목단이오 서면 작약같고 우미인 같고 양귀비 같고 당명화 같고 아마 본인 같이 어여쁜 모양입니다!(해설자 자신을 손구락질하며)"(柳興台, 「當代人氣辯士 徐相昊 一代記 自殺事件의 顚末」, 『朝光』 第4卷 第10號, 朝鮮日報社出版部, 1938. 10. 124쪽). 유흥태의 회고로 보건대, 마에세츠에 남아 있던 고소설의 흔적은 특히 등장인물의 형상화 가운데 역력했던 것으로 보인다.

41 조선 변사의 역사를 구술한 귀중한 자료인 김영환의 영화설명 음반 <逆旅> Columbia 40287-88, 실연 金英煥, 1932. 2)에 따르면, 고등연예관 이후, 즉 우미관, 단성사 등 상성 영화관의 등장과 더불어 마에세츠의 역할은 사라지게 되었다고 한다. 뿐만 아니라 변사 김덕경 이후 경어체 어조의 구연도 사라지게 되었다고 한다.

42 근대기 한국에서 고소설의 향유 방식을 둘러싼 구술문화적 요소가 변사의 구연과 영화관에서의 담화 상황을 형성하는 원천이었다거나(이화진, 「소리의 복제와 구연공간의 재변성」, 『현대문학의 연구』 제25호, 한국문학연구학회, 2005; 이정배, 「조선변사의 연원과 의의」, 『인문과학연구』 제21집, 강원대학교 인문과학연구소, 2009), 근대적인 음향·전파 매체의 등장 이후에도 온존하고 있었다는(이상길, 「경성방송국 초창기 연예프로그램의 제작과 편성」, 『언론과사회』 제20권 제3호, 성곡문화재단, 2012) 관점은 근본적으로는 타당하다.

면 근본적으로는 한편으로는 이미 알려진 내러티브이자 텍스트의 재현이
면서, 다른 한편으로는 음향매체를 통한 쓰기(음원의 취입)와 청취자의
문식력(음원의 내용을 전사한 가사지의 읽기)을 전제로 한다는 점에서 이
차적 구술성에 기반한다.[43] 그래서 영화설명 장르이든, 영화극 장르이든
음반을 통해 영화 내러티브를 향유하는 일은, 개인의 고독한 청취, 반복
적인 청취를 통해 이루어진다는 점에서 독서 행위와 흡사한 측면이 있다.

이와 관련해서 영화관에서 변사와 관객 사이의 담화 상황, 특히 원작과 무
관한 변사의 구연, 영상과 내러티브의 미학적 요소를 압도하는 변사의 화예
가 근대기 조선의 영화 예술 발전에 방해가 될 뿐이라고 비판받기도 했던 사
정은 흥미롭다.[44] 이 비판은 두말할 나위도 없이 영화의 내러티브의 모든 요
소가 연극과 마찬가지로 관객에게 직접 보이고 들려야 한다는 것을 전제로
할 터이다. 하지만 지금까지 검토한 바로 보자면 이 비판은 비현실적이며 온
당하지도 않다. 근대기 한국에서 영화를 보는 일이나, 변사의 화예를 듣는 일
은 마치 고독한 독자가 소설을 읽는 일과는 달리, 공동의 공간에서 귀를 기울
여 화예에 참여하고 그것을 제 것으로 간직하는 일이었기 때문이다.[45]

그래서 영화 관객뿐만 아니라, 음반 청취자도 변사가 내러티브의 다양
한 정보들과 극적 장치들을 권위적으로 지배하는 서술 방식에 익숙해 있

---

43 이 '이차적 구술성'은 기술복제매체를 기반으로 쓰기와 읽기를 전제로 하는 구술성
   을 가리키며, 기술복제매체 등장 이전 오로지 구술과 청취에 기반한 구술성, 즉 '일
   차적 구술성'과는 분명히 구분된다. Walter J. Ong, 櫻井直文・林正寛・糟谷
   啓介 譯, 「第一章 聲としてのことば」, 『聲の文化と文字の文化(Oralrity and
   Literacy: The technologizing of the word)』, 東京:藤原書店, 2002, 30~32쪽.
44 金潤雨, 앞의 글, 앞의 책, 같은 면.
45 이와 관련하여 이야기꾼과 그의 이야기를 듣는 청취 공동체의 소멸을 이야기 정신
   의 소멸, 구술 공동체의 경험과 의사소통의 직접성의 감소는 물론, 근대적 시민계급
   의 부상, 근대적 도시의 형성, 전근대 수공업에서 근대 산업의 등장으로의 생산
   양식의 변화와 유비(analogy) 속에서 이해하고자 한 발터 벤야민의 논의는 주목에
   값한다(발터 벤야민, 반성완 편역, 「얘기꾼과 소설가 ─ 니콜라이 레쓰코프의 작품
   에 관한 고찰」, 『발터 벤야민의 문예이론』, 민음사, 1983).

었고, 또 그것을 선호했던 사정은 결코 간단하지만은 않은 의미를 지닌다. 그것은 영화관에서든, 음반에서든 변사의 구연 방식이 청취자의 입장에서는 사건, 인물의 행위, 성격을 발견하고 이해하는 데에 제한적인 서술 방식으로 이루어져 있다는 것은, 결국 영화관 관객도, 음반 청취자도 당시로서는 능동적이며 자발적인 해석의 주체, 의미 생성의 주체가 아니었음을 의미하기 때문이다. 특히 그것은 문화상품으로서 내러티브의 생산, 재현, 향유를 둘러싼 의사소통의 구조가 다양한 참여자(agent)들의 상호 작용의 소산이라는 점에서 보자면, 더욱 문제적이다.

이처럼 영화극 음반은 근대기 한국에서 이루어진 영화 내러티브의 생산, 재현, 향유를 둘러싼 사정을 매우 다면적이고도 복합적으로 이해하도록 요구한다. 영화극 장르 등장의 배경인 내러티브를 둘러싼 장르·매체 혼화 현상의 측면에서 보자면, 이 다면성과 복합성은 두말할 나위도 없이 근대적 기술복제 예술의 등장, 그것을 촉발한 다국적 문화산업의 동아시아적 확장에서 비롯한다. 그리고 근대기 한국의 영화 관객, 음반 청취자의 내러티브 향유의 관습과 취향이 낯선 문화상품으로서 영화극 장르를 변용시키고, 그 이입에 균열을 가함으로써, 이 다면성과 복합성은 더욱 현저해진다.

이 다면성과 복합성이 근대적 도시의 형성, 생산 양식의 변화 속에서도 온존하는 청취 공동체의 이야기 정신, 구술 공동체의 경험과 의사소통의 직접성에 대한 요구에서 비롯한다면, 영화극 장르 음반과 그 명멸은 근대기 한국의 문화적 상황마저 이해하는 훌륭한 시금석이 될 수도 있다. 바로 그러한 의미에서 영화극 음반은 문화사적 사건이자, 근대기 한국의 문화를 이해하는 복합지식의 텍스트라고 하겠다. 그래서 영화극 음반을 통해 혹은 그것을 넘어서 변사의 구연과 화예를 이해하는 일은 여전히 진행형이다.

|참고문헌|

■ 자료

李如星·金世鎔 共著, 『數字朝鮮研究』 第4輯, 世光社, 1933.

李勳求, 『朝鮮農業論』, 漢城圖書株式會社, 1935.

김동원, 『미수(米壽)의 커튼콜(김동원 나의 예술과 삶)』, 태학사, 2003.

동국대학교 한국음반아카이브연구단 편, 『한국유성기음반』(전 5권), 한걸음더, 2011.

≪유성기로 듣던 무성영화 모음(총 3매)≫(SYNCD1202, 신나라레코드사, 1996).

≪유성기로 듣던 연극모음(1930년대)(총 3매)≫(SYNCD1479, 신나라레코드사, 1998).

京城日報社, 『昭和十五年 朝鮮年鑑』, 京城日報社, 1942.

京城日報社·每日申報社 編, 『昭和十三年 朝鮮年鑑』, 京城日報社·每日申報社, 1937.

權田保之助, 『映畵說明の進化と說明藝術の誕生(說明者 第一冊)』, 東京: 大島秀雄, 1923.

說明者同人會 編, 『說明者になる近道』, 大阪: 說明者同人會, 1926.

朝鮮總督府, 『昭和五年 朝鮮國稅調査報告 全鮮篇 第一卷 結果標』, 朝鮮總督府, 1934.

朝鮮總督府, 『昭和五年 朝鮮國稅調査報告 全鮮篇 第二卷 記述報文』, 朝鮮總督府, 1935.

朝鮮總督府警務局圖書科, 『朝鮮出版警察月報』 第103號, 朝鮮總督府警務局圖書科, 1937. 4.

朝鮮總督府警務局圖書科, 『朝鮮出版警察月報』 第103號, 朝鮮總督府警務局圖書科, 1937. 4.

昭和館, 『SPレコード60,000曲總目錄』, 東京:アテネ書房, 2003.

■ 논저

구인모, 「지역·장르·매체의 경계를 넘는 서사의 역정」, 『사이間SAI』 제6호, 국
　　제한국문학문화학회, 2009.

구인모, 「근대기 유성기음반과 서양영화―영화설명 음반을 중심으로」, 『대중서사
　　연구』 제29호, 대중서사학회, 2013.

구인모, 「근대기 멜로드라마 서사 형성의 한 장면―영화와 영화설명 <동도(東
　　道)>를 중심으로」, 『한국민족문화』 제48호, 부산대학교 한국민족문화연구
　　소, 2013.

구인모, 「사실의 낭만화, 욕망의 팰럼시스트(palimpsest)」, 『국제어문』 제59호, 국
　　제어문학회, 2013.

구인모, 「변사와 화예(話藝), 구술된 역사―김영환의 음반 <역려(歷旅)>(1932)를
　　중심으로」, 『현대문학의 연구』 제56호, 한국문학연구학회, 2015.

권보드래, 『연애의 시대―1920년대 초반 문화와 유행』, 현실문화연구, 2003.

김만수, 「유성기 음반에 수록된 영화설명 대본에 대하여」, 『한국극예술연구』 제6
　　호, 한국극예술연구, 1996.

김수남, 「조선무성영화 변사의 기능적 고찰과 미학 연구」, 『영화연구』 제24호, 한
　　국영화학회, 2004.

김영애, 「강명화 이야기의 소설적 변용」, 『한국문학이론과 비평』 제50집, 한국문
　　학이론과 비평학회, 2011.

김하수 엮음, 『문제로서의 언어4』, 커뮤니케이션북스, 2014.

백현미, 『한국창극사연구』, 태학사, 1997.

안종화, 『한국영화측면비사』, 현대미학사, 1998.

이상길, 「경성방송국 초창기 연예프로그램의 제작과 편성」, 『언론과사회』 제20권
　　제3호, 성곡문화재단, 2012.

이정배, 「조선변사의 연원과 의의」, 『인문과학연구』 제21집, 강원대학교 인문과학
　　연구소, 2009

이혜숙, 「이해조 소설에 나타난 가정 담론 연구」, 『돈암어문학』 제25호, 돈암어문
　　학회, 2012.

이화진, 「소리의 복제와 구연공간의 재편성」, 『현대문학의 연구』 제25호, 한국문
　　학연구학회, 2005.

장유정, 「매체에 따른 글쓰기 방식의 변화 고찰―1930년대 근대 매체의 실화 수용

을 중심으로」,『한국언어문학』제65호, 한국언어문학회, 2008.

조희문,「무성영화의 해설자 변사 연구」,『영화연구』제13호, 한국영화학회, 1997.

주창규,「버나큘러 모더니즘의 스타로서 무성영화 변사의 변형에 대한 연구」,『영화연구』제32호, 한국영화학회, 2007.

최동현·김만수 편,『일제 강점기 유성기 음반 속의 극, 영화』, 태학사, 1998.

한상언,「1910년대 조선의 변사 시스템 도입과 그 특징에 관한 연구」,『영화연구』제44호, 한국영화학회, 2010.

황지영,「근대 연애 담론의 양식적 변용과 정치적 재생산」,『현대문예비평연구』제36권, 한국현대문예비평학회, 2011.

Deborah Tannen, Talking Voices: Repetion, dialogue and imagery in conversational discourse, New York:Cambridge, 1989,

Jeffrey A. Dym, Benshi, Japanese Silent Film Narrators, and Their Forgotten Narrative Art of Setsumei: A History of Japanese Silent Film Narration(Japanese Studies, 19), Lewiston·Queenstone·Lampeter: The Edwin Mellen Press, 2003,

Walter Benjamin, 淺井健二郎　編譯,『エッセイの思想(ベンヤミン・コレクション2)』, 東京:筑摩書店, 1999.

Walter J. Ong, 櫻井直文·林正寬·糟谷啓介　譯,『聲の文化と文字の文化(Oralrity and Literacy: The technologizing of the word)』, 東京:藤原書店, 2002.

鬼頭七美,『「家庭小説」とたち―ジャンル形成・メディア・ジェンダー』, 東京:翰林書房, 2013.

渡邊裕,「レコード・メディアと「語り」の近代:「映畵說明」レコードとその周邊」,『美學藝術學研究』第24號, 東京: 東京大學大學院人文社會系研究科・文學部美學藝術學研究室, 2006. 3.

無聲映畵鑑賞會 編,『活動辯士―無聲映畵と珠玉の話藝』, 東京: アーバン・コネクションズ, 2001.

佐藤忠男,『日本映畵の誕生(講座日本映畵1)』, 東京:岩波書店, 1995.

佐藤忠男,『無聲映畵の完成(講座日本映畵2)』, 東京: 岩波書店, 1995.

倉田喜弘,『日本レコード文化史』, 東京: 岩波書店, 2006.

| 부록: 유성기음반 소재 영화설명·영화극 음반 목록 |

1. 영화설명 음반 목록

연번	작품명	음반번호	장르명	각색	실연	연주	반주	발매일자	음원	국적
1	저 언덕을 넘어서	Np.K590	영화설명		김덕경		단성사관현단	1926.01		서양
2	동도	Np.K621	영화설명		김영환		단성사관현단	1927.02		서양
3	애구의 나팔	Nt.B141	영화설명		김영환			1927.08		서양
4	똔구	Nt.B151	영화설명		김조성			1927.11		서양
5	백장미	Vi.49040	영화설명		김영환		단성사관현악단	1928.12		서양
6	희무정	Vi.49016	영화설명		김영환		단성사관현악단	1929.01		서양
7	아리랑	Co.40002-3	영화설명		성동호	유경이	조극관현악단	1929.03	○	한국
8	세 동무	Co.40017-8	영화설명		김영환		조극관현악단	1929.04	○	한국
9	뻴제스트	Co.40058-9	영화설명		김조성		조극관현악단	1929.12	○	서양
10	열사의 무	Co.40066	영화설명		김영환		콜럼비아관현단	1930.02	○	서양

연번	작품명	음반번호	장르명	각색	실연	연주	반주	발매일자	음원	국적
11	체큰국	Np.K8임J07	영화설명		김조성		조구란현악단	1930.03		서양
12	킬렌	Co.40092	영화설명		김영환			1930.04	○	서양
13	하나님을 잃은 동리	Co.40108-9	영화설명		김영환	복혜숙	콜럼비아관현악단	1930.05	○	서양
14	심야의 태양	Np.K8임12	영화설명		김영환		일축관현악단	1930.07		서양
15	봉작	Co.40112	영화설명		김영환		콜럼비아관현악단	1930.07	○	서양
16	벤허	Co.40143	영화설명		서상필		관현악	1931.01	○	서양
17	장화홍련전	Co.40250	영화설명		김영환		관현악	1931.01	○	한국
18	암굴왕	Np.K846	영화설명		서상호		관현악	1931.01	○	서양
19	레코드뜨며회	Co.40144	영화설명		김영환 이애리수 강석연		관현악	1931.01	○	한국
20	아리랑 고개	Co.40251	영화설명		이배수 석금성		관현악	1931.01	○	한국
21	룡은아	Co.40164	영화설명		김영환	이애리수	관현악	1931.04	○	한국
22	설명라뷰	Co.40181	영화설명		김영환	이애리수	관현악	1931.05	○	서양
23	네 아들	Co.40182	영화설명		서상필		관현악	1931.05	○	서양
24	동도	Co.40204	영화설명		김영환		관현악	1931.06	○	서양
25	회심국	Co.40207	영화설명		김영환	강석연	관현악	1931.07	○	한국

연번	작품명	음반번호	장르명	가색	실연	연주	반주	발매일자	음원	국적
26	불가	Co.40222	영화설명		김영환	이에리수	관현악	1931.08	○	서양
27	승방비곡	Co.40220-1	영화설명		서상필		관현악	1931.08	○	한구
28	유랑	Co.40236	영화설명		김영환	이에리수	관현악	1931.09	○	한구
29	사랑을 찾아서	Np.K851	영화설명		성동호		관현악	1932.01		한구
30	악마의 좋아	Po.19019	영화설명		서상필		서울관현악단	1932.01		서양
31	모성	Po.19044	영화설명		서상필		서울관현악단	1932.01	○	서양
32	악귀	Co.40287	영화설명		김영환		콜넘비아관현악단	1932.02	○	한구
33	에국의 나팔	Co.40288	영화설명		김영환		콜넘비아관현악단	1932.02		서양
34	비가	Vi.49151	영화설명		서상필	강석연	관현악	1932.07		서양
35	젊은이의 노래	Np.K8임19	영화설명		김영환 석금성		관현악	1932.08		한구
36	아리랑	Np.K8임32-3	영화설명		성동호	강석연	관현악	1932.11		한구
37	세윤의 악단	Po.19083	영화설명		성동호		포리돌관현악단	1933.01		서양
38	잔다르크	Po.19070	영화설명		성동호		포리돌관현악단	1933.07		서양
39	귀향	Ch.182	영화설명		김영환		시에로관현악단	1934.06		서양
40	젊은이의 노래	Re.C158	영화설명		김영환 석금성		관현악	1934.07	○	한구
41	거리의 등불	Ch.193	영화설명		김영환			1934.07		서양

연번	작품명	음반번호	장르명	각색	실연	연주	반주	발매일자	음원	국적
42	망금	Re.C109	영화설명		서상호			관현악	1934.07	○	서양
43	아리랑	Re.C107-8	영화설명		성동호	강석연		관현악	1934.07	○	한국
44	봉자의 죽음	Re.C192	영화설명	유일	이우흥	(노래 도무)	전기방(피아노) 전기현(바이올린)	1934.07	○	한국
45	사랑을 찾아서	Re.C139	영화설명		성동호			관현악	1934.07	○	한국
46	설명리뷰	Re.C159	영화설명		김영환 아에리수			관현악	1934.07	○	서양
47	메느리의 죽음	Re.C293	영화설명	이린	이우흥				1935.01	○	한국
48	유탄기중대	Vi.49379	영화설명		서상필		일본비타관현악단	1935.01		서양
49	부평초	Ta.8140	영화설명		이환흥 신은봉			1935.06		미상
50	자장가	Ta.8144	영화설명		신은봉 이우흥			1935.07		미상
51	클레오파트라	Vi.49371	영화설명		서상필		일본비타관현악단	1935.08		서양
52	크리스티나 여왕	Vi.493임1 1	영화설명		서상필			1935.12		서양
53	육체의 도	Po.19315	영화설명		박창원		포리돌관현악단	1936.07	○	서양
54	박쥐연인	Ta.8225	영화설명		김영환 김여실			1936.08		미상

연번	작품명	음반번호	장르명	가사	실연	연주	반주	발매일자	음원	국적
55	봄소나베	Po.19326	영화설명		박창원		포리돌관현악단	1936.08		미상
56	로미오와 줄리엣	Po.19337	영화설명		박창원		포리돌관현악단	1936.09		서양
57	채푸의 처녀	Po.19378	영화설명		박창원		일본포리돌관현악단	1937.01		서양
58	해적 블러드	Ok.1968	영화설명		유인성			1937.03		서양
59	대장 부리바	Ok.1991	영화설명		김영환			1937.05		서양
60	쿠에단	Vi.KJ1097	영화설명		김영환			1937.06	○	서양
61	사막의 화원	Ok.12046	영화설명		□주□			1937.08		서양
62	나가자 용기병	Ok.12086	영화설명		서상필			1937.12		서양
63	성황당	Ok.12312	영화설명		서상필			1940.02		한국
64	이국기 얼에	Ok.12118	영화설명		서상필			1942.00		서양
65	캐나다고개	Re.C324	영화설명	김병철	김일성			미상	○	한국
66	나그네	Ok.12057	영화설명		유인성			미상		미상
67	네 아들	Re.C160	영화설명		서상필		관현악	미상	○	서양
68	땅금	Np.K859	영화설명		서상호		관현악	미상		서양
69	모로코	Po.19356	영화설명		박창원		포리돌관현악단	미상		서양
70	방아타령	Vi.49099	영화설명		서상필		관현악	미상	○	한국
71	비오는 포구	Re.C332	영화설명	김병철	김일성			미상	○	한국

연번	작품명	음반번호	장르명	각색	실연	연주	반주	발매일자	음원	국적
72	수양낭자전	Vi.KJ1080	영화설명		김영환			미상	○	한국
73	운명	Re.C386	영화설명		이우흥			미상	○	한국
74	원앙검	Re.C252	영화설명	유일	이우흥			미상	○	한국
75	유랑	Re.C305	영화설명		이우흥			미상	○	한국
76	차이나종각	Re.C317	영화설명		김일성			미상	○	한국

2. 영화극 음반 목록

연번	작품명	음반번호	장르명	각색	실연	연주	반주	발매일자	음원	국적
1	성은루	Co.40046-7	영화극		이경순 복혜숙 김영환			1929.01	○	일본
2	낙화유수	Vi.49017	영화극		김영환 복혜숙 유경이		단성사관현단	1929.01	○	한국
3	장한몽	Co.40004-5	영화극		서월영 복혜숙 김영환	김향란	김계선(단소) 조선극장관현악단	1929.03	○	일본

연번	작품명	음반번호	장르명	간색	실연	연주	반주	발매일자	음원	국적
4	부활(카쥬샤)	Co.40019-20	영화극		이경손 복혜숙 김조성	유경이	조극관현악단	1929.04	○	서양
5	심청전	Co.40065	영화극		김영환 복혜숙	박녹주	콜럼비아관현악단	1930.02	○	한국
6	불여귀	Co.40093-4	영화극		김영환 복혜숙			1930.04	○	일본
7	춘희	Co.40110-1	영화극		김영환 복혜숙		콜럼비아관현악단	1930.07	○	서양
8	춘향전	Co.40146-7	영화극		김영환 윤혁 이애리수		관현악	1931.03	○	한국
9	개척자	Co.40163	영화극		김영환 윤혁 이애리수		관현악	1931.04	○	한국
10	말 못할 사정	Co.40205-6	영화극		나운규 석금성 신일선			1931.07		한국
11	약혼	Np.K849	영화극		김영환 복혜숙		관현악	1932.01		한국
12	종소리	Np.K858	영화극		김영환 윤혁 이애리수		관현악	1932.02		한국

연번	작품명	음반번호	장르명	가객	실연	연주	반주	발매일자	음원	국적
13	종소리	Re.C138	영화극		김영환 윤혁 이애리수		관현악	1934.07	○	한국
14	최후의 심판	Ta.8167-8	영화극		이우홍 신은봉 박세명			1935.11		미상
15	오몽녀	Ok.1969	영화극		나운규 윤봉춘 노재신 세명			1937.03		한국